为大中华 造新文学
——胡适与现代文化暨白话文学

二十世纪中国文学主流·学术新探书系

魏 建 主编

朱德发 著

人民出版社

新发现　新探索

　　"二十世纪中国文学主流"是山东师范大学中国现当代文学学科申请并完成的特色国家重点学科重大科研项目，其学术参照首先是来自丹麦文学批评家、文学史家格奥尔格·勃兰兑斯所著《十九世纪文学主流》一书。

一

　　一百多年来，勃兰兑斯的《十九世纪文学主流》一直是中国文学研究界公认的文学史经典之作。中国学人为什么推崇这部著作？为什么能推崇一个多世纪？究竟是书中的什么东西构成为中国学人的集体性认同呢？

　　就中国现当代文学研究界来说，给大家留下深刻印象的是，1907年鲁迅先生写《摩罗诗力说》的时候就向中国人介绍这位"丹麦评骘家"[①]。此后鲁迅多次提及勃兰兑斯和他的《十九世纪文学主潮》。[②]鲁迅先生不仅是伟大的文学家、思想家，还是一位优秀的文学史家。他对文学史有很高的鉴赏水平，但很少向人推荐文学史著作。勃兰兑斯的这部书却是鲁迅向人推荐的为数极少的文学史著作之一。《十九世纪文学主流》的学术生命力主要

---

① 《鲁迅全集》第一卷，人民文学出版社2005年版，第91页。
② 这是当时的译名。现在通译为《十九世纪文学主流》。

来自它作为文学史叙述方式的独标一格。直至今日，第一次阅读这套书的中国学人依然大为惊叹：文学史原来也可以这样写！这种惊叹包括很多内容：文学史原来也可以这样抒情！文学史原来也可以写那么多的故事！文学史的行文原来可以这样自由地表达！文学史的结构原来可以这样地随意组合……当然，惊叹之余，读者大都少不了对这种文学史写法的将信将疑。"将信"是因为被书中的观点和引人入胜的文字打动，"将疑"是因为书中有太多名不副实的东西，如：该书取名为十九世纪文学主流，实为十九世纪初至二三十年代的文学现象，最晚的才到1848年；书名没有地域范围，说是十九世纪世界文学主流，而实际上只是欧洲，又仅仅限于英、法、德三国；名为"主流"，有些分册论述的倒像是"支流"，如"流亡文学"、"青年德意志"等。

虽然中国学界不断有人对此书提出一些异议和保留，但《十九世纪文学主流》作为文学史著作的经典地位始终没有动摇。究其原因，很大程度上是因为，但凡是经典著作都有可供不断阐释的丰富内涵。起初中国学者首先看重此书的，大约是认同其革命主题（如"把文学运动看作一场进步与反动的斗争"①）和适合中国人的文学价值观（为人生、为社会、为时代），还有对欧洲文学浪漫主义和现实主义（当时多称之为"自然主义"）文学潮流的描述。二十世纪八十年代是《十九世纪文学主流》在中国最走红的时期，书中"文学史，就其最深刻的意义来说，是一种心理学，研究人的灵魂，是灵魂的历史"②的论述成为中国大陆文学史研究界引用最多的名言之一；其贯穿始终的"处处把文学归结为生活"③的"思想原则"亦成为当时

---

① ［丹麦］勃兰兑斯：《十九世纪文学主流》第一分册，张道真译，人民文学出版社1980年版，出版前言第1页。

② ［丹麦］勃兰兑斯：《十九世纪文学主流》第一分册，张道真译，人民文学出版社1980年版，引言第1页。

③ ［丹麦］勃兰兑斯：《十九世纪文学主流》第二分册，刘半九译，人民文学出版社1981年版，第1页。

中国文学研究者人所共知的文学理念。后来，书中标榜的精神追求（"无拘无束、淋漓尽致的表现""独立而卓越的人类灵魂"①）和比较文学的研究视角及方法更为中国的学术新生代所接受。近年来，中国学界对《十九世纪文学主流》的关注热情虽然有所减弱，但对它的解读却更为多元，少了一些盲目的崇拜，多了一些客观的认知。正是在这种相对客观的解读和对话中，《十九世纪文学主流》给我们的启示逐渐增多。

综上，勃兰兑斯的《十九世纪文学主流》总是能够不断地进入不同时期中国学者的期待视野。也正是因此，这部著作内涵的丰富性完全是由阅读建构起来的，换句话说，这是一部读出来的文学史巨著。本课题组编写"二十世纪中国文学主流"的学术起点是以对勃兰兑斯《十九世纪文学主流》一书的高度认同为基础的，其学术目标意在撰写一部像《十九世纪文学主流》那样的文学史著作。

二

当然，《十九世纪文学主流》也不是尽善尽美的。中国人对这部巨著的认识还有很多误读，所得观点有很多属于望文生义的想当然，还有很多重要的东西被忽略。例如，对其中独具特色的文学史研究方法就缺乏足够的重视，有鉴于此，我们"二十世纪中国文学主流"课题组在文学史研究方法上就从《十九世纪文学主流》中获得了诸多启示。

首先，我们在文学史研究方法上所获得的第一个启示是思辨与实证的结合。《十九世纪文学主流》是将抽象思辨与具体实证结合在一起的一部著作，并且结合得比较成功。可是，迄今为止中国学人论及《十九世纪文

---

① ［丹麦］勃兰兑斯：《十九世纪文学主流》第五分册，李宗杰译，人民文学出版社1982年版，第36页。

学主流》，更多地看取了其思辨的一面，而忽视了其实证的一面：过于渲染《十九世纪文学主流》如何"哲学化"地"进行分馏"①，如何高屋建瓴般将文学"主流"提炼出来，却大都忽视了这是一部实证主义倾向非常显明的文学史著作。

读过《十九世纪文学主流》的人一定不会忘记，在第二分册的目录之前，整整一页只印着这样几个字：

敬　献

伊波利特·泰纳先生

作者

除了伊波利特·泰纳，没有第二个人在书中获此殊荣。而伊波利特·泰纳是主张用纯客观的观点和实证的方法解说文学艺术问题的最有影响的美学家、文艺理论家之一。勃兰兑斯在相当长的时间里师法伊波利特·泰纳"科学的实证"的批评方法。在《十九世纪文学主流》中，他将思辨与实证相结合，所以才能把高远的学术目标落实到脚踏实地的具体研究工作中，才能做到既有理，又有据。这是勃兰兑斯的做法，也是前人成功经验的总结，尤其在当下中国学术界依然充斥"假、大、空"学风的浮躁氛围里，思辨与实证的结合更应成为我们在研究方法上的首选。

其次，我们在文学史的叙述方法上所获得的启示是宏观概括要渗透到微观描述中。这方面，《十九世纪文学主流》在宏观历史叙述与微观历史叙述结合上开创了成功的先例，做得相当成功。然而，多年来中国学者更多地看取其宏观历史叙述一面，而忽视了它微观历史叙述的另一面。对此，勃兰兑斯在书中讲得很清楚，"有许多作品需要评论，有许多人物需要描述，

---

① ［丹麦］勃兰兑斯：《十九世纪文学主流》第二分册，刘半九译，人民文学出版社 1981 年版，扉页 1。

面面俱到是不可能的。只从一个方面来照明整体，使主要特征突现出来，引人注目，乃是我的原则"①。在《十九世纪文学主流》中，勃兰兑斯的宏观历史叙述就是概括"主要特征"，其微观历史叙述就是凸显历史细节，包括许许多多的逸闻趣事。这二者如何结合呢？勃兰兑斯的做法是："始终将原则体现在趣闻轶事之中。"②的确，《十九世纪文学主流》中的大多数章节都是从小处入手的，流露出对"趣闻轶事"的浓厚兴趣。然而，无论勃兰兑斯叙述的笔调怎样细致，其叙述的眼光可不是就事论事，而是从时代、民族、宗教、政治、地理等大处着眼。让读者从这些琐细的事件中洞见到人物的心灵，再从人物的心灵中折射出一个社会、一个时代、一个种族，乃至整个人类的某些东西。这就是《十九世纪文学主流》中一个个小事件里所蕴含的大气度。

再者，在文学史的结构方法上，我们所获得的启示是以个案透视整体。从著作结构上来看，《十九世纪文学主流》好像没有任何外在的叙述线索，全书呈现给读者的是把英、法、德三个国家的六个文学思潮划分为六个分册。每一分册之间没有任何明显的逻辑关系。对此，勃兰兑斯做过两个形象的比喻解说他的各分册与全书之间的关系。第一个比喻是："我准备描绘的是一个带有戏剧的形式与特征的历史运动。我打算分作六个不同的文学集团来讲，可以把它们看作是构成一部大戏的六个场景。"③第二个比喻是："在本世纪诞生之初，我们发现一种美学运动的萌芽，这种美学运动后来从一个国家蔓延到另一个国家，在长达五十年之久的一段时期内……如果以植物学家的方式来解剖这种萌芽，我们就能了解这种植物符合自然规律的

---

① [丹麦]勃兰兑斯：《十九世纪文学主流》第二分册，刘半九译，人民文学出版社1981年版，第1页。

② [丹麦]勃兰兑斯：《十九世纪文学主流》第二分册，刘半九译，人民文学出版社1981年版，第1页。

③ [丹麦]勃兰兑斯：《十九世纪文学主流》第一分册，张道真译，人民文学出版社1980年版，引言第3页。

全部发育史。"①第一个比喻是强调这六个分册之间独立、平等、连续的并联关系；第二个比喻揭示了这六个分册之间发育、蔓延、生成的串联关系。这两个形象的比喻从不同的侧面说明，《十九世纪文学主流》的各分册与全书存在着深层的有机关联，看似孤立的每一个个案都具有透视整体文学运动的效用。

<h2 style="text-align:center">三</h2>

开诚布公、实事求是而言，我们课题组编写的"二十世纪中国文学主流"，显然受到了《十九世纪文学主流》的种种启发，但启发不能只是简单的模仿。如果"二十世纪中国文学主流"变成对《十九世纪文学主流》的照搬或套用，那就只能陷入东施效颦式的尴尬。"二十世纪中国文学主流"之于《十九世纪文学主流》有继承，也有创造。

"创造"之一，是通过"地标性建筑"来展现二十世纪中国文学地图。

我们的"二十世纪中国文学主流"不仅效仿和追求《十九世纪文学主流》那种在实证的基础上思辨、在微观叙述中显现宏观、通过个案透视发育的整体的研究思路方法，还从"实证基础"、"微观叙述"和"个案透视"中找到了一些合适的"载体"。这些"载体"好比是二十世纪中国文学地图中的一个个"地标性建筑"。将这些"地标性建筑"作为历史叙述的基本单元，我们对二十世纪中国文学发展的重新阐释，才能落实到操作层面。这些构成"二十世纪中国文学主流"基本叙述单元的"地标性建筑"，就是二十世纪中国文学发展史上那些重要的文学板块，如：言情文学、白话文学、青春文学、乡土文学、左翼文学、京派文学、海派文学、武侠小说、话剧文学、延安文学、红色经典、散文小品、港台文学、新诗潮、女性文学、

---

① [丹麦] 勃兰兑斯：《十九世纪文学主流》第四分册，徐世谷等译，人民文学出版社1984年版，第71页。

少数民族文学、历史叙事、文学史著述、影视文学、网络小说等。这些不同的文学板块分别构成了我们这套《二十世纪中国文学主流》丛书的不同分册的学术研究问题。各分册与整个丛书的关系是分中有合、似断实连。所谓"分"与"断"，是要做好对每一个"地标性建筑"（文学板块）的研究。这样，通过个案的透视，既能使实证研究获得具体的依傍，又能把微观描述落到实处；所谓"合"与"连"，是要在对一个个"地标性建筑"（文学板块）聚焦中借以观测整个二十世纪中国文学的历史嬗变。

"创造"之二，是通过"历史档案"和"学术新探"两套书系深化二十世纪中国文学史的研究。

勃兰兑斯的《十九世纪文学主流》的确给予我们许多有价值的东西，但这只能说明我们从中获得了西方学术的有效营养。然而，西方的学术资源无论具有多少普适性，对于解读中国的文学艺术、中国人的心灵，毕竟是有限度的。在超越株守传统观念的保守主义而走向全面开放的今天，在超越盲目崇洋的虚无主义、畅想民族复兴的今天，中国本土的学术资源更应得到应有的重视并加以现代转化。

"我注六经"与"六经注我"一直是中国人文学术的两大传统。我们的"二十世纪中国文学主流"力求"我注六经"与"六经注我"的结合。这既是本课题学术目标和学术规范的要求，也是其特色所在，更是其学术质量的保证。由于目前学界相对忽视"我注六经"的研究，因此本课题提倡在做好"我注六经"的基础上，做好"六经注我"。为此，本课题成果分为两套书系："二十世纪中国文学主流·历史档案书系"和"二十世纪中国文学主流·学术新探书系"（以下分别简称"历史档案书系"、"学术新探书系"）。"历史档案书系"可称为"二十世纪中国文学主流"的"一期工程"，"学术新探书系"可称为"二期工程"，出版这两套书系将有助于深化二十世纪中国文学史的研究。

首先，出版"历史档案书系"无疑体现了对文学史文献史料的高度重视。这种重视既强化了文献史料对于文学史研究的基础作用，又传达出一种重要的文学史理念——文献史料是文学史"本体"的重要组成部分。通过对每一个文学板块的文献史料进行多方面、多形式的搜集和整理，展现这一文学"地标性建筑"的原始风貌，直接、形象、立体地保存了这一文学板块的历史记忆。这岂能不是文学史的"本体"呢？如傅斯年宣扬过"史学便是史料学"①。再如，勃兰兑斯《十九世纪文学主流》中的文献史料大都不是以论据的形式出现，而常常构成叙述对象本身。当今天的读者同时看到"二十世纪中国文学主流"这两套书系平分秋色的时候，这种理念应是一望便知。

其次，"二十世纪中国文学主流"的每一个文学板块都有"历史档案"和"学术新探"两部著作。二者的学术生长关系将会推动这一板块的研究甚至整个二十世纪中国文学史研究的深化。两套书系中的所有文学板块完全相同，即每一个文学板块是同一个子课题，如朱德发教授负责"五四白话文学"子课题。他既要为"历史档案书系"编著"五四白话文学"卷的文献史料辑，还要在"五四白话文学文献史料辑"的基础上撰写"学术新探书系"中刷新"五四白话文学"问题的学术专著。显然，这样的两部著作之间具有学术生长关系。前者既重建了这一文学板块活生生的历史现场，又为后者的学术创新做好了独立的文献史料准备；后者的"学术新探"由于是建立在"历史档案"的基础上，不仅能避免轻率使用二手材料所造成的史实错误和观点错误，而且以往不为人所知的文献史料会帮助研究者不断走进未知世界，不断获得全新的学术发现。所以，"历史档案"会成为"学术新探"不竭的推动力。

四

"二十世纪中国文学主流"还有几个需要说明的具体问题：

---

① 傅斯年：《史学方法导论》第四讲《史学论略》，湖南教育出版社2003年版，第309页。

1. 关于"主流"

本课题组将"二十世纪中国文学主流"中的"主流"界定为："以常态形式随着社会变化而变化的文学。"也就是说，所谓文学"主流"，不是先锋文学，而是常态的文学。常态文学的发展，总是与读者紧紧结合在一起的。例如，五四时期的启蒙文学是属于少数读者的文学，也就是"先锋"文学，所以不是当时的"主流"文学；而这一时期的白话文学适应了多数读者的要求，成为晚清以来不断转化成的常态文学。

2. 关于"历史档案书系"

如前所说，"历史档案书系"主要是对二十世纪中国文学史上一些重要文学板块的原始文献和基本史料进行专业化的搜集和整理，重建各个重要文学板块的历史档案，利用来自历史现场的文献、史料或调研成果，尽可能直接、形象、立体地保存各文学板块的历史记忆，进而展现现代中国文学史的原生态风貌。因此，"历史档案书系"追求文献和史料的"原始"性，其各卷的主要内容以"原始史料"和"经典文献"为主，以"回忆与自述"和"历史图片"为辅。所有文献和史料凡是能找到初版本的，我们尽量选用初版本；有些实在找不到初版本的，会选尽可能早的版本。

3. 关于"学术新探书系"

"学术新探书系"是在"历史档案书系"所提供的来自历史现场的文献、史料及其直接、形象、立体地保存的原生态风貌的基础上，对这些二十世纪中国文学史上的"地标性建筑"，逐一进行全新的学术开掘。因此，"学术新探书系"追求学理性和创新性。其各卷的主要内容，从各卷实际出发，不求体例的划一，只求比前人的研究至少提供一些新的学术发现。

4. 总课题与子课题

"二十世纪中国文学主流"是山东师范大学中国现当代文学学科承担的

集体项目。总课题的选题及其初步编写方案由主编设计，在课题组成员认真讨论的基础上形成实施方案。子课题的作者均为山东师范大学中国现当代文学学科的团队成员，亦大都是不同分卷所研究的某一文学板块的研究专家。主编和课题组成员充分尊重各子课题作者的学术个性，以保证各卷作者学术优长的发挥和各子课题学术质量的提升。各卷作者拥有独立的著作权，文责自负。

"二十世纪中国文学主流"这两套书系是一种全新的文学史实践，难免存在尝试之作的稚嫩和偏差。我们渴望得到专家们的批评和帮助。我们最忐忑的是，不知学界的同行们能否认同——文学史的这样一种做法。

魏建

2015 年 8 月

目录

代序　重探六十多年五四文学革命研究的误区

——质疑"彻底反传统文学"论

中国新文学史学科建立，伴随着中华人民共和国前进的步伐，已走过六十多个年头。虽然作为一个人文学科，经过几代学人的探索与建设，中国新文学史已取得骄人的成绩，但是也不可否认这个并不年轻的学科仍在认识上存在不少误区。五四新文学自从纳入学科体制研究和书写以来，既是重头戏又是敏感区，对其性质的认知和判断总以为五四新文学"不是'白话文学''国语文学''人的文学''平民的文学'等等"，而是"新民主主义文学"①，即彻底地不妥协地反帝反封建文学。据此，为新学科奠基的《中国新文学史稿》明确指出，"新文学从开始起就是彻底地不妥协地反帝反封建的"②；1979 年版的高等学校教材《中国现代文学史》断定，"'五四'文学革命正是以它从理论主张到创作、从文学内容到形式的全面大革新，揭开了人民大众反帝反封建文学的光辉一页"③。这两部文学史通过现行教育体制，对

---

① 老舍、蔡仪、王瑶、李何林草拟：《〈中国新文学史〉教学大纲》（初稿），《新建设》1951 年第 4 卷第 4 期。

② 王瑶：《中国新文学史稿》（上），上海文艺出版社 1982 年版，第 17 页。

③ 唐弢主编：《中国现代文学史》（一），人民文学出版社 1979 年版，第 48 页。

中国现代文学的教学和研究的规范与影响，既深且远；即使在"思想解放，实事求是"的新时期，不论中国现代文学史的重写或者现代作家作品及文学思潮流派的研究，也没有完全突破上述两部"经典性"文学史有关五四文学革命在性质上的理论判断，并逐步衍化引申出五四文学革命同古代文学实行了彻底决裂、形成了古今文学大断层、现代文学生成是以彻底否定传统文学为前提的、新文学与旧文学是异质相对的、五四文学革命对传统文学的否定是整体性的而不是局部的、五四文学运动从根本上颠覆了古代封建文学等等见解，一言以蔽之，"五四文学革命是彻底反传统文学的"。笔者并不认为上述对五四文学革命在性质上的判断和见识是没有根据的或毫无道理的，只是感到五四文学革命并未达到彻底地不妥协地反对封建文学这样的程度、深度和力度，更没有彻底地整体地否定和反对传统文学，这种理性判断难免有绝对化和武断化之嫌，形成了对五四文学革命在认知上的一个误区。尽管近几十年关于传统文学与现代文学关系、五四文学革命性质等问题的研究，是学术界关注的热点，也发表或出版了不少有见地的研究著述，尤其古今文学的贯通性和五四文学的启蒙性得到大多数学者的认同，越来越摆脱了新与旧、古与今、现代与传统二元对立思维模式的羁绊，而将中国古代文学与现代文学作为一个动态整体系统来把握和研究，但是这些新的研究思路及其取得的学术成果，只能说在一定程度上淡化或消解了对五四文学革命性质的那种"彻底地不妥协地"反对封建文学的政治判断，而关于五四文学革命是否是彻底地反对传统文学并未从认识上得到真正解决，不论那些坚决捍卫五四文学革命者或是那些诋毁五四文学革命者，都有一个对五四文学革命性质重新进行科学地辩证地认识和评价的问题，使之尽快走出五四文学革命研究的认识误区，以逼近历史的真面目。

一、重读原文求真相

考察并回答五四文学革命是否彻底地整体反对传统文学这个已成为某

种思维定见的问题，可以从不同的角度运用不同的思路进行探讨，但是我认为最有雄辩力的结论应该回到特定的历史范畴去寻找，既不能依凭现成的理论框架到史实中择取几个例证或片段来印证既定的论点，又不能根据某种现实需要对历史进行任意拔高而做出实用主义的阐释，必须设身处地回到五四文学革命的原生态历史中。尽管八十多年前的原生态可想而不可及，不过从发表于当年期刊杂志上的文学先驱们提倡文学革命的文论里，总可以触摸或感受到五四文学真实的生态与史迹。比如：从先驱们倡导文学变革的文论中，根本找不到以阶级论把中国古代文学定性为封建主义的判断，只有"旧文学"或"贵族文学"这样的表述；后者的表述不是把古代文学作为新文学的不能相容不能调和的非此即彼的对立面，惟有前者的封建主义文学的阶级定性判断才把古代文学作为新民主主义文学的相互对抗不能调和的对立面，这样的所谓阶级分析无疑会引申出五四文学革命是彻底地整体地反传统文学的结论，不过这个任意上纲的主观判断并不符合文学革命先驱们文论的原旨和本意。先驱们倡导文学革命的文论各抒己见，是学术性的，讨论式的，论辩式的；本书不可能对每篇原创文论都给予重新解读重新认识，拟选择一些重要的足以代表文学革命倡导者的文学观念和对待传统文学态度的文本进行探察与分析，借以窥视五四文学革命是否是彻底反对传统文学的。之所以做这样的选择，一是因为五四文学革命是理论倡导先行，有什么文学理论主张才有什么样态的文学运动和文学创作，故弄清了文学理论观念就可以看清其对传统文学的态度；二是新中国成立以来的六十多年对五四文学革命性质的判断大多是从倡导者的重要文论中寻找根据的，不管是断章取义或者只取一点不及其余，大都取之于文论，故只有对原创文论重新解读方可摸准先驱们对传统文学的真实态度；三是古代文学等同于传统文学，却不等于封建主义文学，以封建主义来涵括古代文学或传统文学这是以偏概全，只有重读五四文学革命的文论，方能从先驱们原汁原味的理论表述中体会其对传统文学的真知灼见。

如果说五四文学革命是胡适、陈独秀等几个人闹起来的，这有点夸张，不应该把这件决定中国文学走向与命运的重大现代性历史事件只归功于胡适等少数人，那么我们真正回到当时的历史背景和文化语境却会深切地感受到胡适首举义旗提倡文学革命确实扮演了领袖的角色。没有他的连篇累牍地发表文论进行积极倡导和大胆尝试白话写作，至少文学革命不会来得如此迅捷。五四文学革命肇始既不是一种国家行为又不是一种政党行为，主要是聚集于北京大学的一批具有先锋意识的知识分子，获得校长蔡元培的支持，以陈独秀主办的《新青年》为阵地，在胡适发表的《文学改良刍议》一文的启迪与煽动下所展开的学术性的民主讨论，很长一段时间限定在知识分子圈子里，而胡适与陈独秀则成了文学革命的"自然领袖"，他们的文学观念和主张无疑成了文学革命的理论纲领和行动纲领，理所当然地决定着这场文学革命的性质。因此，解读胡适与陈独秀的文论，在相当程度上就可断定五四文学革命对传统文学的态度是彻底地全方位地反对还是具体地辩证地来对待。

那就先解读透析胡适原创的文论吧。"由来新文明之诞生，必有新文艺为之先声，而新文艺之勃兴，尤必赖有一二哲人，犯当世之不韪，发挥其理想，振起自我之权威，为自我觉醒之绝叫，而后当有众之沉梦，赖以惊破。"①胡适发表于1917年的《文学改良刍议》之于文学革命勃兴便起到"惊雷"的作用，它提出的文学改良"须从八事入手"，及对"八事"逐一进行具体分析，并没有对中国传统文学进行彻底否定，也没有把古代文学定性为封建主义，而对古代文学既有批判又有肯定。所批判的不是古代文学的整体只是存在的弊端，若此弊不救势必阻遏中国文学的健全发展；虽然它对古代文学的弊病指斥得不少，但主要是"近世文学之大病"，由此见出胡适文学改良的重点是针对近代文学的弊端而非古代文学。比如，"一曰须言之有物"，主要针对"近世文学之大弊"，即明清以来文学所存在的严重问题，即使指出近代文学的大病拟通过改良来医治它，也不是要彻底否定明

---

① 李大钊：《"晨钟"之使命》，《沉钟报》创刊号，1916年8月15日。

清文学；况且胡适又肯定了古代文学既有思想价值又有文学价值的"庄周之文，渊明老杜之诗，稼轩之词，施耐庵之小说，所以夐绝千古也"。"二曰不摹仿古人"，胡适以"一时代有一时代之文学"的进化思想，肯定了"周秦有周秦之文学，汉魏有汉魏之文学，唐宋元明有唐宋元明之文学"，既揭示了文学随时代而变迁的时代特征，又揭示了不同时代文学有不同时代文学的创新性，在韵文方面着力称赞了击壤之歌、五子之歌、屈原荀卿之骚赋、老杜香山之"写实"体诸诗（如杜之《石壕吏》《羌村》，白之《新乐诗》）、苏柳（永）辛姜之词、元之杂剧等；他所批判的只是"今之'文学大家'"悖离文学进化之通则而一味"摹仿古代"之恶习，"文则下规姚曾，上师韩欧，更上则取法秦汉魏晋"，而这样的文学作品"亦不过为博物院中添几许'逼真赝鼎'而已"。特别是他以南社诗人陈伯严的"涛园钞杜句，半岁秃千毫"一诗为例，剖析了这位当时"第一流诗人"虔诚地"摹仿古代"的奴性心理。与此同时，他称道了当时足与世界"第一流"文学相媲美的吴趼人、李伯元、刘鹗创作的白话小说，指出他们的小说"惟实写今日社会之情状，故能成真正文学"。至于"三曰，须讲求文法"、"四曰，不作无病之呻吟"、"五曰，务去滥调套语"、"六曰，不用典"、"七曰，不讲对仗"，也是通过具体分析来揭露当时乃至古代文学的弊病，并不是彻底否定古代文学和近世文学。如当时文学家面对"救亡图存"的国势，"其作为诗文，则对落日而思暮年，对秋风而思零落，春来则惟恐其速去，花发又惟惧其早谢"。胡适将此种无病呻吟之作斥之为"亡国之哀音"，并期愿文学家创作"奋发有为，服劳报国"的诗歌，"其不能为贾生、王粲、屈原、谢皋羽，而徒为妇人醇酒丧气失意之诗文者，尤卑卑不足道矣"，可见胡适肯定古代文学家而贬斥当下那种无病呻吟作者的倾向是极为鲜明的。"八曰，不避俗字俗语"，这是文学改良从八事入手的最重要一事，体现了胡适的白话文学主张，恰恰是这一事足以看出胡适提倡文学变革不是反传统的，而是继承了中国古代文学的白话传统。"吾惟以施耐庵曹雪芹吴趼人为文学正宗，故有'不避俗语俗字'之论也。"综观文学史，"自佛书之输入，译者以文言不足以达意，故以浅近之文译之，其体已近白话。其后佛氏讲义语录尤多用白话为之者，是为语录体之原始。及宋人讲学以白话为语录，此体遂成讲学正体。（明人因之。）当是时，白话已久入韵文，观唐宋人白话之诗词可见也。及至元时，中国北部已在异族之下，三百余年矣（辽，金，元）。此三百年中，中国乃发生一种通俗行远之文学。文则有《水浒》《西游》《三国》之类。戏曲则尤不可胜计。""然以今世历史进化的眼光观之，则白话文学之为中国文学正宗，又为将来文学必用之利器，可断言也。"因之，"吾主张今日作文作诗，宜采用俗语俗字"。"与其用三千年之死字（如'于铄国会，遵晦时休'之类），不如用二十世纪之活字。与其作不能行远不能普及之秦汉六朝文字，不如作家喻户晓之水浒西游文字也。"①通过对胡适提倡文学改良文本的梳理与解读，能看出他对古代文学、近世文学弊端的批判是切中要害的，也是求真务实的，既没有过激的言辞也没有胡乱上纲，仅仅是指斥传统文学的弊病而未从整体上否定传统文学；恰好相反，他以进化文学史观对中国古代文学的优秀传统做了具体的肯定，即使他提出的白话文学主张也是源于古代文学的俗语俗字传统。若指责五四文学革命彻底反传统，那至少从胡适的首倡文本中找不出充分根据，倒是继承并维护古代文学优秀传统的佐证却坚实可靠。

当然，在胡适提倡文学改良的文论中也有些偏激的言辞，如 1918 年发表的《建设的文学革命论》一文，他在回答"中国这二千年何以没有真有价值真有生命的'文言的文学'"这个问题时说："这都是因为这二千年的文人所做的文学都是死的，都是用已经死了的语言文字做的。死文字决不能产出活文学。所以中国这二千年只有些死文学，只有些没有价值的死文学。"如果从死文字只能做死文学而做不出活文学这个维度来看，胡适将二千年的古代文学都视为死文字做成的死文学，不仅这种说法有些绝对化，而且有完全否定二千年传统文学之嫌；况且有时胡适又把"死文字"与"活文

---

① 胡适：《文学改良刍议》，《新青年》1917 年 1 月 1 日第 2 卷第 5 号。

字"、"死文学"与"活文学"作为两极对立起来，越发使人们感到他对古代文学采取了绝对否定的态度。但是，倘若我们把胡适五四时期发表的文论联系起来考察，对其具体论述做些仔细分析，就会发现胡适对中国传统文学的认知和阐述有其独特的角度、思路和研究方法；尽管尚未完全达到唯物辩证思维的高度，然而他对中国传统文学的探索与思考以及获得的结论却达到了那个时代应有的认识高度，不仅没有以否定古代文学作为提倡文学革命的前提，而且是在以科学方法重新研究古代文学并继承其优秀传统的基础上推进文学革命。

其一，若是将中国古代文学作为一个总体系统来看待，那么胡适则认为"死文言产出的死文学"和"白话产出的活文学"是两个并立的系统，虽然他并未明确阐述"文言"与"白话"、"死文学"与"活文学"在传统文学总系统的相互对立又相互依存、相互补充又相互转化的辩证关系，但他肯定"白话""活文学"而否定"死文言""死文学"的态度却相当鲜明坚定，可见胡适所反对的只是传统文学的"死文字做成的死文学"，而对古代白话产出的活文学则是反复肯定的。胡适之所以反对死文言做的死文学，是因为在他看来，"一切语言文字的作用在于达意表情；达意达得妙，表情表得好，便是文学"。然而，"那些用死文言的人，有了意思，却须把这意思翻成几千年前的典故；有了感情，却须把这感情译成几千年前的文言。明明是客子思家，他们须说'王粲登楼'、'仲宣作赋'；明明是送别，他们却须说'阳关三叠'，'一曲渭城'"；更可笑的是："明明是乡下老太婆说话，他们却要他打起唐宋八家的古文腔儿；明明是极下流的妓女说话，他们却要他打起胡天游、洪亮吉的骈文调子！""请问这样做文章如何能达意表情呢？既不能达意，既不能表情，那里还有文学呢？"这样的"死文言产出的死文学"难道不该反吗？不仅反得有理，也反得适时，不然古代文学如此多的弊病流传至今，那中国文学的演变也不知要走多少弯路？胡适在揭露古代文学或近世文学"死文学"弊端的同时，也对传统文学中的白话产出的活文学以设问的方式做了充分肯定："我们为什么爱读《木兰辞》和

《孔雀东南飞》呢？因为这两首诗是用白话做的。为什么爱读陶渊明的诗和李后主的词呢？因为他们的诗词是用白话做的。为什么爱杜甫的《石壕吏》《兵车行》诸诗呢？因为他们都是用白话做的。""再看近世的文学：何以《水浒传》、《西游记》、《儒林外史》、《红楼梦》可称为'活文学'呢？因为他们都是用一种活文字做的。"胡适所称赞的白话做的活文学正是我国古代和近世文学的优秀传统和精华部分，尤为可取的是他能辩证地认识到，并不是所有用白话做的书都是有价值有生命的，即"白话能产出有价值的文学，也能产出没有价值的文学：可以产出《儒林外史》，也可以产出《肉蒲团》"。这个结论应该是正确的可信的；然而他又断定"那已死的文言只能产出没有价值没有生命的文学，决不能产出有价值有生命的文学"①，这未免有点绝对了。

其二，既然中国传统文学可以进行既肯定又否定的一分为二的理解与把握，勿须彻底颠覆和完全解构，那么胡适对传统文学如何施行变革或革命有其独特的认识和运作，即不同于政治学里所宣扬的暴力革命论，又有别于阶级论中把革命视为一个阶级推翻一个阶级的暴烈行动。他认为文学革命有两种方式："一种是完全自然的演化；一种是顺着自己的趋势，加上人力的督促。前者可叫做演进，后者可叫做革命。演进是无意识的，很迟缓的，很不经济的，难保不退化的。有时候，自然的进化到了一个时期，有少数人出来，认清了这个自然的趋势，再加一种有意的鼓吹，加上人工的促进，使这个自然进化的趋势赶快实现"；换言之，文学革命就是"有意的鼓吹"和"人工的促进"，是在演进缓慢的历程上加上一鞭。五四文学革命之所以当得起"革命"二字，就是因为"这是一种有意的主张，是一种人力的促进"，"《新青年》的贡献只在它在缓步徐行的历程上，猛力加上了一鞭"，故使"白话文学运动能在这十年之中收获一千多年收不到的成

---

① 胡适：《建设的文学革命论》，《新青年》1918 年 4 月 15 日第 4 卷第 4 号。

绩"①。这就是说，五四文学革命并不是彻底将古代文学推倒重来，而是遵循其固有的白话文学的自然演化趋势，因其受到近世拟古主义或复古主义文学的阻遏而进展缓慢，故有意识地聚集一定的人力将其向前推进，使其白话文学传统更加发扬光大，以白话文学取代死文言作的死文学的正宗地位。如果以意识形态的暴力革命论来评述胡适的文学革命论，那可以给他戴上这样或那样的政治帽子，然而却戴不上"彻底反对传统文学"的帽子，因为胡适为旗手的文化先驱就是这样理解文学革命和推行文学革命的，也许这才是五四文学革命的历史真实。

其三，由于胡适对文学革命的独特理解，又发现了古代文学存有"文言"与"白话"、"死文学"与"活文学"两个系统，并看到了"近世文学"这两个系统的发展出现不平衡，明清的长篇白话小说多是活文字产出的活文学，而诗歌陷入拟古主义泥沼多为死文字产出的死文学；因此面对"今日文学之腐败极矣"②的现状，胡适对文学革命提出了两项明智的策略，即不是对传统文学进行全方位的改革，各种文体的变革亦不同步进行：一是白话不宜作诗是个死结，也是文学改革最难攻克的堡垒，故文学革命须先从诗歌入手，以此作为突破口来推进文学革命；二是明清小说的《水浒传》《西游记》《红楼梦》可以作为五四文学革命的"白话老师"和"国语的模范文"，即长篇小说已形成了白话文学传统，并不是文学革命的重点，关键是如何承传、发扬、学习明清白话长篇小说来创作五四新文学。从这两项文学革命的举措中，我们亦可以窥见胡适对传统文学的态度——或批判中继承，或继承中发展，并没有把传统文学当成五四新文学的死对头。就拿诗歌革命来说，胡适提出"诗体大解放"的口号，只是要把诗歌从束缚现代人思想情感的格律体中解放出来，从不能充分表达现代人的情与意的死文言中解放出来，而对古代诗歌的歌行体、民歌体乃至白话诗歌传统是要继承的，

---

① 胡适：《白话文学史》（上），《胡适全集》第 11 卷，安徽教育出版社 2003 年版，第 205—209 页。
② 胡适：《寄陈独秀》，《新青年》1916 年 10 月 1 日第 2 卷第 2 号。

这是在批判与选择中继承，旨在以活文字创作自由体诗歌。至于将明清长篇小说《水浒传》《西游记》《红楼梦》作为"白话老师"或"国语模范文"，既反映了他对古代文学白话传统的极力肯定和弘扬，又体现出他对"文言"并不是一律排斥和反对；这是因为可以作为我们"白话老师"或"模范文"的这几部明清长篇白话小说，其体裁是典范的章回体而不是五四文学所倡导的新文体，但在胡适的艺术视野中却没有把章回体作为旧体文学，其语言也不是纯粹的白话而是半文半白或是白话中夹杂着文言，也可以说白话和文言在这几部小说中是共同完成着"达意表情"的文学任务。尤其是《红楼梦》，若说它的叙事语言和对话语言多是当时的白话尚可，但小说中穿插的大量诗词、歌赋、楹联等却大多是文言，它们在"达意表情"上则具有相当高的文学价值，它们也是《红楼梦》这部"活文学"不可分割的美学因素。因此可见，胡适在肯定明清这几部小说的白话的同时也肯定了与其同构的文言，这表明他不是对所有的文言都反对，而只是反对那些随着时代演进失去了生命力与表现力的"死文字"或"死语言"。

其四，胡适对待传统文学的态度基本上是辩证的，不仅不是彻底否定传统文学，而且通过自觉地"整理国故"，运用科学方法对传统文学"重新估定一切价值"，既为五四文学革命探寻历史根据，又为五四新文学创造提供审美资源。"若要知道什么是国粹，什么是国渣，先须要用评判的态度，科学的精神，去做一番整理国故的工夫。"①胡适对中国古代文学的整理和研究所下工夫又深又广，经过其系统的梳理和科学的分析，批判了那些没有多少思想意义和文学价值的"国渣"，发掘并播扬那些真正有学术价值和美学意义的"国粹"，并在此基础上先后写出《国语文学史》和《白话文学史》，既沟通了古今文学的有机联系，又为五四白话文学的营构备下了丰厚的资源。

上述仅对胡适有关五四文学革命文论做了粗略的考析与体察，足以证实作为文学革命"自然领袖"的他对古代文学和"近世文学"的态度不是

---

① 胡适：《新思潮的意义》，《新青年》1919 年 12 月 1 日第 7 卷第 1 号。

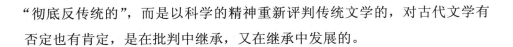

"彻底反传统的"，而是以科学的精神重新评判传统文学的，对古代文学有否定也有肯定，是在批判中继承，又在继承中发展的。

二、重解原文明真意

五四文学革命是先知先觉知识分子自发掀起的，如果说胡适是"自然领袖"之一，那么另一个"自然领袖"则是陈独秀。这不仅因为他主办《新青年》撰写倡导文学革命的文论；而且也因为他坚定不移地支持文学革命，并发表了比胡适的态度更激烈的文学革命主张，以他与胡适为核心形成了志同道合的致力于新文化运动和文学革命的"新青年"派。由于陈独秀提倡文学革命的立场坚定、主张激进，故研究五四文学革命的学者们大都认定陈独秀是文学革命当之无愧的领袖，是彻底地整体地反对传统文学的激进主义的代表人物。那么陈独秀在文学革命中是否是真的"彻底反传统"？如果能破解这个难题，那不但可以重新判定五四文学革命的性质，也能较顺利地走出五四文学的认识误区；而回答这个难题的重要途径仍应重新解读陈独秀当时发表的倡导文学革命的文论。

《文学革命论》发表于 1917 年 2 月，"余甘冒全国学究之敌，高张'文学革命军'大旗，以为吾友之声援"。这表明陈独秀视胡适为文学革命同一阵营的战友，他发表此文是以实际行动来声援胡适的《文学改良刍议》，并称赞胡适是"首举义旗之急先锋"。从陈对胡的态度来看，他对胡适文学改良的所有主张是认同的也是全力支持的，既没有提出异议又没有表示反对；这里面不仅是对胡适文学改革刍议的坚定认可，也包括对胡适有关中国传统文学看法的认可，即胡适不是以彻底否定传统文学为前提来提倡文学改良的，而陈独秀也认同这种主张，若陈不赞同胡适承续古代文学优秀传统来建设新文学，那陈决不会声援胡适，也决不会把胡当成首举义旗的急先锋，所以从陈对胡及其文学主张的态度上便可以知晓陈提倡文学革命也不是彻底反对传统文学的。特别是有些研究者往往以陈文提出的"推倒雕琢

的阿谀的贵族文学"、"推倒陈腐的铺张的古典文学"、"推倒迂晦的艰涩的山林文学"的三个"推倒"为根据，断定其是"彻底反传统文学的"。我认为这个判断并不吻合陈文对传统文学的真实把握与评价态度，陈要推倒的并非是所有的"贵族文学"、"古典文学"和"山林文学"，这三种样态文学的前面都加了两个限定性的修饰词足以显现论者的态度，即欲推倒的仅限于雕琢和阿谀的贵族文学而不是它的全部，欲推倒的仅限于陈腐和铺张的古典文学而不是它的整体，欲推倒的仅限于迂晦和艰涩的山林文学也不是它的全部；况且要推倒的"贵族文学"、"古典文学"和"山林文学"只是中国古代文学系统中的三种形态，并不是其所有文学形态和整体文学系统，尽管欲推倒的三种文学形态在古代文学系统中居重要位置，然而它们毕竟不能代替所有的古代文学形态。因此，决不能依据三个"推倒"为由断定陈之文学革命主张是"彻底反对传统文学的"。若是细读陈文的具体论述，即使仅限于其对这三种形态文学的具体分析也能看出陈独秀不是彻底否定传统文学的。在陈独秀的学术视野中，国风、楚辞"斐然可观"，而两汉的"雕琢阿谀，词多而意寡"的颂声大作的赋家则是"贵族文学古典文学之始作俑也"；"魏晋以下之五言，抒情写事，一变前代板滞堆砌之风"，这"可谓为文学一大革命"；东晋而后尚骈俪，演至有唐，遂成骈体，"此等雕琢的阿谀的铺张的空泛的贵族古典文学，极其长技，不过如涂脂抹粉之泥塑美人"；"韩柳崛起，一洗前人纤巧推朵之习，风会所趋，乃南北朝贵族古典文学，变而为宋元国民通俗文学之过渡时代"，但是韩昌黎提倡"文犹师古"、"文以载道"之谬见，致使其文学内容"远不若唐代诸小说家之丰富，其结果乃造成一新贵族文学"，其"文以载道"直与八股家之所谓"代圣贤立言"同一鼻孔出气；逮及"元明剧本，明清小说，乃近代文学之粲然可观者"，然而"明之前后七子及八家文派之归方刘姚"却"尊古蔑今，咬文嚼字，称霸文坛"，反使盖世文豪马致远、施耐庵、曹雪芹诸人之姓名为国人所不识，岂不怪哉！这就导致"今日吾国文学，悉承前代之敝"，"赤裸裸的抒情写世，所谓代表时代之文豪者，不独全国无其人，而且举世无此想"。

际兹文学革新之时，陈文之所以主张排斥传统文学结构中三种形态的文学，重在因"其形体则陈陈相因，有肉无骨，有形无神，乃装饰品而非实用品。其内容则目光不越帝王权贵，神仙鬼怪，及其个人之穷通利达。所谓宇宙，所谓人生，所谓社会，举非其构思所及。此三种文学公同之缺点也。此种文学，盖与吾阿谀夸张虚伪迂阔之国民性，互为因果"。试问，这三种文学形态的弊端当下中国文学史的研究不是也批判了吗？难道批判它就是反传统文学？陈文所斥责的仅仅是传统文学中三种形态的弊端，而对古代文学做了具体的分析，否定了那些该否定的文学弊病，说明了文学革新的必要性与针对性，肯定了古代文学该肯定的优秀传统，这些优秀传统正是陈独秀提倡的平易的抒情的国民文学、新鲜的立诚的写实文学、明了的通俗的社会文学所必须继承光大的；尽管陈文对古代文学应排斥的弊端和应继承的传统在梳理与勾勒上比较简明粗略，不及胡适《文学改良刍议》那么具体详细，但两文对古代文学的评判态度与总体认识却是一致的，即对传统文学既批判又肯定、既排斥又弘扬、既救活又承传，并不能得出他们倡导五四文学革命是彻底反对传统文学的结论。即使陈文对何谓"革命"的理解在表述上与胡适不同，在精神实质上也是相通的。"欧语所谓革命者，为革故更新之义"，自文艺复兴以来，欧洲"文学艺术，亦莫不有革命，莫不因革命而新兴而进化"①。若五四文学革命依欧洲文艺革命为参照系为楷模，那如同文艺复兴的模式一样，并不是彻底否定古代文学而进行文学变革，乃是有意识地承续传统文学而进行革命的。所革的不是所有古代文学形态的命，仅是那些僵死腐朽的丧失了生命力的悖离时代精神需求的文学；对那些真正充满人文精神、人性内涵和艺术活力的文学形态，在新的时代条件和文化语境下不只是能更好地承传，也会在更高审美层次上得到转型。欧洲文艺复兴自觉地继承了古希腊罗马文学的人文主义传统和活力充溢的艺术精神，并遵循进化路线创造了一代代灿烂文学；而五四文学革命正如蔡元

---

① 陈独秀：《文学革命论》，《新青年》1917年2月1日第2卷第6号。

培所说也是中国的文艺复兴，它同样继承了古代文学的优秀传统，创造了现代型中国文学。这能说五四文学革命是"彻底反传统的"吗？

《本志罪案之答辩书》是陈独秀代表"新青年派"学人回击旧派人物对新文化运动和文学革命进行肆意非难与讨伐的。这里仅从文学艺术的角度对此文进行解读，不少学者也常引本文的观点作为根据而认定五四文学革命是"彻底反传统的"，故不得不重新予以辨识。的确，为了回击旧人物攻击《新青年》提倡文学革命是"破坏旧艺术（中国戏）"、"破坏旧文学"的罪名，陈独秀运用了二元对立的思维方式，"追本溯源，本志同人本来无罪，只因为拥护那德谟克拉西（Democracy）和赛因斯（Science）两位先生，才犯了这几条滔天的大罪"；所以"要拥护那赛先生，便不得不反对旧艺术"，"要拥护德先生，又要拥护赛先生，便不得不反对国粹和旧文学"[①]。从"拥护"与"反对"这种非此即彼的二元对立表述中，很容易获得《新青年》同人是反对旧艺术旧文学的认识，但是只要我们前后联系起来深入思考便会发现：陈独秀诸人反对的旧艺术不是传统的所有戏剧艺术，而是背离"赛先生"即科学精神的旧戏剧，它们或者一味地盲目崇拜，或者一味地颂扬讴歌帝王将相，或者一味地宣扬鬼怪神仙，至于那些富有科学品格或科学因素的传统戏曲，不仅不反对而且要传扬；陈独秀诸人反对的旧文学更不是所有的传统文学，《文学改良刍议》和《革命文学论》两文对古代或近世文学的精华和糟粕均做了具体分析，足以为证。他们反对的旧文学正是那些既缺乏民主精神又缺乏科学精神的旧文学或死文学，而对那些充溢人文精神、人道情怀和具有抒情、写实、通俗、平易品格的活文学既要继承又要创新。试想一下，以科学精神与人文内涵来对接、充实、丰富甚至改造中国传统文学，这是从根本上推动传统文学向现代性文学转换，岂能说这样做就是"彻底反对传统文学"呢？

最能招惹社会旧人物攻击的是钱玄同所提出"废除汉文字"的主张，

---

① 陈独秀：《本志罪案之答辩书》，《新青年》1919 年 1 月 15 日第 6 卷第 1 号。

陈独秀对此亦做了辩证的分析：一是钱玄同废汉文的主张并非《新青年》同人都赞同和支持，这不是取得共识的文学革命主张，仅是他个人或者几个人的见解，不能代表"新青年派"的统一意见；也就是说，"像钱先生这种用石条压驼背的医法，本志同人多半是不大赞成的"。二是钱先生所以发出"废汉字"这样"激切的议论"，并非因为他是"中国文字音韵学的专家，岂不知道语言文字自然进化的道理？"而"只因为自古以来汉文的书籍，几乎每本每页每行，都带着反对德赛两先生的臭味（笔者按：此说法有点武断）；又碰着许多老少汉学大家，开口一个国粹，闭口一个古说，不啻声明汉字是德赛两先生天造地设的对头"，故而"他愤极了"才发出"废汉文"这种偏激之词。不只五四时期旧人物抓住钱玄同这句激愤之词来讨伐文学革命，时至今日仍有些文人念念不忘钱玄同这句话，并以此来诋毁五四文学革命；岂不知这种抓住一点不及其余的思维方式并不能全面正确地认识五四文学革命的功过，反倒与激愤言词者陷入同样的形而上学思维。我们决不能仅以钱玄同这句偏激之词来判定五四文学革命是彻底反传统的，也不能以此认定钱玄同本人的文学改良主张是彻底反传统的。钱玄同是积极响应文学革命号召的，既是文学革命的先驱者，又是文学革命主张的倡导者，他对文学革命的重要见解寓于《寄陈独秀》一文，只有重读此文才能晓知他对传统文学的真实态度。

　　钱玄同对古代文学既未笼统肯定也未抽象否定，而是具体文本具体分析，符合白话文学标准的就肯定，不符合白话文学标准的就是弊病；尽管你可以对其所持价值准则提出异议，然而却不能不承认他称道的白话文学的确是古代文学之精华，其针砭古代文学之弊病则必须予以救治。正是以这种切实求真的态度，钱玄同在赞赏胡适《文学改良刍议》"其陈义之精美"的同时而对传统文学从多维度做了剖解：一是他充分肯定"胡君'不用典'之论最精，实足祛千年来腐臭文学之弊病"，故对"齐梁以前无用典的近似白话体的文学"予以赞许，既称道了《诗经》《楚辞》及汉魏之诗歌、乐府等，又个案分析了"短如《箜篌引》，'公无渡河，公竟渡河，堕河而死，

当奈公何'，长如《焦仲卿妻诗》，皆纯为白描，不用一典，而作诗者之情感，诗中人之状况，皆如一一活现于纸上。《焦仲卿妻诗》尤与白话体无殊，至今已越千七百年，读之，犹如作诗之人与我面谈。此等优美之文学，岂后世用典者所能梦见！"钱玄同认为上述"古代文学，最为朴实真挚"。而"妄用典故，以表象语代表实者"的恶劣之风"始坏于东汉，以其浮词多而真意少也。弊盛于齐梁，以其渐多用典也。唐宋四六，除用典外，别无他事，实为文学中最下劣者"。至近世的"戏曲，小说，为近代文学之正宗，小说因多用白话之故，用典之病少；传奇诸作，即不能免用典之弊"。文学用典则是弊端，必祛之；文学不用典近似白话，必肯定。对传统文学做如此判断，虽有绝对化之嫌，但却充分肯定了白话文学的应有地位，足见其并未"彻底反传统"。二是以胡适提出的有无"高尚思想""真挚情感"为准则，钱玄同认为在小说系统中"《红楼梦》断非诲淫，实足写骄侈家庭，浇漓薄俗，腐败官僚，纨绔公子耳。《水浒》尤非诲盗之作，其全书主脑所在，不外'官逼民反'一义，施耐庵实有社会党人之思想也"。并认定"旧小说之有价值者不过施耐庵之《水浒》，曹雪芹之《红楼梦》，吴敬梓之《儒林外史》三书耳，今世小说，惟李伯元之《官场现行记》，吴趼人之《二十年目睹之怪现状》，曾孟朴之《孽海花》三书为最有价值。曼殊上人思想高洁，所有小说，描写人生真处，足为新文学之始基乎"。就戏曲来说，"如元人杂曲，及《西厢记》、《长生殿》、《牡丹亭》、《燕子笺》之类，词句虽或可观，然以无'高尚思想''真挚情感'之故，终觉无甚意味"，而在戏曲传奇中"惟《桃花扇》最有价值"。钱玄同对古代或近世文学的评价反映了他对整个传统文学的态度，也许与当下的评价有所不同，与胡适、陈独秀的评述亦有差异，但是不能不承认他所肯定的传统文学都是中国文学史上的佳作名篇，与胡、陈对古代文学的总体看法也是趋同的。这说明五四文学革命先驱们不但未彻底否定传统文学而是以新标准重新评价选择的古代文学或近世文学的佳构，同当下中国文学史的研究和书写有近乎相似的论调，这能说五四文学革命先驱对古代文学是绝对否定吗？又怎能说五四新文学与传统文学发生了断裂或断层呢？三是晚清文学是五四文学革命的先导和前奏，可贵的是，钱玄同在文学革命启动之始便敏锐地发现了"梁任公实为创造新文学之一人"，这既先行沟通了晚清文学改良与五四文学革命的同质同构关系，又指明五四文学是对晚清新文学传统的承接；并认为梁任公"输入日本新体文学，以新名词及俗语入文，视戏曲小说与论记之文平等，（梁君之作《新民说》，《新罗马传奇》，《新中国未来记》，皆用全力为之，未尝分轻重于其间也。）此皆其识力过人处"，于是称颂说："论现代文学之革新，必数梁君。"①

三、重析原文认真旨

如果说胡适、陈独秀是五四文学革命已摆好了的"自然领袖"，那钱玄同、刘半农、周作人等则是确定好了的文学革命健将，他们既是发起文学革命的积极响应者和参与者，又是文学革命理论的有见地建树者，不仅从他们坚定拥护并跟随胡、陈的文学革命倡导能显现其并非"彻底反传统"的科学态度，而且他们所写的提倡文学变革的文论更是其对待传统文学持何立场的佐证。上面已对钱玄同对传统文学近似胡、陈的看法做了简论，下面分别对刘半农、周作人的有关文论予以解读，以窥其对传统文学的真实见解。

鲁迅曾称刘半农是"《新青年》里的一个战士。他活泼、勇敢，很打了几次大仗"②。更有研究者指出："一说到'五四'文学革命，除陈独秀、胡适外，当然是不会忘掉刘半农先生的。在当时，刘先生除极力赞成胡适的'八不主义'与陈独秀的'三大主义'外，对于文学革命还贡献了许多新的宝贵的意见。"③这里不想探讨刘半农对五四文学革命所做的一切贡

---

① 钱玄同：《寄陈独秀》，《新青年》1917 年 3 月 1 日第 3 卷第 1 号。。

② 鲁迅：《忆刘半农君》，《青年界》1934 年第 6 卷第 3 期。

③ 汪馥泉：《刘半农与五四文学革命》，《世界文学》1934 年第 1 卷第 1 期。

献，只是从其文论中来梳理他在文学革命中对古代文学持什么态度。《我之文学改良观》是刘半农的重要文论，他说："文学改良之义，既由胡君适之提倡于前，复由陈君独秀钱君玄同赞成之于后"；"胡君所举八种改良，陈君所揭三大主义，及钱君所指旧文学种种弊端，绝端表示同意"，这表明他对胡、陈、钱在文学如何变革及对传统文学态度上是完全认同的。然而刘半农对文学改良也有自己的思考和见解，即所谓"见仁见智，各如其分"：其一，"不滥用文学，以侵害文字"。他认为："文学为有精神之物，其精神即发生于作者脑海之中。故必须作者能运用其精神，使自己之意识、情感、怀抱，一一藏纳于文中。而后所为之文，始有真正之价值，始能稳立于文学界中而不摇。"以此为标准，"其必须列入文学范围者，惟诗歌戏曲、小说杂文、历史传记三种而已"。至于那些酬世之文，如颂辞、寿序、祭文、挽联、墓志之属，一时虽不能尽废，将来崇实主义发达后，此种文学废物，必在自然淘汰之列，"故进一步言之，凡可视为文学上有永久存在之资格与价值者，只有诗歌戏曲、小说杂文二种也"。虽然刘半农并没能具体指明哪些古代文学是具有永存资格和有价值者，但是从其提供的价值标准中我们可以推想出，即凡是蕴含着作者真实"意识、情感、怀抱"的诗歌戏曲、小说杂文都不当废，不仅在文学史上应保存其资格，也要掘发其"价值"，就是那些不能列入文学范畴的"酬世之文"，尽管缺乏美学价值也不能立即废掉，应遵循自然进化规律使其逐步变化，由此可见，他对传统文学的态度并非"彻底否定的"。其二，虽然刘半农同意以白话取代文言的文学主张，但他却认为"文言白话可暂处于对待的地位"，因为"以二者各有所长、各有不相及处，未能偏废故"。"就平日译述之经验言之，往往同一语句，用文言则一语即明，用白话则二三句犹不能了解。""是白话不如文言也。然亦有同是一句，用文言竭力做之，终觉其呆板无趣，一改白话，即有神情流露，'呼之欲出'之妙。""则又文言不如白话也。"由于文言与白话各有其长也各有其短，虽然刘半农同意"白话为文学之正宗与文章之进化"主张，但他认为要"做到'言文合一'，或'废文言而用白话'之地位"则是"将来之期望"，并非一蹴而就的，当下应做的"惟有列文言与白话于对待之地，而同时于两方面力求进行之策"：于文言一方面，则力求其浅显使与白话相近；于白话方面，除竭力发扬其固有之优点外，更当使其吸收文言所具之优点，至文言之优点尽为白话所具，则文言必归于淘汰，"而文学之名词，遂为白话所独据，固不仅正宗而已也"。从刘半农对白话与文言之优劣及其相互转化的辩证分析中，可见其对传统文学的文言并无"彻底否定"之意，而是强调白话只有更好更多地汲取文言的优点方可获得正宗地位，这也是对胡适、陈独秀白话文学主张的有益补充。其三，刘半农认同"诗体大解放"，增多诗体，除了古代"律诗排律"当废外，其余的绝诗、古风、乐府三种（曲、吟、歌、行、篇、叹、骚等，均乐府之分支，名目虽异，体格互相类似），尽可供"新文学上之诗之发挥"[1] 也，足见其对于诗歌革命不忘强调承传古代诗体而创新体诗。

上述胡适、陈独秀、钱玄同、刘半农的文论，尽管也注意到传统文学在内容上的弊病，必须借助改革以救治之，然而其侧重点却是关注于文学形式如文体、语言的革命，因之对古代或近世文学的评判也是以语言为准绳，便使白话文学得到推崇，使文言文学大多受到排斥；当周作人发表《人的文学》《平民文学》等文论后，文学革命则更重视更倾向于文学内容的改革了。正如胡适所指出的：周作人发表的《人的文学》，"这是当时关于改革文学内容的一篇最重要的宣言"，它把"我们那个时代所要提倡的种种文学内容，都包括在一个中心观念里，这个观念也叫做'人的文学'"。这种"人的文学"并非世间所谓"悲天悯人"或"博施济众"的慈善主义的人道主义文学，而是"一种个人主义的人间本位主义"的人道主义文学。若以此为标准来衡量中国古代或近世文学，周作人认为"从儒教道教出来的文章，几乎都不合格"，就是"单从纯文学"来考察诸如"色情狂的淫书类"、"迷信的鬼神书类"、"神仙书类"、"妖怪书类"、"奴隶书类"、"强盗书类"等

---

[1] 刘半农：《我之文学改良观》，《新青年》1917 年 5 月 1 日第 3 卷第 3 号。

十种书类也属于"非人的文学"①。对于以这种"人的文学"标准排斥了如此多的传统文学，连胡适也有歧义了，他说："用这个新标准去评估中国古今的文学，真正站得住脚的作品就很少了"，像《西游记》《水浒传》《七侠五义》这样的白话小说也成了"非人文学"，"这是很可注意的"②。既然作为文学革命"自然领袖"的胡适对周作人以"人的文学"为标准来评估传统文学觉得太苛刻太严格，那么我们是否也可以据此认定周作人的文论是"彻底反对传统文学"的？只要细读其文论，就不应这样理解。周作人从我国古今文学中归结出十类"非人的文学"固然流露出一种偏激的否定倾向，即使这样我们从其文论中也可以寻找出其没有"彻底否定传统文学"的根据：一是他认为"人的文学"并不时髦，其实"世上生了人，便同时生了人道"，"无奈世人无知，偏不肯体人类的意志"，既不去发现人道又不去讲人意，"彷徨了多年，才得出来"。这就明确地告诉人们，人道主义及其人的文学是伴随着世间人的产生而产生，只是人类没有自觉地去发现、去提倡它；"欧洲关于这'人'的真理的发见，第一次是在十五世纪"，而中国关于"人"的发现，根据目前学界的研究则认定在先秦时期，那是"一次早熟的东方'文化复兴'"，其所提出的"爱人"与"泛爱众"的平等、博爱的人道主义理念具有"超越时代的永恒价值"③。并不像周作人所说中国"关于人的问题，从来未经解决"；既然这样，为何"人的文学"论及"人爱人类"的人道主义思想时，却肯定了先秦"墨子说'兼爱'的理由，因为'己亦在人中'，便是最透彻的话"。如果说这不是逻辑上的自相矛盾，那只能表明在提倡"人的文学"时周作人已意识到先秦诸子散文中已蕴含着以人为本的人道主义思想。先秦散文已具有人道主义内涵，而后几千年的古代文学里的人道主义情思虽有所变异但也有所发展，故传统文学里的"人的文

---

① 周作人：《人的文学》，《新青年》1918 年 12 月 15 日第 5 卷第 6 号。
② 胡适：《中国新文学大系·建设理论集·导言》，上海良友图书印刷公司 1935 年版，第 30 页。
③ 王树人、喻柏林：《传统智慧再发现》（下），作家出版社 1996 年版，第 2—3 页。

学"依然尚存，周作人并没有完全否定它。二是周作人排斥那种"偏于部分的、修饰的、享乐的或游戏的"贵族文学，但并不是拒斥一切的贵族文学，即使他所肯定的白话的平民文学也是那些"以普通的文体，写普遍的思想与事实"、"只应记载世间普通男女的悲欢成败"。尽管他对平民文学的美学要求挺严格，但却承认中国传统文学中亦有"理想的平民文学"，而"只有《红楼梦》要算最好，这书虽然被一班无聊文人文学坏成了《玉梨魂》派的范本，但本来仍然是好"①。哪怕以现代最严格的价值尺度来考量中国传统文学也能从中择取最优秀的平民文学，周作人并没有因为《红楼梦》描写了"才子佳人"而把它归类于"非人的文学"，却认为其是传统文学中最好的小说，由此可见他对古代文学的态度非是"绝对否定"的。通过对中国文学史的梳理与辨析，胡适发现平民文学的提倡并不是始于五四文学革命，它是继承了二千多年最富活力与生气的平民文学传统。即：唐以前"五六百年的平民文学——两汉、三国、南北朝的民间歌辞——陶潜、鲍照的遗风，几百年压不死的白话文学的趋势"；到了唐宋，文学的真价值、真生命"在它能继承这五百年的白话文学的趋势，充分承认乐府民歌的文学真价值，极力效法这五六百年的平民歌唱和这些平民歌唱所直接产生的活文学"②。宋元以降，平民文学在曲折中又有新发展，而五四文学革命正是对它的承传与弘扬。这怎能武断地说五四文学革命切断了与中国古代文学的联系？三是在《中国新文学源流》讲演中，周作人把五四文学革命与明代公安派、竟陵派文学通过比较做了对接，他认为公安派、竟陵派文学是五四新文学的源流，"明末的文学，是现代这次文学运动（指五四文学革命——笔者注）的来源，而清代的文学，则是这次文学运动的原因"③，不仅"胡适之、冰心和徐志摩的作品，很像公安派的"，"竟陵派相似的是俞平伯和废名两人"④，

---

① 周作人：《平民文学》，《每周评论》1919 年 1 月 19 日第 5 号。
② 胡适：《白话文学史》（上），《胡适全集》第 11 卷，安徽教育出版社 2003 年版，第 343 页。
③ 周作人：《中国新文学源流》，人文书店 1932 年版，第 55 页。
④ 周作人：《中国新文学源流》，人文书店 1932 年版，第 52 页。

而且"胡适之的所谓'八不主义',也即是公安派的所谓'独抒性灵,不拘格套',和'信腕信口,皆成律变'主张的复活"。[①]不管你是否认同周作人的看法,即使其发表于三十年代初的演讲也可以印证他对五四文学革命与传统文学有着密切互通关系的看法。以上三点根据,足以证明周作人从文学内容方面强调文学革命而对传统文学做出的评价哪怕严格一些也没有"彻底反传统"。

通过对五四文学革命两位"自然领袖"和三位在文学革命理论主张有建树的先驱人物的代表性文论的解读,我们可以获得这样的认知:虽然他们不能涵盖五四文学革命所有的理论主张,但却是决定文学革命方向和性质的理论建构,从文论的基本观念与逻辑思路所体现出的主体态度来看,尽管个别观点有所偏激,然而总体考量他们所要改革的是古代文学尤其近世文学的弊端和不适应时代需求的丧失生命力和活气的所谓"死文学",对古代文学的精华部分和优秀传统既要继承又要光大;如果不是坚持抓住一点不及其余的肆意上纲上线的思维方式,那决不会得出五四文学革命是"彻底反传统文学"的结论,而且也不会长期相信这个缺乏充分史实根据的判断。

五四文学革命先驱们提倡文学革命并没有明确的政党意识和阶级诉求,用胡适的话来表述就是"为大中华造新文学",所以他们没能把中国古代文学定性为封建主义,也没有为新文学做阶级定性,只是以不具价值内涵的新与旧来区分传统文学和现代文学。实究起来,先驱们对文学革命所指向的古代文学或近世文学之所以能进行较为理智的辩证地具体分析,并没有笼统地、主观地、武断地、全面地否定传统文学,在我看来,大致有这样的缘由:学贯中西、博古通今的知识结构和开放宏阔的现代学术视野,使倡导或参与文学革命的先驱们,不论对中国古代文学或近世文学的评估或对域外文学的判断,都会进行纵横比较而做出较为客观公正和心中有数的分

---

① 周作人:《中国新文学源流》,人文书店 1932 年版,第 90 页。

析，决不会轻率地、武断地对中国文学进行绝对否定而对外国文学绝对肯定。因为他们大多是北京大学的知名教授或杰出学者，大都有欧美或日本的留学背景，甚至对中国文学有系统而深刻的研究，如胡适著有《国语文学史》《白话文学史》、鲁迅著有《中国小说史略》、钱玄同和刘半农是著名的语言文字学家等，他们所撰写的倡导文学革命的文论既不是心血来潮的急就章，也不是头脑固有的纯主观之物，而是有充实史料和坚实作品做支撑的学术论著，所以他们提倡文学革命决不是哗众取宠、腹中空空的浅薄之辈的轻狂之举，而是"酝酿日久"的胸有成竹的革命行为，并非要"彻底反对传统文学"，乃是在批判中承传和在承传中发展，将中国文学推进到新的历史阶段。此其一。五四文学革命先驱们无不深受科学主义思潮洗礼，科学精神贯彻文学革命全过程，他们大都自觉地坚持科学人生观和方法论创构新文学、评判旧文学，虽然有的看法不免有机械论之嫌，但绝大多数文论体现了"实事求是"的科学求真精神，"拿证据来"是胡适文论所持的思维方法，也是其他文论所拥有的，这更可以说明五四文学革命对传统文学的评判是经过科学论证的。此其二。

今天，对于文学革命的研究应该走出某些认识的误区，特别是对于胡适这位五四新文化运动与文学革命的重要领袖和首举义旗以及理论设计者的重新解读与重新评述，应将其置于特定的历史范畴，还其以更真实的面目，再不要出现"东风来了有东风的五四文学革命面貌，西风来了有西风的五四文学革命性质"，再不要把胡适其人其文的研究妖魔化、荒谬化，学术研究亦怕"穷折腾"！且以此文作为本书的代序。

第一章

坚持科学理性 "为大中华，造新文学"

——解读胡适科学的人生观

　　胡适（1891—1962）终其一生"为大中华造新文学（化）"，这是他1916年4月13日在美国留学时写的《沁园春·誓诗》中所立的宏愿，即"为大华，造新文学，此业吾曹欲让谁？"乃何等的壮志凌云，何等的英雄豪迈！他是这样宣誓的，更是这样躬身实践的，充分显现出为大中华造新文化新文学的现代文化英雄本色；如果说在五四前后中国文化转型激变期涌现出一批文化英雄，那么胡适就是五四文化英雄谱中的急先锋和擎旗者。胡适之所以能成新文化英雄而为大中华造新文化立下丰功伟绩，其中重要的缘由是他始终坚持科学理性或科学的人生观。如胡明所概括的："他的坚持科学宇宙观与人生观，终身服膺无神论，鼓吹个性解放，宣传婚姻自由，提高妇女地位，抨击封建礼教，反对祭孔读经，推行教育改革，主张民主人权，努力社会改良，提倡节制生育等等，无一例外地都可看作是他为建立新的文化'范式'所作的主观努力。""胡适在所涉猎的各人文科学学科都沉潜下来做过一番研究探索的工作，写出了一批有很高学术造诣的专著与文章，在诸多学科都作出了开风气的重大贡献。"① 不论在对中国已有文化所做的解构或者在对中国新文化所做建构披荆斩棘的过程中，胡适持之以恒地出色地所运用的科学人生观虽然不能说无坚不摧、所向披靡、凯歌高奏，但是却在大多数文化领域或人文学科收获了丰硕的果实，显示出科学人生观的富有成效的不可低估的创新功能与巨大思想威力。这种骄人的解构或建构大中华文化并创造新范式推动中国文化转型的实绩，不能不激发起我们

---

① 胡明：《胡适传论》（上），人民文学出版社1996年版，第5页。

探询胡适的科学理性精神或科学的人生观的深刻内涵、结构功能以及实践效果的浓厚兴趣。

一、为大中华造新文学的哲学思想

胡适的科学人生观或科学理性精神的获得，就其文化根源来说，既有对宋明理学的"疑"与"思"的传统思想的继承，使胡适在出国留学前就是个无神论者，他既怀疑古代源于佛教的天堂地狱、灵魂不灭说，又拒斥传统的鬼神迷信说，更有对西方科学文化特别是杜威（John Dewey）的实验主义科学方法的情有独钟的崇拜。由于胡适带着已有的并不成熟的科学理性思维赴美留学，一遇到正在勃兴的科学思潮以及基于科学理性的实验主义便产生了有机的对接与契合，几乎就在胡适发誓要为大中华造新文化新文学的前后，他便决定师从杜威学习哲学，这启示我们不自觉地做这样的推测：也许是科学理性思潮的驱动使胡适生发了为大中华造新文化新文学的设想，反过来又是为大中华造新文化新文学的内在需求迫使胡适独钟于科学理性哲学。胡适在《介绍我自己的思想》中说："我的思想受两个人的影响最大，一个是赫胥黎，一个是杜威先生。赫胥黎教我怎样怀疑，教我不信任一切没有充分证据的东西。杜威先生教我怎样思想，教我处处顾到当前的问题，教我把一切学说理想都看作待证的假设，教我处处顾到思想的结果。这两个人使我明白了科学方法的性质与功用。"[1] 胡适进入哥伦比亚大学之前就系统阅读了实验主义经典哲学著作，深受科学理性主义洗礼。他颇有体会地说："天下无有通常之真理，但有特别之真理耳。凡思想无他，皆所以解决某某问题而已。人行遇溪水则思堆石作梁，横木作桥；遇火则思出险之法；失道则思问道，不外于此。思想所以处境，随境地而易，

---

① 胡适：《介绍我自己的思想》，《胡适全集》第 4 卷，安徽教育出版社 2003 年版，第 658 页。

不能预悬一通常泛论，而求在在适用也。"① 并以这种实验主义科学方法为武器，有意识地进行运用，对"证"与"据"有了新的看法，他认为中国的论理虽有据却无证，因为"证者，乃科学的方法，虽在欧美，亦为近代新产儿"；欧洲中世纪宗教气焰高涨时，《新旧约》之言皆是为论理之前提，其后之谈"天演进化"论者皆妄谈也，故"欲得正确的理论，须去据而用证"。"证者根据事实，根据法理，或由前提而得结论（演绎），或由果溯因，由因推果（归纳）：是证也。"② 这说明对某一个问题的解决只提出了或以事实或以法理为根据的假设，如果不经过严密的逻辑论证那是不可能获得正确结论的，也就不可能发现真理或取得满意的效果，可见只有"据"没有"证"算不上科学的方法，惟有"证"方是求索真理、发现真理的科学方法。可以毫不夸饰地说，对胡适科学人生观的形成起决定作用的就是杜威，如果他不是师从杜威、不迷恋杜氏的实验主义就不可能树立起牢固的科学人生观；没有杜威及其实验主义对胡适的塑造，也不可能有胡适终生不息的文化生命或哲学生命或学术生命。胡适晚年的《口述自传》中多次谈到杜威的观念或思想的种子通过其讲演和对话落入胡适的沃美的思想土壤之内，就滋长出新的智慧体系，足见胡适的科学人生观的思想之源主要来自杜威及其实验主义；由于胡适从不盲从或迷信偶像，总是带着一种怀疑眼光来看待一切并用自己的思想来思考一切，所以他对杜威实验主义科学方法的接纳进行了创造性的改制与独特的选择（另文再谈），这就使他的科学人生观的内涵与功能既不是照搬又不是活剥而具有了独创性，形成烙上胡适思想印记的一套科学人生观的系统话语。

胡适对于何谓科学的人生观，曾于 1923 年和 1928 年以同样的《科学的人生观》为题做了较系统的阐释，这说明了他对科学人生观研究的深入和重视程度，也说明了他对科学人生观传播之切宣传之急，恨不得立即普

---

① 胡适：《留学日记》卷九，《胡适全集》第 28 卷，安徽教育出版社 2003 年版，第 121 页。
② 胡适：《留学日记》卷十一，《胡适全集》第 28 卷，安徽教育出版社 2003 年版，第 239 页。

及科学的人生观，将中国人民从迷信蒙昧、保守顽愚的迷雾中拯救出来，去迎接世界性的科学思潮的洗礼。他在 1923 年写的《科学的人生观》中对"科学的人生观"做了这样的界说与归结：人生观从字面上看是一个人对于"人生"的意义和价值的见解；不过"人生"不是孤立的，人生的意义和价值是跟着一个人对于世界万物和人类的见解而决定的，所谓人生的价值只是说人生在这世界万物之中占有什么地位，有什么价值，故而"人生观"就是我们评估人生在世界万物里所占地位和所具价值的种种见解，即"人生观是我们对于宇宙万物和人类的态度；人们对于宇宙万物有了正当的了解，自然对于人生的意义和价值也有了正当的了解"。怎样才能对宇宙万物或人生的价值意义获取正当的了解，并非所有的人生观或宇宙观都能对人生或宇宙做出正确的考析。人类历史上曾流行过各种各样的"愚昧"有益于人类而对于宇宙或人生做出不正当甚至荒谬的宇宙观或人生观，给人类造成无尽的痛苦和灾难。十九世纪法国的爱米尔·左拉（Émile Zola）曾以科学理性做了深刻的剖析，他认为那种非科学的宇宙观或人生观所制造的"愚昧有益于人类的神话，可以说是一种长期的社会罪行。贫困，肮脏，迷信，邪恶，谎言，专政，对于妇女的蔑视，对男子的奴役，一切肉体上和精神上的创伤，都是由于这种蓄意培养的愚昧而产生的，而这种愚昧已经成为政府和教会的统治工具。只有知识（科学理性知识——笔者注）才能摧毁这些骗人的教义，消灭那些靠散布谎言为生的人们，才能构成巨大的财富的源泉，既使土地获得丰收，又使文化繁荣昌盛。愚昧从来没有给人们带来幸福；幸福的根源在于知识；知识会使精神和物质的贫薄的原野变成肥沃的土地，每年它的产品将以十倍的增长率，给我们带来财富"[1]。在现代世界上只有科学理性精神或科学的人生观或宇宙观，才有可能解决或解释人类面临的最富人文精神的现实问题和带有终极意味的全球性问题。既

---

① 北大西语系资料组编：《从文艺复兴到 19 世纪资产阶级文学家艺术家有关人道主义人性论言论选集》，商务印书馆 1971 年版，第 380 页。

然科学的人生观如此重要，那胡适竭力地阐述并宣传科学的人生观的劳绩就值得我们当下人的格外尊重与敬佩了。究竟何谓"科学的人生观"，胡适认为它包含两层意思："一是充分采纳科学对于宇宙万物的解释，使这些科学研究的结果成为我们的人生观的一部分。一是随时随地用科学的态度和方法来应付一切人生问题。"由于胡适所认定的人生观包括在宇宙观之中或者是宇宙观的一个维度，这就示明他在论述人生观时也是在阐释宇宙观，所以要以科学人生观考察人生的真正意义和价值时必须将其置于宇宙时空，这样方能明白人生的真意义和价值。首先要考察人生在空间的位置，其次考察人生在物质界的位置，再次考察人生在生物界的位置，只有从这三个维度对人生做了考察并对发现的问题做出了回答，我们方才有了明确的人生观。非是所有的人生观或宇宙观都是明确无误的，惟有科学的人生观方可达至这样的境界，因而"我们在今日研究人生，自然应该充分利用科学家已得的结果来作我们研究的资料，来解答人生在空间、时间、物质界、生物界的位置的种种问题。科学家认为已经证实了的，我们应该尽量接收，作为我们人生观的已解答的部分。科学家还没有认为可以解决的，我们也只可悬为疑案，存而不论，切不可妄作聪明，下没有证据的武断。凡能这样充分容受科学的结果的人生观，我们就叫他做'科学的人生观'。凡关于科学未曾解决的人生问题，虽没有科学的结果可以引用，但我们若能随时随地用科学的态度和方法去研究解决，也可以帮助得到一种'科学的人生观'，因为凡用科学的方法和态度来研究的，都可以叫做'科学的'"①。可见，胡适对科学人生观或宇宙观是从三个维度进行考察与论析的，也就是说他的科学人生观是由科学的原则原理或科学精神、科学的态度与科学的方法三个维面构成的。

1928 年胡适以《科学的人生观》为题所作的演讲，再次对科学的人生观进行了具体而条理的阐明。他仍然从科学的人生观的两大层次的意思即

---

① 胡适：《科学的人生观》，《胡适全集》第 7 卷，安徽教育出版社 2003 年版，第 482—489 页。

"第一拿科学做人生观的基础；第二拿科学的态度、精神、方法，做我们生活的态度，生活的方法"来论述科学的人生观，使科学的人生观的内涵与功能越加明确清晰。所谓"拿科学做人生观的基础"，就是以现代科学的原则原理或现代科学知识或现代科学理性作为科学人生观的理论基础，开拓我们对宇宙或人生进行探究和认识的理性视野；并且拿现代科学研究已有的成果为科学的人生观规范了"新的十诫"：第一，要知道空间的大，则拿天文、物理研究获得的新科学成果，便晓得宇宙之大，对宇宙天体的认识就能具有大的眼光，对人在宇宙空间的地位就能有个恰切的认识，不只是能认识到地球仅是宇宙间的沧海一粟，也能晓得人类在宇宙间更是小，真是不成东西的东西。第二，时间是无穷的长，即从地质学、生物学的研究成果晓得时间是无穷的长的，既认识到太阳系的存在已有几万万年的历史又知道生物乃至人类的存在也有几千万年或几百万年的历史，"明白了时间之长，就可以看见各种进步的演变，不是上帝一刻可以造成的"。第三，宇宙间自然的行动，即根据一切科学的原理可以知道宇宙及万物都有一定不变的自然行动，也就是各自遵循永恒的客观规律在运行，背后并没有什么主宰或指挥者或规范者；晓得此理就能打破月蚀被天狗所吞的种种迷信。第四，物竞天择的原理，这是从现代生物学研究成果中所获取的，不仅生物界、动物界不能不受到物竞天择原理的安排，而且从动物界进化过来的人生界也不能完全逃脱这个原理的规约，不然人类"为什么不安排一个完善的世界呢"？第五，人是什么东西，从社会学、生理学、心理学的研究成果中可以窥见人对自我的认识已升华到新的理性层次，有的认为"人是两手一个大脑的动物"，有的认为人是社会关系的总和，有的认为人是灵与肉完全一致的人。第六，人类是演进的，这是从人种学研究的科学成果中获取的认识，"犹如宇宙中的一切事物——大到天体、小到原子的结构——都是在引力与斥力相抗衡的'力的结构'中才能维持其生存一样，人要在自然中、在社会中维持自己的生存、维持自己的尊严，就不可能没有反抗"[1]；为了应付周围的环境就不可能不通过各种实践不断地改变自己，在演进中求生存，在生存中谋发展。第七，心理受因果律的支配，这是从现代心理学、生物学的研究成果所获得的认识，通过反复的探讨与实验，科学家发现人的思想或做梦即理性思维活动或无意识的非理性活动都受因果律的支配，都是心理、生物的现象，所以人的心理并非是超然的，可以游离出人体的飘忽不定的灵魂。第八，道德、礼教的变迁，这是从生理学、社会学的研究成果中认识到人类的道德、礼教并不是永恒不变的，随着时间的推移和世情的演进也会变迁的，"所以道德、礼教的观念，正在改进"。第九，各物都有反应，即各种各样的事物都是活的、动的，这是从现代物理学、化学的研究成果中所认识到的，既然物质都是活的动的，即使石头加了化学品也有反应，那么不论个体的人或群体的人都更是活的动的了，"像人打了一记，就有反动一样"。第十，人的不朽，这是根据一切科学知识所获的辩证认识，固然人是要死的，这是谁也不能抗拒的自然规律，但是人却不同于物质的腐败以及猫死狗死，个人的不朽则是立德、立功、立言遗留下的功德，故而"凡是功业、思想，都能传之无穷；匹夫匹妇，都有其不朽的存在"。由于上述胡适以现代科学思想、理性知识作为其科学人生观的理论基础，不仅开扩了认识视域也增强了其观察解释自然现象或社会现象或心理现象、人文现象的敏感度和科学性，使其对人类的外宇宙和内宇宙获得这样的科学见识："我们要看破人世间、时间之伟大，历史的无穷，人是最小的动物，处处都在演进，要去掉那小我的主张，但是那小小的人类，居然现在对于制度、政治各种都有进步。"这种将人类置于广袤无垠的宇宙间对其人生价值意义与所处地位的评估，使我想起了十七世纪法国天才巨人帕斯卡尔（Blaise Pascal）在其遗著《思想录》中相见略同的一段话："人只不过是一根苇草，是自然界最脆弱的东西；但他是一根能思想的苇草。用不着整个宇宙拿起武器来才能毁灭了他；一口气，一滴水就足以致他死命

---

[1]　许苏民：《人文精神论》，湖北人民出版社 2000 年版，第 24 页。

了。然而，纵使宇宙毁灭了他，人却仍然要比致他于死命的更高贵得多；因为他知道自己要死亡，以及宇宙对他所具备的优势，而宇宙对此却是一无所知。因而，我们全部的尊严就在于思想。"这里的"思想"，我理解是科学的思想，是科学的宇宙观或人生观。

若说"新的十诫"是胡适从科学的人生观所拥有的现代科学原则或科学理性精神，回答并阐释了人类所面临的物质世界和精神世界的人生十个层面的问题，显示出科学的人生观的优势与特质；那么胡适接着便从四个相互联系的方面论述了科学的人生观的第二层意思，即"科学的态度、精神、方法"。科学的人生观是以科学研究成果或科学理性思想为基础的，它既是发现人生问题、解决人生问题或阐释人生问题的理论依据或思想假设，又是科学态度或科学方法探索问题、解决问题或判断问题的价值尺度；而科学的态度或科学的方法又是科学人生观的通则原理在探究人生诸多问题的外在显现或操作程序，反过来，科学态度或科学方法的卓有成效的运作不仅能验证科学人生观的思想基础是否精确坚固，也能进一步充实和深化人生观的科学理性思想，从这个意义上可以把胡适所说的"科学的人生观"视为"科学的方法论"。而这种科学的方法、精神、态度着重体现于四个方面：一是怀疑，在人生中若有了怀疑态度，不论碰到什么问题、遇到什么思想主义、听到什么言谈话语，都要问几个为什么，既不轻信又不盲从，用自己智慧的眼光多看看，以自己灵敏的头脑多想想，从消极方面说减少或不上当受骗，就积极方面讲可以从怀疑中发现真理、获得灼识，没有怀疑精神就不可能在纷纭复杂的人生中锐意进取，也不可能在自然科学或人文科学研究中不断求真创新。二是事实，就是要"实事求是"，不论对人生问题或其他事情都不能毫无事实根据地怀疑，即使从事什么活动也不能只务虚名乱喊口号、说大话、说空话、说套话，必须遵循实事求是的科学态度"做切实的工作，奋力去做"。三是证据，即怀疑之后决不能陷入绝对否定的虚无主义，"相信总要相信，但是相信的条件，就是拿证据来"；"拿出证据来"这是科学人生观的科学方法的精华所在、本质所在，若没有或缺乏"证据"就意味着解构了科学人生观的主要功能，也等于解除了科学方法的武装，所以胡适认为有了"拿证据来"这一句，"理论学诸书，都可以不读"。四是真理，这应是从怀疑态度、实事求是精神到拿出证据来的层层推进的科学方法所要获得的结果，或者说是科学方法的必然逻辑归宿即寻求人生真谛或探求科学真理。正如胡适所说："科学家是为求真理"，"人生的意味，全靠你自己的工作；你要它圆就圆，方就方，是有意味；因为真理无穷，进步快活也无穷尽"。①

综合观之，胡适曾在《介绍我自己的思想》中将《科学的人生观》序言、《不朽——我的宗教》《易卜生主义》三篇论文说成是"代表我的人生观，代表我的宗教"，特别在《科学的人生观》序言中把力图建构的"自然主义的宇宙观"（即科学的人生观）说"'全种万世而生活'的就是宗教，就是最高的宗教"②，基督教会则讽刺胡适提出的科学人生观的"新十诫"也是"宗教"。如果说"科学的人生观"真能代表胡适的"宗教"，那么他的"宗教"就不仅仅体现于上述三篇文章中，而是作为一种科学理性主义"宗教"精神几乎贯穿其所有的著作和文章，即使他创作的诗歌、小说、戏剧等文艺作品也流露出一种科学理性精神，因而可以说崇拜科学理性、尊重科学精神、恪守科学人生观则成了胡适生命价值的根基与创造现代文化的灵魂。胡适所谓的"宗教"只不过是其殚诚尽力地以现代科学理性精神铸造适应世界思想潮流的科学宇宙观或人生观，通过宗教更新的改良与实验，将其注入中华民族的文化心理与意识形态，使我国的传统文化系统或人生方式或人生观念发生结构性的变化，从而使中国人怀着新的信仰、显出新的精神风貌、展示新的人生智慧、追求新的人生目标而进入世界现代化的总轨道。为达此目的，胡适殚精竭虑地宣传科学的人生观、解释科学的人生观、实践科学的人生观、检验科学的人生观这个"宗教"。1922年3月25日在"科

---

① 胡适：《科学的人生观》，《胡适全集》第8卷，安徽教育出版社2003年版，第1—5页。
② 胡适：《〈科学与人生观〉序》，《胡适全集》第2卷，安徽教育出版社2003年版，第213页。

玄之争"的前夕，胡适给北京政法专门学校做了题为"科学的人生观"的讲演，他曾于同天的日记写下一个提纲，可看成是对"科学的人生观"的最简明最精要的概括，主要从三大层面解说的：一是"科学的人生观即是用科学的精神、态度、方法来对付人生的问题"。二是"科学的精神在于他的方法。科学的方法有五点：（1）特殊的，问题的，不笼统的。（2）疑问的，研究的，不盲从的。（3）假设的，不武断的。（4）试验的，不顽固的。（5）实行的，不是'戏论'的"。三是"科学的方法，应用到人生问题上去：（1）打破笼统的'根本解决'，认清特别的、个体的问题。人生问题都是个别的……故没有系统的解决。（2）从研究事实下手，不要轻易信仰，须要先疑而后信。（3）一切原理通则，都看作假设的工具；自己的一切主张，都看作待证的假定。（4）用实验的证据来试验那提出的假设；用试的结果来坚固自己的信心，来消除别人的疑心与反对。（5）科学的思想是为解决个别问题的，已得到了解决法，即须实力奉行。科学的人生观的第一个字是'疑'，第二个字是'思想'，第三个字是'干'！"从这三个层面来阐释科学的人生观，既可以看出胡适是对他崇信的实验主义做了创造性的活学活用，又可以看出他的科学人生观的主要思想渊源何在。依据胡适《科学的人生观》的提纲并联系其他著述，以下再从"科学的精神"和"科学的方法"两个方面进行具体的梳理与论析。

　　作为科学人生观的"科学的精神"就是"实事求是"的精神。胡适至少在《科学的人生观》《格致与科学》两篇文章中提到"实事求是"这个概念，而今"实事求是"则成了辩证唯物史观的思想路线或认识路线的核心理念，可见"实事求是"所蕴含的科学精神影响之深广。它不仅沟通了科学的人生观与马克思主义唯物史观或人生观的联结点，而且在复兴中华民族的各种事业中和实现中国全方位现代化的过程中已经发挥和正在发挥着巨大的功效；尽管现在我们所运用的"实事求是"的概念已赋予了更多的新内涵，然而它原有的科学精神却是不可变更的内核。对于"实事求是"的科学精神，胡适除了从西方现代哲学、科学理性中做了大胆而有选择的汲取外，他还从中国古代思想的研究中进行承传。胡适认为《大学》说的"致知在格物"，而"格就是到"，格物就是到物上去穷究物的理，求至乎其极则是致知，这确是科学的目标；到了宋明理学虽也提出"即物穷理"，却没有建立起中国的科学时代，其最大缘故"是因为中国的学者向来就没有动手动脚去玩弄自然界实物的遗风"，那些"长袍大袖的士大夫，从不肯去亲近实物。他们至多能做一点表面的观察和思考，不肯用全部精神去研究自然界的实物"。直至十七世纪以后的"朴学"（又叫"汉学"），方用精密的方法研究训诂音韵，去校勘古书。"他们做学问的方法是科学的，他们的实事求是的精神也是科学的。"所以，"我们现在和将来的努力，要把这两项遗产（按：一是程朱的"即物穷理"的科学目标，一是朴学家实行的"实事求是"的科学精神与方法——笔者注）打成一片：要用那朴学家的'实事求是'的精神与方法来实行理学家'即物穷理'的理想"[1]。正因为"实事求是"概括了科学人生观的科学精神的内涵，所以胡适又以"拿证据来"四个字来概括"科学精神"，在胡适的学术视野里，"实事求是"与"拿证据来"是意思相通而相同的，都具有科学精神，"事实"与"据"相对应，事实可以作为根据，而根据又源于事实；"求是"与"证"相对应，"证"就是逻辑论证，没有演绎的或归纳的或辩证的逻辑论证就不可能从"实事"中发现真理，也不可能以"据"来证明或推演真理，而"求是"就是从"实事"中去探寻真理、抽绎真理，可见它们之间的相互逻辑关系充溢着科学精神。为了论证"拿证据来"饱含着科学精神，胡适首先从《中庸》中找到证据，他认为"无征则不信"这句话翻成白话就是"拿证据来"，即给我证据我就相信，没有证据我就不相信，这表明传统学术研究重证据所形成的科学精神流脉是相当久远的。其次，英国科学家赫胥黎（Thomas Henry Huxley）也是非常重视"证据"的，他说："必须要严格的不信任一切没有充分证据的东西"；又说："我年纪越大，越分明认得人生最神圣的举动，就是口里说

---

[1] 胡适：《格致与科学》，《胡适全集》第 8 卷，安徽教育出版社 2003 年版，第 80—82 页。

出和心里觉得我相信这件事是真的。人生最大的报酬和最重的惩罚，都是跟着这句话来的。"倘说唯真是求已成了赫胥黎的人生信仰，那么这种"真"的信仰必须建立在充分的证据之上。有些人说"科学的精神就是寻求真理"，胡适则认为这与"拿证据来"在精神实质上是一致的，两者并不矛盾，只是以"拿证据来"表达"科学精神"比前者显得更扼要。"所谓寻求真理，如果我们把范围缩小一点寻求真理这个问题，就成了我们应该相信什么？什么是我们应该相信的，什么是我们不应该相信的？"①回答这个问题还是要靠证据，有充分证据则相信，无证据或缺乏证据就不相信，有证据就有真理，没有证据就是没有真理，所以务必"要拿出证据来，要跟着证据走"。这是"一种科学的理论，也是我们当今处世与求学的一种常识的态度"②，更是把中华民族从瞒与骗的大泽中真正拯救出来的良药。

作为科学人生观的科学方法，胡适用"大胆的假设，小心的求证"作了概括，这种科学的方法与科学的精神紧紧联系在一起，形成了科学的人生观的有机结构。科学方法是源于科学研究实践又用于科学研究实践，科学研究并非没有科学方法，而科学方法又不是凭空产生的。康纳脱（James B.Conant）在其著作《科学与常识》中说："照我解释科学的发展史，十七世纪里忽然产生一种大活动，当时人叫做'新哲学'或'实验哲学'，只是思想上与行动上三个潮流的汇合的结果。这个潮流是：（一）一些玄想的普通观念；（二）演绎的推理；（三）老老实实的实验。"③胡适认为这三个潮流就是科学方法的"大胆的假设，小心的求证"，康纳脱所讲的玄想就是假设，不管大胆的假设，小胆的假设，无胆的假设，对的假设，错的假设，都是玄想的理论；演绎的推理和老老实实的实验，就是"小心的求证"。综观十七、十八世纪西方的科学发展史，大致可以分为两大类科学："一类是历

---

① 胡适：《科学精神与科学方法》，《胡适全集》第 8 卷，安徽教育出版社 2003 年版，第 179—180 页。
② 胡适：《科学精神与科学方法》，《胡适全集》第 8 卷，安徽教育出版社 2003 年版，第 179—180 页。
③ 胡适：《科学精神与科学方法》，《胡适全集》第 8 卷，安徽教育出版社 2003 年版，第 180 页。

史科学，一类是实验科学。历史科学同样也要求证，但他的证据是一去不返的。实验科学是先要有假设，然后根据假设来推想，再在推想之下产生结果。无论对历史科学也好，对实验科学也好，总之，第一步必须要提出问题，第二步把问题的中心和重点指出，第三步去假设，第四步用演绎的方法把假设某种结论推想出来，第五步去找证据或从实验中来证实它，这就是科学的方法，也就是'大胆的假设，小心的求证'。"①若说"大胆假设，小心求证"是胡适对科学方法的最精炼的概括，那么他在《科学概论》等文章里对其"科学方法"的阐释也是万变不离其宗的，或将其具体化或将其深化或将其简化，只是表述方式、运用话语、例证多少有所不同，但实质精神是没有差异的，表现出胡适学术立场的坚定性与一贯性。他在《科学概论》中说，科学方法只是每一种科学治理其材料、解决其问题的方法，这显然是从功用的角度来论述科学方法的；一种科学所以能成为有条理有系统的科学都是因为他的方法的严谨，科学方法的细则虽因研究对象（或材料）不同而有所变通，然而千变万化终不能改变其根本立场。科学方法只是能使理智满意的推理方法，理智之所以能满意并无什么玄妙，只是步步站在证据上；而科学的推理方法不外乎"从个体推知个体、从个体推知通则、从原则推知个体"这三种综合运作；科学方法的"假设"与"求证"是符合互动的，"一切归纳所得的通则，都只是一种假设，其能成立与否，全看他是否能用作演绎的基础，如演绎出来，都无例外，则是'证实了'那个假设的原理"。特别值得指出的是，"每一种科学的发达，全靠方法的进步。凡科学史上的划时代的进步，都是方法上的大进步"。虽然胡适对科学方法的功能价值做了很高的估计；但是他也看到了：第一，科学"方法的进步又往往与机械的进步有密切的关系"，即与科技的进步密切相关，如望远镜的进步带动了天文学方法的进步，显微镜的进步又推动了生物学、生理学、细菌学方法的进步；第二，"科学的进步是逐渐继长增高的，所以须靠

---

① 胡适：《科学精神与科学方法》，《胡适全集》第 8 卷，安徽教育出版社 2003 年版，第 181—184 页。

有持续性的学术机关，保存已知的知识方法、技术、工具，始能有继续的改良与进步"。这就把科学方法的科学理性与工具理性相结合，但是科学方法并不奥妙，从研究主体的角度来说，只要勤奋努力，既可以掌握科学方法，又能操作科学方法。正是在这个意义上胡适强调指出，"科学方法并无巧妙，只不过是已养成治学的良好习惯的人的方法而已"[1]，即"科学方法只是不苟且、不躲懒、肯虚心的人做学问的习惯"[2]。

通过对胡适科学的人生观的梳理与阐释，既揭示出其科学人生观所包容的科学原理通则、科学精神、科学态度、科学方法相互连贯的丰富而深刻的内涵，又触及其科学人生观形成的思想渊源及其巨大功能；特别在1923年前后的"科玄论战"中显示了科学人生观的强大威力与不可低估的吸引力。当时思想学术界发生的"科玄之争"实质上是一场信仰科学主义的决定论还是信仰自由意志的形而上学的论争，也是科学理性主义与人文非理性主义之争，这是不同学术层面的错位之争。以胡适为代表的科学派所关注的则是"今日最大的责任与需要，是把科学方法应用到人生问题上去"，即以科学人生观直接介入对现实人生问题的发现、阐释和解决上，这带有明显的意识形态的功利性，并没有真正把论争引到学理上；而以张君劢为首的玄学派则不顾现实人生问题而把兴趣集聚于主观、心性、直觉、纯粹心理、自由意志、人格的单一性等探究上，深受非理性主义或先验主义哲学的影响，力图在高级知识分子的小圈子里保持着形而上思辩的自由与尊严。但论战的结果却是科学派占了上风，显出强大优势，这说明不只科学理性适应了中国社会现实的需要，而且广大知识分子尤其青年学生崇信并奉行科学的人生观。胡适虽然在"科玄之争"的高潮期因病未直接参与，但是他所推崇的科学理性，所建构的科学人生观以及他本身在思想学术界的影响却对科学派起了主导作用；特别是他为《科学与人生观》一书所写的

① 胡适：《科学概论》，《胡适全集》第 8 卷，安徽教育出版社 2003 年版，第 90 页。
② 胡适：《科学概论》，《胡适全集》第 8 卷，安徽教育出版社 2003 年版，第 90 页。

"序"可看作是对"科玄之争"的总结，既批驳了玄学派的一些主要观点又申述了科学人生观的优长，不过与陈独秀的"序"中所表述的唯物史观相比，则显示出胡适科学人生观的局限。固然胡适的科学人生观含有唯物主义精神，他也承认唯物史观开拓了诸多研究法门；但是他在解释历史或社会现实人生诸问题时并未坚持经济决定上层建筑的一元论来从根本上探讨原因和解决问题，而是恪守多元论从经济、宗教、思想、政治、道德、文化、教育等平行的角度去探究社会人生及历史上诸多问题的原因，开出的解决社会人生问题的方案也只是一点一滴的改良。也许用它来解决文学艺术、思想教育等问题不失为有效之方，而用它从根本上解决经济体制、政治制度等问题则显示其无能无效。正如陈独秀所指出的："我们并不抹杀知识思想言论教育，但我们只把他当作经济的儿子，不像适之把他当作经济的弟兄。我们并不否认心的现象，但我们只承认他是物之一种表现，不承认这表现复与物有同样的作用。适之赞成所谓秃头的历史观，除经济组织外，似乎应该包括一切'心的'原因——即是知识，思想，言论，教育等事。'心的'原因，这句话如何在适之口中说出来！离开了物质一元论，科学便濒于破产，适之颇尊崇科学，如何对心与物平等看待！！"[①]

二、以科学方法论开创新文化"殖民地"

尽管胡适的科学人生观尚未达到陈独秀所理解的辩证唯物史观的高度，而且胡适也没有明确地把科学分为自然科学与社会科学两大领域，只是不加区分地将它们统统视为科学系统；然而这并不妨碍胡适以科学的宇宙观或人生观的不可轻看的思想威力与功能效用对各种人生的精神的物质的审美的领域进行富有成效的探索与开拓。颇有意味的是，胡适凭借现代自然

---

① 陈独秀：《〈科学与人生观〉序》的"附录三"《答适之》，《胡适全集》第2卷，安徽教育出版社2003年版，第230页。

科学的原理通则、自然科学的精神态度以及自然科学的范式方法，精心打造起科学的人生观或宇宙观；但是用它所研究、探求乃至开创的却是诸多人文社会科学领域，开风气之先或搴旗做健儿是体现在他创造的人文社会科学成果上而不是自然科学成绩。这一方面表明现代人文社会科学的发展并不能离开现代自然科学的支撑，或者说自然科学成果可以转化为人文社会科学成果，不仅可以为人类提供物质财富也能为其提供精神食粮；另一方面说明胡适崇尚的科学理性蕴含着或赋予了丰富的人文主义精神，或者说借助自然科学理性或方法范式创造了人文精神成果，为中国现代人文哲学社会科学的建设留下了值得认真研究、勘探、汲取和承传的丰厚的文化遗产。

　　且不论胡适在科学人生观的指导下，以"自古成功在尝试"的开拓精神，将中国流变几千年的已濒临僵死的文言古体诗歌改制成充满生气的白话自由体诗歌，并创建了现代白话诗学，用他自己的话来说这是实验主义的结果，也是科学人生观初创的实绩；且不论胡适在科学人生观的指导下，依据《文学改良刍议》《建设的文学革命论》等文所设计的文学变革方案，经过五四文学革命先驱们的同心协力，在不太长的时间完成了中国文学由古典向现代的转型，虽然中国文学的结构性变革取得的辉煌成就不能完全记在胡适的功劳簿上，但是他的设计之功、实验之劳、提倡之勤、创构之绩是不能低估的；且不论胡适在科学人生观的指导下，实施了"国语的文学，文学的国语"双向互动的并举运动，以白话作为符号建构了一代白话语体文学，又以白话文取代了文言文，这不只是改变了中国长期的言文分离的习惯，而且更重要的是遵循语言是思维的现实或外壳的原理更新了中国人的思维方式。尽管不能说"白话文的局面是胡适之、陈独秀一班人闹出来的"，然而胡适竭力的倡导和实验之功是不可没的；且不论胡适在科学人生观的指导下，"为大中华造新文学（化）"在人文哲学社会科学的各个领域里都有所实验、都有所开创、都有所建树，特别是胡适的新文化观不仅是开放进取的，而且也是相当辩证的。他认为，"文化各方面的激烈变动，终有一个大限变，就是终不能根本扫灭那固有文化的根本保守性。这就是古往今来无数老成持重的人们所恐怕要陨灭的'本国本位'。这个本国本位就是在某种固有环境与历史之下所造成的生活习惯；简单说来，就是那无数无数的人民。那才是文化的'本位'。那个本位是没有毁灭的危险的。物质生活无论如何骤变，思想学术无论如何改观，政治无论如何翻造，日本人还只是日本人，中国人还只是中国人"。但是也必须看到，"中国的旧文化的惰性实在大的可怕，我们正可以不必替'中国本位'担忧。我们肯往前看的人们，应该虚心接受这个科学工艺的世界文化和它背后的精神文明，让那个世界文化充分和我们的老文化自由接触，自由切磋琢磨，借它的朝气锐气来打掉一点我们的老文化的惰性和暮气。将来文化大变动的结晶品，当然是一个中国本位的文化，那是毫无可疑的。如果我们的老文化里真有无价之宝，禁得起外来势力的洗涤冲击的，那一部分不可磨灭的文化将来自然会因这一番科学文化的淘洗而格外发扬光大的"①。

基于这种科学而辩证的现代文化观，胡适出色地运用科学方法论在思想学术各领域开辟了不少新"殖民地"，所取得的开创性的学术成就或文化建树令世人瞩目。耿云志以《创立新学术典型》为题高度评价胡适的《中国哲学史大纲》（卷上）："在中国近代学术史，胡适堪称是开一代风气的人物"；"《中国哲学史大纲》一书的出版，标志了中国哲学史学科的成立，也标志了近代学术方法的成型。更新一层，它在一个具体的文化领域里建立了一种中西文化结合的范例。它的影响并不止于哲学史的范围"。②也就是说它以全新的科学观念、科学态度和科学方法为以后的学术文化研究及其著述提供了一种典范。值得重视的是，胡适研究中国哲学或外国哲学都不是仅仅把它当成形而上的"玄学"，而是为着确立科学的宇宙观或人生观来探究人生的意义。他认为，"哲学是研究人生的切要问题，从意义上着想，去找一个比较可普遍适用的意义"。也就是说："要晓得哲学的起点是由于

---

① 胡适：《试评所谓"中国本位的文化建设"》，《天津大公报·星期论文》，1935 年 3 月 31 日。

② 耿云志：《〈胡适全集〉序》，安徽教育出版社 2003 年版，第 44—46 页。

人生的切要问题，哲学的结果，是对于人生的适用。人生离了哲学，是无意义的人生；哲学离了人生，是想入非非的哲学。"既然哲学与人生有如此密切的关系，那么人生的意义从何而来？对于这个问题回答并不一致，有人认为人生意义有两种来源："一种是从积累得来，是愚人取得意义的方法；一种是由直觉得来，是大智取得意义的方法。"但胡适并不完全认同这两个来源，他的看法是："欲求意义的唯一的方法，只有走笨路，就是日积月累的去做克苦的工夫，直觉不过是熟能生巧的结果，所以直觉是积累最后的境界，而不是豁然贯通的。"这就触及实践出真知的认识规律，并不相信人生意义的取得是源于天才，他引用爱迪生的"天才百分之九十九是汗，百分之一是神"一句话以证之。当然，"欲得人生的意义，自然要研究哲学史，去参考已往的死的哲学。不过还有比较更重要的，是注意现在的活的人生问题，这就是做人应有的态度"。胡适极为赞赏希腊哲学家苏格拉底（Σωκράτης）的"未经考察过的生活，是不值得活的"这句名言；同时他也尊重笛卡尔（Rene Descartes）的科学态度，即"如若欲过理性生活，必得将从前积得的知识，一件一件用怀疑的态度去评估他们的价值，重新建设一个理性的是非。这怀疑的态度，就是他对于人生与哲学的贡献"。因此可以这样说，"真有价值的东西，决不为怀疑所毁；而能被怀疑所毁的东西，决不会真有价值"[1]。我们就是要以实践的观念与怀疑的态度去考察人生、了解人生，并从而发现人生价值和阐释人生意义，这就是胡适研究哲学思想的目的所在。

胡适在科学人生观或宇宙观的指导下，不仅对中国古代哲学思想进行了系统的开创的研究，著成了《中国哲学史大纲》（卷上）、《中国思想史纲要》《清代思想史》《新儒教之成立》《先秦诸子进化论》等；而且重视个案研究，对诸多哲学思想家做了重新考证与探究，以科学的方法发现了新证据新思想，形成了有价值的创新之见，把思想学术升华到一个新的层次，

---

[1]　胡适：《哲学与人生》，《东方杂志》1923 年 12 月第 2 卷第 23 期。

著成一篇篇闪烁着科学思想光芒的文章，如《墨经新诂》（上下篇）、《惠施、公孙龙之哲学》《墨家哲学》《庄子哲学浅释》《〈左传〉真伪考的提要与批评》《读〈吕氏春秋〉》《几个反理学的思想家（顾炎武、颜元、戴震、吴敬恒）》《说儒》《王莽》《记李觏的学说》《董仲舒的哲学》《邵雍》《程颢》《程颐》《朱熹论生死与鬼神》等。尤其可贵的是胡适以"现代性"为标准即是否适合现代社会的需要对中国古代思想进行重新评判，越发体现出科学精神的威力。例如他在《从思想上看中国问题》一文中把中国古来思想分为"积极，有为的一系"（局董系即尧舜周孔）和"消极的，无为的一系"（乡老系即老庄等），后者又加入了印度的和尚思想，这就使"乡下老，道士，和尚成了大同盟，其势力便无敌于天下"；而局董派即儒家思想则在乡老系即道佛思想的包围和熏染下逐渐被同化，"故中国思想的'正宗'实在已完全到了'无为派'的手里"。而这"无为派"的思想特点正如俗语所说"多事不如少事，少事不如无事。不求有功，但求无过。靠天吃饭。万般皆是命，半点不由人。多做，多错；少做，少错；不做，不错"。在胡适看来，今日研究中国的"正宗"思想就要看它"是否适宜于现代的环境"，即能否合乎现代化的需要。据此来评判"无为派"的正宗思想系统，就宇宙观来说，"主张自然变化，不信上帝造化，在思想史与宗教史上有解放的大功用"；不过"普通人并不懂这种自然主义的宇宙观"，故"在这个现代世界，自然主义的宇宙论有昌明的可能，但须站在自然科学的新基础之上，扫除阴阳太极种种陋说"。就其人生观来说，"因为太偏重自然，故忽略人为"；不过切莫误解"自然的"是"最好的"，故有"适性之论，主张自由，而自由的意义不明白，遂流为放浪旷达，人人以不守礼法为高"。特别是"老庄本来反对文化，反对制度，反对知识，反对语言文字。这种过激的虚无主义虽然不能实现，然而中国一切文化事业（建筑、美术、技艺、学术）的苟且简陋，未尝不由于这种浅薄的自然崇拜。知足便是苟陋"。就政治思想来说，"崇拜自然而轻视人事，在政治上便是无为主义。无为之治只是听其自然"。因而"无为的观念最不适宜于现代政治生活。现代政治的根本观念是充分利用政府机关作积极的事业"，"现代政治重在有意识的计划、指挥、管理"；"况且无为的政治养成了人民不干预政治的心理习惯，以入公门为可耻，以隐遁为清高，更不适宜于民权的政治"。从上述三个维度对"无为派"的所谓"正宗思想系统"以现代性为准则做了评判后，胡适作了这样的结论："除了宇宙论会有相当现代性之外，可以说是完全不适宜于应付现代需要。"约而言之，"现代社会需要积极作为，而正统思想崇拜自然无为"；"现代社会需要法律纪律，而旧思想以无治为治，以不守礼法为高尚"："现代文化需要用人力征服天行，而旧思想主张服从自然，听天由命"；"现代社会需要正直的舆论作耳目，而传统思想以不争不辩为最高"；"现代科学文明全靠一点一滴地搜寻真理，发现知识，而传统思想要人不争不辩，更甚者要人不识不知，顺帝之则"；"现代社会需要精益求精地不断努力，而传统思想要人处处知足，随遇苟安"；"现代社会需要充分运用聪明智慧作自觉的计划设施，而传统思想一切委任自然，不肯用思想，不肯用气力"；"现代社会需要具体的知识与条理的思想，而传统思想习惯只能教人梦想，教人背书，教人作鹦鹉式的学舌"。[①] 胡适就是这样依据现实社会的现代化需要，以科学的精神与方法扬弃式地评判了中国古来的无为派的"正宗思想系统"，不仅在科学方法论上给我们以深刻启示，而且在思想意识上给我们以充实，至少使我们晓知现代社会需要什么样的现代思想理性；同时也体悟出文化的抬高有赖于人类欲望的抬高，有赖于人们需要的增加，更有赖于研究者从活的人生中或学术研究中去发现新文化并创造新文化。

胡适以科学的人生观为指导对中国古代哲学思想的探究取得了卓越成就，并且也开创了中国文学研究的新局面，即通过对文学史的重新梳理和重新解读，发现了一个白话文学或平民文学系统，于是著成中国第一部《白话文学史》或《国语文学史》，通过对个案作家或作品的校勘、考证、整理、剖解，著成一系列颇有创见的作家论或作品论，这是胡适从文学史研究的

---

① 胡适：《从思想上看中国问题》，《胡适全集》第 8 卷，安徽教育出版社 2003 年版，第 265—270 页。

角度"为大中华造新文化"，这里从略不详论。

　　在当今世界与当今中国的现代化进程中，胡适崇尚科学理性所建构的科学人生观或宇宙观仍有重要的现实意义。不论中国或全球，随着现代化目标的全方位展开，出现不少令人担忧或深感危机的带有人文意味和终极关怀的切要问题，而这些问题的解决只有靠科学精神、科学观念和科学方法。过去的人类历史和人生实践已证明科学理性及其方法论的巨大威力，现今全球经济一体化的经验和当下中国现代化的实践正在证明科学理性及发展观的不可估量的功能，由此可见，胡适的科学人生观或宇宙观是具有超前性的，也是值得借鉴的。

第二章

建设中国现代文化的理论纲领

——解读胡适"新思潮"观

一、"评判的态度"是胡适新思潮观的核心理念

九十年前的五四新文化运动，对于中国学者来说，"它仍继续保持着一切人类戏剧的永恒魅力，这种魅力是所有人们持互相冲突的信仰和主义而面临痛苦情境的戏剧所共有的"[①]。尤其处于新旧社会激烈转型的五四文化腾跃澎湃的高潮期，各种新思潮纷纭杂陈，互渗互补，相激相荡，使现代中国思想领域呈现出多种主义竞自由的活跃状态，它所洋溢出的思想活力吸引着不少学人对"新思潮"及其意义进行阐释。或对新思潮的性质解说得太琐碎太笼统，或对新思潮的发展趋向和共同意义解释得不清楚，虽然新思潮运动主帅陈独秀以"德谟克拉西先生"和"赛因斯先生"极其简明地概括出新思潮的要义，但相比较而言"还嫌太笼统了一点"；而胡适则认为"新思潮的根本意义只是一种新态度，这种新态度可叫做'评判的态度'。评判的态度，简单说来，只是凡事要重新分别一个好与不好"。显然，"评判的态度"是从尼采（Friedrich Wilhelm Nietzsche）学说的"重新估定一切价值"借鉴而来，故胡适认为"'重新估定一切价值'八个字便是评判的态度的最好解释"。这种"评判的态度"不仅是新思潮的根本意义，也是"新思潮运动的共同精神"[②]。

---

① 王跃、高力克编：《五四：文化的阐释与评价——西方学者论五四》，山西人民出版社 1989 年版，第 14 页。

② 胡适：《新思潮的意义》，《新青年》1919 年 12 月 1 日第 7 卷第 1 号。

如果说在新文化运动中具有"主帅地位"①的胡适把源于尼采学说的"评判的态度"视为新思潮根本价值所在，那么作为新文化先驱之一的茅盾几乎同时发表了《尼采的学说》，它既是对胡适"新思潮"观的呼应，又为其提供理论依据。茅盾通过研究认为尼采学说的最好的见识就是"把哲学上一切学说，社会上一切信条，一切人生观道德观，从新称量过，从新把他们的价值估定。这便是尼采思想卓绝的地方"，所以"有人称他的哲学精神实在和实验主义有些合；而且他虽然在实验主义之前，却扫荡了一切古来传习的信条，把向来所认为的绝对真理的，根本动摇；这正仿佛是做了实验主义的开路先锋"。这便沟通了尼采学说与实验主义的内在联系，也说明胡适信奉的实验主义与尼采学说都具有重估一切价值的评判精神；而尼采的"重新估定一切的价值"的思想正标明"哲学家的本务，是创造新价值，创造新原理，创造新标准"②。可见，胡适是从哲学高度以"评判的态度"概括了五四新思潮的根本意义和精神实质，而且在相当程度上代表了文化先驱们的共同认识。虽然"评判的态度"是从"重新评定一切价值"抽绎出来的，但胡适的"评判的态度"的核心价值观却是德谟克拉西和赛因斯，而尼采学说的社会观则反对德谟克拉西，主张君主专制，这就从价值根基上与尼采的重新估定一切价值有了分殊。

由于胡适视"评判的态度"为"新思潮"的共同精神，所以他要求当时以新的价值坐标对孔教的讨论只是要重新估定孔教的价值，文学的评论只是要重新估定旧文学的价值，贞操的讨论只是要重新估定贞操的道德在现代社会的价值，旧戏的评论只是要重新估定旧戏在今日文学上的价值，礼教的讨论只是要重新估定古代的纲常礼教在今日还有什么价值，女子的问题只是要重新估定女子在社会上的价值，政府与无政府的讨论、财产私

---

① 王跃、高力克编：《五四：文化的阐释与评价——西方学者论五四》，山西人民出版社 1989 年版，第 24 页。

② 茅盾：《尼采的学说》，《学生杂志》1920 年 1 月 5 日第 7 卷第 1 号。

有与公有的讨论也只是要重新估定政府与财产等制度在今日社会的价值。[①]
新思潮的这种"评判的态度"并不像林毓生所说的五四新文化运动是整体
性否定传统的，是彻底反传统的；如果"新思潮"具有"反传统"的特征，
那我倒认同余英时的解释，他认为"反传统"至少有两种不同的形态，即
彻底而全面的反传统和有保留的反传统，而五四时代的反传统"确是有保
留有限度的并且还是以承认中国文化的存在价值为前提的"[②]。这种有保留
有限度的"反传统"是符合胡适所说的新思潮"评判的态度"的。既然是
重新估定一切价值就不可能是否定一切、打倒一切、推翻一切的，仅仅是
以新的价值尺度对过去的一切文化或当下的一切问题进行重新评估、重新
分析、重新判断，保留其真善美清除其假恶丑则是评判的必然结果，否则
新思潮的崛起就没有存在的价值和意义。新思潮惟有评判的功能和意义方
可适应五四时代社会转型、文化转型以及人们心理和行为蜕变的需要。

　　胡适把五四新思潮的根本意义概括为"评判的态度"，不仅借助于尼采
主义、实验主义哲学的思想威力，而且也把各种新思潮聚集成整体系统结
构并从中发现其功能质，即重新评判一切价值是一切新思潮的价值追求所
在。所以"评判的态度"既是胡适"新思潮"观的核心理念，也是其价值
根基，而"研究问题"和"输入学理"以及"整理国故"则是新思潮观的
三大要务或使命，"再造文明"是新思潮观的唯一目的。实际上，围绕"评
判的态度"，胡适"新思潮"观的"研究问题、输入学理、整理国故、再造
文明"的相互联动的四个逻辑环节，构成了五四新文化建设的四步曲，既
反映了新文化运动的历史进程，又体现出文化先驱们建设中国新文化的逻
辑构想，也是新文化运动主师之一的胡适希冀重构现代中国文化的战略设
计和实践纲领。

---

① 参见胡适：《新思潮的意义》，《新青年》1919 年 12 月 1 日第 7 卷第 1 号。
② 王跃、高力克编：《五四：文化的阐释与评价——西方学者论五四》，山西人民出版社 1989 年版，
　第 38 页。

二、"研究问题"是胡适新思潮观的一大要务

胡适以"评判的态度"作为其"新思潮"观的核心理念,"重新评估一切价值"既不是否定一切,又不是肯定一切,更不是其终极目的,它不只是要解构而且重在建构。总之,不管否定或肯定、解构或建构都不是现代文化建构主体的凭空想象和主观臆造,而必须从客观实际出发,以"研究问题"为根据。所以胡适将"研究问题"置于其"评判的态度"的首位,作为再造现代中国文化的首要环节与第一部曲,这体现出一种尊重实际、着眼实际的务实精神。

之所以强调要"研究问题",在胡适看来,当时的现实社会"正当根本动摇的时候,有许多风俗制度,向来不发生问题的,现在因为不能适应时势的需要,不能使人满意,都渐渐的变成困难的问题,不能不彻底研究,不能不考问旧日的解决法是否错误;如果错了,错在什么地方;错误寻出了,可有什么更好的解决方法;有什么方法可以适应现时的要求"①。五四时期的中外文化交汇冲撞极为猛烈,社会结构变动带来诸多问题尚待解决,正如胡适所罗列的十大问题即孔教问题、文学改革问题、国语统一问题、女子解放问题、贞操问题、礼教问题、教育改革问题、婚姻问题、父子问题、戏剧改良问题等。而这些问题大都是社会上、政治上、宗教上、文化上的种种文化意识形态问题,并与现代文化建设密切相关的问题。若这些实际问题不彻底研究,既找不出问题的症结所在,又探不出问题的根源,也查不出解决问题所犯的错误,那就不可能对这些问题以"评判的态度"进行重新估价,也不可能在评判的基础上针对主要矛盾选择最佳方式来彻底解决问题,以创造新制度、新风俗、新文化。并非所有解决问题的方案都是最佳方案,也不是所有解决问题的方案实施后都能生成新文化,关键在于其能否"适应时势的需要";如果适应时势需要了,那不仅解决问题的方法

---

① 胡适:《新思潮的意义》,《新青年》1919 年 12 月 1 日第 7 卷第 1 号。

或方案是最佳的，而且实施后取得的效果也是最好的。所谓"适应时势的需要"，虽然胡适尚未具体明确地阐释"时势"的内涵，但联系五四时期主旋律来考查，这里的"时势"就是社会结构及其意识形态向现代化转变的大势。不论问题的寻查、问题的研究或解决问题方法的选择，都要与是否适应现代化"时势"联系起来，否则"问题研究"就失去了时代的价值坐标。由于从1917年至1919年兴起的新文化新文学思潮对"问题研究"能够"适应时势的需要"，所以胡适认定，"这两三年来新思潮运动的最大成绩差不多全是研究问题的结果。新文学的运动便是一个最明白的例"。一个社会的文化结构处在转型时期，出现的问题常常难以计数而且层出不穷，但并不是所有的问题都可以成为值得研究的问题，必须通过调查分析进行选择，而胡适则为问题的选择和构成确定了一个标准性的范畴，即"凡社会上成为问题的问题，一定是与许多人有密切关系的"。这在很大程度上反映了胡适选择、研究社会文化问题并从而解决问题、建设新文化新文明的平民主义立场以及对大多数人的人文关怀，所以不仅要研究并解决那些与"许多人有密切关系"的问题，而且"所研究的问题一定是社会人生最切要的问题"。正是从"研究问题"在较短时间所取得的显著效益中，胡适发现了"研究问题"在五四社会文化转型过程里的重要意义："（1）研究社会人生切要的问题最容易引起大家的注意；（2）因为问题关切人生，故最容易引起反对，但反对是该欢迎的，因为反对便是兴趣的表示，况且反对的讨论不但给我们许多不要钱的广告，还可使我们得讨论的益处，使真理格外分明；（3）因为问题是逼人的活问题，故容易使人觉悟，容易得人信从；（4）因为从研究问题里面输入的学理，最容易消除平常人对于学理的抗拒力，最容易使人于不知不觉之中受学理的影响；（5）因为研究问题可以不知不觉的养成一班研究的，评判的，独立思考的革新人才。"[1]

胡适不只从"社会时势的需要"和短期取得的社会效果考察了"研究

---

[1] 胡适：《新思潮的意义》，《新青年》1919年12月1日第7卷第1号。

问题"在"新思潮"逻辑机制及其进程中的重要性，并且从"问题与主义"互动关系的认知架构中进一步强调"研究问题"的紧迫性和必要性。面对着当时新文化、新思潮运动严重存在的"空谈好听的'主义'"、"空谈外来进口的'主义'"、"偏向纸上的'主义'"而脱离社会"时势"、时代急需的高谈主义的教条主义之风，胡适大声疾呼"多研究些问题，少谈些'主义'！"这是因为教条式的空谈主义根本不能解决"现在中国"迫切需要解决的"火烧眉毛紧急问题"，况且"凡是有价值的思想，都是从这个那个具体的问题下手的"。如果说"有价值的思想"就是胡适通过"研究问题"要建构的现代文化思想，那么这种新文化思想的生成则需要经过三个逻辑进程，即："先研究了问题的种种方面的种种事实，看看究竟病在何处，这是思想的第一步工夫"；"然后根据于一生经验学问，提出种种解决的方法，提出种种医病的丹方，这是思想的第二步工夫"；"用一生的经验学问，加上想象的能力，推想每一种假定的解决法，该有甚么样的效果，推想这种效果是否真能解决眼前这个困难问题"，而"推想的结果，拣定一种假定的解决，认为我的主张，这是思想的第三步工夫"[①]。这不仅说明了有价值的新文化思想是产生于实际问题研究并解决的过程中，而且也说明了"研究问题"对于"新思潮"勃兴与运作的重要性。

胡适对新思潮运动中的"研究问题"如此重视，因此他在"问题与主义"的论争中对"问题范围"又做了具体深切的辨析。一是他不认同"问题的范围愈大，那抽象性亦愈加"的提法，如果仅把"抽象性"理解为"理想的分子"往往容易使人误解，不论法国大革命所标榜的自由平等或者辛亥革命所标示的排满，虽然问题的范围很大，解决问题的理性方案如"自由平等"、"排满"也带有"抽象性"，但是当这些"抽象"词语一旦变成解决问题的政策策略就失去了理想的抽象性，而成了"具体的主张"。其实，"凡是能成问题的问题，都是具体的，都只是这个问题或那个问题。决没有空

---

① 胡适：《问题与主义》，《每周评论》1917 年 7 月 20 日第 31 号。

空荡荡，不能指定这个那个的问题，而可以成为问题的"。特别是"问题的范围愈大，里面的具体问题愈多。我们研究时，决不可单靠几个好听的抽象名词，就可敷衍过去；我们应该把那太大的范围缩小下来，把复杂分子分析出来，使他们都成一个一个具体的简单问题，如此然后可做研究的工夫"。总之，在胡适看来，"凡是能成问题的问题，无论范围大小，都是具体的，决不是抽象的；凡是一种主义的起初，都是一些具体的主张，决不是空空荡荡，没有具体的内容的。问题本身，并没有什么抽象性；但是研究问题的时候，往往必须经过一番理想的作用；这一层理想的作用，不可错认作问题本身的抽象性。主义本来都是具体问题的具体解决法。但是一种问题的解决法，在大同小异的别国别时代，往往可以借来作参考材料。所以我们可以说主义的原起，虽是个体的，主义的应用，有时带着几分普遍性。但不可因为这或有或无的几分普遍性，就说主义本来就是一种抽象的理想"。[①] 诚然，胡适对具体性与抽象性这对范畴之间关系的阐释有点玄妙，颇有越想理清越理不清之感，但是他强调具体问题具体研究具体解决的方法论，却接近辩证唯物主义的精髓。

胡适格外重视新思潮"研究问题"的理论主张及其思维方法，尽管有一定的偏颇，但是它所涵有的一切从实际出发而具体深入研究问题的求真务实精神，却在二十世纪中国文化史、思想史的演变中不断得到充实、发展和弘扬，如新时期以来在思想建设和文化建设上所坚持的实事求是的思想路线和求真务实的科学态度，都能从五四新思潮倡导的"研究问题"思想里寻绎出流脉来。

三、"输入学理"是胡适新思潮观的二大要务

胡适以"评判的态度"为核心理念的新思潮观，"研究问题"这一个逻

---

① 胡适：《问题与主义》，《胡适全集》第 1 卷，安徽教育出版社 2003 年版，第 348—350 页。

辑环节既为重构现代文化或现代文明提供了重新评估一切价值的现实根据，又为新文化运动有针对性地从解决有关大多数人生问题中产生有价值的思想意识提供了切实的目标；然而，具体问题的研究和解决仅靠有限的经验与学识是不够的，尤其文化建设或文明再造问题的研究和解决不能不借鉴先进的文化思想或理论观念，所以胡适新思潮观就吹响了"输入学理"这第二部曲，即建设现代中国文化或文明的第二个逻辑程序。所谓"输入学理"就是放眼世界、敞开胸怀吸纳并引进域外的在中国人视野中认定的新思想新主义。胡适的意思则是引入的新思想、新主义、新学理最好有利于研究并解决现时中国亟待解决的问题，如文学变革取得的重大成就就是"输入学理"所获得的实际效果。由此可见，虽然胡适在"问题与主义"之争中对"问题"的关注过多一些，但他并没有因"少谈些主义"就不谈主义，将"输入学理"作为新思潮的重要内质就是有力的证明，更不像当时蓝志所说的胡适"把主义学理那一面的效果抹杀了一大半"，也不像后来有些学人说的胡适在五四新思潮运动中眼里除杜威实验主义其他什么主义学理也看不见了，这是对历史的误读，也是对胡适的曲解。其实，胡适对域外流行的各种思潮、主义和学理都以"评判的态度"研究过，其中不少新思潮新主义由其著文系统地介绍过，有意识地有选择地输入进来，可看出他对新思潮新学理表现了极浓兴趣与钻研精神。在胡适新思潮观的逻辑链条中，"输入学理"不仅仅是新思潮内涵的呈现，而且从其功能上来考之："学理是我们研究问题的一种工具"，也是重新评估一切价值的参照和理论依据，更是建构现代中国新文化或新文明的重要思想资源。有人把学理或主义比喻为"航海的罗盘针，或是灯台上的照海灯"①，也不是没有道理的。

胡适对于在新思潮运动中"为什么要输入学理"从五个层面做了论述，可见其对学理的重视程度，又能看出五四新思潮波涌的复杂原因。一是因为当时有些人深信中国不但缺乏炮弹、兵船、电报、铁路，而且还缺乏"新

---

① 胡适：《新思潮的意义》，《新青年》1919年12月1日第7卷第1号。

思想与新学术"，故而必须"尽量的输入西洋近世的学说"。二是虽然域外新思想新学说异彩纷呈，但"有些人自己深信某种学说，要想他传播发展，故尽力提倡"。三是有些学人不能做具体的研究工作，缺乏耐心的工夫，自觉得翻译现成的学说比较容易些，"故乐得做这种稗贩事业"，致使新学说新思潮蜂拥而至。四是因为在有些人眼里，"研究具体的社会问题或政治问题"既是在"做那破坏事业"，又是在"做对症下药的工夫，不但不容易，并且很遭犯忌讳，很容易惹祸，故不如做介绍学说的事业，借'学理研究'的美名，既可以避'过激派'的罪名，又还可以种下一点革命的种子"，这也是导致新思潮汹涌的重要原故。五是"研究问题的人，势不能专就问题本身讨论，不能不从那问题的意义着想；但是问题引申到意义上去，便不能不靠许多学理做参考比较的材料，故学理的输入往往可以帮助问题的研究"①。胡适虽然没有鲜明地站在建设中国新文化或新文明的认识高度来论说"输入学理"的重要性和必要性，但他却在第五层意思中暗示出来了。当时新文化先驱们所关注和研究的问题大多是与人生密切相关的文化或文明问题，而这些问题要进行价值重估和发现意义必须借助新学理新主义予以判断和概括，对这些问题通过研究发现其症结欲对症下药给予救治更要以新学理新主义作为参照开出新药方，正是在这个从问题中发现意义或解决问题的过程里"学理或主义"与实际问题的有意结合而产生出有价值的新文化思想。这也许是胡适反复言说的"在研究问题里面做点输入学理的事业，或用学理来解释问题的意义，或从学理上寻求解决问题的方法"的实质意义所在。故而，他奉劝"新思潮的领袖人物"（当然也包括他自己），"能把一切学理不看作天经地义，但看作研究问题的参考材料；能把一切学理应用到我们自己的种种切要问题上去；能有在研究问题上面的输入学理的工夫；能用研究问题的工夫来提倡研究问题的态度，来养成研究问题的人

---

① 胡适：《问题与主义》，《胡适全集》第 1 卷，安徽教育出版社 2003 年版，第 333 页。

才"①。胡适所强调的"一切学理"务必与"研究问题"相结合的思想极为重要，至今仍有思想威力，试想现在我们在思想文化、文学艺术领域里所坚持的理论联系实际的方针不是同其有一脉相承的联系吗？

胡适并没有带着党派的偏见或阶级的自觉去"输入学理"，而是以自由主义学者的较为公正的学术立场、独立思考的判断力和实验主义态度去对待域外新思潮、新主义或新学理，重在考察并检验这种思潮那种主义能否真正解决中国的实际问题，真正为我所用，既不盲目崇拜某种主义，又不无端打杀某种思想，总是要把它们纳入学术研究范畴重新估定其价值，即使对其信奉的实验主义也是以"实验室"态度即科学态度论之。正如胡适申明的："一切主义，一切学理，都该研究，但是只可认作一些假设的见解，不可认作天经地义的信条；只可认作参考印证的材料，不可奉为金科玉律的宗教；只可用作启发心思的工具，切不可用作蒙蔽聪明，停止思想的绝对真理。如此方才可以渐渐养成人类的创造的思想力，方才可以渐渐使人类有解决具体问题的能力，方才可以渐渐解放人类对于抽象名词的迷信。"② 这应看作他从人类思想史的认识高度上所总结的启人深思的经验，也是他从当时社会的思想文化、政治界所接受的深刻教训。在胡适看来，当时舆论界空谈外来主义或偏向纸上谈主义出现了危险性，这主要表现在无耻政客把各种好听的主义作为口头禅来做"种种害人的事"，正如罗兰夫人（Manon Jeanne Phlipon）指出的"自由自由，天下多少罪恶，都是借你的名做出的"；特别是把"某某主义"仅"变成一个抽象的名词"使其弱点和危险就更暴露出来，越发会被人利用它来骗人害人。如当时"社会主义"这个抽象名词就有无政府社会主义、基尔特的社会主义、马克思的社会主义、王揖唐的社会主义、皇室中心的社会主义、基督教社会主义、新村社会主义等。正如李大钊在《每周评论》第 16 号上发表的随感录《混充牌号》所指

---

① 胡适：《新思潮的意义》，《新青年》1919 年 12 月 1 日第 7 卷第 1 号。

② 胡适：《问题与主义》，《胡适全集》第 1 卷，安徽教育出版社 2003 年版，第 353—354 页。

出的社会上"'社会主义'流行"着各种"混充牌号"，这就是"抽象名词"滥用所造成的危险；再如当时人人嘴上都挂着"过激主义"这个抽象名词，根本不懂"过激主义"的真正含义就痛骂它、痛恨它，于是北洋军阀政府的"内务部下令严防'过激主义'，曹锟也行文严禁'过激主义'，卢永祥也出示查禁'过激主义'"，连胡适也成了"过激党"，这就是高谈空谈主义的"抽象名词"所导致的危险。① 况且"主义的抽象性"最"合乎人类的一种神秘性"，所谓"神秘性"只是人类的"愚昧性"，"因为愚昧不明，故容易被人用几个抽象名词骗去赴汤蹈火，牵去为牛为马，为鱼为肉。历史上许多奸雄政客，懂得人类有这一种劣根性，故往往用一些好听的抽象名词，来哄骗大多数的人民，去替他们争取权利，去做他们的牺牲。不说别的，试看一个'忠'字，一个'节'字，害死了多少中国人？试看现今世界上多少黑暗无人道的制度，那一件不是全靠几个抽象名词，在那里替他做护法门神的？"② 这是多么沉重而又清醒的启蒙理性的深刻反思！这对于我们走过中国大半个世纪艰难曲折历史进程的人来说，能不产生强烈的心灵震撼和深沉的历史忧思吗？为了不使引进的学理或主义仅仅变成几个抽象名词而肆意地骗人害人，胡适一方面主张"应使主义和实行的办法，合为一件事"，也就是把输入的新思想新主义与研究解决中国的实际问题紧密结合；另一方面要真正认识到"输入学理，不是一件容易做到的事，做的不好，不但无益，反有大害"，因此"希望中国的学者，对于一切学理，一切主义，都能用这种历史的态度去研究他们"，"以免去现在许多一知半解，半生不熟，生吞活剥的主义的弊害"③。并对如何更好地"输入学理"提出三条颇有见地的建议：第一，"输入学说时应该注意那发生这种学说的时势情形"。之所以要考察某种学说产生的时代背景，不只是因为"凡是有生命

---

① 胡适：《问题与主义》，《每周评论》1917 年 7 月 20 日第 31 号。
② 胡适：《问题与主义》，《胡适全集》第 1 卷，安徽教育出版社 2003 年版，第 353 页。
③ 胡适：《四论问题与主义》，《每周评论》1919 年 8 月 31 日第 37 号。

的学说，都是时代的产儿，都是当时的某种不满意的情形所发生的"，而且也因为"每种主义初起时，无论理想如何高超，无论是何种高远的乌托邦，都只是一种对症下药的药方"，所以"一种主义发生时的社会政治情形越记的明白详细，那种主义的意义越容易懂得完全，那种主义的参考作用也就越大"，这就要求学者们在输入学理时务必把学说产生的时代语境与背景弄清楚。第二，"输入学理时应注意'论主'的生平事实和他所受的学术影响"，这是因为一种学说不仅是时代的产物而且也"代表某人的心思见解"以及他所受的家世影响、教育影响和学术影响。第三，"输入学说时应该注意每种学说所已经发生的效果"。因为凡是主义都是想应用的，都是世人信仰奉行的，而一旦局部或全部实行，其价值功用都会在实践效果上呈示出来；特别是"一种主张，到了成为主义的地步，自然在思想界，学术界，发生了一种无形的影响，范围许多人的心思，变化许多人的言语行为，改换许多制度风俗的性质"①，而这种"重要的效果"正是该学说或主义的功用价值的体现。胡适对"输入学理"所持这种"历史的态度"正体现出一种历史唯物主义的思想光辉。

既然"输入学理"是胡适新思潮的重要内涵与逻辑程序，那么这里有必要对"问题与主义"之争的性质以及胡适对马克思主义的态度重新予以辨析。如果将发生于1919年七八月间的"问题与主义"之争置于五四时期的特定历史范畴来考察，冷静地审读论争双方笔写并发表的原始文献资料，则会真切地感受到与明晰地认识到这场论争的历史真实，决不是五十年代在"兴无灭资"政治架构中所无限上纲批判的那样——或什么两大阶级对抗或什么马克思主义与反马克思主义之争，而是《新青年》派内部同人与同人或朋友与朋友之间对于当时舆论趋向或不同主义的讨论，完全是学术性的平心静气的文字对话，既体现不出严重的政治对立情绪，又看不出相互攻讦的誓不两立的对抗，也察不出两大阶级针锋相对的政治立场，纯粹

---

① 胡适：《四论问题与主义》，《每周评论》1919年8月3日第37号。

是一种互相尊重、坦诚相待、平等交流、相互补充的理论探讨；即使从论争双方胡适与李大钊之间的关系来看，也丝毫觉察不出他们代表着两大对抗阶级。胡适与李大钊同是五四新文化运动的领袖人物又是北大的同仁，既是《新青年》《每周评论》的同志，又同是新潮社的顾问，李大钊遇难后其家属抚恤金一事全由胡适一手负责操办，直至 1932 年北大重建后胡适仍为李大钊夫人代办抚恤金一事，这种真诚的朋友之谊足以从一个侧面证明"问题与主义"之争的性质了。至于胡适是否反对马克思主义，这里只举两例就可以说明其态度了：一是胡主张以"历史的态度"来研究马克思主义，以作为学理输入。他说："我们研究马克思主义的人，知道马克思的学说，不但和当时的实业界情形，政治现状，法国的社会主义运动等等，有密切关系，并且和他一生的家世（如他是一个叛犹太教的犹太人等事实），所受的教育影响（如他少时研究历史法律，后来受海智儿一派的历史哲学影响等），都有绝大的关系。还有马克思以前一百年中的哲学思想，如十八世纪的进化论及唯物论等，都是马克思主义的无形元素，我们也不能不研究。"在输入新学理引进思潮中，他不只是告诫别人以"历史的态度"研究马克思主义的形成及其价值，也许他本人就是这样研究的，这怎能说胡适反对传播马克思主义？二是通过研究从"效果"中发现了马克思主义的"功用价值"，并对其进行正面评价。他说："即如马克思主义的两个重要部分：一是唯物的历史观，一是阶级竞争说。（他的'赢余价值说'，是经济学的专门问题，此处不易讨论。——笔者注）唯物的历史观，指出物质文明与经济组织在人类进化社会史上的重要，在史学上开一个新纪元，替社会开无数门径，替政治学说开许多生路：这都是这种学说所涵意义的表现，不单是这学说本身在社会主义运动史上的关系了。这种唯物的历史观，能否证明社会主义的必然实现，现在已不成问题，因为现在社会主义的根据地，已不靠这种带着海智儿（即黑格尔——笔者注）臭味的历史哲学了。但是这种历史观的附带影响——真意义——是不可埋没的。又如阶级战争说指出有产阶级与无产阶级不能并立的理由，在社会主义运动史与工党发展史上固然极重要。但是这种学说，太偏向申明'阶级的自觉心'一方面，无形之中养成一种阶级的仇视心，不但使劳动者认定资本家为不能并立的仇敌，并且使许多资本家也觉劳动者真是一种敌人。这种仇视心的结果，使社会上本来应该互助而且可以互助的两大势力，成为两座对垒的敌营，使许多建设的救济方法成为不可能，使历史上演出许多本不须有的惨剧。"[①]胡适对马克思主义的唯物史观的学术价值及对社会主义运动的积极影响是充分肯定的，即使对其阶级斗争学说在社会主义运动史与工党发展史上的重要地位也是肯定的，只是对阶级斗争学说在阐释并处理劳资阶级关系中所出现的极端偏向或扩大化而造成的不应有的惨剧做了含有贬意的分析；虽然我们可以说胡适对阶级斗争学说在革命实践中的积极效用重视不够，但是他对阶级斗争极端化、扩大化所带来不应有的损害的分析却有一定的预见性。二十世纪中国革命进程中出现的无产阶级与资产阶级斗争的扩大化、极端化所造成的冤假错案不正是对胡适预见性的有力证明吗？由上可见，胡适并没有反对马克思主义，而是把它作为新学理新学说给以"历史的态度"的研究和引进，使其成为"新思潮"的重要内容。

四、"整理国故"是胡适新思潮观的三大要务

胡适以"评判的态度"为轴心的"新思潮"观，将"研究问题"、"输入学理"、"整理国故"作为三大要务，并形成相互连动的逻辑程序。如果说"输入学理"这一要务完成的是对域外各种学说、主义、思潮的重新估价而进行开放式的输入，以发挥其在"再造文明"或重建文化中的多种功能；那么"整理国故"这一部曲吹奏的则是以科学方法重新整理、阐述与评估中国古代所有的文化遗产，不仅欲创造学术的辉煌，也意在为建设现代化文化或文明提供取之不尽的思想文化资源。换言之，即面对现实诸多亟

[①] 胡适：《四论问题与主义》，《每日评论》1919 年 8 月 31 日第 37 号。

待研究解决的问题，既要以域外新学说新学理做参考材料，又要更好地发掘古代文化传统，承继并超越古代传统以建构新文化新传统。所以"整理国故"这一逻辑环节，是胡适"新思潮"观的重头戏，内涵极其丰富，任务极其繁重。

"整理国故"作为一个口号最先是由毛子水发表于 1919 年《新潮》上的《国故和科学的精神》一文提出的，《新潮》主编傅斯年并在"附识"中把"整理国故"与"追慕国故"的本质区别指出来，与当时"保存国粹"的陈腐观念划清了界限。同年 10 月胡适在《新潮》上发表《论国故学》，既是对毛子水"整理国故"的呼应又批评其"做学问不当先存这个狭义的功利观念"，并强调"做学问的人当看自己性之所近，拣选所要做的学问，拣定之后，当存一个'为真理而求真理'的态度。研究学术史的人更当用'为真理而求真理'的标准去批评各家的学术。学问是平等的。发现一个字的古义，与发现一颗恒星，都是一大成绩"。因此"我们应该尽力指导'国故家'用科学的研究法去做国故的研究，不当先存一个'有用无用'的成见"。同年 11 月 12 日胡适在《新青年》上发表的《新思潮的意义》一文就把"整理国故"作为其"新思潮"观的重要内涵与逻辑环节，纳入他"再造文明"或重建现代文化的战略设计；并对"整理国故"这个积极主张作了这样的解释："整理就是从乱七八糟里面寻出一个条理脉络来；从无头无脑里面寻出一个前因后果来；从胡说谬解里面寻出一个真意义来；从武断迷信里面寻出一个真价值来。"之所以要整理国故，胡适从四个步骤指出其理由："因为古代学术思想向来没有条理，没有头绪，没有系统，故第一步是条理系统的整理"；"因为前人研究古书，很少有历史进化的眼光的，故从来不讲究一种学术的渊源，一种思想的前因后果，所以第二步是要寻出每种学术思想怎样发生，发生之后有什么影响效果"；"因为前人读古书，除少数学者外，大都是以讹传讹的谬说"，故第三步是"要用科学的方法，作精确的考证，把古人的意义弄得明白清楚"；"因为前人对于古代的学术思想，有种种武断的成见，有种种可笑的迷信"，故第四步是"综合前三步的研究，各家都还他一个本来真面目，各家都还他一个真价值"。这就叫作"整理国故"。而这种"整理国故"与当时林纾等"国粹党"高谈的"保存国粹"的本质区别在于，前者是以"评判的态度，科学的精神，去做一番整理国故的工夫"，将何谓"国粹"、何谓"国渣"予以清理，扬其有价值的"国粹"而废弃无价值的"国渣"，与后来提出的"取其精华除其糟粕"的思想何其一致；而后者的"保存国粹"就根本不想以新价值观重估国故的价值，是把古有的文化遗产、学术思想死死地封闭在已有的陈腐框架里，以窒息传统的学术文化。两者比较，可以看出胡适"整理国故"的思想是锐意进取、科学求真、推陈出新的，即使对于推进今天的学术研究、文化建设也仍有方法论的启迪意义。

胡适既是"整理国故"的积极倡导者又是卓有成效的实践者，随着作为新文化运动有机组成部分的"整理国故"热潮的展开，胡适对"整理国故"的思想做了进一步的丰富与理论上的提升。写于 1923 年 1 月的《〈国学季刊〉发刊宣言》可视为"整理国故"的政策宣言和理论依据，全面地阐明了"整理国故"的原则原理和方法目标。首先从"整理古书"、"发现古书"、"发现古物"三个维度考察了"从明末到于今"这三百年研究国故所取得的成绩，接着又从"研究的范围太狭窄"、"太注重功力而忽略了理解"、"缺乏参考比较的材料"三个层面分析其缺点，然后有针对性地对"整理国故"提出"扩大研究的范围"、"注意系统的整理"和"博采参考比较的资料"三点既具体又原则的建议。所谓"扩大研究的范围"，这是从时空上开拓研究国故的领域。在胡适看来，"国学"只是"国故学"的缩写，"中国的一切过去的文化历史，都是我们的'国故'；研究这一切过去的历史文化的学问，就是'国故学'，省称为'国学'。'国故'这个名词，最为妥当；因为他是一个中立的名词，不含褒贬的意义"。而"国故"既包含"国粹"又包含"国渣"，但要弄清何谓"国渣"何谓"国粹"，"所以我们现在要扩充国学的领域，包括上下三四千年的过去文化，打破一切的门户成见；拿历史的眼光来整统一切，认清了'国故学'的使命是整理中国一切文化历史，便可以把一切狭陋的门户之见都扫空了"，以还历史一个真正的本来面目。有了这样的宏阔眼光和历史视野，就古代文学研究来说，"庙堂的文学固可以研究，但草野的文学也应该研究"，这不只是把研究的范围扩大，而且获得一种科学眼力予以透视。所谓"注意系统的整理"是从历时性来探讨古代文化，既可"索引式的整理"，又可"结账式的整理"，也可"专史式的整理"，这就使"整理国故"的纲领具有了切实可行的操作性。所谓"博采参考比较的资料"，就是"必须要打破闭关孤立的态度"，放眼世界的学术研究，既要学习西洋的"比较研究"方法又要借鉴域外的学术研究成果，"给我们开无数新法门"，而"学术的大仇敌是孤陋寡闻；孤陋寡闻的唯一良药是博采参考比较的材料"。这就把中国古代文化的整理与研究置于世界的学术背景，以各种"新法门"和"新学理"做参考，对"国故"进行重新的价值评定，不仅能使"国学的将来，定能远胜国学的过去"[①]，也能为"再造文明"或重构文化提供优良的思想文化资源。特别是 1927 年胡适写成的《整理国故与打鬼》一文对"整理国故"的科学意义与文化价值做了精辟的阐释："用精密的方法，考出古文化的真相；用明白晓畅的文字报告出来，叫有眼的都可以看见，有脑筋的都可以明白。这是化黑暗为光明，化神奇为臭腐，化玄妙为平常，化神圣为凡庸，这才是'重新估定一切价值'。他的功用可以解救人心，可以保护人们不受鬼怪迷惑。"由于中国古代旧文化旧文明往往是与非、真与假、美与丑、善与恶、粹与渣、精与糟混杂在一起，通过以科学的方法重新估定其价值，就可以拨开迷雾，驱除妖气，清除假恶丑，弘扬真善美，这既能解放人们的思想和净化人们的心灵，又能为重建现代文化或现代文明奠定强固基础。

胡适并不只是开创性地设计出一套较完整科学的"整理国故"的方案、方针和方法，更为可取的是，他的成功实践为现代学术研究做出了卓越贡献，并从而建立起现代学术传统，翻开了中国学术文化史的新篇章。尽管

---

① 胡适：《〈国学季刊〉发刊宣言》，《胡适全集》第 2 卷，安徽教育出版社 2003 年版，第 2—17 页。

五十年代初胡适的学术思想及其研究成果遭到无情的挞伐与无理的批判，但是这没有从根本上动摇他在现代中国学术史上的价值与地位，也没有抹去其学术思想的光辉。胡适之于《诗经》《楚辞》的研究，他对墨学、老子的研究，他对词史及其流派风格的研究，他对颜元、李塨、戴震、王莽的研究，以及《白话文学史》的撰写、《吴敬梓年谱》和《章实斋先生年谱》的编写乃至禅宗史的研究等，都有新的发现、新的开拓；尤其是中国古代小说《红楼梦》《水浒传》《儒林外史》《镜花缘》《三国志演义》《西游记》《三侠五义》《封神榜》等的考证或研究，都是对"整理国故"的思维观念和方法论的卓有成效的实践。这些辉煌的学术成果是现代中国文化不可或缺的组成部分，显示了"整理国故"的实绩，为现代文化建设提供了坚实有力的学术支持，并对那些诋毁指责五四新文化运动，彻底否定传统文化、彻底否定古代文学的种种论调做了极为有力的回击，充分说明重新评价古代一切文化正是五四新思潮运动的应有之义。由于"输入学理"与"整理国故"是现代知识分子在完成"再造文明"或重建文化这一伟大工程中所必须肩负的双重任务，所以他们在积极地有选择地输入并汲取域外新学理新主义的同时，并没有忘记"整理国故"甚至主动响应之。且不说文学研究会一成立就把"整理中国旧文学"写入"简章"，其主办的《文学旬刊》围绕"整理中国旧文学"提出不少具体建议，且不说创造社郭沫若在《创造周报》上发表了拥护"整理国故"的文章；虽然鲁迅没有撰文对"整理国故"表示公开支持并有所批评，但却以其研究实绩《中国小说史略》证明了"整理国故"的必要性与重要性。尽管"整理国故"在运作过程中有些"国粹党"曾抢过"整理国故"旗帜尽情表演，招来了不少批评声，但这都不能阻遏新文化运动"整理国故"的步伐，都不能掩盖"整理国故"的真正价值和意义。

五、"再造文明"是胡适新思潮观的目的所在

在新思潮运动中，以"评判的态度"（即重新估定一切价值）为指导，

不论"研究问题"、"输入学理"或者"整理国故",完成这三大要务或吹奏这三部曲或经历这三道逻辑程序,都不是胡适"新思潮"观所认定的目的,而仅仅是手段或途径,"新思潮的唯一目的是什么?是再造文明"。所谓"文明"固然有物质文明与精神文明之别,但这里的"文明",我认为主要指精神文明或思想文化,属于意识形态范畴;"再造文明"就是重建现代思想文化或现代精神文明。既然"再造文明"是新思潮的终极目的,那当然也是胡适"新思潮"观所选定的最后一道逻辑程序和所吹奏的最后一部曲;但是如何才能实现"再造文明"即重建现代文化?

胡适从两个互牵互动的维度做了思考与设想:从"新思潮"本身来说,"再造文明"虽然是新文化要达到的唯一目的,但是现代文明或现代文化却不是凭空产生的,既不是天下掉来的又不是建设者头脑固有的,而是把"研究问题"作为生成现代文明或文化的现实的又是本土的根基,"输入学理"(即汲取域外先进文化)和"整理国故"(即承传中国古代优秀文化)则作为建构现代精神文明或现代思想文化的源头活水,并通过对它们的价值重估而在研究并解决现实问题这个结合部或契合点予以有机整合,使其所产生的新文明或新文化既是现代的又是民族的、既是世界的又是本土的,这就是胡适"新思潮"观的逻辑系统和深刻内涵。从运动进程来看,胡适"再造文明"这套系统设计并不是在短期就能实现的,也不是采取突变的方式就能奏效的,因为精神文明或思想文化的变革极其艰巨又极其细微,它不仅关系到整个意识形态或精神文化结构的调整或变动,也牵扯到千百年的习惯势力和社会心理以及思维模式的变化,对此若运用推翻国家机器的暴力手段是不会达到预期目标的。所以胡适在《新思潮的意义》中明确表示并指出:"文明不是笼统造成的,是一点一滴的造成的。进化不是一晚上笼统进化的,是一点一滴的进化的。现今的人爱谈'解放与改造',须知解放不是笼统解放,改造也不是笼统改造。解放是这个那个制度的解放,这种那种思想的解放,这个那个人的解放,是一点一滴的解放。改造是这个那个的改造,这种那种思想的改造,这个那个人的改造,是一点一滴的改造。

再造文明的下手工夫，是这个那个问题的研究。再造文明的进行，是这个那个问题的解决。"①胡适这种改良主义策略思想曾遭到极"左"革命论的批判，且不论在政治革命领域这种一点一滴改革的主张是否行得通以及有效，但在精神文明或思想文化领域却不失为一种明智的变革策略与切实措施，而且近百年的精神文化建设实践反复证明"突变"式的革命方式违背精神文明或思想文化的进化规律所带来的后果是破坏性大于建设性的，惟有渐进的变革方式才更适宜于现代精神文明或现代思想文化的重构。所以胡适"再造文明"或重建文化的构想，既具有完成这长期、艰巨而系统的现代文化建设工程的战略意义，又具有逐个再造具体文明或文化的实践操作价值。

"再造文明"既然是"新思潮"的唯一目的，而且为达到此目的又提出了具体的实践方案和长远的战略追求，那么胡适究竟要再造什么精神文明或重构何种现代文化？尽管他没有对其内涵做详尽的阐明，但从其所发表的《易卜生主义》《非个人主义的新生活》等文中可窥见出：他力图再造的精神文明或现代文化必须符合五四主导精神的德谟克拉西先生与赛因斯先生的要求，虽然胡适也提倡"发展个人的个性"，但这种个性必须具备两个条件：一是"须使个人有自由意志"，一是"须使个人担干系，负责任"②。即作为个体的人既要有自由意志又要承担社会义务，这是一种利己又利人、为己又为社会的个性主义，这是现代精神文明或现代思想文化的核心内涵。胡适反对那种极端个人主义文化，他认同把个人主义分为"假的个人主义"与"真的个人主义"。前者是"为我主义（Egoism）"，"他的性质是自私自利：只顾自己的利益，不管群众的利益"；后者则是"真的个人主义——就是个性主义（Individuality）"，而这种个性主义的特性有两种："一是独立思想，不肯把别人的耳朵当耳朵，不肯把别人的眼睛当眼睛，不肯把别人的脑力当自己的脑力；二是个人对自己思想信仰的结果要负完全责任，不怕权威，

---

① 胡适：《新思潮的意义》，《新青年》1919 年 12 月 1 日第 7 卷第 1 号。

② 胡适：《易卜生主义》，《新青年》1918 年 6 月 15 日第 4 卷第 6 号。

不怕监禁杀身，只认得真理，不认得个人的利害。"胡适除了赞成杜威对个人主义所做的精当分析，肯定"真的个人主义"思想外，他还反对个人主义的"第三派"即"独善的个人主义"，而这种"个人主义"包含"宗教家的极乐园"、"神仙的生活"、"山林隐逸的生活"、"近代的新村生活"四种。它们的共同性质是："不满意于现社会，却又无可如何，只想跳出这个社会去寻找一种超出现社会的理想生活。"对于这种独善的个人主义乌托邦，胡适从历史与现实两个角度做了深入的考察，指出其极端利己主义本质与逃避现实的消极性，提倡一种脚踏贫民社会现实并改造这穷困残淫社会而创出"非个人主义的新生活"①的平民主义或人道主义精神。这也许就是胡适的"再造文明"或重建文化的精神实质吧？！

目前我们又处在中国社会转型的激变期，不论精神文明或思想文化都存在不少的问题或危机，重温九十年前胡适"新思潮"观为"再造文明"或重构文化所做的战略构想与操作程序，对于今天建设有中国特色的现代化的精神文明或思想文化难道就没有一点借鉴意义与启迪价值吗？

---

① 胡适：《非个人主义的新生活》，上海《时事新报》1920年1月15日。

第三章

营造中国现代文化的方法论

——解读胡适实验主义观

一、实验主义是一种行之有效的科学方法论

实验主义虽然不是胡适创建的，但他却是实验主义不折不扣的忠实信徒。这并非说胡适把实验主义不加分析或不做选择地全盘照搬，而他所忠诚的也不是所有实验主义乃是杜威的实验主义；即使对杜威的实验主义，他也仅是作为一种科学方法论接受过来。对实验主义，他既根据自己的理解做了系统的介绍和解释，又将实验主义方法具体运用于现代中国文化建设和文学革命实践，而后者所取得的新文化成果与新文学实绩则充分证明了实验主义是一种行之有效的具有卓越功能的科学方法论。

不论现代中国文化建设或者新文学创构，都离不开方法论；尽管方式方法是多种多样的，但是真正能在中国文化、文学走向现代化的过程中发挥积极效能的方法论并不多，而实验主义方法的独特功效却经受住了历史的检验。所谓方法论及其功能，有的辞书作了这样的表述："从实践上或理论上把握现实的，为解决具体课题而采用的手段或操作的总和"，而方法论则是"关于科学认识活动的体系、形式和方式的原理的学说"①。简言之，方法就是一种工具，方法论就是工具论。从历史上看，创立方法论的先哲们都十分重视方法论在获得真理、建构思想体系或科学学说中的作用。培根（Francis Bacon）将方法论的选用比成跑路，他说："正如俗语所说，一个能保持正确道路的瘸子总会把跑错了路的善跑的人赶过去。不但如此，很显

---

① 《苏联大百科全书》第 5 版第 16 册，中国大百科全书出版社 1974 年中文版。

然，如果一个人跑错了路的话，那么，愈是活动，愈是跑得快，就愈会迷失得厉害。"①这就形象地指出方法论在科学研究中如同跑路选择方向一样，方向选择正确了即使瘸子也能跑快，如果方向选错了即使腿脚好的人也会越跑越糟；致力于科学研究也是如此，如果方法论正确那就能发现真理快、出成果快，若是方法论不对头那就适得其反。笛卡尔说得更明确："要认识真理，必须运用正确的方法"；即使"那些只是极慢地前进的人，如果总是遵循着正确的道路，可以比那些奔跑着然而离开正确道路的人走在前面很多"。②这既强调了科学研究自觉选择正确方法的重要性，又说明了正确方法对于科学研究发现真理的独特效能。卡西勒（Cassirer, E）在研究十八世纪西方启蒙哲学时曾用"理性"一词来表述时代文化精神的特征，在他看来，十八世纪的人们不再像十七世纪把"理性"视为"永恒真理"王国，它不是一座精神宝库，"而是一种引导我们去发现真理、建立真理和确定真理的独创性的理智力量"；而"理性最重要功用，是它有结合和分解的能力"③。就是说它是一种既能分析又能综合、既能分解又能建构的科学方法论，即"只要理性学会把自己独特的分析解剖和综合重建法运用于某一新的、极端重要的知识领域，就能进入这一领域"④。卡西勒是从方法论的角度来阐释"理性"的，理性只有作为方法论来把握和运用才能在发现真理、开辟知识领域中发挥无坚不摧和攻无不克的巨大威力。这就启示我们认识到一种科学的方法论既有超常的解构功能更有不可估量的建构功能。但是恩格斯并不同意理性派把作为方法论的"理性"力量估计过高，他说："在从笛卡尔到黑格尔和从霍布士到费尔巴哈这一长时期内，推动哲学家前进的，决不像他们所想象的那样，只有纯粹的思想力量。恰恰相反，真正推

---

① 北京大学哲学系外国哲学史教研室：《十六—十八世纪西欧各国哲学》，商务印书馆 1982 年版，第 22 页。

② ［法］笛卡尔：《谈方法》，《西方哲学原著选读》（上），商务印书馆 1982 年版，第 363—364 页。

③ ［德］E. 卡西勒：《启蒙哲学》，顾伟铭等译，山东人民出版社 1996 年版，第 11 页。

④ ［德］E. 卡西勒：《启蒙哲学》，顾伟铭等译，山东人民出版社 1996 年版，第 14 页。

动他们前进的，主要是自然科学和工业的强力而日益迅速的进步。"① 尽管如此，然而恩格斯也承认马克思主义正是从十九世纪三大自然科学的发现中和黑格尔的辩证逻辑体系里充实并丰富自身的理论及方法论。他说："随着自然科学领域中每一个划时代的发现，唯物主义也必然要改变自己的形式。"② 以上的旁征广引，旨在说明方法论对于发现真理、开拓领域、建构文化、探求思想、寻找规律的重要性。胡适在中国现代文化的倡导和建设中之所以看重并忠诚于实验主义，就在于他认定作为方法论的实验主义是科学实用的、卓有成效的，非其他方法论所能比拟的。尽管你可以说胡适是实验主义的虔诚信徒或者说他以实验主义对抗辩证唯物主义，但他却历尽艰险痴心不改地在文化建设与学术研究中坚持实验主义，不仅仅他实验的白话诗、国语文学取得了意想不到的成绩，而且他实验的国语教育、"整理国故"也获得了良好的效果。同时，他以实验主义态度对马克思主义做了具体分析，胡适认为马克思主义由"唯物的历史观"和"阶级竞争说"两个重要部分组成，尽管他对"阶级竞争说"提出异议，但是他对马克思主义的辩证唯物史观却是认同的。在他看来，"唯物的历史观，指出物质文明与经济组织在人类进化社会史上的重要，在史学上开一个新纪元，替社会学开无数门径，替政治学说开许多生路：这都是这种学说所涵意义的表现"③。胡适对唯物史观的重要价值意义的肯定也主要着眼于方法论，足见他对方法论是格外重视的。难怪二十世纪三十年代艾思奇曾这样说："与其说胡适对于新文化有何创见，不如说他的功绩仅仅在于新方法方面的提出。"由于五四时期"经验主义（即实验主义——笔者注）的治学方法在某种意义上可以说是与传统迷信针锋相对，因此，他就成为五四文化中天之

① ［德］恩格斯：《路得维希·费尔巴哈与德国古典哲学的终结》，《马克思恩格斯选集》第 4 卷，人民出版社 1972 年版，第 222 页。
② 《马克思恩格斯全集》第 4 卷，人民出版社 1981 年版，第 224 页。
③ 胡适：《问题与主义》，《胡适全集》第 1 卷，安徽教育出版社 2003 年版，第 357 页。

骄子"①。逮及九十年代的世纪之交,季羡林也这样评说:"'大胆的假设,小心的求证',这十个字是胡适对思想和治学方法最大最重要的贡献。"② 虽然笔者并不完全赞同对胡适终生的学术文化贡献仅仅局限于方法论,但是却认同评价胡适对思想文化、文学建设的重大成就离不开实验主义,或者说实验主义之于胡适研究是个绕不开的极为重要的视角和维度。

二、实验主义的思想内涵与功能特点

既然实验主义方法论对于胡适建设现代文化的构想与实践如此紧要,那就应该重新解读胡适所信奉的实验主义的思想内涵与功能特点。在《实验主义》③一文中,胡适根据自己对实验主义的考察与理解做了较详细的介绍和解释,实验主义是欧美颇有势力的一派哲学,既有皮耳士(Charles Pierce)的实验主义,又有詹姆士(William James)的实验主义,但是胡适最推崇的却是杜威的实验主义。因为杜威一派仍回到实验主义始祖皮耳士的原意即注重方法论一方面,最注意的是实验的方法,一言以蔽之就是"科学实验室的态度";所以实验主义与科学之关系极为密切,若是没有十九世纪欧洲科学的繁荣那就不可能有实验主义哲学的昌盛,"这种新哲学完全是近代科学发达的结果"。十九世纪科学的发达最重要的是驱动着科学的基本观念都经过了自觉的评判与根本的大变迁,这主要体现于:一是科学家对于科学的律例再不像以前迷信其是天经地义的永远不变的"天地",而一切科学律例现如今则"都变成了人造的最方便最适用的假设",即科学律例既是人造的又是假设的,故而不是永久不变的。"这种对于科学律例的新态度,是实验主义的一个最重要的根本学理";也就是说,实验主义决不承认我们的"真理"是永远不变的天地,它只承认一切"真理"都是应用的假设,

---

① 艾思奇:《二十年前之中国哲学思潮》,《中华月报》1934年1月第2卷第1期。

② 季羡林:《〈胡适全集〉序一》,《胡适全集》第1卷,安徽教育出版社2003年版,第21页。

③ 参见胡适:《实验主义》,《新青年》1919年4月第6卷第4号。

而假设的真不真，全靠它能不能发生它所应该发生的效果，这就是"科学试验室的态度"。二是与实验主义有极重要关系的就是达尔文的进化论，它冲破了中外古代的"物的种类是一成不变"的说法，承认"种类的变化是适应环境的结果，真理不过是对付环境的一种工具，环境变了，真理也随时改变"，既没有天下永不变的真理又没有绝对的真理；而这种进化观念在哲学上应用的结论则发生一种"历史的态度"，即要研究事物如何发生、怎样来的，又如何变成现在这样子。"科学试验室的态度"与"历史的态度"这两个实验主义的根本观念，都是十九世纪科学的影响与作用，所以"实验主义不过是科学方法在哲学上的应用"。

皮耳士作为实验主义的发起人，他认为"科学的目的只是要给我们许多有道理的行为方法，使我们从信仰这种方法生出有道理的习惯"，这是科学家的知行合一说，就是皮耳士的实验主义。詹姆士所著的《实验主义》并不全是个人学说，"乃是他综合皮耳士、失勒、杜威、倭斯袄（Ostwald）、马赫（Mach）等人的学说，做成一种实验主义的总论"。尽管詹姆士信仰宗教有时带有一点偏见，但是他的实验主义所涵括的"方法论、真理论、实在论"还是有可取之处。所谓实验主义是一种方法，指它"要把种种全名称一个一个的'现兑'做人生经验，再看这些名字究竟有无意义"，也就是"要把注意之点从最先的物事移到最后的物事；从通则移到事实，从范畴（Categories）移到效果"。而这种实验主义的根本方法，既可以规定事物的意义又可以规定观念的意义，也可以规定信仰的意义。所谓真理论并非旧派哲学家所说的"真理就是同'实在'相符合的意象"的见解，詹姆士认为"凡真理都是我们能消化受用的；能考验的，能用旁征证明的，能稽核查实的"，即使"真理"和实在相符合也不是静止的符合，乃是作用的符合，即从此岸到彼岸，把困难化为容易，这就是"和实在相符合"了。特别是"真理论"所关注的是真理如何发生，如何得来，如何成为公认的真理，"真理并不是天上掉来的，也不是人胎里带来的"；"真理原来是人造的，是为了人造的，是人造出来供人用的，是因为它们大有用处所以才给它们

'真理'美名的"。所谓实在论，而这里的"实在"含有感觉、感觉与感觉之间及意象与意象之间的关系和旧有的真理三层意思。旧派哲学家都说"实在"是永远不变的，而詹姆士一派却说"实在"是常常变的，是常常加添的，常常由我们自己改造的。"理性主义以为实在是现成的，永远完全的；实验主义以为实在还正在制造之中，将来造到什么样子便是什么样子。"这种实验主义人生观，詹姆士称之为"改良主义"，这种人生观既不是悲观的厌世主义，又不是乐观的乐天主义，"乃是一种创造的'淑世主义'"，即"世界是一点一滴一分一毫的成长的，但是这一点一滴一分一毫全靠着你和我和他的努力贡献"。胡适的实验主义哲学或改良主义人生态度显然是受到皮耳士、詹姆士哲学思想及其方法论的影响，但是对他影响最深的也是他最推崇的则是杜威的实验主义，所以他阐释杜威的实验主义实际上是在阐释自己对实验主义的理解和信奉，我们今天重新解读杜威的实验主义就是在重新认识胡适的实验主义。

在胡适的哲学视野中，杜威是现在实验主义的领袖，如果说思想界有不少反对詹姆士的哲学家，那么他们对于杜威却不能不表示敬佩。也许这是因为杜威在西方哲学史上是一个大革命家，他把欧洲近世哲学从休谟（David Hume）到康德（Immanuel Kant）以来的哲学根本问题一齐抹杀，即"一切理性派与经验派的争论，一切唯心论和唯物论的争论，一切从康德以来的知识论，在杜威的眼里，都是不成问题的争论，都可以'不了了之'"。杜威认为近代哲学的最大错误在于不懂得何谓"经验"，不论理性派或经验派、唯心派或唯实派的论争焦点都由于不曾懂得"经验"；而这些哲学派别对于"经验"见解的错误主要表现于：或把经验完全视为知识，或以为知识源于心全是主观性的，或认为经验的元素只是记着经过了的事，或认为经验是专向个体分子的而与其他物事没有关联，或把经验与思想两个范畴绝端对立起来。这既是杜威进行哲学革命的理由，又是其革命的具体对象。由于杜威不承认经验就是知识，故而反对把哲学完全变成认识论，这无疑是改变了哲学的性质、范围和方法；由于他不承认经验是纯主观的，故而把经验视为应付外在环境的工具；由于他不承认经验完全是细碎不联络的印象、意象、感情之类的分子，故而承认联络贯串是经验本分内的事；由于他不承认经验只是记忆经过的事，故而他把经验看作对付未来、预测将来、联络未来的事，又把经验和思想视为一件事。根据这些极重要的观念，可见杜威所说的经验是向前的而不是回想的，是推理的重逻辑的而不完全是堆积的无序的，是动态的而不是静止的，是主动的而不是被动的，是创造性的思想活动而不是细碎的记忆流水账。这既说明杜威深受近代进化论的影响又表明其哲学具有进化论学说的意义。正如杜威所说："经验就是生活；生活不是在虚空里面的，乃是在环境里面的，乃是由于这个环境的。"我们人手里的大问题，是"怎样对付外面的变迁才可使这些变迁朝着能于我们将来的活动有益的一个方向走。外境的势力虽然也有帮助我们的地方，但人的生活决不是笼着手太太平平的坐享环境的供养。人不能不奋斗；不能不利用环境直接供给我们的助力，把来间接造成的别种变迁。生活的进行全在能管理环境。生活的活动必须把周围的变迁一一变换过；必须使有害的势力变成无害的势力；必须使无害的势力变成帮助我们的势力。"[1]这就是杜威所说的"经验"，简言之，"经验不光是知识，经验乃我对付物，物对付我的法子"。经验不仅是生活、是知识，而且也是思想，这样既抹去了理性派与经验派、唯心论与唯物论之间的冲突，又把生活、知识和思想统统纳入"经验"这个总体范畴，致使知识如同生活或经验一样获得一种改造人的生存环境或改善人的生活条件并与周围生态环境和谐相处的工具作用。它不只是可以应付环境且能作为推测未来的经验；尤其是"思想能使经验脱离无意识的性欲行为，能使人用已知的事物推测未知的事物，又能使人利用现在的预测将来，能使人悬想新鲜的目的繁复丰富的效果，能使经验永远增加意义、扩张范围和开辟新天地"[2]。所以杜威一派的人把思想

---

① 胡适：《实验主义》，《新青年》1919 年 4 月 15 日第 6 卷第 4 号。

② 胡适：《实验主义》，《新青年》1919 年 4 月 15 日第 6 卷第 4 号。

尊为"创造的智慧"，这不仅因为"思想"是人类应付环境的唯一工具，也因为它是人类创造未来新天地的重要工具。总括起来，杜威实验主义哲学的根本观念：经验就是生活，生活就是对付人类周围的环境；在这种应付环境的行为中，思想的作用最为重要，一切有意识的行为都含有思想的作用，故思想乃是应付环境的工具；真正的哲学必须抛弃以前种种玩意儿的"哲学家的问题"，必须变成解决"人的问题"的方法。虽然杜威实验主义哲学的基本观念是"经验即是生活，生活即是应付环境"，但是应付环境是有高下之分或程度不同的，所改造的环境是否适合人的生存发展也有优劣之别，而这一切都取决于人的思想能力的高低，即人的思想能力高，应付环境的能力就高、创造的生存环境便优良，否则就相反。故"人的生活所以尊贵，正为人有这种高等的应付环境的思想能力"。正是从这种意义说，"知识思想是人生应付环境的工具"，它并不是哲学家的玩意儿和奢侈品；而"杜威哲学的最大目的是怎样能使人有创造的思想力"，即获得"创造的智慧"。不过杜威所说的思想既不是回想或追想，又不是胡思乱想，而是与生活、经验、知识处于同质同构的逻辑链上的"思想"；这种思想就是"用已知的事物根据，由此推测出别种事物或真理作用"，即"推论作用"，而这种由此及彼、由表及里的推理作用则是有根据、有条理的思想作用，这才是杜威所指的"思想"。他主要是从思想方法论来强调它的两大功能特点：一是须先有一种疑惑困难的情境做起点；一是须有寻思搜索的作用，要寻出新事物或新知识来解决这种疑惑困难。用杜威的话来表述，就是"疑难的问题，定思想的目的；思想的目的，定思想的进行"。

胡适把杜威的实验主义思想方法概括为相互联系的五个逻辑步骤：一是疑难的境地；二是指定疑难之点究竟是什么地方；三是假定种种解决疑难的方法；四是把每个假定所含的结果逐一想出来，看哪一个假定能够解决这个困难；五是证实这种解决使人信用，或证明这种解决的谬误使人不信用。根据自己的理解和领悟，胡适逐一阐释杜威实验主义思想方法的内涵与功能。

"思想的起点是一种疑难的境地。"把"疑难的境地"作为"思想的起点"，这是从实际出发、从客观存在出发；而"实际"或"客体"既是思想的原发地，又是"思想"的逻辑基点。这就是杜威所说的思想不是天上掉下的，也不是头脑固有的，它源于客观实际亦用于客观实际；没有"疑难的境地"的激发，即使已掌握的知识或思想或经验也不可能活起来动起来而成为能解决实际问题的有功用的利器。这一点既与理性哲学派划清界限也与经验哲学派有所区别。理性派的思想"体系之所以都失败了，原因在于它们不是坚执事实，并从中发展出自己的各种概念，而是把某些个别概念抬高到教条地位。孔狄亚克（Etienne Bonnot de Condillac）号召建立'实证'精神和'推理'精神的新联盟，以对抗'体系癖'"[1]。因为"在 17 世纪的那几大形而上学体系——笛卡尔、马勒布朗士（Nicolas de Malebranche）、斯宾诺莎（Baruch de Spinoza）和莱布尼茨（Gottfried Wilhelm Leibniz）的体系里，理性是'永恒真理'的王国，是人和神的头脑里共有的那些真理的王国。我们，我们通过理性所认识的，就是我们在'上帝'身上直接看到的东西。理性的每一个活动，都使我们确信我们参与了神的本质，并为我们打开了通往心智世界、通往超感觉的绝对世界的大门"[2]。以洛克（John Locke）、贝克莱（George Berkeley）和休谟为主的经验哲学派是以感觉经验为基础，如果说洛克只指出了心理经验现象的两大源泉，承认"感觉"和"反省"是心理经验各自独立不可还原的形式，那么他的追随者贝克莱和休谟则用"知觉"一词把"感觉"和"反省"结合在一起，把洛克的二元论变为一元论，力图证明"知觉概念把内部经验和外部经验、自然对象和自我的对象都囊括无遗了"[3]。在经验哲学看来，一切观念、思想乃至经验都源于心理。不论理性派或经验论，虽然不宜把它们分成截然不同的两派，应将其视为相互缠绕的两个互渗互补的结构，但它们却没有把客观实际作

① [德] E.卡西勒：《启蒙哲学》，顾伟铭等译，山东人民出版社 1996 年版，第 7 页。

② [德] E.卡西勒：《启蒙哲学》，顾伟铭等译，山东人民出版社 1996 年版，第 11 页。

③ [德] E.卡西勒：《启蒙哲学》，顾伟铭等译，山东人民出版社 1996 年版，第 15 页。

为思想之源与思想出发点。杜威的实验主义作为方法论对一切问题的发现、研究和解决，都是基于与人的生活攸关的一切生态环境，这里既包括人与自然环境、人与社会环境，又包括人与人之间关系甚至人与自我之间关系，而人与诸环境则形成了错综复杂的动态的又是网状的关系；但这种关系实质上都是在引力与斥力相抗衡的"力的结构"中维持其生存与发展，人的生存或发展决不能摆脱各种物质的或精神的网状关系中的"力的结构"，因此人在这种错综生态环境中要保持平衡或生活得稳定而舒适，既要顺应环境又要抗争或征服环境，这样才有可能立于不败之地。不过要处理好或克服好人与环境固有的不协调或悖反的"斥力"关系，可能会遇到种种阻遏甚至难以想象的困难，或陷于"疑无路"的境地或陷于冲不出的绝境，而这些阻遏、困难、疑惑、绝境或是源于物质世界或是源于精神世界，都是来自周围的生态环境，它迫使人们必须思考，必须开动脑筋，必须有的放矢地发挥创造性智慧，拿出行之有效的破除障碍、解释疑惑的方案。正是从这样的意义说，实验主义方法论不是从概念出发，也不是从教条出发，更不是主观先验论，所要研究或解决的问题都来自与人的生活密切相关的主客体世界，即所有的"疑问便是思想起点"，"一切有用的思想，都起于一个疑问符号。一切科学的发明，都起于实际上或思想界里的疑惑困难"①。如果以这种务实的思维方法指导人文科学研究或现代文化建设，首先要深入我们所生存的人文环境，或实地考察或搜集资料或阅读文本，从中发现问题，形成诸多疑惑的"问题意识"，这也许就是产生新文化思想或新文学观念的逻辑起点，而这种新思想起点正契合了人文环境的实际存在。

"指定疑难之点究竟在何处。"这一逻辑层次正是承上而来的，与"思想起点"所发现并针对的"疑难"问题紧密联系在一起，也可以说这是第一逻辑阶段的深化或集中化。从生存的周围环境或一切生活出发，不只是要发现或遇到很多疑难问题，而这诸多疑难问题在疑惑的程度上或困难的

---

① 胡适：《实验主义》，《胡适全集》第 1 卷，安徽教育出版社 2003 年版，第 307 页。

程度有大小之分也有难易之别，其中一些疑难之点较小的或较易的是容易解决的，而且也能解决得好，可以令人满意认可；然而有些难度较大或疑惑较多的问题并不是轻而易举就可以解决得好的，必须下大工夫花大力气方可奏效，只有把这些重大疑难问题抓住并解决好了，那些较小的或较易的疑难问题就迎刃而解了。况且指定疑难之点不仅仅关系到是否抓住了主要矛盾或焦点问题，并且与能否针对关键疑难之点开出从根本解决问题的良方有关。如同中医的"脉案"和西医的"诊断"极为重要，若是把脉不准或诊断有误那就不可能查出病源、找到病根，因之也开不出对症下药的药方，病不仅治不好，也可能因误诊而出人命。所以"指定疑难之点"，不论解决实际生活的问题以改善生存环境，或者解决学术研究的具体问题以获取新的科学成果，都是实验主义方法论的重要逻辑环节。胡适曾举古代文化研究的例子加以印证：《墨子·小取篇》有句话："辟（譬）也者，举也物而以明之也。"初读时觉得"举也物"三个字不可解，是一种疑难；毕沅注《墨子》竟说这个"也"字是衍文，删了便是；王念孙则认为毕沅看错了疑难所在，因为这句话的真正疑难不在一个"也"字的多少，而在研究这个地方既然跑出一个"也"字来，这个字究竟可以有解说还是没有解说，如果盲目断定这个"也"字是衍文，那就近于武断而不是科学思想。这不仅说明学术研究"指定疑难之点"并不容易，没有一丝不苟的科学精神是做不到的，而且也指明了"指定疑难之点"对于学术创新并获得科学品格也是极为重要的一环。

"提出种种假定的解决的方法。"既然从生存的环境即自然环境、社会环境、文化环境乃至舆论环境中，发现了如何对付环境改善环境的诸多疑难问题，并从中抓出了主要或关键疑难问题；那么就应该有的放矢地从已掌握的所有经验、知识、学问和思想中提出种种的解决方案，拟定种种可信可靠的假设，这是实验主义方法论的第三个逻辑阶段也是极为重要的思维环节。因为研究任何问题或解决任何问题必先有假设，"否则就是抄袭旧论，拾人牙慧。这样学问永远不会有进步。要想创新，必有假设，而假设则是越大胆越好"。故胡适提出"大胆假设",至于"大胆究竟能够或者应该大到什么程度,界限很难确定,只好说'存乎一心'了"[1]。不仅胆子要大,而且经验要丰富,知识要厚实,学问要渊博,思想要深邃,否则就不可能给疑点或难点的解决提出很多假设或者设计出最佳方案;若是假设贫乏、方案欠佳,又怎能在解决疑难问题的过程中产生新思想、新见识、新经验以丰富创造性的智慧呢?所以"没有经验学问,决没有这些假定的解决",而"假定的解决"是与经验学问知识思想紧密相联,一个缺乏创造智慧或思想知识匮乏的人,面对着种种疑惑困难问题只能束手无策,决不会"提出种种假定的解决方法",更不会在发现问题解决问题的逻辑进程中为思想增值或者为文化创新。既然思想知识对"大胆假设"如此重要,那我们就要认真解读杜威的"知识论",以获取现代科学知识或现代思想意识。在杜威看来,古代以来的知识论的最大病根在于经验派和理性派的区分度太严,把知识分成经验与理性、个体与共体、心与物、心与身、智力与感情两两对立,这种知识论的严格分殊是由"古代的社会阶级很严,有劳心和劳力的,活人的和被活的,出令的和受令的,贵族和小百姓"的阶级对立所决定的;因此到了"现在的民主社会都不能成立,都不应该存在",特别是从学理的角度来考察,到了现代诸多相互对立的知识已趋向整合或综合,它们之间没有严格界限。例如,现代生理学和心理学互相印证,证明一切心的作用都和神经系统有密切关系;生物进化论示知,每个人既是世界活动里的一个参战者,那知识乃是一种参战活动,知识的价值全靠知识的效能;尤其要获取真知识,决不能认为有了知识就有了某种假设或某种设计,真知识是可以试验出效果来的,思想也不是都有用,而真正有用的思想能正确地观察现状,并用来做根据推知未来,以作为应付未来的工具。若是有了真知识真思想或真经验真学问,不能随时为解决疑难问题提出种种行之有效的假设,那便成了"吃饭的书橱,有学问等于无学问":知识思想或经验学问之所以

---

① 季羡林:《〈胡适全集〉序一》,《胡适全集》第1卷,安徽教育出版社 2003 年版,第 22—23 页。

可贵，"正为他们可以供给这些假设的解决的材料"。

"决定那一种假设是适用的解决。"上述实验主义思维程序为疑难问题的解决提出种种假设，而这种种假设虽然都是某种经验学问或知识思想，或者说这诸多假设不是凭空或随意生成的而都是有根有据的；但是必须清醒地认识到这种种假设所依据的知识思想或学问经验正确与否、科学与否、先进与否、充盈与否、可靠与否、真假与否，这都关系到种种假设是否有针对性地"对症下药"并能达到"药到病除"的良好效果或者说是否是解决疑难问题的最有效的最佳方案。因此，这不仅要求对于作为"假设"的学问经验或知识思想进行严格的检验与认真的推敲，更要求对提供的假设做出比较的分析与有效的选择。而检验知识思想或学问经验的价值标准，在胡适眼中就是有用与没用或者用处大小效果优劣，若是有用或者大有用的则是真知识真经验真学问真思想，也是民主社会所需要的现代科学知识或现代人文精神；如果没有用或用处不大的那就是值得打折扣或陈旧腐朽或虚假伪劣的知识思想或经验学问。惟有前者针对疑难问题的解决所设计的方案或者所提出的假定才能收到预想的效果，若是用来研究文化建设的疑难问题方有可能做出创新而科学的阐释；而后者如果作为某种假设或计划的根据那会收到相反的不良的或荒谬的效果，不只疑难问题解决不了，反而会产生误认或误导。即使以有用的真知识真思想或真经验真学问对某一个或某些疑难问题的解决所提出的假设或构想也不会仅仅是一个或两个，有可能就某个疑难之点的解决会列出许多方案，而且这诸多方案的假设根据都是有用的真实的而不是虚假无用的；面对着多个有用的解决疑难问题的真方案，每个学者或科学家或其他人员都要从中做出选择，并且只能选择一个最有用的最有可能达到预期效果最适合于这个疑难问题得到圆满解决的假定方案。要选得好选得准，至少对选择者有两个要求：一是必须对解决或研究的疑难问题做到心中有数，既能掌握疑难问题产生的背景或语境又能摸准疑难问题的症结所在；二是必须具备破解疑难问题的真知识、真思想、真经验和真学问，切实做到这把钥匙只能开这把锁。具有了这两个条件的选择者就有创造性的智慧，不仅可以独具慧眼地从种种假设中选取最适用解决疑难之点的假定方案，也能在实施这个假定方案过程中有超常的发挥，真正达到创新文化、发明真理之目的。正如胡适所说的《墨子》的"举也物"一例，为解决"也"字这个疑难之点提出两个假定方案：一是毕沅的假设，删去"也"字，虽勉强讲得通，但牵强得很；二是王念孙的解说，把"也"字当作"他"字，这不只因举他物来说明此物正是"譬"字的意义，也因为古书"他"与"也"容易互混。故后者这个假定解决的涵义果然能较好地解决"也"字的疑难，这应是最适用的必选的解决疑难问题的假定方案，它既解决了"疑难"，又为《墨子》研究增加了新值，开拓了新思路。

"证明。"第三、第四两个逻辑步骤对解决疑难问题所提出的种种假设是否真实可靠，是否能达到预想的效果，是否能臻至真理境界而令人诚服信用，则必须让"证明"说话，这是实验主义方法论的最后一个逻辑步骤，也是决定或检验各种假设在解决疑难问题中能否成为真理、能否发明真理的最重要的思维与行动环节。既然"一切学说理想，一切知识，都只是待证的假设，并非天经地义"；那么"一切学说与理想都须用实行来试验过"，也就是"步步有智慧的指导，步步有自动实验"，只有通过反复实验才能证明学说、主义或理想是否是真正有用的真理，没有经过实验的"一切学说理想"或知识思想都是有待证明的假设，所以说"实验是真理的唯一试金石"[①]。当然，并不是所有的解决疑难问题而提出的假设及其经验依据和学理根据都能够通过实验获得证明，甚至有些假设也不是短时间就能得到证明，尤其那些由形而上思辨所推导出的学说就更难以"实验"来证明了。对此胡适也意识到了，他说："有时候，一种假设的意思，不容易证明，因为这种假设的证明所需要的情形平常不容易遇着，必须特地造出这种情形，方才可以试验那种假设的是非。"尤其为人文社会科学研究或现代人本文化

---

① 胡适：《杜威先生与中国》，《东方杂志》1921 年 7 月第 18 卷第 13 号。

建设碰到的疑难问题所提出的解决方案而做的种种假设，虽然有些假设可以通过现实的或历史的经验资料来证实其是否真理是否创新，但有些假设要由实验来证明是难上加难甚至是难以办到的；至于自然科学的证实更要依靠实验了，有的假设易于通过实验给出证明，有的假设通过反复艰难的实验方可证明，有的假设需要通过长时间甚至几代人的实验才可证明是真理，还有的假设曾经被实验证明已是"真理"而后又被新的实验证明所改写或被推翻。所以，不论是社会科学研究或自然科学研究针对疑难问题而提出的种种假设，要真正通过实验来证明其是否真理是否创新是否卓有成效，并不是轻而易举的，而是要下大工夫花大力气的。正如季羡林对胡适"小心求证"所阐释的："有了假设，只是解决问题的第一步。这种假设往往是出于怀疑，很多古圣先贤都提倡怀疑，但是怀疑了，假设了，千万不要掉以轻心，认为轻而易举就能得到结论，必须求证，而求证则是越小心越好。世界上，万事万物都异常复杂，千万不要看到一些表面就信以为真，一定要由表及里，多方探索，慎思明辨，期望能真正搔到痒处。到了证据确凿，无懈可击，然后才下结论。"[1]

杜威实验主义思维方法的五个逻辑步骤是层层推进、一环扣一环，形成一个严密地带有科学性与创新性的方法论逻辑体系，对于发现问题、解决问题、求真出新、发明真理具有强大的思维功能；因此，胡适为强调"杜威分析思想的五步"以引起人们的格外重视，作了这样的归结：

（1）思想的起点是实际上的困难，因为要解决这种困难，所以要思想；思想的结果，疑难解决了，实际上的活动照常进行；有了这一番思想作用，经验更丰富一些，以后应付疑难境地的本领就更增长一些。思想起于应用，终于应用；思想是运用从前的经验，来帮助现在的生活，更预备将来的生活。（2）思想的作用，不单

---

① 季羡林:《〈胡适全集〉序一》,《胡适全集》第 1 卷, 安徽教育出版社 2003 年版, 第 23 页。

是演绎法，也不单是归纳法；不单是从普通的定理里面演出的个体的断案，也不单是从个体的事物里面抽出一个普遍的通则。看这五步，从第一步到第三步，是偏向归纳法的，是考察眼前的特别事实和情形，然后发生一些假定的通则；但是从第三步到第五步，是偏向演绎法的，是先有了通则，再把这些通则所涵的意义一一演出来，有了某种前提，必须要有某种结果；更用直接或间接的方法，证明某种前提真能发生某种效果。

胡适虽然以两千年来西方的"法式的论理学"即归纳法和演绎法阐释了"杜威分析思想"五个步骤的逻辑关系；但是他并不认为"法式的论理学"即思维方法论是"训练思想力的正当方法"，而"思想的真正训练，是要使人有真切的经验来作假设的来源；使人有批评判断种种假设的能力；使人能造出方法来证明假设的是非真假"。所以在杜威的实验主义方法论中，"最注意假设"，但"假设"却来自"许多活的学问知识"，而"活的学问知识的最大来源在于人生有意识的活动"，只有有意识"活动事业得来的经验"才是"真实可靠的学问知识"。可见"这种有意识的活动，不但能增加我们假设意思的来源，还可训练我们时时刻刻拿当前的问题来限制假设的范围，不至于上天下地的胡思乱想"①。我们是否可以做这样的理解，胡适所说的"有意识活动"就是在一定理论指导下的实践活动，而真正的学问知识、思想见解是源于这种实践并经受了实践的检验，只有这种源于实践的真知灼见方可作为解决现实迫切问题的"假设"，即解决问题的预设的理论方案，通过对新的问题的解决即参与人生有意识活动，不只是检验了假设理论方案的实践效果，而且又进一步充实丰富或矫正验证了学问思想，为新问题的发现或解决提供更真实可靠的思想学问，从而形成了这样一种"创造智慧"：即着眼于现实去发现问题，然后依据相关的思想学问制定有针对性的

---

① 胡适：《实验主义》，《胡适全集》第 1 卷，安徽教育出版社 2003 年版，第 311—312 页。

解决问题的假设性的理论方案，通过积极实践或实验去贯彻实施这个方案，最后以实践或实验效果加以检验。这种环环紧扣的思维逻辑与行动逻辑相辅相成的进程，既体现出一种从实际出发的求真精神又体现一种发现问题解决问题的务实精神，既含有一种理论（或知识学问）与实际相结合的精神又含有一种以实践效果检验理论方案是否正确的创新精神；一言以蔽之，它为我们提供一种务实求真出新的实事求是的思维方法和认知模式，难怪胡适反复强调这种方法论为"科学思想方法"。

三、实验主义取得的卓越成就

胡适推崇和信奉的实验主义之所以是一种科学方法论，道理很简单，因为它"就是尊重事实，从事实出发提出问题，提出假设，再搜求事实，验证自己的假设和自己的思想是否正确"[①]。这种科学的思想方法特别重视并强调证据，只跟着证据走，既反对主观武断又反对迷信盲从，既反对死板僵化又反对教条主义；显然它是一种具有开创性的革命意义的思想方法，不仅适用于从事自然科学的研究，而且也适用于政治家、教育家、实业家、人文社会科学家、文学家、艺术家等。胡适在现代中国学术史、文学史上堪称是开一代风气的人物，与其在不少人文社科领域成功地运用了实验主义科学方法论所取得的卓越成就联系在一起。

胡适于 1919 年出版的《中国哲学史大纲》（卷上）创立了新学术典范，影响了一代学子。当年蔡元培为此书所作的序特别从科学思维方法上给予高度赞赏，指出其重要特长在于出色地运用了"证明的方法"即重证据，这"对于一个哲学家，若是不能考实他生存的时代，便不能知道他思想的来源；若不能辨别他遗著的真伪，便不能揭出他实在的主义；若不能知道他所用的辩证的方法，便不能发现他有矛盾的议论。适之先生这《大纲》中

---

① 耿志云：《〈胡适全集〉序二》，《胡适全集》第 1 卷，安徽教育出版社 2003 年版，第 43 页。

此三部分的研究，差不多占了全书三分之一，不但可以表示个人的苦心，并且为后来的学者开无数法门"①。此书不仅自始至终注重考证，并"把考证与西方的哲学方法相结合，使他的《中国哲学史大纲》成为现代史学著述疑古考信的一个典范"；而且他把"认识论和知识论问题提升到哲学史的首位，这是《中国哲学史大纲》的又一显著特点"，如果说西方哲学"只有到了近代，认识论与知识论的问题才渐渐为人们所重视，出现了像培根《新工具》，笛卡尔的《方法谈》，斯宾诺莎的《理智改进论》，洛克的《人类理智论》，康德的《纯粹理性批判》等著作，深入讨论认识论和知识的问题"，那么在中国哲学"真正从认识论和知识方法上给以总结的，还是到了胡适这里才出现。梁启超敏锐地发现了，胡适此书'凡关于知识论方面，到处发现石破惊天的伟论'，恰好道出了此书的一大特点"②。胡适自己在《大纲》中曾对其"拿出证据来，要跟着证据走"的科学思维方法的具体切实运用作了这样的阐述：

　　我的理想中，以为要做一部可靠的中国哲学史，必须要用这几条方法。第一步须搜集史料。第二步须审定史料的真假。第三步须把一切不可信的史料全行除去不用。第四步须把可靠的史料仔细整理一番：先把本子校勘完好，次把字句解释明白，最后又把各家的书贯串领会，使一家一家的学说，都成有条理有统系的哲学。做到这个地位，方才做到"述学"两个字。然后还须把各家的学说，笼统研究一番，依时代的先后，看他们传授的渊源，交互的影响，变迁的次序：这便叫做"明变"。然后研究各家学派兴废沿革变迁的原故：这便叫做"求因"。然后用完全中立的眼光，历史的观念，一一寻求各家学说的效果影响，再用这种种影响效

---

① 蔡元培：《〈中国古代哲学史大纲〉序》，《胡适全集》第 5 卷，安徽教育出版社 2003 年版，第 192 页。
② 耿志云：《〈胡适全集〉序二》，《胡适全集》第 1 卷，安徽教育出版社 2003 年版，第 46 页。

果来批评各家学说的价值：这便叫做"评判"。①

由于胡适在中国古代哲学史的研究与书写过程中创造性地运用了实验主义科学方法论，所以开了以新观念新架构新方法研究中国哲学史风气之先，《中国哲学史大纲》的出版既标志着中国哲学史学科的成立又标志着现代学术方法的成型，也表明科学实验主义方法论对人文哲学的研究可以获得卓有成效的成功，并给具体的文化领域建立了一种中西文化结合的范例。

胡适以科学的思维方法通过对中国哲学史的研究开了现代学术风气之先，而且还以科学方法的考证与探讨开创了中国小说研究的新局面。他曾在《口述自传》中说："我在中国文艺复兴运动的初期，便不厌其烦的指出这些小说（指《水浒传》《红楼梦》等白话小说——笔者注）的文学价值。但是只称赞它们的优点，不但不是给予这些名著应得的光荣的唯一的方式，同时也是没有效率的方式。要给予它们在中国文学史上应有的地位，我们还应该采取更有效的方式才对。我建议我们推崇这些名著的方式，就是对它们做一种合乎科学方法的批判与研究，也就是寓推崇于研究之中。我们要对这些名著做严格的版本校勘和批判性的史料探讨——也就是搜寻它们不同的版本，以便于校订出最好的本子来。如果可能的话，我们更要找出这些名著作者的历史背景和传记资料来。这种工作是给予这些小说名著现代学术荣誉的方式，认定它们也是一项学术研究的主题，与传统的经学、史学平起平坐。"胡适遵循科学的实验主义方法论，花大力气用大智慧在古典白话小说领域耕耘了十几年，为十二部传统小说写了三十多万字的考证和研究文章，特别是对《红楼梦》的考证取得了巨大成绩，自 1921 年刊出《〈红楼梦〉考证》始，随后又发表了《跋〈红楼梦〉考证》（1922）、《重印乾隆壬子本〈红楼梦〉序》（1927）、《考证〈红楼梦〉的新材料》（1928）、《跋乾隆庚辰本脂砚斋重评〈石头记〉》（1933）等文章，这些著作和文章显

---

① 胡适：《中国古代哲学史·第一篇》，《胡适全集》第 5 卷，安徽教育出版社 2003 年版，第 219 页。

示了科学方法研究的优势与威力，内中"充盈着的新眼光、新见解、新思维、新风尚、新哲学、新文化观，为中国现代学术界开创了一个'新红学'派，不仅为《红楼梦》研究也为中国古典小说的研究、为整理国故、为整个中国的文艺复兴事业，起了导乎先路的工作，产生了巨大而悠久的文化影响"①。如果说所有的索隐派为"旧红学"的话，那么胡适《〈红楼梦〉考证》的改定稿一开篇便从方法论的高度宣布"旧红学"走错了路："他们怎样走错了道路呢？他们不去搜求那些可以考定《红楼梦》的著者，时代，版本等等的材料，却去收罗许多不相干的零碎史实来附会《红楼梦》的情节。他们并不曾做《红楼梦》的考证，其实只做了许多《红楼梦》的附会！"②胡适以极为扎实可靠的科学证据逐一批驳了"旧红学"的索隐派的牵强附会的观点，并强调指出："我们若想真正了解《红楼梦》，必须先打破这种牵强附会的《红楼梦》迷学！"而要打破《红楼梦》迷学则必须通过科学考证抓到可靠可信的证据："其实做《红楼梦》的考证，尽可以不用那种附会的法子。我们只须根据可靠的版本与可靠的材料，考定这书的著者究竟是谁，著者的事迹家世，著者的时代，这书曾有何种不同的本子，这些本子的来历如何。这些问题乃是《红楼梦》考证的正当范围。"③这可以视为由胡适开创的"新红学"的宣言和纲领，据此胡适在《〈红楼梦〉考证》这篇长文中成功地运用了科学考证方法："处处想撇开一切先入的成见；处处存一个搜求证据的目的；处处尊重证据，让证据做向导，引我到相当的结论上去。"④这就使胡适对《红楼梦》获得一种全新的认识，彻底打破了《红楼梦》迷学，他明确指出："《红楼梦》只是老老实实的描写这一个'坐吃山空''树倒猢狲散'的自然趋势。因为如此，所以《红楼梦》是一部自然主义的杰作。那班猜谜的红学大家不晓得《红楼梦》的真价值正在这平淡无奇的自

---

① 胡明：《胡适传论》（上），人民文学出版社 1996 年版，第 463 页。
② 胡适：《〈红楼梦〉考证》（改定稿），《胡适全集》第 1 卷，安徽教育出版社 2003 年版，第 545 页。
③ 胡适：《〈红楼梦〉考证》（改定稿），《胡适全集》第 1 卷，安徽教育出版社 2003 年版，第 556 页。
④ 胡适：《〈红楼梦〉考证》（改定稿），《胡适全集》第 1 卷，安徽教育出版社 2003 年版，第 587 页。

然主义的上面，所以他们偏要绞尽心血去猜那想入非非的笨谜，所以他们偏要用尽心思去替《红楼梦》加上一层极不自然的解释。"① 是胡适用科学考证的方法把《红楼梦》研究引上正当的轨道，开创了科学方法研究《红楼梦》的新时代。

胡适是个具有球形天才的现代中国的风云人物，他以科学的思维方法不仅开创了中国哲学研究、古典文学研究的新局面和新风气，而且坚持实验主义科学方法论推动着中国整个人文社科研究、新文化和新文学建设跨入了现代化时代，并纳入了现代性轨道。正如胡明在《胡适传论》所作的总体评价："胡适多姿多彩的一生似乎正是现代中国历史舞台多姿多彩的一个缩影。从'文化'和'史'的角度来看，'现代中国'的序幕或便是胡适拉开的。1917 年发轫的新文化运动（胡适称之为'中国的文艺复兴运动'）是'现代中国'文化结构全面更新的肇始，在这场绚烂壮丽的新文化运动中，胡适既是首举义旗、冲锋陷阵的'急先锋'，又是登坛点将、呼风唤雨的摇鹅毛扇式的人物。中国的旧学术文化经过了这个运动的淘洗，出现了一个性质突变的新'范式'。胡适在文学、伦理、教育、思想、政治、社会等方面的全部革新意义便在革'新'了一个延续了几千年的旧文化范式及其严密完整的价值体系，领导一切知识精英与前进的思想界跨入了一个新的文化时代，导致了那个时代全套的信仰、价值、观念、标准、规范、通则以及思维习惯与文化技术上的改变。质而言之，胡适把中国思想文化从旧的变成了新的、古典的变成了现代的，从而为'现代中国'登上历史舞台作了观念形态上的准备，也即是在思想文化上为'现代中国'催生。"② 胡适之所以能够以新文化领袖的历史雄姿开创现代思想、现代文化、现代文学的新时代、新格局、新范式和新价值，完全得力于实验主义科学方法论的卓有成效的运用，从特定意义上说胡适为现代文化、现代文学建设做出

---

① 胡适：《〈红楼梦〉考证》（改定稿），《胡适全集》第 1 卷，安徽教育出版社 2003 年版，第 578 页。

② 胡明：《胡适传论》（上），人民文学出版社 1996 年版，第 4—5 页。

的独特而巨大的贡献，应是科学方法论在中国学术界、文化界、文学界所取得的伟大胜利。

由于胡适从理论到实验真正认识和体会到实验主义科学思维方法在现代中国文化、现代文学建设过程中以及开辟中国学术研究特别是小说研究的"新殖民地"上发挥了其他思想方法尚未发挥出的巨大功能和无穷威力，所以 1930 年 12 月他写的《介绍我自己的思想》一文便积极向广大读者尤其是青少年朋友推广这种科学方法。

> 少年的朋友们，莫把这些小说考证看作我教你们读小说的文字。这些都只是思想学问的方法的一些例子。在这些文字里，我要读者学得一点科学精神、一点科学态度、一点科学方法。科学精神在于寻求事实，寻求真理。科学态度在于撇开成见，搁起感情，只认清事实，只跟着证据走。科学方法只是"大胆的假设，小心的求证"十个字。没有证据只可悬而不断；证据不够，只可假设，不可武断；必须等到证实之后方才奉为定论。少年的朋友们，用这个方法来做学问，可以无大差失；用这种态度来做人处事，可以不至于被人蒙着眼睛牵着鼻子走。[1]

倾听着八十多年前胡适发出的"学得一点科学精神、一点科学态度、一点科学方法"的呼声，仿佛犹在眼前，这对于当下立志开拓二十一世纪学术研究新局面、建设现代性新文化、新文学乃至塑造现代文化人格的知识青年来说，无疑是大有裨益的。

---

[1] 胡适：《介绍我自己的思想》，《新月》1931 年 6 月 10 日第 3 卷第 4 号。

第四章

"中国的文艺复兴"

——重评胡适的新文化观

对于发生在二十世纪初叶的新文化运动的思想实质或精神实质，见仁见智，众说纷纭；但其中有两种所谓权威性的见解影响深远，认同者众：一是政治上的预设，认定五四新文化运动实质上是一场彻底地不妥协地反帝反封建运动；一是思想上预设，认定五四新文化运动就其精神实质来说是一场人的解放运动，即思想启蒙运动。前者的预设着眼于政治，由此出发来规范五四新文化运动不是不能找到历史的根据，然而由于历史根据的匮乏或混杂因而支撑不起它的宏大的理论判断，近三十年来遭到不少质疑或驳斥；后者的预设着眼于人的伦理意识，由此切入新文化运动的主体思想，探寻到历史深层的充分根据，足以证实其理论判断的正确性，因此近三十年来学术界从思想启蒙的预设来开掘五四新文化运动的精神实质已成了热门话题。虽然"我们从来不是没有预设的"，"但是对我们迄今为止所具有的那些预设，我们可以进行调和和重塑"。[1] 如果说政治上的预设和思想上的预设对新文化运动精神实质的规定和把握，是新的理解、新的概括和新的阐释，在特定的历史区间已成为认知五四新文化运动思想实质的权威话语；那么有的新文化倡导者或新文化运动领袖曾做过这样的预设：中国新文化运动实质上是中国的文艺复兴运动，并且将此运动追溯至北宋初期。[2] 虽然这种预设与从思想上预设新文化运动是人的解放运动在精神上有互通性，

---

[1] [挪威] G. 希尔贝克、N. 伊耶：《西方哲学史》，童世骏等译，上海译文出版社 2004 年版，第 533 页。

[2] 参见胡适：《口述自传·现代的中国文艺复兴》，《胡适全集》第 18 卷，安徽教育出版社 2003 年版，第 439 页。

但是"中国文艺复兴"的预设,其思想内涵更丰富,其历史内容更深广,因此若以"文艺复兴"预设为视角对中国新文化运动的思想实质进行重新探索和剖解,既可以同已取得的学术成果进行"调和",使新文化运动的精神获得更充盈的弘扬;又可以使"预设"与新文化运动的思想实质达到更大程度上的契合,也使我们认知主体对新文化精神的理解和把握获得"重塑"。

一、蔡元培的"中国文艺复兴"观

不论国内学者或国外学者,研究中国新文化运动将其预设为"文艺复兴"的,都是以欧洲文艺复兴作为参照系的;只是将欧洲文艺复兴与中国新文化运动进行比照研究,是不可能把两者置于全方位的纵横交错的坐标系上的,只能选取"参照系"的与中国新文化运动具有趋同性或近似性的一个或多个维度进行比照,以揭示欧洲文艺复兴运动与中国的文艺复兴的同质性和异质性,从而窥测东西方文化的建构和演变进入世界现代化轨道所遵循的同中有异、异中有同的规律,并表明任何民族或国家的文化或文学只要纳入世界现代化的总体格局无不呈现出世界性与民族性相融合的鲜明特征。既然把中国新文化运动预设为"文艺复兴运动",那么为了更科学地更深切地探究中国新文化运动的思想或精神实质,必须弄清"欧洲文艺复兴"这个参照系的基本内涵及其核心精神,从而看看学者们从什么维度或何种意义上把中国新文化运动规定成"中国的文艺复兴",以及这种质的规定比其上述的政治预设和思想预设是否更准确精到、更富有创造性。所谓欧洲文艺复兴运动,朱光潜主编的《西方美学史》第六章[①]是这样论述的:文艺复兴是中世纪转入近代的枢纽,在精神文化方面,自然科学的发展,唯物主义哲学日渐抬头,文艺的世俗化与对古典的继承都标志着这个时代的欧洲文化达到了希腊以后的第二个高峰;它发源于意大利的十三四

---

① 参见朱光潜主编:《西方美学史》(上),人民文学出版社 1963 年版,第 130 页。

世纪，极盛于十六世纪，逐渐向北传播，终于席卷全欧。顾名思义，文艺复兴就是希腊罗马古典文艺的再生；历史家们把文艺复兴时代的学者称为"人文主义者"，与这个命名相联系的是与基督教神权说相对立的古典文化中所表现的人为一切中心的精神，有人把 Humanism 译为"人本主义"或"人道主义"，人文主义所要否定的是神权中心以及其附带的来世主义和禁欲主义，所肯定的是那种要求个性自由、理性至上和人的全面发展的生活理想；而在文艺复兴时代，人道主义或人文主义的基本社会内容是反封建反宗教的斗争以及新兴资产阶级的自由发展的要求。由于个性的解放，使个人的才能有可能得到多方面的发展，文艺复兴则成为恩格斯说的"巨人时代"。其实，文艺复兴的历史内涵及其深广意义远远超越了"文艺"范畴，它涉及人文科学、自然科学乃至文学艺术的各个领域的复兴及其发展。正如《欧洲文学史》[①] 所书写的：文艺复兴的思想体系是人文主义，而人文主义者则主张一切以"人"为本来反对神的权威；他们当中最杰出的都是"在思维能力、热情和性格方面，在多才多艺和学识渊博方面的巨人"，他们对欧洲文化做出了巨大贡献。他们的活动深入到社会生活的各个部门。最初他们的活动是搜集古代手抄本和研究古代语言、哲学、文学，杰出的代表有意大利的彼特拉克（Francesco Petrarca）、薄伽丘（Giovanni Boccaccio）、波吉奥·布拉乔利尼（Poggio Bracciolini），其后有德国的赖希林（Johanes Reichlin），尼德兰的埃拉斯慕斯（ErasmusVon Rotterdam），英国的莫尔（St. Thomas More），西班牙的魏维斯（J.Vives）等，他们的目的在于从古代文化中吸取思想上的营养。同时，在自然科学的各个方面，如意大利的达·芬奇（Leonardo da Vinci）、伽利略（Galileo Galilei），波兰的哥白尼（Nicolaus Copernicus），德国的开普勒（Johannes Kepler）等；哲学方面如意大利的瓦拉（Lorenzo Valla）、米兰多拉（Pico della Mirandola），法国的蒙田（Michel. de.Montaigne），英国的培根；社会理论方面如英国的莫尔，意大利的康帕

---

① 杨周翰、吴达元、赵萝蕤主编：《欧洲文学史》（上），人民文学出版社 1982 年版。

内拉（Tommas Campanella）；艺术方面如意大利的达·芬奇、米开朗琪罗（Michelangelo Bounaroti），德国的杜勒（Albrecht Durer）等，都有很大建树。特别是文艺复兴时期的文学，以人文主义文学为主流，它以深刻的思想内容、高度的艺术概括、自由的结构、包罗万象的人物、生动有力的语言，反映了这一时期历史的真实，表达了新兴阶级的理想和广大人民的愿望，推动了欧洲文学的发展，对人类文化做出了贡献。从上述两部有影响的文学史对欧洲文艺复兴的概述，可以看出文艺复兴的思想体系核心是人文主义或人本主义或人道主义，围绕这一核心所辐射的人文社会科学有语言、哲学、文学、艺术诸领域和自然科学的各个领域；由于所有领域的人文主义者的思想得到空前解放、聪明才智得到空前挥发，致使这些"巨人"在每个领域都创造了辉煌的丰功伟绩。以此作为参照系，有些海内外学者将中国发生的新文化运动视为"中国的文艺复兴"，究竟中国的文艺复兴在哪些领域里蕴含着人文主义精神并取得了可以与欧洲文艺复兴比肩的文化成就？而这些骄人的文化成又是由哪些文化巨人创造的？他们为现代中国人道文化或科学文化的建设做出了哪些独特贡献？有哪些经验值得总结？还有哪些历史教训应该记取？这些问题需要研究。由于本章的研究重点是胡适之于中国文艺复兴，故不可能把所有国内外持"文艺复兴"观点的学者逐一探求，这里拟选蔡元培、梁启超二位学者与胡适进行比较研究，以凸显胡适对中国文艺复兴的看法及其地位。

在胡适心目中"北大校长是那位了不起的蔡元培先生。蔡校长是位翰林出身的宿儒。但是他在德国也学过一段的哲学，所以也是位受过新时代训练的学者，是位极能接受新意见新思想的现代人物。他是一位伟大的领袖，对文学革命发生兴趣，并以他本人的声望来加以保护"[1]。蔡元培学贯中西，既具世界视野又具现代意识，既是新文化运动和文学革命的总领袖又

---

[1] 胡适：《口述自传·从文学革命到文艺复兴》，《胡适全集》第18卷，安徽教育出版社2003年版，第324页。

是其坚定支持者和佑护者；因此他为《中国新文学大系·建设理论集》所作的《总序》①，则以欧洲文艺复兴为参照系，认定中国新文化运动和文学革命是"中国的文艺复兴"。从其严密的逻辑论证及其提供的扎实根据来看，不论所给出的历史叙述、逻辑分析或理论判断都是稳健的、精到的、可信的。这是由于他对欧洲文艺复兴的历史有透彻的理解，对其科学知识和文艺知识有系统的把握，特别是对中国古今的文化史、思想史、艺术史和文学史及其相关知识有研究有发现且能做到心中有数，对于五四兴起的新文化运动与文学革命更是有切身的感受和体验；因而这就确保了他把中西两场"文艺复兴运动"置于同质的价值评判台上进行比较分析而获得的结论是经得住时间检验的，至今读起来颇感新颖并深受启迪。

首先《总序》总述欧洲与中国的"文艺复兴"："欧洲近代文化，都从复兴时代演出；而这时代所复兴的，为希腊罗马的文化；是人人所公认的。我国周季文化，可与希腊罗马比拟，也经过一种烦琐哲学时期，与欧洲中古时代相埒，非有一种复兴运动，不能振发起衰；五四运动的新文学运动，就是复兴的开始。"而"欧洲文化，不外乎科学与美术；自纯粹的科学：理，化，地质，生物等等以外，实业的发达，社会的组织，无一不以科学为基本，均得以广义的科学包括他们。自狭义的美术：建筑，雕刻，绘画等等以外，如音乐、文学及一切精制的物品，美化的都市，皆得以美术包括他们"。正是以广义的科学与美术（即美学）这两个大的维面作为欧洲文艺复兴运动形成的两道风景线，考察了中国文艺复兴运动究竟应该复兴中国古代哪些文化："周公的制礼作乐，不让希腊的梭伦；东周季世，孔子的知行并重，循循善诱，正如苏格拉底；孟子的道性善，陈王道，正如柏拉图；荀子传群经，持礼法，为稷下祭酒，正如亚里斯多德；老子的神秘，正如毕达哥拉斯；阴阳家以五行说明万物，正如恩派多克利以地水火风为宇宙本源；墨家的自苦，正如斯多亚派；庄子的乐观，正如伊壁鸠鲁派；名家的诡辩，正如

---

① 蔡元培：《中国新文学大系·建设理论集·总序》，上海良友印刷图书公司 1935 年版。

哲人；纵横家言，正如雄辩术。此外如周髀的数学，素问灵枢的医学，《考工记》的工学，《墨子》的物理学，《尔雅》的生物学，亦可树立科学的基础。在文学方面，《周易》的洁净，《礼经》的谨严，《老子》的名贵，《墨子》的质素，《孟子》的条达，《庄子》的俶诡，邹衍的闳大，荀卿与韩非的刻鸷，《左氏春秋》的和雅，《战国策》的博丽，可以见散文的盛况。风雅颂的诗，荀卿，屈原，宋玉，景差的辞赋，可以见韵文的盛况。在艺术方面，《乐记》说音乐，理论甚精，但乐谱不传。……所以我们敢断言的，是周代的哲学与文学，确可与希腊罗马比拟。"从上述的文字中，不难看出这种相互对应的比较分析虽略嫌简单，缺乏深微的开掘，然而这种画龙点睛式的评述至少可以破解这样一些疑难：一是判断五四新文化运动和文学革命为"中国的文艺复兴"是有充分的历史根据的，先秦诸子百家创造的灿烂文化是可以同古希腊罗马文化媲美的；二是五四新文化和新文学的生成并没有以否定传统文化为前提，中国新文化新文学与中国古代文化文学并没有断裂或断层，它们之间有着千丝万缕的联系；三是周季文化或文学蕴含的人文主义精神和科学因素与中国新文化运动所倡导的科学民主精神和人道主义是一脉相承的，虽然五四新文化运动初起对古代文化的人文精神缺乏自觉承传的意识，但是由于文化先驱的人格、心理已有传统人文精神的积淀，特别后来又以科学方法论"整理国故"，致使新文化新文学的文本营构并未缺失传统的人文与科学精神；四是启示我们对中国新文化新文学的研究应该具有古今贯通的学术视野，不要总是认为新文化新文学的根源在域外而只重视与外国文化文学的比较研究，应该调整思路自觉地将先秦的诸子百家所创造的文化与五四新文化进行通识性的溯源探究，揭示出新文化究竟复兴了周季的哪些文化又创新重建了哪些文化，这对于拓展深化中国新文化新文学的研究大有裨益。

其次，《总序》除了从科学与美学两个维度对先秦以降文化演变的曲折历程做了考察与简述外，着重以欧洲文艺复兴为参照论述了五四新文化运动与文学革命的科学民主精神、人文主义以及白话文学运动等，揭示出它与欧洲文艺复兴的趋同性或相似性；特别是以"欧洲的复兴，普通分为初盛晚三期"历三百年做比照，指出中国的文艺复兴"自五四运动以来不过十五年，新文学的成绩，当然不敢自诩为成熟"，不过"希望第二个十年与第三个十年时，有中国的拉飞尔与中国的莎士比亚等应运而生啊！"由于中国现代化的进程出现了曲折，蔡先生的期望并没有完全实现，中国文艺复兴在文化或文学方面取得的成就在某些方面难以超过第一个十年；如果说新时期以来的新文化新文学的重生或再造是五四文艺复兴的赓续与深化，那新世纪中国文化或文学的嬗变与发展是具有无可估量的光辉前景的。虽然《总序》将五四新文学运动比拟为欧洲的文艺复兴，但在时空上只把中国文艺复兴限定于五四前后十年；而且考察的维度仅落实在思想意识与白话文学上；这与梁启超、胡适对"中国的文艺复兴"的考察范围和认识程度有了差异，即使对中国文艺复兴的文化思想与白话文学的考析也显得深度广度不够，只能算是提纲挈领式的论述，为进一步地探究提供一些思考线索。

二、梁启超的"中国文艺复兴"观

梁启超是晚清维新变法的政治改革家、新文化的先驱者、文学改良的领袖、杰出的思想家和博古通今的大学者，对"清学"即清代学术的研究造诣颇深，他是中国古代社会向现代社会转型的过渡时期的文化"巨人"。1920 年梁启超书写的《清代学术概论》①，也是以欧洲文艺复兴为参照系，它不同于蔡元培以五四新文化运动与文学革命为研究对象，同欧洲文艺复兴进行了多方位的比较，确认五四新文化新文学是中国文艺复兴第一个十年取得的并不成熟的业绩；而是侧重于清代学术的历时性的考察，并以欧洲文艺复兴的科学精神及其研究方法为参照，通过中西比较则认为清代"二百

---

① 参见《梁启超史学论著四种·清代学术概论》，岳麓书社 1998 年版，第 17 页。

余年间总可命为中国之'文艺复兴时代'"。梁启超依据佛说一切流转相，例分四期，曰：生、住、异、灭，便将清代学术文化思潮分为启蒙期（生）、全盛期（住）、蜕分期（异）、衰落期（灭）四个时期①；那么"'清代思潮'果何物邪？简单言之，则对于宋明理学之一大反动，而以'复古'为其职志者也。其动机及其内容，皆与欧洲之'文艺复兴'绝相类。而欧洲当'文艺复兴'经过以后所发生之新影响，则我国今日正见端焉"，其盛衰之迹恰如前述的四个时期。

启蒙期的代表人物有顾炎武、胡渭、阎若璩，他们所处的时代正值晚明王学极盛而敝之后，学者们习惯于"束书不观，游谈无根"，理学家不复能系社会之信仰。因此顾炎武等乃起而矫之，大倡"舍经学无理学"之说，教学者摆脱宋明儒学的羁勒，直接反求之古经。②"凡启蒙时代之大学者，其造诣不必极精深，但常规定研究之范围，创革研究之方法，而以新锐之精神贯注之。"③顾炎武所以能当一代开派宗师之名，则在于他能建设研究之方法，而其研究方法的功能特点有三：一曰贵创，二曰博证，三曰致用。"要之其标'实用主义'以为鹄，务使学问与社会之关系增加密度，此实对于晚明之帖括派、清谈派施一大针砭。"④

清学全盛运动之代表人物，有惠栋、戴震、段玉裁、王念孙、王引之，又名之为"正统派"。此派的"治学根本方法，在'实事求是'、'无征不信'。其研究范围，以经学为中心，而衍及小学、音韵、史学、天算、水地、典章制度、金石、校勘、辑逸，等等。而引论材料，多极于两汉，故亦有'汉学'之目"⑤。始于启蒙期的考证学近似科学方法论而到了全盛期则主宰了全学界；虽然正统派人物甚多，但其巨子首推戴震。"戴氏学术之出发点，

---

① 参见《梁启超史学论著四种·清代学术概论》，岳麓书社1998年版，第22页。
② 参见《梁启超史学论著四种·清代学术概论》，岳麓书社1998年版，第23页。
③《梁启超史学论著四种·清代学术概论》，岳麓书社1998年版，第29页。
④《梁启超史学论著四种·清代学术概论》，岳麓书社1998年版，第30页。
⑤《梁启超史学论著四种·清代学术概论》，岳麓书社1998年版，第24页。

实可以代表清学派时代精神之全部。盖无论何人之言，决不漫然置信，必求其所以然之故，常从众人所不注意处觅得间隙，既得间，则层层逼挢直到尽头处。苟终无足以起其信者，虽圣哲父师之言不信也。此种研究精神，实近世科学所赖以成立，而震以童年具此本能，其能为一代学派完成建设之业固宜。"① 戴震曾言"学者当不以人蔽己，不以己自蔽"，这是他一生坚持的信条；因之戴震对汉学的研究一丝不苟，"有一字不准六书，一字解不通贯群经，即无稽者不信，不信必反复参证而后即安，以故胸中所得，皆破除专注重围"，这最能体现其思想解放之精神。② 戴震晚年的得意之作《孟子字义疏证》，已轶出考证学之范围，欲建设"戴氏哲学"。他曾言："圣人之道，使天下无不达之情，求遂其欲而天下治。后儒不知情之至于纤微无憾是谓理。而其所谓理者，同于酷吏之所谓法。酷吏以法杀人，后儒以理杀人。"③《疏证》之精语曰："'饮食男女，人之大欲存焉'。圣人之治天下，体民之情，遂民之欲，而王道备。"④ "孟子言：'养心莫善于寡欲'，明乎欲之不可无也，寡之而已。人之生也，莫病于无以遂其生。欲遂其生，亦遂人之生，仁也。欲遂其生，至于戕人之生而不顾者，不仁也。不仁，实始于欲遂其生之心。使其无此欲，必无不仁矣。然使其无此欲，则于天下之人，生道穷蹙，亦将漠然视之。己不必遂其生，而遂人之生，无是情也。"⑤ 在戴震看来，只有承认人之欲望、人之感情，治天下者才能实行王道；只有明乎人之欲、人之情，天下之人生方可实现"仁者爱人"的人道主义理想。然而程朱理学却不是这样："朱之屡言'人欲所蔽'。凡'欲'，无非以生、以养之事。'欲'之失，为'私'，不为'蔽'。自以为得理，而所执实谬，乃'蔽'。人之大患，'私'与'蔽'而已。'私'生于'欲'之失，'蔽'生于'知'

① 《梁启超史学论著四种·清代学术概论》，岳麓书社 1998 年版，第 45—46 页。

② 参见《梁启超史学论著四种·清代学术概论》，岳麓书社 1998 年版，第 47 页。

③ （清）戴震：《与某书》，汤志钧校点，《戴震集》，上海古籍出版社 1980 年版，第 188 页。

④ （清）戴震：《孟子字义疏证》（下），汤志钧校点，《戴震集》，上海古籍出版社 1980 年版，第 275 页。

⑤ 戴震：《孟子字义疏证》（下），汤志钧校点，《戴震集》，上海古籍出版社 1980 年版，第 275 页。

之失。"① 宋儒之言往往"舍圣对人立言之本指，而以己说为圣人之所言，是诬圣；借其语以饰吾之说以求取信，是欺学者也。诬圣欺学者，程、朱之贤不为，盖其学借阶于老、释，是故失之。"梁启超对戴震的《孟子字义疏证》给以"字字精粹"的赞誉，并指出："综其内容，不外欲以'情感哲学'代'理性哲学'。就此点论之，乃与欧洲文艺复兴时代之思潮之本质绝相类。盖当时人心，为基督教绝对禁欲主义所束缚，痛苦无艺，既反乎人理而又不敢违，乃相与作伪，而道德反扫地以尽。文艺复兴之运动，乃采久阒寂之'希腊的情感主义'以药之。一旦解放，文化转一新方向以进行，则蓬勃而莫能御。戴震盖确有见于此，其志愿确欲为中国文化转一新方向，其哲学之立脚点，真可称二千年一大翻案，其论尊卑顺逆一段，实以平等精神，作伦理上一大革命。其斥宋儒之糅合儒佛，虽词带含蓄，而意极严正，随处发挥科学家求真求是之精神，实三百年间最有价值之奇书也。"② 对于正统派之学风特色，梁启超概括为十点：第一，凡立一义，必凭证据；第二，选择证据，以古为尚；第三，孤证不为定说；第四，隐匿证据或曲解证据，皆认为不德；第五，最喜罗列事项之同类者，为比较的研究；第六，凡采用旧说，必明引之，剿说认为大不德；第七，所见不合，则相辩诘；第八，辩诘以本问题为范围，词旨务笃实温厚；第九，喜专注一业，为"窄而深"的研究；第十，文体贵朴实简洁，最忌"言有枝叶"。当时的学者，以此种学风相矜尚，自命曰"朴学"。③ 其实"朴学"最重证据，而"拿证据来"正是五四新文化运动中所倡导的实验主义科学研究方法的精华所在；证据在论辩过程中就是"论据"，这对于科学的学术研究至关重要。因为"作为严肃论辩的参与者，我们必须能够倾听论证，以及情愿接受'更好论据的力量'"；"一个有效论据的概念意味着该论据是普遍有效的，也就是说，对同类的所有

---

① 《梁启超史学论著四种·清代学术概论》，岳麓书社 1998 年版，第 49 页。

② 《梁启超史学论著四种·清代学术概论》，岳麓书社 1998 年版，第 50 页。

③ 《梁启超史学论著四种·清代学术概论》，岳麓书社 1998 年版，第 54—55 页。

事例都是有效的"。①清学正统派这种重证据的科学研究方法的确类同于欧洲文艺复兴时代的科学实证主义；不过就其总体来看，"清代学派之运动，乃'研究法的运动'，非'主义的运动'也。此其收获所以不逮欧洲文艺复兴运动之丰大也欤？"②梁启超的评述是正确的。

继全盛运动之后则是清学的蜕分运动，其代表人物是康有为、梁启超。"康有为乃综集诸家说，严画今古文分野，谓凡东汉晚出之古文经传，皆刘歆所伪造"；同时康有为又"宗《公羊》立'孔子改制'说，谓六经皆孔子所作，尧、舜皆孔子所托，而先秦诸子，亦罔不'托古改制'，实极大胆之论，对于数千年经籍谋一突飞的大解放，以开自由研究之门。其弟子最著者，陈千秋、梁启超。千秋早卒，启超以教授著述，大弘其学。然启超与正统派因缘较深，时时不慊于其师之武断，故末流各有异同。有为、启超皆抱启蒙期'致用'的观念，借经术以文饰其政论，颇失'为经学而治经学'之本意，故其业不昌，而转成为欧西思想输入之导引"。梁启超认为，晚清思想之解放，龚自珍确实有功，光绪年间所谓新学家者，人人皆敬仰龚自珍，深受其影响；然而"今文学运动之中心，曰南海康有为"，他的《新学伪经考》所产生的影响有二："第一，清学正统派之立脚点，根本动摇；第二，一切古书，皆须从新检查估价。此实思想界之一大飓风也。"康有为第二部著述《孔子改制考》，第三部著述曰《大同书》，"若以《新学伪经考》比飓风，则此二书者，其火山大喷火也，其大地震也"。特别是康有为的"所谓改制者，则一种政治革命、社会改造的意味也。故喜言'通三统'：'三统'者，谓夏、商、周三代不同，当随时因革也。喜言'张三世'：'三世'者，谓据乱世、升平世、太平世，愈改而愈进也。有为政治上'变法维新'之主张，实本于此。有为谓孔子之改制，上掩百世，下掩百世，故尊之为教主"。《孔子改制考》所及于思想界之影响至少有四："一、教人读古书，不

---

① [挪威] G.希尔贝克、N.伊耶：《西方哲学史》，童世骏等译，上海译文出版社 2004 年版，第 552 页。

② 《梁启超史学论著四种·清代学术概论》，岳麓书社 1998 年版，第 51 页。

当求诸章句训诂名物制度之末，当求其义理"，"为学界别辟一新殖民地"；
"二、语孔子之所以为大，在于建设新学派（创教），鼓舞人创作精神"；三、
《孔子改制考》对数千年共认之神圣不可侵犯之经典发生根本疑问，这能引
起学者怀疑批判态度；四、虽极力推挹孔子但实际上则已夷孔子于诸子之
列，所谓"别黑白定一尊"之观念，全然解放也，以导人以比较的研究。
特别是《大同书》所言之"理想与今世所谓世界主义、社会主义者多合符契，
而陈义之高且过之，呜呼，真可谓豪杰之士也已"。康有为虽著《大同书》，
"然秘不示人，亦从不以此义教学者"；而"当中日战役"即甲午海战后，有
为毅然决然地"纠合青年学子数千人上书言时事，所谓'公车上书'者是也。
中国之有'群众的政治运动'实自此始"。[①]清学作为一种可以与西欧文艺
复兴类比的新思潮已同实际政治运动结合，使精神力量转化为物质力量。
尤其值得强调的是，"对于'今文学派'为猛烈的宣传运动者，则是新会梁
启超也"。"启超屡游京师，渐交当世士大夫，而其讲学最契之友，曰夏曾佑、
谭嗣同。""其后启超等之运动，益带政治的色彩。启超创一旬刊杂志于上
海，曰《时务报》，自著《变法通议》，批评秕政，而救弊之法，归于废科
举兴学校"，亦时时发"民权论"。戊戌政变后，亡命日本，"自是启超复专
以宣传为业，为《新民丛报》、《新小说》等诸杂志，畅其旨义，国人竞喜
读之，清廷虽严禁，不能遏，每一册出，内地翻刻本辄十数，二十年来学
子之思想，颇蒙其影响"。当时梁启超敏锐地指斥"中国思想之痼疾，确在
'好依傍'与'名实混淆'"，例如："戴震全属西洋思想，而必自谓出孔子。
康有为之大同，空前创获，而必自谓出孔子。及至孔子之改制，何为必托古，
诸子何为皆托古，则亦依傍混淆而已。此病根不拔，则思想终无独立自由
之望。"由于梁氏"持论屡与师不合，康、梁学派遂分"[②]。然而，梁启超对
于清学蜕分期的谭嗣同及其《仁学》却给予高度评价："晚清思想界有一彗

---

① 《梁启超史学论著四种·清代学术概论》，岳麓书社 1998 年版，第 77—80 页。
② 《梁启超史学论著四种·清代学术概论》，岳麓书社 1998 年版，第 83—85 页。

星，曰浏阳谭嗣同"；其《仁学》之作，"欲将科学、哲学、宗教冶为一炉，而更使适于人生之用，真可谓极大胆极辽远之一种计划"。"嗣同之'冲决网罗'"说充分体现出现代科学民主精神，他从根本上排斥尊古观念，明目张胆地诋毁名教，所论的"国家起原及民治主义，实当时谭、梁一派之根本信条，以殉教的精神力图传播者也"；"然彼辈当时，并卢骚《民约论》之名亦未梦见，而理想多与暗合，盖非思想解放之效不及此"。① 实际上，"清学之蜕分期，同时即其衰落期也"。启蒙期或全盛期的顾炎武、戴震等先辈学识渊粹卓绝，而及至衰落期的后起者"无复创作精神"，特别是"海通以还，外学输入"，清学"其运命自不能以复久延"。不过即使衰落期也有为清学增光者，例如俞樾弟子章炳麟，"智高其师，然亦好谈政治，稍荒厥业。而绩溪诸胡之后有胡适者，亦用清儒方法治学，有正统派遗风"。

　　遵循着启蒙期、全盛期、蜕分期、衰落期这四个时期相互关联又相互区分的演变踪迹，梁启超"纵观二百余年之学史，其影响及于全思想界者，一言蔽之，曰：'以复古为解放。'第一步，复宋之古，对于王学而得解放；第二步，复汉、唐之古，对于程、朱而得解放；第三步，复西汉之古，对于许、郑而得解放；第四步，复先秦之古，对于一切传注而得解放"。"然其所以能着着奏解放之效者，则科学的研究精神实启之。"② 这正如同"欧洲近世史之曙光，发自两大潮流：其一，希腊思想复活，则'文艺复兴'也；其二，原始基督教复活，则'宗教改革'也。我国今后之新机运，亦当从两途开拓：一为情感的方面，则新文学、新美术也；一为理性的方面，则新佛教也"③。佛学在晚清思想界是一种"伏流"，"今文学家"多兼治佛学，所谓新学家者无一不与佛学有关；但是"深恶之者终不能遏绝之"④，因此欲创新佛学必待新佛教徒出现也。尽管"前清一代学风，与欧洲文艺复兴时代相

---

① 《梁启超史学论著四种·清代学术概论》，岳麓书社 1998 年版，第 87—89 页。
② 《梁启超史学论著四种·清代学术概论》，岳麓书社 1998 年版，第 26 页。
③ 《梁启超史学论著四种·清代学术概论》，岳麓书社 1998 年版，第 93—94 页。
④ 《梁启超史学论著四种·清代学术概论》，岳麓书社 1998 年版，第 93—94 页。

类甚多"，如求真务实的学术精神，重考证的科学研究方法等；然而梁启超却严正地指出，"其最相异之点，则美术文学不发达也"。通过对清代美术即绘画及文学如诗词、散文、小说、戏剧等的具体分析，称赞了孔尚任的《桃花扇》、洪昇的《长生殿》、曹雪芹的《红楼梦》，并给出总的结论："清代学术，在中国学术史上，价值极大；清代文艺美术，在中国文艺史、美术史上，价值极微，此吾所敢昌言也。清代何故与欧洲之'文艺复兴'异其方向耶？"梁启超有自己的独到之见，值得后学者深思之。"所谓'文艺复兴'者，一言以蔽之，曰：返于希腊。希腊文明，本以美术为根干，无美术则无希腊，盖南方岛国景物妍丽多变化之民族所特产也。而意大利之位置，亦适与相类。"然而，"我国文明，发源于北部大平原。平原雄伟旷荡而小变化，不宜于发育美术"①。从自然生态的不同，说明清代美术逊于欧洲文艺复兴的绘画艺术，角度新颖，也有一定道理；但总觉得理由不充分，难以令人诚服。至于清代文学为何不如欧洲文艺复兴时期的文学发达昌盛，梁启超是从文字的不同给出颇有意思的回答："欧洲文字衍声，故古今之差别变剧。中国文字衍形，故古今之差变微。"由于文字衍声，欲使希腊文学普及则必须将其译成各国通行语，这样易于生成新文体（国语新文学），催促文学的发展。"我国不然，字体变迁不剧，研究古籍，无待迻译。"所以高才之士，皆集于"科学考证"之一途，而"向文艺方面讨生活者，皆第二流以下人物，此所以不能张其军也"②。加之中国文字衍形难以产生新文体，也是障碍新文学发育之因。这真是独辟蹊径之研究，值得深探之。

若说梁启超以欧洲文艺复兴为参照来研究二百余年的清代学术，论据丰盈而扎实，论证清晰而严密，判断准确而有新见；那么他对清学探究所形成的"宗旨"更使我们从理性上深受启迪：其一，相信"国民确富有'学问的本能'，我国文化史确有研究价值"，"故我辈虽当一面尽量吸收外来之新

①《梁启超史学论著四种·清代学术概论》，岳麓书社1998年版，第95—96页。
②《梁启超史学论著四种·清代学术概论》，岳麓书社1998年版，第96页。

文化，一面仍不可妄自菲薄，蔑弃其遗产"。其二，尊重先辈之"学者的人格"，而所谓"学者的人格"者，"为学问而学问，断不以学问供学问以外之手段，故其性耿介，其志专一"。其三，晓知"学问之价值，在善疑，在求真，在创获"；"所谓研究精神者，归著于此点"。其四，"将现在学风与前辈学风相比照，令吾曹可以发现自己种种缺点"。"吾辈欲为将来之学术界造福耶？抑造罪耶？不可不取鉴前代得失以自策厉。"由于梁启超对"我国学术界之前途，实抱非常乐观"之态度，故提出热切的期待："自经清代考证学派二百余年之训练，成为一种遗传，我国学子之头脑，渐趋于冷静缜密。此种性质，实为科学成立之根本要素。我国对于'形'的科学（数理），渊源本远，根柢本厚，对于'质'的科学（物理），因机缘未熟，暂不发展。今后欧美科学，日日输入，我国民用其遗传上极优粹之科学的头脑，凭藉此等丰富之资料，瘁精研究，将来必可成为全世界第一等之'科学国民'。"[1]

对于可以与欧洲文艺复兴相通的清代学术所运用的科学方法及其"朴学"的科学精神，胡适以实验主义哲学给予剖析与概括。他认为清代学者的科学方法的出现，标志着中国学术史的一大转机，只有清代的"朴学"方有真正的科学精神；虽然"朴学"的内容甚广，但主要包括文字学、训诂学、校勘学、考订学四部分，其中学术成就最大的要算文字学的音韵。"三百年来的音韵学所以能成一种有价值的科学，正因为那些研究音韵的人，自顾炎武直到章太炎能用这种科学的方法，都能有这种科学的精神。"[2]凡成为一种科学的学问，必须有一个系统，决不是些零碎堆砌的知识；而清代学术的音韵学可以自成系统，训诂学用文字假借、声类通转、文法条例这三项做中心，也自成系统，校勘学虽头绪纷繁难以寻出通则，但清代校勘学却有条理系统，故成一种科学。一言以蔽之，清代学者的治学所用的科学方

[2] 胡适：《清代学者的治学方法》，《北京大学月刊》1919年11月、1920年9月、1921年4月第5、7、9期，原题《清代汉学家的科学方法》。

法，"总括起来，只有两点。（1）大胆的假设，（2）小心的求证。假设不大胆，不能有新发明。证据不充足，不能使人信仰"①。胡适并没有将清代学术与欧洲文艺复兴进行类比，然而对清学的科学方法与科学精神的认知却与梁启超是趋同的；这不仅因梁启超的《清代学术概论》写成后曾征求过胡适的意见②，也因为他们二人都是新文化的先驱，对欧洲文艺复兴和中国文化变革都有深切的感受与深入的探究，所以认识上的趋同或略同是可以理解的。不过有的学者并不认同胡适的观点，当然对梁启超的看法也有异议。"即使乾嘉朴学中，也开始潜藏有某种实证精神，以致胡适把它误认为即是近代的科学方法论。"③是胡适的"误认"还是梁启超的"误判"，只有认真解读胡适与梁启超的文本才能得出正确的结论，不能武断地以己之见判定他人之见的正误。

梁启超将二百余年的清代学术视为中国的文艺复兴，固然从科学方法和科学精神与欧洲文艺复兴进行沟通是极为重要的维度；而且所形成的论据与论点也令人诚服，可见中国学术发展的独立系统的内发机制也能生成现代科学方法及科学精神，这无疑把中国学术的现代化的起始大大提前了。然而欧洲文艺复兴还有比科学方法论重要的内容乃是人文主义精神的发掘与弘扬。十四世纪至十六世纪的欧洲文艺复兴是一切文化与思想上的深刻革命，它所形成的思想体系被称为人文主义或人本主义或人道主义，主张一切以"人"为本来反对神的权威以及其附带的来世主义和禁欲主义，那些最杰出的人文主义者都是"在思维能力、热情和性格方面，在多才多艺和学识渊博方面的巨人"④。当然从相对意义来说，清代学术界也涌现出一些巨人型的学者，不过他们的突出贡献往往体现在疏离或远离现实社会政

---

① 胡适：《清代学者的治学方法》，《北京大学月刊》1919 年 11 月、1920 年 9 月、1921 年 4 月第 5、7、9 期，原题《清代汉学家的科学方法》。

② 参见《梁启超史学论著四种·清代学术概论》，岳麓书社 1998 年版，第 196 页。

③ 李泽厚：《中国古代思想史论》，人民出版社 1985 年版，第 286 页。

④ 恩格斯：《〈自然辩证法〉导言》，《马克思恩格斯选集》第 3 卷，人民出版社 2012 年版，第 847 页。

治的文字学、音韵学、训诂学、校勘学以及考订学，即使对那些有独立政治思想、哲学思想、伦理思想甚至能够与西方现代意识联通的学者，如戴震、龚自珍、康有为、梁启超、谭嗣同等，《清代学术概论》并未从人文主义角度进行深入的开掘和系统的阐述。既然二百余年的清学所选择的是欧洲文艺复兴"以复古为解放"的思想模式，那么为何不能像欧洲文艺复兴那样复活、承传和光大古希腊罗马的人文主义，并形成波澜壮阔的人文思潮？并非中国古代文化缺少人文主义，其实周代以降的春秋战国时期生成的诸子百家文化尤其以孔孟为代表的儒家文化，其人文主义或人道主义内涵极为丰富，而清学却没有从哲学、思想、伦理乃至政治的角度来发掘其人文或人道思想，即使戴震提出的"理学吃人"的闪光思想也没有得到大多学者的认同；清代学术缺乏哲学思想、政治思想和伦理思想的重大突破与创新，不能不归罪于清代残酷的文字狱。鲁迅曾说，清代的文字狱血迹斑斑，愚民政策集了大成，"单看雍正乾隆两朝的对于中国人著作的手段，就足够令人惊心动魄。全毁、抽毁、删去之类也且不说，最阴险的是删改了古书的内容"[①]。在这种政治恐怖下，清代学者的思想能够得到真正的解放吗？清代学者所处的政治生态和怀有的内心世界无法与欧洲文艺复兴的人文主义者相比，所以欧洲文艺复兴所建立的人文主义思想体系是一座光耀寰宇的丰碑。但是，也应看到即使"顾炎武黄宗羲都没有自己的哲学体系，而王船山却有之。王成为中国传统思想的最后的集大成者"。不过"王船山在思想上仍然是理学的正宗"，"他痛恨李贽等人的近代个性解放思潮"。因此可以说，"包括王船山在内"，清代"都未能建立任何可替代宋明理学的新的哲学系统"[②]。《清代学术概论》既然以欧洲文艺复兴为比照，就应对这方面的内容详加论述，不只是阐述不足，也许是避而不谈，也许是没认识到？然而谈论得最不足的则是所谓清代学术衰落期，即维新

---

① 鲁迅：《病后杂谈之余》，《鲁迅全集》第 6 卷，人民文学出版社 1981 年版，第 182 页。

② 李泽厚：《中国古代思想史论》，人民出版社 1985 年版，第 286—289 页。

变法前后的学术思潮，这应是清学自足系统的衰落期。若从中外文化交汇的角度来考察，那晚清的学术思潮正处在中国传统文化向现代文化转型的激变期，源于欧洲文艺复兴的西方现代自由、民主、平等、人权、博爱等思潮以及进化论思想大量涌入中国；与清代源自传统的学术思想发生了交汇，或相互冲撞或相互衔接，中西方的人文思想和科学精神在有意或无意中发生了对接。因此出现了一批具有现代色彩的学者及其学术思想，或曰思想家及其思想体系。若说王船山是清初中国传统思想的集大成者，那么梁启超应是晚清中外思想的集大成者。从清代二百余年的文化景观来看，固然学术思潮及其生成文本其意义与价值胜过相形见绌的文学艺术，这仅仅是梁启超的见解，值得尊重与深思；但是不可忽略的是，维新变法以降的文学改良所取得的学术成就与欧洲文艺复兴更有可比性，不论文学理论思潮或者各体文学创作都具有不同程度的现代性，这些新文学却没有进入梁启超的学术视野，越是这些富有文艺复兴精神和美学意蕴的思维成果越是没有写进《清代学术概论》，这是著者主体的局限，却不一定是时代的局限。因为1920年梁启超书写此文时正值五四新文化运动与文学革命的高潮期，由蔡元培全力支持、胡适与陈独秀积极倡导的中国式的文艺复兴运动，承传了梁启超所认定的清学二百余年的人文科学精神在中华民国的政体里如火如荼地展开，对这场新文化运动和文学革命，蔡元培定性为中国的文艺复兴，而亲自倡导并领导这场运动的蔡先生终其一生都认定它是中国的文艺复兴，从未动摇以欧洲文艺复兴作为价值坐标来评估五四新文化文学运动。如果说蔡元培着重以欧洲文艺复兴的目标乃复兴古希腊罗马文化来类比中国五四新文学，所关注的则是复兴周季以来的文化，而梁启超却重在以欧洲文艺复兴的科学方法与科学精神为参照来探寻清代二百余年学术的科学方法与科学精神；那么胡适是怎么看待和评价中国的文艺复兴，我们立足于当下的学术立场又如何评述胡适的新文化观或文艺复兴观？这正是本书重点关注并力图阐释的问题。

三、胡适的"中国文艺复兴"观

有的学者认为以欧洲文艺复兴为参照，对中国文化或文学进行类比研究，这是落入"欧洲中心主义"的陷阱或曰典型的"西化"倾向。在狭隘的民族主义思潮猖獗的历史阶段或者于闭门锁国妄自尊大的社会心态下，也许这是令人胆颤心惊的说法；然而在面向世界、面向未来、面向现代化的全球语境中，人们听到此种论调只能感到这是"井底之蛙"的哀叹，不敢面对世界发达国家挑战的民族自卑。不论蔡元培、梁启超或者胡适，都是在中华民族处于内忧外患时期，既敢于放眼世界坚持拿来主义，又勇于为中国造新文化新文学，他们不愧为杰出的新文化英豪和新文学闯将，也不愧是中国文艺复兴的倡导者和实验者；尤其是胡适亲自策划、领导、参与了自五四以来的中国文艺复兴的全过程，从理性设计与具体实验的有机结合上完成了中国文艺复兴的阶段性的重要使命，开创了中国现代文化思想、文学艺术的新局面。因此，胡适以自己的亲身感受和体验、经历与实践来论证中国新文化运动和文学革命类似或如同欧洲文艺复兴，这样的判断或结论既不是空想的，也不是从天而降的，乃是有扎扎实实的历史根据和理论依据的，不只是可信，也能经得住时间的检验。

胡适对于五四时期兴起的新文化运动与文学革命，不止一次地说，"我本人则比较欢喜用'中国文艺复兴'这一名词"来表述。就其近因来说，"那时在北大上学的一些很成熟的学生，其中包括很多后来文化界知识界的领袖们如傅斯年、汪敬熙、顾颉刚、罗家伦等人，他们在几位北大教授的影响之下，组织了一个社团，发行了一份叫做《新潮》的学生杂志，这杂志的英文刊名叫'Renaissance'（文艺复兴）。他们请我做新潮社的指导员。他们把这整个的运动叫做'文艺复兴'可能也是受我的影响。这一批年轻但是却相当成熟，而对传统学术又颇有训练的北大学生，在几位青年教授的指导之下，从不同的角度来加以思考，他们显然是觉得在北京大学所发起的这个新运动，与当年欧洲的文艺复兴有极多的相同之处"。所以"在其后的英语著述中，我总喜欢用'The Chinese Renaissance'（中国文艺复兴运动）这一题目。虽然 Renaissance 这个词那时尚没有适当的中文翻译。我猜想这批北大学生也替他们的刊物找不到一个恰当的中文名字，而姑名之曰《新潮》的；但是他们毫无犹豫地用 Renaissance 来做他们刊物的英文名字"①。胡适追忆性的口述，清晰而亲切地表明他同意以"中国文艺复兴"来命名五四新文化运动与文学革命的原由。如果这只能算胡适认同"文艺复兴"这个名词的起因，那么胡适真正认定中国的新文化思想运动与文学革命就是类似于欧洲文艺复兴，他究竟做了哪些比较性的思索并获得了哪些真知灼识，使他终生喜欢用"中国文艺复兴"这种修辞？

（一）

通过中西的跨文化比较，发现中国新文化新文学运动与欧洲文艺复兴运动有诸多相同相似之处，这是胡适喜欢用"中国文艺复兴"命名的重要理由。在欧洲的许多国度里于十四世纪到十六世纪先后发生了"文艺复兴"，经历三百多年，波及人文社会科学和自然科学的诸多领域，文学艺术、哲学思想、科技文化等取得的辉煌成就，推动了整个人类的物质文明与精神文明的发展；尤其是以人为本的思维取代了神本思维所激发的人类思维领域的革命，极大地解放了人的性格和思想，点燃了人的创造激情。而发生于 1915 年到 1925 年的中国五四时期的新文化运动与文学革命虽然在时间上仅仅十年，无法与欧洲文艺复兴的三百年相比；但是从文化思想和文学艺术上可以跨越时空、跨越国界进行比较，探求中西不同时间差、地域差所发生的这两场"文艺复兴"运动的趋同点或相似点，特别是欧洲文艺复兴比中国五四新文化运动提早发生几百年，后者受到前者的直接或间接、有意或无意的影响易于理解，也更容易导致两者的相通。

---

① 胡适：《口述自传·中国文艺复兴的四重意义》，《胡适全集》第 18 卷，安徽教育出版社 2003 年版，第 335—337 页。

其一，胡适认为欧洲的文艺复兴是从新文学、新文艺、新科学和新宗教之诞生开始的，同时也促使现代欧洲民族国家之形成；而五四时代崛起的中国新文化运动虽然"未涉及艺术"，但却是"一项对一千多年来所逐渐发展的白话故事、小说、戏剧、歌曲等等活文学之提倡和复兴的有意识的认可"，"这实在是彻头彻尾的文艺复兴运动"。① 且不说欧洲文艺复兴发生史，而中国新文化新文学的诞生确实是对古代白话文学传统的"有意识"的复兴和"有意识"的发展，由白话文学的逐步量变而达到一定的"度"后则以历史合力推动其质变，使白话文学在中国文学总体系统中较长时间内所处的非正宗地位通过五四文学革命而变成真正的文学正宗，完成了中国文学由古代向现代的整体性转换。如果说欧洲各国文学由中世纪向近现代的转型用去了文艺复兴的几百年时间，那么我国文学的现代转型则用了不足十年的时间；这固然由于欧洲文艺复兴为中国文学转型提供了可资借鉴的经验和参照，更因为中国文学的演变已形成一千多年的白话文学传统，到了五四时期有了文化先驱们的"有意识的认可"和自觉的提倡，便应运而生，生而则成。对此胡适不只是白话文学的最有力最自觉的倡导者和实验者，而且也是白话文学发生史的策划者和书写者。读过他亲自书写的《建设的文学革命论》《五十年来中国之文学》《国语文学史》《白话文学史》等著述，便可以通晓中国新文化运动和文学革命是如何复兴了白话文学传统、古代白话是怎样向现代白话文学发生整体转变的；并从而使我们对中国的文艺复兴的发生学至少获得这样的认知：一是五四时期崛起的文艺复兴不同梁启超所认定的清代二百年的文艺复兴始于学术研究领域所运用的科学方法及其体现出的科学精神，而是诞生于白话文学的有意识的提倡，特别是以白话为语体创作诗歌则是首当其冲攻下的堡垒。这是运用实验主义的科学方法，由胡适率先尝试，紧跟着群贤响应而动笔写白话诗，这既是复兴中国古代白话诗的传统，又是对现代型白话诗的实验。这种实验性的科学精神比起清代朴学的科学考证方法更具有

---

① 胡适：《口述自传》，《胡适全集》第 18 卷，安徽教育出版社 2003 年版，第 335—336 页。

现代性色彩，也许它与欧洲文艺复兴的科学实证主义及科学理性精神有着同质的联系性。二是从白话语言入手驱动文学整体结构变革，这与欧洲文艺复兴所选取的突破口几乎是一致的。因为文学是一种语言艺术，文学作为审美的特定结构，语言既是组成表层结构的优质材料，又是传达深层结构信息的媒介；而我国的"活语言"所具有的独特功能更有利于营造"活文学"。正如胡适所说："中国语实在是世界上各种语言——包含了英语——中最简易的一种"，"因为它没有阻碍地经过二千多年的洗炼和改良，所以孩子们仆役们说来的时候也丝毫没有文法上的错误"。由于"中国的语文是简易而清楚"的，因此"文人学者终于致力于这个迟迟才发生的文学革命了，也开始明白地认识了这个给人轻视的白话了"。于是以白话为利器方锻造出"一切的文学作品"。正是因为白话具有简明性、通俗性、普适性的特点，胡适"认定了所有的我国的真正伟大的诗歌和文学作品，都是当时人拿当时的语言写成而不是拿文字写成的"，并进而推断："凡是中国的伟大的文学作品，都是由大众们产生出来，并不是由那些学者读书人们产出来的——他们实在忙着研究那死文字啊！千百年来的销路最好的惊人的民歌，故事，小说，都是出于市井之人街边说书，和其他同类的很熟识语言的人的手。"① 这种看法不无偏颇，但是白话语言对建构新文学的确至关重要，所以胡适反复强调复兴中国文学的白话传统以创造现代国语文学，他甚至把《三国演义》《水浒传》《红楼梦》《儒林外史》等小说视为白话的楷模，作为创造新文学的参照物。三是五四新文化运动既然是"中国的文艺复兴"，至少在胡适这位新文学倡导者和实验者的心目中从来没有想与中国传统文化和文学进行"彻底决裂"，更没有想"彻底反传统"，而是"对我国的传统的成见给与重新估价"②；特别是对中国古代文学的总体系统以"活文学"与"死文学"这个二元对立的认知框架进行了历时性的系统梳理与重新估价，认定以白话创作的文

① 胡适：《中国文艺复兴》，《胡适全集》第 12 卷，安徽教育出版社 2003 年版，第 247—248 页。
② 胡适：《中国文艺复兴》，《联合书院学报》1935 年第 1 卷第 49 期。

学皆是"活文学",而"活文学"都是文学史上最有价值的文学,那种以文言创作的文学皆是"死文学",也是在文学史没有价值的文学。因此中国的文艺复兴,"假如把这个运动的范围收缩到为一个文学的运动",那么五四新文学运动就是有意识地自觉地复兴中国传统文学的白话"活文学",不只是"复兴",且要以现代白话建构国语文学,繁荣现代中国文学,这不仅不是断裂传统、反对传统,而是自觉地弘扬传统、光大传统;同时把我国传统文学纳入学术研究领域,进行系统的研究,进行"重新估价"。胡适既对明清白话小说有选择地做了重点资料求索、辨识考证和理论透析,又书写了《白话文学史》和不少作家论,将中国古代文学的整理与研究导向现代学术轨道。四是中国的文艺复兴如同欧洲文艺复兴,虽然首先从文学变革崛起,以白话语体取代了文言语体,以活文学替代了死文学;但是它的影响力和波及力已远远超越文学本身,特别是直接作用于教育领域和政治领域。胡适说:"中国的文艺复兴,不是徒然采用了活的文字来做教育的工具,同时是做一切的文学作品的工具底一种运动。因为白话文普遍化,大众都懂得,所以执政者,以至于其党,都利用它来做宣传的工具了。"于是五四时期的北京政府的一些当政者"提议用一种新的中国字母来教民众读书写字;也有些提议用语体文和编印些简易的书报来教导民众。真正的解决办法,并不是出乎熟练的改革家"[1],而是出自以胡适为首的新文学先驱们。他们明确地提出了"国语的文学,文学的国语"的建设新文学的"唯一宗旨",将新文学运动与国语运动合而为一,在创造国语文学的同时也提供了标准国语。越是优秀的国语文学,它的国语即普通话越标准,这样的国语文学就是现代的白话文学。借助国语文学的创作和传播使标准国语得以普及,越来越多的民众受惠于国语文学;这样一来既解决了"言文一致",又获得了标准国语。不仅教育领域可以用白话作为工具传授知识教育学生,播扬信息阅读图书,而且政治文化领域也可以运用白话作为传达政令、宣传新思想新

---

[1] 胡适:《中国文艺复兴》,《联合书院学报》1935 年第 1 卷第 49 期。

主义新政策的有力工具，社会上通用的纸媒或电媒都可以运用白话作为介质传播各种信息，从而逐步建立起适应中国现代化需要和广大民众相互沟通以及与世界其他民族国家交流的标准白话语言体系。

其二，以白话文学运动为契机崛起的五四新文化运动就其思想实质察之，乃是一切人的解放运动即陈独秀所说的"人"的运动，在这一特质上无疑与欧洲文艺复兴是可以联通的。虽然在"人"的解放的广度上和深度上中国的新文化运动远远不如欧洲文艺复兴，但是中国新文化运动确实唤起了一代人特别是知识青年的空前觉醒，从此中国人选择并坚定了走现代化的道路。正如胡适所说："中西双方（两个文艺复兴运动）还有一项极其相似之点，那便是一种对人类（男人和女人）一种解放的要求。把个人从传统的旧风俗、旧思想和旧行为的束缚中解放出来。欧洲文艺复兴是个真正的大解放时代。个人开始抬起头来，主宰了他自己的独立自由的人格；维护了他自己的权利和自由。在中国新思想运动的第一年之中，我们已经清楚地看出这一运动对解放妇女和争取个人权利的要求。我的同事周作人先生就认为光是主张用语体文来产生文学是不够的。新的文学必须有新的内容，他把这'内容'叫做'人的文学'。'人'——一个生物学上的'人'，他是有感情、观念和喜怒哀乐的。他既有缺点，也有长处。这些都是新文学的基础，那时我们不但对人类的性生活、爱情、婚姻、贞操等等问题，都有过很多的讨论；同时对个人与国家，个人与家庭与社会的关系也都有过讨论。'家庭革命'这句话，在那时便是流行一时的名言。"①

既然中西两个文艺复兴运动都体现了"一种对人类解放的要求"，而这一种解放要求无疑是精神层面上的个性解放要求，即人的主体性获得自由的独立性与自主性。作为一个堂堂正正的灵肉一致的健全个体，既不是神权来定义，又不是政权来定义，而是自己来定义自己，命运掌握在自己手

---

① 胡适：《口述自传·中国文艺复兴的四重意义》，《胡适全集》第18卷，安徽教育出版社2003年版，第336页。

里，个人有选择权、生存权和决定自我生命的权利，一言以蔽之，"我就是我自己的"。但是要"把个人从传统的旧风俗、旧思想和旧行为的束缚中解放出来"谈何容易，既不能靠神仙皇帝又不能靠英雄豪杰，要解放全靠自己的力量，反倒要反神仙的蛊惑、反皇帝的奴役，从一切精神的腐蚀和控制中救出自己。由于文艺复兴之于人的解放旨在精神领域的思想或个性的解放，所以必须寻求并掌握强大的思想启蒙或个性解放的精神武器，而这种精神武器至少应具有这样的思想功能，即它不仅能破坏窒息人性的铁屋子或桎梏个性的张张罗网，而且能适宜或引导人的个性的自由发展和主体意识的持续增强。在五四时期对于人的解放，文化先驱们从汹涌澎湃的新思潮中而各自选择了不同的思想或主义作为精神武器，如民主主义、平民主义或民治主义、人道主义、个性主义、自由主义、无政府主义，各种牌号的社会主义、科学主义等，而这诸多主义或思想都不同程度地体现出科学和民主精神；于是便以"德先生"与"赛先生"即民主与科学这两面大旗作为唤醒人、解放人的强大思想启蒙武器而高高举起。因而可以说，中国的文艺复兴时代，是科学精神和民主精神主宰的时代。且不论陈独秀、鲁迅、周作人、茅盾、郭沫若等文化先驱和文学巨人是如何坚持科学和民主创造启蒙文学来解放人以及冲决罗网的，这里所重点讨论的是胡适作为文艺复兴的旗手是怎样运用科学精神武器来唤醒民众、启蒙民众而让他们自己解放自己的。

胡适的名字是源于进化论的科学原理"适者生存"，在本质上是与科学结合为一体，所以有的研究者认为：胡适的"骨子里崇仰科学、坚信科学导致了他用科学支配自己的人生选择，支配文化学术领域的启蒙与布道，支配他全部生命价值的完整实现"[①]。首先，人的解放重在思想的解放，思想不解放，个性就得不到张扬，人的主体意识总是处于被压抑状态；但是人的思想能否解放甚至能否达到最大的或理想的解放程度，则与能否树立坚定的

---

① 胡明：《胡适传论》（上），人民文学出版社 1996 年版，第 524 页。

科学人生观直接相关。尽管不能说有了科学人生观人就进入自由王国，不过人的思想或个性的解放至少可以满足自身的人生多种需求。胡适不仅身体力行，终生坚持科学人生观，而且在中国文艺复兴时期为中国人的思想解放提供了科学人生观。胡适早年就从宋明理学和清代的朴学中汲取了科学精神，后来他又全盘地接受了欧洲文艺复兴以来的科学文化，在中西科学文化的交汇与融合中强化了胡适的科学意识，并自觉地把科学理性与主体人生观有机地嫁接，从而形成其矢志不渝的科学人生观。

胡适对科学的人生观做了提纲挈领的概说："科学的人生观即用科学的精神、态度、方法，来对付人生问题。科学的精神在于他的方法。科学的方法有五点：（1）特殊的，问题的，不偏侗的。（2）疑问的，研究的，不盲从的。（3）假设的，不武断的。（4）试验的，不顽固的。（5）实行的，不是'戏论'的。""科学的方法，应用到人生问题上去：（1）打破偏侗的'根本解决'，认清特别的、个体的问题。人生问题都是个别的，没有偏侗的问题（例如婚姻、家庭……），故没有偏侗的解决。（2）从研究事实下手，不要轻易信仰，须要先疑而后信。（3）一切原理通则，都看作假设的工具；自己的一切主张，都看作待证的假定。（4）用实验的证据来试验那提出的假设；用试验的结果来坚固自己的信心，来消除别人的疑心与反对。（5）科学的思想是为解决个别问题的，已得了解决法，即须实力奉行。科学的人生观的第一个字是'疑'，第二个字是'思想'，第三个字是'干'！"[①]由此可见，所谓科学人生观就是实验主义方法论，因为实验主义基于进化论与实验室态度，又是深度注入了人的头脑中，故称之为科学的人生观。不过胡适所说的"科学"并非指社会科学而主要指自然科学，他曾从十个方面对其人生观的科学内涵做了强调，如"天文学和物理学的知识"、"地质学及古生物学的知识"、"生物的科学的知识"、"生物学，生理学，心理学的知识"、"人类学、人种学"的知识等；尽管也提到"社会学"知识，只

---

① 胡适：《日记1922年》，《胡适全集》第29卷，安徽教育出版社2003年版，第553—554页。

是占的比重太少，因为他的"新人生观是建筑在二三百年的科学常识之上的一个大假设"，又给他加上了"科学的人生观"的尊号，难免引起争议，故胡适主张叫它为"自然主义的人生观"。有了科学人生观，人就能渐渐明白："空间之大只增加他对于宇宙的美感；时间之长只使他格外明了祖宗创业之艰难；天行之有常只增加他制裁自然界的能力。甚至于因果律的笼罩一切，也并不见得束缚他的自由，因为因果律的作用一方面使他可以由因求果，由果推因，解释过去，预测未来；一方面又使他可以运用他的智慧，创造新因以求新果。甚至于生存竞争的观念也并不见得就使他成为一个冷酷无情的畜生，也许还可以格外增加他对于同类的同情心，格外使他深信互助的重要，格外使他注重人为的努力以减免天然竞争的惨酷与浪费。"总之，"这个自然主义的人生观里，未尝没有美，未尝没有诗意，未尝没有道德的责任，未尝没有充分运用'创造的智慧'的机会。"[1] 这就把科学人生观与人本人生观的功能与内涵在某种程度上沟通了，更有助于人性的全面解放；虽然科学的人生观对于情感、意志、直觉等非理性因素关注不够，但经胡适的美、诗意、智慧等词语的运用也增加了科学人生观的人文内涵。从维新变法前后至五四新文化运动，"有一个名词在国内几乎做到了无上尊严的地位；无论懂与不懂的人，无论守旧和维新的人，都不敢公然对他表示轻视和戏侮的态度"，而这个名词就是"科学"。足见科学思潮及其孕育出的科学人生观的影响之深广，正适应了思想启蒙与人性解放的社会需要。

　　由于中国的文艺复兴将科学精神及科学的人生观作用于人的思想或人性解放，它所生发的能量与作用是难以估量的，在我看来至少产生了如此强大的功效：一是以科学人生观破除一切神权意识。自古以来由于对宇宙、自然界各种神秘现象不能给出科学解释以及人生的不幸的痛苦命运予以理性认知，即人所遭遇的天灾人祸理解不透寻不出合理原因，因而则产生以神为本位的生存观，即痴迷地相信宗教的神学以及迷信邪说，盲目崇拜神

---

[1]　胡适：《〈科学与人生观〉序》，《胡适全集》第 2 卷，安徽教育出版社 2003 年版，第 212—214 页。

权，拜倒在上帝乃至各种神祇脚下，仿佛人的命运完全由神权来操纵来摆布，于是一切仰仗神权来护佑，求神拜鬼成了人生必做的功课，人魂异化为神魂，天堂地狱之说主宰了人的心理，如同鲁迅笔下的祥林嫂最终成了神权的牺牲品，因神权作祟不仅使她终日活在恐怖中，而且还要怀着更大恐怖感走向死亡。确立了科学的人生观不只使中国人破除了迷信观念，也能使中国人逐步消解"只有靠天吃饭的人生观，只有求神问卜的人生观，只有《安士全书》的人生观，只有《太上感应篇》的人生观"，甚至"一笔勾销了上帝，抹煞了灵魂，戳穿了'人为万物之灵'的玄秘"①。特别是中国传统社会的皇权主义统治，尽力把皇帝说成"真龙天子"，皇帝既是龙的化身又是上帝神授，借以让老百姓像崇拜天神一样来崇拜皇帝，心甘情愿地做皇帝的臣民；这种神权与皇帝巧妙结合的愚民政策和愚民教育，久而久之把中国人变成一个个唯上是从的安分守己的奴隶。因此，惟有科学人生观持续不断地强化才有可能破除中国人心中的皇权崇拜的集体无意识，这也许是极为艰难曲折持久的心理战，更是决定中国人能否树立起"自己解放自己"主体意识的关键之战。在五四后期的"科玄之争"中，胡适极为赞成吴稚晖写的《一个新信仰的宇宙观及人生观》，因为他大胆地以科学的人生观扫荡了"漆黑一团"的宇宙观和"人欲横流"的人生观，尖锐地指出："那种骇得煞人的显赫的名词，上帝呀，神呀，还是取消了好。""开除了上帝的名额，放逐了精神元素的灵魂。"胡适认为"这才是真正的挑战"，"我们要看那些信仰上帝的人们出来替上帝向吴先生作战。我们要看那些信仰灵魂的人们出来替灵魂向吴先生作战"。② 这说明仅仅有了科学人生观不一定能战胜神权为本位的人生观，还必须具有与神权主义代表人物上帝作战的勇气与必胜信心；并且更要有为中国人的思想或人性从神权主义真正解放出来而营造的良好文化生态，即以科学精神和科学人生观为强大的思想

---

① 胡适：《〈科学与人生观〉序》，《胡适全集》第 2 卷，安徽教育出版社 2003 年版，第 199—208 页。
② 胡适：《〈科学与人生观〉序》，《胡适全集》第 2 卷，安徽教育出版社 2003 年版，第 207—208 页。

武器"扫除那迷漫全国的乌烟瘴气","这遍地的乩坛道院,这遍地的仙方鬼照相",这样才有可能使中国人从蒙昧主义或神权主义迷雾中走出来,见到由科学精神照耀的生存环境,获得不受任何迷信蒙蔽的做一个独立人的自觉性。然而"正苦科学的提倡不够,正苦科学的教育不发达,正苦科学的势力"不雄厚,正苦科学的人生观不普及,正苦中国人从蒙昧走向觉醒之际,"不料还有名流学者出来高唱'欧洲科学破产'的喊声,出来把欧洲文化破产的罪归到科学身上,出来菲薄科学,历数科学家的人生观的罪状,不要科学在人生观上发生影响!信仰科学的人看了这种现状,能不大声疾呼出来替科学辩护吗?"[①] 由此可见,若以科学精神启迪中国人树立科学人生观以摆脱神权获取思想解放既有内在阻力更有外在阻力,则必须具有鲁迅所倡导的韧性战斗精神。

二是以科学的人生观破除神权主义束缚以解放中国人的思想或人性,这固然重要,但必须看到人的解放是自身解放,是自身能够认识自己、定义自己的过程。要清醒地自觉地"认识自己"并不容易,这个古老的命题到了欧洲文艺复兴时期受到科学精神和科学方法一次次洗礼,使人们对"认识自己"有了科学的思维、科学的根据和科学的结论;尽管对人的内心世界的奥秘的探求深浅不一、说法有异,不过对自己的认识越来越走近科学境界,人的个性意识或主体意识越来越受到尊重,人的生命强力或生命意识也越来越得到关注,这无疑得力于科学精神和科学人生观对人学领域的渗透与探究。"胡适的科学主义的核心观念确实带有一种准宗教的音调",体现了其试图构建一种自然主义"宗教"的意图,而这种"宗教"的最经典的"教义"则是:"为适应科学的现代世界的新生活,我们必须建造起一个新的信仰,把西方现代科学的理性内涵作为一种基本精神、基本态度、基本方法,注入到中华民族的观念形态和文化心理中,最终达到使中国人走

---

① 胡适:《〈科学与人生观〉序》,《胡适全集》第 2 卷,安徽教育出版社 2003 年版,第 199—200 页。

进'现代'的目的。"① 既然要把汲取欧洲文艺复兴以来的科学理性作为一种精神注入中国人的观念或塑造中国人的文化心理，那就必须以科学人生观取代非科学的人生观，因而应对何谓人或人的生命意识以及有关人的生活的本性需求有个科学的认识，使人过上具有尊严感和本性感的真的人的生活。从生物进化论的角度，周作人认识到人是灵与肉一致的人，人是一元的而不是灵肉分离的二元，因此只有人的灵与肉都得到满足才有可能得到健全的发展，这就要求人的全面解放既是肉体的解放更是灵魂的解放。但是自从人类进入文明社会以来往往以陈规戒律或风俗习惯从灵与肉两个维度来限制或约束人的正常健全的发展；如果这种限制或束缚超过灵与肉所能承受的限制，那灵肉一致的人就会变成畸型的人。因此，惟有确立科学的人生观，才有可能将人从陈规戒律或旧风俗旧习惯中解放出来，认清人的本来面目，恢复人的合情合理的生存权和发展权。胡适的科学人生观曾认同这样的见解："譬之于人，其质构而为如是之神经系，即其力生如是之反应。所谓情感，思想，意志等等，就种种反应而强为之名，美其名曰心理，神其事曰灵魂，质直言之曰感觉，其实统不过质力之相应。"又言："人便是外面止剩两只脚，却得到了两只手，内面有三斤二两脑髓，五千零四十八根脑筋，比较占有多额神经系质的动物。"② "所谓人生，便是用手用脑的一种动物，轮到'宇宙大剧场'的第亿垓八京六兆五万七千幕，正在那里出台演唱。"③ 这是以科学原理对人的情感灵魂及其人生所给出的科学阐释，这也是吴稚晖以科学人生观向"玄学派"作战，所以胡适发出了这样的挑战："我们要看那些信仰灵魂的人们出来替灵魂向吴老先生作战。我们要看那些信仰人生的神秘的人们出来向这'两手动物演戏'的人生观作战。我们要看那些认爱情为玄秘的人们出来向这'全是生理作用，并无丝毫微妙'

---

① 胡明：《胡适传论》（上），人民文学出版社 1996 年版，第 551 页。

② 胡适：《〈科学与人生观〉序》，《胡适全集》第 2 卷，安徽教育出版社 2003 年版，第 207—208 页。

③ 胡适：《〈科学与人生观〉序》，《胡适全集》第 2 卷，安徽教育出版社 2003 年版，第 208 页。

的爱情观作战。"①吴稚晖以科学人生观对何谓人及其人的灵魂与人生的解释虽然并不严密准确，但却是对人为何物给出了较为科学的阐述，在很大程度上揭示出人的动物本性及其对性爱的合理要求，这无疑破除了对人在认识上的神秘主义玄妙，为人的自然属性的解放提供了科学根据。鲁迅以生物进化的科学思维对于人的生命及其意义的论述比起吴稚晖的见解更准确更深刻，因而亦更有启迪性，同时对于五四时期人的思想或人性的解放所产生的效果更大。鲁迅在《我们现在怎样做父亲》一文中说："依据生物界的现象，一，要保存生命；二，要延续这生命；三，要发展这生命（就是进化）。生命都这样做，父亲也就是这样做。""单照常识判断，便知道既是生物，第一要紧的自然是生命。因为生物之所以为生物，全在有这生命，否则失去了生物的意义。生物为保存生命起见，具有种种本能，最显著的是食欲。因有食欲才摄取食品，因有食品才发生温热，保存了生命。但生物的个体，总免不了衰老和死亡，为继续生命起见，又有一种本能，便是性欲。因性欲才有性交，因有性交才发生苗裔，继续了生命。所以食欲是保存自己，保存现在生命的事；性欲是保存后裔，保存永久生命的事。饮食并非罪恶，并非不净；性交也就并非罪恶，并非不净。"这是以生物科学理性对人的个体生命、生命意识及其本能欲望做出的最科学的最令人诚服的阐释，并对中国的旧见解也就是旧思想、旧风习进行了无可反驳的批判。试想，当人们听到或见到鲁迅的科学生命观以及对食欲、性欲、人伦、性交、生育乃至婚姻、夫妇所给出的科学解释，并把这种科学人生观或生命意识作用于文化心理的时候；那不仅思想豁然开朗，如同强烈的阳光射进心灵幽暗处，使人性得到张扬，生命意识得到增强，个性解放得到激荡，并从而对人的合情合理的生活有了殷切的期望。正如鲁迅指出的："此后觉醒的人，应该先洗净了东方固有的不净思想，再纯洁明白一些，了解夫妇是伴

---

① 胡适：《〈科学与人生观〉序》，《胡适全集》第 2 卷，安徽教育出版社 2003 年版，第 208—209 页。

侣，是共同劳动者，又是新生命创造者的意义。"①胡适则主张中国人欲过上有意思有目的的"新生活"，最重要的务要坚持科学的怀疑精神和理性批判原则，无论对中国传统的儒学或者西方输入的新颖学理，都不要"盲从"和"遵奉"，必须以科学的生活态度给予质疑和辨析，即："（一）对于习俗相传下来的制度风俗，要问：'这种制度现在还有存在的价值吗？'（二）对于古代遗传下来的圣贤教训，要问：'这句话在今日还是不错吗？'（三）对于社会上糊涂公认的行为与信仰，都要问：'大家公认的，就不会错了吗？人家这样做，我也该这样做吗？难道没有别样做法比这个更好，更有理，更有益吗？'"②这种"新生活"应是具有理性自觉的现代性的生活，要是中国人没有敏锐的科学眼光和强烈的主体意识，则难以有这样的"新生活"。

如果上述的"科学"这面大旗是中国人思想或人性解放的强大精神武器，那么与"科学"并举的"民主"这面大旗同样具有解放中国人思想或人性的巨大功能，因此可以说是"德先生"与"赛先生"所结成的思想同盟或者共同联手导演了中国文艺复兴这场"人"的文化运动。胡适曾回忆说："新文化运动的一件大事业就是思想的解放。我们当日批评孔孟，弹劾程朱，反对孔教，否认上帝，为的是要打倒一尊的门户，解放中国的思想，提倡怀疑的态度和批评的精神而已。"③而对于五四新文化运动的中国人的思想解放发挥过强大威力的除了科学精神或科学的人生观外，就是民主主义、民治主义、平民主义、人文主义、个性主义等思潮，尽管这些新思潮各有各的名号，但都可以用"民主"这个范畴涵纳之，也可以用人文主义精神包容之。后者可以直接与欧洲文艺复兴进行比较，因为欧洲文艺复兴运动的人的解放主要借助人文主义摧毁了神本主义，把人从神学的禁锢中解放出来；而中国的文艺复兴也是借助民主意识或人文主义把人从封建专

---

① 鲁迅：《我们现在怎样做父亲》，《鲁迅全集》第 1 卷，人民文学出版社 1981 年版，第 130—131 页。

② 胡适：《新思潮的意义》，《新青年》1919 年 12 月 1 日第 7 卷第 1 号。

③ 胡适：《新文化运动与国民党》，《新月》1929 年 6、7 号合刊。

制、伦理道德、禁欲主义的桎梏中解放出来，使觉醒的中国人有了民主意识、人权意识、自由意识、平等意识、博爱意识、个性意识和人道意识等现代意识。 所谓"民主"这个范畴，若是做广义理解，它的涵纳力极强。从制度层面考察，民主是人类发展到特定的历史阶段所创造并选择的一种社会制度或政治体制，它与一切专制体制针锋相对；专制体制是个人独裁、大权独揽，而剥夺了平民百姓的一切权利，百姓不是社会的主人而是奴隶。中国封建社会就是皇权至高无上的专制社会，广大群众在愚民统治下不是成为奴隶就是成为奴才，形成了主奴双重的分裂人格；因此要真正使中国人从思想上或人性上获得解放就必须彻底颠覆专制政体而建立民主制度。胡适坚定不移地拥护民主政体，而且充分相信中国是会实现民主政治的。他在 1915 年写的《中国与民主》一文中指出："少年中国正在为中国建立真正之民主而努力奋斗。它相信民主；而且相信：通向民主之唯一道路即是拥护民主。"并且对古德诺（Frank Johnson Goodnow）教授等人的观点做了有力地反驳："古德诺教授和许多其它善意之制宪权威认为，东方人不适于民主政体，因为他们以前从不曾有过。与此相反，少年中国认为，恰恰因为中国不曾有过民主，所以她现在必须拥护民主。少年中国认为，倘若第一个中华共和国之寿命更长一些，那么，此时中国之民主将会有一个相当扎实的根基了。至此，四年民主政体之经验，已能让许许多多中国人明白共和主义到底是什么，不管此经验是多么地不完善。"[1] 可见胡适对孙中山创建的三民主义共和国政体是坚决捍卫和拥护的。1919 年孙中山为其创刊的《建设》杂志所写的"发刊词"中，提出了"为民所有、为民所治，为民所享"的政治理想，胡适既认同又赞成。就是早期共产党的领袖人物也承认胡适在中国政治舞台上"公认的民治主义者"的特定身份和历史地位。[2] 若是有了民主社会制度，那么觉醒了或解放了的中国民众在思想上获得的人权意

---

[1] 胡适：《中国与民主》，《胡适全集》第 28 卷，安徽教育出版社 2003 年版，第 234—235 页。

[2] 见瞿秋白的《胡适之与善后会议》一文，《向导》周刊第 106 期。

识、自由意识、平等意识、个性意识等现代意识，既可以成为民主政体的思想基础和精神支柱，又可以得到民主制度的法律保证，这就为中国人的思想解放提供了优质的政治生态。

从思想层面考察，民主作为一种现代意识，作用于人的文化心理或文化人格，它不只是与人权、自由、平等、博爱、个性、人道等意识相通，而且还能引领这诸多现代意识进入健全的思想轨道，塑造坚强的现代文化人格和聚集强大的现代思想力量，来抗拒或抵制灭绝人性的专制主义及其意识形态对现代中国人开放思想和自由个性的腐蚀、压抑和扼杀。至于人文主义精神也能包容上述种种名号的现代意识，其道理不难理解，这是因为人文主义就是以人为本位的人本主义或人道主义思想，尊重人的价值，尊重人的权利，尊重人的个性，关爱人的自由，关爱人的解放。而上述所谈到的现代意识无不流淌着充溢着人文主义的精神，它们都是从不同的维面或角度来关注并体现人的全面发展与人性的多方位解放。这里不想面面俱到地考析中国的文艺复兴是如何解放中国人的思想或人性的，仍然重点探讨胡适如何运用现代人文主义作为精神武器来唤醒并拯救中国人的个性意识和女性主体意识的，这也是胡适喜欢把中国新文化运动命名为"中国的文艺复兴"的深刻体悟与重要根据。

其一，以辩证思维对个人主义做出理性解释，启迪并引导中国人正确对待个性解放，既要把自己救出来又不忘拯救众生，这是一种利己又利众的负责任的个性主义，是一种为中国人开创"新生活"的个人主义，它与极端利己主义或唯利是图主义划清了界限。欧洲文艺复兴实际上是一场"'人文运动'（Humanism）即是'人的文学'（literaehumane）运动，目的在提倡希腊、罗马的语言文学的研究；而这运动的方面很多，但其共同性质只是不满意于中古宗教的束缚人心，并想跳出这束缚，逃向一个较宽大、较自由的世界去，故倾向于希腊、罗马的诗人、哲人、史家、基督教初期的'教父'，以及《旧约》、《新约》的原书"①，力图从中发掘人文主义，借以驱动人的思想解放。然而胡适借助的人文主义思想却不是来自中国古代文化，乃是源于易卜生主义，比起欧洲文艺复兴的人文主义思想更富有现代性，更具有启蒙的思想功能，因而使中国人在思想解放运动中所获得的个人主义意识更具有辩证威力，更符合中国人个性解放的内在诉求。易卜生（Henrik Johan Ibsen）终生有一种完全积极的主张，"他主张个人须要充分发达自己的天才性，须要充分发展自己的个性"，这就是以个人主义为世间本位的人文主义，这是"一种真益纯粹的为我主义"。他曾做了这样的比喻："有的时候我觉得全世界都像海上撞沉了船，最要紧的还是救自己"；而绝对不要像那些最可笑的人"明知世界'陆沉'，却要跟着'陆沉'，不肯'救出自己'！却不知道社会是个人组成的，多救出一个便是多备下一个再造新社会的分子"。这是从个人与社会、个体与群体的关系中来强调个人的地位、价值和作用，而不是脱离社会或人群孤单单地来凸显个人以强调自我。易卜生所运用的"陆沉"或"船沉"的比喻是何等深刻而恰切，充分揭示出"救出自己"的紧要意义；如果世界大陆下沉了或者大海的船沉了，连"救自己"的主动性、自觉性和积极性也没有，消极地慌张地恐惧地无助地沉入大海或者随着"陆沉"，那这种人是最懦弱最缺乏主体意识、自强意识而随波逐流的人。在生死关头或地陷天塌的危机时刻连自己也救不出，既不能救众人更不能救社会；只有先救出自己，使自己活下来方有资格和力量救出他人或建设新社会。由于这种"救自己"的动机与出发点不是出于自私自利之心，完全为了自己，而是意识到社会是由人组成的，救自己是多备下一个再造新社会的分子，所以这种"救自己"的行为表面看是"为我主义"，"其实是最有价值的利他主义"。正如易卜生所说："你想有益于社会，最妙的法子莫如把你自己这块材料铸造成器。"这就是胡适赞赏的且要提倡的易卜生的以个人主义为世间本位的利己又利人更利社会的人文主义。

---

① 胡适：《人文运动》，《胡适全集》第 13 卷，安徽教育出版社 2003 年版，第 197 页。

如果受到这种个性主义的启发和教育，那不仅能自觉地从"罪恶"社会救出自己使之成为有个性意识的现代人，而且也能使自己成为一个拯救众生再造社会的有用分子。但是必须清醒地认识到，"社会最大的罪恶莫过于摧折个人的个性，不使他自由发展"；而"发展个人的个性，须要有两个条件。第一，须使个人有自由意志。第二，须使个人担干系，负责任"。这是"因为世间只有奴隶的生活是不能自由选择的，是不用担干系的。个人若没有自由权，又不负责任，便和做奴隶一样，所以无论怎样好玩，无论怎样高兴，到底没有真正乐趣，到底不能发展个人的人格"。因此，"自治的社会，共和的国家，只是要个人有自由的选择之权，还要对个人对于自己所行所为都负责任。若不如此，决不能造出自己的独立人格。社会国家没有自由独立的人格，如同酒里少了酒曲，面包里少了酵，人身上少了脑筋；那种社会国家决没有改良进步的希望"。这是多么深刻的比喻，多么辩证的话语！这话虽然是在近百年前说的，至今听起来还是如此亲切、如此撼人！特别是发展个性必具的两个条件即自由意志与负责任之间辩证关系的分析，不仅为争取个性解放而误入迷途的青年人指明了方向，而且对那些误解了个性主义而讨厌或反对个性解放的愚顽者也是当头棒喝。没有自由就没有个性解放，更没有个性的发展；若是一味地追求自由，既不担干系也不负责任，"我行我素"，完全为我自己，那也不会有真正的个性解放；因此个性自由是与"负责任"紧密联系在一起的，即不仅要对自己的言行负责也要对别人负责，乃至对社会、国家、民族、人类负责。因为任何人都不可能出离社会关系或人际关系的总和而去追求那种无法无天的绝对的个性自由或个性解放；虽然"世上最强有力的人就是那个最孤立的人"，但是越是这样，个性偏强的人越敢于担干系，越勇于负责任。胡适在中国的文艺复兴时期，不只借助易卜生的个人主义的理论形态从思想上启蒙中国人，使其冲决"一是自私自利；二是倚赖性，奴隶性；三是假道德，装腔作戏；四是懦怯没有胆子"这"四种大恶德"①，朝着个性解放

---

① 以上引文均出自胡适发表于《新青年》1918 年 6 月 15 日第 4 卷第 6 号上的《易卜生主义》。

的道路迅跑；同时通过分析易卜生的经典戏剧《玩偶之家》和《国民公敌》，为中国人特别是妇女的个性解放树立了娜拉与斯铎曼两个光辉典型，尤其是娜拉简直达到了家喻户晓、妇孺皆知的地步，真正为中国妇女争取个性解放发挥了"榜样的力量是无穷"的作用。特别应提及的是，中国文艺复兴为中国人的思想或人性解放所提供的以个人为本位的人文主义精神武器，胡适对易卜生主义的阐释带有普遍的意义，反映了整个五四时代大多数新文化先驱所达到的认识高度。不仅鲁迅的立人思想将立人与立国、个性主义与人道主义辩证地统一起来，周作人提倡的以个人主义为人间本位主义也是以"树木"与"森林"为喻说明个人主义是一种"利己而又利他"①的人道主义；而且杜威在天津青年会讲演的"真的与假的个人主义"，更与胡适所理解的个人主义有着趋同性。杜威说，个人主义有两种："一、假的个人主义——就是为我主义（Egoism）。他的性质是自私自利：只顾自己的利益，不管群众的利益。二、真的个人主义——就是个性主义（Individuality）。他的特性有两种：一是独立思想，不肯把别人的耳朵当耳朵，不肯把别人的眼睛当眼睛，不肯把别人的脑力当自己的脑力；二是个人对自己思想信仰的结果要负完全责任，不怕权威，不怕监禁杀身，只认得真理，不认得个人的利害。"②胡适赞成杜威的"真的个人主义"，反对"假的个人主义"，也不认同那种既"很受人崇敬的"又"格外危险"的种种"独善的个人主义"，期待觉醒了的中国人通过"奋斗"去创造一种"变旧社会为新社会，变旧村为新村"的非独善的个人主义的"新生活"③。因此，可以说新文化先驱们总想把中国人的思想或个性解放纳入利己又利人、尊己又尊群、救己又救国、塑己又再造社会的个性主义与人道主义相互融合的人生道路。

其二，以真挚的人文主义情怀与现代女性意识格外关注中国妇女的思

① 周作人：《人的文学》，《新青年》1918 年 12 月 15 日第 5 卷第 6 号。
② 胡适：《非个人主义的新生活》，《新潮》1920 年 4 月 1 日第 2 卷第 3 号。
③ 胡适：《非个人主义的新生活》，《新潮》1920 年 4 月 1 日第 2 卷第 3 号。

想或个性解放。因为在中国的封建皇权社会，妇女不仅深受专制主义及其森严的伦理纲常的摧残和奴役，也受男权主义的蹂躏；虽然专制主义与男权主义往往结合在一起向妇女示威施虐，但在宗法的家族或家庭的特定生存环境里妇女的灵肉所遭到的折磨凌辱更是令人发指。所以五四新文化先驱们大都关注妇女的解放，鲁迅、周作人等对于妇女解放的重视众所周知；至于胡适如何关注妇女的思想或人性解放，由于特殊的历史的原因也许研讨得不够充分不够深入。胡适在《易卜生主义》一文中已涉及不少妇女解放的命题，尤其对《玩偶之家》中娜拉性格、命运及其走出家庭的分析，就是为中国妇女的解放指明了道路；虽然鲁迅对娜拉走出家庭的命运持悲观态度，但胡适在《终身大事》中对于田亚梅冲出家庭却抱乐观态度。考察二十世纪中国妇女解放史，也许有不胜枚举的女性冲出压抑或扼杀人性的家庭而重新获得了新生；当然也有像《伤逝》中子君这样的现代女性冲出家庭又回到原来封建家庭的悲剧人物。这表明娜拉走出家庭作为中国女性解放的叙事模式，究竟其结局是喜剧还是悲剧，必须根据审美文本或现实情状具体分析，到底喜剧值得肯定还是悲剧值得称赞都不能武断地判定，不过娜拉的道路毕竟为现代中国女性的解放提供了一条可以选择的途径。

封建"贞操论"是毒化妇女灵魂、扼杀其人性、阻遏其解放的精神枷锁，它对于女性来说几乎成了一种"集体无意识"，既是封建伦理道德对妇女的残害，又是男权主义的施暴，因此只有彻底批判贞操论并肃清其流毒，妇女才有可能真正获得灵与肉的解放。胡适于1918年与1919年连续写了两篇论贞操问题的长文，对惨无人道的贞操论从血淋淋的事实与雄辩的理论的结合上给予揭露和批判。当时有人在《中华新报》上公开发表《会葬唐烈妇记》，赞烈妇颂烈女，这是"贞操迷信的极端代表"的荒谬之论；胡适指斥它是"全无心肝的贞操论"，并从理论上说明贞操问题毫无道理可讲，这是种"替未婚夫守节和殉烈的风俗"。因此我们不仅要"反对这种忍心害理的烈女论"，而且要控诉这种"不合人情，不合天理的罪恶"，谁要是"劝人做烈女，罪等于故意杀人"。如果贞操作为一种道德，那么为什么只对女人而不对男人，这是极不平等也极不合理的。"中国的男子要他们的妻子替他们守贞守节，他们自己却公然嫖妓，公然纳妾，公然'吊膀子'。再嫁的妇人在社会上几乎没有社交的资格；再婚的男子，多妻的男子，却一毫不损失他们的身份。"胡适无情地戳破了贞操观只是男权主义的护身符，是歧视、凌辱和损伤女性而替男权辩护的开罪词而已。按理说，在婚恋关系中，贞操是"双方面的事"，"女子尊重男子的爱情，心思专一，不肯再爱别人，这就是贞操"。而"男子对于女子，也该有同等的态度，若男子不能照样还敬，他就是不配受这种贞操的待遇"。然而，在男权主宰的社会即使建立起"中华民国"倡导"平等、博爱、自由"，也仍制订了褒扬"节妇烈女"的《褒扬条例》，现代中国法律竟然对贞操问题做了规定。胡适并没有因为拥护孙中山的共和国政体就容忍了《褒扬条例》，而是从"寡妇再嫁问题"、"烈妇殉夫问题"、"贞女烈女问题"等三个方面进行了义正词严的驳斥与批评，说明中国法律对于贞操问题的"三种规定都没有成立的理由"，特别是对于吴趼人的小说《恨海》里所描写的"盲从的贞操"，给予"其愚不可及也"的批评。最后对中国人的贞操问题提出三层意见：一是贞操问题不是天经地义，可以彻底研究反复讨论；二是"贞操是男女相待的一种态度，乃是双方交互的道德"；三是"绝对的反对褒扬贞操的法律"，因为以"人道主义眼光看来，褒扬烈妇烈女杀身殉夫，都是野蛮残忍的法律，这种法律，在今日没有存在的地位"[①]。如果说《易卜生主义》一文胡适为中国妇女解放指出一条可以选择的"娜拉离家出走"的道路，那么《贞操问题》是胡适试图为中国妇女争取解放从思想观念乃至法律上扫清障碍；不过妇女能否真正获得思想或人性的解放，就其内因来说关键在于是否能取得"超于良妻贤母人生观"即"自主"观念，而"这种观念是我们中国妇女所最缺乏的观念。我们中国的姊妹们若能把这种'自立'的精神来补助我们的'倚赖'性质，若能把那种'超于良妻贤母人生观'来补助我们的'良妻贤母'的

---

① 以上引文出自胡适的《贞操问题》，原载《新青年》1918 年 7 月 15 日第 5 卷第 1 号。

观念，定可使中国女界有一点'新鲜空气'，定可使中国产生一些真能'自立'的女子"①。可见，从思想上或从人性上解放中国人很难，而解放其中的女性更是难上加难，中国的文艺复兴运动近一个世纪，胡适对于中国女性解放的良苦用心至今还有多少人记得？

以上从"科学"与"民主"两大维度探察了胡适在中国文艺复兴运动中，竭尽全力为中国人的思想或人性解放提供精神武器和开辟道路，这也代表了一代文化先驱的共同心愿与奋斗结果。虽然当时社会有些人把先驱们坚守的《新青年》思想阵地"看作一种邪说，怪物，离经叛道的异端，非圣无法的叛逆"；但是"本志同人本来无罪，只因为拥护那德谟克拉西（Democracy）和赛因斯（Science）两位先生，才犯了这几条滔天的大罪。要拥护那德先生，便不得不反对孔教，礼法，贞节，旧伦理，旧政治。要拥护那赛先生，便不得不反对旧艺术，旧宗教。要拥护德先生，又要拥护赛先生，便不得不反对国粹和旧文学"②。因此，"若因为拥护这两位先生，一切政府的压迫，社会的攻击笑骂，就是断头流血，都不推辞"③。尽管所运用的二元对立思维在对待孔教等古代传统上流露出偏激情绪，然而《新青年》同人拥护民主与科学而倡导新文化新文学的坚定意志和勇敢胆识至今感人至深；试想若是没有这批"断头不要紧，只要主义真"的文化英雄在中国的文艺复兴运动中冲锋陷阵，中国人的思想或人性将会在黑暗中徘徊或窒息多少年？其实，民主或科学都蕴含着丰富的人文主义精神，并非都源于欧洲文艺复兴或思想启蒙运动，为了中国人的思想或人性解放和建构以人为本的文学，胡适对此做出了积极的倡导与探索。

（二）

欧洲文艺复兴的人文主义者创造了一种回溯式的所谓"古为今用、古

---

① 胡适：《美国的妇人》，《新青年》1918 年 9 月 15 日第 5 卷第 3 号。

② 陈独秀：《本志罪案之答辩书》，《新青年》1919 年 1 月 15 日第 6 卷第 1 号。

③ 陈独秀：《本志罪案之答辩书》，《新青年》1919 年 1 月 15 日第 6 卷第 1 号。

今贯通"的思维模式，以复兴古希腊罗马的人文学术传统来建构现代学术文化系统；中国的文艺复兴之初虽然一度出现以"反孔教"为口号的反传统倾向，但是这绝对不是否定中国传统文化。当胡适掀起"整理国故"运动时，我们"对传统的学术思想也要持批判的态度"[1]，对中国古代文化传统亦采取"古今联通、古为今用"的回溯式的思维模式，使古代的优秀文化传统不仅得以继承也能为解放中国人的思想或个性和建构新文化或新文学形态提供用之不竭的资源，这便与欧洲文艺复兴有了趋同性或相通性，这也是胡适喜欢用"中国的文艺复兴"命名五四新文化运动和文学革命的另一个重要根据。胡适以回溯式思维方式，通过"整理国故"，以"评判的态度"对待古代学术文化传统，究竟"复兴"了什么为今所用？虽然胡适对古代优秀文化传统的"复兴"带有全面性或多维性，但是这里只能择其要者论之。

通过回溯古代文化，且不说胡适以科学评判的眼力，发现了一千多年的白话文学传统，认定白话是"活语言"而营造出的文学，是与死文字书写的"死文学"相对立的"活文学"，因而只有复兴中国古代的"活文学"且把白话作为唯一的"利器"方能建构现代性的"国语文学"大厦。不过这里要着重论述胡适发现"吾国历史上的文学革命"旨在文体的变革，并以此展现出文学的演化规律。"即以韵文而论：《三百篇》变而为《骚》，一大革命也。又变为五言，七言，古诗，二大革命也。赋之变为无韵之骈文，三大革命也。古诗之变为律诗，四大革命也。诗之变为词，五大革命也。词之变为曲，为剧本，六大革命也。"[2]不仅韵文通过"革命"是如此演化的，"文亦遭几许革命矣。孔子以前无论矣。孔子至于秦汉，中国文体始臻完备，议论如墨翟，孟轲，韩非，说理如公孙龙，荀卿，庄周，记事如左氏，司马迁，皆不朽之文也。六朝之文亦有绝妙之作，如吾所记沈休文、范缜

---

① 胡适：《口述自传》，《胡适全集》第 18 卷，安徽教育出版社 2003 年版，第 339 页。

② 胡适：《〈尝试集〉自序》，《新青年》1919 年第 6 卷第 5 期。

形神之辩，及何晏，王弼诸人说理之作，都有可观者。然其时骈俪之体大盛，文以工巧雕琢见长，文法遂衰。韩退之'文起八代之衰'，其功在于恢复散文，讲求文法，一洗六朝人骈俪纤巧之习。此亦一革命也。唐代文学革命巨子不仅韩氏一人，初唐之小说家，皆革命功臣也（诗中如李杜韩孟，皆革命家也）。'古文'一派至今为散文正宗，然宋人谈哲理者似悟古文之不适于用，于是语录体兴焉。"① 对于文体或诗体的演变胡适都视为"文学革命"的观点，与我们现在所理解的"文学革命"的涵义是有差异的；不过胡适始终认为"文学革命"有两种互为关联的方式，即文学的自然进化是"文学革命"。如以上所述，文学由人力推动发展也是"文学革命"，如晚清与五四的文学变革都是人力推动的文学革命。在我看来，胡适从中国古代文学演化的史迹中发现的"文学革命"的两种方式，不是生搬硬套西方的"革命"概念，乃是从丰富的文学史实中总结出来的，是真实可信的文学发展规律，又是有利于文学演变的承前启后、继往开来的法则；况且把文学革命定格在文体上或诗体上，这应是独到之见。是因为包括文学语言在内的文体或诗体不仅仅是文学的形式，文体一旦形成它就是一种固定的完整的审美结构，不只具有相对的稳定性、独立性，而且它也蕴含着相应的内容，即使说它是文学的形式也是有意味的形式；所以从文体入手进行文学革命不仅能带动文学内容的相应更新，并且能以一种创新的完美的形体结构取代已经失去艺术活力的结构形态。正由于胡适认清了古代文学革命首先着眼于文体或诗体革命的特殊规律，所以在五四新文学运动他先从诗体革命入手，推动文体大解放，在不到十年的时间内则创造出一代新文体或新诗体取代了各种传统文体，这是中国文艺复兴在文学形态上的体现。

　　若说发现中国古代文学革命驱动文体变革这条特殊规律，被中国文艺复兴而成功地运用于文体大解放，从整体上改变了文学的艺术风貌；那么胡适从古代文化中发现了平民文学则又复兴或重构五四时期的平民文学，导

---

① 胡适：《吾国历史上的文学革命》，《胡适全集》第 28 卷，安徽教育出版社 2003 年版，第 334 页。

致中国文学在性质上发生变化，即舍弃了古代文学的贵族文学而复兴了平民文学。胡适书写的《国语文学史》①发现了中国古代文学逮及汉朝大定了"贵族文学"与"平民文学"；具体来说，"司马迁、司马相如、枚乘一班人规定的只是那庙堂的文学与贵族的文学。庙堂的文学之外，还有田野的文学，贵族文学之外，还有平民的文学"。那些"痴男怨女的欢肠热泪，征夫弃妇的生离死别，刀兵苛政的痛苦煎熬，都是产生平民文学的爷娘"；而"庙堂的文学可以取功名富贵，但达不出小百姓的悲欢哀怨；不但不能引出小百姓的一滴眼泪，竟不能引起普通人的开口一笑。因此，庙堂的文学尽管时髦，尽管胜利，终究没有'生气'，终究没有'人的意味'。二千年的文学史上，所以能有一点生气，所以能有一点人味，全靠有那无数小百姓和那无数小百姓的代表平民文学在那里打一点底子"。《木兰诗》是平民文学的"最大杰作"，唐人古乐府里有价值的部分全是平民文学，隋唐用文学考试士子，而帝王大臣所提倡的都是贵族文学；杜甫则是一个平民诗人，"因为他最能描写平民的生活和痛苦"，白居易的天才不及杜甫，但也是平民诗人，等等，不一而足。胡适从二千多年的古代文学梳理出平民文学或田野文学与贵族文学或庙堂文学两条线索，也是总结出的两种性质不同的文学传统，对平民文学或贵族文学从对象主体与阅读主体两个维面考察其各自的思想艺术特征，从而对平民文学做了充分肯定，也就是肯定了平民文学的优秀传统，为中国的文艺复兴所创建的现代平民文学提供了美学资源。五四时期是平民主义思潮奔腾的时代，其影响既深且广。正如茅盾当时所指出的，文学先驱们"积极的责任是欲把德谟克拉西（平民主义）充满在文学界，使文学成为社会化，扫除贵族文学的面目，放出平民的文学精神。下一个字是为人类呼吁的，不是供贵族阶级赏玩的；是'血'与'泪'写成的，不是'浓情'和'艳意'做成的，是人类中少不得的文章，不是茶余酒后消

---

① 参见胡适：《国语文学史》，《胡适全集》第 11 卷，安徽教育出版社 2003 年版，第 30 页。

遣的东西！"[①] 周作人则公开提倡与贵族文学相反的平民文学，而"平民文学应以普通的文体，写普通的思想与事实"，"不必记英雄豪杰的事业，才子佳人的幸福，只应记载世间普通男女的悲欢成败"；"平民文学应以真挚的文体，记真挚的思想与事实"，"只须以真为主，美即在其中，这便是人生的艺术派的主张"[②]，而这种平民文学则是以平民主义为主魂。胡适在中国传统文学所发现的平民文学与五四时期提倡的平民文学发生了对接与交融，不仅能使传统的平民文学得到复兴，也能使五四时期创造的平民文学将现代性与民族性有机地结合起来，从而体现出中国文艺复兴所建构的新文学的平民特质，即不是复兴中国古代的贵族文学或庙堂文学，而是复兴内蕴平民主义或人道主义精神的平民文学。因而，胡适一方面指出平民百姓从劳苦中不断地创作出新花样的文学来，所谓"劳苦功高"，实在使我们佩服；另一方面赞赏"有些古人高尚作家不受利欲熏诱，本艺术情感之冲动，忍不住美的文学之激荡，具脱俗，牺牲之精神。如施耐庵、曹雪芹之流，更应使我们欣佩。因为老百姓的作品，见解不深，描写不佳，暴露许多弱点，实赖此流一等作家完成之也"[③]。

中国文艺复兴时期不论新文学样态体现出科学精神或者学术研究所运用的科学方法，还是中国人思想解放所借助的科学人生观，既有对欧洲文艺复兴以来崛起的科学文化潮流的汲取，又有从中国古代文化中发掘出的科学的新逻辑、新方法。胡适在《现代的中国文艺复兴》一文中，把"现代中国"这个概念已提到一千多年前的北宋初期，其主要根据是那时的"道学先生"或"理学家"运用了科学方法来"反抗中古的宗教，和打倒那支配中国思想历时千年之久的佛教和一切洋教"，他们力图"把被倒转的东西再倒转过来，他们披心沥血的来恢复佛教东传以前的中国文化、思想和

---

① 茅盾：《现在文学家的责任是什么？》，《东方杂志》1920 年 1 月 10 日第 17 卷第 1 期。
② 周作人：《平民文学》，《每周评论》1919 年 1 月 19 日第 5 号。
③ 胡适：《中国文学史的一个看法》，《晨报》1932 年 12 月 23 日，编入《胡适全集》第 12 卷。

制度，这便是他们的目标"。于是他们"便在儒家的一本小书《大学》里面，发现了一种新的科学方法。在这项从公元第十一世纪便开始的中国文艺复兴里，他们在寻找一个方法和一种逻辑"。这就是培根所说的"新工具"，也是法国哲学家笛卡尔所提倡的"方法论"。而"'现代'的中国哲学家要寻找一种新逻辑、新方法，他们居然在这本只有一千七百字的小书里找到了"。《大学》里有一句从无解释的话"格物"，即"致知在格物"："格物"这两个字虽然历代解经的学者提出五十多条的不同解释，但是其中最令人折服的一家，胡适认为是十一世纪的"二程"（程颢和程颐）及十二世纪的哲学家朱熹。他们解释"格物"是："'格'，至也；'物'，犹事也。穷至事物之理；欲其极处无不到也。"程颐认为"物"无所不包，大及天地之高厚，小至一草一木，皆为"物"；"致知在格物"就是把知识延伸到无限，这便是科学了。在这场"新儒学"（理学）运动中对于"道德、知识"这两段思潮，最好的表达则是程颐所说的："涵养须用敬，进学则在致知。""理学"的真谛，此一语足以道破。"中世纪那种出世的人生观，就是要人不要做人，去做个长生不老的罗汉或菩萨。一个人要去'舍身'，或焚一指一臂，甚或自焚其身，为鬼神作牺牲——这就是'中古期'！"而"整个'现代'阶段"就是以科学方法或科学思维对这种中古的鬼神观念进行反抗，"所以'现代'的哲学家都是一些叛徒或造反专家"。总之，"这批道学先生和理学家"所开展的"这场中国现代的文艺复兴运动，并不是桩有心推动的运动。它是半有心、半无心地发展出来的"①。我们可以不同意胡适的把"现代中国"提前到北宋初期，但是却不能不尊重这是一家之说；而判定是否是"现代中国"，则是以科学方法批判中古神学思想而兴起的文艺复兴运动。如果胡适这个说法能够成立，那中国的文艺复兴比欧洲文艺复兴提早了近三百年，中国的现代化也起步于北宋初期；这不仅使现代中国历史的起讫要重新考虑，而且中国现代的思想史、文化史、艺术史和文学史似乎也要重写了。

---

① 胡适：《现代的中国文艺复兴》，《胡适全集》第18卷，安徽教育出版社2003年版，第439—444页。

这些问题有待以后研究，现在要探讨的是宋明理学家从儒家经典《大学》里发现了科学思维、科学方法，而梁启超所撰的《清代学术概论》也是以科学方法或科学精神为据判定清学二百年是中国的文艺复兴；胡适则认为"程朱的归纳手续，经过陆、王一派的解放，是中国学术史上的一大转机。解放的思想，重新又采取程、朱的归纳精神，重新经过一番'朴学'的训练，于是有清代学者的科学方法出现，这又是中国学术史的一大转机"①。五四时期的中国文艺复兴承传古代文化中的科学方法、科学精神，与西方的现代科学文化思想相融合，掀起了巨大的空前的科学潮流，波及各个领域。波及文化领域，"科学"成了解放中国人思想的强大精神武器，波及文学领域，"科学"使新文学创作增强了崇实求真的美学品格。若说宋初的中国文艺复兴是半心半意地发展起来的话，那么五四的文艺复兴运动则是文化先驱们全心全意地竭尽全力地自觉发动的，其规模、其声势、其影响深广、其取得的文化艺术成就则是空前的，宋初的文艺复兴也是无法比拟的。试问，这条绵延近千年的中国文艺复兴风景线，能够成为"信史"吗？

　　无论欧洲文艺复兴或者中国文艺复兴都不能没有人文主义思想的质的规定性，而人文主义则是以人为本的人道主义；若说周作人《人的文学》所谈的人道主义来源于欧洲的人文主义思潮，他错误地认为中国古代文化从未讲人道、讲人意；而胡适的人道主义除了来源于欧美的人文主义思潮也来源于中国古代文化传统，这一点是极为重要的发现。他在《中国文化里的自由传统》中明确地言道："'自由'这个意义，这个理想，'自由'这个名词，并不是外面来的，不是洋货，是中国古代就有的。'自由'可说是一个倒转语法，可把它倒转回来为'由自'，就是'由于自己'，就是'由自己作主'，不受压迫的意思。"必须强调的是，"自由"是人文主义的核心范畴，因为人文主义对人来说最关注的是个性解放或主体意识，若是没有自由就根本没有人的解放，也没有人的独立自主的选择和追求，更没有人由必然

---

① 胡适：《中国文化里的自由传统》，《胡适全集》第 1 卷，安徽教育出版社 2003 年版，第 370 页。

王国进入自由王国的理想境界，一言以蔽之，人失去自由就会变成奴隶或奴才或工具或器械，异化为一个没有灵魂的木偶；所以人文主义之于人的思想解放的最高目标则是获得真正的"自由"。而这种"自己作主"的自由在中国文化里已然形成了"传统"；若说"世界的自由主义运动也就是爱自由，争取自由，崇拜自由"，那么我国"二千多年有记载的历史，与三千多年所记载的历史，对于自由这种权力，自由这种意义，也可以说明中国人对于自由的崇拜，与这种意义的推动"。特别是"中国对于言论自由、宗教自由、批评政府自由，在历史上都有记载"："《孝经》本是教人以服从孝顺，但是在君王、父亲有错时，作臣子的不得不力争"，要人做"诤臣"、"诤子"；古代有种谏官制度，可以说是自由主义的一种传统，就是批评政治的自由；中国思想界的先锋老子与孔子，也可以说是自由主义者；孟子的"民为贵，君为轻"思想，实在是一个重要的自由主义者的传统；"富贵不能淫，贫贱不能移，威武不能屈"也是孟子给读书人一种宝贵的自由主义精神；春秋时代"自由"的思想与精神比较发达，而秦朝统一后思想上独尊儒术则限制了自由，不过王充的《论衡》、范缜的《神灭论》、韩愈的《谏迎佛骨表》《原道》以及王学左派、颜李学派，都体现出一种自由主义精神。总之，"我们老祖宗为了争政治自由、思想自由、宗教自由、批评自由的传统"[①]付出很大的代价，这是一笔宝贵的文化思想遗产，我们后来者既要承传又要弘扬；而五四时期的中国文艺复兴不仅在中国人的思想或人性解放过程中贯彻自由主义思想，而且新文学创建更体现出自由主义意识，尤其胡适是典型的自由主义者，终其一生像崇尚热爱科学一样的崇拜热爱自由，并为之付诸实践奋斗了一生，不愧为中国文艺复兴的旗手和闯将。

上述的粗略考察，令人诚服地说明胡适喜欢以"中国的文艺复兴"命名五四新文化运动和文学革命是有着亲身感受与历史根据的，尽管有的见

---

① 胡适：《中国文化里的自由传统》，《胡适全集》第 13 卷，安徽教育出版社 2003 年版，第 603—607 页。

解或看法我们会产生疑虑，可是又不能不敬佩他提供的根据是有实证价值的，他给出的判断是有创新意义的；因而这种命名既可以把中国新文化运动与欧洲文艺复兴置于同一价值平台进行跨时空的考析，又可以最大化地开发中国文艺复兴的价值。当然，我们也应该清醒地看到，胡适对中国文艺复兴存在的历史局限或必须记取的教训，并没有像肯定它的历史功绩那样敏锐清晰地展示出来。在我看来，中国的文艺复兴如果以欧洲文艺复兴为参照，不能回避的问题至少有：一是并非所有的新文化先驱或现代文学巨匠都能以科学的历史评判态度，对待并复兴中国古代文化的优秀传统，常常在"反孔学"或"打孔家店"的口号感召下对儒释道三位一体的文化尤其是对儒学批判或否定得多，或者把传统文化都视为封建意识形态的"吃人"礼教，因此这就影响了对古代文化的人文主义传统的发掘与汲取，以及对传统优秀文学的科学评价与继承弘扬，人为地将古代文化与现代文化、传统文学与新文学划出一条难以弥合的鸿沟。特别是在"彻底地不妥协地反对封建文化"作为五四新文化运动的主导精神提出后，将传统文化当成"封建主义文化的整体结构"来拆解、来批判、来否定，于是形成了"五四新文化运动是彻底反传统的"、"新文学与传统文学是异质相对的"等误判，这就从根本上悖离了"文艺复兴"的精神实质。二是五四时期发动的中国文艺复兴运动并没有顺畅地进行下去拓展开来，不论从运动的广度上或深度上总是给人一种虎头蛇尾或半途而废之感，导致这种结局的历史原因并非胡适等少数文化先驱的个人意志能左右或改变的。这主要体现在：中国的文艺复兴重在解放中国人的思想或人性，但是这个历史使命的完成是打了折扣的，真正获得思想个性解放或人性张扬的，主要局限于五四时期的开明知识分子或青年学生，即使能从家庭中冲出来的中国娜拉也大多是知识女性，而广大的劳苦大众特别是生存于小农经济汪洋大海的老实巴交的农民终日在饥饿线上挣扎，连温饱还未解决，怎能奢想什么思想解放或个性自由呢？况且，文化先驱们的启蒙话语或启蒙文学很难传扬到广大农村，即使传到农民的心目中也激不起个性解放的激情，因为他们最关心的是生存权的衣食温饱能否活命的问题，这是中国民众的悲哀，此其一。文艺复兴的精神支柱是以人为本的人道主义或人文主义，科学与民主两面思想大旗所昭示的就是人道主义或人文主义精神；然而当人文主义正在普及并深入人心之际，中国历史出现重大转折，于是文艺复兴的主导精神和新文学的思想灵魂的人道主义或人文主义及其人性论遭到一次又一次的大批判大清算，到了"文革"时期，那些坚持人文主义的学者或主张描写人性的作家遭到灭顶之灾，那些表现人道人性人情的文学作品也成了"封资修"的大毒草而被铲除。直至二十世纪八十年代的新时期，重新掀起实事求是的思想解放运动，清算了封建法西斯专制，正本清源地复兴了人道主义或人文主义或人性论，文学创作也重回人学轨道，从特定意义上说这是继五四时期文艺复兴的又一次文艺复兴。历史的曲折孕育发展的种子，因此处于改革开放背景下的这次文艺复兴，将会更加出色地完成五四时期文艺复兴尚末完成的历史使命，这是时代使然也是政体使然。因为与五四时期的科学与民主精神相通的科学发展观和以人为本的思想已成为建设中国特色社会主义的指导思想与政治纲领，这是当下文学艺术能够健全发展与昌盛繁荣的根本保障，此其二。

中国的文学艺术、学术思想和科学技术只有在一次次的文艺复兴的历史进程中，才能越来越发展，越来越繁荣，越来越辉煌，越来越显示出文化强国的丰姿。

第五章

文学革命的核心理念

——解读胡适文学进化观

一、五四文学革命的核心观念

二十世纪八十年代初因重构中国现代文学史的学术之需，我一度热衷于胡适文学思想的探究，曾在论文中对其文学进化观念有所点评，但从未系统地深入地考察过；而他人的专著或文论中对胡适文学进化观念进行有分量研究的也不多见，近几年的"胡适研究热潮"已公开出版或发表的著述中对其进化文学观念给以专题研究的有所见，不过欠深度。如果我对此题研究现状的估计不离谱的话，那这既是对胡适研究所存在的严重缺欠，又是对整个现代文学研究留下的不小遗憾。因为进化文学观在胡适文学理念乃至整个学术思想中占有举足轻重的地位，况且它也是五四文学革命的核心观念。

五四新文学运动有别于中国文学史上任何一次变革活动，重在文学观念先行，它承续晚清"小说界革命"、"诗界革命"的遗风，首先是域外的各种文学思潮汹涌而至，不同文学观念杂陈于文坛。胡适提倡的白话文学，陈独秀提倡的国民文学、写实文学、社会文学，周作人提倡的人的文学、平民文学，沈雁冰倡导的为人生文学等，这些文学观念皆是重要的文学理念，它们对于中国现代文学建设都起过不能低估的作用；后来的研究者对这些文学理念给予格外关注，几乎都有系统的专题研究，尤其对白话文学、人的文学、人生文学诸观念的研究倍加重视，甚至认为"人的文学"或"白话文学"或"为人生文学"是五四文学革命的核心理念，连胡适在《逼上梁山》一文中也把"活的文学"（即白话文学）与"人的文学"视为

127

新文学运动的两个核心口号和理念，可以说胡适这一观点一直左右着我们对五四文学革命核心观念的研究与判断。但是只要我们对五四文学革命过程中所提倡的各种文学观念及其相互关系予以梳理与分析，就可以发现白话文学观或人的文学观或为人生文学观都不是五四文学革命的核心理念，真正的核心理念应是文学进化观；而白话文学观或人的文学观或为人生文学观皆是环绕文学进化观的重要文学理念，似乎它们都是从文学进化观这个母体中孳生出的文学理念或者是从这个核心文学观念中演绎出的文学理念。也就是说，它们与文学进化观有着千丝万缕的联系，其功能活力都源于文学进化观。若是五四文学革命在理论上要树起一面大旗，那要醒目地书上"文学进化观"，而白话文学观或人的文学观或为人生文学观只能书写在别样的理论旗帜上。我之所以认定文学进化观是五四文学革命的核心观念，是所有新文学观念的母体性观念，固然依据很多，但最重要的根据却是基于我对文学进化观独特思想内涵的理解及文学进化观与其他文学理念关系的把握。

从文学进化观念与白话理念的关系来看，不是先有了白话文学观才有了文学进化观，而是先有了文学进化观才形成了白话文学理念。白话文学理念是胡适所倡导所坚持的文学革命主张，而且终其一生他都认定五四文学革命就是一场白话文学运动，"国语的文学，文学的国语"是其根本宗旨，但胡适所确立的系统而完整的白话文学理念，既不是照搬晚清的白话文主张又不是其头脑固有的，他是以文学进化观念为学术视野首先洞察了中国文学进化趋势，认识到自有中国文学起就逐渐形成白话与文言互动互补悖反并存的两个传统，虽"白话之文学，不足以取富贵，不足以邀声誉，不列于文学之正宗，而卒不能废绝者，岂无故耶？"最重要的原因在于"古今文学变迁的趋势，无论在散文或韵文方面，都是走向白话文学的大路"。所以"从文学史的趋势上承认白话文学为'正宗'，这就是正式否认骈文古文律诗古诗是'正宗'"[1]。由于旧日讲文学史的人缺乏文学进化史观，"只看见了那死文学的一线相承，全不看见那死文学的同时还有一条'活文学'的路线"，因此他们只看见韩愈、柳宗元，却不知道与韩、柳同时的还有几个伟大的和尚在那儿用生辣痛快的白话来讲学；他们只看见许衡、姚燧、虞集、欧阳玄，却不知道与他们同时的还有关汉卿、马东篱、贯酸斋等无数天才正在那儿用漂亮朴素的白话唱小曲或编杂剧；他们只看见了李梦阳、何景明、王世贞，至多只看见了公安竟陵的偏锋文学，却看不见与其同时的还有无数的天才正在那儿用生动美丽的白话来创作《水浒传》《金瓶梅》《西游记》和《三言》《二拍》短篇小说，以及《劈破玉》《打枣竿》《挂枝儿》的小曲子；他们只看见了方苞、姚鼐、恽敬、张惠言、曾国藩、吴汝纶，全看不见与其同时的还有更伟大的天才正在那儿用流丽深刻的白话来创作《醒世姻缘》《儒林外史》《红楼梦》《镜花缘》和《海上花列传》，这都因为没有文学进化史观所致。正因为胡适具有文学进化史观，方使他"戴了新眼镜去重看中国文学史"，"用白话正统代替了古文正统，就使那'宇宙古今之至美'从那七层宝座上倒撞下来，变成了'选学妖孽，桐城谬种'！从'正宗'变成了'谬种'，从'宇宙古今之至美'变成了'妖魔''妖孽'，这是我们的'哥白尼革命'"[2]。可见胡适的"国语的文学，文学的国语"的双向互动的根本宗旨和白话取代文言的白话文学观都是源于其文学进化观念，如果没有文学进化观为其提供新的学术眼光，那就不可能从中国文学史的进化中获取白话文学观的坚实历史根据，也不可能获得进行文学革命的必然性判断。

　　白话文学观是从文学进化观中派生出来的，这是毋庸置疑的；那么人的文学观是否也与文学进化观密切相关？回答是肯定的。周作人提出的"人

---

[1] 胡适：《中国新文学大系·建设理论集·导言》，上海良友图书印刷公司 1935 年版，第 20 页。

[2] 胡适：《中国新文学大系·建设理论集·导言》，上海良友图书印刷公司 1935 年版，第 21—22、26 页。

的文学"观是建立在生物进化论的基础上，他在《人的文学》一书中指出："所说的人，不是世间所谓'天地之性最贵'，或'圆颅方趾'的人，乃是说，'从动物进化的人类'。其中有两个要点，（一）'从动物'进化的，（二）从动物'进化'的。"[①] 这里深刻地揭示出两层意思：一是必须承认人是一种生物，他的本能的生活现象或生活需求与别的动物并无不同，所以作为人的一切生活本能都是美的善的，都是人之所以为人能够得以顺利生存得以健全发展的最基本的欲求，应该得到完全满足；凡是违反人性本能欲求的不自然的习惯制度或成规戒律，都应排斥和反对，以维护人的善良本性与美好天性。二是必须承认人是一种从动物进化的生物，他已脱离动物世界，再也不满足于原始的本能生活，由形下生活向形上生活升华，即"他的内面生活，比其他动物更为复杂高深，而且逐渐向上，有能够改造生活的力量"[②]；就是说不仅有适应生活的能力也有改造生活的能力，由自然人向社会人攀升，由充满欲望的人向有思想的人升华，可见人类仅仅"以动物的生活为生存的基础，而其内面生活，却渐与动物相远，终能达到高上和平的境地"[③]。所谓人的内面生活主要是情感生活或精神生活，而且这种内面生活的最高境界是真善美的和谐统一，它既是人的终极理想又是人区别于其他动物的根本特性所在。即使人从动物世界走出来而进入以人为本的世界，也不能否认人身上仍存有"兽性的余留"，对此必须保持高度警觉，决不能"兽性发作"，那将贻害无穷。以进化论对人的由来与发展做了科学分析后，周作人断定人有"灵肉二重性"，"兽性与神性，合起来便只是人性"；所谓人的文学就是要表现人的灵肉一致的生活以及灵肉一致的人，在文学上张扬以个人主义为人间本位的人道主义。因而，从根本上说"人的文学"观既然以生物进化论为思想基础，实质上也属于一种文学进化观念，它与白

---

① 周作人：《人的文学》，《新青年》1918 年 12 月 15 日第 5 卷第 6 号。

② 周作人：《人的文学》，《新青年》1918 年 12 月 15 日第 5 卷第 6 号。

③ 周作人：《人的文学》，《新青年》1918 年 12 月 15 日第 5 卷第 6 号。

话文学观所不同的是：白话文学观主要是凭借于中国古代文学史资源而抽绎出来的，重点关注的是文学语言形式的变革；而人的文学观的形成主要借助于西方文学理论资源，它所关注的是中国文学内容的根本变革。它们都是文学进化观念衍生的两个重要文学理念，以强大而独特的话语力量驱动着中国文学的形式与内容相辅相成地向着现代化方向变革。

茅盾在五四文学革命中提出了多种文学观念，几乎都源于文学进化思想。1920 年他写的《文学上的古典主义浪漫主义和写实主义》，是以文学进化观论述了西方"文艺进化之大路线"，并汲取其合理的思想因素，既为五四文学革命提供有力的理论支持又看到新浪漫主义（即现代主义）文学是"革命的解放的创新的"，并能"综合地表现人生"。[1] 是年，他在《小说新潮栏宣言》一文以文学进化论考察了西方文学演化轨迹，并对照中国文学的变迁状况，提出为人生的写实主义文学观。他说："西洋古典主义的文学到卢梭方才打破，浪漫主义到易卜生告终，自然主义从左拉起，表象主义是梅特林克开起头来，一直到现在的新浪漫派；先是局促于前人的范围内，后来解放（卢梭是文学解放时代），注重主观的描写；从主观到客观，又从客观变回主观，却不是以前的主观：这其间进化的次序不是一步可以上天的。我们中国现在的文学只好说尚徘徊于'古典''浪漫'的中间，《儒林外史》和《官场现形记》之类虽然也曾描写到社会的腐败，却决不能就算是中国的写实小说。"[2] 故从中西文学进化所存在的时空差来看，为赶上世界先进文学的步伐，茅盾认为当务之急应提倡为人生的写实文学。对此他在《新旧文学平议之评议》一文表述得极充分又清晰："我以为新文学就是进化的文学，进化的文学有三件要素：一是普遍的性质；二是有表现人生、指导人生的能力；三是为平民的非为一般特殊阶级的人的。"[3] 虽然胡适的白

---

[1] 茅盾：《文学上的古典主义浪漫主义和写实主义》，《学生杂志》1920 年 8 月第 7 卷第 9 期。

[2] 茅盾：《小说新潮栏宣言》，《小说月报》1920 年 1 月第 11 卷第 1 期。

[3] 茅盾：《新旧文学平议之评议》，《小说月报》1920 年 1 月第 11 卷第 1 期。

话文学观、周作人的人的文学观、茅盾的为人生文学观都源于文学进化观念，都立足于平民主义立场而反对庙堂文学或贵族文学欲建立平民文学，使文学真正替平民大众服务并为平民大众代言。但是相比较而言，胡适、周作人对平民的理解比较笼统含混，或泛指或指向个体，而茅盾的为人生的进化文学观所说"平民"并非单指个人，乃是那些生活在社会最底层的被侮辱被损害被压迫被奴役的普通老百姓，尤其是"第四阶段"[①]即无产阶级更应被为人生文学所关注。即使作为五四文学革命的领军人物陈独秀的写实文学观也是从文学进化思想中推演出来的。对此胡适曾撰文论及陈独秀深受法国"生物进化论"的影响，将之用于"新文学运动"并写了一篇《欧洲文艺谈》，"把法国文学艺术的变化分成几个时期：（一）从古典主义到理想主义（即浪漫主义）；（二）从浪漫主义到写实主义；（三）从写实主义到自然主义，把法国文学上各种主义详细地介绍到中国，陈先生算是最早的一个，以后引起大家对各种主义的许多讨论"[②]。陈独秀不仅以文学进化观考察并介绍了法国文学的进化路向，为五四文学革命提供了导向性的参照，而且也在文学革命大旗上写上自己提倡写实文学的主张。通过上述对文学进化观念与其他重要文学观之间关系的粗略考析，旨在说明文学进化观是五四文学革命的核心理念，而胡适的文学进化观则确立得最早也最完整，不愧为新文学运动的领袖人物。

二、胡适文学进化观的独特内涵

五四文学革命先驱们的文学观虽然都与文学进化论密切相关，足见文学进化思想具有普适性，几乎都以进化眼光来观察文学思考文学变革方案，提出种种带有个性色彩的现代性文学革命主张。但是从比照中可以看出，

---

① 茅盾：《社会背景与创作》，《小说月报》1921 年 7 月第 12 卷第 7 期。

② 胡适：《陈独秀与文学革命》，北平《世界日报》1932 年 10 月 30 日、31 日。

胡适的文学进化观念的思想内涵既深刻又丰富，既系统又完整，具有明显的独特性，在文学革命过程中所发挥的理论指导作用与实践功能效应也是极为卓著的。

　　文学进化观与时代相结合，胡适首先提出"一时代有一时代之文学"①的命题。虽然"五四"前已有先贤在言论中触及了文学与时代关系问题，但并没有从"人类生活"、"时代变迁"与"文学进化"这三层递进的因果逻辑中引出"一时代有一时代之文学"②这一含有真理性的结论。现在听起来这个文学论断已是文学常识了，而在当时黑幕层张乌云密布的文化环境中敢于为文学革命大喊一声"一时代有一时代之文学"也是需要过人的胆识与勇气的，更是石破天惊的时代最强音，它不仅宣告了旧时代文学的终结，也预言新时代文学即将诞生。应该承认，文学与时代的关系是个复杂的问题，并不像胡适以进化链条上的因果思维所推论的那么简单；也许他对此的认识还不如当时茅盾分析得具体："真的文学也只是反映时代的文学"，因为五四时代是"乱世"，所以"文学的色调要成了怨以怒；是怨以怒的社会背景产生出怨以怒的文学，不是先有怨以怒的文学然后造成怨以怒的社会背景"③。尽管茅盾也是以因果思维来分析文学与时代或社会背景的关系，然而他却指出了五四时代的"乱世"特征以及新文学"怨以怒"的情调风格；特别是茅盾明确意识到五四时期是"大转变"时代，而这种时代则"希望文学能够担当唤醒民众而给他们力量的重大责任"④。不过胡适所理解的时代更宏观更寥廓一些，既没有涉及族界国界又没有触摸到时代精神内涵，只是着眼于考察"人类生活"的变化，即"文学乃是人类生活状态的一种记载"，而人类生活又是随着时代变迁的，故文学是随着时代的变迁而变迁，理所当然应是一时代有一时代的文学。他不仅强调了文学具有时代性，

---

① 胡适：《文学进化观念与戏剧改良》，《新青年》1918 年 10 月 15 日第 5 卷第 4 号。
② 胡适：《文学进化观念与戏剧改良》，《新青年》1918 年 10 月 15 日第 5 卷第 4 号。
③ 茅盾：《社会背景与创作》，《小说月报》1921 年 7 月第 12 卷第 7 期。
④ 茅盾：《"大转变时期"何时来呢？》，《文学》1923 年 12 月周报第 103 期。

而这种时代性是与人类生活状态以及文学者对其感受认知的深广度或采取的表现再现的独特方式联系在一起的，这就使文学的时代性具有不可因袭性不可重复性，无不烙上时代的独特印记。同时他也意识到人类生活状态是与时代联系在一起的，时代为人类生活状态的良性发展或恶性退化提供了不以个人意志为转移的客观条件；而时代条件又是既有物质的也有精神的、既有制度的也有文化的，既能创造人类生活也能毁坏人类生活，尤其是时代精神既有主流也有支流又有逆流。但是在胡适进化视野中，时代却总是进步胜于倒退、创造多于破坏、良性优于恶性，所以他是以乐观主义态度来面对文学随时代的变迁而变迁的，断言白话"活文学"不仅能取代文言"死文学"，而且也优于后者。正是基于这种进化的文学时代观，他才认定："周秦有周秦的文学，汉魏有汉魏的文学，唐有唐的文学，宋有宋的文学，元有元的文学。《三百篇》的诗人做不出《元曲选》，《元曲选》的杂剧家也做不出《三百篇》。左丘明做不出《水浒传》，施耐庵也做不出《春秋左传》。"[①] 这里胡适对时代文学的划分和认定并不完全遵循古代社会的改朝换代，而主要考虑到时代的文化精神及这种主导文化精神对本时代文学变迁的影响；如果对胡适的"时代"把握不做这样的理解，若以"朝代"更替来划定，那还有好几个时代被漏掉了，我敢说作为文史哲皆通晓的胡适决不会出现这种常识性的疏忽。至于进入二十世纪当胡适提出"一时代有一时代之文学"之际，究竟它属于什么样的时代背景以及时代精神？虽然胡适没有专文论述，但从他对五四文学革命的感受、态度与言行中可以体察出"五四"是科学理性精神、自由民主精神高扬的时代；胡适不只是拥护德先生与赛先生，积极宣扬自由主义、平民主义、人道主义、个性主义，并且从其文学改革的方案设计到新文学尝试实践都充分体现出"五四"时代精神的主旋律，他是竭力遵照文学进化观念为"大中华"营造一代新文学的。尽管胡适的文学进化时代论对"时代"的构成、内涵及其与文学变

---

① 胡适：《文学进化观念与戏剧改良》，《新青年》1918 年 10 月 15 日第 5 卷第 4 号。

迁之关系乃至时代与时代的关系没有做出更有深度的理性阐释，也没有明确指出文学随时代变迁并非一代优于一代、亦非在进化之路上总是"勇往直前"而往往出现"走回头路"或"历史怪圈"；但是他却看到了"一种文学有时进化到一个地位，更停住不进步了"①，或者碰到重大挫折把文学引入不自由不自然的邪路，或者出现了复古派或拟古派拉着文学向后看，如明朝的前后七子和清朝的桐城派曾阻遏中国文学之进化，这是可贵之见。在胡适眼里文学进化的"停住"仅是暂时的，并不会影响或扭转中国文学进化的总趋向，坚信一个时代一定有一个时代文学的理念。他不仅认识到这是文学演变的规律，而且以"自古成功在尝试"的勇于实践的精神与毅力去建构新时代的文学。

　　文学进化观演绎出文学革命论。胡适对文学革命的理解有其独特内涵，既不同于政治学说里所宣扬的暴力革命论，又别于阶级论中把革命视为一个阶级推翻一个阶级的暴烈行动，也不同于陈独秀联系政治革命所提出的"三大主义"的"推倒"②文学革命论。他认为文学进化就是革命："革命潮流，即天演进之迹。自其异者言之，谓之革命；自其循序渐进之踪言之，即谓之进化可也。"③ 即文学的进化有两种方式，一是"自然进化"，一是"人工促进"，这在胡适的辞典里均称之为"革命"。所谓"自然进化"主要指文学的自然而然地循着一定轨迹演化，虽然它也是人的情感的表现或生活的反映或生命的释放，但这种文学样态的构成并非人的自觉的有意的历史行为和创造举动，完全处于一种自发状态，乃是"自然进化"使然，体现出的是一种"自然进化的趋向"。胡适认为中国古代诗歌体式的进化都循着"自然趋势"的运演，即"自《三百篇》到现在，诗的进化没有一回不是跟着诗的进化而来"。《三百篇》中虽然有几篇组织很好的诗如《七月流火》之类，

---

① 胡适：《文学进化观念与戏剧改良》，《新青年》1918 年 10 月 15 日第 5 卷第 4 号。
② 陈独秀：《文学革命论》，《新青年》1917 年 2 月 1 日第 2 卷第 6 号。
③ 胡适：《〈尝试集〉自序》，《胡适全集》第 1 卷，安徽教育出版社 2003 年版，第 185 页。

又有几篇很妙的长短句如《坎坎伐檀兮》之类；但是它究竟还不曾完全脱去"风谣体"的简单组织，直到骚赋体文学发生方有长篇韵文如《离骚》之类，这是文体的一次解放。由于骚赋体用兮等字煞尾而停顿又多又长，太不自然了；所以汉以后的五七言古诗删除没有意思的煞尾字，变成贯串篇章，这就更自然了，于是产生了《焦仲卿妻》《木兰辞》之类诗，这是诗体的二次解放。五七言成为正宗诗体以后最大的解放莫如从诗变为词，因为五七言不合乎说话之自然，而变为词的参差句法就显得自然了，这是韵文的三次解放。宋以后词变为曲，曲又几经变化；但始终不能脱离"调子"而独立，始终不能完全打破词调曲谱的限制。"直到近来的新诗发生，不但打破五言七言的诗体，并且推翻词调曲谱的种种束缚；不拘格律，不拘平仄，不拘长短；有什么题目，做什么诗；诗该怎样做，就怎样做。这是第四次诗体大解放。这种解放，初看去似乎很激烈，其实只是《三百篇》以来的自然趋势。自然趋势逐渐实现，不用有意的鼓吹去促进他，那便是自然进化。"① 中国诗歌体式的自然进化，胡适这里以"解放"来表述而在《〈尝试集〉自序》中则是以"大革命"而来表述，即"三百篇变而为骚，一大革命也。又变为五言七言，二大革命也。赋变而无韵之骈文，三大革命也。古诗变而为律诗，四大革命也。诗之变而为词，五大革命也。词之变而为曲，为剧本，六大革命也"。且不说在胡适的话语里"进化"、"解放"、"革命"都是同义的，且不说胡适对诗体"革命"的次数划分并不一致，甚至把"新诗发生"也当成"自然进化"，难道他忘了晚清的"诗界革命"和他本人提倡的新诗运动都是"人工"竭力鼓吹的而不是顺着"自然趋势"发展的？这种自相矛盾并不奇怪，因为胡适根本就不是从政治的阶级的意识形态范畴和两极绝端对立的思维方式去理解"文学革命"，特别是中国诗歌体式的演化是与意识形态的革命不搭界的。虽然我们以今天的认识高度来苛求先驱们在运用文学进化论考析中国诗歌演化中有过于简单或机械论色彩，既不能把诗歌

---

① 胡适：《谈新诗》，《星期评论》1919 年 10 月 10 日"双十节纪念专号"。

的演变只局限于体式上又不能把诗体的进化完全视为"自然"而没有诗人的有意为之；但是作为后来者对先驱们的文学思想也不能盲目接受，更不能一味地抬高，研究文学史重在总结经验记取教训使我们变得聪明些，尽力避免理论的误导，而使当下文学的发展更健全更完美一些。比如谁能相信中国诗歌体式的变化完全是"自然进化"而诗人们完全是被动的顺应，这岂不否认了诗人们在写作诗歌过程中自觉的选择性与营构的创造性吗？所谓"人工促进"是胡适认定的与"自然进化"相联系的革命方式，可贵的是胡适没有把这两种文学革命方式割裂开而视为文学进化链条上相互对接相互交替的两种形式的革命。对于这两种文学进化的革命方式及其相互关系，胡适作了这样朴实而简明地表述："一种是完全自然的演化；一种是顺着自己的趋势，加上人力的督促。前者可叫做演进，后者可叫做革命。演进是无意识的，很迟缓的，很不经济的，难保不退化的。有时候，自然的演化到了一个时期，有少数人出来，认清了这个自然的趋势，再加上一种有意的鼓吹，加上人工的促进，使这个自然进化的趋势赶快实现；时间可缩短十年百年，成效可以增加十倍百倍。因为时间忽然缩短了，因为成效忽然增加了，故表面上看去很像一个革命。其实革命不过是人力在那自然演进的缓步徐行的历程上，有意的加上了一鞭。"虽然胡适这里把文学的"自然进化"名之为"演进"，与其他文章里说的"革命"造成表述上的混乱，但他对文学"革命"的含义却阐释得更明确更形象了，即文学革命就是"有意的鼓吹"、"人工的促进"，就是在演进的缓慢历程中加上一鞭；五四文学革命之所以当得起"革命"二字，就是因为"这是一种有意的主张，是一种人力的促进"，"《新青年》的贡献只在它在那缓步徐行的文学演进的历程上，猛力加上了一鞭"，"故白话文学运动能在这十年之中收获一千多年收不到的成绩"。[①] 由于胡适对文学革命是这样理解与认识的，所以他自觉地

---

① 胡适：《〈白话文学史〉（上）引子》，《胡适全集》第 11 卷，安徽教育出版社 2003 年版，第 218—219 页。

举起了文学革命的义旗，决心"为大中华造新文学"：一是为文学革命拟订了诸多"有意的主张"，如《文学改良刍议》《建设的文学革命论》提出了系统的白话文学革命论，《谈新诗》《〈尝试集〉自序》等制定了新诗创建的"金科玉律"，《论短篇小说》提出了建设现代型小说的见解，甚至还拟订了文学革命先形式后内容分两步走的变革程序，这些"有意的主张"无疑是五四文学革命的重要纲领；一是竭诚进行"人工的促进"，胡适除积极鼓吹文学革命主张、大造舆论声势外，还亲自实践大胆尝试各种体式的文学创作，依据"作诗如作文"的主张营造出第一本白话诗《尝试集》，根据短篇小说主张创作了《一个问题》，遵照戏剧改良主张写出喜剧《终身大事》。尽管这些初创之作比较幼稚，但在他的影响下，《新青年》《新潮》的作家群却形成一种合力，终于在较短时间内把文学革命的"有意的主张"变成新文学创作实绩。如果以意识形态的暴力革命论来分析胡适的文学进化革命论，你可以给它戴上这样那样的政治帽子，甚至可以彻底否定它的理论价值与实践意义；如果我们从文学自身的情感性审美性的特点、文学演变的特殊规律以及文学革命的实际进程来考察，尽管文学进化革命论有可指斥之处，然而它却适宜于文学变革，既符合文学演进的自身规律又合乎作为审美形态的各体文学自身的诉求。当然历史不容臆测，不过可以试想一下：若是五四文学革命不在二十世纪二十年代中期后迅速地纳入政治暴力革命论轨道，而是按照新文学运动所展开的文的自觉与人的自觉相结合的多元方向发展，那现代中国文学将产生多少世界级的文学大师与文学经典？

　　文学进化观引入历史领域则形成"历史的文学观念论"，这也是胡适文学进化观的独特的重要内涵。中国文学史源远流长，由于古代先贤哲人缺乏科学的历史观而多用"天不变道亦不变"的恒定史学观或历史循环论去理解它认知它，因此文学史的系统梳理与规律发现并没有在学术界引起足够重视，中国文学史的研究与书写成果也是寥若晨星；自从五四前后文学进化观进入中国历史领域，不论哲学史或文学史研究都开了新风气，其中胡适之功莫大焉。胡适以历史进化文学观考察和研究了中国古代文学或世界文学，至少在如下三个方面所做的探索与努力对现代文学建设或文学史构造是极为有益的：一是为五四文学革命发现了历史资源或理论根据。胡适鼓吹以白话取代文言的白话文学运动，遭到不少人的质疑和反对，但他始终坚定地认为白话文学取代文言文学是历史进化的大趋势也是历史的必然；而支持他如此坚定此番信念的原因，乃是因为他以历史进化文学观真正地从数千年文学变迁中发现了以白话创造的"活文学"和以文言创造的"死文学"这两大传统。胡适"所谓'活的文学'的理论，在破坏方面只是说'死文字决不能产生活文学'，只是要用一种新的文学史观来打倒古文学的正统而建立白话文学为中国文学的正宗；在建设方面只是要用那向来被文人轻视的白话来做一切文学的唯一工具，要承认那流行最广而又产生了许多第一流文学作品的白话是有'文学国语'的资格的，可以用来创造中国现在和将来的新文学，并且要用那'国语的文学'来做统一全民族的语言的唯一工具"[①]。同时从文学的演化中，胡适发现了在明清之际，"活文学"与"死文学"于不同文体中出现了极度不平衡，明清小说的《水浒传》《西游记》《红楼梦》《儒林外史》已经成了"我们的白话老师，是我们的国语模范文"；而诗文则陷入复古主义拟古主义泥淖，仍以"死文字"做"死文学"。为了解开白话不宜作诗的死结，文学革命必须先从诗歌入手，以此作为突破口而推进文学革命。若没有历史进化文学观的支撑，也许胡适提不出如此明智的文学革命策略。对胡适白话文学主张造势的、支持力度最大的可能是《历史的文学观念论》一文："一言以蔽之，曰：一时代有一时代之文学。此时代与彼时代之间，虽皆有承前启后之关系，而决不容完全抄袭；其完全抄袭者，决不成为真文学。愚惟深信此理，故以为古人已造古人之文学。今人当造今人之文学。至于今日之文学与今后之文学究竟当为何物，则全系于吾辈之眼光识力与笔力，而非一二人所能逆料也。惟愚纵观古今文学变迁之趋势，以为白话之文学种子已伏于唐人之小诗短词。及宋而语录体大

---

① 胡适：《逼上梁山》，《中国新文学大系·建设理论集》，上海良友图书印刷公司 1935 年版，第 26 页。

盛，诗词亦多有用白话者。（放翁之七律七绝，多白话体。宋词用白话者更不可胜计。南宋学者往往用白话通信，又不但以白话作语录也。）元代之小说戏曲，则更不待论矣。此白话文学之趋势，虽为明代所截断，而实不曾截断。语录之体，明清之宋学家多沿用之。词曲如《牡丹亭》、《桃花扇》，已不如'元人杂剧'之通俗矣。然昆曲卒至废绝，而今人之俗剧（吾徽之'徽调'与今日'京调'、'高腔'皆是也）乃起而代之。""小说则明清之有名小说，皆白话也。近人之小说，其可以传后者，亦皆白话也（笔记短篇如《聊斋志异》之类不在此列）。故白话之文学，自宋以来，虽见屏于古文家，而终一线相承，至今不绝。"[①] 由于白话之文学已成为中国的优势传统，所以五四文学革命给予有意识地自觉地继承光大，势所必然地就成了现代中国文学的正宗；那种诬说五四文学革命与传统文学彻底断裂的论调在胡适的历史文学观念论面前是不攻自破的，先驱们既没有这样说也没有这样做。尽管胡适把白话文说成"活文学"、把文言文视为"死文学"，并将二者对立起来有绝对化之嫌，既没有看到文言文学并非完全无价值，又没有指出"活文学"与"死文学"在一定条件下是可以转化的；但是这种局限都遮蔽不住其所发现的中国文学白话传统理应是正宗文学的思想光辉以及这一思想在文学革命中已发挥的巨大威力。二是在历史进化文学观的诱发下，胡适对明清白话小说倍感兴趣，认为它是中国白话文学的楷模，是十分有价值的活文学，所以在五四文学革命过程中他有意识地把明清白话小说纳入学术研究范畴，不仅开辟了《红楼梦》研究的新红学派，而且从整体上将明清白话小说的探究提升到一个新的学术层次。胡适在《口述自传》中说："从1920年到1933年，在短短的十四年之间，我以'序言'、'导论'等不同的方式，为十二部传统小说大致写了三十万字的考证文章。"而这些考证文章当以《红楼梦》的成绩最大，并与其提倡白话文学密切相关。难怪胡适逝世时有人在挽联中将二者一并评说："先生去了，黄泉如遇曹雪芹，

---

① 胡适：《历史的文学观念论》，《新青年》1917年5月1日第3卷第3号。

问他红楼梦底事？后辈知道，今世幸有胡适之，教人白话做文章。"通过对明清白话小说的考证与研究，虽然他以新观念、新思维、新方法为现代中国学术界开创了明清小说研究的新局面，但是胡适对这些小说研究还有更高的期望值。正如他在《口述自传》中所说："我在中国文艺复兴运动的初期，便不厌其烦地指出这些小说的文学价值。但是只称赞它们的优点，不但不是给予这些名著应得的光荣的唯一的方式，同时也是没有效率的方式。要给予它们在文学史上应有的地位，我们还应该采取更有实效的方式才对。我建议我们推崇这些名著的方式，就是对它们做一种合乎科学方法的批判与研究，也就是寓推崇于研究之中。""这种工作是给予这些小说名著现代学术荣誉的方式，认定它们也是一项学术研究的主题，与传统的经学、史学平起平坐。"胡适花大力气考证研究明清白话小说的学术价值固然不可低估，但是以历史进化文学观考之它对文学革命的意义更大，不仅仅为白话文学运动张目，提供学术理论支持，也是为白话文学与国语运动树立标准化的范本。胡适曾明确表示：明清几部小说名著"由于它们用活文字（白话）来代替文言，对近代中国文学革命运动的贡献重大"；"这些小说名著便是过去几百年，教授我们国语的老师和标准"，并且把"白话"这种"活的文字底形式统一了，并且标准化了"。"所以我们这一文学革命运动，事实上是负责把这一大众所酷爱的小说，升高到它们在中国活文学上应有的地位。"①

三是以历史的文学进化观为导向，胡适对中国传统文学进行了系统的考察、感受、认知和梳理，形成了双线文学史观，并以此首建了《国语文学史》和《白话文学史》。《国语文学史》是胡适给 1921 年教育部第三届国语讲习所编写的讲义，"从汉魏六朝编到南宋为止，没头没尾，只是文学史的中段"，算不上完整的中国文学史；然而可取的是，胡适以历史进化眼光发现了汉至宋文学演化过程存在着庙堂文学或贵族文学与平民文学或民间文学两条平行的发展线索，"庙堂的文学可以取功名富贵，但达不出小百姓的

---

① 胡适：《口述自传》，《胡适全集》第 18 卷，安徽教育出版社 2003 年版，第 399—400 页。

悲欢哀怨";"二千年的文学史上，所以能有一点生气，所以能有一点人味，全靠有那无数小百姓和那无数小百姓的代表平民文学在那里打一点底子"①。胡适就是以这种双线文学史观编写《国语文学史》，既是为建构中国文学史做了新的尝试，又是为五四文学革命倡导平民文学提供了历史根据。1928年写的《白话文学史》（上）并不是对《国语文学史》的改写，胡适说"索性把我的原稿全部推翻了"而进行重写，且在语言表述上将庙堂文学或贵族文学与平民文学或民间文学的双线文学史观变成文言"死文学"与白话"活文学"的双线并行文学史观，并以此为思想线索构成白话文学史的框架。胡适认为，"白话文学史就是中国文学史的中心部分，中国文学史若去掉了白话文学的进化史，就不成中国文学史了，只可叫做'古文传统史'罢了"。"在那'古文传统史'上，做文的只会模仿韩、柳、欧、苏；做诗的只会模仿李、杜、苏、黄。一代模仿一代，人人只想做'肖子肖孙'，自然不能代表时代变迁了。""中国文学史上何尝没有代表时代的文学？但我们不该向那'古文传统史'里去寻，应该向那旁行斜出的'不肖'文学里去寻。因为不肖古人，所以能代表当世！我们现在讲白话文学史，正是要讲明这一大串不肯为古人做'肖子'的文学家的文学，正是要讲明中国文学史上这一大段最热闹，最富于创造性，最可以代表时代的文学史。'古文传统史'乃是模仿的文学史，乃是死文学的历史；我们讲的白话文学史乃是创造的文学史，乃是活文学的历史。因此，我说：国语文学的进化，在中国的近代文学史上，是最重要的中心部分。"② 胡适说："这一个由民间兴起的生动的活文学，和一个僵化了的死文学，双线平行发展，这一在文学史上有其革命性的理论实是我首先倡导的；也是我个人对［研究中国文学史］的新贡献。"③建构白话文学史不仅是对活中国文学史的开创，而且也为五四文学革命以

---

① 胡适：《国语文学史》，《胡适全集》第 11 卷，安徽教育出版社 2003 年版，第 31 页。

② 胡适：《白话文学史》（上），《胡适全集》第 11 卷，安徽教育出版社 2003 年版，第 216—218 页。

③ 胡适：《口述自传》，《胡适全集》第 18 卷，安徽教育出版社 2003 年版，第 433 页。

白话取代文言的主张与实践的合理性合法性提供了有力佐证；尽管你可以对胡适的双线文学史观及其白话文学史文本提出这样的责问或那样的异见，但却不能不承认历史的文学进化观用之于中国文学史的研究的确在理论上有新的发现、在文本上有新的建构，所开创的文学史研究的新格局不能不令人惊叹。

文学进化观念与比较文学研究相结合以获得"种种高深的方法与观念"，这也是胡适文学进化论的独特之点。他发现，"一种文学有时进化到一个地位，便停住不进步了；直到他与别种文学相接触，有了比较，无形之中受了影响，或是有意吸收人的长处，方才再继续有进步。此种例在世界文学史上，真是举不胜举"。以此进化的比较文学研究眼光，胡适将中国文学与世界文学进行了比较的考察，发现"中国文学最缺乏的是悲剧的观念"，不论小说或戏剧总是一个美满的大团圆：虽然《石头记》中的林黛玉与贾宝玉的爱情、《桃花扇》中李香君与侯朝宗的情爱打破了"团圆迷信"，但是这种悲剧结局中国文人是不容许的，于是便有了《后石头记》《红楼圆梦》和《南楼花扇》等书使其重新团圆。"做书的人明知世上的真事都是不如意的居大部分，也明知世上的事不是颠倒是非，便是生离死别，他却偏要使'天下有情人都成了眷属'，偏要说善恶分明，报应昭彰。他闭着眼睛不肯看天下的悲剧惨剧，不肯老老实实地写天下的颠倒惨酷，他只图说一个纸上的大快人心。这便是说谎的文学。"与西方文学相比较，古希腊时代就有了极深密的悲剧观念，并形成了强势的悲剧美学传统。"有这种悲剧的观念，故能发生各种思力深沉，意味深长，感人最烈，发人猛省的文学。这种观念乃是医治我们中国那种说谎作伪，思想浅薄的文学的绝妙圣药。这便是比较的文学研究的一种大益处。"[1] 由于胡适较早地通过进化的比较研究将西方的悲剧观念引入中国文坛，不只抑制或批判了传统文学说谎作伪的弊端，五四文学革命中产生了一批真的文学，且形成了现代悲剧美学传统；遗

---

[1] 胡适：《四十自述》，《胡适全集》第 18 卷，安徽教育出版社 2003 年版，第 58 页。

憾的是这种悲剧传统受到种种阻遏并没有流传下去，"团圆迷信"之风一直随着现代中国文学运行而吹来吹去，二十世纪九十年代以来的文学创作越来越缺乏震撼人心发人深思的悲剧意识，影响着现代文学审美意识应有的巨大力度与深度，难道这不值得深刻反思吗？

以上对胡适的文学进化观念的独特内涵与功能做了粗浅的考析与评述，不难发现它是文学革命的核心理念，但是对于胡适文学进化观的哲学基础，限于篇幅只能在下面做简单的探察了。

三、胡适文学进化观的哲学基础

五四文学革命核心理念的哲学基础是达尔文的生物进化论，已是众所周知的常识了。胡适 1906 年在上海读书就受到进化论影响，他曾从严复翻译的《天演论》中选取"物竞天择，适者生存，试申其义"作为题目来作文，这可"代表那个时代的风气。"《天演论》出版之后，不上几年，便风行到全国，竟做了中学生的读物了。读这书的人，很少能了解赫胥黎在科学史和思想史上的贡献。他们能了解的只是那'优胜劣汰'的公式在国际政治上的意义。在中国屡次战败之后，在庚子、辛丑大耻辱之后，这个'优胜劣汰，适者生存'的公式确是一种当头棒喝，给了无数人一种绝大的刺激。几年之中，这种思想像野火一样，延烧着许多少年人的心和血。'天演'、'物竞'、'淘汰'、'天择'等等术语都渐渐成了报纸文章的熟语，渐渐成了一班爱国志士的'口头禅'。"[①] 连胡适的名字也出之"物竞天择适者生存"的"适"字，足见进化论对胡适渗透之深。虽然他接受进化论较早，但真正把它引入学术研究领域或倡导文学革命的理论建构与尝试实践中，是因为胡适在美国留学又迷恋上杜威的实验主义，并将二者做了有机的对接与融通，这就使他的文学进化观的进化论哲学基础增加了新内涵，具有了新特色。

---

① 胡适：《介绍我自己的思想》，《胡适全集》第 4 卷，安徽教育出版社 2003 年版，第 658 页。

胡适说："我的思想受两个人的影响最大：一个是赫胥黎，一个是杜威先生。赫胥黎教我怎样怀疑，教我不信任一切没有充分证据的东西。杜威先生教我怎样思想，教我处处顾到当前的问题，教我把一切学说理想都看作待证的假设，教我处处顾到思想的结果。"① 赫胥黎的天演论或达尔文进化论与实验主义的关系极为密切，由于实验主义是两个根本观念所构成，即"第一是科学试验的态度，第二是历史的态度"；而"历史的态度"恰恰是"进化观念在哲学上应用的结果，便发生了一种'历史的态度'（The Genetic Method）。怎样叫做'历史的态度'呢？这就是要研究事物如何发生，怎样来的，怎样变成现在的样子：这就是'历史的态度'"。这种"历史的态度便是实验主义的一个重要元素"②。既然由进化论演绎出的"历史的态度"是实验主义的有机组成部分，那它对胡适历史的文学进化观的形成则给予了强有力的理论支撑，这也说明文学进化观与实验主义密切相关，它不仅教给胡适以追根溯源的科学精神去研究中国文学史，去探究触摸文学史的本来样子；而且引导其去发现中国文学发展的"活文学"的"自然趋势"，为其立志进行文学革命寻求到待证的种种假设。而实验的方法一旦与"历史的态度"相结合至少能生发出三种思想功能："（一）从具体的事实与境地下手；（二）一切学说理想，一切知识，都只是待证的假设，并非天经地义；（三）一切学说与理想都须用实行来试验过；实验是真理的唯一试金石。"只有这样做，才会"步步有智慧的指导，步步有自动的实验"，"才是真进化"。这就是胡适文学进化观哲学基础的独特性所在。

　　文学进化观是五四文学革命的核心理念，尤其胡适的文学进化观具有独特的内涵与功能；立足于二十一世纪之初的文坛对其进行的反思性的解读，虽然感慨万端，但是从中受到的理性启示对于认识当下的中国文学还是有意义的。

---

① 胡适：《介绍我自己的思想》，《胡适全集》第 4 卷，安徽教育出版社 2003 年版，第 658 页。
② 胡适：《杜威先生与中国》，《东方杂志》1921 年 7 月 10 日第 18 卷第 13 号。

第六章

创构中国现代文学的实验设想

——解读胡适白话文学观

二十世纪七十年代末，我在参与《中国现代文学史》^①的编写过程中，查阅了不少五四文学运动的史料，重读了胡适文学变革的一系列文章，产生了与主流话语对胡适白话文学主张评价的不同看法，于是我就撰写出约四万字的《评五四时期胡适的白话文学主张》一文，最初收入专著《五四文学初探》（山东人民出版社 1982 年版），后压缩为三万多字发表于 1982 年《文学评论丛刊》第 2 期。虽然这篇论文经历了近三十年的各种文化或文学思潮的洗礼，也曾在八十年代初一度受到"左"风的袭击，但历史已经证明其学术观点还是站得住、立得稳的。因此本文对胡适白话文学观的解读、结构框架、逻辑思路、学术观点、史实资料，基本保持了《评五四时期胡适的白话文学主张》一文的原貌，只是适当地充实了一些内容，个别提法做了点修正，注释按照新的要求做了调整。之所以不对胡适白话文学观重写重评，不仅因为我对胡适的看法难以超越过去，也因为想尊重学术观点的一贯性，在学术上翻来覆去非我所长，并非不想"翻"。

在中国现代文学史上，胡适是曾在五四文学革命中产生过重要影响的人物，为新文学的生成出谋划策和实验奠基，然而对他的评价却始终是个比较复杂的问题。新中国成立后，对他的历史功过的评价，一度出现过简单化的倾向，忽略了他在中国现代史上有个演变过程，不是根据历史唯物主义的阶段论进行全面考察，而是抓住他后来走向反动否定了他的一生。如说："胡适在'五四'运动当中，一开始就是宣传了帝国主义的反动的文化观点的。

---

① 田仲济、孙昌熙主编：《中国现代文学史》，山东人民出版社 1979 年版。

他自捧为'发难者'，是的，他正是帝国主义、封建主义和官僚资本主义在政治上、思想上向中国人民凶恶地进攻的'发难者'，是披着'学者'的外衣，企图为屠杀和奴役中国人民的刽子手的统治铺平道路的'发难者'"；在他当时"所发表的有关文学改革的几篇文章中，毫无例外地都充分显露了他的资产阶级改良主义、形式主义的反动文学思想"。① 对于以上评述，稍微了解五四新文学运动的人，也觉得有点与历史事实并不完全符合。粉碎林彪、"四人帮"的极"左"路线以来，从已出版的中国现代文学史或散见于报刊上有关评述胡适的文章来看，不仅为五四文学革命中的胡适去掉了一些不实之词，而且在一定程度上肯定了他对白话文学运动所起的重要作用。但是总的来看，对胡适的评价，不完全是"从事实的整体上、从它们的联系中去掌握事实"②，进行实事求是地分析，做出符合历史的科学判断，仍有些观点囿于原先既定的框框。尚待进一步研究的带有实质性的问题是：

> 胡适关于文学革命的主张，仅仅是形式主义的"文学改良"，还是具有革命意义的文学改革？

为弄清这个问题，拟从如下几个方面做一些初步考察。

一、从白话文学主张的内容实质来考察

五四文学革命，随着中国现代革命和新文化运动的深入展开，而逐步勃兴起来。由于中国社会的特点所决定，它大致经过酝酿、倡导、发展三个相互联系的历史阶段，而每个阶段又呈现不同的历史特征。第一阶段（1917 年 1 月以前）酝酿期，仅限于几个人的磋商，虽提出了"文学革命"

---

① 刘绶松：《批判胡适在"五四"文学革命运动中的改良主义思想》，《文艺报》1955 年 1 月 30 日第 1、2 期。

② 《统计学和社会学》，《列宁全集》第 28 卷，人民出版社 1990 年版，第 364 页。

的口号，但并未在全国正式张起，更缺乏明确的系统文学革命主张。第二阶段（从1917年初胡适《文学改良刍议》和陈独秀《文学革命论》的发表到1918年4月），不但正式提出"文学革命"的口号，同时明确阐述了文学革命的主张，在一定范围内展开了比较热烈的讨论，但这时的讨论偏重于白话文学主张本身，很少进行创作实践。第三阶段（从1918年上半年到共产党成立前）发展期，不只从理论上对白话文学主张进行了广泛深入的讨论，且有更多的作者以白话为工具试创新文学，尽管这个时期的新文学基本上属于资产阶级民主主义性质，但从文学主张和创作来看，已初步具有一定量的社会主义新因素。

在五四文学革命的演进过程中，胡适和陈独秀始终居于核心地位，无论是新文学的倡导者和拥护者，还是那些与新文学对抗的守旧势力，都是把他们视为"新文学的首领"，或赞扬或诽谤。胡适这个时期，发表了数十篇有关"文学革命"的长短论文，比较系统地全面地阐明了白话文学主张，其中最有代表性的是《文学改良刍议》（1917）和《建设的文学革命论》（1918）。从它们的内容实质来看，其文学主张的革命性是显而易见的。

（一）

《文学改良刍议》是中国现代文学革命的第一篇正式宣言。"所谓革命者，为革故更新之义。"[①]判断五四时期文学主张是否具有革命性质，我们认为重要的依据，是看它能否体现出反对文言文、提倡白话文，反对旧文学、提倡新文学的革命精神。《文学改良刍议》基本上体现了这一精神。只要我们考察一下文学改良"八事"的内容实质，就可以看出它们具有较鲜明的针对性和革命性，不只是具体地论述了旧文学的八大罪状，表现出破旧的革命精神，并且初步阐明了新文学的要求，表现出立新的革命立场。

"一曰，须言之有物。"开宗明义指出文学革命首先应提倡"言之有物"，

---

① 陈独秀：《文学革命论》，《新青年》1917年2月1日第2卷第6号。

反对"言之无物"。这就把文学内容的改革放在突出的地位。之所以如此立论，胡适的根据是：其一，"吾国近世文学之大病，在于言之无物"。说明这一条是针对"文学之腐败极矣"的现实而发，它击中了中国旧文学的"大病"。当时文学界也的确如此。从小说创作来看，大都是一些描写"风流案"、"姨太太秘史"、"盗案之巧"等"黑幕派"小说，千篇一律的"才子佳人"的"滥调四六派"小说，荒诞无稽的"胡思乱想"的"笔记派"[①]小说；以诗歌创作而论，如曾写过爱国诗篇的"南社诸人"（中间亦有佳者）到了此刻，其诗风也是"规摹古人"，"夸而无实，滥而不精，浮夸淫琐"[②]。文学革命首应扫荡这些"言之无物"的腐败的形式主义旧文学，创立"言之有物"的新文学。其二，从"文胜质"是造成"文学堕落之因"的角度，说明提倡"言之有物"，就是要"注重言中之意，文中之质，躯壳内之精神"[③]，这是挽救中国文学衰败的改革措施之一。其三，从文学的内容与形式的关系方面，强调"言之有物"的重要性。他认为"思想之在文学，犹脑筋之在人身。人不能思想，则虽面目姣好，虽能笑啼感觉，亦何足取哉？文学亦犹是耳"。同时批评了当时有些人"徒知'言之无文，行之不远'，而不知言之无物，又何用文为乎"的不良倾向。

　　胡适不仅说明了"言之有物"和"言之无物"是新旧文学的区别之一，而且也对"物"的涵义作了概括的说明——指文学的"思想"和"感情"而言。他所说的"思想"，不是封建文学所宣扬的孔孟之道，而是那种有"见地"、有"识力"、有"理想"的"新思潮"，这就与封建文人鼓吹的"文以载道"说划清了界限；他所说的"感情"，不是当时文坛上弥漫的空虚、没落、颓废的情调，而是那种"情动于中"的"真挚之情感"。

　　"二曰，不摹仿古人。"摹仿、因袭，是旧文学的通病，是当时文坛的

---

① 志希（罗家伦）：《今日中国之小说界》，《新潮》1919 年 1 月 1 日第 1 卷第 1 号。
② 胡适：《寄陈独秀》，《新青年》1916 年 10 月 1 日第 2 卷第 2 号。
③ 胡适：《寄陈独秀》，《新青年》1916 年 10 月 1 日第 2 卷第 2 号。

恶风。那些所谓"文学大家","文则下规姚曾，上师韩欧，更上则取法秦汉魏晋，以为六朝以下无文学可言"。文坛上的"桐城派"和"选学派"尚且如此，诗坛上的摹拟病更为严重。胡适批判了南社的所谓"第一流诗人"陈伯严的"涛园钞杜句，半岁秃千毫"的一味摹仿古人的"奴性"。此种文学上的跟在古人脚后亦步亦趋的"摹仿"，不仅违背了"一时代有一时代之文学"的规律，而且扼杀了作者的独创精神和文学的生动进取的思想内容，必然导致文学走上脱离现实、脱离时代的反现实主义的复古道路。这是文学上的"封建主义的老八股、老教条"[①]。严正地指出"不摹仿古人"，实际是在一定程度上"揭穿这种老八股、老教条的丑态给人民看，号召人民起来反对老八股、老教条"[②]，摆脱文学创作上的"惰性"和"奴性"。

"三曰，须讲求文法。""凡是一种语言，总有他的文法"[③]，即语言本身的规律。无论作文赋诗都应该遵循语言法则，以更好地表现思想内容。但我国古代文人向来不讲求文法，固守着"书读千篇，其义自见"的成规，赋诗作文更不注重文法，故经常闹出些笑话。就连大诗人杜甫因不讲文法，竟写出"香稻啄余鹦鹉粒，碧梧栖老凤凰枝"这样语法不通、令人费解的诗句。这不仅是旧文学的积弊，而且近世文艺界"作文作诗者"不讲求"文法之结构"的毛病甚多，至于那些"桐城之文""江西派之诗"的语病更是屡见不鲜。这虽是文学形式方面的问题，但在新文学倡导之初提出来，不只是击中了旧文学的一大弊病，并且为新文学的创建立下一条规则。同时对我国现代语法学的建设也具有一定的意义。

"四曰，不作无病之呻吟。"这条批判了当时文坛上弥漫着的悲观失望、消极颓废的"亡国之哀音"，要求文学宣扬"奋发有为"的精神和"服劳报国"的思想，这就触及文学与爱国的关系、新文学的基调、文学的教育作

---

① 《反对党八股》，《毛泽东选集》第 3 卷，人民出版社 1991 年版，第 831 页。

② 《反对党八股》，《毛泽东选集》第 3 卷，人民出版社 1991 年版，第 831 页。

③ 《国语文法概论》，《胡适文存一集》卷三，上海亚东图书馆 1921 年版，第 4 页。

用等理论问题。他这种乐观主义和爱国主义文学思想，联系当时的政治背景来考察，其革命意义是十分明显的。时值袁世凯篡权称帝、日寇妄图独吞中国之际，面对这种内忧外患的祖国危在旦夕的情势，相当一部分"少年"和"老年"文人都在自己的诗文里发出"亡国"的悲观情调。胡适批评了这种"亡国"文学，痛斥那些"痛哭流涕""丧气失意之诗文者"；同时号召"今之文学家作费舒特（德国哲学家，爱国者——笔者注），作玛志尼（意大利爱国者——笔者注）"，挥笔抒写爱国诗文。"然病国危时，岂痛哭流涕所能收效乎。"这种将文学创作同挽救祖国危亡联系在一起的文学观，在当时是相当可贵的。

"五曰，务去滥调套语。"这条击中了旧文学的一种死症。封建文人赋诗填词惯用陈言套语来充塞，毫无生动活泼的真实思想内容，是货真价实的"死文学"。"至于当世，所谓桐城巨子，能作散文，选学名家，能作骈文，做诗填词，必用陈套语"，这是"变形之八股"①。这种"流弊"严重地阻碍了文学的发展。胡适提出"务去滥调套语"，实际上是号召致力于新文学者务必摧毁封建文学的老八股，从旧文学的桎梏下解放出来，"自己铸词"以形容描写"耳目所亲见亲闻所亲身阅历之事物"，"但求其不失真，但求能达其状物写意之目的"。这里，触及文学与生活、文学的真实性和独创性等理论问题。

"六曰，不用典。""胡君'不用典'之论最精，实足祛千年来腐臭文学之积弊。"②钱玄同道破了这一条的革命意义，说明反对一般的用典恰是挖了旧文学的千年的病根。从中国文学发展史来看，齐梁以前之文学，很少用典，"如《焦仲卿妻诗》，皆纯为白描，不用一典，而作诗者之情感，诗中人之状况，皆如一一活现于纸上"。但"后世文人无铸造新词之材力，乃竞趋于用典，以欺世人；不学者从而震惊之，以渊博相称誉；于是习非成是，

---

① 钱玄同：《寄陈独秀》，《新青年》1917 年 3 月 1 日第 8 卷第 1 号。
② 钱玄同：《寄陈独秀》，《新青年》1917 年 3 月 1 日第 8 卷第 1 号。

一若文不用典，即为俭学之征。此实文学窳败之一大原因。胡君辞而辟之，诚知本矣。"①正由于胡适对旧文学的弊病摸得清，所以他对"拙典"所造成的恶劣影响概括为五条，说明它们严重地妨碍了文学的"达意抒情"。因之"为驱除用典计，亦以用白话为宜"②。但他并不反对那些用得自然、贴切的典故。

"七曰，不讲对仗。"他是从改革旧文学、创立新文学的革命意义上，提出"废骈废律之说"的。他认为过分讲究对仗平仄的"骈文律诗"是"言之无物"的"文胜质"的产物，是中国文学发展史上所出现的"文学末流"，其最大流弊是"束缚人之自由过甚"，妨害作者的思想解放及其独创性的发挥，不仅限制了文学内容的更生动更有成效地表达，而且阻碍着文学形式的创新和发展。当然他并非笼统地反对文学的对仗排偶，对于那种"近于语言之自然"者还是注重的。尤其他对"白话小说"和"骈文律诗"敢于反其道而评之：封建统治者及其御用文人向来"鄙夷白话小说为文学小道"，是不能登大雅之堂的"雕虫小技"，而对那种近于死文学的"骈文律诗"却封为文学的大道者，是文学发展的"正宗"，此乃地道的封建文学观；胡适却认为"白话小说"才真正是文学的大道、"文学的正宗"，那种"骈文律诗乃真小道耳"。在当时封建复古势力猖獗、旧的习惯看法禁锢着人们头脑的情况下，这种文学见解是颇有革命意义的。

"八曰，不避俗语俗字。"这里胡适公然提出了白话文学主张。原本，以"俗语俗字"作诗作文是中国文学发展的优良传统和必然趋势，是文学反映人民大众需要的一种表现，但封建复古文人却极力反对"俗语俗字"入诗入文，诬说"白话之文学"在文学史上"不足以取富贵，不足以邀声誉"③。这是典型的封建贵族文学观。针对此，他断言"白话文学之为中国文

① 钱玄同：《寄陈独秀》，《新青年》1917年3月1日第8卷第1号。
② 钱玄同：《寄陈独秀》，《新青年》1917年3月1日第8卷第1号。
③ 胡适：《历史的文学观念论》，《胡适全集》第1卷，安徽教育出版社2003年版，第31页。

学之正宗，又为将来文学必用之利器"，坚决"主张今日作文作诗，宜采用俗语俗字"，正式宣判了封建古文是"死文学"。这在一定意义上说，为白话文学运动的开展，吹响了号角。

从对文学改良"八事"的内容实质的剖析中，可以清楚看出胡适提出的文学主张，不仅在一定程度上击中了封建旧文学的弊害，初步扫荡了当时文坛上的复古主义和形式主义倾向；而且在"破旧"的同时提出了一些对开展白话文学运动有意义的"刍议"，并粗浅地触及文学内容与形式的关系，文学与爱国的关系、文学的社会功能、文学的真实性和独创性、文学的语言、文学的时代性等"文学上根本问题"。因而可以说，《文学改良刍议》等文不是"形式主义的改良"，它基本上是新文学运动倡导初期的反对文言文、提倡白话文，反对旧文学、提倡新文学的正式宣言，是"今日中国文界之雷音"①，是文学革命的"一个'发难'的信号"②。它并没有"明显地暴露"出胡适的"改良主义的面貌"，反倒表现出他在文学上基本是个"革故更新"的革命论者。胡适在《口述自传》中说："这一个由民间兴起的生动的活文学，和一个僵化了的死文学，双线并行发展，这一点在文学史有其革命性的理论实在是我首先倡导的。"③《文学改良刍议》所批判的正是中国文学史的"死文学"病症，所提倡并承传的则是"民间兴起的生动的活文学"的传统，为文学革命提供历史根据。

有人为了否认《文学改良刍议》的革命意义，从标题上的"改良"二字大做文章。说什么既然胡适自己也承认"全篇不敢提起'文学革命'的旗子"，"标题但称《文学改良刍议》"④，这不明明是"十足的改良主义"吗？诚然，胡适这种表白有"胆子变小"的怯懦之嫌，但"怯懦"并不等于他的文学主张是改良主义的，"改良"和"改良主义"亦不是同一概念，况且他作为一

---

① 陈独秀：《寄胡适》，《新青年》1916 年 10 月 1 日第 2 卷第 2 号。

② 郑振铎：《中国新文学大系·文学论争集·导言》，上海良友图书印刷公司 1935 年版。

③ 胡适：《口述自传》，欧阳哲生编：《胡适文集》第 1 册，北京大学出版社 1998 年版，第 424 页。

④ 胡适：《逼上梁山》，《中国新文学大系·建设理论集》，上海良友图书印刷公司 1935 年版，第 26 页。

个海外学子采取"文学改良"的提法，想表示"对于国内学者的谦逊态度"，不致"引起很大的反感"①，而有利于问题的充分讨论，这也是一种符合情理的想法。然而，这些都不是足以判定问题实质的主要根据。

我认为要判定此文提出的文学主张是革命的还是改良主义的，重要的根据是看文学改良"八事"的内容实质，从上述对"八事"的具体分析中，得不出胡适的文学主张是"改良主义"的结论，倒是具有革命意义的改革。即使要从"改良"二字上找"定性"的根据，我觉得不能仅仅限于这篇文章，也不能只限于胡适一个人，可以多方面的考察一下：1915 年 9 月 17 日胡适写的《送梅觐庄往哈佛大学诗》，郑重提出"文学革命"，诗曰："神州文学久枯馁，百年未有健者起。新潮之来不可止，文学革命其时矣。"②1916 年 2 月 3 日他写的《与梅觐庄论文学改良》和《"文之文字"与"诗之文字"》两文，题目上前者出现"文学改良"，而行文中却不时地提出"诗界革命"③。1916 年 4 月 5 日写的《吾国历史上的文学革命》，反复强调"文学革命，在吾国史上非创见也"，"何独于吾持文学革命论而疑之"④。1916 年 4 月 13 日他写的《沁园春·誓诗》道："文章革命何疑！且准备搴旗作健儿。"⑤1916 年 7 月 22 日写的《答梅觐庄——白话诗》曰："文章须革命，你我都有责。"⑥1916 年 7 月 30 日写的《一首白话诗引起的风波》，多次出现"文学革命之目的"、"文学革命的手段"、"文学革命之宣言书"⑦等语。1916 年 8 月 21 日写了《文学革命八条件》⑧。1916 年 10 月他在《新青年》上首次提出"文学革命"的口号和"八事"；次年 1 月发表了《文学改良刍议》；

① 胡适：《逼上梁山》，《中国新文学大系·建设理论集》，上海良友图书印刷公司 1935 年版，第 26 页。
② 胡适：《留学日记》卷十一，《胡适全集》第 28 卷，安徽教育出版社 2003 年版，第 268 页。
③ 胡适：《留学日记》卷十二，《胡适全集》第 28 卷，安徽教育出版社 2003 年版，第 317—318 页。
④ 胡适：《留学日记》卷十二，《胡适全集》第 28 卷，安徽教育出版社 2003 年版，第 334 页。
⑤ 胡适：《留学日记》卷十二，《胡适全集》第 28 卷，安徽教育出版社 2003 年版，第 353 页。
⑥ 胡适：《留学日记》卷十四，《胡适全集》第 28 卷，安徽教育出版社 2003 年版，第 415 页。
⑦ 胡适：《留学日记》卷十四，《胡适全集》第 28 卷，安徽教育出版社 2003 年版，第 430—431 页。
⑧ 参见胡适：《留学日记》卷十四，《胡适全集》第 28 卷，安徽教育出版社 2003 年版，第 439 页。

此后他写的文章又不断出现"文学革命"的提法。从上述可以看出，"文学革命"是胡适由来已久的思想，《文学改良刍议》是他当时的"文学革命"观的较系统的表述；至于"文学革命"和"文学改良"两个概念，是当时的同义语，并没有质的区别，不但胡适用它们来表述自己的同一文学观，而且其他的文学革命倡导者亦这样用过。如陈独秀写了《文学革命论》，张起"文学革命"的大旗，但他在给胡适的《答书》里，多次提到"改良文学之声，已起于国中"、"改良中国文学，当以白话为文学正宗"①等。刘半农也把自己倡导文学革命的文章题为《我之文学改良观》，即使文学革命主将鲁迅不是亦提文艺要"改良思想"吗？为什么与胡适在新文学运动中一起战斗的盟友提"改良"的字眼，并不影响他们文学主张的革命性质，反要独独地苛求于胡适？

还有一种流行的观点，说胡适的《文学改良刍议》是地道的文学改良主义，陈独秀的《文学革命论》才是真正的"文学革命"主张，这正反映了新文学运动一开始就存在着"两条路线斗争"。这种将胡、陈二人及两篇文章对立起来的观点，既悖于历史事实，又不符合两篇文章的精神实质。

在五四文学革命倡导期，陈独秀和胡适是同一战壕里的战友，他们之间并没有不可调和的路线之争。试问，如果文学革命一开始，他们就针锋相对不可调和，为什么能被公认为文学革命的"领袖"，能成为复古势力攻击的对象呢？为什么他们能够互相声援、共同倡导文学革命呢？人们不会忘记这样的史实：陈独秀在《新青年》第1卷第3期上发表了《现代欧洲文艺史谭》，提出了十九世纪末"文学艺术，亦顺此潮流，由理想主义而为写实主义"；又指出"吾国文艺犹在古典主义理想主义时代，今后当趋向写实主义"。对此之说，胡适在《寄陈独秀》中表示"此言是也"，予以充分肯定，并誉称陈"洞晓世界文学之趋势，又有文学改革之宏愿"，故敢将他的

---

① 陈独秀：《答书》，《胡适文存一集》卷一，上海亚东图书馆1921年版，第43页。

文学革命之"八事"贡献于陈独秀。[1]1917 年 1 月胡适的《文学改良刍议》在陈独秀主编的《新青年》上一发表，陈当即于次月发表了《文学革命论》，极赞胡适在新文学运动中的作用，说"首举义旗之急先锋，则为吾友胡适。余甘冒全国学究之敌，高张'文学革命军'大旗，以为吾友之声援"。当胡适在《新青年》上看到陈独秀的《文学革命论》时，深感"快慰无似！足下所主张之三大主义，适均极赞同"[2]。陈独秀在《答书》中坚定表示，"改良中国文学，当以白话为文学正宗之说，其是非甚明"[3]，对胡的主张予以支持，不容有迟疑的态度。这怎能说胡、陈是站在对立的"两条路线"上呢？这种"路线斗争"说，似乎想提高陈独秀在文学革命中的地位，实际上是在贬低歪曲陈独秀。如果胡适以文学上的改良主义反对文学革命，那陈独秀声援、支持他，这岂不是认敌为友、同流合污吗？这岂不是在"路线斗争"中放弃原则立场吗？

从《文学革命论》和《文学改良刍议》两篇论文的精神实质来看，它们在反对文言文提倡白话文、反对旧文学提倡新文学的大方向上基本是一致的。陈文提出的文学革命"三大主义"，胡文提出的文学改良"八事"，都论述到文学革命的内容和形式的问题，都体现了文学革命的两"反对"和两"提倡"的革命精神，它们之间并没有对立之意，更不存在"路线"的原则分歧。当然两文也有些差异，主要表现在：第一，陈文明确地将文学革命同政治革命联系起来（尽管有的看法不够确切），而胡文仅仅触及这个问题，但不够明确。第二，陈文接触到"白话文学"问题，但没有像胡文明确地将"白话文学"提高到"中国文学之正宗"的地位，且又以白话为"将来文学之利器"。第三，陈文激昂慷慨，斩钉截铁，表现了陈独秀愿为革命军"前驱"的气魄；胡文以讨论的口气提出问题，"伏惟国人同志有以匡纠

---

① 参见胡适：《寄陈独秀》，《胡适文存一集》卷一，上海亚东图书馆 1921 年版，第 5 页。

② 胡适：《寄陈独秀》，《胡适文存一集》卷一，上海亚东图书馆 1921 年版，第 39 页。

③ 陈独秀：《答书》，《胡适文存一集》卷一，上海亚东图书馆 1921 年版，第 43 页。

是正之"，这虽表现他身居异国对国内致力于文学革命的"同志"的尊重和谦恭，但总感魄力不大，气势不足，态度不硬，后来胡适自己也承认像他那种书生气态度，将延缓文学革命的进程，称颂文学革命的"最重要的急先锋是他的朋友陈独秀"①。第四，陈文公然提出我国文学革命应以"灿烂"的欧洲文学为楷模（但他分不清现实主义和自然主义、积极浪漫主义和消极浪漫主义作家的界限），胡文没有明确地把中国文学革命同外国文学联系起来。虽然两文有些明显的差异，但并不影响他们文学主张的革命性质和共同为之奋斗的目标。

（二）

随着新文学运动的深入发展，胡适在 1918 年 4 月发表了《建设的文学革命论》。这"可算是他们讨论了两年的一篇结论，也可以说是一篇文学革命的最堂皇的宣言"②。如果说《文学改良刍议》是他们"提倡文学革命的人"，从"破坏一方面下手"提出了文学革命的"八事"，那么《建设的文学革命论》则着重论述了他们"对于建设新文学的意见"。虽然文中胡适说"国语的文学，文学的国语"十个大字是他们"所提倡的文学革命"的"唯一宗旨"和"根本主张"，未免有些片面性，然而实际上只能概括他们建设新文学的意见，并不能包容他们文学革命主张的全部。

有的研究者认为，"国语的文学，文学的国语"的白话文学主张，"完全是一种讳言文学思想内容的形式主义论调"③。其精神实质是这样吗？未必如此。

首先，创造"国语的文学"，仅就"国语"本身的改革来说亦是一场深刻的革命。

从语言发展史看，白话语言是在一定民族的人民口头语言的基础上

---

① 胡适：《五十年来中国之文学》，《胡适文存二集》卷二，上海亚东图书馆 1924 年版。

② 郑振铎：《中国新文学大系·文学论争集·导言》，上海良友图书印刷公司 1935 年版。

③ 刘绶松：《中国新文学初稿》新版（上），人民文学出版社 1979 年版，第 27 页。

产生的，随着社会生活的发展和人民口头语言的不断丰富，白话语言也不断地丰富和发展起来。人类最初的口头文学就与带有白话性质的人民口语紧密地结合在一起。作为汉民族统一的书面语言"文言"，最初是建立在人民口头的白话语言的基础上，但后来由于被统治阶级所垄断，与人民口头的白话语言的距离越来越远，因而逐渐趋向干枯、僵化，成为少数贵族和士大夫阶级对广大人民实行文化专制的得力工具，并把"文言"捧为中国语言发展史上的"正宗"，竟霸占了我国几千年的文坛、语坛。虽然自唐以后，"白话"语言有所复活，但总是几遭挫折，只在曲折的道路上发展着。胡适等提出创建"国语的文学"，且将"白话"作为汉民族的统一的"国语"和新文学的利器，这本身就是向少数统治阶级和封建御用文人以及旧习惯势力的勇敢挑战，它不仅将引起语言发展史上以"白话"取代"文言"的一场深刻革命，而且打破了贵族与平民在使用语言上的界限，取消了少数人对语言的垄断权。

从语言和思维的关系来看，白话"国语"能够更有效地促进思维活动，能够更精确地表现新思想新内容，将给新文学创作带来新的生命和不朽的价值，因此提倡"国语的文学"不单单是形式上的问题，它同作家的形象思维活动及其作品思想内容紧密联系在一起。"语言是思想的直接现实"[①]，"思想是不能脱离语言而存在的"[②]。在文学创作活动中，作家观察、认识、反映生活的形象思维活动总是一时一刻也离不开语言的伴随；而形象思维的结果——或塑造某一形象或描绘某个场景或展示某一情思等，总离不开与之相适应的语言，从这一意义上说创造新文学就是创造新的语言艺术。可见，语言的优劣直接关系到文学作品的思想价值和艺术生命。正如高尔基所说："语言是一切事实和思想的外衣。可是事实后面隐藏着它的社会意

---

① 《德意志意识形态》，《马克思恩格斯全集》第 8 卷，人民出版社 1979 年版，第 525 页。

② 《一八五七至一八五八年的经济学手稿》，《马克思恩格斯论艺术》（一），人民文学出版社 1966 年版，第 112 页。

义，每种思想都包含着原因：为什么某种思想正是这样，而不是那样的。艺术作品的目的是充分而鲜明地描写事实里面所隐藏的社会生活的重大意义，所以必须有明确的语言和精选的字眼。"① 正由于语言对作家的形象思维活动和文学作品的创造如此重要，所以在新思潮腾跃的五四时期胡适坚信："若要使中国有新文学，若要使中国文学能达今日的意思，能表今人的感情，能代表这个时代的文明程度，和社会状态，非用白话不可"②，而"死文言决不能产出活文学"。看来，他是从能否表现新时代的思想感情、新的社会状态和新时代的精神文明程度这样的认识高度，来提倡"国语的文学"的。因之，"国语的文学"不只是语言形式的改革，它是与创建一个时代的新文学的思想内容紧密联系在一起的。

其次，提倡"国语的文学"，是研究了大量语言材料和我国文学发展的必然趋势所做出的革命结论。

胡适在占有大量材料的基础上，对文言和白话的优劣做了比较，并表现了他要为"村妪妇孺"造新文学和为我国造"第一流文学"的革命雄心。他认为文言白话之优劣在于：第一，今日之文言乃是一种半死的文字，因为不能使人听得懂之故。第二，今日之白话是一种活的语言。第三，白话并不鄙俗，俗儒乃谓之俗耳。第四，白话不但不鄙俗，而且甚优美适用。第五，凡文言之所长，白话皆有之，而白话之所长，则文言未必能及之。第六，白话并非文言之退化，乃是文言之进化。第七，白话可产生第一流文学，如白话诗词、语录、小说、戏剧等。第八，白话的文学为中国数千年来仅有的文学，其非白话的文学，皆不足与于第一流文学之列。第九，文言的文字可读而听不懂，白话的文字既可读又听得懂，今日所需乃是一种可读、可听、可歌、可讲、可记的言语，"要读书不须口译，演说不须笔译；要施

---

① ［俄］高尔基：《和青年作家谈话》，《论文学》，人民文学出版社 1978 年版，第 332 页。

② 胡适：《答黄觉僧君折衷的文学革新论》，《中国新文学大系·文学论争集》，上海良友图书印刷公司 1935 年版。

诸讲坛舞台而皆可，诵之村妪妇孺而皆懂。不如此者，非活的言语也，决不能成为吾国之国语也，决不能产生第一流的文学也"。正是基于这种认识，故他竭力主张以白话作文作诗作戏曲小说①。

创造"国语的文学"是"古今文学变迁之趋势"，因此它在我国文学发展史上是以"白话文学"取代"文言诗文"正宗地位的重大革命措施。胡适认为，"今日之文学，当以白话文学为正宗"，这是我国文学发展的历史趋势决定的。因为"白话之文学种子已伏于唐人之小诗短词。及宋而语录体大盛，诗词亦多有用白话者"，"元代之小说戏曲，则更不待论矣。此白话文学之趋势，虽为明代所截断，而实不曾截断"，"明清之有名小说，皆白话也"②。只有这种以白话为工具所创作的文艺作品，才是我国文学史上真正有价值有生命的"活文学"，人们之所以"爱读《木兰辞》和《孔雀东南飞》"，"爱读杜甫的《石壕吏》《兵车行》诸诗"，其中的重要原因是它们大都"用白话做的"。他不仅认识到白话对创造"活文学"的重要性，而且也看到了不是所有"用白话做的书都是有价值有生命的"，即"白话能产出有价值的文学，也能产出没有价值的文学：可以产出《儒林外史》，也可以产出《肉蒲团》"。这种认识是符合辩证法的，说明内容毕竟是文学价值高低的决定因素。既然白话"国语"是新文学重要的构成因素，创造"国语的文学"又是我国文学发展的必然，那么五四新文学运动中只有以白话取代文言的正宗地位，使白话真正成为新文学的"利器"，才能完成"推倒旧文学、建设新文学"的文学革命的使命。

再次，提倡"国语的文学"的革命意义，不仅仅因为"国语"是建设现代新文学的重要标志，而且涉及文学为什么人和谁掌文学大权的问题。

胡适认为，"文学在今日不当为少数文人之私产，而当以能普及最大多

---

① 参见胡适：《藏晖室札记》卷十三，上海亚东图书馆 1939 年版。

② 胡适：《历史的文学观念论》，《胡适全集》第 1 卷，安徽教育出版社 2003 年版，第 30—31 页。

数之国人为一大能事"①，这在一定程度上反映了胡适提倡新文学的指导思想，触及文学为什么人和谁掌文学大权等原则问题。正是从这一思想出发，他极力主张以"国语"为利器"建设一种浅近的，明瞭的，通俗的，平民的，写实的文学"，而要创造这种新文学，依靠那些"文学程度已高，与社会无甚关系"的封建文人是不行的，因为他们只能造一种"艰深的，晦涩的，贵族的，骈俪的文学"②。这就为新文学运动提出一项重要的革命任务，欲造为最大多数国人服务的新文学，必须彻底打破"文学在今日"仍为"少数文人之私产"的垄断局面。鸦片战争后中国闭关自守的局面被打破，由于新政治、新经济的发展和新思想的传播，虽然有一些开明卓识的知识分子开始觉悟到文言文已经不适用，有革新文学的客观需要，认识到"至根本救济，远（黄远庸——笔者注）意当从提倡新文学入手"，并曾出现过白话运动；但从总的方面来看并未改变文言文占统治地位的局面，尚未从根本上削弱和动摇古文在文坛上的"权威"，"上等社会的人"仍旧"吃肉"，"下等社会不配吃肉，只好抛块骨头给他们吃去"③。特别是辛亥革命失败后，随着袁世凯篡权、张勋复辟等一幕幕丑剧的出现，社会上"尊孔读经"的复古风甚嚣，八股文风弥漫整个文坛，僵死的古文大有神圣不可动摇之势，"文学"大权仍操纵在少数人手里。面对这种情况，胡适竟敢公然喊出"文学在今日不当为少数人之私产"，而当为"最多数的国人"服务的口号，并提出"国语的文学，文学的国语"的文学革命宗旨，这不能不说是震动当时整个文坛的雷音，是对旧文学及把持文坛大权的"少数人"的宣战。

最后，从"国语的文学，文学的国语"的互动关系来看，它是自觉地有意识地把白话文学运动和国语运动结合起来的指导纲领，因此这十字"宗旨"的革命意义远远超出文学领域。

---

① 胡适：《留学日记》卷十三，《胡适全集》第 28 卷，安徽教育出版社 2003 年版，第 403 页。

② 胡适：《答黄觉僧君折衷的文学革新论》，《中国新文学大系·文学论争集》，上海良友图书印刷公司 1935 年版，第 68 页。

③ 胡适：《五十年来中国之文学》，《胡适全集》第 2 卷，安徽教育出版社 2003 年版，第 329 页。

　　《建设的文学革命论》所提出的十字"宗旨"，其核心是"国语的文学"，"国语"既是现代民族国家的统一语言，又是造成中国现代"活文学"的极重要的利器，但要造"国语"首先应创建"国语的文学"。可见"国语的文学"是"文学的国语"的重要基础，是实现国语标准化的有力措施；而"文学的国语"正是"国语的文学"带来的积极有效的结果，它反转来又促进"国语的文学"的普及和流传，并为其提供更好的标准白话，作为创造"国语的文学"的利器。这种将"国语的文学，文学的国语"辩证统一在一起的文学主张，不仅是开展白话文学运动的"堂皇的宣言"，而且也是自觉地使文学革命同国语运动相结合的指导纲领，它必然在国语的标准化、教育的普及诸方面引起重大变革，其积极的革新意义远远超过白话文学本身。这是因为，国语教科书和国语字典，虽然对国语的标准化很紧要，但它们"决不是造国语的利器"，"真正有功效有势力的国语教科书，便是国语的文学"，"白话文学的势力，比什么字典教科书都还大几百倍"，惟有"国语的小说，诗文，戏本通行之日，便是中国国语成立之时"。胡适尽管对"白话文学"的作用估价有所偏高，但在当时对于彻底扫荡"文言"独霸语坛、文坛的"威权"，迅速推开新文学运动和国语运动，是具有革命意义的。正因为"国语的文学"对造成"文学的国语"如此重要，故他竭力主张"提倡新文学的人"先不必问今日中国有无标准国语，可以努力去创作白话文学，尽可能采用《水浒传》《西游记》《儒林外史》《红楼梦》的白话，"有不合今日用的"，"便用今日的白话来补充，有不得不用文言，便用文言来补充"，这样造出的白话文学虽带有过渡性质，但对于创造新文学并为其发展打好基础，却是个切实可行的措施。胡适这种主张，并不是"向壁虚造"的，是他"几年来研究欧洲各国国语的历史"所做的结论。他认为标准国语的创造，从世界语言发展史来看，没有一种国语是教育部的老爷们凭空造成的，没有一种是言语学专家闭门造成的，它是文学家通过创作"国语的文学"而造成的。"意大利国语成立的历史，最可供我们中国人的研究"，这是因为"欧洲西部北部的新国，如英吉利、法兰西、德意志，他们的方言和拉丁文相差太远了，所以他们渐渐的用国语著作文学，还不算稀奇。只有意大利是当年罗马帝国的京畿近地，在拉丁文的故乡，各处的方言又和拉丁文最近。在意大利提倡用白话代拉丁文，真正和在中国提倡用白话代汉文，有同样的艰难。所以英、法、德各国语，一经文学发达以后，便不知不觉地成为国语了。在意大利却不然。当时反对的人很多，所以那时新文学家，一方面努力创造国语的文学，一方面还要做文章鼓吹何以当废古文，何以不可不用白话。有了这种有意的主张（最有力的是但丁［Dante］和阿儿白狄［Alberti］两个人），又有了那些有价值的文学，才可造出意大利的'文学的国语'"。鉴于外国的经验和中国的教训，所以胡适有意识地提出"国语的文学，文学的国语"的白话文学主张。这不但表现他重视躬身实践、重视经验教训的崇实精神，而且也表现出他对倡导文学革命的自觉性、创造性和革命性。

归根结底，胡适的白话文学主张，是建立在他的进化的"历史的文学观念"上。这种进化的历史文学观，虽然植根于达尔文的进化论，但一经结合中国新文学运动的实际加以具体应用，就显示出它反对文言文提倡白话文、反对旧文学提倡新文学的进步性和革命性。也就是说，胡适将进化思想与历史态度结合起来并引入其白话文学观，否定了"天不变道亦不变"的古典文学法则和权威性，说明文学不过是不同时代和环境的特殊产物。所以他在《历史的文学观念论》中明确指出："一时代有一时代之文学。此时代与彼时代之间，虽皆有承前启后之关系，而决不容完全抄袭，其完全抄袭者，决不成为真文学。愚惟深信此理，故以为古人已造古人之文学，今人当造今人之文学。"胡适虽然不能深刻地认识到每一时代文学的发展是由社会生活及其矛盾冲突的发展变化所引起的，但他却以进化论的观点指明了文学的发展是与时代的演进紧密联系在一起的，这不但触及文学是时代的产物，而且也触及每个时代的文学之间的继承关系问题。正是基于这种先进的文学观，他毫不让步地反对以文言作成的"死文学"及那些"生乎今之世，返古之道"的复古主义者，积极号召"今人当造今人之文学"，并"以全副精神实地试验白话文学"①，创造一种"是什么时代的人，说什么时代的话"的新文学。这既反映了我国文学发展的带有规律性的趋向，又体现了五四时期大多数人对文学的普遍要求，并适应了时代发展的需要。正如他自己所说："中国白话文学的运动当然不完全是我们几个人闹出来的，因为这里的因子是很复杂的。……这些重要的因子：第一是我们有了一千多年的白话文学作品……还有几十年的政治原因。第一是科举制度的废除（1905）。……第二是满清帝室的颠覆，专制政治的根本推翻，中华民国的成立。"②尽管他对新文学运动产生的时代的社会的原因表述得不太清楚、欠精当，并突出了"几个人"的作用，但却在一定程度上说明了他们倡导白话文学运动所具备的历史的时代的条件。

（三）

以上，着重以《文学改良刍议》和《建设的文学革命论》为主，具体解读了胡适白话文学主张的精神实质，不难看出：就其总体来说，它不是形式主义的改良，而是富有革命意义的白话文学见解。为了进一步探讨白话文学主张的性质，再从胡适对文学革命的内容与形式之间关系的理解中试析之。

首先，胡适对文学革命的内容和形式关系的论述含有辩证法的因素，他既注意文学内容的改革，又重视形式（主要是语言）的改革，且认为内容是"灵魂"，是"文"（指形式）有无价值的决定因素。但随着新文学讨论的深入和白话与文言之争的展开，他突出地强调了语言形式的改革，提出了"国语的文学，文学的国语"的"唯一宗旨"，即使这个时候也没有把文学革命仅仅局限于形式的改革上，还是注意到思想内容的改革。1919年8月1日他在《〈尝试集〉自序》中指出，"先要做到文字体裁的大解放，方才可以用来做新思想新精神的运输品"③，说明形式的改革目的在于更有

---

① 胡适：《历史的文学观念论》，《胡适全集》第 1 卷，安徽教育出版社 2003 年版，第 31 页。
② 胡适：《中国新文学大系·建设理论集·导言》，上海良友图书印刷公司 1935 年版，第 15—16 页。
③ 胡适：《〈尝试集〉自序》，《胡适全集》第 1 卷，安徽教育出版社 2003 年版，第 195 页。

效地表现思想内容。1919 年 8 月 14 日在《答黄觉僧君折衷的文学革新论》中明确提出"文学是社会的生活的表示",故只操着"美术文"(文学语言)而"与社会无甚关系"的人,是"绝对的没有造作文学的资格"。1919 年 10 月在《谈新诗》中更明确地论述了内容与形式的关系:"形式和内容有密切的关系。形式上的束缚,使精神不能自由发展,使良好的内容不很充分表现。若想有一种新内容和新精神,不能不先打破那些束缚精神的枷锁镣铐",只要形式解放了,才能充分表现"丰富的材料,精密的观察,高深的理想,复杂的感情",那种僵化的形式,"决不能委婉达出高深的理想和复杂的感情"。这里,他对新文学要表现的思想内容,虽然没做具体阐述,但联系当时他写的其他文章也不难理解。

胡适所说的新文学要"达出高深的理想",主要指五四时期以"民治主义"和"科学"为核心内容的"新思潮",即以人道主义、个性解放以及自由、平等、博爱等民主主义思想,揭露封建旧制度、旧礼教、旧道德、旧法律以及旧家庭、旧婚姻等罪恶,在中国建立一个"为社会全体谋充分的福利"、"充分容纳个人的自由,爱护个性的发展"的"好政府"[①]。他在 1918 年 6 月《新青年》上发表的《易卜生主义》,借介绍挪威现实主义剧作家易卜生的创作及政治思想,集中表达了他对新文学思想内容的要求:

第一,文学作品应老实地揭露现今的男盗女娼的罪恶社会。"人生的大病根在于不肯睁开眼睛来看世间的真实现状。明明是男盗女娼的社会,我们偏说是圣贤礼义之邦;明明是赃官污吏的政治,我们偏要歌功颂德;明明是不可救药的大病,我们偏说一点病都没有!却不知道:若要病好,须先认有病;若要政治好,须先认现今的政治实在不好;若要改良社会,须先知道现今的社会实在是男盗女娼的社会!"新文学应该敢于老实地写这样的"近世的社会"。易卜生的"长处"只在他肯说"老实话",淋漓尽致地"把社会种种腐败龌龊的实在情形写出来叫大家仔细看"。

---

① 胡适:《我们的政治主张》,《胡适文存二集》卷三,上海亚东图书馆 1924 年版,第 25 页。

第二，文学作品不仅应该暴露旧家庭、旧社会的罪恶，而且还要揭露专制制度对个性的摧残。因为旧"社会最爱专制，往往用强力摧折个人的个性，压制个人自由独立的精神"，"顺我者生，逆我者死，顺我者有赏，逆我者有罚"。整个社会"如同一个大火炉，什么金银铜铁锡，进了炉子，都要熔化"，一些"维新志士"很快被这种社会"同化"，仍旧回到"旧社会去做'社会的栋梁'了"，而对于"那班服从社会命令，维护陈旧迷信，传播腐败思想的人，一个个的都有重赏"，或"升官"或"发财"或"享大名誉"。这样的专制社会对于"一切维新革命"都要给予"钉死烧死的刑罚"，这是地道的残酷灭绝人性的专制主义。

第三，新文学应宣传维新革命，张扬个性解放。文学只有把家庭社会的"如此黑暗腐败"实写出来，"叫人看了觉得家庭社会真正不得不维新革命"；但是要葬送旧社会"再造新社会"，"须要充分发达自己的天才性，须要充分发展自己的个性"。而要"发展个人的个性，须要有两个条件"：一是使个人有自由意志，一是使个人担干系，负责任，摈弃那种"没有自由权，又不负责任，便和做奴隶一样"的生活。只有个性得到自由发展，社会国家才有"改良进步的希望"，才能再造那"自治的社会，共和的国家"。胡适之所以高度评价了《国民公敌》一剧中的"敢于说老实话攻击社会腐败"的斯铎曼医生，就是希望我们中国多出现斯铎曼医生这样的"理想志士"，起来揭露"社会的最大罪恶"，为坚持真理敢于宣布："世界上最强有力的人就是那个最孤立的人！"他要新文学表现的这种"新思潮"，虽然没有超出资产阶级民主主义思想范畴，但是它在深受封建专制政治统治和备受帝国主义欺凌的中国五四时期的特定历史条件下，对于反抗封建军阀的残暴统治，对于揭露封建宗法制度和思想的流弊与罪恶，却具有强烈的革命性和战斗性。

其次，胡适在论述文学革命的内容和形式的关系中，的确有些文章过分强调了形式方面（主要是白话语言）的问题。是否可以据此简单地说他的文学主张是形式主义改良呢？上面已做了些分析，这里有必要从理论上并结合五四文学革命的历史特点略论之。

　　从理论上讲，在一般情况下文学内容和形式是辩证地统一在一起的，即没有内容，形式就无法存在；没有形式，内容也无从表现。两者互相依赖，各以对方为存在条件，内容是主导，形式为内容服务，而形式又非被动地消极地依附于内容，它是主动地积极地服务于内容，并保持相对的独立性。但是在旧形式严重束缚对新内容的表达时，不打破旧形式，新文学就不能诞生的特殊条件下，形式也会转化为起决定作用的主导方面，成为新文学的主要阻力，这时突出地强调变革旧文学形式，是符合内容与形式这对范畴的辩证发展规律的，因而也同样具有革命意义。特别从文学的发展过程看，随着社会生活的发展、变化，文学的内容和形式也不断地发展、变化，但内容比形式的发展、变化，要活泼得多，迅速得多，往往内容的变化先于形式，由内容的变化而引起形式的相应变化。五四前后，我国正处于急剧变化的大动荡时代，新思潮如汹涌的波涛冲击着文化思想界，出现了我国现代史上第一次的思想大解放。要表现新思想，宣传新思想，反映新时代，歌颂新生活，那些陈旧的僵死的文言、八股、骈体格律等形式，已经不适应，且成了严重的桎梏。不彻底打破旧形式，不但阻碍着思想解放运动的发展，而且影响着与之相适应的新文学运动的开展。在这种情况下，胡适强调形式方面的改革，符合五四新文学发展的必然趋势，是五四文学革命的重要任务之一。况且，由于文学"形式是具有内容的形式，是活生生的实在的内容的形式"[1]，故强调形式优先改革，其革命意义并非局限于形式，它必然引起内容同时发生新的变化，因为没有内容的单纯形式是从来不存在的。正如别林斯基（V.G.Belinskiy）所说："如果形式是内容的表现，它必和内容紧密地联系着，你要想把它从内容分出来，那就意味消灭了内容；反过来也一样：你要想把内容从形式分出来，那就等于消灭了形式。"[2]

　　尤其应当指出的是，从胡适强调形式改革的着眼点来看，也不是完全

---

① 列宁：《黑格尔〈逻辑学〉一书摘要》，《哲学笔记》，人民出版社 1972 年版，第 89 页。

② ［俄］别列金娜：《别林斯基论文学》，梁真译，新文艺出版社 1958 年版，第 147 页。

撤开思想内容，陷于单纯的形式主义，它是把从"文的形式"入手，作为文学革命的突破口和途径之一，其目的还是为了引起内容改革并使形式更好地为内容服务。早在 1916 年 2 月 2 日《答叔永书》中曾提出，"今日欲救旧文学之弊，先从涤除'文胜'之弊入"，指出形式的改革是反对旧文学、创造新文学首先攻坚的目标。后来，他表述得更清楚了：

> 近来稍稍明白事理的人，都觉得中国文学有改革的必要。……但是他们的文学革命论只提出一种空荡荡的目的，不能有一种具体进行的计划。他们都说文学革命决不是形式上的革命，决不是文言白话的问题。等到人问究竟他们所主张的革命"大道"是什么，他们可回答不出了。这种没有具体计划的革命——无论是政治的是文学的——决不能发生什么效果。我们认定文字是文学的基础，故文学革命的第一步就是文字问题的解决。我们认定"死文字定不能产生活文学"，故我们主张若要造一种活的文学，必须用白话来做文学的工具。我们也知道单有白话未必就能造出新文学；我们也知道新文学必须要有新思想做里子。但是我们认定文学革命须有先后的程序：先要做到文字体裁的大解放，方才可以用来做新思想新精神的运输品。[1]

这种从文学形式入手的文学革命的"第一步"，他认为既符合五四新文学运动特定的历史客观条件，又符合中外古今文学革命的一般规律。胡适指出，"文学革命的运动，不论古今中外，大概都是从'文的形式'一方面下手，大概都是先要求语言文字文体等方面的大解放。欧洲三百年前各国国语的文学起来代替拉丁文学时，是语言文字的大解放；十八十九世纪法国嚣俄、英国华次活（Wordsworth）等人所提倡的文学改革，是诗的语言文

---

[1] 胡适：《〈尝试集〉自序》，《胡适全集》第 1 卷，安徽教育出版社 2003 年版，第 194—195 页。

字的解放；近几十年来西洋诗界的革命，是语言文字和文体的解放"①；文学革命表现在我国文学史上，"即以韵文而论，三百篇变而为骚，一大革命也。又变为五言七言，二大革命也。赋变而为无韵之骈文，三大革命也。古诗变而为律诗，四大革命也。诗之变而为词，五大革命也。词之变而为曲，为戏本，六大革命也"②。文学革命从形式入手，最终目的是为了"先打破那些束缚精神的枷锁镣铐"，更好地以白话语言和自由的文体来表现"高深的理想"和"复杂的感情"③，这一终极目标胡适是明确的。可见，认为文学革命从"形式入手"或强调文学形式的改革即是形式主义改良的说法，不论是从理论上或实际上，都是难以立论的。

值得深思的是，胡适的白话文学观在《建设的文学革命论》一文提出时则把白话文学改为"国语文学"，而这个"国语"的"国"字既表示出白话文学是现代国家的"正统"与"正宗"文学，郑重确立其在现代民族国家的主体地位；又表现"国语"必须有"国家"的统一规范要求，以现代国语文学取代古代文言文学的正宗地位，从而说明"国语文学"观不仅能指导现代国家的文学革命也能引发语言革命。

二、从白话文学主张的社会效果来考察

"一切有意义的思想都会发生实际上的效果。这效果便是那思想的意义。"④检验胡适白话文学主张是改良主义的还是革命的，不仅要考察其文学主张的酝酿过程及其内涵实质，更重要的是应考察它产生的社会效果。

---

① 胡适：《谈新诗》，《胡适全集》第 1 卷，安徽教育出版社 2003 年版，第 159—160 页。

② 胡适：《〈尝试集〉自序》，《胡适全集》第 1 卷，安徽教育出版社 2003 年版，第 184 页。

③ 胡适：《谈新诗》，《胡适全集》第 1 卷，安徽教育出版社 2003 年版，第 160 页。

④ 胡适：《实验主义》，《胡适文存一集》卷二，上海亚东图书馆 1924 年版，第 86 页。

（一）

胡适提出的白话文学主张，在旧文学营垒引起强烈的震动，守旧派极力反对以白话文学取代文言文，千方百计维护"文言"的正宗地位。这场"白话与文言的竞争"，其性质是革命派同守旧派的斗争，是白话新文学同封建文学谁战胜谁的斗争。

早在1916年夏，胡适提出"新文学主张"，守旧派梅觐庄便"大攻我'活文学'之说"；后来他作了首《答梅觐庄——白话诗》，嘲讽其对"中国要有活文学"，"须用白话作文章"的攻击，但这首白话诗"竟闯下了一场大祸，开了一场战争"[①]。即使在胡适的朋友中，如任叔永、朱经农等也反对他以白话作诗作文的主张，而胡适并未"因有人反对遂不主张白话"。1917年1月，他的《文学改良刍议》在《新青年》一发表，古文家林纾首先起来反对，是年2月8日即在上海《民国日报》发表了《论古文之不宜废》，攻击白话文学主张，维护封建古文。1918年4月，胡适发表了《建设的文学革命论》，他的朋友任叔永、朱经农的态度转变了，对他的文学主张"大为赞成"，但顽固派对新文学运动的攻击更激烈了。1919年初，林纾借北洋军阀查禁"过激主义"、镇压"新思潮"的淫威，再次大打出手，妄图利用军阀徐树铮（林的学生）的势力，扼杀文学革命，讨伐白话文，他在上海《申新报》连续发表《妖梦》《荆生》两篇小说，即反映了他这种阴暗心理，其中胡亥、狄莫就是影射攻击胡适；随后他公开写信给北大校长蔡元培，指控胡适、陈独秀提倡白话文学、反对文言文的罪状。1922年初，胡先骕、梅光迪等办起《学衡》杂志，猛烈反对白话文学，其攻击矛头对准胡适。胡先骕写了《评〈尝试集〉》的长文，斥责胡适"趋于极端"，因之"必死必朽"。1925年章士钊利用北洋政府司法总长兼教育总长的大权，"屡次对于白话文学下攻击"[②]，他写的《评新文化运动》《评新文学运动》等文，都是点名批判胡适，把他

---

① 胡适：《留学日记》卷十四，《胡适全集》第28卷，安徽教育出版社2003年版，第421页。

② 胡适：《老章又反叛了》，《京报副刊·国语周刊》1925年8月30日第12期。

作为新文学运动的首犯，但章士钊的诋毁咒骂，决"不能打倒白话文学的大运动"①。正如鲁迅所指出的："记得初提倡白话的时候，是得到各方面剧烈的攻击的。后来白话渐渐通行了，势不可遏"②，说明白话文学运动符合历史发展的要求，任何顽固派的诽谤和攻击都是徒劳的。尽管五四以后白话文学取得了决定性的胜利，但是文言与白话之争并未停息。1926 年 5 月鲁迅写的《二十四孝图》愤怒指出："我总要上下四方寻求，得到一种最黑，最黑，最黑的咒文，先来诅咒一切反对白话，妨害白话者。即使人死了真有灵魂，因这最恶的心，应该堕入地狱，也将决不改悔，总要先诅咒一切反对白话，妨碍白话者。"这深刻地说明了白话与文言这场斗争的尖锐性和艰巨性。1927 年初，"还有一种说法，是思想革新紧要，文字改革倒在其次，所以不如用浅显的文言来作新思想的文章，可以少招一重反对"。对此鲁迅指出："这话似乎也有理。然而我们知道，连他长指甲都不肯剪去的人，是决不肯剪去他的辫子的。"③直到三十年代中期，汪懋祖还主张以文言反对白话，鲁迅是"用主张文言的汪懋祖先生所举的文言的例子，证明了文言的不中用了"④。

简述白话与文言之争的历程，目的在于说明这样几个问题：

第一，以白话取代文言的正宗地位，不是形式主义的改良，而是一场尖锐的长期的革命斗争，不但封建遗老遗少群起而攻之，而且反动政权还罗织"过激主义"的罪名，加以镇压。这是因为以白话取代文言，直接戳穿了封建思想赖以存在的坚硬外壳，剥夺了统治阶级实行文化专制的得力工具，因此不仅激起了维护几千年语言旧习惯的守旧势力的恼恨，同时触怒了封建军阀反动统治及其御用文人的反对。这从反面证明胡适等人的白话文学主张不是改良主义的，而是革命的。

---

① 胡适：《老章又反叛了》，《京报副刊·国语周刊》1925 年 8 月 30 日第 12 期。
② 鲁迅：《坟·写在〈坟〉后面》，《鲁迅全集》第 1 卷，人民文学出版社 1981 年版，第 285 页。
③ 鲁迅：《三闲集·无声的中国》，《鲁迅全集》第 4 卷，人民文学出版社 1981 年版，第 14 页。
④ 鲁迅：《花边文学·"此生或彼生"》，《鲁迅全集》第 5 卷，人民文学出版社 1981 年版，第 500 页。

第二，令人深思的是，五四文学革命前后，在一些反对派中有的曾用文言译书作文宣传过新思潮，不管其是有意的还是无意的，总是在介绍西方文化科学知识、传播新思想方面起过一定作用，如林纾用文言译过大量西欧文学作品、严复以文言译过赫胥黎的《天演论》；他们为什么对新思潮、文学作品的思想内容不反对且成了传播者，而对文言取代白话却充当了激烈的反对派？还有的只是反对文言取代白话，反倒主张文学革命应主要革其内容，不要触动旧形式。如梅觐庄也同意"文学革新，须洗去旧日套腔"，更新思想，他反对以"俗语白话"代替文言，诋毁用"白话做文章"[1]；南社爱国诗人柳亚子亦主张诗界革命，但他认为"文学革命所革在理想不在形式。形式宜旧，理想宜新"，所以他断言以白话写的诗是"改头换面为非驴非马之恶剧"[2]；胡先骕提出诗学不昌盛，原因不在"工具（文言）不善"，而在"实质（内容）之不充"，因此他反对丢弃文言这"历代几经改善之工具"，应着重解决诗的"实质之不充"[3]；吴宓说得更露骨，改良诗学只须"熔铸新材料以入旧格律"[4]。由此可见，彻底改革文言格律并非仅仅是文学形式的改革问题，而是同旧的习惯势力和顽固保守派所进行的一场深刻革命，说明胡适从形式入手进行文学革命的主张击中了封建文学的护身符和金外壳。

第三，在文学革命新军同封建文学维护者的斗争中，旧势力在较长一段时间把攻击的矛头对准胡适等，如果胡适在五四文学革命中不居要位，其主张又是改良主义的，那为什么他竟成了守旧派的攻击之的呢？

（二）

旧势力的反对，是从消极效果方面证明了胡适的白话文学主张的革命

---

① 胡适：《留学日记》卷十四，《胡适全集》第 28 卷，安徽教育出版社 2003 年版，第 418 页。

② 《柳亚子寄杏佛书（节录）》，《留学日记》卷十七，《胡适全集》第 28 卷，安徽教育出版社 2003 年版，第 579 页。

③ 胡先骕：《评〈尝试集〉》，《学衡》1922 年 1 月第 1 期。

④ 吴宓：《论今日文学创作之正法》，《学衡》1923 年 3 月第 15 期。

性质；从白话文学主张在五四文学革命中产生的积极影响以及许多新文学的倡导者和拥护者的评价来看，更可以说明问题。

稍微了解新文学发展史的人，不会否认这样一个史实：当胡适的《文学改良刍议》和陈独秀的《文学革命论》在《新青年》发表时，他们都注意到文学内容和文学形式的改革，但当时的积极响应者所撰写的文章（或书信），大都侧重于文学形式方面的问题，这说明旧形式已成为文学革命的主要阻力；当胡适发表了《建设的文学革命论》时，在文学革命阵营引起的反响更强烈，《新青年》《新潮》《每周评论》《晨报》等主要报刊，发表了不少响应和讨论的文章，因此文学革命出现一个新的局面。在文学理论的探讨上，颇有"百家争鸣"之势；在新文学的创作上，大有"百花齐放"之貌；译介外国进步文学空前繁荣。正由于胡适等人的白话文学主张在新文学运动初期产生了积极效果，因此得到许多革命者和新文学倡导者的赞誉。

李大钊曾预言：

> 由来新文明之诞生，必有新文艺为之先声，而新文艺之勃兴，尤必赖有一二哲人，犯当世之不韪，发挥其理想，振其自我之权威，为自我觉醒之绝叫，而后当时有众之沉梦，赖以惊破。（《"晨钟"之使命》，1916.8.15《晨钟报》创刊号）

为我国"新文艺之勃兴"而"绝叫"的"哲人"，恐怕应该包括胡适在内。

陈独秀说：

> 吾国无写实诗文以为模范，译西文又未能直接唤起国人写实主义之观念，此事务求足下（指胡适——笔者注）赐以所作写实文字，切实作一改良文学论文，寄登《青年》，均所至盼。（《陈独

秀致胡适》，1916.10.5，见《胡适来往书信选上》（上），第 5 页）

　　文学革命之气运，酝酿已非一日。其首举义旗之急先锋，则为吾友胡适。（《文学革命论》，1917.2.1，《新青年》第 2 卷第 6 号）

钱玄同说：

　　胡适之先生之《文学改良刍议》，其陈义之精美，前已为公言之矣。（《寄陈独秀》，1917.3.1，《新青年》第 3 卷第 1 号）

　　文学革命之盛业，得贤者（指胡适——笔者注）首举义旗，而陈独秀刘半农两先生同时响应，不才如玄同者，亦得出其一知半解……（《寄胡适之》，1917.7.2，见《中国新文学大系·建设理论集》）

刘半农说：

　　文学改良之议，既由胡君适之提倡之于前，复由陈君独秀钱君玄同赞成之于后。不佞学识谫陋，固亦为立志研究文学之一人。（《我之文学改良观》，1917.5.1，《新青年》第 3 卷第 3 号）

傅斯年说：

　　中国文学之革新，酝酿已十余年。去冬胡适之先生草具其旨，揭于《新青年》，而陈独秀先生和之，时会所演，从风者多矣。（《文学革新申议》，1918.1.15，《新青年》第 4 卷第 1 号）

鲁迅说：

要恢复这多年无声的中国，是不容易的……首先来尝试这工作的是"五四运动"前一年，胡适之先生所提倡的"文学革命"。（《三闲集·无声的中国》）

凡是关心现代中国文学的人，谁都知道《新青年》是提倡"文学改良"，后来更进一步而号召"文学革命"的发难者。……胡适的《文学改良刍议》发表了，作品也只有胡适的诗文和小说是白话。（《〈中国新文学大系〉小说二集序》）

廖仲恺说：

我辈对于先生（指胡适——笔者注）鼓吹白话文学，于文章界兴一革命，使思想能借文字之媒介，传于各级社会，以为所造福德，较孔孟大且十倍。（《胡适来往书信选》（上），第64页）

毛泽东说：

《新青年》是有名的新文化运动的杂志，由陈独秀主编。我还在师范学校做学生的时候，我就开始读这一本杂志。我特别喜欢胡适、陈独秀的文章。他们代替了梁启超和康有为做了我的崇拜人物。（斯诺：《西行漫记》）

五四运动时期，一班新人物反对文言文，提倡白话文，反对旧教条，提倡科学和民主，这些都是很对的。在那时，这个运动是生动活泼的，前进的，革命的。（《反对党八股》）

通过引述五四新学运动的倡导者、资产阶级革命家、无产阶级革命家对胡适及白话文学运动的评价，既可以有力地说明胡适对中国新文学运动的贡献，又可以说明他的白话文学主张是革命的，这早已为历史做出了结论。

（三）

　　白话文学主张所产生的强烈社会效果，不仅表现在新旧营垒的态度或评价上，重要的是体现在新文学的创作实践上。"一个文学运动的历史的估价，必须包括它的出产品的估价。"[①] 胡适一面从理论上鼓吹白话文学主张；一面"自誓三年之内专作白话诗词"，"欲借此实地试验，以观白话之是否可为韵文之利器"，并把自己尝试"六七月"的白话诗结集，名之曰《尝试集》，号召有志于文学革命者，"大家齐来尝试尝试"[②]。在陈独秀的大力支持和胡适的带动下，随着新文学运动的深入发展，白话诗蔚然成风。当时写白话诗的有胡适、刘半农、沈尹默、鲁迅、周作人、康白情、刘大白等，为我国新诗的发展奠定了基础。

　　《尝试集》是实践白话文学主张的初步成果，是我国新文学运动发展史上最早出现的白话诗集。虽然它在思想内容和艺术形式方面并非高明之作，但是只要我们不是过分地苛求，也不难发现它在现代新诗发展史上不容低估的地位。从思想内容来看，它尽管缺乏《女神》那种狂飙突进的气魄和火山爆发式的激情，但也不乏新的意境和新的思想气息。有诅咒反动军阀黑暗统治的，如《一颗遭劫的星》《乐观》等；有揭露封建礼教虚伪的，如《礼》；有揭示反动统治的压榨，奴隶们必然起来造反，推倒压在自己头上"威权"的，如《威权》；有歌颂为实现资产阶级民主主义革命理想而献身的烈士的，如《黄克强先生哀辞》《四烈士冢上的没字碑歌》；有赞扬俄国资产阶级二月革命胜利的，如《沁园春·新俄万岁》；有反映劳动者悲苦凄惨生活，并给予人道主义同情的，如《人力车夫》；有抒发自己的爱国主义志向和积极进取精神的，如《文学篇》《上山》；此外，还写了一些表现爱情、歌颂友谊、赞美大自然的诗篇，在一定程度上反映了作者的民主主义要求和愿望。当然，《尝试集》中有的诗篇存有思想浅薄甚至不健康的弊病，但从

---

① 胡适：《中国新文学大系·建设理论集·导言》，上海良友图书印刷公司 1935 年版，第 1 页。
② 胡适：《〈尝试集〉自序》，《胡适全集》第 1 卷，安徽教育出版社 2003 年版，第 196 页。

思想内容的全部总和来考察，它不是"一本内容反动无聊"的东西，而是一部有进步思想内容的新诗集，在一定程度上反映了五四时代的精神。从艺术形式来看，它虽然"还带着缠脚时代的血腥气"①，但在打碎旧的枷锁，"诗体的大解放"，创造新诗形式以适应新内容的表现需要等方面却做了有益的尝试。《尝试集》第一编的诗词，大都是从旧诗词曲脱胎出来的，旧体痕迹比较明显；第二、三编的诗体同第一编相比，获得了较大解放，大抵能把古体诗词同自由体结合起来，创造了多种形式的新诗体式。《尝试集》的语言虽个别篇有点旧痕，但大致是经过艺术加工的白话语言，"干干净净没有堆砌涂饰的话"②，能根据诗意不同运用不同色调的语言：写景诗鲜丽明艳，叙事诗真切朴实，抒情诗感情浓烈，政治诗准确犀利。尤其值得提及的，他很注重探求白话诗的音韵节奏的美，能在旧体诗词音节的基础上，经过一定的改制，创造新音节，以表达新内容，为我国新诗发展做出了有益的贡献。总之，《尝试集》不论是思想内容或是表现形式，可以说是中国新诗史上的"开风气的尝试"，具有一定的开创意义（详见《解读胡适〈尝试集〉》一文）。此外，他对白话剧和白话小说，也做了尝试性的探索。

　　胡适对于实践白话文学主张在创作方面进行的大胆尝试，虽然成果并不卓著，但是对于他人创作的显示新文学运动实绩的白话作品，却给予热情的支持和高度的评价，这也反映出他对新文学的态度及其文学主张的实际革命意义。鲁迅的白话小说《狂人日记》等在《新青年》上陆续发表，真正从创作方面为五四新文学树立了丰碑，胡适赞扬鲁迅的白话小说是第一流的作品；对鲁迅写的白话诗，他认为不是"从旧式诗，词，曲里脱胎出来"的少有的"新诗"③。在中国现代文学史上，1917年兴起的新诗运动，胡适认定这是"辛亥大革命以来的一件大事"，因之对这时期出现的白话新

---

① 胡适：《〈尝试集〉四版自序》，《胡适文存二集》卷四，上海亚东图书馆 1924 年版，第 290 页。

② 胡适：《答钱玄同书》，《胡适文存一集》卷一，上海亚东图书馆 1921 年版，第 55 页。

③ 胡适：《谈新诗》，《胡适全集》第 1 卷，安徽教育出版社 2003 年版，第 165 页。

诗予以充分肯定。他认为周作人的长诗《小河》是"新诗中的第一首杰作"；康白情的《窗外》所表现的"意思，若用旧诗体，一定不能说得如此细腻"；傅斯年的《深秋永定门晚景》达到"完全写实的地步"；俞平伯的《春水船》"这种朴素真实的写景诗乃是诗体解放后最足使人乐观的一种现象"。这些新诗"表示诗体解放后诗的内容之进步"；而这种进步不是"自然进化"，乃是一次"革命"。他指出："自然趋势有时被人类的习惯性守旧性所阻碍，到了该实现的时候均不实现，必须用有意的鼓吹去促进他的实现，那便是革命了"[①]，这场新诗运动就是如此。稍后，胡适对青年诗人汪静之的新诗集《蕙的风》给予热情的肯定和高度评价。他认为文学运动初期的大部分白话诗"不能算是真正新诗"，惟有像汪静之这样的少年"生力军"起来创造的诗才称得上真正的新诗，他"很盼望国内读诗的人不要让脑中的成见埋没了这本小册子（指《蕙的风》——笔者注）"，虽然有些诗"很幼稚"，但这是彻底解放了的新诗。他说："我现在看着这些彻底解放的少年诗人，就象一个缠过脚后来放脚的妇人望着那些真正天足的女孩子们跳来跳去，妒在眼里，喜在心头。"[②]很难想象，这样一个对青年作者如此扶植、对新文学创作如此推崇的白话文学的倡导者和拓荒者，其文学主张仅仅是"形式主义的改良"，其本人是站在新文学运动的对立面？！

（四）

白话文学运动所产生的巨大社会影响，远远超出文学领域，它波及政治、教育、语言文字等上层建筑，这也是考察胡适白话文学主张是否具有革命性质的不可忽视的社会效果。

白话文学运动卓有成效地配合了五四反帝爱国政治运动。胡适 1917 年 7 月从美国回国，"船到横滨，便听见张勋复辟的消息；到了上海，看

---

① 胡适：《谈新诗》，《胡适全集》第 1 卷，安徽教育出版社 2003 年版，第 164—165 页。

② 胡适：《〈蕙的风〉序》，《胡适全集》第 2 卷，安徽教育出版社 2003 年版，第 823—824 页。

了出版界的孤陋，教育界的沉寂，我方才知道张勋的复辟乃是极自然的现象，我方才打定二十年不谈政治的决心，要想在思想文艺上替中国政治建筑一个革新的基础"①。说明胡适提倡白话文学、从事思想文艺活动有个明确的指导思想，旨在为中国的政治打下"革新的基础"。为使新文学运动更有效地服务于五四前后波澜壮阔的反帝爱国运动，"唤起那最大多数的民众来共同担负这个救国的责任"，我国的"古文古字是不配做教育民众的利器的"②，惟有白话文才能作为教育民众、宣传民众的利器，因而他极力提倡并从事"国语的文学，文学的国语"运动，积极创造国语的文学，以便迅速帮助民众掌握白话语言工具。随着白话文学运动的展开，当时宣传新思潮的白话报刊越来越多，有力地配合了日益高涨的爱国政治运动和思想解放运动。1918 年冬除《新青年》改为白话，且新办《每周评论》《新潮》等白话刊物，北京《国民公报》也发表了"响应白话"的文章；到 1919 年五四爱国运动的爆发，各地爱国青年学生团体为适应反帝反封建的斗争需要，全用白话，略仿《每周评论》的形式，刊行了无数的小报纸。据估计这一年"至少出了四百种白话报"，《星期评论》《建设》《解放与改造》《少年中国》做出了"很好的贡献"，北京《晨报副刊》、上海《民国日报》的"觉悟"、《时事新报》的"学灯"是三年来"最重要的白话文的机关"；此外，还出版了"许多白话的新杂志"，即使"国内几个持重的大杂志，如《东方杂志》、《小说月报》……也都渐渐的白话化了"。③ 这不仅说明五四爱国运动大大推动了白话文运动的蓬勃发展，而且也说明了白话文运动的开展有力地促进了五四爱国政治运动的深入发展。我们不妨设想一下，如果当时没有白话作为报刊杂志的宣传工具，没有白话作为青年学生报告、演讲的用语，那就很难以新思潮教育发动广大民众参加反帝反封建的政治斗争，

---

① 胡适：《我的歧路》，《胡适文存二集》卷三，上海亚东图书馆 1924 年版，第 79 页。

② 胡适：《中国新文学大系·建设理论集·导言》，上海良友图书印刷公司 1935 年版，第 6 页。

③ 胡适：《五十年来中国之文学》，《胡适全集》第 2 卷，安徽教育出版社 2003 年版，第 338—339 页。

先进的知识分子很难同工农民众有共同的语言，更谈不上思想感情的交流了。可见，白话文学运动是五四爱国政治运动轰轰烈烈开展的不可缺少的条件，进而说明了白话文学主张是具有革命意义的。

白话文学运动的开展大大推动了国民教育的发展。"我们的劳苦大众历来只被最剧烈的压迫和榨取，连识字教育的布施也得不到，惟有默默地身受着宰割和灭亡。繁难的象形字，又使他们不能有自修的机会。智识的青年们意识到自己的前驱的使命，便首先发出战叫。"[①] 鲁迅以此来说明无产阶级文学的兴起对广大劳苦大众获得文化教育权利的重大意义，五四白话文学运动的倡导者们虽然缺乏这样明确的阶级意识，但是有一点必须肯定：胡适提倡的白话文学有意识地同改革教育"种种的弊病"结合起来，他认为当时"中国的教育，不但不能救国，简直可以亡国"[②]；"二十年前，教育是极少数人的特殊权利，故文言的缺点还不大觉得。二十年来，教育变成了人人的权利，变成了人人的义务，故文言的不够用，渐渐成为全国教育界公认的常识"，如果教育不改用"白话"，那就要妨碍"大多数的平民"[③] 受教育。因此他主张，"现在一切的教科书，自国民学校到大学，都该用国语编成"，"国民学校全习国语，不用'古文'"[④]，"人人能用国语（白话）自由发表思想——作文，演说，谈话——都能明白通畅，没有文法上的错误"[⑤]。但是造这种"国语"或"国语教科书"，不是教育部的老爷们造成的，也不是言语学专家们造成的，而是"国语的文学"运动造成的，因为"真正有功效有势力的国语教科书，便是国语的文学"[⑥]。正由于国语的文学同教育的改革有如此密切的关系，因此五四白话文学运动大大带动了教育的改革，

① 鲁迅：《中国无产阶级文学和前驱的血》，一九三一年四月二十五日《前哨》（纪念战死者专号）。

② 胡适：《归国杂感》，《胡适文存一集》卷四，上海亚东图书馆 1924 年版，第 8 页。

③ 胡适：《国语文法概论》，《胡适文存一集》卷三，上海亚东图书馆 1924 年版，第 18—19 页。

④ 胡适：《答黄觉僧君折衷的文学革新论》，《中国新文学大系·文学论争集》，上海良友图书印刷公司 1935 年版，第 71 页。

⑤ 胡适：《中学国文的教授》，《胡适全集》第 1 卷，安徽教育出版社 2003 年版，第 212 页。

⑥ 胡适：《建设的文学革命论》，《新青年》1918 年 4 月 15 日第 4 卷第 4 号。

促进了国民教育的发展。1919 年以后的"白话文的传播真有'一日千里'之势",迫使教育部也不得不"颁布了一个部令,要国民学校一二年的国文,从九年秋季起,一律改用国语"①。这个"命令是几十年来第一件大事",它"把中国教育的革新至少提早了二十年"②。胡适对教育部这道命令作用的估量虽然有些夸大,但它可以说明白话文学运动的胜利,的确为教育的革新创造了有力的条件,给中国平民教育的发展以有力推动。

与此紧密相关,白话文学的兴起直接影响到国语运动的开展。1911 年中华民国教育部曾召开读音统一会,拟定了 39 个注音字母,以统一汉文的读音,但当时并未"想到白话上去",教育部将其公布后也没有立即形成国语运动;然而到了五四爱国运动发生,新文学运动形成高潮的时候,"白话公然叫做国语了",注音字母也变成"中华民国的国语字母了",于是形成了国语运动。但是一些守旧派对国语运动"只能谩骂一场,说不出什么理由来"③,责怪教育部不该过早宣布"这样重要一桩大改革",硬要教育部先定一个"国语的标准",以此为借口阻挠国语运动的进行。对于这种论调,胡适予以驳斥,认定"是错的",因为它违背了为"欧洲近世各国国语的历史"所证明的国语产生的规律,即"凡是国语的发生,必是先有了一种方言比较的通行最远,比较的产生了最多的活文学,可以采用作国语的中坚分子,这个中坚分子的方言,逐渐推行出去,随时吸收各地方言的特别贡献,同时便逐渐变换各地的土话:这便是国语的成立";"我们现在提倡的国语,也有一个中坚分子。这个中坚分子就是从东三省到四川、云南、贵州,从长城到长江流域,最通行的一种大同小异的普通话";这种普通话已产生了有价值的"通俗文学","现在把这种已很通行又已产生文学的普通话认为国语,推行出去,使他成为全国学校教科书的用语,使他成为全国报纸

---

① 胡适:《五十年来中国之文学》,《胡适全集》第 2 卷,安徽教育出版社 2003 年版,第 339 页。

② 胡适:《国语讲习所同学录序》,《胡适全集》第 1 卷,安徽教育出版社 2003 年版,第 224 页。

③ 胡适:《五十年来中国之文学》,《胡适全集》第 2 卷,安徽教育出版社 2003 年版,第 340 页。

杂志的文字，使他成为现代和将来的文学用语：——这是建立国语的唯一方法"。① 这种注重从语言实践中建立标准国语的观点，不仅为我国国语运动的发展指明了具体的途径和切实的方法，而且也说明了国语的文学对建立标准国语所起的重要作用。由于五四白话文学运动的推动，国语运动出现了一个波澜壮阔的局面。正如黎锦熙在《国语运动史纲》中所描绘的：1918年"《新青年》完全用白话做文章了，胡适于四月间做了一篇《建设的文学革命论》"，"这篇文章发表后，'文学革命'与'国语统一'遂呈双潮合一之观。……白话文，注音字母，新式标点，都打扮着正式登场了。思想解放，即从文字解放而来"，"这年作为中国'文艺复兴时代'的开场"；"到了1919年，……'国语统一''言文一致'运动和《新青年》底'文学革命'运动，完全合作：这是要大书特书的一件事。那时'国语统一'和'文学革命'两大潮流，在主张上，既有'言文一致'的'白话文学'作了一个有力的媒介，而联合运动底大纛'国语的文学，文学的国语'已打出来了"，"这两潮流合而为一，于是轰腾澎湃之势愈不可遏"。

（五）

不论是从白话文学主张本身或者是从它产生的社会效果来考察，胡适的文学主张及白话文学运动，其进步性、革命性都是显而易见的。但有的研究者为了证明胡适不是文学革命的倡导者之一，其白话文学主张仅仅是形式主义的改良，竟说与晚清康梁等倡导的"诗界革命"、"小说革命"、"文体改革"等资产阶级文学改良运动没有什么质的不同。这显然是不符合史实的。

应当承认，在清末腐败死寂的黑暗王国里，是资产阶级改良主义者点燃了第一支火把，兴起一场资产阶级思想启蒙运动。为了适应这一文化思想运动的需要，"康梁的一班朋友之中，也很有许多人抱着改革文学的志愿。

---

① 胡适：《〈国语讲习所同学录〉序》，《胡适全集》第1卷，安徽教育出版社2003年版，第226页。

他们在散文方面的成绩只是把古文变浅近了，把应用的范围也更推广了。在韵文的方面，他们也曾有'诗界革命'的志愿"，其中"成绩最大"是"黄遵宪和康有为两个人"。黄遵宪提出了"我手写我口，古岂能拘牵？即今流俗语，我若登简编，五千年后人，惊为古斓斑"的"诗界革命的一种宣言"①，并且自己亲手写白话诗，这在当时是产生了积极影响的。资产阶级这场文学改良运动的历史功绩及其对后来白话运动的影响，都应该予以充分肯定。陈独秀、胡适早期都受到晚清白话狂潮的影响，这也是不容否认的史实。但是也必须看到，由于时代和历史的局限，资产阶级改良派的文学主张及白话运动同胡适等的白话文学主张及新文学运动相比，有着显著的不同：

第一，无论是康梁还是黄遵宪等，虽然有改革文学的志愿，也提倡"白话报"、"白话书"，也提倡"官话字母"、"简字字母"，但是"没有人出来明明白白的主张白话文学"②，更没有提出以白话文学取代文言文正宗地位的口号，并且谁也没有下决心要在创作实践中完全脱弃文言而将白话作为文学的唯一"利器"。

第二，他们白话主张的最大局限，是把"社会分作两部分"：一部分是"上等社会的人"，他们可以作古文古诗，虽然文言难懂也不妨，坚信"吃得苦中苦，方为人上人"，因袭"学而优则仕"的士大夫阶级的道路；另一部分则是下等社会的"小百姓"，因为念他们"无知无识，故降格作点通俗的文章给他们看"③。

第三，由于他们没有认识到白话不单是"开通民智"的工具，白话乃是创造中国文学的唯一工具，所以他们只承认古文难懂，但并未"老老实实地攻击古文的权威，认他做'死文学'"④，而大都是采取文言、白话并存的妥协态度。

---

① 胡适：《五十年来中国之文学》，《胡适全集》第 2 卷，安徽教育出版社 2003 年版，第 290 页。
② 胡适：《五十年来中国之文学》，《胡适全集》第 2 卷，安徽教育出版社 2003 年版，第 328 页。
③ 胡适：《五十年来中国之文学》，《胡适全集》第 2 卷，安徽教育出版社 2003 年版，第 329 页。
④ 胡适：《五十年来中国之文学》，《胡适全集》第 2 卷，安徽教育出版社 2003 年版，第 329 页。

第四，他们虽然在一定范围内展开了白话文运动，但因为其白话主张的严重局限性，未能在整个社会掀起一场声势浩大的反对文言文、提倡白话文的运动，给僵死的文言以致命打击。而五四白话文学运动则完全不同，不仅形成了壮阔的新文学运动，正式为古文"发讣文"①，而且通过文学运动、国语运动，真正实现了以白话取代文言的"正宗地位"的历史使命，表现了一种彻底的革命精神。

第五，他们提出的白话文主张，大都同其"保皇"、"保圣教"的政治立场联系在一起，而五四时期提倡白话文学则是为了更有效地宣传"科学"与"民主"的新思潮，为着反对封建意识形态、反帝爱国斗争的需要。

从上述简单比较中，恰好说明胡适的白话文学观是革命的，不是改良主义的。

三、从新文学的创作原则和方法来考察

创造"国语的文学"，光有白话语言作为利器还是不够的，尚须遵循一定的创作原则和方法。胡适为造新文学，环绕其"根本的主张"，提出一些新鲜的重要的现实主义创作原则和表现方法。这些文学理论虽然主要是从西方文艺思潮那里学来的，但在彼时中国新文学运动初期，不论是对文艺理论的建设或是对新文学创作实践的指导，都起了重要的作用。

关于"收集材料"问题。这里触及文学的题材，说明新文学创作不是面壁空想，必须建立在丰富而广泛的材料的基础上；只有这样才能言之有物，使新文学的内容充实，反映现实的真实生活。他认为"中国的'文学'，大病在于缺少材料"，不仅那些古文家"没有一毫材料"，作那些空虚无聊的东西，就是近人的小说材料也只不过是"官场""妓女"及"不官而官，非妓而妓的中等社会"。这说明旧文学题材窄狭，内容庸俗空浮，不是投合

---

① 胡适：《五十年来中国之文学》，《胡适全集》第 2 卷，安徽教育出版社 2003 年版，第 329 页。

小市民的趣味，就是抒写士大夫阶级的无病呻吟之情，此乃"宣告文学家破产的铁证"。因此，新文学家必须力避旧文学的弊病，切实做到：

第一，"推广材料的区域"，即扩大题材的范围，不仅是"官场妓院与龌龊社会三个区域"，重要的是"今日的贫民社会，如工厂之男女工人，人力车夫，内地农家，各处大负贩及小店铺，一切痛苦情形"，都应在"文学上占一位置"；"一切家庭惨变，婚姻苦痛，女子之位置，教育之不适宜……种种问题，都可供文学的材料"。这既具体说明了新文学应广泛地反映现实社会下层民众的生活，又明确指出新文学的描写对象应包括工人和农民。

第二，主张作家要"注重实地的观察和个人的经验"，反对文人"关了门虚造"。这里面含有深入生活、观察生活、熟悉生活、体验生活的可贵思想。因而，他强调指出"真正文学家的材料"不是凭空捏造的，也不是头脑里自生的，大都有"实地观察和个人自己的经验做个根底"。不做实地观察不能做文学家，全没有个人经验也不能做文学家。这种文学见解在五四时期提出来实在是新鲜得很。

第三，作家"要用周密的理想作观察经验的补助"。这里的所谓"理想"，含有想象的意思，即作家深入现实生活进行观察体验的时候，必须有"活泼精细的理想"进行分析综合，展开想象的翅翼，"从已知的推想到未知的，从经验过的推想到不曾经验过的，从可观察的推想到不可观察的"[1]。只有经过这样一个观察、体验、想象的思维过程，才能提炼主题，孕育形象。这实际上揭示出一个作家从观察生活到进入创作的过程，尽管有些表述不够明确，却基本上是一条唯物主义认识路线。

（一）

关于结构问题。它是文学作品的形式构成因素之一，它并非纯技术性的，而是与作品的内容、作家的艺术构思紧密地联系在一起。亦即作家从

---

[1] 胡适：《建设的文学革命论》，《新青年》1918 年 4 月 15 日第 4 卷第 4 号。

现实生活中选取一定题材，在通过想象形成作品主题的同时，必然要考虑到如何安排这些材料，用以表现作品的思想内容，构成一部或一篇完整的文学作品，这便是结构问题。胡适把结构分成剪裁和布局两步。有了材料，先要剪裁，而要剪裁得当，必须量体剪裁，这是布局的前提；材料剪定了，为更好地凸显主题，"须要筹算怎样做去始能把这材料用得最得当又最有效力"，这就是"布局工夫"。但是"近来的文人全不讲求布局：只顾凑足多少字可卖几块钱，全不问材料用的得当不得当，动人不动人"，这样的文人绝对造不出"有价值的新文学"①。他之所以如此重视新文学的结构问题，是因为他认识到结构对内容表达的重要性："论文学者固当注重内容，然亦不当忽略其文学的结构。结构不能离内容而存在。然内容得美好的结构乃益可贵"②。这就揭示出内容与结构相辅相成的辩证关系，说明了完美的艺术结构有助于内容更好地表达。实在是令人诚服的见解。

（二）

关于描写问题。这是个表现方法问题，但要运用得当并非容易。胡适对文学作品写人、写境、写事、写情都提出了较高的要求。不但写人要举动、口气、身份、才性等，都应有"个性"的区别；而且写境应一喧、一静、一石、一山、一云、一鸟等，都要有"个性"的区别。这里，触及塑造人物、描写景物，应该抓住各自不同的特点，予以准确、鲜明、生动的描写，达到"个性化"。写人写境尚且如此，那么写事写情也各有不同的要求：写事要线索分明，头绪清楚，近情近理，亦正亦奇；写情要真，要精，要细腻婉转，要淋漓尽致。欲达到这种艺术境界，描写方法必须灵活多变，即"有时须用境写人，用情写人，用事写人；有时须用人写境，用事写境，用情写境"③等。这些从收集材料、观察体验到结构、描写等几个步骤，差不多揭示出创作

---

① 胡适：《建设的文学革命论》，《新青年》1918 年 4 月 15 日第 4 卷第 4 号。
② 胡适：《再寄陈独秀答钱玄同》，《胡适全集》第 1 卷，安徽教育出版社 2003 年版，第 35—36 页。
③ 胡适：《建设的文学革命论》，《新青年》1918 年 4 月 15 日第 4 卷第 4 号。

新文学作品的具体写作过程；特别是他所运用的文学理论概念在中国文艺界是空前的新颖，虽不是他的创造，但能结合当时我国文艺现状具体应用，这对五四新文学的创作是大有裨益的。

（三）

关于创作方法问题。创作方法是作家反映和表现生活的原则。当有了丰富的生活材料和经验积累，进入具体创作过程的时候，必须掌握一定的创作方法。为创造新文学，胡适很重视创作方法的研究和介绍。早在 1915 年 8 月 3 日写的《读白居易与元九书》中，他就指出文学史上"大率可分为二派：一为理想主义（即浪漫主义），一为实际主义（即现实主义）"。前者的主要特点是："以理想为主，不为事物之真境所拘域；但随意之所及，心之所感，或逍遥而放言，或感愤而咏叹；论人则托诸往昔人物，言事则设为乌托之邦，咏物则驱使故实，假借譬喻"，此乃"理想派之文学也"。这种界说虽然分不清积极浪漫主义和消极浪漫主义的区别，但它基本上概括出浪漫主义创作方法的特征。后者的主要特点是："以事物之真实境状为主，以为文者，所以写真，纪实，昭信，状物，而不可苟者也。是故其为文也，即物而状之，即事而纪之；不隐恶而扬善，不取美而遗丑；是则是，非则非。举凡是非，美恶，疾苦，乐观之境，一本乎事物之固然，而不以作者心境之去取，渲染影响之。是实际派之文学也。"[1] 这种界说尽管分不清现实主义和自然主义的异同，但它却基本揭示了现实主义创作方法的基本特征。这种认识是符合文学史发展的"主要的'潮流'或者是倾向"的：即"浪漫主义和现实主义"[2]。他特别推崇易卜生的"写实主义"，认为一个作家应该敢于"睁开眼睛来看世间的真实现状"，且要老老实实地把"家庭社会的实在情形写出来，叫人看了动心"，叫人看了觉得对于"如此黑暗腐败"的社会

---

① 胡适：《留学日记》卷十，《胡适全集》第 28 卷，安徽教育出版社 2003 年版，第 213 页。

② 高尔基：《我怎样学习写作》，三联书店 1951 年版，第 43 页。

或家庭非起来"维新革命"不可，这就是"易卜生主义"[1]；他深恶那种"闭着眼睛不肯看天下的悲剧惨剧，不肯老老实实写天下的颠倒惨酷，他只图说一个纸上的大快人心"的"说谎的文学"[2]。联系当时的历史背景，认真想想胡适致力于中外创作方法的研究和介绍，这对于创造新文学所产生的积极影响是不言而喻的。

（四）

关于借鉴问题。各个民族的文学在发展过程中，既有自己的继承关系和独特的民族传统，同时也深受其他民族的影响。因此，重视吸取、学习、借鉴其他民族进步文学的精华，对于发展、繁荣本民族的文学必定会产生积极的影响。高尔基曾说："外国的文学给了我丰富的作为比较有用的材料，并且它的那种惊人的技巧更使我为之惊叹。它把人物描绘得那样的生动、突出，这些人物在我看起来，就好象是在肉体上可以感触到的……对于是一个作家的我，有着真正而深刻的教育意义的影响的，这就是'优秀的'法国文学——斯丹达尔、巴尔扎克、佛洛释尔。"[3]可见高尔基是有意识地接受优秀的法国文学的影响。五四时期的胡适对于借鉴外国文学来创造中国的新文学非常重视，尽管他的观点有些片面性，但那种如饥似渴的"拿来主义"精神是可取的。他指出，"今日欲为祖国造新文学，宜从输入欧西名著入手，使国中人士有所取法，有所观摩，然后乃有自己创造之文学可言"[4]。有没有这种"取法"或"观摩"，对于创造中国的新文学是大不一样的。闭门锁国，拒绝外国的精神文明，于中华民族文化的发达昌盛是有害无益的。胡适认为："最近六十年来，欧洲的散文戏本，千变万化，远胜古代，体裁也更发达了……更以小说而论，那材料之精确，体裁之完备，命意之高超，描写之工切，

---

[1] 胡适：《易卜生主义》，《胡适全集》第 1 卷，安徽教育出版社 2003 年版，第 612 页。

[2] 胡适：《文学进化观念与戏剧改良》，《新青年》1918 年 10 月 15 日第 5 卷第 4 号。

[3] 高尔基：《我怎样学习写作》，三联书店 1951 年版，第 43 页。

[4] 胡适：《藏晖室札记》卷十二，上海亚东图书馆 1939 年版，第 845 页。

心理解剖之细密，社会问题讨论之透彻……真是美不胜收。至于近百年新创的'短篇小说'，真如芥子里面藏着大千世界；真如百炼的精金，曲折委婉，无所不可；真可说是开千古未有的创局，掘百世不竭之宝藏"，因此，如果真要研究"文学的方法"，不可不翻译"西洋的文学名著做我们的模范"①。我们且不论他对西欧的"第一流的文学名著"是否言过其实，但必须肯定他积极主张译介西欧名著作为新文学创作的借鉴，这对五四新文学的创建是产生了良好影响的。试想彼时在文学创作上有成就的作家，哪一个没有受到外国文学的熏陶？至于对待中国古典文学，胡适虽然否定得较多，但他对白话文学的优秀传统，还是充分肯定的。他曾多次强调今日创造新文学所用的白话应尽量"采用《水浒》、《西游记》、《儒林外史》、《红楼梦》的白话"，并以今日的白话或文言做"补助"。他所肯定的中国文学史上的白话作品，大都是我们今天认定的优秀的文学遗产。可见胡适对中国古代文学并未采取虚无主义态度，且进行了具体分析和评价。他对近代文学的评判，不论是"桐城派"、"甲寅"，还是资产阶级改良派的文学，基本上是客观的。②胡适对借鉴与继承问题的看法，在五四时期能达到这样的认识水平也是难能可贵的。

（五）

关于体裁问题。文学体裁是文学作品的具体形式，一切作品的思想内容都要通过这样或那样的体裁来表现，没有体裁的作品是不存在的。为创造新文学，胡适很重视体裁的多样化，不论对新诗创作或者对小说、戏剧创作，都很关注，除自己"尝试"外，并对各种体裁提出一些有价值的文学见解。

首先，他是白话新诗的倡导者，又是拓荒者，不仅指出创造白话新诗

---

① 胡适：《建设的文学革命论》，《新青年》1918 年 4 月 15 日第 4 卷第 4 号。

② 参见胡适：《五十年来中国之文学》，《胡适全集》第 2 卷，安徽教育出版社 2003 年版，第 310 页。

对于创建中国新文学的重要性，同时提出了具体"实验"白话新诗的主张：第一，新诗不能"无病呻吟"，应表现"簇新世界"①，以"乐观主义"入诗，这是"旧诗中极罕见"②的；第二，惟有诗体的解放，以新诗体式才能表现"丰富的材料，精密的观察，高深的理想，复杂的感情"③；第三，新诗的白话是一种"活的语言"，既能达意，又"优美适用"④；第四，新诗的表现手法，要"用具体的做法，不可用抽象的说法"⑤，即"用朴实无华的白描工夫"⑥，增强"诗的具体性"，能引起"鲜明扑人的影像"，因而"诗越偏向具体的，越有诗意诗味"，以防新诗创作的理念化倾向；第五，"真正的白话诗"，须讲究诗的自然音节，要"语气自然，用字和谐"，该用"现代韵，不拘古韵，更不拘平仄韵"，"有韵固好，没有韵也不妨"，"节"要"依着意义的自然区分与文法的自然区分"，注意"顿挫段落"。这些新诗音节的见解，既回击了那些"攻击新诗的人，多说新诗没有音节"的谬论，又批评"一些做新诗的人也以为新诗可以不注意音节"⑦的误解。胡适对于新诗的见解，不仅为新诗创作提供了新鲜的诗论依据，而且也激起了新诗作者的创作勇气。难怪朱自清后来回忆说："这些主张大体上似乎为《新青年》诗人所共信；《新潮》《少年中国》《星期评论》，以及文学研究会诸作者，大体也这般作他们的诗。《谈新诗》差不多成为诗的创造和批评的金科玉律了。"⑧这种估价也许有点偏高，不过可以想见胡适的新诗主张在诗界革命中所产生的巨大影响。

---

① 胡适：《沁园春·誓诗》，《留学日记》卷十二，《胡适全集》第 28 卷，安徽教育出版社 2003 年版，第 353 页。

② 朱自清：《中国新文学大系·诗集·导言》，上海良友图书印刷公司 1935 年版，第 2 页。

③ 胡适：《谈新诗》，《星期评论》1919 年 10 月 10 日"双十节纪念专号"。

④ 胡适：《留学日记》卷十三，《胡适全集》第 28 卷，安徽教育出版社 2003 年版，第 391 页。

⑤ 胡适：《谈新诗》，《星期评论》1919 年 10 月 10 日"双十节纪念专号"。

⑥ 胡适：《〈尝试集〉自序》，《胡适全集》第 1 卷，安徽教育出版社 2003 年版，第 184 页。

⑦ 胡适：《谈新诗》，《星期评论》1919 年 10 月 10 日"双十节纪念专号"。

⑧ 朱自清：《中国新文学大系·诗集·导言》，上海良友图书印刷公司 1935 年版，第 2 页。

　　其次，他虽然写过一篇不甚高明的短篇小说，但他对短篇小说的创作却极力鼓吹，以促其发展，增加新文学的品种。1918 年 3 月 15 日，他在北京大学国文研究所小说科发表了《论短篇小说》的讲演。①他认为"西方的'短篇小说'在文学上有一定的范围，有特别的性质，不是单靠篇幅不长便可称为'短篇小说'的"，于是他对短篇小说下了一个比较正确而在当时看来又非常新颖的"界说"："短篇小说是用最经济的文学手段，描写事实中最精彩的一段，或一方面，而能使人充分满意的文章。"对此"界说"，他结合具体实例做了进一步说明："一人的生活，一国的历史，一个社会的变迁，都有一个'纵剖面'和无数'横截面'。纵面看去，须从头看到尾，才可看见全部。横面截开一段，若截在要紧的所在，便可把这个'横截面'代表这个人，或这一国，或这一个社会。这种可以代表全部的部分，便是我所谓'最精彩'的部分。"此种解说是符合辩证法的，不仅涉及短篇小说如何取材的问题，也触及文学创作如何处理个别与一般、部分与整体的关系问题。所谓"最经济的文学手段"，即"增之一分则太长，减之一分则太短；着粉则太白，施朱则太赤"，"处处恰到好处"。根据这一定义，他简述了中国短篇小说史，指出最近世界文学的趋势，"都是由长趋短，由繁多趋简要"。造成这发展趋向的原因不外是：第一，"世界的生活竞争一天忙似一天，时间越宝贵了，文学也不能不讲究'经济'；若不经济，只配给那些吃了饭没事做的老爷太太们看，不配给那些在社会上做事的人看了"，初步揭示了文学的发展毕竟受着经济基础的制约；第二，既然"文学自身的进步，与文学的'经济'有密切关系"，那么"文学越进步，自然越求'经济'的方法"。胡适的主要目的不是为着对中国小说史和世界文学发展做什么理论探讨。而是着重在说明"今日中国的文学，最不讲'经济'"，它既背离了中国小说发展的优良传统，又远离最近世界文学发展的趋势，因此必须提倡"真正的'短篇小说'"，使中国的新文学赶上世

---

① 参见胡适：《论短篇小说》，《胡适全集》第 1 卷，安徽教育出版社 2003 年版，第 124 页。

界文学发展的潮流。在现代文学的初创时期，他这一"提倡"，对新小说的发展是颇有意义的。

再次，他对戏剧这种文学品种的改革也很重视，他自己创作了话剧《终身大事》，还写了《文学进化观念与戏剧改良》等论文，提出一些进步的文学见解。他认为中国文学最缺乏的是"悲剧观念"，无论是小说还是戏剧，总是一个美满的大"团圆"，现今戏院唱完戏常有一男一女出来一拜，名曰"团圆"，其实是"中国人的'团圆迷信'的绝妙代表"。这是对中国文学切中的批评，的确有这样一些作家，"明知世上的真事都是不如意的居大部分，也明知世上的事不是颠倒是非，便是生离死别，他却偏要使'天下有情人都成了眷属'"。这种"团圆"式的小说或戏剧，"根本说来，只是脑筋简单，思力薄弱的文学，不耐人寻思，不能引入反省"。因而，他极力提倡"悲剧观念"，希求戏剧作者敢于老老实实地描写"天下的悲剧惨剧"。这是一种"思力深沉，意味深长，感人最烈，发人猛省的文学"。惟有这种悲剧观念，才是"医治我们中国那种说谎作伪、思想浅薄的文学的绝妙圣药"[①]。联系当时北洋军阀勾结帝国主义对中国人民实行最残酷统治的历史背景，胡适鼓吹"悲剧观念"，不正是号召作家以悲剧形式来揭露现实社会的种种罪恶和广大民众的悲惨生活吗？此外，他认为中国"大团圆式"的说谎文学正是民族文化"老性"的表现，此乃一种"死症"，几乎无药可医。现在只有生路一条，即"赶快灌下西方的'少年血性汤'"[②]，以西欧的戏剧文学来疗救"暮气攻心，奄奄断气"[③]的中国旧文学（他对中国旧剧的看法是有片面性的）。为此，他主张翻译西洋戏剧名著作为我们的"模范"，特别应重视那些专研究社会种种问题的"问题戏"或以嬉笑怒骂的文笔表达救世苦心的"讽刺戏"[④]等。这些见解对中国戏剧改革起过重要作用，早已为戏剧发展史所证明。

---

① 胡适：《文学进化观念与戏剧改良》，《新青年》1918 年 10 月 15 日第 5 卷第 4 号。
② 胡适：《文学进化观念与戏剧改良》，《新青年》1918 年 10 月 15 日第 5 卷第 4 号。
③ 胡适：《文学进化观念与戏剧改良》，《新青年》1918 年 10 月 15 日第 5 卷第 4 号。
④ 胡适：《建设的文学革命论》，《新青年》1918 年 4 月 15 日第 4 卷第 4 号。

以上的有价值的文学见解，是胡适白话文学观不可缺少的组成部分。谁能轻信这些文学观点仅仅是形式主义的改良，又有谁能相信胡适一开始就破坏五四文学革命呢？

四、结语

（一）

"判断历史的功绩，不是根据历史活动家没有提供现代所要求的东西，而是根据他们比他们的前辈提供了新的东西。"[①]"依据这一历史唯物主义观点，我们尽力从事实的全部总和、从事实的联系中"[②]，就胡适白话文学主张及其对新文学运动态度的基本方面，提到一定的历史范畴进行了考察和评判，着重肯定其进步的革命的历史意义。肯定了基本方面并不等于肯定了全部，因此还必须指出胡适白话文学主张及其对新文学态度的局限性和矛盾性。

五四前后的白话文学运动，总是直接或间接地受着当时反帝反封建政治斗争的决定和制约。虽然胡适在阐述白话文学主张时触及文艺与爱国的关系，并"想在思想文艺上替中国政治建筑一个革新的基础"；但是必须指出，从总体来看，他的白话文学主张很少强调文学革命如何同当时反帝反封建的政治运动联系起来（事实上，文学革命有力地配合了五四反帝爱国运动），也没有明确地指出白话文学如何为以民主与科学为标志的思想启蒙运动服务。这并非是一时的疏忽，或是认识不到，而是有意地回避，这正是他"打定二十年不谈政治的决心"在文学主张上的表现。实际上，他的决心是脱离现实的，是同他从事的文学革命活动和自己的写作实践相矛盾的。试问，当时他写的哲学、道德等论文，哪一篇没有鲜明的政治倾向性，他创作的诗篇有多少是鼓吹"新革命"、"奴隶造反"、造一个好政府的？

---

① 列宁：《评经济浪漫主义》，《列宁全集》第 2 卷，人民出版社 1984 年版，第 4 页。
②《列宁全集》第 23 卷，人民出版社 1990 年版，第 279 页。

　　新文学运动既包括文学形式（主要以白话取代文言）的革命，又包括文学内容（主要反对"文以载道"）的革命。胡适明确地认识到这两方面，特别在刚刚开始倡导文学革命时，总是兼及内容和形式的改革；但随着新文学运动的深入，他虽然在强调白话形式改革的同时，也注意到内容方面的问题，然而相比之下是更多地注重了白话形式，甚至把它强调到不适当的程度。如说什么"提倡文学革命，只是要替中国创造一种国语的文学"，而且这是"唯一宗旨"和"根本的主张"，等等。如果单从文学语言的改革方面着眼，对于推倒文言以立白话的正宗地位，那这一"宗旨"是革命的，如果从文学革命的内容和形式的辩证关系来看，在文学革命初期，文言形式成了新的思想内容充分表达的严重障碍，不废除文言新文学实难创造的条件下，那么这"根本的主张"的提法是不乏积极的革命意义的；如果在整个新文学运动发展过程中，一直把"国语的文学，文学的国语"作为唯一宗旨，而不着重强调一下文学思想内容的革命，那么这种片面性的观点，将会影响新文学创造的进程，或把新文学运动引到歧途上去。鲁迅、周作人、李大钊等，针对这种片面性，相继撰文进行拨正，突出地强调了文学思想内容革命的重要性，以矫正胡适"唯一宗旨"说的片面性，使新文学运动继续沿着正确的方向发展。事实上，"唯一宗旨"说不仅同胡适白话文学主张的总体存在矛盾，而且同他的"实验"白话诗也存在矛盾。他尝试白话诗的创作，并非把运用"白话"作诗当成"唯一宗旨"，乃是从"形式入手"，旨在如何创造新的形式表现新思想新内容，因此他的诗作大部分内容是反映了时代精神，反而表现形式（包括语言在内）倒保存着较多的旧诗痕迹，这表明他的创作实践同其"唯一宗旨"并不一致。

　　以白话作为造新文学的利器，无疑是正确的，但究竟什么是真正的"白话"，他的解释不仅含糊，而且有矛盾的地方。有时说《西游记》《水浒传》《儒林外史》《红楼梦》几部"白话文学"是"标准白话"，有时说"白话的'白'，是戏台上说'白'的白"。这里，至少有三点没有搞清楚：一是古典白话同创造新文学用的白话，有联系也有区别，到底有何联系有何区别？二是戏台上的说白，有来自人民口头的生动语言，也有封建文人造的僵死语言，二者到底取谁？三是古典白话和戏台上的说白，前者主要是书面语言，后者主要是口头语言，虽有一定的联系，但毕竟差别很大，两者究竟如何结合起来形成一种新白话？再比如，他提出创造真正的白话，要多读"模范的白话文学"，即多读唐宋的白话诗词、元人戏曲、明清小说等。这虽然注意到向古典白话的优秀传统学习，但他没有指出它只是创造新白话的"流"，真正的白话语言惟有从人民群众生活中去找源泉，吸收群众中活的口头语言，适当地处理"源"和"流"的关系，创造一种新文学的白话语言。

　　为创造新文学做好准备工作，胡适强调学习西方文学名著的表现方法和创作技巧，即使夸得过分一些，这种心情也可以理解，不一定是"崇洋媚外"。但是使人不能接受的是：为了抬高西方文学的地位，反衬其优越性，引起众目的关注，不该有时对古代文学采取绝对否定的形而上学态度。如说"中国文学的方法实在是不完备，不够作我们的模范"，这也许是事实，然则做"模范"不够，并不一定没有可取之处，应该对古代文学的表现方法进行具体分析，予以批判继承。似乎在胡适眼里，中国的"散文只有短篇，没有布局周密，论理精严，首尾不懈的长篇；韵文只有抒情诗，绝少纪事诗，长篇诗更不曾有过；戏本更在幼稚时代，但略能纪事掉文，全不懂结构，小说好的，只不过三四部，这三四部之中，还有许多疵病；至于最精彩的'短篇小说'，'独幕戏'，更没有了"①。这种对待古典文学的带有一定虚无色彩的态度，还表现在对整个封建时代文学的总的看法上。他认为"这二千年的文人所作的文学都是死的"，故"中国这二千年只有些死文学，只有些没有价值的死文学"。这种偏激的说法，在反对旧文学提倡新文学的革命中也许有"不破不立"的革命意义，但是作为对中国二千年古代文学的论断，那不但不符合史实，而且同自己的某些文学观点相矛盾。应该看到，中国古代文学既有文言文学，也有白话文学，相比之下，前者处在正宗地

---

① 胡适：《建设的文学革命论》，《新青年》1918 年 4 月 15 日第 4 卷第 4 号。

位，而优秀遗产并不多，后者虽不被封建文人重视，却大都具有不朽的文学价值。对此，胡适也认识到了，但有时为了强调继承白话文学的优秀传统，贬"古文"抬"白话"，常常出现自己打自己嘴巴的笑话。既然"二千年的文人所做的文学都是死的"，那么为什么文人做的白话又成了活文学，莫非活文学不包括在两千年的"文学"里吗？必须肯定，在我国文学史上曾产生过许多优秀的文学作品，即使文言写成的也不完全是毫无文学价值的"死文学"。如果要创造具有民族特点的新文学，吸取外国优秀文学的特长，必须同我国文学的优秀传统相结合，不是生搬硬套，更不是"全盘西化"，而是把它融铸于民族形式之中，创造为中国人民大众所喜闻乐见的新文学。

正因为他对中国民族文学的优秀传统否定太多，把西方文学看成不可企及的高峰，所以他将中国新文学的创建推到遥远的将来。他认为五四时期还不具备创造新文学的条件，或掌握白话工具或学习西方写作方法，均是"创造新文学的预备"，而"现在的中国还没有做到实行预备创造新文学的地步"[①]。这种认识，不仅同他自己的理论相矛盾，而且同五四新文学的创作实践相背离，是一种主观主义的估量和推测。他曾多次谈到新文学的"形式和内容有密切的关系"，但接触到如何创造新文学问题，就将文学内容和形式割裂开来，竟把构成新文学形式的白话语言与写作方法排斥于新文学之外，没有将掌握白话语言工具和学习西方写作技巧也当成创造新文学的有机组成部分。这种自相矛盾的理论会导致荒唐的结论：新文学的内容和形式可以各自独立而存在，双方不以他方为存在的条件，不是互相制约互相联系，构成一个完美的艺术整体，乃是可以任意分割的不成体态的艺术部件。胡适的创作实践和五四新文学创作的实绩，足以证明这种认识的谬误。就在他发表这种谬见的前后，不只他写了很多白话诗，同时周作人、鲁迅、康白情等也开始写白话诗，特别是不久后鲁迅发表了显示新文学实绩的白话小说《狂人日记》，从而逐步形成了一个新文学创作的高潮。对白话新诗

---

① 胡适：《建设的文学革命论》，《新青年》1918 年 4 月 15 日第 4 卷第 4 号。

的创造，胡适写过《谈新诗》，给予较高的评价，并认定有些诗是真正的白话新诗；他对鲁迅的小说创作也认为"从四年前的《狂人日记》到最近的《阿Q正传》，虽然不多，差不多没有不好的"①。这些都是五四时期创作的新文学作品，不仅为中国现代文学奠定了基础，而且其中有的作品已列为世界优秀文学之林。由此可以说明，新文学的创造不是遥远的将来，而是在他认为的"预备期"便已经创造出来了。

　　胡适立誓"为大中华，造新文学"而"搴旗作健儿"②，无疑表现献身新文学运动的气魄和义勇。他不但敢于写长达千字的白话游戏诗嘲讽站在守旧立场反对文学革命的梅觐庄，而且勇于向当时成了旧文学桥头堡的旧体诗挑战，决心做白话新诗的拓荒者。刘半农曾回忆说："在民国六年时，提倡白话文已是非圣无法，罪大恶极，何况提倡白话诗。所以胡适之诗中有'两个黄蝴蝶'一句，就惹恼了一位黄侃先生，从此呼适之为黄蝴蝶而不名；又在他所编的文心雕龙札记中大骂白话诗为驴鸣狗吠"；更甚者，"文字狱的黑影，就渐渐的向我们头上压迫而来"。③ 但这些都没有阻挡住胡适等提倡白话文学、实地尝试白话诗的前进步伐。然而，从新文学运动的整个演进过程来看，胡适对提倡新文学的态度和立场，并非始终如一的沉毅勇敢、坚定无畏，有时表现出相当的软弱和动摇。特别对白话文学主张，并不像陈独秀那样坚定自信，斩钉截铁，不容任何人"匡正"；相比之下，他便显得书生气十足，对新文学采取一种"不敢以吾辈所主张为必是而不容他人之匡正"的犹豫态度，对于守旧势力的进攻，他虽是首当其冲的被攻击的对象，但他并没有采取像钱玄同那种针锋相对、痛加驳斥的坚定立场，而常常保持一种带温和色彩的忍让或礼争的态度，这也许含有争取对立面、扩大新文学战线的策略思想在内，但在客观上却表现出对旧势力的妥协让

①　胡适：《五十年来中国之文学》，《胡适全集》第2卷，安徽教育出版社2003年版，第343页。
②　胡适：《沁园春·誓诗》，《留学日记》卷十二，《胡适全集》第28卷，安徽教育出版社2003年版，第353页。
③　刘半农：《〈初期白话诗稿〉序目》，北平星云堂书店1933年影印版，第6—7页。

步。为此，钱玄同曾尖锐地批评胡适："老兄的思想，我原是很佩服的。然而我却有一点不为然之处：即对于千年积腐的旧社会，未免太同他周旋了。平日对外的议论，很该旗帜鲜明，不必和那些腐臭的人去周旋。老兄可知道外面骂胡适之的人很多吗？你无论如何敷衍他们，他们还是很骂你，又何必低首下心，去受他们的气呢？"[1] 这是切中要害的批评，尽管胡适也表明他这样做有着"使人'同'于我的'异'"[2] 的策略目的，但他无法为这种软弱性"辩护"。他在新文学运动中所表露出的立场和态度，正是自由主义者面对黑暗残暴旧社会的压迫，又要革命又怕革命的两面性的具体表现。

（二）

胡适在五四新文学运动中所表现出的，在理论上的进步性和局限性、在行动上的革命性和动摇性，乍看起来似乎这种矛盾现象很难理解，其实并不奇怪，它们在胡适身上都有着深刻的思想根源。

胡适倡导白话文学的思想基础大致有二：一是爱国主义思想情感；一是历史观的二元论，思想方法的实验主义。

胡适开始倡导新文学是基于救国救民的爱国主义思想。五四时期他并不是帝国主义买办文化的代表，更不是里通外国的洋奴，他有着救国救民的爱国主义情感。早年美国留学，虽然受的是资产阶级教育，但他并未忘记自己的祖国，而是时刻关心着祖国的命运，并把自己的学习和将来"为国效奔走"的爱国志愿联系起来。初到美国，他"所志在耕种"，认为"文章真小技，救国不中用"，后来在朋友的开导下，"从此改所业，讲学复议政"，开始注意政治，关心国家大事；面对着"故国方造新，纷争久未定"的现实，立下"学以济时艰，要与时相应"的志愿，表现了为"救国"而学习的爱国主义思想。他看到"国事真成遍体疮，治头治脚俱所急"[3]，同时

---

① 《胡适来往书信选》（上），中华书局 1979 年版，第 25 页。

② 《胡适来往书信选》（上），中华书局 1979 年版，第 27 页。

③ 胡适：《留学日记》卷十一，《胡适全集》第 28 卷，安徽教育出版社 2003 年版，第 251 页。

也愿意为"弱与穷"的祖国"竭吾所能，为我所能为"[1]。因此，爱国主义成了他"为大中华，造新文学"的主要内在动力。回国途中听到张勋复辟，认定与文化教育落后有关，于是决心二十年不谈政治，先搞思想文艺运动，为改革政治打好基础，即通过开展国语的文学运动，唤起最大多数的民众来共同担负这救国的责任。

胡适要"从根本上下手"[2]来挽救"国事败坏"，但他却选择了"文化救国"的道路，这主要因为他不是坚持历史唯物主义作为思想武器来观察和改造祖国腐败的社会，而是在历史观上坚持二元论，在思想方法上坚信实验主义，并认为它们是救国的绝好工具。

他怀疑历史唯物主义是一种科学的宇宙观，认为"唯物（经济）史观至多只能解释大部分问题"[3]，不能解决所有的社会问题；他不承认教育、文化、道德、政治、思想、宗教、制度都是"经济的基础上面之建筑物"[4]，而是"主张心物二元论"[5]，即经济基础与上层建筑不是决定与被决定的关系，而是"弟兄"[6]之间的关系，它们都能"变动社会，解释历史，支配人生观"[7]，否认"经济的变更"是根本的变更。正如陈独秀所批评指出的："思想知识言论教育，自然都是社会进步的重要工具，然不能说他们可以变动社会解释历史支配人生观和经济立在同等地位。我们并不抹杀知识、思想、言论教育，但我们只把他当做经济的儿子，不象适之把他当做经济的弟兄。"[8]这是历史唯物主义"一元论"同形而上学"二元论"的根本区别所在。由于胡适坚信知识、思想、言论、教育"可以打倒军阀，可以造成平民革命，

---

① 胡适：《藏晖室札记》卷九，上海亚东图书馆 1939 年版，第 654 页。

② 胡适：《藏晖室札记》卷十二，上海亚东图书馆 1939 年版，第 816 页。

③ 胡适：《〈科学与人生观〉序》，《胡适文存二集》卷二，上海亚东图书馆 1924 年版，第 44—52 页。

④ 胡适：《〈科学与人生观〉序》，《胡适文存二集》卷二，上海亚东图书馆 1924 年版，第 44—52 页。

⑤ 胡适：《〈科学与人生观〉序》，《胡适文存二集》卷二，上海亚东图书馆 1924 年版，第 44—52 页。

⑥ 胡适：《〈科学与人生观〉序》，《胡适文存二集》卷二，上海亚东图书馆 1924 年版，第 44—52 页。

⑦ 胡适：《〈科学与人生观〉序》，《胡适文存二集》卷二，上海亚东图书馆 1924 年版，第 44—52 页。

⑧ 胡适：《〈科学与人生观〉序》，《胡适文存二集》卷二，上海亚东图书馆 1924 年版，第 44—52 页。

可以打破国际资本主义"，因此五四时期他"辛辛苦苦地努力做宣传的事业，谋思想的革新"①，积极倡导白话文学运动，而反对先从"经济组织"入手来"根本解决"中国社会问题，主张从文艺、思想、教育入手，此乃挽救"国事败坏"的"造因之道"②。这正是他"要想在思想文艺上替中国政治建筑一个革新的基础"的思想根源。从这一思想认识出发，他认定"现在国中的最大病根，并不是军阀与恶官僚，乃是懒惰的心理，浅薄的思想，靠天吃饭的迷信，隔岸观火的态度。这些东西是我们的真仇敌！他们是政治的祖宗父母"，这都是"二千年思想文艺造成的恶果"。因此，"打倒今日之恶政治，固然要大家努力；然而打倒恶政治的祖宗父母——二千年思想文艺里的'群鬼'更要大家努力！"③他这种思想、文艺先于政治、经济，重于政治、经济的观念，虽然在反对旧道德、旧文化、旧文学，提倡新道德、新文化、新文学的五四文化运动和文学革命中起着积极的革命的作用，但对于引导人们先从旧中国的政治制度、经济组织入手进行彻底的根本的改革方面不能不产生消极作用；虽然给他的白话文学主张带来了强烈的革命性，但也带来了一定的局限性，比如未突出强调文学革命同现实反帝反封建的政治斗争相结合，过多地强调文学形式的改革先于思想内容和重于思想内容的改革等，都与这种"二元论"有关。

他坚信实验主义是救国救民的绝好工具，也是他倡导白话文学的重要哲学基础。胡适是个实验主义的信徒，"谈白话文也只是实行我的实验主义"④。既然实验主义是他提倡白话文学的理论基础，为什么其文学主张及创作实践还具有进步的革命的意义呢？

实验主义是一个比较复杂的哲学流派，在美国就有皮耳士、詹姆士、杜威等各有异同的实验主义，因此不能不加具体分析地进行简单化的否定，

---

① 胡适：《〈科学与人生观〉序》，《胡适文存二集》卷二，上海亚东图书馆 1924 年版，第 44—52 页。
② 胡适：《藏珲室札记》卷十二，上海亚东图书馆 1939 年版，第 833 页。
③ 胡适：《我的歧路》，《胡适文存二集》卷三，上海亚东图书馆 1924 年版，第 88—89 页。
④ 胡适：《我的歧路》，《胡适文存二集》卷三，上海亚东图书馆 1924 年版，第 81 页。

应当承认实验主义哲学思想旦含有科学的合理的因素，况且接受这种哲学思想的人，也不都是机械地教条地生吞活剥，死搬硬套，而常常是根据不同的历史条件、现实斗争的需要和个人的具体情况，有所取舍、有所改造。胡适并非接受了全部的"实验主义哲学"，而是有所选择的。他曾说："我的思想受两个人的影响最大：一个是赫胥黎，一个是杜威先生。赫胥黎教我怎样怀疑，教我不信任一切没有充分证据的东西。杜威先生教我怎样思想，教我处处顾到当前的问题，教我把一切学说理想都看作待证的假设，教我处处顾到思想的结果。"[①]说明赫胥黎的进化论思想（据胡适解释，进化论是实验主义的组成部分）和杜威的实验主义，使他获得了观察、认识、解决问题的思想方法。赫胥黎的进化论使他形成了进化的历史观，坚信"文学乃是人类生活状态的一种记载，人类生活随时代变迁，故文学也随时代变迁，故一代有一代的文学"[②]。这种进化的文学观，至少在文学领域没有使他变成一个渐进的改良主义者，基本上是一个文学革命论者。因为他从"一代有一代的文学"的进化观出发，推断出白话文一定要取代文言文的"正宗地位"，今天的"活文学"一定要取代二千年的"死文学"的革命结论，在白话与文言、活文学与死文学之间没有调和的余地，非此即彼，坚定不移。杜威的实验主义，他认为"只是一个方法，只是一个研究问题的方法。他的方法是：细心搜求事实，大胆提出假设，再细心求实证。一切主义，一切学理，都只是参考的材料，暗示的材料，待证的假设，绝不是天经地义的信条"[③]。这种研究问题的思想方法，是科学的思想方法，含有一种从实际出发研究问题、解决问题的求实精神和敢于破除对天经地义的"永不变的天理"的迷信的勇气。这种实验主义思想方法，体现在五四新文化运动和文学革命中，一是使他对神圣不可撼动的"吃人的礼教"和孔家"老店"，

---

① 胡适：《介绍我自己的思想》，《胡适全集》第 4 卷，安徽教育出版社 2003 年版，第 658 页。
② 胡适：《文学进化观念与戏剧改良》，《新青年》1918 年 10 月 15 日第 5 卷第 4 号。
③ 胡适：《我的歧路》，《胡适文存二集》卷三，上海亚东图书馆 1924 年版，第 81 页。

喊出了"捶碎，烧去"①的战斗口号。这正是胡适对孔孟之道二千多年产生的负面效果进行正确分析所做出的判断，他认为："对于一种学说或一种宗教，应该研究他在实际上发生了什么影响：'他产生了什么样子的社会制度？他所产生的礼法制度发生了什么效果？增长了或是损害了人生多少幸福？造成了什么样子的国民性？助长了进步吗？阻碍了进步吗？'"胡适运用这种"实际的效果"的客观标准，去评判儒家学说，必然得出封建社会的"种种礼法制度都是一些吃人的礼教和一些坑陷人的法律制度"②。这是实验主义思想方法具体用来观察、分析社会问题的表现。二是使他面对当时文坛上弥漫着的拟古主义和形式主义的文风，敢于提出"为大中华，造新文学"的大胆假设，并决心"实地试验"白话诗，坚信"自古成功在尝试"，愿以"数年之力"来"新辟一文学殖民地"③，表现出一种踏踏实实地为创造新文学而披荆斩棘的革命毅力，这是他的"实验主义态度"在文学革命运动中的具体"应用"。

　　进化论也好，实验主义思想方法也好，它们毕竟不是一种马克思主义的科学宇宙观，其局限性亦同样明显地表现在胡适的文学主张和实践活动上。比如，进化的文学观，使他看到了"一时代有一时代之文学"的时代区别性和联系性，但是看不到每个时代的文学还有阶级性，因而他必然做出二千年封建时代的文言文都是"死文学"、白话文都是"活文学"的绝对化结论，不能对每个时代的文学进行具体的阶级的分析；再如，对待新思想与旧思想、新文学与旧文学之间的斗争，以进化论的"新陈代谢"观点来看，胡适还敢站在新的营垒对它们"作战"，但是对于维护旧思想、旧文学的"人"，他却采取人道主义态度。他曾说："我们总希望作战的人都能尊重对方的人格，都能承认那些和我们信仰不同的人不一定都是笨人与坏人，

---

① 胡适：《〈吴虞文录〉序》，《胡适全集》第1卷，安徽教育出版社2003年版，第763页。

② 胡适：《〈吴虞文录〉序》，《胡适全集》第1卷，安徽教育出版社2003年版，第762页。

③ 胡适：《〈尝试集〉自序》，《胡适全集》第1卷，安徽教育出版社2003年版，第196页。

都能在作战之中保持一种'容忍'的态度；我们总希望那些反对我们新信仰的人，也能用'容忍'的态度来对我们，用研究的态度来考察我们的信仰。我们要认清：我们的真正敌人不是对方；我们的真正敌人是'成见'，是'不思想'。我们向旧思想旧信仰作战，其实只是很诚恳地请求旧思想和旧信仰势力之下的朋友们起来向'成见'和'不思想'作战。凡是肯用思想来考察他的成见的人，都是我们的同盟！"①这种只对"旧思想"不对"人"的想法，从争取一切可以争取的同盟者站在新文化战线上，一起向旧思想作战这个角度而言，也许具有策略意义，但是把旧思想同维护它的"人"绝对分开并采取"容忍"态度，显然在理论上是错误的，在行动上是软弱的。这正是实验主义思想方法局限性的表现。

　　在中国现代文学史上，不乏胡适这种为中国现代文学创构做出重大贡献而思想又充满矛盾的复杂的历史人物。他们的确在新文学创建期发生过重要影响。后因为种种原因，胡适选择以自由主义立场来坚持新文学运动的人文主义和科学主义的传统，对于这样的人物，必须从史实出发，坚持实事求是的科学态度，进行全面地分析研究，具体评价其历史功过，这样有助于恢复现代文学史的本来面目，也有利于总结历史经验教训，进一步推动中国文化、文学的现代化建设。

---

① 胡适：《〈科学与人生观〉序》，《胡适全集》第 2 卷，安徽教育出版社 2003 年版，第 212 页。

第七章

"国语的文学"与"文学的国语"

——重估胡适倡导新文学的宗旨观

近三十年对五四新文学的研究逐步突破《新民主主义论》的政治意识形态认知框架，导入启蒙主义的思维模式，这固然抓住了五四文学精神的特质，但对白话文学形态的研究却重视不够，即使有些学术成果也难能超越二十世纪三十年代中期赵家璧主编的《中国新文学大系》的"导言"。尤其对五四白话文学主张的解说只注重胡适在《文学改良刍议》中提出的"八不主义"，而对其在《建设的文学革命论》中所主张的"国语的文学，文学的国语"的十个大字的"唯一宗旨"却有所忽略；既缺乏对这一根本宗旨观的丰盈内涵的挖掘与剖析，又缺少对其重要理论价值和实践意义的深刻阐释与考辩。如果说这十个大字的"唯一宗旨"是对五四白话文学内涵最集中最精练最概括最辩证的表述，那么五四以来白话文学创作取得的丰赡实绩就是这"唯一宗旨"的最辉煌的体现；而那些数十年在每个历史区段来诋毁或反对白话文学的愚顽者的主要攻击矛头则是"唯一宗旨"。新文学主将鲁迅曾在二十世纪二十年代中期的"文白之争"中以激愤的言辞与决绝的态度表示："我总要上下四方寻求，得到一种最黑，最黑，最黑的咒文，先来诅咒一切反对白话，妨害白话者。即使人死了真有灵魂，因这最恶的心，应该堕入地狱，也将决不改悔，总要先来诅咒一切反对白话，妨害白话者。"[1] 今天重估"国语的文学，文学的国语"这"唯一宗旨"或重评白话文学，虽然不必像鲁迅当年那样激烈那样义愤，可以采取更冷静更理性的科学态度，但是鲁迅那种变革文言旧文学、创造白话新文学的坚定立场和

---

[1] 鲁迅：《二十四孝图》，《鲁迅全集》第 2 卷，人民文学出版社 1981 年版，第 251 页。

毅力却值得有志于改革者或研究新文学者学习。

一、建设新文学"唯一宗旨"的特定背景

以"国语的文学，文学的国语"作为五四新文学的根本宗旨，胡适在酝酿并倡导文学改良之初并没有明确地提出来。查阅 1916 年胡适的《留学日记》，他写了首《沁园春·誓诗》，并修改了四次，以表示"为大中华，造新文学""且准备寒旗作健儿"[①]的决心和雄心，但是究竟怎样"造新文学"、造什么形态的"新文学"，并没有具体表明。而 7 月 6 日追记的《白话文言之优劣比较》一文中，则"余力主张以白话作文作诗作戏曲小说"，其理由是："（一）今日之文言乃是一种半死的文字，固不能使人听得懂之故"；"（二）今日之白话是一种活的语言"；"（三）白话并不鄙俗，俗儒乃谓之俗耳"；"（四）白话不但不鄙俗，而且甚优美适用"；"（五）凡文言之所长，白话皆有之。而白话之所长，则文言未必能及之"；"（六）白话并非文言之退化，乃是文言之进化"；"（七）白话可产生第一流文学"；"（八）白话的文学为中国千年仅有之文学"；"（九）文言的文字可读而听不懂；白话的文字既可读，又听得懂"。[②]暂且不论胡适以二元对立思维对白话与文言优劣的比较所给出的判断是否完全正确，但胡适的白话文学主张却显出了雏形。随后 8 月 21 日的留学日记，胡适便将其"新文学之要点"概括为"八事"："（一）不用典。（二）不用陈套语。（三）不讲对仗。（四）不避俗字俗语。（五）须讲求文法。——以上为形式的方面。（六）不作无病之呻吟。（七）不摹仿古人。（八）须言之有物。——以上为精神（内容）的方面。"[③]尽管胡适文学改良的"八事"已形成纲要，然而却没有在国内公开发表、直接参与新文学变革而产生实效；直至是年他以书信的形式致陈独秀才公开发表于

① 胡适：《留学日记》卷十二，《胡适全集》第 28 卷，安徽教育出版社 2003 年版，第 353 页。
② 胡适：《留学日记》卷十三，《胡适全集》第 28 卷，安徽教育出版社 2003 年版，第 391—393 页。
③ 胡适：《留学日记》卷十四，《胡适全集》第 28 卷，安徽教育出版社 2003 年版，第 439 页。

《新青年》第 2 卷第 2 号，次年又以论文的形式《文学改良刍议》为题同时发表于《新青年》第 2 卷第 5 号和《留美学生季报》春季第 1 号，这方算正式吹响了五四文学革命的号角。至此，胡适文学改良的主张仅"谓之刍议，犹云未定草也，伏惟国人同志有以匡纠是正之"①，并没有以强势的激进的态度迫使国人认同并接受他的文学改良"八事"，"决不敢以吾辈所主张为必是而不容他人之匡正也"②。这说明胡适所理解的文学革命并不是那种非此即彼的斩钉截铁式的革命方式，即傅斯年当时所主张的"不是东风压倒西风，就是西风压倒东风"的改革的"根本手段"③；而是坚持民主式的自由讨论方式，把文学改良限定于学术研究范畴。如果当真采取此种方式，那五四文学革命就会少出现或不出现或绝对肯定或绝对否定的形而上的弊端。胡适在《文学改良刍议》中，虽然"以今世历史进化的眼光观之，则白话文学之为中国文学之正宗，又为将来文学必用之利器，可断言也"；但是此时既没有把"白话文学"与"国语文学"等同起来又没有将文学改良同国语运动予以联系，更没有明确地提出文学革命的宗旨。尽管他已认识到"八事皆文学上根本问题"，然而"草成此论，以为海内外留心此问题者作一草案"④。这不能仅仅看成是胡适把文学改良视为学术研讨的问题或者他的魄力不大勇气不足；是否也可以看出胡适对文学革命的认识正在深化，以及其文学变革的主张或者宗旨也有个完善的过程？也许先把白话文学视为国语文学的是陈独秀，他在给胡适的《答书》中明确指出："独至改良中国文学，当以白话为文学正宗之说，其是非甚明，必不容反对者有讨论之余地，必以吾辈所主张者为绝对之是，而不容他人之匡正也。"陈独秀坚定支持胡适的"以白话为文学正宗之说"，否定了胡适所坚持的"自由讨论"的学术原则。过往的文学史评述常常以此为据，证明陈独秀是真正的文学

---

① 胡适：《文学改良刍议》，《新青年》1917 年 1 月 1 日第 2 卷第 5 号。

② 胡适：《寄陈独秀》，《新青年》1917 年 5 月 1 日第 3 卷第 3 号。

③ 傅斯年：《白话文学与心理的改换》，《新潮》1919 年 5 月 1 日第 1 卷第 5 号。

④ 胡适：《文学改良刍议》，《新青年》1917 年 1 月 1 日第 2 卷第 5 号。

革命者而胡适充其量是软弱的文学改良者，似乎胡适本人亦这样认为的；其实，对于文学变革，陈独秀的激进态度在实践上取得的效果比胡适的包容态度不一定就大就好，历史已有明鉴，不必赘言。陈独秀之所以对白话文学主张不容他人匡正，当然有其理由；正是在阐述"其故何哉"的逻辑理路中，他把"白话"换成"国语"、把"白话文学"说成"国语文学"："盖以吾国文化，倘已至文言一致地步，则以国语为文，达意状物，岂非天经地义，尚有何种疑义必待讨论乎？其必欲摒弃国语文学，而悍然以古文为文学正宗者，犹之清初历家排斥西法，乾嘉畴人非难地球绕日之说，吾辈实无余闲与之作此无谓之讨论也！"①（着重号为笔者所加）且不说这些理由是否成立，只想以此证实陈独秀是在与胡适通信讨论文学革命时将"国语"与"白话"、"国语文学"与"白话文学"互通起来，至于胡适由美回国所撰的《建设的文学革命论》是否直接汲取了陈独秀"国语文学"的说法，难以考察。

　　不过，对于胡适1918年4月写成的《建设的文学革命论》，正式提出"国语的文学，文学的国语"作为建设新文学"唯一宗旨"的特定背景，却应该予以探索。从留学背景考之，胡适在美国留学期间就确立了现代民族国家意识，总是立足于开放的坚定的爱国主义立场上致力于学习和研究，敞开胸怀汲取人类创造的精神文明成果和有利于报效祖国的文化科学知识以及世界其他民族进步强盛的历史经验。早在1913年4月胡适便树立了这样的"世界观念"："世界主义者，爱国主义而柔之以人道主义者也。"越是"爱其祖国最挚者"越是"真世界公民也"②。他将热爱祖国同热爱世界以及人道主义为最高原则来相提并论。因此坚决反对狭义的国家主义或强权主义，他指斥，"今之大患，在于一种狭义的国家主义，以为我之国须凌驾他人之国，我之种须凌驾他人之种，凡可以达自私自利之目的者，虽灭人之国，歼人之种，非所恤也。凡国中人与人之间之所谓道法，法律，公理，是非，

---

① 陈独秀：《答书》，《新青年》1917年5月1日第3卷第3号。

② 胡适：《留学日记》卷三，《胡适全集》第27卷，安徽教育出版社2003年版，第240页。

慈爱，和平者，至国与国交际，则一律置之脑后，以为国与国之间强权即公理耳，所谓'国际大法'四字，即弱肉强食是也"。而"强权主义（the philosophy of force）之最力者为德人尼采"，"自尼采之说出，而世界乃有无道德之伦理学说"①。二十世纪初，在西方的德国强权主义者如此，而在东方的日本强权主义也是如此。第一次世界大战结束，日本企图取代德国在华的占领权，胡适曾在《新共和国周报》发表了《为祖国辩护之两封信》，表现了强烈的现代民族国家意识与坚定的爱国主义立场，既谴责了那种惟日本方能管理好中国的投降主义论调，又揭穿了日本妄图"负责管理中国"的侵略野心；严正地指出"在二十世纪之今日，任何国家皆不该抱有统治他国或干涉别国内政之指望"；并"提醒该君，像中国这样一个泱泱大国，其改革绝不会是一蹴而就的"，"辛亥革命发生于公元1911年10月，创立共和国至今还不足三载，岂能说已绝无希望！"胡适"完全信奉威尔逊总统所言：各国人民皆有权利决定自己治国之形式，也唯有各国自己才有权利决定自救之方式。墨西哥有权革命，中国也有权利来决定自己的发展"②。由于胡适具有世界视野、人类情怀和建设"共和国"的自信力、"为大中华造新文学"的雄心，所以放眼全球窥探"造就文学"的途径与经验：他不仅发现了早在十四世纪的欧洲意大利文学家但丁就极力主张用意大利俗语取代拉丁文以创造"国语的文学"，也发现了现在通行全世界的"英文"于五百年前仅是伦敦附近一带的方言，到了十六十七两个世纪经过无数文学大家的"国语的文学"创造，方成了英语的标准国语又成了全球的世界语。③鉴于欧洲诸国创造"国语的文学，文学的国语"的成功经验的启示，胡适发誓为中华民国创造"国语的文学"。这里，他把"白话文学"更名为"国语文学"，不只借鉴西欧文学革命的做法，顺应世界先进文化潮流，与全球文

---

① 胡适：《留学日记》卷七，《胡适全集》第27卷，安徽教育出版社2003年版，第531—532页。

② 胡适：《留学日记》卷九，《胡适全集》第28卷，安徽教育出版社2003年版，第64—65页。

③ 参见胡适：《建设的文学革命论》，《新青年》1918年4月15日第4卷第4号。

学对接；而且以"国语"命名是把文学革命提升到现代民族国家层次，标明创造"国语的文学"并不是少数人的私利行为，而是现代民族国家创建现代化文学和国语的重要措施，无疑也是胡适爱国主义思想的体现，故而将"国语的文学，文学的国语"这十个大字作为建设新文学的"唯一宗旨"。

　　从文化传统察之，胡适认定古代文学系统由白话与文言相对应的两种文学构成，前者是"活文学"，后者是"死文学"，五四新文学正是继承了中国文学的白话传统，这是"国语文学"得以建立的历史根据。向来对胡适将古代文学分为"死文学"与"活文学"这种两极对立之说有质疑，不只是思想偏激且是对传统文学的绝对否定，究竟何为"死文学"何为"活文学"，胡适亦缺乏区分的明确标准。对于这种二元对立思维在古代文学的总体考察上所导致的认知，不管是质疑或者是批评都是有道理的；不过在认真阅读了胡适有关对中国古代文学的白话"活文学"与文言"死文学"的具体梳理或分析的论文和书写的《国语文学史》与《白话文学史》（上）之后，便发现他所说的白话"活文学"几乎涵括了中国古代一切有思想有审美价值的文学，而被否定的文言"死文学"差不多都是有这种症候那种弊病的既没有什么思想意义又缺乏审美价值的数量不多的文学。在胡适的学术视野中，古代文学的白话传统既宽且长，从宽度上涉及各种文体，从长度上贯穿一千多年，虽然他没有区分清楚白话"活文学"与文言"死文学"之间的复杂关系，更没有认识到白话与文言在一定条件下是可以相互转化的机制；但是从其肯定的白话诗词或戏曲小说中，便可以发现既有白话的又有文言的，更多的则是文白混杂的，或文中有白、白中有文的，完全以纯粹的白话创作的诗词戏曲小说文本实在罕见。例如胡适多次讲到《水浒传》《西游记》《儒林外史》《红楼梦》这四部古代经典小说为"模范的白话文学"[①]，是新文学建构应学习的楷模。诚然，这四部长篇小说的故事叙述语言、景物描写语言和人物对话语言，有不少白话成分甚至皆是彼时的白

---

① 胡适：《建设的文学革命论》，《新青年》1918年4月15日第4卷第4号。

话；但是却掺杂了不少文言，尤其引用或自创的大量诗词歌赋大都是文言构成且符合诗词格律的。倘若创造五四新文学以这四大名著的白话为楷模，那我们的"国语文学"将成为何种样态？至少在语体上没有超越所谓的古典白话小说，更没有以白话取代了文言；而是忠实地继承了古代文学的白话传统，这不仅没有因胡适"死文学"与"活文学"二元对立的说法导致"绝对反传统"，乃是从宽泛的意义上理解并弘扬了古代文学用白话所创作的各体文学。客观地说，"这一千年来，中国固然有了一些有价值的白话文学，但是没有一个人出来明目张胆地主张用白话为中国的'文学的国语'"，也没有一个人发现中国古代在长时间的演变中已形成了与文言相对的白话传统，即使有人提倡白话文也没有自觉地把白话作为创建新文学的"唯一利器"，更没有一个人公开主张白话文学是中国文学的正宗。诚然，晚清文学改良运动中裘廷梁曾提出"废文言而兴白话"的激进主张，黄遵宪也倡导文言一致的"我手写吾口"，并创办了不少白话报，兴起一场白话文运动；但是在胡适看来，"因为没有'有意的主张'，所以做白话的只管做白话，做古文的只管做古文，做八股的只管做八股。因为没有'有意的主张'，所以白话文学从不曾和那些'死文学'争那'文学正宗'的位置。白话文学不成为文学正宗，故白话不曾成为标准国语"。尽管胡适对晚清白话运动及其主张的评述过于简单，缺少一些重要维度的考察，然而他却点明了问题的要害，是可以认同的判断。正因为胡适睿智地发现并把握了中国古代文学的白话传统，又认清了晚清白话文运动的历史教训，所以他在五四时期"提倡的文学，是有意的主张"，"要使国语成为'文学的国语'"，"有了文学的国语"，"方有标准的国语"。①所谓"有意的主张"就是革命的文学主张；而"国语的文学，文学的国语"既然是建设新文学的唯一宗旨，那实质上它亦是自觉的有意识的文学革命的主张。这标志着胡适对文学改良的认识有所深化，正印证了他对"自然进化"与"人工促进"相互联系的两种革

---

① 胡适：《建设的文学革命论》，《新青年》1918 年 4 月 15 日第 4 卷第 4 号。

命方式的认识。他认为文学的进化"一种是完全自然的演化；一种是顺着自己的趋势，加上人力的督促。前者可叫做演进，后者可叫做革命"，"演进是无意识的"，革命是"一种有意的鼓吹"，也就是集中"人力在那自然演进的缓步徐行的历程上，有意的加上了一鞭"①。"国语的文学，文学的国语"是胡适的"有意的主张"，以此作为"鼓吹"的号角来集结文学革命的先驱们，遵循中国古代文学系统白话演进的自然趋势，以推进创建"国语文学"的人力革命。

从学术背景考之，仅有西欧建构"国语文学"的史实做参照和古代中国文学形成的白话传统尚可继承，胡适是难以提出"国语的文学"与"文学的国语"这样双向互动的建设新文学宗旨观的，这不能不得力于他了解到晚清以来逐步成势的国语运变情况，掌握了语言变革的前沿知识与亟待解决的问题。"说起'国语'二字，我们还得先说及三十年来的'国语运动'。1895 年，正是甲午新败之后，一般人如大梦初醒，才知道人家所以富强的原因，是由于教育普及，而不单是船坚炮利胜人；教育之所以普及，却又是用拼音文字的便利。我国因文字这种工具太笨拙太繁重，以致教育只作畸形的发展，一般民智太低，而影响于国家的前途无振作之望。因之谭嗣同梁启超等都曾倡导过汉字改革之说。"②特别是戊戌变法的一个要员王照亡命日本，庚子乱后又潜回天津，发愿要创造"官话字母"，共六十字母，用两拼之法，"专拼白话"，并主张以北京话做标准语。从庚子乱至辛亥革命前夕这个"官话字母"运动逐渐推行，虽然清政府不曾赞助，但是却得到不少社会名流援助。吴汝纶于 1902 年赴日本考察教育，见到日本教育普及和语言统一所取得的巨大功效颇受感动，回国即上书管学大臣张百熙，极力主张用北京官话"使天下语音一律"；继之张百熙、张之洞等的"奏定学

---

① 胡适：《〈白话文学史〉（上）引子》，《胡适全集》第 11 卷，安徽教育出版社 2003 年版，第 218 页。

② 陈子展：《文学革命运动》，《中国新文学大系·史料索引》，上海良友图书印刷公司 1935 年版，第 23 页。

堂章程"中便有"以官音统一天下之语言"之规定；1910 年资政院成立，其议员中的劳乃宣、严复、江谦，都是提倡拼音文字的，并经过张謇、张元洛、傅增湘的讨论，通过了一个"统一国语办法案"。这算国语运动的第一阶段。1911 年中华民国成立，蔡元培建议由教育部召集大会，推行拼音字；1913 年读音统一会召开，推选吴敬恒为会长，王照为副会长，经过激烈争论最终制订了 39 个字母，成为"注音字母"；1916 年教育部设立了注音字母传习所，是年 8 月北京成立中华民国国语研究会；1918 年国民政府的大学院正式公布"国语罗马字拼音法式"，定为"国音字母第二式"，于是国语字母有了"用古字的注音字母"和"国语罗马字"两种形式。这可算是国语运动第二阶段。正值此时文学革命运动已风靡全国。胡适曾对这三十多年的"音标文字运动"（即国语运动）的心理基础做了深切有见地的剖析："这种心理的基础观念是把社会分作两个阶级，一边是'我们'士大夫，一边是'他们'齐氓细民。'我们'是天生聪明睿智的，所以不妨用二三十年窗下苦读去学那'万国莫有能逮及之'汉字汉文。'他们'是愚蠢的，是'资质不足以识千余汉字之人'，所以我们必须给他们一种求点知识的简易法门。'我们'不厌繁难，而'他们'必求简易。在这种心理状态之下，汉文汉字的尊严丝毫没有受打击，拼音文学不过是士大夫丢给老百姓的一点恩物，决没有代替汉文的希望。士大夫一面埋头学做那死文字，一面提倡拼音文字，是不会有多大热心的。老百姓也不会甘心学那士大夫不屑学的拼音文字，因为老百姓也曾相信'将相并无种，男儿当自强'的宗教，如果他们要子弟读书识字，当然要他们能做八股，应科举，做状元宰相；他们决不会自居于'资质不足以识千余汉字'的阶级！"所以提倡字母文字而没有废汉字的决心，是不会成功的。这是音标文字运动失败的又一根本原因。因此胡适主张"音标文字是可以用来写老百姓的活语言，而不能用来写士大夫的死文字。换句话说，拼音文字必须用'白话'做底子，拼音文字运动必须同时是白话文运动"[1]。对于提倡拼音字必须废汉

---

[1] 胡适：《中国新文学大系·建设理论集·导言》，上海良友图书印刷公司 1935 年版，第 11—12 页。

字的主张我们是不能认同的，而且国语运动的实践亦证明这个主张是行不通的，是错误的；不过胡适以阶级观念揭示"士大夫"不能站在平民主义的立场上提倡音标文字的贵族阶级心理却是有深度的，提倡将拼音文字的国语运动与白话运动结合起来也是正确的。正当文学革命兴起，在北京大学任教的胡适被介绍到当时教育部主办的"国语统一筹备会"，并认识了"一批文学改革家"；而"这些改革家都是些有训练的传统学者，缺少现代语文的训练"，虽然"他们都有志于语言改革"，对"语文一致"（即把口语和文学合而为一）皆有兴趣，但其并不晓得如何解决的根本办法。胡适不仅坚持"解决方法就只有根本放弃那个死文学，而专用活的白话和语体"；而且胡适被聘为"国语统一筹备会"的会员，并经常和那批文字文学改革家商讨"国语"的问题。他们所苦恼的就是"中国缺少一个标准白话"，希望能有个"在学校教学和文学写作都可适用的标准白话——他们叫它做'标准国语'"。于是胡适"当时就很严肃地向这些老学者们进言，我认为要有'标准国语'，必须先有用这种语言所写的第一流文学"[1]。在这样的学术背景下，胡适提出了"国语的文学，文学的国语"的建设新文学的根本宗旨，既顺理成章又适逢其时，其针对性和重要性是不言而喻的。

在 1918 年胡适能够明目张胆地把"国语的文学，文学的国语"作为现代民族国家想象来建构现代文学的根本宗旨，并得以顺利实施，这就不能不考察其所处的政治背景。辛亥革命以武器的批判推翻了满清帝制，建立了以"中华民国"为国号的民主共和体制，它标志着几千年中国改朝换代的封建帝王史的结束，翻开了现代民主主义历史的新篇章。虽然中华民国的政治大权连续被封建军阀所掌控，甚至一度上演了袁世凯当皇帝、张勋复辟等丑剧；但是孙中山为首的民主革命力量始终坚持捍卫民主、自由、博爱的"天下为公"的共和政治制度，"三民主义"的政治纲领深入人心，政治生态的日渐民主化、自由化已是大势所趋、人心所向，即使有点历史曲

---

① 胡适：《口述自传》，《胡适全集》第 18 卷，安徽教育出版社 2003 年版，第 324 页。

折谁也阻遏不了这股政治主潮。尽管五四前后，北京国民政府的政治大权落入军阀之手，然而他们也没有肆无忌惮地对教育界、文化界、艺术界、学术界、语言界进行灭绝人性的专制；却默认了以《新青年》为主阵地发动的新文化运动和文学革命的蓬勃兴起，也允许以科学与民主为旗帜的各种新思潮的自由传播和激荡。特别是国民政府教育部根据在全国各地区各民族推行"标准国语"的需求，不仅主动成立"国语统一筹备会"，而且邀请大批有志于文学改革或语言改革的专家教授，支持其集思广益的讨论和制订文字语言改革方案。就是手握教育总长和司法总长双重权力的章士钊，也只能通过创办《甲寅》杂志写评论文章来指斥新文化运动和文学革命，却不敢采取专制的暴力手段镇压新文化运动先驱和查禁新思想新文学书刊，哪怕"文言与白话"之争极为激烈亦主要限定在学术论争的范围之内。若是没有这样的政治生态，那胡适也不敢大张旗鼓地提倡"国语的文学，文学的国语"，即使提出这个"根本宗旨"，也不能成为"国语运动"与"白话文学运动"的实践纲领。对此，胡适曾深有感触地说："中国白话文学的运动当然不完全是我们几个人闹出来的，因为这里的因子是很复杂的"，仅就"几十年的政治的原因"来说，"第一是科举制度的废除（1905）。八股废了，试帖废了，策论又跟着入股，试帖废了，那笼罩全国文人心理的科举制度现在不能再替古文学做无敌的保障了。第二满清帝室的颠覆，专制政治的根本推翻，中华民国的成立（1911—1912）。这个政治大革命虽然不算太成功，然而它是后来种种革新事业的总出发点，因为那个顽固腐败势力的大本营不颠覆，一切新人物与新思想都不容易出头。戊戌（1898）的百日维新，当不起一个顽固老太婆的一道谕旨，就全盘推翻了。独秀说：'适之等若在三十年前提倡白话文，只须章行严一篇文章便驳得烟消灰灭'。这话是很有道理的。我们若在满清时代主张打倒古文，采用白话文，只需一位御史的弹本就可以封报馆捉拿人了"①。这应是胡适提出"国语的文学，

---

① 胡适：《中国新文学大系·建设理论集·导言》，上海良友图书印刷公司 1935 年版，第 15—16 页。

文学的国语"建设新文学的"唯一宗旨"并付诸白话文学运动实践的真实而可信的政治生态。

以上从四个维度考析了胡适提出建设新文学的"唯一宗旨"的宏阔深远的背景，足见以"国语的文学，文学的国语"作为"唯一宗旨"并非凭空想象或主观臆测的，而是有古今中外的可靠依据的，是经得住历史与实践检验的。

二、对"国语的文学，文学的国语"宗旨意蕴的新探

对于背景的粗略考察，旨在更深入地理解胡适将"国语的文学，文学的国语"作为建设新文学的"唯一宗旨"的来源与根据；然而胡适如何整合了其文学改良的主张以及"国语的文学，文学的国语"这十个大字宗旨的内涵意蕴及其相互之间的辩证关系，过去的研究少有涉及，今天却亟需探究。先听听二十世纪三十年代胡适怎样说的：

在建设的方面，我们主张要把白话建立为一切文学的唯一工具。所以我回国之后，决心把一切枝叶的主张全抛开，只认定这一个中心的文学工具革命论是我们作战的"四十二生的大炮"。这时候，蔡元培先生介绍北京国语研究会的一班学者和我们北大的几个文学革命论者会谈。他们都是抱着"统一国语"的弘愿的，所以他们主张要先建立一种"标准国语"。我对他们说：标准国语不是靠国音字母或国音字典定出来的。凡标准国语必须是"文学的国语"，就是那有文学价值的国语。国语的标准是伟大的文学家定出来的，决不是教育部的能造得出来的。国语有了文学价值，自然受文人学士的欣赏使用，然后可以用来做教育的工具，然后可以用来做统一全国语言的工具。所以我主张，不要管标准的有无，先从白话文学下手，先用白话来努力创造有价值有

生命的文学。

　　所以我在民国七年四月发表《建设的文学革命论》，把文学革命的目标化零为整，归结到"国语的文学，文学的国语"十个大字：我们所提倡的文学革命，只是要替中国创造一种国语的文学。有了国语的文学，方才可以有文学的国语。有了文学的国语，我们的国语才可算得真正国语。国语没有文学，便没有价值，便不能成立，便不能发达。这是《建设的文学革命论》的大旨。[①]

　　这似可看成胡适对"国语的文学，文学的国语"建设新文学"唯一宗旨"生成的具体背景及其要点的表述，至少使我们明确了这样一些交代：一是白话文学运动与国语运动的互动并举展开即得到辛亥革命元老、北京大学校长蔡元培的坚强支持和官方教育部国语研究会的共谋协作，尤其是蔡校长功德无量；二是"国语的文学，文学的国语"作为文学革命的根本方针，既是对"一切枝叶的主张"的整合，又是"化零为整"集中一切力量对准文学革命的主攻目标；三是提倡文学革命，"只是替中国创造一种国语的文学"，为现代民族国家提供一种真正的标准国语。然而对我们研究者来说，文学革命"唯一宗旨"牵扯的一些问题尚须进一步探讨，给出更为科学更有说服力的评述与阐释。

　　胡适在美国动议闹文学革命，1917年下半年回国后任教于北京大学，亲身参与领导文学革命，他究竟抛开了哪些"枝叶"的文学主张，怎样地把"文学革命的目标化零为整，归结到'国语的文学，文学的国语'"这"唯一宗旨"上？对此的解释语焉不详，有待于我们考究。《文学改良刍议》似可看成胡适文学主张的总汇，既有"枝叶"的主张又有以"白话文学为中国文学之正宗"的核心理念，不过此核心文学理念在其行文中并未置于显要位置，只是在文学改良从"八事入手"中的"八曰不避俗语俗字"的逻辑论证

---

① 胡适：《中国新文学大系·建设理论集·导言》，上海良友图书印刷公司1935年版，第22页。

中表述的，至少可以窥测出此时的胡适还没有把文学改良的所有主张聚集于"白话文学"是建设新文学的正宗上。次年4月发表的《建设的文学革命论》，将文学改良的"一曰言之有物"、"二曰不摹仿古人"、"三曰须讲求文法"、"四曰不作无病之呻吟"、"五曰务去滥调套语"、"六曰不用典"、"七曰不讲对仗"、"八曰不避俗话俗字"的"八事"改成"八不主义"，因为它"是单从消极的，破坏的一方面着想的"；不仅如此，且将"八不主义"总括为四条，并做了这样的解释："一，要有话说，方才说话。这是'不作言之无物的文字'一条的变相。二，有什么话，说什么话；话怎么说，就怎么说。这是二、三、四、五、六诸条的变相。三，要说我自己的话，别说别人的话。这是'不摹仿古人'一条的变相。四，是什么时代的人，说什么时代的话。这是'不避俗话俗字'的变相。"不论文学改良的"八事"或"八不主义"，胡适所指斥或批判的古代文学的弊病都是他认定的"死文学"的症状，这也可以说是其判定何谓"死文学"的标准，不过从其对"死文学"的否定性的剖析中亦透露出"活文学"的特征。特别是从"八事"或"八不主义"总括出的四条，仍是从说话主体与时代性两个角度入手的，无不集中于"话"字上，不论个体人的话或时代人的话皆要"言文一致"；而这样的话不是"虚话"而是"实话"、不是"空话"而是"真话"、不是"套话"而是"有个性的话"、不是"古代人的话"而是"现代人的话"。一言以蔽之，或口头说话或笔头说话皆是实话真话自己的话时代的话，即现代白话。胡适虽然从说话主体与时代性两个维度将其"枝叶"的文学主张"化零为整"地聚集于"话"字上，但是对"八事"或"八不"中的有关文学改革的"内容"方面的条款却都抛开了，固然"说话"、"自己的话"和"时代的话"都有丰富的内涵，不过作为文学主张应该把内容与形式明确地融为一体，否则容易引起误解。实际上，胡适当时就是这样设想的，把主攻方向集中于文学形式特别是语体的改革上，完成以白话取代文言的使命；所以通过对所有文学主张的整合，胡适不仅视"国语的文学，文学的国语"为建设新文学的"唯一宗旨"，且说所提倡的文学革命"只是要替中国创造一种国语的文学"。这种过分的强调建设"国语的文学"确有抓主要矛盾以带动其他矛盾解决的策略意义，但是却不能理解为它概括了五四文学革命的所有历史内涵。

在胡适的表述中，白话文学即国语文学，国语文学即白话文学，似乎两者是同义语，没有丝毫区别。但我认为，只有现代民族国家为语境所创造的正宗的白话文学才是国语文学，也就是以国家统一的语言创建的文学。胡适之所以把白话文学改为"国语的文学"与其 1918 年参与教育部国语研究会直接相关；故不能把古代社会的白话文学也当成国语文学，因为它不是文学的正宗，而真正的正宗文学是文言文，即胡适所说的"死文字"。若进入现代民族国家，白话文学与文言文学地位发生了根本性变化，那把白话文学与国语文学当成同义语是不会引起误解的。这不仅因为白话文学已成为现代国家的正宗文学，而且也是文学现代化的重要标志，即现代国家的白话文学就是国语文学，国语文学就是现代化的白话文学；虽然现代白话文学是古代白话文学的传承与再造，但是却不能把古代白话文学等同于国语文学，这应是两者在命名上的区分度吧？胡适 1921 年给教育部第三届国语讲习所编写的《国语文学史》，是从汉魏六朝到唐宋的文学中选定的白话文学；而 1928 年他书写的《白话文学史》（上）仍是古代的白话文学，却不名之为"国语文学"了。尽管胡适没有清楚地说明为什么把"国语文学史"更名为"白话文学史"，然而笔者却认为改为"白话文学史"更准确更符合历史真实，因为书写的是古代的白话文学史而不是现代的白话文学史，它在古代文学系统中仅处于非"正宗"地位；况且古代的封建帝国并未嬗变为现代民族国家。既然在五四文学革命时期胡适没有对白话文学与国语文学进行分界的定义，而视为同义同质的概念，那么我们要弄清何谓"国语的文学"或"白话的文学"的内涵，首先必须了解何谓"国语"或"白话"？

胡适说："当初我们提倡国语文学时，在文字上，口说上都说的很清楚，所谓'国语的文学'，我们不注重统一，我们说的很明白：国语的语言——全国语言的来源，是各地的方言，国语是流行最广而已有最早的文学作品。就是说国语有两个标准，一是流行最广的方言，一是从方言里产生的文学。

全世界任何国家如欧洲的意大利、法国、德国、西班牙、英国的文学革命，开始都是以活的语言而流行最广的国语，这是第一个标准。第二，这个方言最好产生文学，作教学的材料。总之国语起源于方言，我是希望国语增加它的内容，增加它的新的辞藻，活的材料，它的来源只有一个，就是方言。"①胡适1952年对"国语"的界说与其三十一年前在《国语文法概论》②中对"国语"的解释大同小异："'国语'这两个字很容易误解。严格说来，现在所谓'国语'，还只是一种尽先补用的候补国语：并不是现任的国语。"虽然"一切方言都是候补的国语，但必须先有两种资格，方才能够变成正式的国语：第一，这种方言，在各种方言中，通行最广。第二，这一种方言，在各种方言之中，产生的文学最多"。"我们现在提倡的国语，也具有这两种资格。第一，这种语言是中国通行最广的一种方言——从东三省到西南三省（四川、云南、贵州），从长城到长江，那一大片疆域内，虽有大同小异的区别，但大致都可算是这种方言通行的区域。东南一角虽有许多方言，但没有一种通行这样远的。第二，这种从东三省到西南三省，从长城到长江的普通话，在这一千年之中，产生了许多有价值的文学的著作。自从唐以来，没有一代没有白话的著作。"特别是到了明代，"《水浒传》、《西游记》、《三国志》代表白话小说的'成人时期'。自此以后，白话文学遂成了中国一种绝大的势力"。胡适前后相隔三十年的表述，极为清楚地告诉人们，所谓"国语"就是通行最广、产生文学最多的一种方言，这就把"国语"与"方言"紧密地联结成一体，那么"方言"是否就是胡适所理解的"白话"呢？值得我们进一步考察。关于何谓"白话"，胡适1917年致钱玄同的信"曾作'白话'解，释白话之义，约有三端：（一）白话的'白'，是戏台上'说白'的白，是俗语'土白'的白。故白话即是俗话。（二）白话的'白'，是'清白'的白。白话但须要'明白如话'，不妨夹几个文言的字眼。（三）白话

---

① 胡适：《什么是"国语的文学"、"文学的国语"》，台北《中央日报》1952年12月8、9日。

② 参见胡适：《国语文法概论》，《新青年》1921年7月1日至8月1日第9卷第3、4号。

的'白',是'黑白'的白。白话便是干干净净没有堆砌涂饰的话,也不妨夹入几个明白易晓的文言字眼"①。

胡适试图从三个角度给"白话"下个明确的定义,可谓用心良苦,实在是不容易的;但细琢磨"白话之义"的三端既有同义重复,其中也有矛盾或含糊不清之处:如白话的"白"是戏台上"说白"的白,这理解起来难免有歧义:戏台有不同剧种的各种戏台,即使在同一个戏台上演的戏也是种类繁多,而不同戏种的"说白"如地方戏曲"俗话"就多一些,大剧种京剧的"说白"要分角色而论,帝王将相才子佳人的"说白"大多是文言,很少"俗话",昆剧的"道白"文言更多,故而戏台上的"说白"并非都是白话,文白夹杂屡听不鲜。就是俗语"土白"的白亦不一定是纯白话,说白话的"白"是"清白"、"明白"的白,主要指说话主体的白话既要"明白如话"也可以夹杂文言字眼;然而能这样说白话的人并非那些目不识丁者,而是受过一定教育的人,如此的白话难能达到"清白"。至于说白话的"白"是"黑白"的白,这是以两种颜色来比喻,无非表明白话干净无饰清白无污,即使这样的白话也可以夹上文言字眼。这种释义,无论说白话如何的"清白"如何的"干干净净",都没有与文言字眼绝对分离出来,而且也难以分离,也不应该分离;因为白话与文言之间的关系是复杂的,而且彼此之间是可以相互转化的,文言可以成为"死文字",难道白话就不能成为"死文字"吗?胡适想用二元对立思维把它们之间的关系论析清楚是很难的,不过他能意识到白话里可以夹杂文言字眼就相当有识力了。

依照胡适对"白话"的释义,无疑是他确认的"国语"了;不过他又说"国语"是流行最广产生文学最多的"方言",这样就把"方言"与"白话"视为等值同义的概念,即方言就是白话、白话就是方言。难道它们可以这样的划等号,其关系如此简单吗?在我看来,白话的定义给出明确科学的解说不容易,而"方言"的释义就复杂多了。并非所有的方言都是白话,

---

① 胡适:《答钱玄同书》,《新青年》1918年1月15日第4卷第1号。

也不是所有的方言都能成为白话；反过来，在胡适眼中，能够成为白话的也只有方言才是唯一的源泉。所谓方言是一种区域性的通行话语，大多方言的出现常常是与官方话语相对的。但也不尽然，有些方言若离官场远一些，那方言多是民间俗语，有些地方的方言就是官话为主体，而官话又名之为普通话。既然方言如此复杂，那就不能简单地武断地说方言就是白话，不仅那种所谓的普通话的官话不完全是白话，文言成分相当多，特别是那些达官贵人、士大夫并不重用白话，而是以文言为贵，借以显示其地位和身份；而且那些远离官场的方言即使出自民间也不是"清白、干净"的白话，或文白间杂或夹有文言字眼，这是因为民间的人居复杂、话语繁多，既有下野的官吏又有落弟的文人，他们所说并不都是白话，即使平民百姓说的方言也是经过较长时间的历史演变或众声喧哗的人群交流而形成的，因此这种方言并非"清白、干净"的白话。至于胡适说的方言流行广而生产的文学多就能成为"国语"或"白语"，这也需要具体分析，特别作为建设新文学的"唯一宗旨"更应理解透彻。如果流行最广的方言作为创造新文学的利器，并凭借文学作品所具有的艺术魅力吸引并满足广大读者的审美怡悦，从而在潜移默化中使读者接受认同方言，使方言得到更大化的传播与普及而成为"国语"或"白话"，这的确是一种高明的良策；然而通过文学而传扬的"方言"是否都能成为清白干净的"白话"呢？显然不能给出绝对的肯定，就以胡适举的例证来探讨吧。他认为：《醒世姻缘》的伟大在于蒲松龄敢用山东土话，《金瓶梅》用的也是山东土话，《水浒传》用的是中国东北部西北部方言，《儿女英雄传》《红楼梦》用的更是纯粹的北京话，正是敢用真正地域的方言"才使这些书成为不朽的名著"[①]，成为"国语的文学"也就是白话文学。胡适一直把明清这些著名的长篇小说视为白话的模范，而这些之所以成为不朽的白话小说就是因为用方言作为利器创造的，故方言就是国语，就是白话之源。这些名著，喜欢文学或研究文学的人几

---

① 胡适：《什么是"国语的文学"、"文学的国语"》，台北《中央日报》1952 年 12 月 8、9 日。

乎都读过，有的小说不知读了多少遍，但从我们的阅读感知中却可以清晰
地辨明哪些是白话哪些是文言哪些是文白间杂，并不都是胡适所认为的"清
白干净"的白话，而这些白话也都是方言演化的，有不少是源自文言或文
言转化的。所以方言不等于白话，白话亦不全是源于方言，应该承认白话
与方言及其它们之间的关系较为复杂，若进行义释仅靠二元对立认知结构
是难以奏效的。白话、国语、方言这三个内涵或意蕴相近的概念，区分其
细微差异是有难度的，但是完全把它们视为同义的范畴却是有含糊不清纠
缠难分之感；值得敬佩的是胡适在五四文学革命初起就能抓住这些关键词
的趋同性或关联性构成建设新文学的宗旨或纲领，也是了不起的理论创新。
甚至我在想，或许正是当年胡适没有从内涵与外延上把白话、国语、方言
这三个范畴说得一清二楚，才既符合它们自身的特殊规定性，又为现代中
国文学建构提供了丰富的且有弹性的语言资源；尤其将"方言"的地位提得
那么高，其重要性又强调得那么突出，乃至视"方言"为"国语"或"白话"
之源。这一方面说明，胡适已意识到各个地区的民间方言具有丰赡、生动、
鲜活、现成、通俗、口语、亲切等特点，它是取之不尽用之不竭的语言矿藏；
另一方面也说明，他倡导"国语的文学"不是站在贵族老爷、达官贵人的
立场上而是立足平民老百姓的一边，不是为帝制王国而是为民主共和国造
新文学。因此他格外尊重平民老百姓在广大民间运用的或创造的带有地方
色彩和日常生活印记的方言，这不仅有利于"标准国语"的建立，更重要
的是有助于增强并凸显新文学的平民性的特质。应该看到，各地区的方言
有其相对的稳定性又在不断地完善不断地更新，这反映了平民百姓在语言
上有一定的创造活力，也反映了潜隐于民间的大量平民知识者活用语言创
造语言的所富有不凡的智慧，试想中国文学史有多少经典性的白话名著不
是出自民间文人之手？正是从这个意义上说，尊重方言就是对平民知识者
的尊重以及对他们的不朽语言创造力的尊重，也是对创造"国语文学"文
体的现代平民知识分子的激励与鞭策。中国是个历史悠久的民族众多的国
度，大大小小的区域方言不胜枚举，即使流传深广的方言，也是五彩缤纷

样态百出，如果能够有意识地自觉地把这些如同繁星般的方言汇集并提炼成新文学创造所需要的白话，那我们建设的国语文学既有鲜明的地域特色又有花样翻新的文学形态，更有越是地域的越是民族的、越是民族的越是世界的民族性与世界性相融合的现代特色。

对于白话、国语、方言这三个话语范畴做了这样的解读，我们只是明确了胡适建设新文学的语言材料，即创造新文学的"唯一利器"；但是胡适究竟拟建构何种样态的新文学，如何理解他对新文学的理性设计，也是值得认真研究的。既然建设的是语言文学，又是把选取的白话语言作为新文学独一无二的利器，那可见白话对于新文学的建构是何等的重要，它不仅关系到文学语体的完全白话化，也关系到文学的话语系统的更新换代；但是白话或国语或方言怎样转化新文学建构所需要的白话或国语或方言，胡适只是在诗作上进行实验却没有从理论上给出详细的阐明。他反复地强调白话是新文学建构的"唯一利器"，这固然极为重要，必须严格地遵循，时刻牢记没有活的白话就创作不出活的文学，没有国语就创作不出国语的文学，没有方言同样也创作不出新文学。然而还要指出的是，并非所有的白话、国语、方言都可成为新文学殿堂的语言材料，必须根据文学构造的特殊要求和艺术创作规律进行严格的选择、润色或煅造、提炼。因为文学的语言是形象化、感性化、诗意化和审美化的艺术语言，不是一切白话、国语、方言都可成为这样的文学语言。只能说有的白话或方言经过创作主体的审美化处理能够成为新文学建构的利器，有的白话或方言即使创作主体有意处理它也难以成为文学创作的艺术语言；惟有白话或方言经过审美化处理它所建构起的新文学才是具有艺术特质的审美文本，这样才能显现白话或方言在建构新文学过程中作为"唯一利器"的特异锋芒与功效。对此，胡适的阐述虽然不够明晰不够充分，但是从其对死文字与活文字的比照论述中尚可感悟出艺术语言的重要性。他说："为什么死文字不能产生活文学呢？这都由于文学的性质。一切语言文字的作用在于达意表情；达意达得妙，表情表得好，便是文学。那些用死文言的人，有了意思，却须把这意思翻成几千年前的典故；有了感情，却须把这感情译为几千年的文言。明明是客子思家，他们须说'王粲登楼'，'仲宣作赋'；明明是送别，他们却须说'阳关三叠'，'一曲渭城'；明明是贺陈宝琛七十岁生日，他们却须说是贺伊尹周公传说。"①从中我们可以体悟出"一切语言文学"能否成为创作"活文学"所需要的艺术语言，完全取决于"文学的性质"；而文学的性质则是"达意表情"，若是运用的语言"达意达得妙，表情表得好"，便可算得上"活语言"即艺术语言。这是胡适依据文学性质从表达效果上，用一个"妙"与"好"阐明了判断"一切语言文字"能否成为建构新文学"唯一利器"的标准；不论白话、国语或方言都能成为新文学建构所必须的白话，也不是"凡是用白话做的书都是有价值有生命的"，"白话能产出有价值的文学，也能产出没有价值的文学；可以产出《儒林外史》，也可以产出《肉蒲团》"②，其中的奥妙在于所选用的白话在文学创作中达意是否达得妙、表情是否表得好。尽管胡适对文学性质的理解与今天见到的文学原理有差异，然而在五四时期能有这样的文学见解，对于白话之于新文学建构能提出"妙"与"好"的标准，的确显示出文学革命倡导者的理论风范。那么是否有典范性的白话文学则可以作为建设中国的国语文学的具体参照呢？对此，胡适有明确的表述，《三国演义》《水浒传》《红楼梦》《儒林外史》等明清小说是白话的模范和楷模，这几部名作是胡适理想的白话小说，它们应该是"达意达得妙，表情表得好"的典范性的"活文学"；而"中国若想有活文学，必须用白话，必须用国语，必须做国语的文学"，也就是说必须用《三国演义》《红楼梦》等这样的经典名著或这样的现代国语文学做典范。这只能说明胡适所崇尚的是古代经典小说的白话，虽然这种白话与现代中国以来叙述文学的白话有不少差异，但是现代长篇小说的艺术语言要达到《红楼梦》等的语言艺术水准并不容易，五四至今创作并出版了千万部长篇小说，仅

① 胡适：《建设的文学革命论》，《新青年》1918 年 4 月 15 日第 4 卷第 4 号。

② 胡适：《建设的文学革命论》，《新青年》1918 年 4 月 15 日第 4 卷第 4 号。

从艺术语言角度来看有几部能超越《红楼梦》？可见，建设现代国语的文学，胡适对白话的美学要求是相当高的，而且所运用的白话与经典名著的白话一脉相通。

依照胡适的设计，创造国语的现代新文学，虽然并未对新文学的结构形态做出具体勾勒，但是对创造新文学的进行次序却给出明确规定，约分三步即三步曲：一是工具；二是方法；三是创造。① 这三步曲是着眼于建构现代国民文学的整体，从宏观来说可以分为三大步；但对于具体文本的建构不一定都按照三步的次序进行，也许三步合并成一步，也许分成两步，即使对整体国民文学的创建也不必机械地遵循三步走。不过无论创造新文学采取几步曲，都应该晓知胡适设计的三步曲之间是有内在联系的，足见其用心之苦思虑之密。所谓"工具"，即有志于创造国语文学的作家首先必须准备好选择好白话，至于选用何种白话或方言上述已涉及，这里着重探究如何选择白话利器。胡适指出"多读模范的白话文学"与"用白话作各种文学"这两条算途径，前者强调创造主体务必多阅读多学习先人创造的模范白话传统，由此也可说明五四时期创造的现代国语文学不但没有与古典白话文学发生断裂而是自觉地赓续了白话传统；虽然胡适没有指明学习古典白话文学既要继承又要超越传统的关系，但是根据他的"一时代有一时代之文学"的进化史观，却可以推想出五四时代创造国语文学仅仅借鉴并承传古典文学的白话是不够用的，不论是"达意"或是"表情"都需要补充现代白话，否则"达意达不妙，表情表不好"，五四现代叙事文学的实践也充分证明了这一点。试看，不管是鲁迅的白话小说还是朱自清的白话散文，所运用的语言是既与古典文学白话传统有联系又有明显区分度的现代白话，这是时代使然也是创作个性使然。如果把白话喻为建构现代国语的"工具"，不如说成创造新文学的语言资源或者活的语言材料更恰切一些；因为语言对于新文学建设来说，它是一种媒介或一种符号或一种材料，说它

----

① 参见胡适：《建设的文学革命论》，《新青年》1918 年 4 月 15 日第 4 卷第 4 号。

是"唯一利器"似乎没有揭示出白话之于新文学建构的独特效用。固然"工欲善其事，必先利其器"，写字的要笔好，杀猪的要刀快，但是要办好建设新文学这种事业，将白话喻成"利器"，或者比成"笔"或"刀"至少缺乏科学的含意；尽管喻白话是"唯一利器"能显现出语言的更新对建设现代国语文学的重要性，不过以"利器"比喻白话是值得仔细推敲的。后者强调"用白话作各种文学"这是极为重要的途径，不只是自觉地将学习"模范的白话文学"与运用白话创造国语文学紧密相结合，切实做到学以致用，体现出胡适所信奉的实验主义思想，内中含有实践的观点；而且通过"用白话作各种文学"既能在实践中检验传统白话的优劣，又能根据现代国语文学创造的需求发现新词藻、营造新白话，使白话更丰富更鲜活更具时代色彩。况且创造"各种文学"即各体文学所运用的白话并不完全趋同，差异极为明显，作诗歌用的白话不同于写小说用的白话，作散文用的白话也不同于写话剧用的白话，依据文体特点和审美趋向所运用的白话，是同中有异、异中有同，这应是艺术创作必遵的规律；尤其汉字白话具有自身的形、声、义的特点，有别于拼音文字构成的语言（它仅仅是一种抽象符号），所以运用汉字白话建构现代国语文学，既不能仿照古典文学的白话，又不能硬搬西方文学的白话，必须在营造新文学的反复运用白话的尝试或实践中，摸准汉字白话的真正涵义、语感和细微表达功能，才有可能使汉字白话"达意达得妙，表情表得好"，发挥其最大的特异效用。

其次，所谓建设现代国语文学的"方法"，这是胡适言及的第二步；不过他所说的"方法"不是现在我们认知的文学创作方法，如现实主义、浪漫主义、现代主义或后现代主义等，而是建构新文学的具体写作方法或表现手法或写作技艺。固然白话利器或语言资源对于创造国语文学极为重要，但是"没有方法，也还不能造新文学"，例如"做木匠的人，单有锯斧钻刨，没有规矩师法，决不能造成木器"。从胡适运用的比喻中可以体会出，他所说的文学方法，既有写作技巧或表现手法，也有运用这些手法或技巧所必须遵循和师法的"规矩"即文学创作法则或规律，这就近似"方法论"了。

只有创作主体匠心独运，娴熟地掌握和使用了文学方法，并遵照艺术法则，巧妙地运用白话利器，方可组合成或搭建好新文学的不同格式、不同形态、不同风貌的殿堂。尽管创建新文学的方法或规则很多，然而胡适着重强调了三种文学方法：一是收集材料的方法，它之所以重要不仅因为它是文学创作的题材或主题的来源，也就是言之有物的基石，同时也因为"中国的'文学'，大病在于缺少材料"；故而不只要"推广材料的区域"、"注重实地的观察和个人的经验"，而且"要用周密的理想作观察经验的补助"。着重号皆胡适所加，表示他对这三种收集材料方法的重视；即使今天看来，这些文学方法也是相当重要的，当下的文学创作有多少如同胡适所批评的"浮泛敷衍，不痛不痒的，没有一毫精彩"，这"大都是关了门虚造出来的"。所以对于收集材料的文学方法应该特别尊重并铭记的是：现代国语文学创建伊始，胡适就要求作家们格外关注"贫民社会"，即底层民众的"一切痛苦情形"，使其"在文学上占一位置"，为下层老百姓争取文学上的话语权，这应是国语文学必须表现的本质内涵，然而新文学演变到二十一世纪的今天却越来越贵族化了。难道不值得认真反思吗？同时，胡适强调指出"真正文学家的材料大概都有'实地的观察和个人自己的经验'做个根底"，这应是文学创作的规律性的识见，建设现代国语文学需要把实地观察的体验与个人的经验结合作为"根底"，难道今天的文学创作就不需要将深入实地观察与自身体验的融合作为"根底"？现在有些文学作品思想贫乏、内容空泛、没有真情实意甚至胡编乱造想入非非、空虚无聊、无病呻吟等症候，多因作家缺乏实地观察的独特认知与体验所致。胡适特别指出，"必须有活泼精神的理想（lmagination），把观察经验的材料，一一的体会出来，一一的整理如式，一一的组织完全；从已知的推想到未知的，从经验性的推想到不曾经验过的，从可观察的推想到不可观察的。这才是文学家的本领"。正是伴随文学家主体运用想象思维、联想思维和整合思维的功能依照特定"理想"为主导，对实地观察所获得的独特感受和经验进行新文学的艺术构思，白话利器亦发挥了相适应地卓有成效的作用。二是结构的方法，对此胡适只是突出地阐述了"剪裁"与"布局"对组织"材料"以构成文学体式的重要性，尤其是布局"须要筹算怎样做去始能把这材料用得最得当又最有效力"，他以杜甫的诗篇《石壕吏》的布局为例，说明只有这样的艺术结构才能"造得出有价值的新文学"。三是描写的方法，有了巧妙而严整的结构也有描写方能建构审美文本，描写的方法虽然"千头万绪"，但胡适只选取"写人"、"写境"、"写事"、"写情"四种，并对每种写法提出了简明要求。既然建设新文学预备文学的方法与白话利器同样的紧要，那么怎样才能尽快有效地获取高明的文学方法？如果说准备白话资料是以明清白话小说《水浒传》《红楼梦》等为"白话模范"，那么预备文学方法胡适则主张"赶紧多多的翻译西洋的文学名著做我们的模范"。对此，有些研究者认为胡适过于抬高了西洋文学艺术，也过分贬低了中国文学，这是崇洋媚外有意把新文学建构引向"西化"；这样的论调虽然越来越少，但在有的人心目中仍认为胡适是西化最有力的鼓吹者。在我看来，承认近现代"西洋的文学方法，比我们的文学，实在完备得多，高明得多"，"更以小说而论，那材料之精确，体裁之完备，命意之高超，描写之工切，心理解剖细密，社会问题讨论之透彻……真是美不胜收"，这是实事求是的赞美和评价，即使有的话说得满一点也不是"崇洋媚外"；特别是在建设新文学预备阶段以西洋文学名著的文学方法为学习楷模十分必要，若没有胡适、鲁迅等文学先驱义无反顾地、坚定不移地遵循"拿来主义"向西方新潮文学学习，并以之为参照，那五四新文学创构的艺术起点能那样高吗？这也许正是胡适在文学革命"宗旨"中强调以西洋文学名著作为我们的"文学方法"模范的实践效果。就是时至今日，我们亦不能以"大国""强国"的民族主义心态对待西方发达国家先锋文学艺术，仍然应该具有比五四文学先驱们更开放更大胆更勇敢的魄力与胆识，去学习和汲取全人类创造的文学艺术，使现代中国能够成为名副其实的"文学大国，文化强国"。至于"创造"，当时的胡适从"工具"与"方法"两个方面论述了"创造新文学的预备"；有了充分的预备那只欠东风了，而"东风"呢则是五四文学先驱的创造实践，只有依据准备

的"工具"和"方法"进行大胆的尝试或创造性实验才能建设起"国语的文学"大厦，这是胡适对新文学建构的宏伟设想，也是具有操作性的设想，这也是我们对新文学建设"唯一宗旨"的"国语的文学"的新解和重估。

以往探讨胡适建设新文学论的"唯一宗旨"多关注"国语的文学"即白话文学观，而对其"文学的国语"及其两者关系的研究重视不够甚至被忽略。其实"文学的国语"观在他的"唯一宗旨"中极为重要，胡适把它看成建设新文学论的"大旨"①。这就是说，建设新文学是个巨大的文化工程，完成现代国语文学的建构是其重要的历史使命，而完成"文学的国语"建设也是其更重要的历史使命，这是因为在胡适看来"有了国语的文学，方才可有文学的国语"，"有了文学的国语，我们的国语才可算得真正国语"；即国语的文学不只是造"国语的利器"，而且也是衡量标准国语的唯一尺度。所以"国语不是单靠几位言语学的专门家就能造得成的；也不是单靠几本国语教科书和几部国语字典就能造成的"；而"若要造国语，先须造国语的文学。有了国语的文学，自然有国语"。这里胡适并没有否认言语专家、国语教科书和国语字典在创造标准国语过程中的作用，只是没有突出地予以强调，重在阐明建构国语的文学对于造标准国语起着任何东西皆难以起到的特效作用，即使运用教科书造国语，而"真正有功效有势力的教科书，便是国语的文学，便是国语的小说，诗文戏本。国语的小说，诗文戏本通行之日，便是中国国语成立之时"。因此胡适号召"提倡新文学的人，尽可不必问今日中国有无标准国语"，"我们尽可努力去做白话的文学"；所运用的白话"可尽量采用《水浒》《西游记》《儒林外史》《红楼梦》的白话；有不合今日用的，便不用他；有不够用的，便用今日的白话来补助；有不得不用文言的，便用文言来补助。这样做去，决不愁语言文字不够用。造中国将来白话文学的人，就是制定标准国语的人"。② 胡适九十多年前的预言已变

①　胡适：《建设的文学革命论》，《新青年》1918 年 4 月 15 日第 4 卷第 4 号。

②　胡适：《建设的文学革命论》，《新青年》1918 年 4 月 15 日第 4 卷第 4 号。

成二十一世纪今天的现实，试看全国的标准国语乃是普通话，而普通话的确立与推广对现代中国的丰富多彩的白话文学则发挥了难以估量的作用，特别自五四创建新文学以来涌现出的不胜枚举的白话语言的文学大家及其白话文学经典，既是现代中国标准国语的杰出建造者，又是现代普通话用之不竭的宝藏。胡适认定"文学的国语"之所以能够成为现代国家运用并推行的"标准国语"，决不是其"向壁虚造"。他不仅系统地研究了明清以来的白话文学史，更是重点研究了"欧洲各国国语的历史"，汲取了成功经验寻找到具体参照；特别是应该看到创构优秀的白话文学对于建造"标准国语"、推行"标准国语"有其自身的独特优势：一是"国语的文学"大多是有语言天才和艺术创造能量的文学家精心创作的。为了"达意达得妙，表情表得好"，不论从民间采撷的方言或者从模范白话文学汲取的国语或者自造的语言，无不经过文学家反复锤炼和细心推敲，每句话甚至每个字的运用都要符合准确化、形象化、生动化、通畅化的要求，所以优秀文学作品能够胜任"表情达意"的语言几乎都可以成为"准确国语"；二是白话文学名作无不具有强烈的审美感染力和不朽的艺术魅力，它能激发广大读者的极大阅读兴趣或满足读者的阅读期待，使读者在获得审美享受、思想启迪和情感陶冶的同时，也在潜移默化中汲取了大量的白话语言，尤其那些诗化语言能够出口成诵；三是白话文学作为一种通俗晓畅的语言媒介，它具有广泛深远的巨大传播功能，尤其那些经典或看点多的白话小说既能代代相传又能跨界传播到国外，实际上这种传播过程就是白话语言媒介的深而远的推广过程；四是五四以来有不少白话小说或剧本，有的改编成电影，有的搬上舞台，借助电媒或公共场所进行更直观更快捷的传播，使现代标准国语得到有效的有力的普及性传播。既然"文学的国语"能够如此奇妙地成为真正的标准国语，那为何我国有久远的白话文学传统而没有形成"标准国语"？胡适认为主要由于"没有一个人出来明目张胆的主张用白话为中国的'文学的国语'"，使"白话文学不成为文学正宗，故白话不曾成为标准国语"。这是有道理的，而明目张胆的主张就是"有意的主张"，只有"有意的主张"才有可能使更多的人有所接受和认同，从而激励并鞭策更多的人群而创造"国语的文学"，即有了一定的声势和规模方可实现国语的标准化。值此五四之际，胡适首倡"国语的文学"就是"有意的主张"，号召大家创造白话文学而"使国语成为'文学的国语'"，惟有文学的国语方有标准的国语。这就是胡适视"文学的国语"为其"建设新文学论"的"大旨"的理由所在。

　　从文学与国语相互对应的认知框架来看，胡适提出"国语的文学，文学的国语"作为建设新文学的"唯一宗旨"，而这种"宗旨观"并不像有人说的是玩文字游戏，仅仅是语序的颠倒而已，没有什么深意；笔者不同意这种看法，故做了上述解读。虽然在"国语的文学，文学的国语"的互动关系中，胡适对后者有所侧重，但是他也看到了它们之间的相辅相成的辩证性，即建构"国语的文学"不只是为了文学本身的现代化，更是为了建立"文学的国语"，有了"文学的国语"方有标准国语即语言的现代化；而国语的标准化越高或者白话的规范化越强，国语的普及率越大普通话的播扬面越广，就越能为"国语的文学"的建构提供优质的白话资源，或者越能为国语文学的创作开辟语言自由选择的广阔领域。因此建设新文学的"国语的文学，文学的国语"这双重使命或任务，对于每位有志于投身文学革命的作家或诗人来说则提出了更高的要求，即两大重担一肩挑，实际上在完成了"国语的文学"的建构的同时也完成了"文学的国语"即标准国语的建立，这就是五四一代文学家已创造的不朽功绩，而胡适之功莫大焉。然而，当我们从文学的内容与形式相互关联的认知模式来看待"国语的文学，文学的国语"的"唯一宗旨"观时，却认为胡适建设新文学只强调"白话"是"唯一利器"或只重视形体，这不能不说是一种偏颇。尽管他的"宗旨"观也涉及文学的内容，甚至曾说过凡是用白话做的书并不都是有价值有生命的文学；但是从五四至今仍有的学人坚持胡适的"建设新文学论"是"形式主义"的，就是他自己在 1935 年为《中国新文学大系·建设理论集》写的《导言》中也这样认识，五四文学革命的"中心理论只有两个：一个是我们要建立一种'活的文学'，一个是我们要建立一种'人的文学'。前一个理论是文字工具的革新，后一种是文学内容的革新"。且不说他把五四文学革命的中心理论分成两个是否正确；就是把"活的文学"（即国语的文学或白话文学）看成"文字工具"即语言形式的革新，与其"建设新文学论"也有矛盾。综观胡适的白话文学思想，有对文学内容革新强调不足之嫌，但却不是"形式主义"，见笔者 1982 年写的《评五四时期胡适的白话文学主张》[①] 一文，这里不赘述。

三、重新评估新文学"唯一宗旨"的社会效果

"一切有意义的思想都会发生实际上的效果。这效果便是那思想的意义。"[②] 毋庸置疑，胡适的"国语的文学，文学的国语"这十个大字的宗旨是"有意义的思想"，这仅是从理论层面肯定的，究竟有无意义还要从实践层面考察其所产生的效果，若效果大，那思想意义就大，若效果小，那思想意义就打了折扣。不过胡适的"宗旨"观作为有意义的白话文学思想在实践或尝试中所产生的效果的大小，除了这种思想顺应了世界文化之潮流、国内人群之诉求、文学演化之趋向外，重要的在于文学先驱们对白话文学思想的认同程度、贯彻程度和努力程度、落实程度；也就是说，若有志于新文学者在实践中视白话文学思想具有真理性，可以作为理论纲领而在实验中竭力以赴，创造性地予以贯彻，那取得的实际效果有可能大大超过白话文学的"有意义的思想"，周氏兄弟及文学研究会和创造社的文学高手在五四文学革命的创作实绩乃是雄辩有力的佐证。不过，我认为从思想与效果的关系视野来窥测白话文学思想的意义固然不可或缺，如果能从文学与话语的关系域来探察胡适国语文学的宗旨观，就有可能发现更为深广的价

---

① 该文收入朱德发：《五四文学初探》，山东人民出版社 1982 年版。
② 胡适：《实验主义》，《新青年》1919 年 4 月第 6 卷第 3 号。

值或意义。所谓话语，在语言学中原指"构成一个相当完整的单位的语段（text），通常限于指单个说话者传递信息的连续话语"。国语文学或白话文学即使胡适再强调其"国语"或"白话"的重要性也总是肯定它是"达意表情"的文字，即"表情达意"的审美意识形态，正说明国语或白话文学是一种意识形态话语；而白话文学作为一种话语，至少包含如下五个要素：第一，说话人，这是话语活动的主体之一；第二，受话人，是话语活动的另一主体；第三，文本（或本文），也称话语系统，这是话语活动的媒介；第四，沟通，是说话人与受话人通过文本阅读而达到的相通互融的态度；第五，语境，就是使用语言的环境。显然，"话语"一词在表意上比起"语言"和"言语"来更全面更深广，因而更为适合"体现文学作为活动的总体特征"。①以文学与话语为认知结构，如果把国语的文学"宗旨"观与白话文学创作实践和国语运动实际捆绑在一起考析，对白话文学的意义与价值的发现和评估，应该突破对已有的文学史、国语史以及众多论著的认识；因为以往对白话文学的意义的评述不是局限"工具论"就是"新民主主义论"或"思想启蒙论"，这是学人们所共知的，不必多言。白话文学作为一种话语，它的价值和意义究竟何在，如何估价才是实事求是的，笔者亦心中无数，只能是蠡测。

　　以"国语的文学，文学的国语"为大旗，将当时教育部的"国语统一"运动与新青年派的"文学革命"联合起来，形成了新文学运动与国语运动的双潮合一，以腾跃澎湃之势驱动着我国以文言为正宗的话语系统，整体地而不是局部地向以白话为正宗的现代话语系统转换，为现代民族国家标准国语的建立奠定了坚实的基础，展开了不可阻遏的光明坦途；并从而使白话逐步成为国家标准话语的合法地位得以巩固，白话也成了现代中国与世界其他民族进行交流或沟通的话语活动的主要媒介，它既象征着中华民族

---

① 以上有关话语的引文，见童庆炳主编：《文学理论教程》（修订版），高等教育出版社 2000 年版，第 59—60 页。

的尊严又代表着现代中国在全球所运用的主权话语。不论是政治革命或者是思想启蒙所运用的语言或言语，都是五四新文化运动和国语运动形成的现代白话话语；即使西方帝国列强或东洋日寇的入侵把中国变成由异族语言统治的半殖民地的阴谋也没最终得逞，现代标准国语依然是中国人民揭露帝国主义侵略野心并勾画其强盗嘴脸的最锐利的强大舆论工具，这都得益于五四白话文学与国语运动而有意识地自觉地建立起的现代话语系统。

　　建立统一的国语对于一个现代民族国家来说至关重要，既然如此，那么为何我国已有一千多年的与文言相伴的白话传统，及至五四新文化运动前夕仍未形成现代国语系统？历史地回答这个问题，有这样几个原因必须加以重视：一是维新变法以前，中国是个封建王国，帝王将相、达官显贵、才子佳人乃至士大夫，方有受到良好教育的权利和掌握话语的权利，所以他们牢固地占有文言话语的阵地，并以文言为正宗书写各种文本，其中就有用文言写作的大量贵族文学，借此文本表达统治者的统治思想和贵族阶级的感情；虽然与此同时在民间也产生了颇有生命力的白话及其白话文学，所形成的话语系统对文言及其文言文学也有所浸染，但由于其处于一种自然的无序的演化状态，既没有统治者特别的青睐又没有体制内的格外关注，故始终没有成为古代社会话语的正宗。二是维新变法时期，随着现代民族国家想象的生成，不仅提出了"言文一致"、"语言统一"的方案，而且也发动了一场白话文运动，试图建立现代民族国家的话语系统；虽然现代话语体系没有完全建成，但却为五四新文化运动及其以后建立以白话为正宗的现代话语系统打下一定基础，亦积累了经验教训。从那些对晚清白话运动与五四白话文学运动区别比较的论述中也能看出原由来：周作人认为，在维新变法的时候，"曾有一次白话文字出现，如白话报、白话丛书等，不过和现在的白话文不同，那不是白话文学，只是因为想要变法，要使一般国民都认些文字，看看报纸，对国家政治都可明了一点，所以认为用白话写文章可得到较好的效力"。因此在周作人的眼里，晚清的白话与五四的白话文有两点不同："第一，现在的白话文，是'话怎么说便怎么写'。那时候却是由八股翻白话，有一本《女诫注释》，是那时候的《白话丛书》之一，梅侣做成了《女诫》的注释，请吴芙作序"，而吴芙作的序"仍然是古文里的格调，可见那时的白话，是作者用古文想出之后，又翻作白话写出来的"。"第二，是态度的不同，现在我们作文的态度是一元的，就是：无论对什么人，作什么事，无论是著书或随便地写一张字条儿，一律都用白话。而以前的态度则是二元的：不是凡文字都用白话写。只是为一般没有学识的平民和工人才写白话的"；"但如写正经的文章或著书时，当然还是作古文的，因此我们可以说，在那时候，古文是为'老爷'用的，白话是为'听差'用的"。① 周作人是五四白话文学运动的先驱及现代白话文的营造者之一，所以他以比较思维对维新变法时期白话运动的朴素逼真的评述，应该是可信的，从中也可以体察出晚清没有完成现代话语系统建设的重要原因。此其一。而胡适对晚清以降的白话文运动则给出了这样的评论："二十多年以来，有提倡白话报的，有提倡白话书的，有提倡官话字母的，有提倡简字字母的：这些人难道不能称为'有意的主张'吗？这些人可以说是'有意的主张白话'。但不可以说是'有意的主张白话文学'。他们的最大的缺点是把社会分作两部分：一边是'他们'，一边是'我们'。一边是应该用白话的'他们'，一边是应该做古文古诗的'我们'。我们不妨仍旧吃肉，但他们下等社会不配吃肉，只好抛块骨头给他们吃去罢。这种态度是不行的。"② 这就深刻地揭示了晚清白话运动没有建成现代话语系统的两个根本原由：没有"有意的主张白话文学"即尚未自觉地把白话与文学有机地联系起来，仅仅"有意的主张白话"是创造不出真正的具有整体性的国语文学的；持有贵族老爷高高在上的姿态和惟"我们"方可享用文言的优越感来提倡白话也达不到"言文一致"、"语言统一"的目的。此其二。随后在 1956 年胡适遭到极"左"政

----

① 周作人：《文学革命运动》，《中国新文学大系·史料索引》，上海良友图书印刷公司 1935 年版，第5—6 页。

② 胡适：《五十年来中国之文学》，《胡适全集》第 2 卷，安徽教育出版社 2003 年版，第 328—329 页。

治思潮的大批判大清算的背景下，大陆学界出现了一种歪曲历史任意上纲的所谓阶级论的评述："晚清白话文运动是五四运动白话文的前驱，有了这前驱的白话文运动，五四时期的白话文才有历史根据，可是买办资产阶级胡适妄想割断历史与伪造历史，他用两种手法，一是'远交近攻'，一是'白话文外来论'，他为了要找白话文的历史渊源，写了一部模糊阶级性的'白话文学史'"；并"从心所欲地盗窃晚清白话先驱者的主张，割断晚清白话文运动，而使人不知不觉被欺骗了"。"胡适《文学改良刍议》，从题目形式以至文学改良内容都是套袭或盗窃前人的。""我们要应用历史唯物主义揭破胡适割断历史和伪造历史的无耻行为。"[①] 此其三。这不是科学的严肃的学术研究，而是当时流行的"跟风转"政治大批判，它虽然没有什么学术价值，但却可以从反面折射出著者及当时所坚持的反科学反真理的歪曲历史篡改历史的"左"的思维模式，并进而说明拨乱反正、重写历史的必要性和重要性，更可以看出周作人与胡适对这段历史的评述是真实可信的。

当然应该承认，说"晚清白话文运动是五四运动白话文的前驱"是对的，这应是包括胡适在内的所有的五四新文化先驱都知道的常识；然而我们必须看到晚清白话文运动并没有解决以白话为正宗的现代话语的整体转换问题，恰恰是胡适倡导的白话文学运动与国语运动的双向并举推动了现代民族国家的正宗话语的大换班，因此否定了胡适的白话文学主张就意味着否定了国语文学与国语运动。作为白话文学的倡导者与实验者，胡适有一段颇有讽喻意味的话值得思考：

> 一九一六年以来的文学革命运动，方才是有意的主张白话文学。这个运动有两个要点与那些白话报或字母的运动（指晚清白话文——笔者注）绝不相同。第一，这个运动没有"他们""我们"的区别。白话不单是"开启民智"的工具，白话乃是创造中国文

---

① 谭彼岸：《晚清的白话文运动》，湖北人民出版社 1956 年版，第 4 页。

学的唯一工具。白话不只配抛给狗吃的一块骨头，乃是我们全国人都应赏识的一件好宝贝。第二，这个运动老老实实的攻击古文的权威，认他做"死文学"。从前那些白话报的运动和字母的运动，虽然承认古文难懂，但他们总觉得"我们上等社会的人是不怕难的：吃的苦中苦，方为人上人"。这些"人上人"大发慈悲心，哀念小百姓无知无识，故降格做点通俗文章给他们看。但这些"人上人"自己仍旧应该努力模仿汉魏唐宋的文章。这个文学革命便不同了：他们说，古文死了二千年了，他的不孝子孙瞒住大家，不肯替他发丧举哀，现在我们来替他正式发讣文，报告天下"古文死了！死了两千年了！你们爱举哀的，请举哀吧！爱庆祝的，也请庆祝吧！"①

你可以对胡适的个别偏激观点或过于乐观的情绪不认同，但是他却进一步提示了晚清白话文运动与五四文学革命的区别及后者取得成功的原因：不仅"有意的主张白话文学"，提出了"国语的文学，文学的国语"的建设新文学的"唯一宗旨"，理直气壮地宣布"白话乃是创造中国文学的唯一工具"；而且坚定不移地站在平民主义立场上，不是为某个阶级或某些阶层或某些人，而是为现代中国所有的人来创建国语的文学及其现代话语系统。

不过，国语文学作为现代话语系统的构成，也必须考察它的语境，"就是使用语言的环境，是说话人和受话人的话语行为所发生于其中的特定语言关联域，包括具体语言环境和更广而根本的社会生态环境"②。国语文学的生成及其文本成为说话人和受话人在语言活动进行沟通与交流的媒介，其所处的语境则是中国社会转型的激变期，不论政治、经济领域或思想、文

---

① 胡适：《五十年来之中国文学》，《中国新文学大系·史料索引》，上海良友图书印刷公司 1935 年版，第 13 页。

② 童庆炳主编：《文学理论教程》，高等教育出版社 2000 年版，第 59 页。

化领域的变化都取决于人的主体意识和行为方式的变化;而现代人的思维或行为运作趋向无不借助或伴随现代话语活动,受话人与说话人的强烈诉求所形成的合力又驱动了国语运动和新文学运动,创造适应或满足其话语活动需要的国语文本或审美文本,惟有审美文本即国语文学的批量生产才有可能造就真正的标准国语。特别是域外新思潮的汹涌而至给政治、思想、文化领域以巨大冲击,掀起了反帝爱国的政治高潮、反封建的思想启蒙高潮和以科学与民主为大旗的新文化高潮;而这三大高潮的集结点和聚集点则是 1919 年爆发的五四运动,主导或参与这场轰轰烈烈运动的社会群体和个体对现代国语的建立和国语文学的创造提出了空前的急切要求,这就极大地推动了国语文学的发展和白话用语在诸多领域取得了优胜。正如胡适所叙写的:"民国八年(1919)的学生运动与新文学运动虽是两件事,但学生运动的影响能使白话的传播遍于全国,这是一大关系;况且'五四'运动以后,国内明白的人渐渐觉悟'思想革新'的重要,所以他们对于新潮流,或采取欢迎的态度,或采取研究的态度,或采取容忍的态度,渐渐的把从前那种仇视的态度减少了,文学革命运动因此得到自由发展,这也是一大关系,因此民国八年以后,白话文的传播真有'一日千里'之势。"[1]1919 年教育部颁发部令,民国学校的一二年级的国文一律改用国语;1920 年白话公然叫国语了,统一读音的注音字或"国音字典"亦先后问世,并创造出一批显示文学革命实绩的国语文学文本。这标志着新文学运动与国语运动并驾齐驱已取得了决定性的胜利,完成了中华民族以"文言"为正宗的古代话语向以"白话"为正宗的现代话语的转换,这都得力于五四运动提供的良好政治生态与文化语境。

实现"国语的文学,文学的国语"的建设新文学的"宗旨",以建立现代民族国家的标准国语即现代话语系统,尽管在五四时期完成了以白话取代

---

① 胡适:《文学革命运动》,《中国新文学大系·史料索引》,上海良友图书印刷公司 1935 年版,第 19 页。

文言的历史使命，不论是政治话语、经济话语、思想话语、伦理话语、文化话语或是艺术话语，都在口头上和书面上使用了白话；然而若把建立现代国家标准话语作为一个系统工程来考察，它既是个曲折的历程又是个艰巨的任务，在五四时期取得决定胜利的基础上尚须进行长期而细致的建设。这里有两点必须说明：一是白话取代了文言，只是说前者取代了后者的"正宗"地位，并不意味着在现代的话语体系里就没有了文言的合法地位，更不是消灭文言，尽管在"文白之争"中出现了一些绝对性的否定言论，然而这只能是一家之言或一派之论，并不具有法令或法律效用，不论是说什么或者是写什么都有个人选择的自由。比如五四以来的文学创作并未因白话文学占主流而排斥文言文、章回小说、格律诗等；不过从大的社会环境或小的文化语境乃至世界背景来看，若坚持以文言为文为诗，那已不合时宜而有悖潮流了。二是胡适说惟有国语的文学才是真正的标准国语，这有点绝对化，只能说"文学的国语"可以作为衡量是否标准国语的尺度之一却不是"唯一"的尺度；况且即使"文学的国语"都是标准的国语也不能涵括现代民族国家所有的话语，虽然文学被称为"百科全书"，但是文学的话语大都是人文话语或艺术话语，自然科学话语甚至有些社会科学的话语也纳不进文学文本。所以"国语的文学"的建构不能完全代替现代话语的建立，只能说它是建立现代国家普通话或国语体系的重要举措或难得的途径。既然建立现代标准国语是个长期而艰难的系统工程，那我们必须清醒地看到并明确地承认它在不断完善的过程中所出现的曲折和有待解决的新老问题。1930 年继五四及二十年代的"文白之争"又掀起一场文言与白话的大论战以及大众语的讨论，这都关系到五四确立起的以白话为正宗的现代话语系统能否得到巩固和完善。鲁迅坚定地捍卫白话运动已获得的成果并抨击复古势力的挑战，他说："当时的白话运动是胜利了，有些战士，还因此爬了上去，但也因为爬了上去，就不但不再为白话战斗，并且将它踏在脚下，拿出古字来嘲笑后进的青年了。因为还依然在用古书古字来笑人，有些青年便又以看古书为必不可省的功夫，以常用文言的作者为应该模仿的格式，不再从新的道路上去企图发展打开新的局面来了。"① 这里批评了在五四白话运动中曾经是"战士"而到了三十年代爬上去进入权贵阶层便落伍的新复古者，也斥责有些青年在复古思潮中迷失方向却钻进古书堆而不能在新的道路上为现代话语的大众化打开新局面；虽然白话在称为现代国语的进程中出现了波折，但鲁迅仍坚信能够在新的道路上打开新的局面，以推动白话主潮的前行。时任《社会月报》编者的曹聚仁在文化界展开的文言与白话的论争中所采取的态度，与鲁迅的态度有所不同，从其发出一封征求关于大众语意见的信中便可体现出来。信中提出了五个问题："一、大众语文的运动，当然继承着白话文运动国语运动而来的；究竟在现在，有没有划分新阶段，提倡大众语的必要？二、白话文运动为什么会停滞下来？为什么新文人（五四运动以后的文人）隐隐都有复古的倾向？三、白话文成为特殊阶级（知识分子）的独占工具，和一般民众并不发生关涉；究竟如何方能使白话文成为大众的工具？四、大众语文的建设，还是先定了标准的一元国语，逐渐推广，使方言渐渐消灭？还是先就各大区的方言，建设多元的大众语文，逐渐集中以造成一元的国语？五、大众语文的作品，用什么方式去写成？民众所惯用的方式，我们如何弃取？"② 这既是对白话文运动或国语运动的质疑态度，又是对大众语文的询问与研讨的态度，由此可见建立现代化标准国语的复杂性，它不仅是个学术问题、实践问题，也是立场问题。且不论鲁迅对曹聚仁提出的大众语问题如何回答的，只说鲁迅在致曹聚仁的信中则对那些攻击白话者给予的痛斥："现在真是哗啦哗啦。有些论者，简直是狗才，借大众语以打击白话的，因为他们知道大众语的起来还不在目前，所以要趁机先将为害显然的白话打倒。"③ 白话是打不倒的，从五四白话文学运动至今，以白话为正宗的现代标准国语正是在不断地咒骂声和打倒声中建立起来，已成为通用全国 56 个民族的普通话，这

---

① 鲁迅：《"感泪"以后》（下），《鲁迅全集》第 5 卷，人民文学出版社 1981 年版，第 334 页。

② 鲁迅：《书信一九三四年七月》，《鲁迅全集》第 12 卷，《致曹聚仁》注释 [1]，人民文学出版社 1981 年版，第 495 页。

③ 鲁迅：《致曹聚仁》，《鲁迅全集》第 12 卷，人民文学出版社 1981 年版，第 496 页。

不能不记住胡适提倡"国语的文学，文学的国语"的建设新文学"唯一宗旨"观及其白话文学运动和国语运动的互动效应，为现代标准国语所奠定的基础和开白话为正宗之先的首功。

从狭义的语体或文体的视角审查，通过国语文学运动致文学的语体或文体全方位地完成了换班，即以现代语体或现代文体替代了传统语体或古代文体，使中国文学的审美形态与艺术风貌焕然一新，这也是中国文学现代化的重要表征；因之不论何时何地阅读或研究现代中国文学话语系统都应忆起或思索五四白话文运动所建立的又一历史功绩。然而在二十世纪的较长时期我们研究者却很少从语体或文体的角度探讨并肯定白话文学，即使有些学人关注这方面的研究也是心有余悸，不是怕被扣上美化胡适的帽子就是担心陷于形式主义；及至新时期，尽管对五四白话文学或胡适的评述解除了禁区，并获得大量的突破性的创新成果，但是相比较而言，有关语体或文体所取得的开创性成就的探究和评价却总有不足之感。二十世纪五六十年代，除了见到胡适在台湾出版的《中国新文学运动小史》（1958）和发表的《什么是"国语的文学"、"文学的国语"》（1952）、《活的语言·活的文学》（1958）等肯定性的著述，而这个时期大陆的学术论著甚少，即使偶尔查阅几篇，也是批判或否定国语语体或文体的文章；新时期以来，胡适逐步成为大陆学者关注的热点，而在不菲的研究成果中则从语体或文体的视角系统深入探讨胡适独特贡献的著述并不多。对此，本文不想展开，仅是略述之。

所谓"语体"就是写作所运用的语言，即用白话还是用文言还是文白间杂，或称之"书写语言"或名之"书写体"，这是就广义而言的；狭义的"语体"就是"文学书写语言"或"文学书写体"。若说古代文学以文言为正宗所书写的，名之为文言"语体"，那么现代文学则是以白话为正宗所书写的，则应称之白话"语体"。从语言的角度审之，以白话语言创造的文学则是白话语体；要是从文本整体的角度察之，那文体不仅指语言作为外壳所构成的完整形式，也包含语言所表达的文化意蕴。有的学者对于文体的广狭义给出了这样的解释："狭义上的文体指文学文体，包括文学语言的艺术特征（即有区别于普通或实用语言的特征）、作品的语言特色或表现风格、作者的语言习惯以及特定创作流派或文学发展阶段的语言风格等。广义上的文体指一种语言中的各种语言的变体，如：因不同的社会实践活动而形成的新闻语体、法律语体、宗教语体、广告语体、科技语体；因交际媒介的差异而产生的口语语体与书面语体；或因交际双方的关系不同而产生的正式文体与非正式文体等。"[①] 这里，对广义或狭义文体的释义或者对语体的定义，都是着眼于书写所运用的语言，虽然广狭义的文体有明显的区分度而语体和文体则成了同义语；实际上在话语活动中的语体和文体也常常交织在一起，说的是语体同时指的也是文体，说的是文体同时也指向语体。照理说，文体应该包括语体，因为文体的内涵与外延远远大于语体，谈及白话文体就涵纳了白话语体。鲁迅曾说过："我做完（指小说——笔者注）之后，总要看两遍，自己觉得拗口的，就增删几个字，一定要它读的顺口；没有相宜的白话，宁可引古语，希望总有人会懂，只有自己懂得或连自己也不懂的生造出来的字句，是不大用的，这一节，许多批评家之中，只有一个人看出来了，但他称我为 stylist。"[②] 鲁迅所谈的是"语体"的问题，而批评家却称鲁迅为"文体家"。既然"文体"与"语体"在文学创作实践中完全纠结缠绕在一起，那就运用包容性大的"文体"概念为宜。

　　五四白话文学运动推动了中国文学的"语体"向现代白话语体的根本性转换，实质上亦推动古代文学的文言文体向现代白话文体的整体性转换，它标志着中国文学的结构性的变化，即文言文学结构系统的解体而白话文学结构系统的建成。不过古代的文体意识及其对文体分类有所不同，古代文学不管是否具有审美功能或艺术特质的都统统定义为文章，即使文章的分类也是依据有何用途为标准，《尚书》是这样对文章分类的，此后的《文

---

① 申丹：《叙述学与小说文体学研究》，北京大学出版社 2004 年版，第 77 页。

② 鲁迅：《我怎么做起小说来》，《鲁迅全集》第 4 卷，人民文学出版社 1981 年版，第 512—513 页。

心雕龙》《典论·论文》《文体明辨》等几乎都是据其社会功能来分类；虽然也有"无韵者为笔，有韵者为文"的说法，但终究没有以审美为特质把文学从文章的混杂体中分离出来而成为一种独立文体。及至晚清文学改良运动，借鉴西方美学和文体学，中国文学不仅逐步有了现代文体意识，并且以审美为标准把文学从已有文章格局中分离出来，并对"文学"系统内部的子系统进行了细致分类，方有了现代意义的小说、诗歌、散文、戏剧等文体的命名。虽然晚清文学改良运动具有了一定的现代文体意识，并在具体创作中进行新文体实验，也创构了新小说体、新体诗、新文体等；但是这些新的文体不论写作语言或者形式构造或者整体风格，都没有出离古代各类文体的结构形态，传统文体的痕迹较深，只能说晚清文学的文体变革为五四白话文学运动的文体大换班做出了积极实验。及至辛亥革命前后，以南社为中心的政治革命文学和以《礼拜六》为阵地的通俗文学，它们的文体或语体出现了向传统回归的趋向，或者说古代文学显示出"回光返照"。真正推动并完成了中国文学的语体或文体向现代转变的是五四文学革命，而作为五四文学革命领袖的陈独秀和胡适，陈独秀的现代文体意识却不如胡适那么自觉那么强烈。

胡适所具有的自觉的现代文体或语体意识，主要体现在：一是以进化论的文学史眼光，以现代语体或文体为参照，不仅清理出古代文学有一个绵延一千多年的白话语体系统，而且梳理出古代文学各类文体的演变史，为现代中国文学的语体或文体的建构开掘出厚实的资源；二是以世界视野洞察各国各民族文学演变规律，借鉴西欧各国实现文学语体化的经验和现代文体构造的技艺等，为我国文学的现代语体或现代文体的营造提供参照；三是首倡白话文学，且把"国语的文学，文学的国语"作为新文学建设的"唯一宗旨"，这也是实现中国文学语体化的实践纲领和行动目标；四是《论短篇小说》《文学进化观念与戏剧改良》《谈新诗》等文，对现代小说体、现代戏剧体、现代诗体的文体特征做了开风气之先的论说，表现出文体理论的自觉也是对现代小说、诗歌、戏剧等创作实验以理性引导；五是首倡从文学形式入手进行文学变革，而文学变革的难点在于诗歌，所以胡适主张先以诗体解放为突破口，然后推开其他文体的全面改革，这个逻辑进程实际上亦是文学革命的实践进程；六是胡适不只是个文体意识的自觉者也是个地道的实验主义者，不论现代语体或现代文体的建构，他都是大胆地尝试、大胆地实验，《尝试集》是其新诗的实验成果，《终身大事》是其话剧的尝试之果，《一个问题》是其小说的实验之果，虽然从文体的角度审之这都不是成功之作，但是这种敢于开风气之先的大胆尝试和勇敢开拓的精神却值得敬佩，而其诗歌又被称之为"胡适之体"也是值得研究的。胡适在现代文学的文体建构上是首倡者、实验者，却不是个成功者，现代各类文体并不是在胡适手里"成熟"的，也就是说他的现代文体意识与其实验的效果没有达到完美的统一，而且反差较大。如何理解这种反差呢？仅从主体思维的角度探察，在我看来胡适可以成为大学者或大学问家，却不能成为大作家，这主要因为胡适的理性思维优胜，实证思维尤为强势，不论散发型理性思维或者收敛型理性思维都不是一般人的理性思维能够企及的，理性思维活跃、敏捷、灵活、机智，富有创造性和发现逻辑机制，这应是他能作为一个善于开风气之先的大学者必备的思维素质；相形之下，他的感性思维、灵性思维或形象思维则处于弱势，特别是诗性的创新思维、联想思维或想象思维更弱一些，这从他尝试的诗歌、小说、话剧文本中充分体现出来。而这诸多艺术思维正是一个文学大家所必备的，但胡适的艺术思维则缺乏独特的创造性优势。翻阅《胡适全集》第10卷的《诗歌编》《散文编》《小说编》应是其一生文学创作之集大成，足见其艺术创造思维比不上其科学理性创新思维优胜，故现代著名大学者的学术光辉遮蔽了他也是个诗人的艺术之光，"胡适体"的论文风采也掩盖了他的《尝试集》的诗体光彩。不过，应该郑重地承认并看到，胡适的现代文体意识及其尝试胆识，却影响了一代代现代文学创造者，尤其直接影响了五四及二十年代的新文学的语体或文体的建设。

　　五四及二十年代既是文体意识觉醒的时代又是现代各类文体建成的时

代，因而本时期成名的文学家或诗人几乎都是现代文体创造的艺术巨匠，其中鲁迅则是新文学艺术巨匠的佼佼者。胡适对短篇小说文体特点从理论上做了介绍，也尝试性地写了一篇，但短篇小说文体的建构取得卓越艺术成就的却是鲁迅。茅盾当时就指出："《狂人日记》的最大影响却在体裁上；因为这分明给青年们一个暗示，使他们抛弃了'旧酒瓶'，努力用新形式，来表现自己的思想。"他又说："在中国新文坛上，鲁迅君常常是创造'新形式'的先锋，《呐喊》里的十多篇小说几乎一篇有一篇的新形式，而这些新形式又莫不给青年作者以极大的影响，必然有多数人跟上去实验。丹麦的大批评家勃兰兑斯（Georg Brandes）曾说：'有天才的人，应该也有勇气。他必须敢于自信他的灵感，他必须自信，凡在他脑膜上闪过的幻想都是健全的，而那些自然而来到的形式，即使是新形式，都有要求承认的权利。'"①鲁迅不愧为天才的文学家，凭借高超的"灵感"思维和艺术创造潜能，不仅创新了短篇小说文体，也创新了中篇小说文体如《阿 Q 正传》，不仅散文诗体在他手中成熟，而且杂感体也在他手中成熟并在新文坛上大放异彩。虽然胡适率先尝试白话自由体诗，但是真正的现代自由诗体却由郭沫若建成；旧格律诗体冲破了，而新格律诗体则由闻一多从理论与实践的结合上进行了富有成效的尝试，冰心则创造了"冰心体"小诗。散文形式花样繁多，而其中小品散文体则成熟于周作人之手，抒情体散文和叙事体散文则由朱自清建成；戏剧文学的现代话剧体由陈大悲、田汉、丁西林等进行了大胆而有价值的实验，其中也不乏创新型的体式，然而现代话剧的完美体式的建成应该出自三十年代曹禺之手。长篇体章回小说是明清文学的重头戏，而胡适又把《西游记》《三国演义》《水浒传》《红楼梦》等章回小说视为白话语体的"模范"，这是否影响了五四及二十年代长篇小说文体的积极实验，并推迟了它向现代长篇体的转型？不过这阶段的张资平、王统照等也尝试创作了几部现代体的长篇小说，由于艺术形式缺陷较多难以与同时期的鸳

---

① 茅盾：《读〈呐喊〉》，《文学周报》1923 年 10 月第 91 期。

鸳派承传的章回体长篇小说比肩，而现代长篇小说文体的真正具有标志性的巨著应是三十年代茅盾创作的《子夜》。总之，五四白话文学运动的文体意识的觉醒，激发了整整一代作家的艺术创造才能，无不艺术匠心独运，在广纳博取古今中外艺术经验的基础上，创构了现代各类文体，与古代中国文学的各类文体既断裂又连接，真正为现代中国文学开拓出一片新艺术天地，而其开创之功不能不在胡适的功劳簿上写上浓墨重彩的一笔。

然而，现代文学新文体的建成并没有完全取代或否定传统文体，传统文体仍在畅通无阻地运用，并不断进行自我调整或更新，与现代新文体在文艺百花苑里形成一种以"新"为主的相互辉映的艺术格局；而且现代各类文体随着整个新文学的演变也在不断完善、不断更新和不断转换，并没有凝固在五四及二十年代的文体创新的水平上，逮及二十世纪八十年代以降又出现了文体意识自觉和现代文体创新的时代，异彩纷呈的各类新文体正在争奇斗艳。

第八章

中国新文学之源

——重解胡适的民间文学观

　　近百年对于中国新文学渊源的洞察与探究，"西化论"始终占主调，并认定胡适是新文化或新文学"西化论"的代表，只要是政治上需要批判"西化论"总是要拿胡适开刀。诚然，胡适曾多次说过建设中国新文化或新文学，应向西方先进的文化或文学借鉴或学习，且有"西化"这样的表述；但是切莫忘记胡适是个忠诚的实验主义者，对一切中外古今的文化或文学，哪怕是再先进再优秀的文化或文学也不盲目崇拜和全盘接受，而是坚持"重新评估一切价值"的原则，以"拿证据来"的实事求是的科学态度待之。不仅如此，在建设中国新文化或新文学进程中，胡适以自觉自信的学术姿态，重视对中国古代文化或文学的开发性地重新发现、重新估价、重新阐释、重新梳理；而这种重新研究则完全采取科学方法论，坚定不移地贯彻科学精神。于是，便从古代中国繁富的文化遗产和丰赡的文学史料中，首次发掘出一个纵贯几千年的民间文化或文学传统，从而形成了胡适终生坚守的"民间文学"观，并在其指导下致力于新文学活动、学术研究和文学评论等。本章旨在重解胡适独到的"民间文学"观的内涵与外延及其重要的价值和意义，并回答中国新文学的渊源问题。

　　世纪之交大陆学术界的文论研究、文学评论或文学史书写，均对"民间文学"发生了浓厚兴趣，展开了各抒己见的学术讨论，甚至有些学者以"民间文学"作为价值尺度来评述文学创作，或者以"民间文学"作为文学史观来书写当代文学史。这究竟是对五四时期形成的民间文学话语在新的时代背景下的承传与弘扬，还是对"民间文学"这个特定的理论范畴的重新阐释和别具新意的运用？对此无意展开详细讨论，笔者所关注的乃是对

"民间文化或文学"的如何界说。虽然见仁见智说法不一，不过认同或引用较多者对民间文化形态却是这般定义的："一、它是在国家权力控制相对薄弱的领域产生，保存了相对自由活泼的形式，能够比较真实地表达出民间社会生活的面貌和下层人民的情绪世界；虽然在权力面前民间总是以弱势的形态出现，并且在一定的限度内被迫接纳权力，并与之相互渗透，但它毕竟属于被统治阶级的'范畴'，而且有着自己独立的历史和传统。二、自由自在是它最基本的审美风格。民间的传统意味着人类的原始生命力紧紧拥抱生活本身的过程，由此迸发出对生活的爱和憎，对人生欲望的追求，这是任何道德说教都无法规范，任何政治教条都无法约束，甚至连文明、进步、美这样一些抽象概念也无法涵盖的自由自在。三、它既然拥有民间宗教、哲学、文学艺术的传统背景，用政治术语说，民主的精华和封建的糟粕交杂在一起，构成了独特的藏污纳垢的形态。"[①] 从理论上定义"民间文化或文学"形态而达到科学严密无懈可击的程度，是很难的；上述从三个维面来概述"民间文化形态"，其基本内涵已明确地揭示出来，而且是可以接受的。不过细究之，至少有三点值得深思：一是这个"民间文化形态"的定义是否适用所有性质的社会制度，它显然是针对等级森严的专制社会而言，而那种坚持平等、民主、博爱的社会制度或者一切权力属于人民而人民真正当家做主的社会制度是否仍存在统治阶级与被统治阶级相对立的"民间文化形态"？二是既然"民间文化形态"产生于两大阶级对抗的社会制度，即使"国家权力控制相对薄弱的领域"也不可能存在文学上的"自由自在"的审美风格，除非统治阶级放松或失去或无法控制社会各领域，文学才有可能"自由自在"，只要统治阶级有能力控制就难以出现"自由自在"的审美心态；三是既然承认"民间文化"是精华与糟粕交杂在一起，那怎么能"构成了独特的藏污纳垢的形态"，难道"民主的精华"也成了"污"和"垢"，这岂不自相矛盾吗？由于这个对"民间文化形态"的定义为不少青年学者

---

① 陈思和主编：《〈中国当代文学史教程〉前言》，复旦大学出版社 1999 年版，第 12—13 页。

所引用，故提出三个质疑，供进一步探讨与思索；至于胡适五四文学革命及其以后所形成的"民间文学"观，应如何理解、把握和阐释，正需要从比较中予以深入研究。

一、胡适"民间文学"观的思想特点

胡适终其一生念念不忘"民间文学"，即使他 1962 年辞世前的英文演说也仍然强调民间文学中的"伟大的小说"；不过他对民间文学的表述所用的词语却并不完全统一，尽管其概念或词语的规定性始终没有大的变化。1921 年 11 月至次年 1 月间，胡适为教育部主办的第三届国语讲习所主讲《国语文学史》，他以"田野的文学"或"平民的文学"[①] 来表述民间文学的涵义；当然也有时把"民间文学"等同于"白话文学"[②]；有时甚至视"民间文学"为"下层文学"[③]；或者直截了当地将平民文学、田野文学、白话文学、下层文学、国语文学统统归结为"民间文学"[④]。这只能说胡适是从多层面对民间文学的释义，也说明给"民间文学"做出一个自足性的明确定义确有难度。不过依据胡适在不同的语境下对"民间文学"的解释，就笔者的体认与理解，对其"民间文学"观应归结出这样一些思想特点：

其一，胡适不是面对世界各国的不同社会形态的所有文学系统或文学样态而从中提炼出"民间文学"，并把"民间文学"当成所有社会制度的艺术生产领域生成的一种文学类型或样态；而是极其鲜明地针对古代中国社会的总体文学系统进行梳理分析，从而发现古代文学系统不是同质同构的乃是异质同构的，并认定惟有这种异质同构的文学系统方有可能使民间文学存于其中。所谓异质同构是指数千年古代中国文学虽然隶属同一结构系

---

① 胡适：《国语文学史》，《胡适全集》第 11 卷，安徽教育出版社 2003 年版，第 30 页。

② 胡适：《新文学运动之意义》，《晨报·副镌》1925 年 10 月 10 日。

③ 胡适：《中国文学史的一个看法》，《晨报》1932 年 12 月 23 日。

④ 胡适：《中国文学过去与来路》，天津《大公报》1932 年 1 月 5 日。

统，但是文学的性质或质的规定却是有差异的；而这种差异不只是量的差异或成分的差异，而是能够决定何种文学可以成为统治阶级或被统治阶级、上层社会或下层社会、贵族阶层或平民阶层的具有完整形态与阶级属性的文学。正如黎锦熙对胡适《国语文学史·汉魏六朝》所作的解读：

自从汉武帝用通艺补官的制度，推行"古体散文"用作全国统一的应用文体，同时提倡一种最时新的美术文——从《楚辞》变化出来的"赋"，此后二千余年间，庙堂上都依着这个例演化许多贵族文学；所谓"国语文学"者，其源头大都起自民间，大都是各时代从民间涌现出来的"反庙堂"的文学潮流，即如当汉初提倡"古体散文"和"词赋"的时候，民间的"歌谣"和"五言诗"也在那儿蓬蓬勃勃的盛行，这是纯不受庙堂体制之束缚的。最可怪者，它们的势力很大；"赵代秦楚之讴"，汉武帝也不能不爱，甚至于特设一条采访编制演习的衙门，叫做"乐府"，后来衙门的名称竟化为这样民间文艺的名称了；五言的《古诗十九首》以至《孔雀东南飞》等，大约都是民间之"讴"而经过当时好事的诗人之斧削的，斧削它，为的就是爱它，其动机和后来施耐庵（？）斧削罗贯中的《水浒传》而成今本《水浒传》，罗贯中斧削《三国平话》（日本内阁文库所藏元建安虞氏至治新刊《全相平话》之一，最近有影印本）而成《按鉴演义三国英雄志传》，毛宗岗又斧削罗书而成今本《三国演义》一样。尤可怪者，它们的势力更进一步居然可夺庙堂文学之席：五言诗到了汉末，进而至于六朝，遂成文人学士最典重最流行的诗体；唐人的拟乐府，也不复视为民间之"讴"了。到此，五言诗和乐府的命运也就告终，民间又涌现别种体裁的文学潮流，轰腾澎湃的侵入庙堂了。这些关系和变迁，须合三四千年来绘成一图，便能一目了然；这图便算国语文学史的一

个提纲挈领的引论，也算一个系统分明的目录。①

上述的解读，至少弄清了以下三个问题。虽然仅是黎锦熙个人的解释，但它既能作为《国语文学史》的"代序"，这说明胡适对他的见解是认同的，或对《国语文学史》的补充或对胡适观点的深化；由于胡适文学史又是国语讲习所主讲的演说稿，无疑得到了听众的认可。因而"代序"所回答的问题和阐明的认知与《国语文学史》是一致的，并不矛盾，相互印证，相互支持，进一步增强了"民间文学"观的实证性与可信度。第一个问题，回答了贵族文学的由来与皇权主义制度的科举体制紧密联系在一起。假如说皇权不采取"通艺补官的制度"或者不设立以文取仕的科举制度，就不可能产生贵族文学；贵族文学是为了皇朝庙堂而创立的，体现了帝王将相及其贵族阶级对文学的诉求，反映了皇权帝国意志对文学的硬性规范。对此胡适讲得再明白不过了，他说："因为中国政府用科举来推行古文是汉武帝时方才严格规定的，故我们就从这个别时代讲起。中国的古体文学到汉武帝时方才可以说是规模大定。司马迁的《史记》为后代散文的正宗；司马相如等的辞赋，上承《楚辞》，下开无数赋家，枚乘、李陵、苏武等的诗歌，上承《三百篇》，下开无数诗家。故我们可以说古体文学的规模从此大定。但司马迁、司马相如、枚乘一班人规定的只是那庙堂的文学与贵族的文学。"②从汉武帝始设立并推行以艺取仕的科举制度，文学创作不再是个人的自由行为而成了钦定的国家行为。若创作的文学作品或散文或诗歌，只要符合皇帝钦定的写出规范，那就成了庙堂文学或贵族文学，也成了文人进入统治阶层为皇权效力的敲门砖或晋见礼或效忠书。虽然并不是所有的古代文人都想走或都能走成"学而优则仕"这条道路，或者说所有的知识者都能写出科举制度规定的贵族文学；但是必须承认毕竟有些文人走通了以文取

---

① 黎锦熙：《〈国语文学史〉代序》，《胡适全集》第 11 卷，安徽教育出版社 2003 年版，第 9—10 页。

② 黎锦熙：《〈国语文学史〉代序》，《胡适全集》第 11 卷，安徽教育出版社 2003 年版，第 9—10 页。

仕的科举之路，或进入上层社会成了有名的御用文人，或成为贵族文学或庙堂文学的炮制能手。只要在皇权主权横行的等级社会里，那些视名、权、利为生命的文人是抗拒不了权贵的巨大诱惑的，他们去迎合皇权的需求且遵循其规范制作的贵族文学或庙堂文学，为皇权主义歌功颂德，为帝王将相树碑立传，往往是争先恐后的、积极主动的，这就使贵族文学或庙堂文学绵绵不断而不绝种。

第二个问题，回答了民间文学即"田野的文学"或"平民的文学"的由来恰恰与贵族文学相反，既不来自皇权的恩赐又不来自文人的青睐，而是来自皇权主义统治薄弱的或者山高皇帝远的相对自由放纵无拘无束的广大民间或田野。古代中国的小农经济如同汪洋大海，虽然系皇权统治的农业社会，统治阶级的思想也是农业社会的统治思想，但是皇权主义作为意识形态并没有凭借残酷的专制手段或严密的政治组织从思想上实行全面专政；特别是远离皇权统治国都京畿的偏僻山野农村竟能流行"皇帝轮流坐，明年到我家"这样叛逆性的口头禅。可见山野民间的思想或言论是相当自由的，即使明清朝代所施行的"文字狱"的思想罪或言论罪也主要是针对那些叛逆性的知识文人，而广阔的乡村民间并没有受到什么牵连，村夫山民的思想意识或情感心绪的宣泄仍有宽松的生存空间。因此在这样的生态环境即山野民间必然能涌现出来"反庙堂"的文学潮流，源源不断地生产出有别于贵族文学或庙堂文学的"民间文学"或"田野文学"。它们的最大优势是没有钦定硬性规范的自发生成的自然形态的文学，下层平民百姓想怎样写就怎样写，想唱什么歌就唱什么歌，想编什么故事就编什么故事；总之自然形成的文学才是真正合乎人类审美规范的真文学和活文学。

第三个问题，回答了贵族文学与民间文学在古代中国社会形态和文化结构中并不是完全异质相对，或者绝端对立而不可调和，在一定条件下，民间文学是可以转化为庙堂文学或贵族文学的。然而民间文学要"侵入庙堂"或者夺取"庙堂文学之席"，必须具备两个条件：或民间文学得到帝王权贵的喜爱和看好，朝廷专门设立搜集整理、编制演习民间文学的机构，如汉武帝特设的"乐府"衙门，便把民间歌谣或五言诗引进庙堂；这虽然消解了贵族文学与民间文学在文体上的界限，五言诗堂而皇之成了庙堂诗体，但是汉代不少的五言体诗仍在内容与形式乃至美学风格保留着民间文学的优长或痕迹。或民间文学创制出新体裁熔铸成新形态，并从而涌现出"反庙堂"的文学大潮，以轰腾澎湃的势不可挡之力侵入庙堂；这样的标新立异的民间文学，不只是进入庙堂，而且夺取了庙堂文学之席。民间文学在古代中国总体文学系统中之所以具有如此大的势能和魔力，除了它本身的审美内涵、审美形式和审美风格有独特性外，这里必须强调的是皇权体制内的帝王将相不乏有民本思想或仁学情怀的人，他们又深受中国文学的人文传统的影响，并具有笃厚的古代文化修养，因此他们对优秀的民间文学绝对不会拒斥甚至是怀有审美期待的；特别是对于皇权主义政治统治，既要痛斥其对平民百姓进行残酷专政所犯下的罪行，又要承认皇权统治所施行的仁政在某种程度上是有助于民间文学的发展和繁荣的，否则古代中国社会就不会涌现出一次又一次的蓬勃腾涌的民间文学潮流。

其二，胡适学术视野中的民间文学概念，虽出自于其贵族文学与民间文学或庙堂文学与田野文学的二元对立的认知结构，明确指出"民间文学"是皇权体制外或钦定规范外的一种自发生成的自然形态的文学；但是要全面深入地解读民间文学的丰实复杂的内涵，却不能完全坚持二元对立思维模式，应给出整体性的、系统性的、关联性的分析与概说。若从创作主体的角度来解读民间文学，那至少应关注民间文学的原创主体和民间文学的编改主体。就原创主体来说，民间文学最初罕见是个体创造，往往是下层群体而作，它是几个人或一群人的审美感受和艺术智慧的结晶。也许草创文本在艺术上是粗糙的，内涵是浅显的，然而它却是从平民百姓的真情实感中流淌出的真的文学，即对人、情、事、景的真切感受的流露，是对个体人生或群体人生真实体验的表现，是对人的内外宇宙的真知体悟的表达；总之，民间文学是真的文学，是活的文学。胡适曾从文学与环境之关系考察文学生成的外部条件及其思想内容，因此，他认为民间文学只能存在于这样的生态：

> ……田家作苦，岁时伏腊，烹羊炰羔，斗酒自劳。家本秦也，能为秦声。妇赵女也，雅善鼓瑟。奴婢歌者数人。酒后耳热，仰天拊缶而呼乌乌。其诗曰：
>
> 田彼南山，芜秽不治。
>
> 种一顷豆，落而为萁。
>
> 人生行乐耳！须富贵何时！
>
> 是日也，拂衣而喜，奋袖低昂，顿足起舞……

"这里面写的环境，是和那庙堂文学不相宜的。这种环境里产生的文学自然是民间的白话文学。那无数的小百姓的喜怒悲欢，决不是那些《子虚》、《上林》的文体达得出的。他们到了'酒后耳热，仰天拊缶''拂衣而喜，顿足起舞'的时候，自然会有白话文学出来。还有痴男怨女的欢肠热泪，征夫弃妇的生离死别，刀兵苛政的痛苦煎熬，都是产生平民文学的爷娘。庙堂的文学可以取功名富贵，但达不出小百姓的悲欢哀怨；不但不能引出小百姓的一滴眼泪，竟不能引起普通人的开口一笑。因此，庙堂的文学尽管时髦，尽管胜利，终究没有'生气'，终究没有'人的意味'。二千年的文学史上，所以能有一点生气，所以能有一点人味，全靠有那无数小百姓和那无数小百姓的代表平民文学在那里打一点底子。"① 胡适对中国古代民间文学的生成环境的考察，显然是农业社会形成的广大农村的民间，这里尽管触及"征夫弃妇"、"刀兵苛政"的统治者的穷兵黩武、征战杀戮、苛捐杂税、民不聊生的社会现实；但是对于农业社会出现的民间时空毕竟缺乏经济生态、政治生态特别是文化生态、教育生态乃至风俗习惯、社会心理的具体洞悉与描述，这就不能从外部多维面地揭示民间文学生成的客观根源，

---

① 胡适：《国语文学史》第一编，《胡适全集》第 11 卷，安徽教育出版社 2003 年版，第 30—31 页。

更难以从"无数小百姓"作为创作主体的视角来探析民间文学生成的深层主观原因：即群体创作主体对民间生存社会环境或文化语境中所获取的人生感受或生命体验达到了何种的深广度，他们又是怎样以独运的艺术匠心把人生感受或生命体验物化为形态各异的审美文本的，并从而掀起侵入庙堂的反贵族文学潮流的，这一切未得到展示。诚然，胡适当年能够从外部生态透析民间文学的生成机制，就是颇有新意的开拓性研究了；不过更为可取的是，他为我们今天探索民间文学的生成及其丰富内涵提供了新思路新方向：作为民间文学的作者"无数小百姓"不论是个体或群体，都是有意或无意地置身于民间社会的各个层次或各个方面，与平民百姓心贴心和心连心，同呼吸共命运，不只是情感的喜怒哀乐能够引起对位共鸣，而且思想意识也能获得同样或差异不大的认同度和自由度；从而在以共同的生命能量与抗争激情应对社会的冲突、自然的灾害和本身困境的过程中，或者取得了成功胜利的喜悦，或者具有了难以承受的失败挫折的痛苦教训，或者积聚了被凌辱被压迫的怨恨愤怒，或者受到了民间文化的理性启示而对人生充满美好憧憬，等等；正是富有这种深切的人生感受和生命体验，作为创作主体的平民百姓才能不约而同地产生建构民间文学的审美诉求和写作行为。正如胡适所说的，民间的"痴男怨女的欢肠热泪，征夫弃妇的生离死别，刀兵苛政的痛苦煎熬，都是产生平民文学的爷娘"。

民间文学生成的原生态不论是广大的民间或无垠的田野，虽然高高在上的皇权统治和小农经济生产方式导致一定区域内出现了某种程度的"鸡犬之声不相闻，老死不相往来"的隔离的静止状态；但是大部分民间或田野处于"皇威"达不到的自然演化的动态之境，致人之生态与心态遵循固有的规律在运行，即使正常的生老病死会导致民间的悲境和喜情的相互交替也难以改变生态的蓬蓬勃勃和心态的自由活泼。因此作为创作主体的平民百姓欲将民间或田野的活泼泼的人的生态与自在舒展的心态，物化为民间文学文本，至关重要的则是务必挖掘艺术潜能，发挥民间智慧，创作出与民间生态和心态完美适应的文学体式。而这些文学体式，或源于民间的歌谣体或源于民间的故事体，都是平民百姓依据其生态或心态物化为审美文本的需求而艺术匠心独运所创造的。唯有这样方可确保民间文学充满生气。

民间文学的原创者不可能是目不识丁的文盲，即使是文盲也会在民间自由气氛的熏染下性格开朗、想象丰富，使其文学艺术天才得到挥发，创造出口头民间文学以展示其人性的至善至美，并彰显其朴素的人文关怀；若是原创者受过一定教育，能够识字断文或抒怀写作，那不仅可以从读书或受教育中汲取传统文化的人文精神，尤其能受到儒学的"仁者爱人""泛爱众"的博爱人道主义的洗礼，而且可以设身处地体验领悟那种生发于广大民间的淳朴原始的人道主义，以及情有所专地感受民间或田野时空中人与人之间的和睦相处、生死相交的人性善或人性真或人性美。只有原创者具有了人道意识或人文情怀以及真善美和谐统一的审美眼光，才有可能从广阔复杂的民间世界去发现人道、人意、人情、人性，并以真善美的审美理想予以判断和彰显。这样的民间文学，方是胡适所认定的具有"人的意味"的文学。

就修改主体来说，这里所指的不是民间文学在民间或田野的原生时空中不断流传的修改者，而是指那些具有相当文学修养和创作能力的诗人或作家，并主动对原创的民间文学或平民文学进行重新整合或大修大改或再编再造的修改者。正是胡适所描述的："当着老百姓的创作（指民间文学——笔者注）已经行了好久，渐渐吹到作家耳中，挑动了艺术心情，将民间盛行之故事歌谣小说等，加以点缀修改，匿名发行，此风一行，更影响到当代之名作家，由民间已流传许久之故事等，屡加修正，整理，于是风靡当世，当代文学潮流，为之掀动。"①

经过作家或诗人反复整理或精心修改的民间文学至少能出现两种性质有别的文学形态：一种是作家或诗人根据庙堂皇权规定的创作规范或帝王将相才子佳人的审美兴趣，或者自身固有的贵族文学的美学追求，而对民

---

① 胡适：《中国文学史的一个看法》，《晨报》1932 年 12 月 23 日。

间文学进行大改或重写，不仅使原作民间文学的思想内涵发生质变或部分质变，叙事文学的主要人物性格严重扭曲或者对诗歌意境做了偷换，而且使民间文学的叙述或抒情话语也由干净清明的白话变成古奥典雅的文言。因此这样修改或重写过的民间文学，就成了庙堂或贵族的文学，"遂变成了正统文学中之一部分"[①]。

与此相悖的一种民间文学形态是，虽然也经过作家或诗人的多次修改或重写精编，其思想内容深刻了丰富了，人物性格厚实了鲜明了，艺术语言通畅了生动了，审美品位提高了升华了；但是作为民间文学的质的规定和基本特征并没有变，仍然持有民间文学的思想情感特质和审美艺术风貌，这无疑得力于作家或诗人的长期的艺术加工与细心打磨。胡适认为，"《水浒传》，《西游记》等曾风行一时，而创作者更出多人之手，种类繁多，由此可知现行文学，皆由长期蜕化而来"；虽然"文学之作品，既皆从民间来，固云幸矣，然实亦幸中之大不幸，因为民间文学皆创之于无知无识之老百姓，自有许多幼稚，虚幻，神怪，不通之处，并且这种创作已经在民间盛行了好久，才影响到上层来，每每新创作被埋没下去，在西洋文学之创作权，概皆操之于作家之手，而中国则操之于民间无知之人，所以我说是幸中之不幸，深望知识阶级，负起创作文学之任务"[②]。对于胡适尊重民间文学、敬畏民间文学的作者，这是值得肯定的平民立场和关爱百姓的平民态度；但是却说民间文学作者的平民百姓无知无识，似乎表现出一种矛盾或轻视平民的情感。试问：若老百姓真的无知无识怎么能创作出有知有识的为上层或知识界所青睐的民间文学呢？不过从总体上看，胡适对创作民间文学作者的老百姓还是尊敬的，正如他说："老百姓从劳苦中不断地创作出新花样的文学来，所谓'劳苦功高'，实在使我们佩服。"不仅对创作民间文学的老百姓表示敬佩，而且对那些能够费心劳神地修改或重写民间文学，从

---

① 胡适：《中国文学史的一个看法》，《晨报》1932 年 12 月 23 日。

② 胡适：《中国文学史的一个看法》，《晨报》1932 年 12 月 23 日。

而使其升华为经典文学的作家，胡适也深表敬佩与赞美之情。他说："有些古人高尚作家不受利欲熏诱，本艺术情感之冲动，忍不住美的文学之激荡，具脱俗，牺牲之精神。如施耐庵、曹雪芹之流，更应使我们钦佩。因为老百姓的作品，见解不深，描写不佳，暴露许多弱点，实赖此流一等作家完成之也。"①

这些一流作家之所以能够把原创的民间文学修改成或重写成更高审美层次的经典文本，且又无改变其原创的本色与质地，这首先取决于诸多参与修改或重写的作家的自身优秀素质即本身具有的良好条件。这些"古人高尚作家"不同于那些视权如命、见利忘义、一心忠于皇权竭力媚上的御用文人——他们把皇帝的头脑当自己的头脑，把皇帝的眼睛当自己的眼睛，把皇帝的耳朵当自己的耳朵，把皇帝的嘴巴当自己的嘴巴，把皇帝的喜怒哀乐当自己的喜怒哀乐，一切都围绕皇权转，为皇权而歌、为皇权而唱，是庙堂文学或贵族文学的得力炮制者，也是把民间文学篡改成庙堂或贵族文学的操刀者；然而"古人高尚作家"往往生存于民间或行走于田野，即使有的作家出身于贵族或者与庙堂有些丝缕联系，也并不迷恋贵族或醉心庙堂，他们总是保持自己的独立人格和自由思想。虽然他们深受传统文化的影响，也是在古代教育体制中长大成人，但由于其能用自己的思想去思考，用自己的感官去体验，用自己的心灵去感受，用自己的悟性去领会，所以他们从传统教育、传统文化、传统文学所接受、汲取的大多是精华而非糟粕，即民主性的平民性的民本性的意识或古代的人文主义思想或先贤的特立独行的不为五斗米折腰的硬骨头精神，和古代文人不肯摧眉折腰事权贵的刚毅性格；特别是儒家的仁学思想、道家的自由潇洒、佛家的慈悲为怀，潜移默化地塑造了古代"高尚作家"的文化人格与纯正灵魂，使他们富有"仁者爱人"的人道主义胸怀、关爱同情下层劳苦大众的人文立场和为被污辱被损害被压抑被欺侮的平民百姓鸣冤叫屈的正义感和社会良知。

---

① 胡适：《中国文学史的一个看法》，《晨报》1932 年 12 月 23 日。

因此这样的"高尚作家"作为民间文学的修改者，不只是审美感情、审美感受甚至审美趣味与原创的民间文学相通，而且修改民间文学所持的平民主义立场、所怀的人道主义美学理想也能与原创的平民老百姓趋向一致，由他们修改或重写的民间文学既能保持原汁原味，又能使原汁更纯更真、原味更美更好。

其三，胡适总是在民间文学与贵族文学的潮起潮落的相互交替的进化链条上，展示"一切新文学的来源都在民间。民间的小儿女，村夫农妇，痴男怨女，歌童舞妓，弹唱的，说书的，都是文学上的新形式与新风格的创造者。这是文学史的通例，古今中外都逃不出这条通例"①。对于这条古今中外文学的通例或规律，我们可以提出这样的质疑："难道世界各国民族的新文学不论处于何种社会结构何种文化生态，其来源都在民间吗？"这种质问性的假设恐怕难以获得充分而有力的实证；不过胡适、傅斯年、黎锦熙等学贯中西、博古通今的著名学者，对此的确颇有研究而深信不疑。

黎锦熙解读胡适的《国语文学史》，不仅认为新文学的源头起于民间，而且各时代反庙堂的文学潮流也从民间涌出；当民间文学潮流侵入或占领了庙堂时便被纳入贵族文学的审美规范，往往失去原有生气而异化为僵死的文学，之后民间文学又创造了新文体并涌起反贵族文学的新潮流，既推动了文学的演进又受到庙堂文学的改制或腐蚀，使原生态的民间文学逐步走向死寂或者逐渐发生变异。就以隋、唐、五代的文学为例，"单就民间文艺的影响看来，其势力也特别的大：初期的七言绝句（五言不便唱，所以不如七言的流行），晚唐的词，其潮流从民间侵入庙堂，简直和汉、魏的五言诗与乐府演了同样的公式；印度佛教潮流从魏晋间起，一天一天的涌进来，晚唐禅宗的白话语录，渐流行而为讲学家书札讲义等应用文；民间歌谣和传说故事等，经有名的文人修饰润色而成为竹枝词和短篇小说之类，后来竟收入他们专集的，也不在少数（从敦煌石室中发现的唐写本民间文艺，还

---

① 胡适：《白话文学史》（上），《胡适全集》第 11 卷，安徽教育出版社 2003 年版，第 323 页。

是未经文人修的，有一部分印在罗振玉先生的《敦煌零拾》和刘半农先生的《敦煌掇琐》上辑中）。就说到'起八代之衰'的韩文公，他的'古文'也实在是'托古改制'；当时所谓为古文者，因为要和庙堂的骈文为敌，故不得不再古一点，拿《六经》、《语》、《策》、《史》、《汉》之文来作高压式的对抗，其实韩柳等人之文又何尝真做得和《六经》、《语》、《策》、《史》、《汉》等一样呢？虚字的运用，语句的结构，多少受了些当时人们通用的语言的影响，这也不能不算民间的势力了。到了五代十国，那些'皇帝词人，竟完全服从平民了"①。可见，在民间文学与庙堂文学相互交错的演进中，民间文学总是源头活水，滋育着庙堂文学，又被庙堂文学所腐蚀。

对于民间文学在文学史上的重要性，胡适说："前与傅斯年先生在巴黎时谈起民间文学有四个时期：第一个时期，是诗词、歌谣，本身的自然风行民间。第二个时期，是由民间的体裁传之于人，一些文人也仿着这种体裁做起民间的文学来。第三个时期，是他们自己在文学里感觉着无能，于是第一流的文学家的思想也受了影响，他们的感情起了冲动，也以民间的文学作为体裁而产生出一种极伟大的文学，这可以说是一个很纯粹的时期。第四个时期，是公家以之作成乐府，此时期可谓最出风头了。但是到了极高峰，后来又慢慢地低落下来了。如乐府《陌上桑》是顶好的文学作品，后来就有人摹仿首作《陌上桑》，例如胡适之又摹仿那个摹仿作《陌上桑》的人作《陌上桑》，后来又有人摹仿胡适之作起来，这样以至无穷无尽，才慢慢地变为下流，如词曲、小说，都是这样，先有王实甫、曹雪芹、施耐庵等，后来就有人摹仿他们，以至低落下去，这样一来，是很危险的。"②且不说把民间文学的演化分为四个时期是否合理科学，但是从民间文学由高峰到低落的逻辑进程中至少示明两点：不论一流文学家写出的"伟大的文学"或者乐府把文学抬上"极高峰"，都是源自于民间文学，是民间文学

---

① 黎锦熙：《〈国语文学史〉代序》，《胡适全集》第 11 卷，安徽教育出版社 2003 年版，第 11—12 页。
② 胡适：《中国文学过去与来路》，天津《大公报》1932 年 1 月 5 日。

为其奠定了良好基础或打好底子；即使再优秀的民间文学进入朝廷的乐府出尽风头，同时它也要受到损伤，特别是翻来覆去的摹仿因袭对于原生态的民间文学乃是致命之摧残。尽管民间文学在一般士大夫或达官贵人眼中是"雕虫小技"、是"民间细微的故事"、是"来路不高明"的东西、是"浅薄的荒唐的迷信的思想"、是"不知不觉之所以作"等；然而即使存在如此多所谓"缺陷"的民间文学也是平民百姓创作的，难怪胡适义正辞严地指斥："中国二千五百年的历史，可谓无一人专心致意的来研究文学，可谓无一人专心致意的来创造文学！"当然中国文学史上也有"来源于国家所规定的考试"的庙堂文学，只是"国家规定一种考试的体裁，拿这种文章的体去考试人材，这是一种极其机械的办法。如唐朝作赋，前八字一定为破题，以后就变为八股了"。这样的东西在文学史上没有生气，"稍有生气者皆自民间文学而来"①；当然在胡适的文学史视野中，有生气有价值的文学都源于民间或田野，不过它的作者除了平民百姓外，即使那些一度步入官场或庙堂的有良知的回归田野的文人也能创造出优秀的民间文学。例如，胡适对东晋晚年的大诗人陶潜特别推崇，说"陶潜的诗在六朝文学史上可算得一大革命。他把建安以后一切辞赋化，骈偶化，古典化的恶习都扫除的干干净净。他生在民间，做了几次小官，仍旧回到民间。史家说他归家以后'未尝有所造诣，所之唯至田舍及庐山游观而已'。（《晋书》九十四）他的环境是产生平民文学的环境；而他的学问思想却又能提高他的作品的意境。故他的意境是哲学家的意境，而他的言语却是民间的言语。他的哲学又是他实地经验过来的，平生实行的自然主义，并不像孙绰、支遁一班人只供挥尘清谈的口头玄理。所以他尽管做田家语，而处处有高远的意境；尽管做哲理诗，而不失为平民的诗人"②。可见，陶潜这样的平民诗人创作的文学作品，无疑也是新文学的来源。

---

① 胡适：《中国文学过去与来路》，天津《大公报》1932 年 1 月 5 日。

② 胡适：《白话文学史》（上），《胡适全集》第 11 卷，安徽教育出版社 2003 年版，第 319—320 页。

民间文学之所以能够成为一切新文学之源，胡适首先是以古代中国文学在民间文学与庙堂文学相互消长的嬗变轨迹中涌现的雄辩史实给出了有说服力的证明，若是从理论上探索其缘由不外还有：下层民众特别是农民是农业社会的最大多数人群，既是创造物质文化的主力军又是创造精神文化的主力军，而他们为了生存温饱乃至发展而创造物质文化与精神文化的广大民间或寥廓的田野，应是皇权及其贵族的意识形态控制相对薄弱的地带，甚至出现不少统治者的专制利爪触摸不到的空间；在那些真正无拘无束自由自在的民间或田野，平民百姓创造物质文明或精神文化的生命强力和艺术才能可以得到最大化的张扬与发挥，为了满足自己的物质的、精神的需求乃至娱乐审美的情趣，他们可以创造人间的审美奇迹。尤其当广大的生存于社会最底层终年摸爬滚打在田野、对民间有切身感受的平民百姓和远离仕途或还乡归里的在野知识者，甚至怀才不遇或蒙冤受谪的文人，结合起来而成为民间的群体或田野的伙伴的时候，艺术冲动和创造激情一旦爆发，就能创造出花样翻新、层出不穷的文学娱乐作品，既能发泄怨恨又能释放生命能量，既能满足精神渴求又能得到审美享受，真正达到生存的"诗意地安居"。由于民间或田野的平民百姓的生存方式是多姿多彩的、生活的形态是变化无穷的，文艺既然来自生存或生活，又出自平民百姓之手，那么无限丰富千变万化的民间或田野生活就是民间文学取之不尽用之不竭的源泉，因此这就从根本上确保了古代中国的一切新文学的来源都在民间或田野。

况且，民间文学是广大平民百姓在生存或生活的独特空间，或凭借群体的艺术智慧来创造或依靠个体的艺术天才来营造，因而平民百姓是理所当然的创作主体；然而还必须强调的是，任何文学创作出来则是全社会的、全民的，不能关起门来孤芳自赏和独自享受，所以越是能够得到广大平民百姓赞赏和喜好的文学越是能够普及得广、传播得远。从这个意义上说，民间文学的创作主体是平民百姓，而接受主体也是平民百姓，它不仅满足了平民百姓的期待视野，而且也是在不断地流传中得到平民百姓的充实、修改和完善，使民间文学成了不朽的审美精品，如《木兰辞》《孔雀东南飞》原是民间叙事诗，《梁山伯与祝英台》《牛郎与织女》则是民间传说故事，现在都成了中华文学史上的艺术瑰宝，这足可说明只有在民间广泛流传且深受平民百姓阅读期待和审美喜爱的民间文学，方能真正成为不朽的文学文本和一切新文学创作的美学资源。所以胡适反复指出民间文学是最有生命力的文学，也是中国文学史的源头活水，是有其史实根据也有其理论根据的。

其四，胡适发现"中国文学便分出两条路子：一条是那模仿的，沿袭的，没有生气的古文文学；一条是那自然的，活泼泼的，表现人生的白话文学"[1]。前者路上游走的是庙堂文学或贵族文学，后者路上运行的是民间文学或平民文学。这两条路的文学并非绝然对立，在一定条件下是可以转化或移位的，不过它们之间亦是有质的区别的，从两类文学的命名已表明其区分度；这里拟着重探究的不是两者的区别而是为何把民间文学或平民文学视为白话文学？如果说对民间文学或平民文学的释义是着眼于内容与形式的统一体，那么对白话文学的命名的侧重点则是语言形式，是着眼于文学语体；而胡适这种判断的用意与思索何在，却值得讨论之。

白话"是老祖宗几千年给我们留下的资本"。何谓"白话"，"是我们老祖宗的话，是几千年来慢慢演变一直到今天还活在我们嘴里的话。这是活的语言，是人人说的话：你说的话，我说的话，大家说的话"[2]。而我们的老祖宗一代代生存于田野山林民间，劳动中说的是白话，相互交流用的是白话，表情达意的是白话，风俗习惯的流传用的也是白话，怎么说就怎么写也是白话，总之白话就是平民百姓在各个地区通用的话语。胡适曾这样描述白话流行之广，即白话从整个北方扩充到整个长江地区，由镇江开始往西一直到四川，整个长江都是白话区域；从南京往北一直到整个东北，一直

---

① 胡适：《白话文学史》（上），《胡适全集》第 11 卷，安徽教育出版社 2003 年版，第 232 页。
② 胡适：《活的语言·活的文学》，台北《中国语文》1958 年 8 月第 3 卷第 2 期。

到西北，都是白话区域；从南京到西南，也皆是白话区域。从极东北的哈尔滨划条直线到昆明，在这条四千多英里长的直线上，每个人所说的话都是白话，而这些白话并不是知识者独自造出的，更不是庙堂里的达官贵人造出的，是老祖宗世世代代在民间田野给我们留下的宝贵的语言资源。老祖宗给我们的白话语言是活的国语，与欧洲的英文、法文、德文等的文法相比，"是全世界最简明、最合逻辑、最容易学习、最了不得的语言"；而运用这种普通的话的白话语言创作的下层文学，就是"民间文学，老百姓的文学"①。

　　胡适不仅从白话的渊源上论述民间文学是白话文学，而且也从内容与形式的辩证关系中透析民间文学就是白话文学；特别强调语言工具对文学文本构成的重要性。固然我们看文学要看它的内容，这是因为有些作品的形式改换了而内容上还是没有改，故这种文学算不得新文学；但是"文学要怎样才能新呢？必定要解放工具，文学之工具，是语言文字，工具不变，不得谓之新，工具解放了，然后文学底内容，才容易活动起来"②。胡适认为"文学本没有什么新的旧的区分"，这表明他没有把进化论的新的优于旧的或新的取代旧的视为价值观用于文学的评判上，他也没有阐明文学内容必定决定其形式；而是着力强调解放语言工具对于创构新文学的重要作用，"工具解放了，然后文学底内容，才容易活动起来"，这正说明作为构成文学的语言利器在特定的条件下，对于其内容的更新活跃能产生决定性的功效。基于这种认识，胡适必须指斥那种"皇室、考场、宫围中没有生命的模仿的上层文字"，即庙堂文学或贵族文学无疑是文言死文字制作的，"中国变成一个统一的帝国的时候，却成了一个死的，至少是半死文字"而造就的一系列半死或死的文学，所以决不能奢望死文字或僵硬文言能创制出新文学或活文学；只有语言工具彻底解放了，换成了活语言，并以此为"利

---

① 胡适：《活的语言·活的文学》，台北《中国语言》1958 年 8 月第 3 卷第 2 期。

② 胡适：《新文学运动之意义》，《晨报·副镌》1925 年 10 月 10 日。

器"方能在"文体大解放"的同时也使文学内容获得相应的大解放。可是，中国许多世纪以来，普通的老百姓即街市与乡村的民间或田舍的男男女女，他们所用仅有一种语言，也就是他们本乡本土的白话语言，"创造了一种活的文字，有各色各彩的形式——表达爱情与忧愁的民谣，古老的传说，街头流传的歌颂爱情、英雄事迹、社会不平、揭发罪恶等等的故事"①。这是以生动鲜活的白话语言创造的有生气有人味的民间文学。"语言发音、鸣响、震颤、飘荡，如同语言被说出的词语，都有意义，都是它的特征。"而构成民间文学的白话语言，不是出自帝王相将才子佳人之口，而是发自芸芸众生的老百姓的嘴；因为"我们芸芸众生正是在大地的涌动生长中获得自身的繁荣，也正是从大地的涌动生长中获得了我们稳固的根基"，所以"在语言中，大地对着天空之花绽放"，而"语言是人口开出的花朵"②，优秀的民间文学正是平民百姓的白话语言由口中开出的奇葩。从这种特定意义上来论证民间文学就是白话文学，的确令人诚服。

胡适既从语言解放的角度考察了民间或田野文学的白话化，更从古代文学的所谓正宗文体"韵文"与"散文"发达的先后及其主要功能，来揭示文学的贵族文化与平民化的相互演化趋向，并从而说明民间平民化的文学必定是白话化的文学。他说：

> 无论在哪一国的文学史上，散文的发达总在韵文之后，散文的平民文学发达总在韵文的平民文学之后。这里面的理由很容易明白。韵文是抒情的，歌唱的，所以小百姓的歌哭哀怨都从这里面发泄出来，所以民间的韵文发达的最早。然而韵文却又是不大关实用的，所以容易被无聊的清客文丐拿去巴结帝王卿相，拿去

---

① 胡适：《四十年来的文学革命》，台北《征信新闻》1961 年 1 月 11 日。
② ［德］海德格尔：《人，诗意地安居——海德格尔语要》，郜元宝译，上海远东出版社 1996 年版，第 68 页。

歌功颂德，献媚奉承；所以韵文又最容易贵族化，最容易变成无内容的装饰品与奢侈品。因此，没有一个时代不发生平民的韵文，然而僵化而贵族化的辞赋诗歌也最容易产生。

　　散文却不然。散文最初的用处不是抒情的，乃是实用的。记事，达意，说理，都是实际的用途。这几种用途却都和一般老百姓没有多大的直接关系。老百姓自然要说白话，却用不着白话的散文。他爱哼只把曲子，爱唱只把山歌，但告示有人读给他听，乡约有人讲给他听，家信可以托人写，状子可以托人做，所以散文简直和他没多大关系。因此，民间的散文起来最迟；在中国因为文字不易书写，又不易记忆，故民间散文文学的起来比别国更迟。然而散文究竟因为是实用的，所以不能不受实际上的天然限制。无论是记事，是说理，总不能不教人懂得。故孔子说："辞达而已矣。"故无论什么时代，应用的散文虽然不起于民间，总不会离民间的语言太远。故历代的诏令，告示，家书，诉讼的状子与口供，多有用白话做的。……前一类如贾谊的文章与《淮南子》，后一类如《史记》与《汉书》。这种文体虽然不是当时民间的语体，却是文从字顺的，很近于语体的自然文法，很少不自然的字句。所以这种散文很可以白话化，很可以充分采用当日民间的活语言进去。《史记》和《汉书》的记事文章便是这样的。[①]

这是从文学史的文体相互变化的轨迹，揭示出虽然韵文最早生成于民间，表达的是老百姓源于生活发自内心的情感，所运用的语言也与其艺术思维或灵感思维相伴而生的白话；但是它作为一种文体一旦成型也会被"清客文丐"所盗用，以投合帝王将相及贵族阶层的爱好和口味而变成贵族化的庙堂文学，不仅置换了原生民间文学的内涵也将白话变成古奥典雅华丽

---

① 胡适：《白话文学史》（上），《胡适全集》第 11 卷，安徽教育出版社 2003 年版，第 244—245 页。

无实的文言。这说明韵文与散文各作为独立文体皆处于古代文学的总体系统中，而根据不同的需求其功能性质是可以相互转化的；散文虽然不是生成于民间，也迟于韵文在世间流传，但是由于实际性的需要，它本身的实用功能欲挥发出来，则必须从民间汲取活的语言以实现白话化。从韵文与散文的各自转化中充分说明，文学的白话化是决定其性质的必然趋向，即活的文学必须走民间文学的白话之路，死的文学所选择的则是贵族化或庙堂化的末路。因此民间文学的特质与优势就是白话化，民间文学当然也是白话文学。

　　上述从四个维度考析了胡适的民间文学观，尽管他对民间文学的说法不够一致，有时说是田野文学，有时说是国语文学，有时说是平民文学，有时说是白话文学，随着语境不同而不断变换说法；然而这只是观察角度不同以说法的变换来凸显其特征，其实民间文学的核心内涵从未改变，正是胡适所反复强调的民间文学的底层化、平民化、生活化、人情化和人道化及其语体的白话化。因此在胡适的"文学史是有两种潮流"构成的认知框架中，民间文学则属于"下层潮流"，而这一层的许多潮流不仅汇成了古代文学史的最有生气最有价值的主潮，并且又是一切新文学之源。对于此种民间文学观，笔者是理解的也是敬重的甚至也是可以接受的；但是有些疑惑或者看法却是值得讨论和商榷的：其一，中国文学史是否只有贵族文学与民间文学两大潮流而无其他文学潮流？真正有价值的足以代表文学史上最高美学品位和深刻思想意义的经典文本都是源于民间文学？固然胡适也承认一些文学名著如《三国演义》《水浒传》《西游记》等经过高明作家由民间文学而改定的；但是经过高明作家改定或重写的经典文本还能算民间文学吗？况且，有相当一部分知名作家不一定出身于平民百姓，他们创作的优秀文学也不一定源于民间和田野，如屈原的《离骚》、李白的浪漫诗歌、杜甫的《丽人行》、苏轼的豪放词、李清照的婉约词，以及汤显祖的《牡丹亭》、王实甫的《西厢记》、曹雪芹的《红楼梦》等，都能算民间文学吗？胡适说它们是白话文学，甚至有的是白话文学的范本；如果依照白话文学就是民间文学的定义，那将上述的经典文本都说成民间文学，这岂不把民间文学泛化了吗？其二，一律把上层潮流的庙堂文学或贵族文学都视为"守旧的，保守的，仿古的，抄袭的"，乃至是"装饰品与奢侈品"，这应是绝对否定而并非科学的态度。要是能拿出认真仔细考察辨识民间文学的研究精神，来梳理默察上层潮流的贵族文学或庙堂文学，那也会发现一些有价值的诗词歌赋；特别那些正直的有才气的进入上层的文人或官员所创作的文学作品并不都是歌功颂德讨好帝王权贵的，有的是敢于冒死进谏而为老百姓鸣冤叫屈所写的谏书，有的是讽喻皇亲国戚、达官贵人的诗词歌赋。因此对庙堂或贵族文学不能持绝对否定的态度，对具体作品乃至官员作家或诗人必须进行具体分析。与此相对应的下层潮流的民间文学，也不能绝对肯定，把它们统统视为文学史上完美无缺的精品。胡适对民间文学的不足虽然有所指斥，但是肯定得多赞美得多，这不能不说有点偏爱有点溢美。就其实质来说，没有经过高明作家或文人修改或打磨的原生态民间文学在艺术上并不完美，审美品位也不能估价太高；特别是思想内涵较为驳杂，的确含有迷信、色情等不健康因素。若能明确地指出民间文学的不足，决不会损伤它，那是从更高的审美的理性的评判层次上来肯定它、彰显它。

二、重估胡适"民间文学"观的机制和意义

胡适作为新文化运动和文学革命的倡导者和急先锋，毕生没有忘记研究民间文学和言说民间文学，尤其五四前后为适应文学变革与文学建设的需要，可以毫不掩饰地说，没有哪一个先驱者能像胡适这样以中外文学史为知识背景来梳理探讨民间文学，并对民间文学的内涵与外延给出了详细透彻而具有独见的解说，从而形成了稳健而新颖的民间文学观，并借以导引文学革命和国语文学建设。因此，今天重解胡适的民间文学观应从理论与实践的联系上探究其重要的价值和意义。

如果说"民间文学也是古代的白话文学"这个论断是正确无疑的话，

那么胡适研究民间文学并形成了白话文学观，其目的就是为五四提倡新文学并为建设国语文学提供历史背景和历史根据；从而说明在进化的历史链条上五四文学革命生成或建构的白话语体文学是历史的必然，提倡新文学不是彻底反对传统而是有选择地继承民间文学的优秀传统而舍弃了古代的庙堂或贵族文学，这正是五四要反对的"旧文学"。若不反对或清除"旧文学"就不能更好地继承民间或田野文学的优秀传统而建设现代性的新文学，历史的辩证法就是这样的雄辩而有力。对此胡适讲得明明白白："我要大家知道白话文学是有历史的，是有很长又很光荣的历史的。""国语文学若没有这一千几百年的历史，若不是历史进化的结果，这几年来的运动（指五四新文学运动——笔者注）决不会有那样的容易，决不能在那么短的时期内变成一种全国的运动，决不能在三五年内引起那么多人的响应与赞助。现在有些人不明白这个历史的背景，以为文学的运动是这几年来某人某人提倡的功效，这是大错的。""我们今日收的功效，其实大部分全靠那无数白话文人、白话诗人替我们种下了种子，造成了空气。我们现在研究这一二千年白话文学史，正是要我们明白这个历史进化的趋势。我们懂得了这段历史，便可以知道我们现在参加的运动已经有了无数的前辈，无数的先锋了；便可以知道我们现在的责任是要继续做无数开路先锋没有做完的事业，更替他们修残补阙，要替他们发扬光大。"① 这应是胡适研究传统白话文学史并确立民间文学观的真正用意所在，而且对于揭开五四新文学的重重虚假的迷雾而廓清历史的真面目也能起到"拨乱反正"的作用。也许有人要问"白话文学既是历史进化的自然趋势"，那五四文学革命而提倡国语文学运动还有什么重要意义，"何不听其自然"进化，这"岂不更费事吗？"胡适早就给出了有说服力的回答："历史进化有两种：一种是完全自然的演化；一种是顺着自然的趋势，加上人力的督促。前者可叫做演进，后者可叫做革命。"而"这一千多年的白话文学史，只有自然的演进，没有有意的革

---

① 胡适：《白话文学史》（上），《胡适全集》第 11 卷，安徽教育出版社 2003 年版，第 215—216 页。

命"；因为没有"这是活文学，那是死文学，这是真文学，那是假文学"的有意地鼓吹，"故有眼珠的和没眼珠的一样，都看不出那自然进化的方向。这几年来的'文学革命'，所以当得起'革命'二字，正因为这是一种有意的主张，是一种人力的促进。《新青年》的贡献只在它在那缓步徐行的文学演进的历程上，猛力加上了一鞭。这一鞭就把人们的眼珠打出火来了"。"因为是有意的人力促进，故白话文学运动能在这十年之中收获一千多年收不到的成绩。假使十年前我们不加上这一鞭，迟早总有人出来加上这一鞭的。"总之，"一千多年的白话文学种下了近年文学革命的种子；近年的文学革命不过是给一段长历史作一个小结束：从此以后，中国文学永远脱离了盲目的自然演化的老路，走上了有意的创作的新路了"①。这就是胡适的民间文学观与白话文学运动实践相结合所体现出的重要历史意义。

民间文学从语体上说只是白话文学，而从特质上考察则是平民文学，也就是有别于贵族文学的下层老百姓的文学；因此胡适的平民文学观不仅与五四澎湃腾涌的平民主义现代思想相联通，也与五四文学革命所提倡并创作的平民文学相衔接，这应是新文学先驱趋同的自觉文学意识。周作人的《平民文学》一文集中探讨平民文学的特质与表征。从概念上说，"平民文学这四个字，字面上极易误会"，虽然"平民的文学正与贵族的文学相反"，但是对这两个名词的理解不必十分拘泥；就其实际涵义来说平民文学与贵族文学不是异质相对的，胡适也是这样认知的，不过他的表述不够明确，而周作人的叙述较清晰："贵族的平民的，并非说这种文学是专做给贵族和平民看，专讲贵族和平民生活，或是贵族或平民自己做的"；而两者的区别则是"文学的精神的区别，指普遍与否，真挚与否"。究竟何为文学精神上的"普遍与否，真挚与否"，周作人给出的解释是：第一，"平民文学应以普遍的文体，写普遍的思想和事实"。不必记英雄豪杰的事业，不必写才子佳人的幸福，而只记载世间普通男女的悲欢成败；这是因为英雄豪杰才子

---

① 胡适：《白话文学史》（上），《胡适全集》第 11 卷，安徽教育出版社 2003 年版，第 218—219 页。

佳人不是世间常见的人，是少数，而普遍的男女则是世人的大多数，并且我们自己也是其中的一个，所以其事更为普遍也更为切己。即使讲的道德也不是只偏重一面的畸形道德，而是人间相互实现的真的普遍的道德；"世上既然只有一律平等的人类，自然也有一种一律平等的道德"，也就是人人平等的道德观。这与胡适所倡导的平民文学在精神上是一致的，只是胡适并不拒斥对英雄豪杰才子佳人的描写，关键在于作家能否立足于平民主义立场上去写他们；若是平民文学不必写"才子佳人"，那周作人认为最好的《红楼梦》写了多少才子佳人，岂不自相矛盾吗？文学写什么人怎样写并不是什么根本问题原则问题。既然平民文学要写普遍的人和事，那就不应把"英雄豪杰才子佳人"排斥在外，否则平民文学的精神就算不上"普遍"；把世人分为多数派和少数派，只认定多数人是"普遍"而少数人不算在"普遍"中，这也是有偏见的"普遍"吧？第二，"平民文学应以真挚的文体，记真挚的思想与事实"。这要求作家决不能站在等级的立场上来记载英雄豪杰才子佳人的思想感情及其所作所为，而应以平民主义视野去考察老百姓的真实切己的生存或生活实况及其"真意实感"予以叙写和表现，以实现"以真为主，美既在其中"的人生的艺术派的主张。因为"平民文学不是慈善主义的文学。在现在平民时代，所有的人都只应守着自立与互助两种道德，没有什么叫慈善。慈善这句话，乃是富贵人对贫贱人所说，正同皇帝的行仁政一样，是一种极侮辱人类的话"。所以，"伪善的慈善主义，根本里全藏着傲慢与私利，与平民文学的精神，绝对不能相容"，它不是真挚的人文主义精神，"非排除不可"①。周作人的平民文学主张是其"人的文学"观的具体化，又是结合五四时期平民主义思潮而对胡适平民文学思想的充实和新解；它不仅对五四文学创作产生了深广的影响，就其内容性质来看五四及二十年代的新文学都是平民文学。因为创作主体是平民知识分子，文学对象主体几乎没有英雄豪杰才子佳人而是城乡的下层的平民老百姓与平民知

---

① 周作人：《平民文学》，《每周评论》1919 年 1 月 19 日第 5 号。

识群体，读者主体也是平民百姓、青年学生和一般的知识者，所表现思想不是个性主义、人道主义就是平民主义、自由主义，与传统的平民文学虽有承传性，但更有超越性，即它是现代化的平民文学；并且在理论层面也与文学研究会和创造社的为人生、为艺术的文学发生某些共鸣，况且文研会的理论旗手沈雁冰早在文研会正式成立前夕就明确提出：文学家"积极的责任是欲把德谟克拉西充满在文学界，使文学成为社会化，扫除贵族文学的面目，放在平民文学的精神"①。这从一个侧面说明胡适的民间文学观，对五四时期的平民文学的理论主张与创作实践都产生了积极效用。

由于胡适的民间文学观是从系统地洞察梳理古代中国文学中发现并形成的，寄寓其独特的理解与认知，不仅以此引导构建了别开生面的《国语文学史》《白话文学史》，为中国文学史的研究和书写提供了开创性思维模式；而且为现代中国文学的建设与发展开掘出取之不尽、用之不竭的民间文学资源，除了五四及二十年代的国语文学或平民文学的生成直接受惠于民间文学，整个二十世纪中国文学的建构与发展都得益于民间文学。其主要表现在：一是从五四文学革命始，就重视民间文艺或文学的搜集整理工作，特别是新中国成立后的"十七年"以及新时期以来有计划有目的地组织作家到民间采风，发掘民间文艺，了解民俗民情，编制出不少有价值的民间文学专集，又为新文学创作提供了丰富的营养；同时亦出版了一些有影响的民间文艺或文学杂志，以扩大民间文学的影响。二是借助民间文艺资源，或从中选取创作题材，或从中提炼创作主题，或从中学习写作技巧，或从中采用体裁形式，或从中汲纳白话语言，总之，民间文学对现代中国的所有形式的新文学创作都注入了或多或少的养分；特别是对延安的工农兵文学、"十七年"的红色文学、新时期的文化寻根文学的渗染极为显著，既生成了一批有影响的文学作品，又成就了不少著名的作家或诗人，例如赵树理的名著《小二黑结婚》《李有才板话》、李季的叙事长诗《王贵与李香香》、贺敬之等执笔的新歌剧

---

① 沈雁冰：《现代文学家的责任是什么？》，《东方杂志》1920 年 1 月 10 日第 17 卷第 1 期。

《白毛女》、"十七年"的红色通俗小说、新时期韩少功的文化寻根小说、莫言的《檀香刑》、贾平凹的《秦腔》等，之所以能成为文学史上的名作精品，无不得益于民间文艺或文学的滋养。如果说二十世纪中国文学是个多元的系统，那么民间文学或受惠于民间文学的文学创作，可以构成一个有特色的子系统。三是作为观念形态的民间文学范畴，虽然随着文化思潮的嬗变和文学创作的演变，它的内涵与外延进行不断的调整和更改，但是其基本规定性是不会变的，仍作为一个重要理论概念规范着文学创作，也引导着文学批评和文学史的写作，这也是民间文学观的理论与实践的意义所在。尽管不能把更新了的民间文学观的价值和意义全归功于胡适，然而他终生坚持民间文学传统并宣扬"民间文学"观，却是值得关注和尊重的。固然，五四新文学的先驱大都重视民间文学，并对民间文学皆有自己的解说，周氏兄弟热爱民间文学众所周知，而胡适不只是偏爱自古以来的民间文学，更在理论研究与阐述上下了大工夫；虽然他对民间文学的解说并不周严，但却是宣传并倡导民间文学的最得力者，也是最具代表性的。因而胡适的民间文学观对此后的理论研究不可能不产生影响。正如有的研究者所认为的，汉语的"民间"是个指涉含混的词汇，"民间"一词源于日常语言并长期未获学术定义，于是人们在使用时一般只能从其否定方面即"非官方"之义加以理解，凡官府代表的正式体制外的领域均可以"民间"视之。五四时期学者用"民间"移译 folk，目的在于借助对非正统文学中民间自我描述的发掘来启发下层民众的自我意识，从而达到消解正统文学制约下民间对官府依附性生存的启蒙效果。五四文学先驱往往立足于平民文学与民间文学的立场上，认为"传统绝非不可分割的整体，曾经生活于传统中的下层民众则分有了传统中最有道德价值的那一部分内容，而这部分被压抑的传统（比如胡适所说的白话传统）其实正是传统中可转化或激活为现代性要素的内容，因此持有这部分传统的下层民众也就自然成为五四学者所瞩目的走向现代而不是回到古代的现实力量"[①]。从 1942 年

[①] 吕微：《现代性论争中的民间文学》，《文学评论》2000 年第 2 期。

《在延安文艺座谈会上的讲话》的发表直至"文革"的结束，"中国现代文学学科对'民间'的释义进入阶级论一统天下的时代（国统区、沦陷区除外——笔者注），中国现代民间文学家们用'人民'和'劳动人民'来释义'民间'，而劳动人民又被进一步限定为从事体力劳动的生产者。这些概念已包含了现代工人阶级，而传统市民及'资产阶级知识分子'却被排除在用'体力劳动'、'劳动生产'限定的'人民'之外了。民间社会于是被以'劳动人民'的名义象征性转换成本土现代社会、现代国家的建构原理和建构力量，而民间也就成为以'现代人'为主题、以'阶级论'为语式的本土化现代性方案在象征层面的知识表达"。但是，"在经过阶级民间释义阶层民间论以后，'民间'在象征层面就不再是一个无法自我定义即只能由其否定方面（官方）来定义的日常词汇，'民间'从此获得了自足自律性结构性基础空间，当以'劳动人民'为主体内涵的'民间'理念上升为现代国家建构原理时，'民间'也就共时地通过社会性重新获得了民族性意涵"[1]。因为在五四时期的胡适和周作人的"民间"理念中已包含了社会性和民族性，不论是胡适的民间文学观或周作人的"民族的诗"的主张都承载着民族性的文化意蕴，所以在这一点上阶级论的民间文学观与"五四"的民间文学理念应该具有一定的承传性。历史推进到世纪之交，"民间"或"民间文学"的释义挣脱了阶级论的羁绊，以新的思维、新的方法对"民间文化"或"民间文学"进行了热烈讨论，各抒己见，相互争鸣，在理论认识上达到一个新的层次，在实际运用上出现一批以民间文学为文学观或价值观的重写文学史或重评文学作品的学术成果。从历史的逻辑链条上来看，世纪之交一度掀起的"民间文学"热潮，既是对"五四"倡导民间文学的复兴又是对其超越，即使进入二十一世纪，我国数千年的民间文学传统也会在新的层级上得到继承与弘扬，为建设包括文学在内的文化强国提供优质的民间文化或文学资源。

---

[1] 吕微：《现代性论争中的民间文学》，《文学评论》2000 年第 2 期。

第九章

"给史家做材料，给文学开生路"

——重探胡适的"传记文学"观

　　将胡适置于中国新文学史平台上进行评判，无不承认他是开风气之先的新文学倡导者与实验者，似乎他开了风气之后对新文学的建设与发展再也没有实绩可言，或者他对新文学再也没有新的努力和追求，因而对胡适的肯定或评说仅局限于新文学的倡导期。但是，若有兴趣追寻胡适一生的文学踪迹或有精力阅读 44 卷规模的《胡适全集》①，就会发现胡适毕生没有放弃对白话文学的倡导、实验和研究；尤为可取的是不论其身处何地、何境或者心情有何变化，他都没有改变白话文学的宗旨和看法，不仅开了白话文学风气之先并且终生坚守白话文学阵地，求索它，捍卫它，完善它，弘扬它。众所周知，胡适是白话诗的力倡者与尝试者，尽管白话诗遭到一次次诋毁诽谤，而且真正优秀的白话诗并非出于他之手；然而胡适毕生护佑白话诗，实验白话诗，创作白话诗，没有文学先驱们这种百折不挠、坚持不懈的探索、创造精神，就没有新文学的新文类的苗长。不只如此，胡适对"传记文学"这种文类也颇感兴趣，其对新文学的贡献并未止于开风气之先，而是终生为其呐喊、为其实验。正如他自己所言："因为我对传记文学有特别研究"，也"因为我这二三十年来都在提倡传记文学"；不仅在北京、上海多次演讲来提倡传记文学，并且利用平常谈话的机会劝说老朋友梁任公、蔡子民、梁士诒等写传记。② 胡适于 1953 年在台湾省立师范学院讲演"传记文学"，说他这"二三十年都在提倡传记文学"，从 1953 年向前推二三十

---

① 《胡适全集》总计 44 卷，安徽教育出版社 2003 年版。

② 参见胡适：《传记文学》，台北《中央日报》1953 年 1 月 13 日。

年正是五四新文学运动由倡导到建设的高潮期；由此开始胡适就不遗余力地提倡并实验传记文学。对于胡适与传记文学的关系及其所做出的贡献，学术界有人曾做了研究，有些论述已面世；但笔者阅后在受到一定启示的同时，也引发出重新探索传记或传记文学的学术激情。

一、胡适对"传记文学"特征的开创性探察

数千年的人学文本或史学文本不乏人物传记，而且"传的名目很繁多：列传，自传，内传，外传，别传，家传，小传"[①] 等；不过对各种传记难以查到文体的释义，只有逮及五四文学革命，"传记文学"作为一种新文体才被正式命名，成为真正现代文学的文体概念。因此"传记文学"的倡导，既丰富了现代文学的文类，又使现代文体理论增加了新范畴。至于何谓"传记文学"，胡适并没有从理论上给出明确而严格的界说，虽然以史实写人物的生命完整史或断代史成为古已有之的传记，但是把"传记"与"文学"捆在一起而凝成"传记文学"使其成为现代文体的范畴，却是胡适的首创；即使不是胡适的独创，也可以说他是"传记文学"最有力的提倡者、最勤奋的实验者。传记的本体最求真最讲实，而且是客观的真实，来不得半点虚假，来不得丝毫伪造，若失了真丢了实，那传记就丧了本体亦掉了魂魄；一旦把传记纳入文学系统，它必须具有文学的特质。然而，究竟什么是传记的文学特质？这里不妨引用胡适对"什么是文学"的定义，给以间接的阐明。胡适曾说："语言文字都是人类达意表情的工具；达意达得好，表情表得妙，便是文学。"传记作为文学的一种类型，当然亦应达意达得妙、表情表得好，这样方可称得上文学；并且作为传记文学的本体的客观事实，只要经过写传者的梳理和选择无疑亦蕴含着"意"与"情"，前者主要指理性的思想而后者则主要指感性的情感，若是传记具有了"意"与"情"，那它

---

① 鲁迅：《阿Q正传》，《鲁迅全集》第1卷，人民文学出版社1981年版，第487页。

也有了文学的特质和属性。怎样才算"达意达得好、表情表得妙"，胡适认为这样的文学必须具有三个条件："第一要明白清楚，第二要有力能动人，第三要美。"所谓"明白清楚"就是要求最能尽职的语言文字能够把情或意明白清楚地表达出来，使人懂得，使人容易懂得，使人决不会误解。所谓"有力能动人"，就是文学能使人懂得还不够，必须要人不能不懂得，懂得了则要人不能不相信，不能不感动，即"我要他高兴，他不能不高兴；我要他哭，他不能不哭；我要他崇拜我，他不能不崇拜我；我要他爱我，他不能不爱我"，这就是"有力"，也可以叫它"逼人性"。中国旧"文学"如碑版文字抑或平铺直叙的史传决不能"动人"，决没有"逼人"的力量。所谓"美"就是"懂得性"（明白）与"逼人性"（有力）二者融合起来自然发生的结果；孤立的美是没有的，例如"五月榴花照眼明"一句诗之所以"美"，美在用的是"明"字，而这个"明"字含有两个美的分子："一是明白清楚；二是明白之至，故有逼人而来的影像。"[①] 依据这三点相互联系的美学要求，传记只有具备了"懂得性"、"逼人性"、"美感性"，才可以算得上"传记文学"；也就是说以客观真实为本体的人物传记能够达到明白清楚、有力动人和美感有味，则应是作为现代文体的传记文学这一美学范畴的核心内涵。

胡适热衷于传记文学的提倡与实验竟达二三十年，不能不对传记文学的美学特征、写作技艺、文体功能等有深切的感受与独特的认知；虽然他没有把所有的感受与认知升华到理论层次进行系统的总结与阐发，但是若将其散落于文本中的论断或结语或体悟加以整合性地概述与分析，也可以认清胡适对传记文学的创新性的独特把握和理解，以及从理论上对传记文学所给出的新开拓新境界，为现代中国传记文学的昌盛繁荣提供的强有力的理论支撑与智慧援助。

真实性是一切文学类型的生命，而对于传记文学来说尤为重要；因为"好的传记文字，就是用白话把一言一行老老实实写下来的"，甚至"把自

---

① 胡适：《什么是文学》，《胡适全集》第 1 卷，安徽教育出版社 2003 年版，第 206—208 页。

己做事的立场动机赤裸裸的写出来"①。虽然小说特别是写实型小说亦要求真实地描写人生的本来面目，或者反映出生活的原生态；但是小说所追求的真实不必是客观上实际存在的真实，既可以是完全出于作家头脑中虚构出来的真实又可以是创作主体想象出来的真实，只要不违背人生或生活的应有的逻辑均可视为真实。而传记文学所要求的真实性，首先是实有的真实，是客观存在的真实，这是从既有的事实中经过去伪存真、去非留是的检验辨识而提炼出的真实，不论"被作传的人的人格、状貌、公私生活行为"②或者所思所感所言所行，都能合乎或贴近人生的本相和生活的原态。当然，传记文学并不完全排斥虚构或想象，必要的虚构或想象也是传记文学的内在机制，否则传记文学的美感性就会受到削弱；问题的关键不是传记文学存不存在虚构或想象成分，而是如何掌握好或处理传记文学结构体的虚构或想象。若把传记文学视为独立艺术结构，那它的本体是由传主的生存或生活的事实或人生踪迹所构成的，并规定着传记文学的客观真实性，从而以充分可靠的实证性来确证传主的生命史或思想史或人生史的真实性与可信性。传主的人生事实或踪迹既然构成了传记文学的本体，那么虚构或想象的成分只能是对本体的补充或完善，决不能也不会改变传记文学的质的规定，即只能增强其客观真实性决不会削弱其真实性。具体来说，虚构或想象之于传记文学，只能在这些方面发挥作用：或重要的人生经历已有确凿的事实可以梳理出叙写出，只是需要补充一些无关大局的细节使之更丰富更真切，此时可以进行适度的虚构或想象；或剖析传主的心理活动或做事的内在动机，而对于内在主观世界的透析只强调如实地客观描写难以奏效，必须借助一定的虚构或想象方有可能确保心理剖析的真实性和深刻性时，不妨用之虚构或想象。总之，传记文学的构造，虚构或想象不可或缺，但运用起来务必谨慎，掌握好虚与实之间的"度"。真实性不仅是传记文学的生

---

① 胡适：《传记文学》，台北《中央日报》1953 年 1 月 13 日。

② 胡适：《传记文学》，台北《中央日报》1953 年 1 月 13 日。

命，也是其美感之源。胡适曾这样赞美《齐白石年谱》："我觉得他记叙他的祖母，他的母亲，他的妻子的文字，都是很朴素真实的传记文字，朴实的真美最有力量，最能感动人。"①朴素真实的传记之所以最美最感人，固然原因很多，但主要在于不论自传或为他人立传都是为活生生的个体人或群体的人作传，尤其是多为个体的人立传；而立传者的人生史或生命史，有的或许是平平常常的普通人，有的或许是轰轰烈烈的英雄人物，有的或许是为人类做出突出贡献的思想家，有的或许是才华横溢的文艺家，有的或许是在一生中走过弯路的成功者，有的或许是误入歧途总不悔改的历史罪人……总之人是复杂的，各有不同的人生和不同的历史。只要为自己或为他人作传的主体能以一支公平的笔饱蘸着人文关怀之情，将传主的真善美的人性或亦真亦假亦善亦恶亦美亦丑的人性及其所作所为，朴朴实实地真真切切地写出来，该褒扬的褒扬，该贬斥的贬斥，那些有价值的人性得到肯定，那些无价值的人性得到否定。试想，这样如实描写的真人真事真性真情的传记能不感人吗？人生最有价值的东西被残酷无情地摧毁了，能产生强烈的悲剧美；人生那些无价值的东西被毫无吝惜地毁掉了，能产生耐人深思的喜剧美。所以传记文学能否具有真美的力量，取决于人物传记能否达到"朴素真实"的美学境界。

如果说真实性是传记文学的生命，那么思想性则是传记文学的灵魂。传记文学的思想性不是外加的而是固有的，不是作传主体赋予的而是内在的；若是小说的主题思想可以体现作者的创作意图，或根据外在需要而把思想理念注入小说世界；那传记文学的思想性则要求作传者从传主的固有思想中去发掘去选择，使那些富有真理性的思想意识，凝成传记文学的独创思想性。对此胡适深有感触也极为重视，尤其那些大哲学家大思想家的传记在胡适的心目中都是"世界文学中最美、最生动、最感人的传记文学"；因为这样的传记文学既蕴含着伟大的思想又体现出伟大的精神，所以胡适十

---

① 胡适：《齐白石年谱》，《胡适全集》第 19 卷，安徽教育出版社 2003 年版，第 302 页。

分推崇古希腊大哲学家苏格拉底临死前其弟子或友人以谈话录方式为他写成的三种传记文学：一是大弟子柏拉图所描写苏格拉底在法庭上为自己辩护的对话，叫做《苏格拉底辩护录》；二是写他在监狱里等死的时候，和一个去探监的学生谈哲学讲学问的对话录；三是写苏格拉底在死刑已服毒的情景下，他仍然从容不迫地与其学生谈思想讲哲学，即使毒药发作要夺去他的生命也幽默嘱咐学生"到医药之神那里献上一只鸡"。这三种谈话录所承载的伟大而丰富的哲学思想是人类宝贵的精神财富，苏格拉底在狱中为宣传真理、捍卫真理而表现出的视死如归的毫无畏惧的精神感天动地震撼人心，故胡适赞其"为世界上不朽的传记文学"①，并从中可以看出崇高的思想性或深邃的哲学意蕴，对于传记文学的创新趋优是何等重要！基督教《新约全书》中的《约翰福音》《马太福音》《马可福音》《马加福音》这四福音的后三个福音，胡适之所以称其为"西洋重要的传记文学"，主要因为"都是记录他们所爱的人在世的一言一行的"，弘扬了博爱的人道主义思想。英国十八世纪的鲍斯威尔（James Boswell）创作的《约翰生传》，胡适赞美它"是一部很伟大的传记，可以说是开了传记文学的一个新的时代"；不仅因为约翰生博士是一个了不得的文学家，更因为"这个人谈锋很好，学问也很好"，当然有睿智的思想见识，为这样的人作传既能使传记葆有文学性更能蕴含深刻的思想性。特别是欧美二十世纪九十年代以来问世的"真正伟大人物的传记"如政治家林肯、科学家巴斯德（Pasteur）等的传记，更值得一读，不只是其卓越的思想、伟大的业绩令人敬佩，而且其人格魅力更是感人至深。胡适虽然说过"二千五百年来，中国文学最缺乏最不发达的是传记文学"，这似乎有点崇外贬中之嫌，至少对古代中国传记文学的成就估计不足；但是从中外文学的比较角度考察，以西方传记文学作为参照，中国文学系统中的传记文学并不发达，这是史实，当然这并不包含"中国的正史"中的"传记"在内，西方文学中有不少"真正大人物的传记"，而"我国并

---

① 胡适：《传记文学》，台北《中央日报》1953 年 1 月 13 日。

不是没有圣人贤人"，"只是传记文学不发达，所以未能有所发扬"，这应该是中肯的批评，也是有意义的反思。要是中国古代的圣人贤人都能做成传记文学，不仅丰富了中国文学的文类，弘扬了圣贤的崇高思想和人格力量，更能增强我国传记的思想内涵，难怪胡适说"这是我们一个很大的损失"①。也许有人会问：传记文学的思想性与其事实上的真实性是否矛盾？在我看来并不矛盾，越是关注传记文学的事实上的真实性越能凸显出固有的思想性，这是因为传记文学结构本体的事实乃是传主的所言所行所作所为所感所思的实实在在的历史，不论其言行或作为并非都是盲目的无意识的，而是有这种理性信仰或那种思想意识、这种伦理道德或那种无意识的自觉或不自觉的引导或规范，即使追求绝对自由的人也是有思想有意识的；既然传主是个有思想有情感的健全的灵肉一致的人，那么他用真实言行写的人生历史无疑是有思想或有灵魂的历史，而构成人生史或生命史的种种事实无不渗透着这种思想或贯穿着那种意识，甚至有些传主本身就充当灵魂工程师或者从事哲学思想研究工作。所以传记文学若是真正能够如实地写出传主的生命或人生的史实，那就能揭示其固有内蕴的思想意识，以形成传记文学的思想性，这便使真实性与思想性达成有机的统一。

趣味性是传记文学必具的美学特征，它与传记文学的真实性思想性的重要特征互有联系，相得益彰。所谓趣味性是与传记文学的有无美感相联系，美感越浓烈趣味性越强，美感越淡薄趣味性越弱。至于何谓传记文学的美感，它是由很多美的因素聚集而成；而其中最重要的美的因素是源于栩栩如生的传主形象被描写得是否与事实存在那样的真实可信，其思想感情被揭示得是否与实际内心世界那样的丰富深微。要是对传主通过事实的叙写达到了这样的艺术境界，那真实性就能生发动人的美、思想性就能产生理趣的美，有了真实的美与思想的美必然就会有趣味性；使人读了这样的传记文学便从审美感受中体验其不同的趣味，既满足了一定的阅读期待又

① 胡适：《传记文学》，《胡适全集》第 12 卷，安徽教育出版社 2003 年版，第 426 页。

适应了一定的审美追求。况且，趣味性又是传记文学的固有属性，并非所有的传记都能进入文学殿堂，也就是说人物传记不胜枚举，然而能真正称得上传记文学的就必须具有审美的趣味性；有些传记读起来枯燥无味令人生厌，根本不能算传记文学，即使滥竽充数地冒充传记文学也只是伪劣品。胡适特别强调传记文学的趣味，既视它为传记文学的美感特征又把趣味性作为衡量传记的价值尺度。胡适虽然说"中国文学最缺乏最不发达的是传记文学"（着重号，为笔者所加），但是对于"中国的正史"中的传记却给予肯定性的分析，认定《史记》《汉书》《后汉书》《三国志》《晋书》等正史中的短篇传记有很多写得生动有趣：太史公的"项羽本纪"，写得很有趣味；"叔孙通传"，看来句句恭维叔孙通，其实句句在挖苦他，颇有讽刺趣味；《汉书》外戚传中的"赵飞燕传"，描写详细，保存史料多，也有趣味；《晋书》中有趣味的传记很多，搜集了许多没有经过史官严格审查的小说材料，它们可以"成为小说传记，给中国传记文学开了一个新的体裁"①。胡适坚持"趣味性"的美学标准，从中国的正史中挑选出不少短篇的传记文学，也算对"中国文学"系统缺乏传记文学的一个补充。特别他提出一个"小说传记"的新概念，不仅从理论上拉近了小说与传记这两种文体的关系，也说明传记文学中有小说的成分、小说里也有传记的成分，一个侧重于实，另一个侧重于虚，这两者是可以互补相融的，正因为传记文学汲纳了小说的虚构成分，所以才增强了它的趣味性特征。胡适不只以"趣味性"为价值观对中国正史中的传记文学给出梳理性的考析，尤为可取的是，对中国古代言行录式的传记文学进行了探察与评述；而把言行录或语录体都命名为传记文学，这应似胡适的独创，不仅抬高了它们的文学价值，也为"中国文学"系统缺乏传记文学而充实了新的内容。中国最早、最出名而全世界都读的言行录则是《论语》，它是孔子的一班弟子或弟子的弟子，怀着对孔子特别崇拜的敬爱之心和无限诚挚的思念之情，把孔子生平的一言一行忠实记录

---

① 胡适：《传记文学》，《胡适全集》第 12 卷，安徽教育出版社 2003 年版，第 419 页。

下来，汇集而成的；因此在胡适看来，这种"言行录往往比传记还有趣味"。在中国历史上，《论语》是最好的言行录，它用的虚字最多，通过言行的真实记录把孔子的音容笑貌、思想风采、性格特征、精神状态，活灵活现地烘托出来；这是由于"实字是骨干，虚字是血脉，精神骨干重要，血脉更重要"，《论语》就是运用虚实兼有的白话老老实实地记录了孔子及其弟子的言行，所以"应该把《论语》当作一部开山的传记读"。"若从语言文字发展的历史来看，更可以知道《论语》是一部了不起的书。它是二千五百年来，第一部用当时白话所写的生动的言行录"，也是"在中国文学史上占最重要的地位"的有趣的传记文学。① 实质上，要把《论语》定义为传记文学，那它应是中国文学史上第一部真实性、思想性、趣味性相结合的语录体的传记文学，故而胡适对它的评价如此之高。

功效性也是中国传记文学应有的重要特征，它正是真实性、思想性、趣味性综合作用而在传播或阅读过程中所产生的必然效果。任何文学形态，只要它具有整体结构功能都能发生这样的功效或那样的功效；所谓文学借助媒介产生的或大或小的效果，或者通过阅读接受而生发出的或强或弱的效果，无不是文本的结构功能所致。故而文学的结构功能越大其传播或阅读的效果越大，功能与效果是成正比的；即使那些高喊"为文艺而文艺"或"为文学而文学"的作家所创构的文本也不是完全超功利而无功能的，只要它能传送美学信息使人接受，可以满足某种审美或娱乐需求，这就是它的功效。况且，传记作为一种新体裁的文学，它的构成文本既涵纳了事实上的真实性又彰显出内蕴的思想性和浓郁的趣味性，因而它的功能效应是极为明显的甚至也是相当强烈的。胡适曾从不同的角度阐明传记文学的功效，强调它特有的价值和意义。二十世纪三十年代初胡适对《四十自述》这部自传的功效与意义给出这样的估价："我们赤裸裸的叙述我们少年时代的琐碎生活，为的是希望社会上做过一番事业的人也会赤裸裸的记载他们的生

---

① 参见胡适：《传记文学》，台北《中央日报》1953 年 1 月 13 日。

活，给史家做材料，给文学开生路。"① 这个评说，也包括当时已经出版的郭沫若、李季的自传，胡适至少指明它们有可能生发出三种功效或意义：一是示范带头效用，希望做过一番事业的人都能像郭沫若、李季那样写出赤裸裸的自传，为"中国近世历史与中国现代文学"增添"美玉宝石"；二是为史家书写不同格式的历史文本提供丰实可靠的史料，因为传记文学所运用的史料是经过甄别考证的，既切实具体又准确可靠，特别是那种能真实反映历史原态的典型细节更是难得的史料；三是给中国现代文学开辟新的发展道路，开发新文学的新的增长点，这是因为传记文学在胡适视野中是一种新体裁新文类，中国古代文学系统中的传记文学并不发达，只有散文、诗歌、小说、戏剧四种文体形成了传统的文学格局，若是中国近世能够积极提倡并撰写传记文学，那就能为中国现代文学的繁荣昌盛开辟一条潜力巨大的生路，二十世纪中国传记文学的发展史实已证明胡适对传记文学功效的预见是正确的。胡适认为，不仅那些干过一番利民利国事业的或者有光荣历史的人所作的传记能够留下可贵的史料，就是那些历史上有过污点曾受到社会毁谤的也应作传记"给历史添些材料"，借助写自传的机会"把自己做事的立场动机赤裸裸的写出来"②，让历史做出结论，让公众给出判断，这也是传记文学应产生的功效。此外，好的传记文学具有感人至深的教育功能和启人智慧的认识功能。胡适阅读近代新医学创始人巴斯德的传记，"使我掉下来的眼泪润湿了书页"，"我感觉到传记可以帮助人格的教育"。③ 胡适认为绍兴师爷汪辉祖写的《病榻梦痕录》和《梦痕余录》皆是自传文学，它的主要功效则是名副其实的"做官教科书"，强调了它的认识功能。凡是传记文学写得生动有趣的，都具有强烈的美感功能，是属于文学史上应该留名的审美佳作，胡适对此倍加赞赏。

① 胡适：《四十自述》，《胡适全集》第18卷，安徽教育出版社2003年版，第7页。
② 胡适：《传记文学》，台北《中央日报》1953年1月13日。
③ 胡适：《传记文学》，台北《中央日报》1953年1月13日。

胡适自认"对传记文学有特别研究"，所形成的理性思维成果不可能不散发于不同的文本，上述仅从四个层面考察并评析了他对传记文学特质的认识，也是胡适对现代文体理论的开拓与贡献。既然传记文学是种新体裁新形态，为现代中国文学开辟了生路，那么怎样才能运用好这种新体裁而创作出更多更优的传记文学？对此胡适做了多方面探索，这里着重论述一下作传主体，不管为自己作传或为他人作传都是为传主作传的主体，他本身务必具备这样一些素质或条件：一是"养成搜集传记材料和爱读传记材料的习惯"①。先说养成搜集材料的习惯对于传记的重要性。搜集材料既是作传记的先导又是作传记的基础，没有完备详细的材料，写作技艺再高超也写不出好的传记文学；一个人的历史不管是普通人或者是英烈伟人都是由事实材料或实际言行举止谱写而成的，所以搜集的事实材料越丰富、越坚实、越能写出充盈厚重稳健丰实的传记文学，否则就写不成传记文学，即使勉强地写出传记也是枯瘠贫血的或者经不住推敲琢磨的传记文学。但是搜集材料必须讲究方法，这就是"尊重事实，尊重证据"②的科学方法。因为搜集的传记材料并非都是真实可靠的，或是被扭曲的材料或是被粉饰的材料，也许是黑白颠倒是非混淆的材料，也许是以讹传讹的材料；如果以这样的材料为基石建起的传记文学大厦，那无疑是"瞒"和"骗"的、最容易被推倒的"伪"传记文学。所以只有采取科学的方法对搜集的材料下一番"去伪存真"的考辨工夫，把那些真正经得住事实或证据检验的真实可靠的材料掌握好、理解好、运用好，才能确保写出优秀感人的传记文学。写好传记文学养成搜集材料、甄别材料的习惯固然重要，养成爱读传记文学的习惯也很有必要；要是能够放开眼界饱览中外古今的优秀的传记文学，不仅能广纳博采地汲取写作传记文学的成功经验和艺术技巧，强化对传记文学的审美修养，拓展已有的传记文学的知识结构，并且能够从阅

---

① 胡适：《传记文学》，《胡适全集》第 12 卷，安徽教育出版社 2003 年版，第 418 页。

② 胡适：《治学的方法与材料》，《胡适全集》第 3 卷，安徽教育出版社 2003 年版，第 132 页。

读感受与体悟中学习如何运用科学方法去搜集材料、整理材料、辨识材料和掌握材料，以及如何把真实材料纳入写作主体的艺术构想中而建成传记文学文本。二是写好传记文学，写作主体既要坚持公正的立场又要具有"实事求是"[①]的态度。不论古代的中国或现代的中国，为自己作传或为他人立传都不能进入自由自在的写作境界，有来自政治方面的阻力，有出自思想方面的障碍，也有来自习惯势力的阻遏，甚至自己为难自己；若是这些阻力或障碍不清除，那优质的传记文学就写不出来，现代中国的传记文学也难能得到健全发展。胡适研究了中国古代文学，获得了"传记文学写得好，必须能够没有忌讳；忌讳太多，顾虑太多，就没有法子写生动可靠的传记了"这条重要的经验教训，"忌讳"就是写好传记文学的思想阻力与心理压力，能够导致写作主体的恐怖感和畏惧感。"中国的帝王也有了不得的人，像汉高祖、汉光武帝、唐太宗等，都是不易有的人物。但是这些人都没有一本好传记。"[②]重要原因在于"忌讳"太多；只有坚持实事求是的科学态度，抱有一颗公正之心，消除这样忌讳或那种忌讳的思想压力，提供一个宽松自由的社会环境，写作主体方有可能为历史上的帝王将相写出好的传记文学。虽然清末的德菱（德龄）公主没有什么忌讳，想做文学的买卖而写了一部《西太后传》，但她根本不了解西太后，"所以从头就造谣来骗外国人"，这样的传记由于写作动机是"发财"当然不会有什么价值。[③]没有公正之心，没有纯正的动机，写不出好的传记文学。除了"忌讳"，民族偏见、阶级偏见、党派偏见也是写好传记文学的思想障碍。在二十世纪中国的某些特定历史时期，或者狭隘的民族意识或者机械的阶级观念或者唯我独尊的党派偏见，一度形成社会主潮，严重影响了传记文学的写作，不仅某些传主的人生史特别是政治史被歪曲，而且其心路历程或思想灵魂或被

---

① 胡适：《古史讨论的读后感》，《胡适全集》第2卷，安徽教育出版社2003年版，第103页。
② 胡适：《传记文学》，台北《中央日报》1953年1月13日。
③ 参见胡适：《传记文学》，台北《中央日报》1953年1月13日。

美化或被丑化，这样的人物传记失去了公正公道的实事求是的评价，既没有多大的思想价值、认识价值，也没有什么审美意义，若是胡适见到这样的传记文学不知该如何评说？其实，私心太强的人，虚荣心太重的人，或者自我膨胀而不能正确认识自己的人，都写不好传记文学，更写不好自传，因为有了这种私心杂念就不能主持公道，就不能确立公正之心，更不会在为自己立传、为他人立传的过程中始终坚持实事求是的科学态度。三是要写好传记文学，写作主体具有公正之心和科学态度固然重要，但是能够坚持"一种赤裸裸的写法"同样重要，这是胡适反复强调的。他认为"中国最近一二百年来最有趣味的传记"，除了汪辉祖《病榻梦痕录》及《梦痕余录》外，就是《罗壮勇公年谱》；它之所以成为最有趣味的传记，主要因为当大兵出身的罗思举所写的传记，不论他做的大事或小事，或者体面事或难以开口的私秘事，"都是用的很老实很浅近的白话"来写，哪怕做贼偷东西、被叔父活埋这样的事，也"可以说是写得很老实的"①，即使叫化子军打狗、吃狗肉、披狗皮这样的事也赤裸裸地写出来，这就使传记文学极为真实也颇为有趣。而这种赤裸裸的写作方法与写作主体所具有的公正之心和实事求是的态度是紧密联系在一起的，前者的方法为后者所决定，前者获得的效果进一步印证了惟有心正态度端才能写好传记文学。

二、胡适对"传记文学"的尝试性写作

通过对中外传记或传记文学的深广研究，胡适从理论上对传记文学的本体及其特征给出了开创性的探察与概括，为他提倡传记文学并积极尝试实验传记文学提供了理论指导；虽然胡适实验性地写作了不下40篇传记或传记文学，但是真正合乎传记文学写作规范且达到相当美学高度的成功之作并不多，如同他尝试白话诗一样，理论上的追求与其实验结果总是有一

---

① 胡适：《传记文学》，《胡适全集》第12卷，安徽教育出版社2003年版，第431页。

定差距。尽管如此，胡适能自觉地把提倡传记文学、实验传记文学和研究传记文学三者相结合，这是对中国传记文学所做出的独特贡献。传记文学理论的探索给胡适写作传记文学的实验以指导，胡适积极尝试写作传记文学的实践不仅验证了他的传记文学观，也充实丰富了传记文学的理性认知。这里不想对胡适长短不等的传记或传记文学进行具体分析，而是选取三篇有代表性的文本予以个案剖解，以窥测传记或传记文学的构造特征及其独具的价值意义，与上述相照应以获取互文性的效果。

　　且不论胡适于 1908 年所作的有名的《姚烈士传》①《世界第一女杰贞德传》②，这里着重对五四新文学运动兴起后胡适写作的《许怡荪传》《李超传》进行个案分析。胡适是怀着恭敬悲悼的情感为亡友许怡荪作传的，故名之为《许怡荪传》③。作为写传者的胡适与传主许怡荪既是同乡、同学，又是可以相互交心的挚友，即使胡适赴美留学七年与怡荪未见也从没断了书信的交往；胡适不仅对传主的生平经历了解得多感受得深，而且对其内心世界与性格品质也吃得透摸得准；尤其掌握了怡荪给他的十几万字的信函，因为书信特别是挚友的信函是最可靠的心理事实和最真实的思想镜像，所以运用这些亲身体验过的所见所闻所思所感的事实材料写成的传记既真实感人又深刻动人。况且，胡适为许怡荪作传并非像编年流水账不分大小巨细把所有事实都记上，而是有精心的布局结构：开头一句"我的朋友许怡荪死了！"以沉痛悲悼之感奠定了传记的情感基调，接着交代了因急性肺炎医治无效而辞世的病因，从而激起人们的惋惜痛楚之情，"怡荪是一个最忠厚、最诚恳的好人，不幸死的这样早！"这句赞语既强化人们的痛惜之感又为传记举纲。传记的主体部分详略得当，略写怡荪的家庭情况，详写其政治思想变迁过程以及同胡适的友谊；最后结尾"怡荪是不会死的！"一句，与

----

① 原载《竞业旬报》1908 年 5 月 30 日至 9 月 6 日第 16—18、20、23、26 期。

② 原载《竞业旬报》1908 年 9 月 16 日第 27 期。

③ 胡适：《许怡荪传》，《新中国》1919 年 8 月 15 日第 1 卷第 4 号。

开头相呼应，又以他的精神、人格永久不会死而贯通全传。不过，怡荪短暂一生最动人最能启迪人的事实，乃是作传主体胡适通过信函真实而深切的内容所展示的：一是传主怡荪民国二年在日本东京留学参加了一个孔教分会，这是他政治思想变化的第一个时代。因为"他是一个热心救国的人，那时眼见国中大乱，心里总想寻一个根本救国方法；他认定孔教可以救国，又误认那班孔教会的人都是爱国的志士，故加入他们的团体"。"这时代的怡荪完全是一个主张复古的人。"他在给胡适那封六千字的长信中，说他提倡孔教有三条旨趣："（一）洗发孔子之真精神，为革新之学说，以正人心；（二）保存东亚固有之社会制度，必须昌明孔孟学说，以为保障；（三）吾国古代学说如老荀管墨，不出孔子范围，皆可并行不背；颂吉孔教，正犹振衣者之必提其领耳。"胡适虽是怡荪的挚友却又是新文化先驱，所以并未因朋友之情为贤者讳，而是站在公正的现代性的立场上对"孔教"的三条逐一进行说理性的批驳，并指出那封六千字的信代表了怡荪的"基本观念是'政治中心'的观念"。即使他提倡孔教也旨在爱国，"怡荪一生真能诚心爱国，处处把'救国'作前提，故凡他认为可以救国的方法，都是好的"。二是民国五年帝制取消，怡荪是年毕业回国，目睹国内政治紊乱党争激烈，"他的政治乐观很受了一番打击，于是他的政治思想遂从第一时代的'政治中心'论变为第二时代的'领袖人才'论"。他在给友人的信中说："国事未得大定，无知小人尚未厌乱，而有心君子真能爱国者，甚鲜其人。"因此，"是知吾国所最缺乏者，尚非一般人才，而在领袖人才也审矣"。当民国六年怡荪见到"张勋复辟的戏唱完之后，段祺瑞又上台"，这一次民党势力完全失败，"那时怡荪的政治思想已有了根本改变，从前的'政治中心'论，已渐渐取消，故主张有一种监督政府的在野党'抵衡其间，以期同入正轨'"。但由于政治形势"南北更决裂，时局更不可收拾"，致使怡荪所抱的"领袖人才和强硬的在野党"这两种政治希望都不能实现，于是他写信道："所谓社会制度，所谓政治组织，无一不为人类罪恶之源泉。"三是民国七年怡荪的政治思想进入第三个时代，其重要的标志就是其信中所说："最近以来，

头脑稍清晰的人，皆知政治本身已无解决方法，须求社会事业进步，政治亦自然可上轨道。""这时候，他完全承认政治的改良须从'社会事业'下手，和他五年前所说'一国改良之事，尤须自上发之'的主张完全不相同了。"于是他写长信给胡适商量办杂志的事，他认为"政治可以暂避不谈，对于社会各种问题，不可不提出讨论"。"这个时代的怡荪完全是一个社会革命家。可惜他的志愿丝毫未能实现，就短命死了！"写传主体就是遵循怡荪政治思想伴随着外在客观政治局势的变化轨迹，简明而真实、中肯而深刻地勾勒出一个忠诚于祖国的政治家和社会革命家的精神风貌与内心世界。不仅如此，"怡荪是一个最富于血性的人。他待人的诚恳，存心的忠厚，做事的认真，朋友中真不容易寻出第二个"。这是胡适从与怡荪十年朋友的密切交往、心心相印的真实感受中，所发出的由衷赞美与诚挚评价，完全是肺腑之言掏心之话；然而这不是空论，胡适是与怡荪相交过程中选取了几件感动最深、刻骨铭心的事实，真真切切地予以描述，充分彰显出怡荪这位真诚朋友的人性或人格已达真善美的境界。"他现在虽死了，但他的精神，他的影响，永远留在他的许多朋友的人格里，思想里，精神里。"传记就是这样从政治思想与人格人性相互关联的两大维度，以生动真切的事实形塑了许怡荪可敬可爱的生命丰碑。《许怡荪传》作为五四文学革命写成较早的传记文学，不只是开风气之先，而且有其可取之点：胡适重视以书信为事实材料来揭示传主的思想灵魂或精神面貌；重视从传主身上发掘思想意识以增强传记的思想性；重视以饱含感情的笔锋实写悲剧人物的人生，借以强化传记感人的悲剧美；重视结构的完整性、选材的典型性和描述的详略得体；重视传记贯穿线索的复调性。不过也有可挑剔之处，过多的依赖书信材料而不搜集其他事实，所刻画的传主往往只见思想不见行动，影响所写人物的丰盈性；特别是有血有肉的细节的缺乏难以使传记趣味横生。总之，如何处理好真与美、形与质的关系是写好传记文学的关键，也是胡适努力解决而未完美解决的问题。

　　《李超传》① 也是胡适在新文学倡导期写的一篇感人至深的传记，它的传主不是热衷于政治的社会革命者而是一个追求个性解放的时代女性；说她是时代女性也许有点拔高，因为她不是一个迎击时代风浪的弄潮儿，也不是一个热衷于妇女解放运动的积极参与者，而仅仅是一个希冀通过接受现代教育成为一个知识女性以摆脱旧家庭来掌握自己命运的独立者。她父母早死而是父妾将其养大，其父无子，家产虽丰厚却掌握在继兄手里。"她独自在家，觉得旧家庭的生活没有意味，故发愤要出门求学"，从广西到广东，最终成了北京国立高等女子师范学校的正科生。因为"她本来体质不强，又事事不能如她的心愿，故容易致病"，于民国七年八月肺病恶化而死于法国医院，年仅二十三岁。这是英年早逝的悲剧，如同许怡荪一样，所不同的有二：虽然同死于病魔，但许怡荪是流行性的急性肺炎，纯属天灾所致，而李超则是事事不如愿伤心过度而致肺痨，这是人祸所致；作传者的胡适与许怡荪是至交挚友，为其写传乃情理之中的事，而胡适与李超既不是同乡又不是师生关系，却要给她作传，一方面说明身居北大教授高位又是文学革命领袖的胡适不仅具有平易近人的平民意识也有深挚的人文情怀，另一方面说明给李超立传胡适有独特的发现与考虑，这就是："觉得这一个无名的短命女子一生事迹很有作详传的价值，不但她个人的志气可使人发生怜惜敬仰的心，并且她所遭遇的种种困难都可以引起全国有心人之注意讨论。所以我觉得替这一个女子作传比替什么督军做墓志铭重要得多咧。"这就是胡适写这篇传记的动因，至于如何来写，似乎在构思上与《许怡荪传》有点相似，先简述其生平行踪及其死因，然后详写传主的悲惨命运；然而仔细读来却感到布局有所不同，许传重在写政治思想变迁史，而李传则是通过一封封信函的真实内容来揭示传主英年早逝的社会根源和文化根源，借以批判封建家族专制及其宗法意识的吃人本质，与五四时期以人的解放为核心主题的启蒙新潮相呼应。传记行文对李超悲剧原因的开掘既有层次感又

---

① 胡适：《李超传》，《晨报》1919 年 12 月 1 日至 3 日。

有可信性：从李超给继兄的信中，既表达了"妹每自痛生不逢辰，幼遭悯凶，长复困厄"的命运，又倾诉了"无论男女，皆以学识为重"而"欲趁此青年，力图进取"的急切愿望。正如胡适所点评：这"已带着一点呜咽的哭声"。再看她给亲朋的信，"妹此时寸心上下如坐针毡"，表明她内心的痛苦已达极致，继兄嫂对她已届二十岁仍无订婚很不高兴，想把她早早嫁出去而独享其家产。这从她的胞姊惟钧和姊夫欧寿松的信中可以看出："妹虑家庭专制，恐不能遂其素愿，缘此常怀隐忧，故近来体魄较昔更弱。"这是胞姊对李超不想结婚的心理分析，乃是李超最难告人的痛苦；"她所以要急急出门求学，大概是避去这种高压的婚姻。"而她的继兄"不愿她远走，也只是怕她远走高飞做一只出笼鸟，做一个终身不嫁的眼中钉"。李超有强烈的冲出旧家庭的个性要求和出门求学的坚强意志，于是写信给继兄要求赴广州求学；但是她继兄执意不肯，并回了一封信，而"这封信处处用恫吓手段来压制他妹子，简直是高压的家庭制度之一篇绝妙口供"。李超不管其兄的阻挠，决意去广东求学，继兄断绝与她通信，只有其嫂陈文鸿多次来信规劝她回广西"以息家之怨"；但家庭的怨恨并未动摇李超逃离苦海外出求学以解放自己的决心。在广州换了几个学堂，总觉得不满意，"李超那时好像屋里的一个蜜蜂，四面乱飞，只朝光明的方向走"。这个比喻形象地显示出李超在争取个性解放自我独立的道路上勇于探索敢于追求的恐慌而执着的精神。因而她毅然决然地奔赴北京，投进高等师范学校。谁能想到她这样做承受了多大的精神压力与经济压力？虽然她到了北京，但是难以承受的撕心裂肺的煎熬与痛苦，已把这个身体虚弱的女子压垮，致使她在生死线上挣扎。胡适仍是引录书信的内容并加以评点的分析，道破了社会或家庭给李超的致命重创：一是虽然其姊夫欧君是个难得的好人，承担了李超去京求学的学费，但是她的继兄嫂却断绝了她的财源，"哥嫂不但不肯接济款项，还写信给她姊夫，不许他接济"，这就意味着砍断她求学的经济生命线，对于一个孤身寄京而举目无亲的弱女子无疑是致命的痛击。二是李超的家产要算富家，其继兄嫂之所以对她冷酷无情拒绝接济学费，"原来他哥哥是继承的儿子，名分上他应得全份家财"，"不料这个倔强的妹子偏不肯早早出嫁，偏要用家中银钱读书求学"；况且李超还在信中说，"此乃先人遗产，兄弟辈既可随意支用，妹读书求学乃理正言顺之事，反谓多余，揆之情理，岂得谓平耶？"这不只是与其继兄的击中要害的抗辩，也是对不合理的家族制度的挑战，故胡适说"这几句话便是她杀身的祸根"。三是李超到京不够半年，家中闹翻天，其嫂为她的事上吊寻死，其兄钱不寄也不准她再提"先人"两个字，李超经不住屡遭打击而病倒吐血，惟有姊夫多次去信为她排解心事，并询问她受尽"种种困苦艰难，以至于病，以至于死"，"这是谁的罪过？""这是什么制度的罪过？"从反问中既揭示出其致死的原因又控诉了罪恶的家族制度；李超死后的棺材停放在北京的破庙，其继兄嫂不闻不问，即使其兄来了信还痛斥妹子"至死不悔，死有余辜！"这个具有蛇蝎心肠的继兄连禽兽都不如。胡适怀着悲愤之情为这个"素不相识的可怜女子"作完了传，再次申明他用这么多工夫为她作传的目的："因为她一生的遭遇可以用做无数中国女子的写照，可以用做中国家庭制度的研究资料，可以用做研究中国女子问题的起点，可以算做中国女权上的一个重要的牺牲者。"这从结构上照应了开头，使之布局完整，而从思想意蕴上则是深化了传记的主旨；并在此基础上提出了"家长族长的专政"、"女子教育问题"、"女子承袭财产的权利"、"有女不为有后的问题"等四个值得研究的时代课题，这既升华了传记的思想意义又呼应了五四反封建争取妇女解放的民主潮流。从传记文学的实验来看，《李超传》尽管并不完美，然而它与《许怡荪传》相比，其相似的美学品格却得到了强化：两个传主或许怡荪或李超都是学生出身，都是病魔夺去了年轻的生命，导致了令人惋惜的人生悲剧，虽然两个悲剧都感人，但是李超的悲剧不仅更感人而且能激起人们痛恨旧家族制、清除吃人宗法思想的愤怒情感和令人深思的现代理性批判力量；同时以信稿与行状为事实来形塑两个传主的思想性格：许怡荪是强势的社会革命家，热衷于政治救国治国，而李超充其量是弱势的个性解放的追求者，热衷求学获取新知。比起前者，胡适对后者的刻画更具体因而也更真实感人；同是带着强烈感情为两个早逝的年轻人作传并从传主本身来发掘固有的思想性或人性美，但是对李超的思想性格的发掘或人性美的发现更深微一些，所赋予的主体情感除了怜惜同情还有强烈的愤恨，化为怒火烧向罪恶的家族制度，这就把感情融入了思想的深度。虽然《许怡荪传》和《李超传》都是五四新文学倡导期出现的较好的传记文学，但是后者在我看来却优于前者。

在胡适视野中，好的年谱也是传记或传记文学；若《许怡荪传》《李超传》是胡适为现代人作传，都体现出真实的时代感；那《章实斋先生年谱》①却是胡适为古人作传，与现代人的传记相比它又有什么新特点？这倒是值得研究的有新意的话题。胡适写作《章实斋先生年谱》如同作《许怡荪传》《李超传》一样总有个明确的动机或目的，也许这是写传记或传记文学的必有特点，至少胡适开风气之先的实验是这样做的。他写作《章实斋先生年谱》的动机乃是起于民国九年冬读日本内藤虎次郎编的《章实斋先生年谱》所受到的刺激，他觉得章实斋是位专讲史学的人，"不应死了一百二十年还没有人给他做一篇详细的传"，而"第一次作《章实斋年谱》的乃是一位外国的学者"，这使他最感到"惭愧"；于是胡适趁民国十年春在家养病之机，带病做了这样几项精工细活：重读细研《章氏遗书》，"真正了解章实斋的学问与见解"，为写年谱备好材料打实基础；再读《内藤谱》，不仅写得太简略，而且只写"一些琐碎的事实，不能表现他的思想学说变迁沿革的次序"，这为其作新谱摸清底细；学习"最好的年谱，如王懋竑的《朱子年谱》，如钱德洪等的《王阳明先生年谱》，可算是中国最高等的传记"，并"认定年谱乃是中国传记体的一大进化"，若这些"年谱单记事实，而不能叙思想的渊源沿革，那就没有什么大价值了"，这就为他写好年谱提供了参照。"因此，我决计做一部详细的《章实斋年谱》"，比"《内藤谱》加多几十倍"，"不但

---

① 胡适于 1921 年作《章实斋先生年谱》，1922 年 1 月由上海商务印书馆出版；经姚名达补订后，1931 年上海商务印书馆再版。

要记载他的一生事迹，还要写出他的学问思想的历史"。① 这部传记性的年谱写成，下了苦工夫与细工夫，获得了成功得到了好评。正如何炳松在为胡适的《章实斋年谱》序言中所指出的："替古人作年谱完全是一种论世知人的工作，表面看去好像不过一种以事系时的功夫，并不很难；仔细一想实在很不容易。我们要替一个学者作一本年谱，尤其如此；因为我们不但对于他的一生境遇和全部著作要有细密考证和心知其意的功夫，而且对于和他有特殊关系的学者亦要有相当的研究，对于他当时一般社会的环境和学术界的空气亦必须要有一种鸟瞰的观察和正确的了解，我们才能估计他的学问的真价值和他在学术中的真地位。所以作年谱的工作比较单是研究一个人的学说不知道要困难到好几倍。这种困难就是章实斋所说的'中有苦心，而不能显'，和'中有调剂而人不知'，只有作书的人自己明白。"② 而"胡适之先生的《章实斋年谱》就是这样作成功的"，"所以就我个人讲，一面想到作《年谱》这种工作的困难，一面看到适之先生这本《年谱》内容的美备，我实在不能不承认这本书是一本'即景会心妙绪来会'的著作"。③ 这个评语不只道出做《章实斋先生年谱》的艰辛，也言明了它的学术价值和思想意义，即《年谱》在特定的时代背景与文化语境下真实地勾勒出章实斋的生命轨迹，深刻地揭示出他的思想流变史和独特的史学观念，科学地弘扬了他的杰出的学术思想。姚名达读了胡适做的《年谱》决定去"研究章先生"，使其成了有名的章实斋研究专家，因之他说："适之先生这书有一点是我所最佩服的，就是体例的革新：打破了前人单记行事的体裁；摘录了谱主最重要的文章；注意谱主与同时人的关系；注明史料的出处；有批评；有考证；谱主著述年月大概都有了。"④ 胡适本人也承认这部《年谱》虽然沿用了向来年谱的体裁，但有几点颇可以算是新的体例，其见解有些与姚名达

---

① 胡适：《章实斋先生年谱》，《胡适全集》第 19 卷，安徽教育出版社 2003 年版，第 29—30 页。
② 何炳松：《〈章实斋先生年谱〉序》，《胡适全集》第 19 卷，安徽教育出版社 2003 年版，第 1—2 页。
③ 何炳松：《〈章实斋先生年谱〉序》，《胡适全集》第 19 卷，安徽教育出版社 2003 年版，第 1—2 页。
④ 姚名达：《〈章实斋先生年谱〉序》，《胡适全集》第 19 卷，安徽教育出版社 2003 年版，第 25—26 页。

略同:"第一,我把章实斋的著作,凡可以表示他的思想主张的变迁沿革的,都择要摘录,分年编入"①,以证实其学术思想的演化;"第二,实斋批评同时的几个大师,如戴震、汪中、袁枚等,有很公平的话,也有很错误的话"②,"我把这些批评,都摘要抄出,记在这几个人死的一年","不但可以考见实斋个人的见地,又可以作为当时思想史的材料"③;"第三,向来的传记,往往只说本人的好处,不说他的坏处;我这部《年谱》,不但说他的长处,还常常指出他的短处","我不敢说我的评判都不错,但这种批评的方法,也许能替《年谱》开一个创例"。④总观《章实斋先生年谱》,尽管在体例上有所创新,也具有传记文学的真实性、思想性、审美性和功效性的特征,但因为文学性或趣味性有点匮乏,只能算成功的传记性的年谱而称不上名副其实的传记文学。

上述选择剖析的三篇传记或传记文学,都是胡适在五四新文学倡导期的尝试性的实验之作,一是社会革命者之传,二是个性解放者之传,三是古代学者之传,虽然算不上最优秀的传记或传记文学,但是却为传记文学这种新文体或新文类的建设与发展奠定了良好基础,开创了文学的新局面;同时,以传记文学的写作实践印证了胡适在理论上探索中外传记文学所获得的真知卓见的正解性和有效性,这就能从理论与实践的有机结合上引导并推动中国现代传记或传记文学的发展,可以说胡适终其一生如同关注白话文学建设一样关注传记文学的营构,视传记文学为总体白话文学系统的有机组成部分。

尽管现代传记或传记文学在二十世纪中国文学的演变过程中,曾受过严重挫折甚至出现过抽掉了"五四"科学与民主精神的变态的传记或传记文学;然而历史跨入八十年代的新时期以来,在"解放思想,实事求是"

---

① 胡适:《章实斋先生年谱》,《胡适全集》第 19 卷,安徽教育出版社 2003 年版,第 30—31 页。
② 胡适:《章实斋先生年谱》,《胡适全集》第 19 卷,安徽教育出版社 2003 年版,第 30—31 页。
③ 胡适:《章实斋先生年谱》,《胡适全集》第 19 卷,安徽教育出版社 2003 年版,第 30—31 页。
④ 胡适:《章实斋先生年谱》,《胡适全集》第 19 卷,安徽教育出版社 2003 年版,第 30—31 页。

的思想路线和认识路线的指导下，冲决了主观机械的阶级论的桎梏，冲破了党派偏见以及"胜王败寇"历史观的障碍，科学发展观和以人为本思想已成为社会主潮，因此有力地推动了传记或传记文学的写作高潮，各种形态的传记或传记文学如雨后春笋般地涌现出来，形成了空前繁荣昌盛的新文学局面，它既继承了胡适等文学先驱在五四时期所开创的传记或传记文学的传统，又将其推上了一个新的发展层次。虽然当下的传记或传记文学良莠不齐甚至优劣混杂，但是经过改革开放的科学与民主思潮的大浪淘沙，二十一世纪的传记或传记文学的写作定会出现崭新的思想风貌与艺术景观！

第十章

纵贯中国古今的"平民文学"

——解读胡适《国语文学史》

　　二十世纪八十年代初研究胡适白话文学主张，我未曾翻阅过《国语文学史》，只是从《白话文学史》的阅读中注意到胡适对白话文学的见解，但并没有重视他对"平民文学"的看法。虽然"白话文学"与"平民文学"在胡适的学术视野中分解得并不清楚，往往混杂在一起，但精察细研尚可辨识出这是两个有联系又有区别的文学范畴：不论新文学主帅胡适或者五四文学革命先驱们都认同"平民文学"，并把它与"人的文学"范畴捆绑在一起，作为新文学运动的鲜明旗帜。不只是我对胡适文学观考察遗漏了"平民文学"，就是有些对胡适系统全面研究的专著也罕见把"平民文学"作为专题探索。无论研究任何对象都会有遗漏，不可能完满无缺地把研究对象合盘托出来；重在不断发现不断开拓，一步一步逼近研究对象的全貌，还他一个历史本来样子。胡适的文学思想既简单又复杂，说其简单是因为他一生坚持白话文学主张，说其复杂是因为其文学视域极为深广，发表了不少有矛盾的含糊的文学见识。这虽然给研究者带来了难度，却也提供了拓展与阐释的空间。

一、胡适的"双线"文学观

　　《国语文学史》原系胡适在教育部主办的第三届国语讲习所主讲"国语文学史"课程时所用讲义的石印本，凡十五讲，约八万字，编写于 1921 年 11 月至次年 1 月间。虽然胡适本人也承认此书"见解不成熟、材料不完备，匆匆赶成的草稿"①；但是将其与《白话文学史》（上）及其他文章结合起来解读，便能对胡适的"平民文学"思想做出较为全面的理解和较为透辟的阐述。

胡适在《国语文学史》中是将"庙堂的文学"与"田野的文学"或"贵族的文学"与"平民的文学"作为相对的美学范畴而提出的；而"庙堂文学"和"贵族文学"是作为同质范畴来对待，"田野文学"和"平民文学"也是作为同质范畴来运用，甚至在更多的语场中"平民文学"与"民间文学"又是同质同构的，连细致微小的差异也没有。因此，在胡适的学术话语中，他在说庙堂文学时往往就包含了贵族文学，他在论贵族文学时也常常包含了庙堂文学，这两种形态的文学命名有别却属于同质文学系统；他在说田野文学时往往就包含了平民文学或民间文学，他在论平民文学或民间文学时常常也包含了田野文学，这三种文学样态的命名有别却属于同质文学系统。实质上，这便形成了胡适探究中国文学史的贵族文学与平民文学两相对立的认知架构和叙述中国文学史的标识鲜明的话语系统。所以胡适从宏观上把中国文学史分为两大潮流即两条线：一是上层的一条线也就是"上层文学"潮流，此乃"士大夫阶级的"或帝王将相的文学，"他是贵族的，守旧的，抄袭的"文学；一是下层的一条线即"下层潮流"，这种平民"老百姓的文学是真诚朴素的，它完全是不加修饰的，自由的，从内心中发出各种的歌曲"。这不仅指出了贵族文学与平民文学的主要特征，而且也看到了平民文学"有无数的潮流，这下层的许多潮流，都会影响到上层去"②；就是说贵族文学与平民文学在中国文学的演进中并不是完全处于对立状态，它们之间在主客观条件具备的情势下是会转化的，转化的客观条件乃看官方是否建立或坚持科举制度，而转化的主体条件是看古代知识分子的人生态度或政

① 胡适：《〈白话文学史〉（上）自序》，《胡适全集》第 11 卷，安徽教育出版社 2003 年版，第 209 页。

② 胡适：《中国文学史的一个看法》，《晨报》1932 年 12 月 23 日。

治取向。

　　基于上述灵活的二元对立的认知框架，通过对中国文学史料的考察、搜求与辨析，胡适发现了平民文学是纵贯二千多年文学史的最富活力与生气的文学，它是中国文学的主流，并形成优秀文学传统被一代代承续着；而庙堂文学或贵族文学则是僵硬的没有生气的上层文学，并不代表中国文学的发展方向。他认为，"中国的古体文学到汉武帝时方才可以说是规模大定。"这是因为汉武帝时丞相公孙弘上奏，说"当时不但小百姓看不懂那'文章尔雅'的诏书律令，就是那班小官也不懂得"；于是政府就想出一种政策，让各郡县挑选可以造就的少年人，送到京师读书一年，毕业之后，补"文学掌故"缺，放到外任去做郡国的"卒史"与"属"。这种举措即后来的科举，它是保存庙堂文学或古文体的绝妙方法。政府的权力、科第的引诱与文人的毁誉不能不挑逗起炮制贵族文学或庙堂文学的冲动；而"司马迁、司马相如、枚乘一班人规定的只是那庙堂的文学与贵族的文学"，"田家作苦，岁时伏腊"的民间或"田彼南山，芜秽不治"的田野所产生的则是田野的文学或平民的文学，况且"痴男怨女的欢肠热泪，征夫弃妇的生离死别，刀兵苛政的痛苦煎熬，都是产生平民文学的爷娘"。从对象主体或接受主体来看，"那无数的小百姓的喜怒悲欢，决不是那《子虚》、《上林》的文体达得出的"，惟有那民间的白话文学方能传达出来。"庙堂的文学可以取功名富贵，但达不出小百姓的悲欢哀怨；不但不能引出小百姓的一滴眼泪，竟不能引起普通人的开口一笑。"因此，"二千年的文学史上，所以能有一点生气，所以能有一点人味，全靠有那无数小百姓和那无数小百姓的代表平民文学在那里打一点底子。"胡适对庙堂文学或贵族文学在中国文学史上价值的评述虽有简单否定之嫌，但是他对民间或田野生成的平民文学的推崇却表现了平民主义文化立场和对下层普通老百姓人生苦难与生存悲哀的人道主义关怀，这正是平民文学的本质所在；特别是"人味"概念的提出是对"平民文学"的崇高美学评价。并不是说做了庙堂文学或贵族文学的文人就不能创作出平民文学，只要他们以平民情怀能运用白话体表达普通百姓人生的真情实况也会写出平民文学。王褒曾是汉宣帝时做庙堂文学的好手，后来他"把庙堂文学的架子完全收了，故能做出'目泪下落，鼻涕长一尺'的平民文学"。不过汉朝最有文学价值的作品还是那些无名诗人所作，"乐府"许多绝好的白话文学就出自这些民间诗人之手，不仅《陌上桑》是感人至深的平民文学，而且汉朝最大的民间文学杰作则是《孔雀东南飞》，与那些古奥艰涩雕琢的庙堂文学相比，《孔雀东南飞》是货真价实的平民文学。循着庙堂或贵族文学与民间或平民文学这两条对立互补、相互映衬并存的线索，到了魏晋南北朝时期，通过考证分析，胡适认为"平民文学"出现了南北各具特色的两派。北派的"平民文学的特别色彩是英雄，是慷慨洒落的英雄"，例如《企喻歌》《慕容垂歌》《陇头歌》《折杨柳歌》《木兰》等皆有人名或地名是可以证明的北方平民文学，大多被收入《梁横吹曲辞》；南派的儿女文学，即各种《子夜歌》大概是吴中的平民文学，而"这一派文学的特别色彩是恋爱，是缠绵宛转的恋爱"，"歌谣数百种，《子夜》最可怜。慷慨吐清音，明转出天然"这首诗算是对南方儿女文学或平民文学的总评。不过，北派平民文学最富意味的是鲜卑民族的《敕勒歌》，最大杰作的平民文学则是《木兰辞》。胡适不只对这两首经典性的平民文学做了充分肯定，同时他也敏锐地发现并不是所有的白话文学都是平民文学，白话作为工具也能造出"贵族文学"，如北魏胡太后为其情人杨华做的《杨白华》就是明证。即使文人们深受民间的影响而作的诗歌，如曹氏父子的诗、陶渊明的诗等，也带有平民文学的色彩。故胡适总括说，唐以前"五六百年的平民文学——两汉、三国、南北朝的民间歌辞——陶潜、鲍照的遗风，几百年压不死的白话化与民歌化的趋势"；到了唐朝文学的真价值、真生命"在它能继承这五六百年的白话文学的趋势，充分承认乐府民歌的文学真价值，极力效法这五六百年的平民歌唱和这些平民歌唱所直接产生的活文学"①。

---

① 胡适：《〈白话文学史〉》（上）第一编，《胡适全集》第 11 卷，安徽教育出版社 2003 年版，第 343 页。

以胡适的文学史眼光察之，"汉魏六朝的平民文学，到了隋唐时代，很受文学家的崇拜。唐人极力模仿古乐府，后来竟独立作新乐府。古乐府里有价值的部分全是平民文学；故模仿古乐府的人自然逃不了平民文学的影响"。虽然唐朝一代的民间文学都不传了，但许多明明是民间的无名作品却都归到有名诗人的身上，如李白诗集里的《襄阳曲》就是一例；或者许多民间文学被诗人拿去修饰一番则成了自己的作品，如刘禹锡的《竹枝》便是明证，所以唐朝韵文最有价值的部分仍是"平民"与"白话化"的文学。如果说唐初文学是贵族文学占上风而平民文学处于劣势，因隋朝用文学考试士子使当时帝王大臣所倡导的庙堂文学或贵族文学依然盛行，文学上明显地烙印着贵族性与庙堂性；那么到了盛唐时的文学则具有平民文学的特点，如王维、孟浩然都能以平民心态赏识自然界的真美且以白话表达之，李白、杜甫皆能赏识平民的文学并以白话表情达意。李白的诗"最得力于南北朝民间的乐府，故他的乐府简直是平民文学"，如《长干行》《长相思》不论意境与技艺"都和平民文学很接近"；尤其"杜甫是一个平民的诗人，因为他最能描写平民的生活与痛苦，但平民的生活与痛苦也不是贵族文学写得出来，故杜甫的诗不能不用白话"。他的《三吏》《三别》《羌村》是地道的平民文学，《自京赴奉先咏怀》既骂皇帝"彤庭所分帛，本自寒女出；鞭挞其夫家，聚敛贡城阙"，又骂贵族阶层"朱门酒肉臭，路有冻死骨"，特别是《茅屋为秋风所破歌》"这种平民文学只有经过这种平民生活的诗人能描写的清楚亲切"。中唐是白话文学风行的时期，但并不是所有用白话写的诗都是平民文学，只有那些能代表时代精神的诗人如白居易、元稹、刘禹锡方有可能创作出具有平民文学审美特征的诗来。白居易极力推崇杜甫的《新安吏》《石壕吏》诸篇，且有意识地作通俗的纯粹的白话诗，故是"一个平民诗人"，《宿紫阁山北村》《秦中吟》等诗关注社会人生问题，《新乐府》五十篇中的《上阳人》《新丰折臂翁》《道州民》《卖炭翁》等是最有美学价值与思想意义的平民文学。元稹、刘禹锡的诗歌成就远逊于白居易，不过也作了不少平民的白话诗。这三个人的平民化的白话诗风曾发生广泛影响，白居易《与元稹书》说："自长安抵江西，三四千里，凡乡校、佛寺、逆旅、行舟之中，往往有题仆诗者；士庶、僧徒、孀妇、处女之口，每每有吟仆诗者。"而中唐的韩愈、柳宗元的古文体改革，虽然未改成平民化的白话体，但胡适却认为他们与元白的平民白话诗是同一个趋向的。从汉到唐散文这条路径"因为教育上的需要，因为科举的需要，因为政治的需要，就被贵族的文人牢牢的霸住"，这样一来小百姓的平民文学势力"还不能影响到散文，故散文的进化不能不限于文人阶级里面"。但是文人阶级的散文一千多年又出现两条支路：一条是骈俪对偶的魔道，为庙堂文学所用之体裁；一条是周秦诸子和《史记》《汉书》所形成的文从字顺、略近语言自然的"古之道，到了韩、柳的古文出来，此道则成了散文的正路"。值得注意的是，中唐还有个介乎文人阶级与平民阶级的"和尚阶级"，而"和尚阶级"的生活颇接近于平民阶级，在思想学问一方面又和文人阶级很接近；这个和尚阶级信奉佛教的"禅宗"，是当时极为流行的哲学宗教，由于禅宗有高超的理想，不易用贵族的古典文学表达，于是禅宗大师讲学与说法都采用平民的白话，而"他们的'语录'遂成为白话文的老祖宗"，禅宗"语录"体的白话化及至晚唐更推进了散文的平民化和语体化。晚唐的平民白话诗体虽风行于民间产生了"入人肌骨，不可除去"的审美效应，但是晚唐也吹起了一股反对平民白话文学的逆风，代表诗人就是温庭筠和李商隐。及至唐末中国分裂打破了政治上的大一统，"这时代词体方才有自由的变化，方才有自由的发展。白话韵文的进化到了长短句的小词，方才可说是寻着了他的正路。后来宋的词、元曲，一直到现在的白话诗，都只是这一个趋势"。胡适对韵文演变的平民化白话化趋向的勾勒，是基于这样一种文学动力观，即民间文学或平民文学在庙堂文学或贵族文学并行对立发展所显示的强大活力与独特优势深深影响了一代代锐意进取的诗人，他们与无名的民间诗人无意中形成合力而推动了中国韵文朝着平民语体化方向发展。

以历史的态度对中华文学进行考证与探索，胡适发现了一条与白话文学相辅相成的"平民文学"线索，这是对中国文学史的重构，又是为五四新文学运动的展开及其此后文学的演变提供历史性根据与规律性参照。在其叙述了唐代文学的平民化或白话化的历史趋向后，立即进入宋代白话文学或平民文学的考察，认定北宋初年文学偏向温、李传下来的骈俪文与古典诗，而杨亿则是"庙堂文学的大主笔，是贵族文学的领袖"；北宋的古文运动正是对庙堂文学或贵族文学的反动，欧阳修的古文成为一代的宗师；他的同乡曾巩、王安石都是古文的好手：西南方面又出了苏洵、苏轼、苏辙父子三个文豪。这就使"白话的文学仍旧继续的发展"。诗的方面虽然对"西昆体"进行了反拨，但始终没有彻底改革，直到南宋出现了几个文学大家方有了真正的平民白话诗；在词的方面，北宋和南宋都是白话词的时代；在散文方面，语录体白话散文由禅宗侵入儒家；至于"南宋的白话小说更是承前启后的一大发展"。如果说叙述唐代以前的文学流变，胡适着重突出平民文学或民间文学与白话文学并举，而且还揭示了平民文学的特质品格；但是唐代以后他对文学的言说就很少提平民文学而是多用白话文学这一范畴，并且仅仅把"白话"作为语言符号来对待，至于白话文学的总体特征几乎就不分析了。难道这是有意为之，索性就将平民文学涵括在白话文学之中，还是因为唐代以后真正源自民间文学或山野无名诗人之手的平民文学不易查寻，或者这时期即使存有平民文学也大多出于文人的笔下？也许这些因素都存在；但我认为胡适是把"平民文学"与"白话文学"作为相同的概念来使用的，而且有意识地凸显其语言符号的变化。不过，胡适始终认为白话不只是文学的利器，并且是适应平民大众的急切需要，即文学的白话化从根本上是为了平民大众，也许这就是平民文学和白话文学在他眼中是同义的原因所在。然而胡适在对苏轼与柳永的白话词所产生的影响进行比较时，仍引入了"民间"和"平民"两个概念。他说："苏轼是个绝顶聪明的人，他的词的意境比柳永高的多。但他的词没有柳永的词那样通行民间，也正是为此。苏轼的究竟是文人的词，柳永的却是平民的文学。"并且认为苏门弟子黄庭坚是白话词的高手，他是"宋朝第一个白话词人"；若说黄庭坚的诗仍有庙堂文学与贵族文学的影响，那么他的词曲的"长短不齐的体裁和

说话的自然口气接近多了"。南宋女英豪李清照的白话词是绝妙的文学，"南方民族虽然也有绝好的民间作品，只可惜这种平民作品被贵族文学的势力遮住了，没有人过问，没有人收集，听他们自生自灭"。

南宋以后的元、明、清的国语文学的流变，胡适没有做详细的考证与叙述，只是做了粗线条的梳理与概括，由此可以窥测出白语文学或平民文学演变的轮廓。元灭金后北中国政权已落于蒙古人之手，科举只举行一次，差不多停了八十年，就在庙堂文学和贵族文学的权威扫地的同时，"北方民间的文学渐渐的伸出头来，渐渐的扬眉吐气了，渐渐的长大成人了。小说、小曲、戏剧，都是这个时代的北方出产品"。这三种类型文学生成于北方的民间，带有平民文学的品性，大多是北方文人用白话创作的白话文学。明太祖起兵扫平群雄，明朝定都金陵，明成祖又迁都北京，北方的杂剧风行时"南方文人也跟着作杂剧；北曲渐渐的南方化了，南曲渐渐的兴盛起来了"；"小说风行以后，南方文人也跟着做小说了"，先是历史演义的英雄小说居多，后来就变成了才子佳人小说了。从文学史看，"文学的南方化是件不幸的事情"，明初规定八股为科举的文字体裁，结果南方人大占便宜，这使明清两代"文学的南方化的结果是贵族文人的文学又占胜利"，文学复古运动甚嚣尘上，庙堂文学和贵族文学大行其道，"这是明清六百年的古文文学的大势"。但是白话文学或平民文学是压不下去的，它如同"一个不倒翁，跌倒自然会爬起"，就在明朝许多才子名士努眼挥拳要把中国文学拉回到秦周汉魏唐宋的复古道路时，"中国文学里产生了无数的白话小说"，"明代是小说发达的时候，是白话文学成人的时候"。胡适把明清平民化的白话小说的演化分为四个递进期：《三国志演义》是第一期的代表小说，《水浒传》《西游记》是第二期的代表小说，到清朝《儒林外史》《红楼梦》《镜花缘》是第三期有著者姓名的白话小说了，吴趼人、李伯元、刘鹗一班人是清末第四期专做社会小说的。由此可见，"小说的发达史便是国语的成立史，小说的传播史便是国语的传播史。这六百年的白话小说便是国语文学大本营，便是无数'无师自通'的国语实习所"①。

在《国语文学史》的基础上，经过胡适的修改或增补则成就了《白话文学史》。对此书，若处于二十世纪五六十年代的特殊政治环境下对其彻底否定和批判，那是可以理解的，知识分子出于明哲保身说些不切实际的违心之言也是可以谅解的；可是没有料到，二十世纪末有的学者仍持绝对否定的态度，说《国语文学史》是"失败之作"，似乎毫无可取之处。通过以上对《国语文学史》的基本思路的勾勒与主要观点的摘录，我并不认为这是一部无可挑剔的能自圆其说的坚实而系统的中国文学史，从设计规模上来看只能说完成了半部白话文学史，而且平民文学与白话文学两个范畴的内涵与外延及其它们之间的相互关系并未阐述得一清二楚，甚至有个别提法难免绝对化；然而，尽管如此，从总体上观，谁也不能否认这是一部开创性的文学史，它是以平民文学或白话文学与庙堂文学或贵族文学两两相对的核心理念为新文学史观所重构的中国文学史。虽然不能说是成功的中国文学史书写，却是一部勇于探索、敢于实验的具有开风气之先意义的文学史；特别是将它置于二十世纪初中国文学研究尚处在不甚景气的学术背景上与五四新文学运动正在蓬勃展开又受到"国粹党"猛烈狙击的情势下来考察，越发感到《国语文学史》能成为教育部主办的国语讲习所的讲义及其他学校的教材，它所产生的社会效益、学术价值与新文学建设意义是难以估价的，至少是有力地反击了"国粹党"诋毁新文学"彻底否定古代文学"的种种论调，为新文学的建设与发展既扫除了一些拦路虎又提供了优良的传统文学资源，更为以历史的态度"整理国故"或重新研究上下几千年文学取得了创新学术成果又做出了较出色的示范；尤其以平民文学或白话文学纵贯古今文学的构想与实践，不只是开拓了文人学者的宏阔学术视野，而且确立起把古今中华文学作为一个系统来把握的整体文学史观。

---

① 上述不加注的引文都出自《国语文学史》，《胡适全集》第 11 卷，安徽教育出版社 2003 年版，第 24—201 页。

通过对《国语文学史》的解读，进一步印证并深化了对胡适平民文学史观的认识或一定程度上的认同。他在《中国文学史的一个看法》中把中国文学分为两个潮流来研究，上层文学潮流所生成的庙堂文学和贵族文学，是士大夫阶级所为；下层文学即平民文学的新花样皆从老百姓中得来，是平民百姓所创造的。而中国平民文学潮流的新花样的形成是经过四个时期即四个逻辑层次的：

第一个时期是老百姓创作时期，与上层是毫无关系，在创作时期是自由的，富于地方个人等特殊风味，他是毫不摹仿，而是随时随地的创作时期。第二时期是从下层的创作，转移到上层的秘密过渡时期，当着老百姓的创作已经行了好久，渐渐吹到作家耳中，挑动了艺术心情，将民间盛行之故事歌谣小说等，加以点缀修改，匿名发行，此风一行，更影响到当代之名作家，由民间已传流许多之故事等，屡加修正，整理，于是风靡当世，当代文学潮流，为之掀动。第三时期则因上等作家对新花样文学之采用，遂变成了正统文学中之一部分。第四时期则为时髦时代，此时已失去了创作精神，而转为专尚摹仿，因之花样不鲜，而老百姓却又在创作出新的。

胡适这里反复运用的"创作"一词含有创新之意，它与"摹仿"的意思相反，在胡适的视野与意思里所有的创新文学即平民文学都源于老百姓创作的民间文学，它既富个性化特色又具地方风味，完全是别具一格的创新之作；而这种来自下层的创新之作流传久了，便深深影响了那些有艺术良知和平民关怀的文人作家，通过对流行于民间的平民文学的加工修改就越发风行，更影响了当时的知名作家，经过他们的屡加修饰改动，使这种源于老百姓或无名作者之手的民间文学或平民文学就汇成了潮流。但是这种"新花样文学"一旦被所谓"上等作家"所采用所摹仿，遂变成了贵族阶级的正统文学，完全丧失了原有的创新精神与生命活力；当上层文学潮流将中国文学引进死胡同时，老百姓又在山野民间创造新文学了。这就是胡适在《国语文学史》中试图要揭示的中国文学的演变规律，也是他所发现的一切文学潮流来自民间的源头说。"大凡每一个时期的潮流的到来，都是经过一极长的创作时期，例如《水浒传》、《西游记》等曾风行一时，而创作者更出多人之手，种类繁多，由此可知现行文学，皆由长时蜕化而来"；但在平民百姓从劳苦中不断创作的新花样文学的蜕变过程中，并不是所有的文人作家都能把民间文学提升为经典文本，只有那些"高尚作家不受利欲熏诱，本艺术情感之冲动，忍不住美的文学之激荡，具脱俗、牺牲之精神"，方可完成此任，如曹雪芹、施耐庵等作家。虽然胡适强调"文学之作品，既皆从民间来，固云幸矣"；但是他也清醒地看到，"因为民间文学皆创之于无知无识之老百姓，自有许多幼稚，虚幻，神怪，不通之处，并且这种创作已经在民间盛行了好久，才影响到上层来，每每新创作被埋没下去"，所以胡适"深望知识阶级，负起创作文学之任务"[①]，迫切期待优秀的知识分子作家将民间文学提升到新的美学层次。虽然我不同意一切创新型的文学都来自民间的说法，但是胡适能在中国文学史上突出民间文学或平民文学的优势并发现"平民文学"是纵贯文学的主线，我是认同并敬佩的。这是学术勇气又是史学创新，也是为五四文学革命寻找历史根据。

二、五四文学革命张起的"平民文学"旗帜

虽然《国语文学史》没有对平民文学的内涵与外延给出明确的规范，但是从胡适的分析与引证以及其他论述中可以体认并概括出"平民文学"的主要特征。平民文学、民间文学、田野文学、小百姓文学甚至白话文学，多出现于胡适的笔下，似乎这些不同的命名之间有一种你中有我我中有你

---

① 胡适：《中国文学史的一个看法》，《晨报》1932 年 12 月 23 日。

的相互印证、相互补充、相互替代的关系，它们各自细微的差异虽然也能体察出来，但其共同点或趋同点却是本质的规定性。从创作主体来看，平民文学的作者主要是民间的老百姓或无名无姓的生存于民间的文人，当然也有一些著名的作家或诗人，但他们必须没有功名之心、利益所求，应具有强烈平民意识、平民生活体验以及艺术的情感冲动、审美的创新欲望，否则即使是上等作家也难以创作出优秀的平民文学来；从对象主体来看，平民文学所描写的主要是普普通通的老百姓以及生存于下层的知识者、被侮辱被损害的人群和为老百姓兴利除害的民间英雄，乃至卫国守疆的民族豪杰，特别要表现出平民百姓喜怒哀乐的真情实感；从读者主体来看，平民文学广传于民间田野之中，经过艺术加工的平民文学更能满足社会的中下层民众的审美期待，甚至出身贵族阶层的人对那些精心打造的平民文学也并不是毫不赏识；从形式风格来看，平民文学的语符务必是白话，惟有白话才能真实地表现平民百姓的生存状况和情感意欲，惟有白话写出的文本才能为平民百姓喜闻乐见，文体也必须花样翻新生动活泼，审美风格则是自然朴实真挚感人；从主旨内涵来看，能放出一种平民精神或人道精神来，令人感动，催人泪下，推人奋进。

既然这样的"平民文学"形态及其文学精神纵贯数千年中国文学演变进程，并形成了颇有优势的文学传统，那么五四新文化运动为什么又要张起"平民文学"的旗帜而发动一场文学革命呢，这不是多此一举吗？胡适认为，"历史进化有两种：一种是完全自然的演化；一种是顺着自然的趋势，加上人力的督促。前者可叫做演进，后者可叫做革命。演进是无意识的，很迟缓的，很不经济的，难保不退化的。有时候，自然的演进了一个时期，有少数人出来，认清了这个自然的趋势，再加上一种有意的鼓吹，加上人工的促进，使这个自然进化的趋势赶快实现；时间可以缩短十年百年，成效可以增加十倍百倍"。但是在白话文学或平民文学近一千多年的演进中，"元曲"这种平民化的白话文学出来却又变成了贵族文学的"昆曲"，《水浒传》《西游记》这样的白话化的平民文学出来而人们仍在做贵族的"骈文古文"，

《儒林外史》《红楼梦》这样优秀的国语文学出来但人们还是在做贵族的"骈文古文"，甚至于近代文学的《官场现形记》与《二十年目睹之怪现状》出来人们却依然在做贵族的"骈文古文"，这就是"只有自然的演进，没有有意的革命"所造成的必然结果。"其实革命不过是人力在那自然演进的缓步徐行的历程上，有意的加上了一鞭。"《新青年》发动的"文学革命"就是"一种有意的主张，是一种人力的促进"，它的主要"贡献只在它在那缓步徐行的文学演进的历程上，猛力加上了一鞭"，从此以后"中国文学永远脱离了盲目的自然演化的老路，走上了有意的创作的新路"。[①] 可见，胡适对五四文学革命并不采取激进式的与中国传统文学彻底决裂的态度，但他也不同意传统文学的徐缓渐进的改良，坚决主张对传统文学进行有意识有计划有目的的革命，充分运用人的智慧与力量完成中国文学由贵族文学向平民文学、由古文骈文向白话语体的根本转变。这不是以革命方式否定整个古代文学而是有选择地继承并弘扬古代文学的平民文学或白话文学的优秀传统，尽管作为文学革命主帅的胡适的革命态度不如另一个主帅陈独秀要拖四十二门的大炮去"推翻雕琢的阿谀的贵族文学"所表现得那么激烈，但是胡适的文学革命设想所产生的实际效果却是令人赞佩的，而且他终其一生坚持自己的文学革命主张并捍卫其取得的成果。

倡导白话文学或平民文学反对庙堂文学或贵族文学，不只是胡、陈两位文学革命主帅所举起的义旗，并且也是新文学先驱们的共同主张。胡、陈都没有专文来阐释"平民文学"，周作人却写了《平民文学》一文，是其《人的文学》的姊妹篇。周作人是从理论上对"平民文学"作为五四文学运动的核心观念作了较为深刻的论述，与胡适的"平民文学"理念大同小异，构成互文性与互补性。周作人理论视野中的"平民的文学正与贵族的文学相反"，它们之间的关系也是二元对立的，所以"我们说贵族的平民的，并非说这种文学是专做给贵族，或平民看，专讲贵族或平民的生活，或是贵

---

① 胡适：《白话文学史》（上），《胡适全集》第 11 卷，安徽教育出版社 2003 年版，第 218—219 页。

族或平民自己做的"。而贵族文学与平民文学的根本区别是"精神"的，是指其文学精神的"普遍与否，真挚与否"。这一点与胡适对平民文学的认知基本一致，没有原则上的分歧，只是胡适没有以"普遍"与"真挚"两把尺子从文学精神上对贵族与平民两种形态文学予以明确区分，也没有从作者、读者以及文本几个角度考察贵族文学与平民文学之间有可能存在的统一性。"就形式上，古文多是贵族的文学，白话多是平民的文学"，在这一点上胡、周的见解是一致的；但是也不尽然，"白话也未尝不可雕琢，造成一种部分的修饰的享乐的游戏的"贵族文学，胡适在《国语文学史》曾举过个例，却没有做出有力度的分析。总体上说，贵族文学在体式上多是古文，而且"大抵偏于部分的，修饰的，享乐的，或游戏的，所以确有贵族文学的性质"；而平民文学大都是白话语体，不是部分关注人生而是普遍关注人生，不是修饰人生而是真实表现人生，不是为了享受人生而是启迪人生，不是为了游戏人生而是改造人生，所以平民文学所要求的是"人生的艺术品"，而不是那种雕琢的伪饰的阿谀的艰涩的贵族文学。其实，贵族文学的内容如同其形式一样，"也是如此"；惟有平民文学"是内容充实，就是普遍与真挚两件事"。一是"平民文学应以普通的文体，记普遍的思想与事情。我们不必记英雄豪杰的事业，才子佳人的幸福，只应记载世间普通男女的悲欢成败"。既然要求平民文学写普遍的人生事情及其思想情感，为什么又不能写"英雄豪杰"和"才子佳人"，这不是自相矛盾吗？难道"英雄豪杰"与"才子佳人"就不包括在"普遍"的人生中？不在于平民文学是否写他们而在于以什么文化立场或价值取向去表现他们，源于民间文学的《水浒传》不是写的"英雄豪杰"吗？周作人所肯定的"最理想的平民文学"《红楼梦》不是写的"才子佳人"吗？在这一点上，周、胡二人的看法是有分歧的，上文已谈到胡适对北魏平民文学英雄叙事及明清白话小说的肯定。但是周作人主张平民文学所表现的思想不是"愚忠愚孝"、"殉节守贞"的传统道德观，而是"一律平等的人的道德"的意识，却是正确的，体现出了现代文化精神，并从这种精神上与某些平民文学的传统思想意识划清了界限，也不像胡适论及平民文学对其思想道德的考察重视不够。二是“平民文学应以真挚的文体，记真挚的思想与事实”。所谓“真挚的思想与事实”究竟是什么，周作人所强调的是“既不坐在上面，自命为才子佳人，又不立在下风，颂扬英雄豪杰，只自认是人类中的一个单体，混在人类中间，人类的事，但也是我的事”，“只想表出我的真意实感，自然不暇顾及那些雕章琢句了”。意思是作为一个平民文学的作者不应立足于才子佳人或英雄豪杰的贵族立场，而是要平等地把自己作为人类中的一员，人类的事就是我的事，我的事也是属于人类范畴，以平等的姿态与正常的心理去体验去感受人类的事情和思想，急人类之所急，想人类之所想，只要将这种自我与人类完全融为一体的心贴心的真情实感，以真挚的而不是浮夸的文体表现出来才是平民文学的思想内容。如果我的理解没有出格的话，那么周作人对平民文学内容的规范虽然将以个体为本位的思想与人类意识结合起来，让个体的人直接面对人类群体而超越了中间的阶级、民族、国家等环节，但这毕竟有些笼统空泛之感。此种“只须以真为主，美既在其中，这便是人生艺术派”的平民文学主张，尽管比胡适对平民文学的思想与艺术境界的理解要高远得多，然而对作者来说却有点像老虎吃天难以实现。在论述了平民文学的形式与内容的“普遍”和“真挚”的要求后，周作人又把平民文学与通俗文学、平民文学与慈善主义文学做了区分，进一步规范了平民文学的基本特征。在周作人看来，平民文学是通俗文学却“决不单是通俗文学”，“通俗”不是平民文学的唯一目的，这是因为白话的平民文学不是专做给平民看的，乃是研究平民生活的人的文学，它的宗旨“并非要想将人类的思想趣味，竭力按下，同平民一样，乃是想将平民的生活提高，得到适当的一个地位”。也就是说，白话的平民文学既是下里巴人又是阳春白雪，对于广大平民读者不只是能读懂平民文学作品，而且能从中受到启发，提升审美趣味与思想境界。胡适并没有从理论上对平民文学提出分层次的要求，只是在对平民文学的白话化或通俗化有益于民众上投入过多的关注。周作人提出的“平民文学决不是慈善主义的文学”的见解与其《人的文学》所倡导的以个人为本位的人道主义文学观是一致的，他认为，"慈善这句话，乃是富贵人对贫贱人所说，正同皇帝的行仁政一样，是一种极侮辱人类的话"。所以"伪善的慈善主义，根本是全藏着傲慢与私利，与平民文学的精神，绝对不能相容"①，非排除不可。慈善主义源于佛教，是否都是伪善的，内里是否全藏着傲慢与私利，恐怕对禅宗有深入研究的胡适不可能认同周作人的武断之见；不过他强调平民文学精神应是以个人主义为本位的利人又利己的人道主义思想却与胡适在《易卜生主义》《非个人主义的新生活》所倡导的个性主义的人道主义完全一致。胡适认同"真的个人主义"，而这种"个性主义"的特性有二："一是独立思想，不肯把别人的耳朵当耳朵，不肯把别人的眼睛当眼睛，不肯把别人的脑力当自己的脑力；二是个人对于自己思想信仰的结果要负完全责任，不怕权威，不怕监禁杀身，只认得真理，不认得个人的利害。"这种个性主义与周作人在《人的文学》中所提倡的"个人主义的人间本位主义"在精神上是互通的；不过胡适反对"独善的个人主义"，而这种独善的个人主义就涵括了周作人在五四时期大力倡导的日本新村主义，因为新村主义"要想跳出社会去发展自己的个性，故是一种独善的个人主义"。胡适认为，这种个人主义的乌托邦是逃避现实社会而根本不能解决村里亟待解决的平民生存问题："村上的鸦片烟灯还有多少？村上的吗啡针害死了多少人？村上的缠脚女子还有多少？村上的学堂成个什么样子？村上的绅士今年卖选票得了多少钱？村上的神庙香火还是怎样兴旺？村上的医生断送了几百条人命？村上的煤矿工人每日只拿到五个铜子，你知道吗？村上多少女工被贫穷逼去卖淫，你知道吗？村上的工厂没有避火的铁梯，昨天起火烧死一百多人，你知道吗？村上的童养媳妇被婆婆打断了一条腿，村上的绅士逼他的女儿饿死做烈女，你知道吗？"②这既是对鼓吹空想新村主义者的当头棒喝，又是以人文主义情怀

---

① 周作人：《平民文学》，《每周评论》1919 年 1 月 19 日第 5 号。

② 胡适：《非个人主义的新生活》，上海《时事新报》1920 年 1 月 15 日。

对平民乡村社会的真实关注，货真价实的平民主义精神就是体现于对这些与平民生存、生命及其命运攸关问题的发现、研究和解决过程中，而不是以事不关己消极逃避的独善个人主义态度来对待。作为五四文学革命的先驱们所提倡的平民文学的主导精神应是能对平民困苦社会人生给予热切关注并积极解决的切实而自觉的人道主义，而不是乌托邦新村的独善个人主义，这又看出周、胡在平民文学精神上的分歧所在。

平民文学精神实质上是一种尊己又尊人、利人又利己的人道主义精神。如果说胡适《国语文学史》所说的平民文学精神仅仅是一种原始的、朴素的、非自觉的人道主义精神，有别于庙堂文学或贵族文学那种权贵主义精神；那么五四文学革命所提倡的"平民文学"的人道主义精神则是一种自觉的、理性的、成形的意识形态，它除了有选择地汲取西方的以个人主义为本位的人道主义思想外，并且与当时"挟着雷霆万钧的声势，震醒了数千年间沉沉睡梦于专制的深渊里的亚洲"的"平民主义"政治思潮相呼应。所谓"平民主义"，李大钊在《平民主义》一文中作了这样的解释："把政治上、经济上、社会上一切特权阶级，完全打破，使人民全体，都是为社会国家作有益工作的人，不须用政治机关以统治人身，政治机关只是为全体人民、属于全体人民，而由全体人民执行的事务管理工具。凡是有个性的，不论他是一个团体，是一个地域，是一个民族，是一个个人，都有他的自由的领域，不受外来的侵犯与干涉，其间全没有统治与服从的关系，只有自由联合的关系。这样的社会，才是平民的社会；在这样的平民的社会里，才有自由平等的个人。"而这种"风靡世界的'平民主义'"作为一种"绝大的思潮流遍于社会生活的种种方面"，其中"文学"当然也"著他的颜色"。[①]"平民文学"作为中国文学的最富生命力与艺术活力的传统被五四文学革命先驱们有意识地自觉地继承并弘扬起来，且与域外强大的平民主义潮流及其平民文学嫁接起来，这便形成了一股波及面既广且远的带有中

---

① 李大钊：《平民主义》，1923 年商务印书馆出版的《百科小丛书》第 15 种。

国特色的平民主义文学思潮，使五四文学及二十年代文学的理论形态、批评形态和创作形态以及异彩纷呈的文学社团流派无不彰显出明暗不同的平民文学色彩。就以文学研究会的理论旗手茅盾的为人生的进化文学观来说，十分明显地与周、胡的平民文学主张取同一论调。茅盾说："进化的文学有三件要素：一是普遍的性质；二是表现人生指导人生的努力；三是为平民的非一般特殊阶级的人的。唯其是要有普遍性的，所以我们要用语体来做；唯其是注意表现人生指导人生的，所以我们要注重思想，不重格式；唯其是为平民的，所以要有人道主义精神，光明活泼的气象。"[①] 文学是"为平民的非一般特殊阶级的人的"见解极其精辟，不仅点破了现代文学之所以不同于古代文学的根本不同在于"为什么人"上，即现代文学是"平民的"，而古代文学则是"贵族的"，故现代文学的正宗是"平民文学"，而古代文学的正宗是"贵族文学"。这近似胡适对中国古代文学的把握，但也有差异。因为胡适是把古代文学系统中的庙堂文学或贵族文学与平民文学或民间文学作为两大潮流相提并论且它们之间还会转化；而茅盾则认定平民文学与贵族文学是二元对立的。既然现代文学是为"平民"的，那么对"平民"这一个概念的解释既关系到文学服务对象的范围又关系到文学表现对象的范围，也关系到作家写作的立足点和价值取向。在茅盾看来，当时的社会结构中除了"达官显宦，贵族阶级"的封建余孽、现实中的军阀官僚、买办豪绅以及外国侵略者以外，其他的各阶层的包括知识分子在内的广大民众都是"平民"，其中最主要的是那些生活在社会最底层的被侮辱被损害被压迫被奴役的普遍的老百姓，乃至"第四阶级"；比之胡适在《建设的文学革命论》中提出的平民文学的描写对象是"工厂之男女工人，人力车夫，内地农家，各处大负贩及小店铺"，以及周作人"平民文学"所指涉的表现对象，茅盾对"平民"的规范更带有阶级色彩。1921 年茅盾写的《评四五六月的创作》中，把当时发表的百数十篇"平民文学"文本，归纳为"描写

---

① 茅盾：《新旧文学平议之评议》，《小说月报》1920 年 1 月 25 日第 11 卷第 1 期。

农民生活的"、"描写男女恋爱的"、"描写城市劳动者生活的"、"描写学校生活的"等六大类，虽然这都是表述平民生活及其思想情感的，但他最佩服的是鲁迅描写农村题材的小说《故乡》，说它能够以"历史遗传的阶级观念"发掘出"人与人之间的不了解，隔膜"的真正根源。如果说以文学研究会为代表的写实派诸作家是站在平民主义立场上以人道主义情怀，从正面直接地去表现或描写城乡劳动者、被侮辱被损害者的下层平民的社会人生，以及平民知识分子的现实生存状态与内心世界烦恼苦闷的情感意识，散发出一种冷静而强烈的人文主义精神；那么以创造社为代表的浪漫派诸作家则是通过对自我及平民知识分子群众内在世界的真挚情感与生命体验的抒写，折射出对平民社会人生的人道主义关怀，即使描写自我的生的苦闷、性的苦闷也能有意识同整个平民社会人生联系起来，放射出一种重己又重人的个性主义精神；即使以鸳蝴派为代表的通俗文学受到平民主义文学思潮的冲击和渗染也出现了向平民文学贴近的趋向，况且通俗文学的服务对象和表现对象主要是市民阶层，它本身就属于"平民"范畴而不是那种"特殊的贵族阶级"的人，现在的研究成果越来越证实二十世纪中国通俗文学的主流流淌着平民主义文学精神。

进入"革命文学"时期，虽然机械的阶级论视野对"平民文学"做了曲解乃至排斥，给"平民文学"戴上"资产阶级、小资产阶级"的政治帽子；但是不少左翼文学文本却是真实地描写了工农劳苦大众及知识分子的日常贫穷生活与抗争精神，仍然体现出"平民文学"那种人道主义关怀。只是到了"工农兵文学"的后期，所描写的工农兵应是中国真正的平民阶层，然而极"左"政治意识形态却把工农兵的真实人生与真实灵魂扭曲了、阉割了乃至异化了，把他们变成了歌功颂德的传声筒和造神运动的群盲，使各种新牌号的庙堂文学或贵族文学得以死灰复燃；好在新时期的强大春风吹灭了这股邪火，新的平民文学及其人道主义精神在"伤痕"、"反思"、"改革"、"寻根"等文学形态中得到发扬光大，不过到了九十年代消费主义思潮崛起以来，由于贫富差距的拉大而出现了新的中产阶级或权贵阶层，又涌现出一批新型的贵族文学，对平民文学形成一种挑战态势。今天重温胡适九十多年前写的《国语文学史》颇有感触，集中到一点就是现代中国文学应不断强化和深化、继承和超越固有的"平民文学"传统，使不断更新的"平民文学"成为中国文学多元格局的真正"正宗"，尽力缩小甚至根除庙堂文学或贵族文学的孳生地。

第十一章

写作现代诗歌的"金科玉律"

——解读胡适白话诗学

在中国新诗运动史上，或守成者或激进者或反思者，无不承认胡适开新诗风气之先，但却并不完全认为胡适是新诗的真正奠基者，更怀疑胡适是现代诗学的建构者。从新诗酝酿变革始历经百年演化，对胡适倡新诗创新诗的诋毁声大于赞誉声。直到如今仍有人把新诗不景气的老根归在胡适主张"白话诗"上，仿佛胡适成了新诗运动的"祸首"。本章不想对胡适在新诗运动中的功过得失进行全面的历史的评述，只对其首创的现代诗学做点钩沉与阐释。

一、"白话作诗"新解

以"白话作诗"，是胡适现代诗学的重要命题，也是新诗运动中争议最大的问题。文学是一种语言艺术，作为主要文类的诗歌，无疑是其中的更精粹更凝炼的语言艺术。胡适提倡以白话作诗，就是要从语体上变革诗歌的话语系统，一改传统诗歌的文言话语系统，这样"白话"则成了现代诗歌的根本性美学特征，文言乃是传统诗歌的根本性美学标志。由于"白话诗"与"文言诗"的相对提出所构成的两套话语系统，都关涉着牵连着创作主体、接受主体乃至文体对象主体的思维方式、语言习惯、审美意向、情感倾向等，所以"白话作诗"从倡导到实践都要碰到意想不到的阻力与挑战，既需要现代诗学创构者披荆斩棘的勇气和胆识，又需要新诗实验者

"自古成功在尝试"的乐观精神与科学态度。胡适在《逼上梁山》[①]一文中追述了他倡导白话写诗到尝试白话写诗的艰难奋进的过程，并于 1915 年 9 月赋诗一首以作为"文学革命"的誓言："诗国革命何自始？要须作诗如作文。琢镂粉饰丧元气，貌似未必诗之纯。小人行文颇大胆，诸公一一皆人英。愿共僇力莫相笑，我辈不作腐儒生。"这首小诗特别强调"诗国革命"，意味着中国文学革命实质上就是"诗国革命"，诗歌应是文学革命的攻坚对象或桥头堡，只要拿下诗歌这座堡垒，其他文类的变革就会迎刃而解；而"诗国革命"的具体方案乃是"要须作诗如作文"，也就是以白话作诗，这是营造新诗的关键。随后他便坚定不移地进行"作白话诗的尝试"，并从理论与实践的互动互促关系中调整充实其新诗的"白话利器"论。

胡适的新诗"白话利器"论也就是"白话工具"论，达到了时代所允许的认识高度；且对其之所以用"白话作诗"的合法性、合理性做了多维的考察与论析，形成了较为完全的新诗"白话利器"论，这不仅对诗歌变革也是对整个五四文学革命所做出的独特理论贡献。在胡适看来，源远流长的古代中国文学在演变过程中形成了文言文学与白话文学并存并进的两个传统，虽然他当时并未论析清楚文言与白话两条线索的辩证关系，但是却不止一次地强调创造"白话文学"就是承续发扬古代文学的白话传统。"以白话取代文言"绝对不是彻底摧毁以文言为标志的话语系统，而是要剥夺文言的"正宗地位"以白话代之，削弱其正宗地位并非否定其在我国话语史或文学史上的所有价值及地位，文言在白话成为"正宗"时仍有存在的余地，故白话对文言并没有赶尽杀绝；而且它们之间在取代过程中也没有发生"断裂"，不仅在白话语言系统中继承并保存了文言话语系统中仍有活力的部分；即使白话语言系统的建构也是以文言话语作为重要的资源。胡适认为做白话文学的"白话"来源不外这样几个渠道：一是采用《水浒传》《西游记》《儒林外史》《红楼梦》的白话；二是今日用的白话；三是用文言来补

---

① 胡适：《逼上梁山》，《中国新文学大系·建设理论集》，上海良友图书印刷公司 1935 年版，第 3 页。

助；四是白话必须来自活语言；五是择取"欧化"的白话。[①]一言以蔽之，"白话"作为符号系统的构成是三位一体的，即传统文学的白话、现在用语的白话和域外文学的白话，这就把语言的民族性与语言的现代性统一起来。但是"白话"作为建立"一切文学的唯一工具"对于中国传统文学来说，以胡适之见，小说、戏曲的白话早已解决了，"伟大的天才正在那儿用流利深刻的白话来创作《水浒传》、《金瓶梅》、《西游记》和《三言》、《二拍》的短篇小说，《擘破玉》、《打枣竿》、《挂枝儿》的小曲子"。而这些传统白话文学就是"我们的白话老师，是我们的国语模范文，是我们的国语'无师自通'速成学校"[②]。既然传统文学的小说、戏曲等文类已由"白话利器"营造，那么文学革命的任务就处于次要的地位，惟独"白话是否可以作诗"则成了文学革命"只剩一座诗的壁垒，还须用全力去抢夺。待到白话征服这个诗国时，白话文学的胜利就可以说是十足的了，所以我当时打定主意，要作先锋去打这座未投降的壁垒：就是要用全力去试做白话诗"[③]。

胡适坚定地认为以白话作的诗是"活文学"，而以文言作的诗则是"死文学"或"半死文学"，这种判断诚然出自二元对立的思维，受到当时学人和后来学人的质疑或反对是理所当然的；但是联系胡适"白话文学"观的整体及其对白话与文言关系的具体阐述，又会发现他的二元对立思维并未走向极端，其中充溢着合情合理的辩证因素，所获得的结论或做出的判断并非都是绝端的强词夺理，含有那么多令人诚服的真理性；况且他对"死文字"与"活文字"、"死文学"与"活文学"的判断并不都是从二元对立思维中抽绎出来的，而是从占有的实证材料中归纳出的，这就使他的理性判断的"史识"与感性材料的"史实"达到有机结合。比如，"今日之文言乃是一种半死的文字。今日之白话是一种活的语言"[④]。这两个判断源于二

---

① 参见胡适：《中国新文学大系·建设理论集·导言》，上海良友图书印刷公司 1935 年版，第 25 页。
② 参见胡适：《中国新文学大系·建设理论集·导言》，上海良友图书印刷公司 1935 年版，第 19 页。
③ 胡适：《逼上梁山》，《中国新文学大系·建设理论集》，上海良友图书印刷公司 1935 年版，第 24 页。
④ 胡适：《逼上梁山》，《中国新文学大系·建设理论集》，上海良友图书印刷公司 1935 年版，第 13 页。

元对立的思维框架，有点绝对化，难以令人信服；不过只要联系胡适的整体"白话文学"观或"白话利器"论加以考察，就会感悟到这两个判断的辩证逻辑威力。他是站在"今日"的现实立场上审视"文言"话语陈陈相因、言文分离的现状，尤其在诗歌创作上南社诸诗人的夸而无实、滥而不精、浮夸淫琐、滥调套语的积弊，致使其断定"文言是一种半死的文字"，当然也有一半的文字未死而是"活文字"。这不仅表明胡适对文言话语没有完全否定，而且文言话语在"今日"的新诗创造中也不是不可转换的，即使他对古典诗歌的语言也进行了"活"与"死"的有区分度的分析，但并未完全判定古典诗歌文言的"死刑"，从其举例分析中尚可看出古代诗歌的白话传统在新诗创造中诚可继承，就是古代诗歌的文言也不能完全摒弃。至于用来作为创作新诗的"白话"应具何种品格与特点，胡适的看法不一定全面精准，但是当时他能对新诗语言提出这样的要求也是难能可贵的："今所需，乃是一种可读、可听、可歌、可讲、可记的言语"，"要施诸讲坛舞台而皆可，诵之村妪妇孺皆可懂"；而具有这种言语功能特点的惟有"白话"，也只有这种可以成为"吾国之国语"的"白话"作为利器方能"产生第一流的文学"①。像这样既能读、听、歌，又可讲、记、写的白话国语，可以作为一切文类变革的语言工具；但欲使白话成为诗歌创作的"利器"，却应具有丰富性、新鲜性、浓烈性和深刻性的品格，故而必须对通用的白话进行"艺术的经营"②，把它变成审美化、个性化的艺术语言。通过反复讨论与初步尝试，胡适把"不用典"、"不用陈套语"、"不讲对仗"、"不避俗字俗语"（不嫌以白话作诗词）写进了《文学改良刍议》这篇文学革命纲领性文献里，其实这"四不"主要指诗歌形成的变革，而以"白话作为利器"创造新诗则是文学改良的重中之重。

---

① 胡适：《逼上梁山》，《中国新文学大系·建设理论集》，上海良友图书印刷公司 1935 年版，第 14 页。
② 胡适：《中国新文学大系·建设理论集·导言》，上海良友图书印刷公司 1935 年版，第 25 页。

　　"一个文学运动的历史的估价，必须包括它的出产品的估价。"① 新诗的创作实践证明，"白话"是营造中国新诗的"利器"，但并不是唯一的"利器"，"文言"从未完全退出诗歌领地；"白话作诗"取代了"文言作诗"的正宗地位，但从未否定"文言作诗"的价值。这里值得深思的是：以"白话作诗"始终有阻力，直到眼下有的学人在反思百年新诗走过的道路时仍怪罪白话取代文言正宗地位；然而一次次实验却证明胡适的新诗"白话利器"论既在现代诗歌史上发挥了巨大威力又是当下"诗歌革命"中不可绕过的重要课题。从历史上看，"白话利器"论为什么在诗歌变革中能产生如此大的能量？按照索绪尔（Ferdinandde Saussure）的说法，语言作为一种符号系统，"只有意义和音响形象的结合是主要的"，也就是它"把一个概念与一个有声意象统一起来"②，概念即所指，而有声意象则是能指，两者结合便构成一个符号；但是语言符号具有约定俗成性质，"任何人，甚至大众都不能对任何一个词行使它的主权，'不管语言是什么样子，大众都得同它捆绑在一起'"③。文言作为古典诗词的符号系统不仅与大众形成一种习惯性的关系，而且语符本身的能指与所指也建立起稳固的关系；然而伴随晚清至五四文化启蒙运动的勃兴，人们的传统思维方式、语言习惯受到猛烈冲击，新思想、新观念、新语汇日益活跃而繁多，这就使文言符号的所指层面空前膨胀起来，语符的能指层面已无法自由地表达新的所指意义，急切要求打破大众与语符能指的固有关系，迅速建立一套与新的所指相适应的白话语符系统，既可以使语符的能指与所指之间达到一种新的张力平衡，又可以使大众的思维方式与语言习惯得到新的调整。正是从这个意义上说，"古文古字是不配做民众的利器的"④，而以白话利器营构新的文学革命"在今日不

---

① 胡适：《中国新文学大系·建设理论集·导言》，上海良友图书印刷公司1935年版，第1页。

② [瑞士]索绪尔等：《普通语言学教程》，高名凯译，商务印书馆1980年版，第101页。

③ 《马克思主义文艺理论研究》编辑部编选：《美学文艺学方法论续集》，文化艺术出版社1987年版，第332页。

④ 胡适：《中国新文学大系·建设理论集·导言》，上海良友图书印刷公司1935年版，第6页。

当为少数文人之私产，而当以能普及最大多数之国人为一大能事"①。虽然胡适倡导的"白话"语符体系是在继承传统文学白话甚至文言文的基础上并适当汲取欧化语言发展起来的，只属于哲学上所要求的量变；但由于他强调诗人"有什么话，说什么话；话怎样说，就怎样说"②的"个人主体性"的话语方式，故使白话语符系统具有了口语化、个性化的超越了古代文学语符系统的规范性特征，应似富有质变性的飞跃。这样的白话作为创构新诗的利器，不仅得到大多数诗人的认可，而且也满足了民众诵读新诗的审美期待。况且，"真正的诗歌史是语言的变化史，诗歌正是从这种不断变化的语言中产生的"③。正如胡适明确指出的："文学的生命全靠能用一个时代的活的工具（即白话语符——笔者注）来表现一个时代的情感与思想。工具僵化了，必须另换新的，活的。"并断言中国"历史上的'文学革命'全是文学工具的革命"④。语符系统的变革将带来诗歌乃至文学本体的整个格局的变革，这是被中外诗歌史所验证了的发展规律，尤其在中国文学的演变过程中，尽管以白话为标志的活文学与以文言为标志的死文学于并行演进中出现了文类的不平衡状态，特别是诗歌的语言变革滞后于小说与戏曲，但作为文学革命先锋的胡适充分认识到这种差异时，不失时机地把诗歌语符的变革作为突破口与关键点，这正是尊重文学发展规律所采取的主动自觉进攻的姿态，以大胆尝试的勇气攻克了诗歌这座堡垒。诗人们也许对"真正的诗歌史是语言的变化史"这条规律的认识与把握有早晚之别，但并不妨碍这条规律在以"白话作诗"的文学运动中所产生的巨大作用。这不仅因为文学是一种语言艺术，更因为诗歌是其中的特殊的语言艺术，即"诗歌语言高度精炼，它可以容纳文学的'信息'"；"诗歌借助语言在更大程度上摆脱了现实生活框架的限制，诗人完全可以在无意识王国的深层结构里

---

① 胡适：《逼上梁山》，《中国新文学大系·建设理论集》，上海良友图书印刷公司 1935 年版，第 14 页。
② 胡适：《建设的文学革命论》，《胡适全集》第 1 卷，安徽教育出版社 2003 年版，第 53 页。
③ ［美］韦勒克、沃伦：《文学理论》，刘象愚等译，三联书店 1984 年版，第 186 页。
④ 胡适：《逼上梁山》，《中国新文学大系·建设理论集》，上海良友图书印刷公司 1935 年版，第 10 页。

自由驰骋"①。所以只有白话语符系统才能更有利于诗歌完成其变革的独特使命，把诗歌王国营造得更完美。胡适的"白话利器"论虽然尚未达到这样的认识深度，但他却意识到以"白话作诗"能够牵动整个诗歌本体变化这一规律，致使"白话利器"论在新诗运动中发挥了不可阻遏的强大威力，颠倒了中国诗歌语符的"正宗地位"。

列维－斯特劳斯（Lévi Staruss）认为，"语言也是一种'信息传递'的体系，而这个符号体系能传达具有特定意义的'信息'"，即人类创造的文化信息；"语言不仅规定了人的本质，同时还划出了文化与自然之间的界线"。正是他在《忧郁的热带》里写道："谁要是说'人'，就是在说'语言'；谁要是说'语言'，也就是说'社会'。"②没有语言，人类就不成其为人类；没有语言，社会也不成其社会。语言作为"信息传递"体系不只是把人类的相互交换联结起来，而且语言定义了人的本质、拥抱了人的思维世界。既然语言与人之所以为人的外在社会与内在世界如此密切，人的存在与发展总是相伴于语言符号体系，那么作为人学的诗歌等文学艺术无疑是借助语言这种"信息传递"体系建构起来的，故而诗歌文本显示出的既是语言结构也是文化结构，"由于人的本质在于'文化'，因此揭示了文化的结构，也就同时掌握了人的本质"③。从这个意义上说，胡适新诗创作中要以"白话"语符系统取代"文言"语符系统的"正宗地位"不仅是语言形式的变革，更重要的是反映了文化思想的现代化、人的本质的现代化，迫使、催促、呼唤诗歌的"传递信息"语符体系革故更新，只有以"白话利器"创造的诗歌文本结构才能承载现代人类文化信息，才能揭示现代人类本质，才能

---

① 《马克思主义文艺理论研究》编辑部编选：《美学文艺学方法论续集》，文化艺术出版社 1987 年版，第 322 页。

② 《马克思主义文艺理论研究》编辑部编选：《美学文艺学方法论续集》，文化艺术出版社 1987 年版，第 305 页。

③ 《马克思主义文艺理论研究》编辑部编选：《美学文艺学方法论续集》，文化艺术出版社 1987 年版，第 332 页。

为现代人"表情达意"。由于诗歌语言由文言变为白话同新文化运动、人的发现的启蒙思想以及新文化信息传递有意无意地结合起来，故使胡适新诗的"白话利器"论在文学革命实践与新文化运动中大显威力。

二、"诗体大解放"释义

与新诗"白话利器"论相关的"诗体大解放"论，也是胡适白话诗学的重要命题。胡适在《谈新诗》这篇诗学"金科玉律"中这样表述："中国近年的新诗运动可算得上是一种'诗体的大解放'。因为有了这一层诗体的解放，所以丰富的材料，精密的观察，高深的理想，复杂的感情，方才能跑到诗里去。五七言八句的律诗决不能容丰富的材料，二十八字的绝句决不能写精密的观察，长短不定的七言五言决不能委婉达出高深的理想与复杂的感情。"这里有两层意思尚须阐明：并非像有些学人所说的胡适白话诗学是形式主义的，因为他只关注语言和诗体变革，根本不顾及诗的内容和诗的精神。此言差矣，胡适早已做了辩证的回答，他说："这一次中国文学的革命运动，也是先要求语言文字和文体的解放。新文学的语言是白话的，新文学的文体是自由的，是不拘格律的。初看起来，这都是'文的形式'一方面的问题，算不得重要，却不知道形式和内容有密切的关系。形式的束缚，使精神不能自由发展，使良好的内容不能充分表现。若想有一种新内容和新精神，不能不先打破那束缚精神的枷锁镣铐。"① 很显然，胡适不是从一般意义上谈诗的内容形式的关系，我们不能只晓知内容决定形式，却很少看到形式的相对独立性及其对内容所起的决定作用，即当固有的形式严重桎梏新内容新精神表达时，不打破已有形式而新诗文本难以产生的情况下，形式也会转化为起决定作用的主导方面，成为新文学健全发展的主要阻力，"这时突出地强调变革旧文学形式，是符合内容与形式这对范畴

---

① 胡适：《谈新诗》，《胡适全集》第1卷，安徽教育出版社2003年版，第160页。

的辩证发展规律的，因而也同样具有革命意义"[1]；况且，形式是具有内容的形式，即是有活生生内容的形式，而内容也是有形式依托的内容，如果把形式消除，那文本的内容也就解散了，即使承认它是内容，也非该文本的完整内容，正因如此，故说到形式时实际上也在谈着内容，说到内容时实际上并未排除形式。既然内容与形式这对范畴在诗歌的解构与建构过程中如此难解难分地黏合为一体，所以胡适强调诗歌变革先从形式下手则是独具慧眼的明智的选择，也是抓住关键一环以推进新诗全面发展的必要策略。此其一。

其二，"诗体的大解放"是从文学革命的"文的形式"中引申出的重要命题，既是针对诗歌这座壁垒的又是着眼文学变革整体的。"大解放"标明"诗体"解放所达到的范畴程度与完成此任务的艰难程度；只有"大解放"，方可打破旧诗词"那些束缚精神的枷锁镣铐"；只有"大解放"，新诗才足以包孕新内容与新精神。这里值得注意"那些"这一指代词，即使强调诗体"大解放"也不是对传统诗体彻底否定、完全解构，只是否定、解构"那些束缚精神的枷锁镣铐"，而那些有助于新内容新精神表达的某些诗体及某些诗体的形式并未成为"枷锁镣铐"的，非在摒弃之列。胡适是这样主张的，也是这样做的。《尝试集》尽管不是白话诗的完全成功的尝试，但从那些学人认可的较好的白话诗中便可发现"诗体的大解放"并不意味着对所有古体诗的全盘否定，胡适是在继承中创新、在创新中继承，也许这正是中国诗歌"别立新宗"的正途。以"诗体的大解放"作为变革旧诗与创建新诗的策略与战略要务，并非胡适心血来潮的主观臆造，而这种现代性的设计方案则有着充分的历史根据与现实根据做支柱。从历史来看，"诗的进化没有一回不是跟着诗体的进化来的"。《三百篇》虽然有些体式好的诗，但它"究竟还不曾完全脱去'风谣体'（Ballab）的简单组织"，直到骚赋用兮字煞尾，停顿太多太长又不自然，故汉后五七言古诗则删除煞尾字，变成贯

---

[1] 朱德发：《五四文学初探》，山东人民出版社 1982 年版，第 149 页。

串篇章，产生了《焦仲卿妻》《木兰辞》一类诗，便是第二次诗体解放；"五七言成为正宗诗体以后，最大的解放莫如从诗变为词"，这是诗体的第三次解放；宋以后词变为曲又几经变化，但词曲无论如何解放，"始终不能完全打破词调曲谱的限制"，直到五四新诗运动发生，方完全打破诗体的种种束缚，主张"有什么题目，做什么诗；诗该怎样做，就怎样做"，这是第四次的诗体大解放。其实，这一次次的诗体解放并不是有意地去鼓吹去促进的，而是"自然进化"的，只有这种"自然趋势有时被人类的习惯性守旧性所阻碍，到了实现的时候均不实现，必须用有意的鼓吹去促进他的实现，那便是革命了"[①]。这就是胡适有意鼓吹诗界革命的历史根据，虽然他是以历史进化的眼光来考察中国诗歌的变迁，只注重梳理以一种诗体取代另一种诗体的轨迹与差异，没有深入分析每次诗体之间的内在与外在的承续与联系，显露出进化历史观的局限；但是却从文体角度揭示出中国诗歌的发展规律。这种诗歌本体论的研究有利于五四新诗的建构，也有助于当今诗歌的营造，因为诗体解放仍然是有关二十一世纪中国诗歌亟待解决的重要课题。从现实根据来说，晚清梁启超言诗界革命"当革其精神，非革其形式"，"能以旧风格含新意境，斯可以举革命之实矣"[②]，没有明确指出诗体变革的重要性与迫切性，只关注内容与精神的更新，充其量营造出一种旧瓶装新酒的诗章，"诗界革命"最终也没有完成中国诗歌的变革任务，尚未把中国诗歌推上现代诗学规划的道路；辛亥革命时期南社著名诗人柳亚子也只主张诗歌内容革新而拒斥形式变革，尽管柳诗"完全为时代性之作，有美有刺"，但五千余首诗"全是旧体诗"[③]，南社其他诗人坚持旧体不思改革，最终走向教条主义和拟古主义道路，所谓"第一流诗人"陈伯严的"涛园钞杜句，半岁秃千毫"[④]的一味摹仿古人写诗就是生动的写照。逮及五四前夕，这种在

---

① 胡适：《谈新诗》，《胡适全集》第 1 卷，安徽教育出版社 2003 年版，第 163—165 页。
② 梁启超：《饮冰室诗话·六三》，人民文学出版社 1959 年版。
③ 郭延礼：《中国近代文学发展史》第 3 卷，山东教育出版社 1993 年版，第 1802 页。
④ 胡适：《中国新文学大系·建设理论集·导言》，上海良友图书印刷公司 1935 年版，第 36 页。

诗歌形式上一味地"规摹古人"的教条复古之风弥漫了诗界，致使"今文学之腐败极矣"[①]。这是"诗体的大解放"口号提出的直面的文坛现实。胡适不仅研究了中国诗歌的历史与现实，发现从诗体解放入手推进诗歌发展的这条规律，而且也考察了欧洲三百年前的各国文学演变路线与近数十年西洋诗界革命的状况，他们同样是从文字与文体解放入手而展开文学变革的。这就从多方面给"诗体解放"论寻绎出合法合理的依据，亦为当下诗歌走出低谷迎接高潮提供了诗学启示。

所谓"诗体的大解放"至少含有两个使命：一是完全打破诗词格律的限制，"从旧式诗、词、曲里脱胎出来"；二是建构"诗该怎样做，就怎样做"的"自由体"，而"自由体"又不仅是诗本身的问题，它与诗人的主体意识、自由创造紧密联系在一起。固然"白话"语体系统属于"自由体"诗建构的重要部分，没有"白话"语言新诗体的建筑则成了空中楼阁；不过必须承认"语言的研究只有服务于文学的目的时，只有当它研究语言的审美效果时，简言之，只有当它成为文体学时，才算得上文学的研究"[②]。也就是说，诗歌作为一种语言艺术，其艺术性并非在语言材料本身，而在于怎样运用、安排、整合这种材料，使之构成的文体具有独特的审美效果与审美价值。因此可以这样说，格律诗体是按照既定的规范套路来排列组合语言的，束缚着诗人自觉的审美追求与设计；而"自由诗体"则是遵循诗人自由意志的个人化审美选择来组合语言的，语言不是服务于死板的固定格律而是主体的自由创造，这就是"自由体"的张力与活力的本源所在。我们应该从这个角度来认识胡适"有什么话，说什么话；话怎么说，就怎么说"的主张在自由诗体建构上的积极意义。

虽然社会语言在规范化的过程中也会以潜在的封闭模式禁锢人的思维能动因素，给人划定一个难以逾越的魔圈，限制语言符号构建诗体的艺术

① 胡适：《中国新文学大系·建设理论集·导言》，上海良友图书印刷公司 1935 年版，第 32 页。
② ［美］韦勒克、沃伦：《文学理论》，刘象愚等译，三联书店 1984 年版，第 189 页。

功能；但是胡适的高明处在于，以进化史观将语符分为两个可以相互转化的"活文字"与"死文字"系统，一旦语言进入规范化的模式后成了桎梏思维活力的魔圈，那它就有可能丧失语言的原创功能而成为"死文字"，然而在进化链条上总是鲜活的更新的白话语符系统适应着人们活跃的创造性思维的需要，活语言与活思维结伴而行，永远不会停止在一个水平线上。而自由诗体建构，正是以这种"活语言"作为基石的；也只有以"活语言"供"自由体"组建所选用，方可保持其诗体的永远活力。不过，构成诗体的语言"须讲求文法"的观点值得分析，若胡适从科学意义上来要求新诗并不能说是错的，要是从美学意义上苛求组成诗体的语言都合乎科学上的文法规则那就不明智了。钱玄同曾以杜甫诗句"香稻啄余鹦鹉粒，碧梧栖老凤凰枝"的主宾倒置为例，指斥为不合文法的"不通之句"[①]，这就把科学意义上与美学意义上的文法混为一谈。对于新诗自由体来说，语言符号更不能以通常意义上的文法予以限制，既不能以词害意也不能以词伤体，当时康白情在诗坛上高喊"打破文法的偶像"，这当然有些偏激，不过也有合理之处。我们说，"打破文法"不应是"讲求文法"的简单否定，而是强调文法在诗体构造内部的灵活运用，遵循文法又不受限于文法，以种种方式超越语句规范的限制，以创新性与陌生化的白话语言建构足以满足读者审美期待的自由诗体。这就使白话语言不再仅仅是表情达意的工具，而且以自身的特殊方式与独特功能参与了现代诗体的审美创造。

以现代结构主义观点考之，不论是格律体或者是自由体都是一种结构，而这种结构又分为"表层结构"与"深层结构"。列维—斯特劳斯认为，作为整体结构的"一切文艺作品都是作家艺术家身上那个具有'先天构造能力'的心灵，或者大脑的产物，是作家不知不觉地、无意识地按照自己头脑中的那个先天模式创造出来的"；皮亚杰（Jean Piaget）不同意先验结构论，他认为结构存在于"主客体统一之中"，而"动作"则是"把主体和客

---

① 钱玄同：《寄陈独秀》，《新青年》1917年第3卷第1号。

体联系起来的一个中介"。由于文学文本是作家诗人主体创造的表层与深层有机统一的整体结构，因此文体的变革不只是表现在有形的外在结构上，而"文体的真正变易常常表现为结构内部的转化、交替、交叉等关系，表现出解构与建构的双向动态过程"①。胡适是从整体上认识到格律体是"枷锁镣铐"，故而在解构中有所继承，并在解构基础上建构自由体；但他没有自觉地意识到格律体或自由体之所以前者成为"死文学"体式后者成为"活文学"体式的关键却取决于诗人主体思维的解放程度。若主体思维不解放，那格律体就冲不破；若主体思维真正解放了，自由体就能在打破格律体的枷锁镣铐的过程中建构起来，完善起来。诗人的主体思维活跃了，自由了，艺术才华、创造潜能才能得到最大限度的发挥，进而也能根据自己的现代人生经验、情感体验和审美感受展开想象的翅膀，进行别开生面的艺术构思，营造富有个性化的新颖感的自由诗体，这样才有可能出现"有什么话，说什么话；话怎么说，就怎么说"的自由开放的新诗艺术格局。有了主体的自由构思方有自由体的建构，而白话语符则是组成自由体结构的重要元素，又是传递信息的符号体系和联结各元素的"交换纽带"，着重形成自由体表层结构的艺术风貌，透过它可以窥测自由体诗的深层结构。以白话语符作为自由体结构的不可或缺的必要元素已触及诗体的深层结构，但胡适的艺术追求并未止于此，又通过"自然音节"进一步深入到诗体的深层结构，并击中了格律体凝化成"枷锁镣铐"的要害。因为音节在新诗自由体构成中有着综合统一的功能，音节可以使诗体结构各元素成为一个血脉贯通的艺术整体，如同一个活人的健全身体结构的秘密在于它的血脉贯通一样，一首诗的有机整体的秘密在于内涵的音节的自然流动。朱湘认为，诗人艺术构思中的想象、情感、思想三种诗的成分是彼此独立的，惟有音节将其表达出来，使它们融合为一个浑圆的整体（《寄曹葆华》）。现代结构主义者罗兰·巴特（Roland Bakthes）说得更透彻："诗歌和押韵、节奏等，表

---

① 朱德发、张光芒：《五四文学文体新论》，《中国社会科学》1999 年第 5 期。

现出了人类心灵无意识活动的节奏和内在逻辑。"[1] 胡适建构新诗自由体非常重视"音节"，而"押韵乃是音节上最不重要的一件事"；他认为"诗的句末的韵脚，句中的平仄，都是不重要的事。语气自然，用字和谐，就是句末无韵也不要紧"。旧诗音节的精彩能"容纳在新诗里，固然也是好事"，但是新诗的发展趋势却是"自然音节"。所谓"自然的音节"，"节"就是"诗句里面的顿挫段落"，"音"就是"诗的声音"即"平仄要自然"、"用韵要自然"，至于诗体内部组织的"层次、条理、排比、章法、句法"乃是"音节的最重要方法"。[2] 这是胡适新诗"自然音节"论的要义，后来他在《〈尝试集〉再版自序》里化用朱执信的话说："诗的音节必须顺着诗意（着重号，笔者加）的自然曲折，自然轻重，自然高下。"再换一句话说："凡能充分表现诗意的自然曲折，自然轻重，自然高下的，便是诗的最好音节。"[3] 把自然音节与表现诗意有机结合起来，这表明胡适在解构旧诗格律、提倡以白话语符、自然音节建构新诗自由体时已把表层结构与深层结构联系起来，诗人主体的自由思维与活语言、自然音节贯通起来，这触及"诗体大解放"的本质与肌理，白话、音节便因诗意化的编码方式既在自由体建构中发挥了综合功能又显示了"诗体解放"论的巨大张力。

　　胡适的白话诗学是地道的现代诗学，尽管存有难以避免的学理上的粗浅与缺陷，但它却是新诗学的开创之论，如同诗界的报春候鸟，"诗体解放"论是其躯体，"白话利器"论与"自然音节"论是其两翼，它翱翔于近百年中国诗坛的上空，尽管受到这样的指责或那样的咒骂已遍体伤痕，但其俯视的新诗实践至少闪烁出两道辉煌的光束：一是现代白话语符系统在诗歌领域里取代了古代文言语符系统的正宗地位；二是现代自由诗体成为百年汉诗的主导体式，由此显示了胡适白话诗学不可低估的威力与活力。当下

---

[1] 《马克思主义文艺理论研究》编辑部编选：《美学文艺学方法论》续集，文化艺术出版社 1987 年版，第 322 页。

[2] 胡适：《谈新诗》，《胡适全集》第 1 卷，安徽教育出版社 2003 年版，第 168—173 页。

[3] 胡适：《〈尝试集〉再版自序》，《胡适全集》第 1 卷，安徽教育出版社 2003 年版，第 202 页。

有的诗歌研究者认为，"20 世纪中国诗歌最大的问题仍然是语言和形式问题，汉语诗歌的发展必须回到这一问题中建构，才能使诗歌变革'加富增华'而不是'因变而益衰'"①。也有的研究者更明确指出，"诗终究是以形式为基础的文学"，目下新诗的危机有三个方面："诗歌精神、诗歌形式和诗歌传播，中心是形式"；欲挽救新诗危机，必须重视形式创新，"在传统与现代之间、在古诗与新诗之间走出一条新路"。②百年前的胡适创立现代诗学，正是从诗的形式入手来探讨古诗转型与新诗建构的诸多问题，立足于时代允许的认识高度做了锐意求新的理论回答，并抱着实验主义文学观予以积极尝试；百年后的今天面临中国诗歌发展的新危机，如果我们能以求真务实的科学历史态度，全面准确地解读胡适的白话诗学，挖掘并弘扬其百折不挠以白话为利器创造新诗的尝试精神，那对于推进现代汉诗走出波谷奔向浪峰是大有裨益的！

---

① 王光明：《现代汉诗："新诗"的再体认》，《现代汉诗：反思与求索》，作家出版社 1998 年版。
② 吕进：《新诗中国化与汉诗现代化的成功尝试》，《中外诗歌研究》2005 年第 2 期。

第十二章

"新辟一文学殖民地"

——解读胡适《尝试集》

经历了中国历史上那场"史无前例"的大劫难，二十世纪七十年代末我作为一个刚步入学术征途的学人，"痴心不改"地研读起胡适的诗文来。最先写出了《评胡适的〈尝试集〉及其诗论》一文，最初发表于1979年第5期《山东师大学报》；虽然此前我写过几篇文章，但是真正标志我进入学术之门的却应是本文。因它是入门之作，我是格外看重的，所以这次收入论集，除了题目改了，注释调了，基本保持了原文的本貌。虽然有的见解或思路留有那个时代的印痕，甚至个别观点与我眼下写的文章有出入，但是我坚信当年对《尝试集》的解读与三十年后我的看法没有多大差异，还是尊重历史为好。

一、以诗性自觉来尝试"白话作诗"

胡适的白话诗《尝试集》（《去国集》除外）写于1916年到1921年这个剧烈动荡的历史时期。资产阶级领导的辛亥革命只有民国之名而无民国之实，封建军阀背靠帝国主义演出了一幕幕复辟倒退的丑剧，无产阶级领导的新民主主义革命经过五四运动逐步拉开帷幕，以提倡"民主"与"科学"为标志的中国现代史上的第一次思想解放运动蓬勃兴起，与此相适应的以《新青年》为阵地的新文学运动正在展开。这是一个新与旧、光明与黑暗、革命与反革命交替的伟大时代。在这伟大时代面前，不同阶级的知识分子总是要登台表演一番，亮明自己的立场和态度。胡适倡导白话诗、"尝试"白话诗是逆时代潮流而动呢，还是适应潮流发展并加以推波助澜呢？他于

1916 年 4 月写的《沁园春·誓诗》已做了明确回答：

> 更不伤春，更不悲秋，以此誓诗。任花开也好，花飞也好，
> 月圆固好，日落何悲？我闻之曰，"从天而颂，孰与制天而用之？"
> 更安用为苍天歌哭，作彼奴为！
> 文章革命何疑！且准备搴旗作健儿。要前空千古，下开百世，
> 收他臭腐，还我神奇。为大中华，造新文学，此业吾曹欲让谁？
> 诗材料，有簇新世界，供我驱驰。①

当时中国诗坛上，弥漫着一股拟古主义和形式主义诗风，"规摹古人"，
"夸而无实，滥而不精，浮夸淫琐"②，处处是陈言滥语，表现出一种"伤春
悲秋"的消极颓废的情调，与时代精神格格不入。面对诗坛上这股腐臭的
诗风，胡适发出"制天而用之"的呼唤，决不为"苍天歌哭，作彼奴为"，
立誓"为大中华，造新文学"而"搴旗作健儿"，表现他献身新文学运动的
气魄和勇气，以顺应时代的要求。

正因他立下"为大中华，造新文学"的雄心，所以敢于向当时成了诗
歌创作沉重桎梏的文言旧体诗挑战，极力倡导"白话诗"，并反复陈述以白
话作诗的理由：第一，从进化的观点出发，他认为"一时代有一时代之文
学"，"古人已造古人之文学，今人当造今人之文学"，而"白话之文学"乃
是"吾国文学趋势"，因此"今日之文学，当以白话文学为正宗"，我们要
"以全副精神实地试验白话文学"③，以白话作诗尤为紧要。第二，他从文与
质的相互关系中，揭露了当时"旧文学之弊"在于"今人之诗徒有铿锵之韵，
貌似之辞耳。其中实无物可言"，它的"病根在于重形式而去精神，在于以

---

① 胡适：《沁园春·誓诗》，《胡适全集》第 10 卷，安徽教育出版社 2003 年版，第 198 页。
② 胡适：《寄陈独秀》，《胡适全集》第 1 卷，安徽教育出版社 2003 年版，第 2 页。
③ 胡适：《历史的文学观念论》，《胡适全集》第 1 卷，安徽教育出版社 2003 年版，第 30—31 页。

文胜质",因此"欲救旧文学之弊","诗界革命当从三事入手:第一,须言之有物;第二,须讲求文法;第三,当用'文之文字'"[①],即用白话作诗,这是"涤除'文胜'之弊"的条件之一。第三,他从"古今中外"文学革命运动中,概括指出文学革命"大概都是从'文的形式'一方面下手,大概都是先要求语言文字文体等方面的大解放"[②];而"诗体的大解放",就是"要做真正的白话诗"。他之所以从"文的形式"入手,欲用白话作诗,主要是从"新内容和新精神"的要求出发,强调形式更好地为内容服务,因为他认识到"形式和内容有密切的关系。形式上的束缚,使精神不能自由发展,使良好的内容不能充分表现。若想有一种新内容和新精神,不能不先打破那些束缚精神的枷锁镣铐"[③]。第四,他认为"文字者,文学之利器也",而"文言决不足为吾国将来文学之利器",惟有白话才能充当新文学的工具;"施耐庵曹雪芹诸人已实地证明作小说之利器在于白话",但是"白话是否可为韵文之利器",则需要"实地试验",因此他决心"以数年之力"练习白话作诗,"新辟一文学殖民地"[④]。

胡适不仅认识到倡导白话诗的重要性和必要性,而且也提出了具体"实验"白话诗的主张:其一,指出诗界革命的具体途径,即从诗体的解放入手,因为有了"诗体的解放","丰富的材料,精密的观察,高深的理想,复杂的感情,方才能跑到诗里去"[⑤]。其二,指出新诗要表现"簇新世界",不仅具体说明新诗要广泛地反映现实社会生活,而且明确点出新诗的表现对象应该包括工人农民在内。[⑥]其三,指出新诗不能"无病呻吟",发誓"无病而呻,壮夫所耻,何必与天为笑啼?生斯世,要鞭挞天地,供我驱驰"[⑦],批

---

① 胡适:《〈尝试集〉自序》,《胡适全集》第 1 卷,安徽教育出版社 2003 年版,第 183 页。

② 胡适:《谈新诗》,《星期评论》1919 年 10 月 10 日"双十节纪念专号"。

③ 胡适:《谈新诗》,《星期评论》1919 年 10 月 10 日"双十节纪念专号"。

④ 胡适:《〈尝试集〉自序》,《胡适全集》第 1 卷,安徽教育出版社 2003 年版,第 191—192 页。

⑤ 胡适:《谈新诗》,《星期评论》1919 年 10 月 10 日"双十节纪念专号"。

⑥ 参见胡适:《建设的文学革命论》,《新青年》1918 年 4 月 15 日第 4 卷第 4 号。

⑦ 胡适:《留学日记》卷十三,《胡适全集》第 28 卷,安徽教育出版社 2003 年版,第 358 页。

判当时那种"对落日而思暮年，对秋风而思零落，春来则惟恐其速去，花发又惟恐其早谢"①的哀伤诗风，提倡"乐观主义"入诗，这是"旧诗中极罕见"的。②其四，指出"真正的白话诗"，要讲究诗的自然音节，要"语气自然，用字和谐"；应该"用现代韵，不拘古韵，更不拘平仄韵"，"有韵固然好，没有韵也不妨"，"节"要"依着意义的自然区分与文法的自然区分"，注意"顿挫段落"，总之，"新诗的大多数趋势"，"是朝着一个共同方向走的，那个方向便是'自然的音节'"③。其五，指出新诗的白话是"一种活的语言"，"既可以读，又听得懂"，"诵之村妪妇孺而皆懂"，"能达意"，"优美适用"。④其六，指出新诗的艺术表现手法，即"要用具体的做法，不可用抽象的说法"。所谓"具体的做法"，就是要采取形象化的手法，"用朴实无华的白描"，增强"诗的具体性"，"能引起鲜明扑人的影像"，因而诗"越偏向具体的，越有诗意诗味"⑤；所谓"不可用抽象的说法"，就是反对"抽象议论"，纠正或防止新诗创作的理念化倾向。

胡适这些主张，在当时无疑是进步的，因之产生了很大的影响。朱自清曾回忆说："《谈新诗》差不多成为诗的创造和批评的金科玉律了。"⑥这种说法也许是言过其实，不过也可以想见胡适的新诗主张在当时诗界革命中所起的重要作用。

胡适对白话诗的创建不仅提出一套较系统的理论，而且他也是白话诗的拓荒者之一。他认识到，"白话之能不能作诗"，"而在吾辈实地试验"⑦。凡事开头难，要打破旧诗体，创造表现"新内容和新精神"的白话诗，并不是一件简单的事情，它会遇到很大的阻力。这是因为文言旧体诗是在漫

---

① 胡适：《文学改良刍议》，《新青年》1917年1月1日第2卷第5号。
② 参见朱自清：《中国新文学大系·诗集·导言》，上海良友图书印刷公司1935年版。
③ 胡适：《谈新诗》，《星期评论》1919年10月10日"双十节纪念专号"。
④ 胡适：《留学日记》卷十三，《胡适全集》第28卷，安徽教育出版社2003年版，第391页。
⑤ 胡适：《谈新诗》，《星期评论》1919年10月10日"双十节纪念专号"。
⑥ 朱自清：《中国新文学大系·诗集·导言》，上海良友图书印刷公司1935年版，第2页。
⑦ 胡适：《〈尝试集〉自序》，《胡适全集》第1卷，安徽教育出版社2003年版，第190页。

长的封建社会形成的，一直被视为封建正统文学，它在社会上有着很深的影响，在文化教育界尤为突出，这就形成一种传统力量，另外，它背后还有政治势力维护它，并给它撑腰。刘半农曾回忆说："在民国六年时，提倡白话文已是非圣无法，罪大恶极，何况提倡白话诗"，"文字之狱的黑影，就渐渐的向我们头上压迫而来"。[①] 所以当时要"实地试验"白话诗，不仅需要脚踏实地的"尝试"精神，而且需要毅力和勇气迎击旧势力的挑战。他对宋朝诗人陆游的"尝试成功自古无"的观点，反其道而用之，提出"自古成功在尝试"的论断，并以此为指导，开始进行白话诗的尝试。但他并不盲目乐观，充分估计到这场诗界革命不是件"容易事"，"小试便成功"是不可能的，因而做了"试到千百回"的思想准备，不仅要有"成功"的坚定信念，而且也做了"前功尽抛弃"的打算；即使一旦失败也可记取教训，"告人此路不通行"，并希望"大家都来尝试"[②]。

胡适敢于"辟除"旧诗坛上的"荆棘"，大胆"尝试"。当他 1916 年 7 月 12 日为其学友改一首诗，提出白话入诗时，就触怒了梅觐庄（即梅光迪，后来成了"学衡派"成员）。梅站在守旧派的立场上，反对以白话写诗，诬蔑"村农伧夫"的"俗语白话"，"鄙俚乃不可言"，以此作诗是"无永久价值"的。[③] 针对梅光迪的攻击，胡适作了一首长达千字的白话游戏诗，不仅对梅光迪的复古守旧行径予以淋漓痛快的嘲讽，而且"有意试作白话诗"，"要求今日文学大家，把那些活泼泼的白话，拿来'锻炼'，拿来琢磨，拿来作文演说，作文作歌"，这样的"白话诗，胜似南社一百集"[④]。由于他在"尝试"白话诗的过程中，不断地排除守旧势力的反对和干扰，积极地"实地试验"，因而逐步扩大了白话诗的影响，过去"反对白话，且竟作白话之诗"[⑤]。1917

① 刘半农：《〈初期白话诗稿〉序目》，北平星云堂书店 1933 年影印版，第 6—7 页。

② 胡适：《〈尝试集〉自序》，《胡适全集》第 1 卷，安徽教育出版社 2003 年版，第 196 页。

③ 参见胡适：《〈尝试集〉自序》，《胡适全集》第 1 卷，安徽教育出版社 2003 年版，第 187 页。

④ 胡适：《留学日记》卷十四，《胡适全集》第 28 卷，安徽教育出版社 2003 年版，第 415 页。

⑤ 胡适：《留学日记》卷十四，《胡适全集》第 28 卷，安徽教育出版社 2003 年版，第 463 页。

年初，以《新青年》为阵地所倡导的文学革命运动刚刚兴起，封建文学的卫护者林纾就急忙在上海《国民日报》（1917 年 2 月 8 日）抛出《论古文之不宜废》，反对用白话作文作诗，反对废除僵死的文言；胡适当即写信给陈独秀，对林纾予以驳斥，并"自誓三年之内专作白话诗词"，"欲借此实地试验，以观白话之是否可以为韵文之利器"，同时把自己才尝试"六七月"的白话诗成集，"名之曰《尝试集》"，号召"国中之有志于文学革命者，请大家齐来尝试尝试"。① 随着新文学运动的深入发展，白话诗蔚然成风，胡适的《尝试集》引起了强烈的反响。从 1920 年 4 月起到 1921 年 1 月止，对《尝试集》展开通信讨论，先后加入讨论的共有十多个人，各人的文章发表在三四种日报和杂志上，转载在五六种日报和杂志上；"《尝试集》在二年之中销售到一万部"②。这说明胡适的白话诗在社会上的影响之大。他的《尝试集》在新文学运动和广大读者中受到欢迎，并给予"开风气的尝试"的誉赞，但却引起封建复古派的诽谤，"学衡派"的胡先骕攻击"《尝试集》，死文学也。以其必死必朽也。不以其用活文字之故，而遂得不死不朽也。物之将死，必精神失其常度，言动出于常轨。胡君辈之诗之卤莽灭裂趋于极端，正其必死之征耳"③。这不止是攻击胡适的白话诗，而且诋毁整个新诗运动是"出于常轨"、"趋于极端"，这恰好从反面证明了胡适尝试白话诗冲破了封建文学的"常轨"，显示了新诗运动的威力。

胡适在我国白话新诗的初创期，从理论主张到实地试验，为中国新诗发展奠定了一定的基础。

二、《尝试集》开中国新诗风气之先

《尝试集》是胡适大胆尝试的成果，也是中国现代文学史上出现最早的

---

① 胡适：《寄陈独秀》，《胡适全集》第 1 卷，安徽教育出版社 2003 年版，第 28 页。

② 胡适：《〈尝试集〉四版自序》，《胡适全集》第 2 卷，安徽教育出版社 2003 年版，第 813 页。

③ 胡先骕：《评〈尝试集〉》，《中国新文学大系·文学论争集》，上海良友图书印刷公司 1935 年版。

一部新诗集。应当承认，"白话诗是'古已有之'"[1]；特别是近代资产阶级改良派诗人如黄遵宪提出"我手写我口"的诗歌主张，这固然在近代诗歌史上做出了自己的贡献，但他们从诗歌主张到创作实践，都没有自觉地兴起一场白话诗运动，更没有把用白话作诗放在正宗地位。然而胡适提倡白话诗运动，不仅把白话作诗放在正宗地位，提出"诗体的大解放"，而且大胆地"尝试"，积极从事白话诗创作。1917年新文学运动方兴，他第一个在《新青年》第2卷第6期发表八首白话诗，接着在《新青年》第3卷第4期上发表四首白话诗；在他带动和影响下，自1918年始，《新青年》的白话诗逐渐多起来，形成了白话诗运动。《尝试集》就是我国白话新诗运动最早的成果。对此，不能过分地苛求于前人，必须给予历史的实事求是的评价。然而长期以来却对《尝试集》采取简单化的否定态度，直到现在，有的大学编的现代文学史还这样写道："《尝试集》是一本内容反动无聊，形式上非驴非马的东西。这个集子五花八门，像垃圾堆一样，名堂甚多，但没有一首真正的诗，更没有一首是新诗。"[2] 又说："这里面有封建士大夫的陈词滥调，有游山玩水、花天酒地的交际应酬，有轻佻无聊的闺情，有失望的悲哀和得意忘形的叫嚷，有对于美国的崇拜和羡慕，还有虚伪的'革命'说教……'这个集子里可以嗅到胡适的亲美的买办阶级思想掺合着封建士大夫思想喷发出来的臭味'。"[3]

列宁指出："如果从事实的整体上、从它们的联系去掌握事实，那么，事实不仅是'顽强的东西'，而且是绝对确凿的证据。如果不是从全部整体上、不是从联系中去掌握事实，如果事实是零碎和随意挑出来的，那么它们就只能是一种儿戏，或者连儿戏也不如。"[4] 对胡适《尝试集》的评价应取这种科学态度。诚然，从这部集子里"随便挑出"几首诗或从某诗里摘

---

① 刘半农：《〈初期白话诗稿〉序目》，北平星云堂书店1933年影印版。

② 唐弢主编：《中国现代文学史》（一），人民文学出版社1979年版。

③ 唐弢主编：《中国现代文学史》（一），人民文学出版社1979年版。

④ 《列宁全集》第28卷，人民出版社1990年版，第364页。

出几句，可以说明它有消极不健康的情调，但这不是从"事实的全部总和、从事实的联系"中所得出的结论，并不能说明整个诗集的主导思想倾向。

《尝试集》（主要依据1931年重版12次的版本）虽然缺乏《女神》那种强烈的狂飙突进的气魄和火山爆发式的激情，但也不乏新的意境和新的思想气息，对于扫荡旧诗坛上的萎靡腐朽的诗风起着不可低估的作用。

这部诗作诅咒反动封建军阀的黑暗统治，揭露了封建礼教的虚伪。封建军阀政府为维护其腐朽统治，对新文化运动中的先进知识分子和宣传"新思潮"的刊物实行疯狂镇压。《一颗遭劫的星》就是对《北京国民公报》因"响应新思潮最早"而遭到封建军阀查封、主笔被捕被判，表示极大的愤慨。它以"乌云"比喻军阀的黑暗统治，以"大星"比喻宣传新思潮的进步力量和进步刊物，含蓄而形象地说明了反动势力的残酷镇压必将破产，代表"光明"的进步思想和进步力量必定胜利，迎来光明的"世界"。《乐观》是为《每周评论》（李大钊、陈独秀主编）被封建军阀查禁而写的一首诗，它以比喻的手法，揭露反动势力对进步刊物的摧残，颂扬这些刊物所宣传的新思想在群众中所产生的广泛影响，说明反动派只能砍倒这棵"大树"，但它所撒下的"种子"定会发芽，长出更多的大树，为"辛苦的工人"造福，并暗示出封建军阀失败的下场。作者不仅对封建军阀进行了鞭挞，而且对维护其封建统治的礼教也予以嘲讽。《礼》是对维护封建"丧礼"的守旧势力的痛斥及其虚伪嘴脸的揭露，表现出一种藐视封建礼教的叛逆精神。

作者对封建军阀政府没有停止在"诅咒"和"揭露"上；且揭示出反动统治势力的压榨，"奴隶们"必然起来"造反"，推倒压在头上的"威权"。为"陈独秀在北京被捕"和"日本东京有大罢工举动"而作的《威权》一诗展示了这样的思想内容。由于"威权"（喻指帝国主义和封建军阀）对"奴隶们"的残酷役使，他们一定要砸断"头颈上的铁索"，"同心同力"起来"造反"，"一锄一锄的掘到山脚底"，把"威权倒撞下来，活活的跌死"。《双十节的鬼歌》不仅揭露北京军阀政府借纪念辛亥革命以捞取政治资本的虚伪嘴脸，而且赞扬在辛亥革命中"威权也不怕，生命也不顾；监狱作家乡，炸弹底下来去"的革命英雄，号召"大家合起来，赶掉这群狼，推翻这鸟政府；起一个新革命，造一个好政府"。正因为作者向往重建新的中华民国政府，所以他对为实现资产阶级民主主义革命理想而献身的烈士谱下一首首颂歌。《黄克强先生哀辞》是为老一代资产阶级革命家写的赞歌，黄"将军"不仅自己为革命捐躯，而且写"家书"勉励儿子"努力杀贼"，这种前仆后继的精神，"使人慷慨奋发而爱国"；《死者》是为少年英雄姜高琦请愿却遭反动军人刺杀而写的颂词，不只对他的死表示"恭敬"的哀悼，并且为后来的革命者总结了教训，指出"请愿而死"是"可耻的"，提倡"以革命而死"，"以力战而死"；《四烈士冢上的没字碑歌》是为"用炸弹炸袁世凯"、"炸良弼"而死的四位英雄好汉谱写的歌词，不仅赞扬"他们的武器：炸弹！炸弹！他们的精神：干！干！干！"，而且充分肯定了他们的功绩："一弹使奸雄破胆！一弹把帝制推翻！"对那些只能"咬文嚼字"、"痛哭流涕"、"长吁短叹"的"革命者"进行了讥讽。这首歌由肖友梅作曲传唱，当时其影响之大是可以想见的。

作者不只为中国资产阶级旧民主主义革命写颂歌，而且也为俄国第二次资产阶级民主革命（通称二月革命）的胜利写赞词。当胡适在报纸上见到"俄京革命"中"大学生杂众兵中巷战"的情景，"喜之"作《沁园春》上半阕；后又读报见到"俄政府大赦党犯"，深感"此革命之所以终成，而新俄之前途所以正未可量也"的原因，在于"爱自由谋革命者"不怕"挫辱惨杀"的大无畏牺牲精神，"遂续成前词以颂之"。这首词虽然分两次写成，但基本主题是歌颂俄国二月革命胜利，既赞扬了为推翻沙皇统治、"张自由旗"而"指挥杀贼"的"轩昂年少"的英雄，又赞扬了"与民贼战"的"十万囚徒"，并"拍手高呼，'新俄万岁！'"，特别是"从今后，看这般快事，后起谁欤？"的富有鼓动性的结尾，进一步表现出作者对这场俄国革命的向往和期待。由于"新思潮"的影响，他创作的《人力车夫》，反映了劳动者悲苦凄惨的生活，且给予人道主义的同情；《平民学校校歌》竟提出"不做工的不配吃饭"的口号，并劝勉"大家努力作先锋，同做有意识的劳动"。

《尝试集》流贯着一种爱国主义感情。这种感情不仅体现在对黑暗现实的憎恶、对"新革命"的渴望、对英雄的歌颂，而且表现在"为国效奔走"的志向上。《文学篇》抒写自己留学几次改变志愿，初到美国时，"所志在耕种"，认为"文章真小技，救国不中用"，后来在朋友的帮助下，"从此改所业，讲学复议政"，开始注意政治，关心国家大事，面对着"故国方造新，纷争久未定"的现实，立下"学以济时艰，要与时相应"的志愿，表现他为"救国"而学习的爱国主义思想。基于这种爱国思想，作者回国后曾赋诗自勉，激励自己努力"上山"，"头也不回，汗也不揩，拼命的爬上山去"，不仅克服了前进路上的艰难险阻，而且战胜了自己的"泄劲"思想，最后"猛省"，登上了"最高峰，去看那日出的奇景"，表现了一种坚韧不拔的进取精神。在生活道路上，他不相信有什么"诸仙"的恩赐，"异想天开"是极其可笑的，要想有所建树有所收获，必须做到"要那么收果，先那么栽"（《沁园春》），这也是一种积极进取的表现。

作者还写了许多表现爱情、婚姻的诗篇。这些诗的思想内容是否像有人所说是"一些靡乱的男女之情"呢？我认为这类诗大部分的情调是健康的，所表现的虽是资产阶级的爱情观，但在当时反对封建婚姻、争取爱情自由的个性解放运动中，是有一定积极作用的。《新婚杂诗》写一对"相思"十三年的男女青年的新婚之夜，这里没有卿卿我我的缠绵之情，只告诉新婚伴侣要"牢牢记取"这一夜的"中天明月"，意思是要忠于爱情，让爱情像明月一样永放光辉。《老洛伯》是"推为世界情诗之最哀者。全篇作村妇口气，语语率真"，虽系译诗，但也反映了译者的爱情观。这首诗的意义在于不仅表现了农村劳苦人民吉梅、锦妮、老洛伯的爱情悲剧，说明吉梅和锦妮只有爱情而没有婚姻，老洛伯和锦妮只有婚姻而没有爱情；更重要的是揭示了造成这种悲剧的社会根源，指出没有"金钱"的穷苦汉在以金钱为轴心的社会是得不到爱情的。译诗《关不住了！》表现了对爱情的热烈渴求，写得颇有风趣，情感也比较真挚。《如梦令》两首词写自己同爱人的爱情生活，既表现了爱人重情、慎情、深情的娇羞之态，又表现出自己渴求爱情的急切心情，这里并没有秽词淫调，也没有低级下流的动作，主要反映了青年男女相亲相爱的欢悦之情。《应该》批评了"我"爱情不专一的见异思迁思想，"我"本有所爱又去爱"他"，赞美了"他"的高尚品质，并不迷恋"我"的爱，而是"总劝我莫再爱他"，并让"我"把爱"他"的心去爱"我"原来的"爱人"。怎能说这样的爱情诗是"靡乱的男女之情"呢？《我们的双生日》写自己和爱人的互相体贴、以"吵嘴"为乐的美满家庭生活，感情比较朴挚，怎能说这是"轻佻无聊的闺情"呢？

恩格斯指出："人与人之间的、特别是两性之间的感情关系，是自从有人类以来就存在的。而性爱在最近八百年间获得了这样的发展和地位，竟成了这个时期中一切诗歌必须环绕着旋转的轴心了。"[1]既然爱情和婚姻是社会生活的有机组成部分，是一个具有长远的普遍意义的人生问题，并直接或间接地受阶级利益、阶级关系的支配，反映了社会矛盾的某些本质，那么，作为反映社会生活的文艺作品，当然要经常描写爱情、婚姻方面的生活。五四时期反对旧婚姻、要求个性解放、争取爱情自由，成了反封建斗争的重要内容之一，因而胡适这些爱情诗的基本倾向，是符合五四时代要求的。

与此相联系的，作者还写了些怀友诗。这些诗是否像有人说得那样都是"封建士大夫的陈词滥调"，没有一点进步意义呢？这也需要具体分析。《赠朱经农》抒写朋友久别重逢的"畅谈极欢"的情景，既有对过去"不长进"的自责，又有"你我都少年"的互勉，既有"年来意气更奇横"的豪情，又有"且喜皇帝不姓袁"的兴叹，但也有"吃饱喝胀活神仙，唱个'蝴蝶儿上天'"的闲情。总之，这首诗的基本内容是积极的，尽管也流露出一定的消极情调。《朋友篇》既抒写了对朋友帮我"立身重抖擞"的感激之情，也道出了朋友之间的友谊基础是"学理互分剖，过失赖弹纠"，并且表示要在朋友的"鞭策"下"为国效奔走"，把交友同爱国结合起来。《许怡荪》

---

① 《马克思恩格斯选集》第4卷，人民出版社2012年版，第240页。

抒写对死去友人的深切悼念，并牢记故友的"大处着眼，小处下手"的赠言，以策励自己。《我们三个朋友》写朋友之间的友谊并未随着山川风物的变化而疏远，相反越来越深了。《晨星篇》是送别之作，没有那种离恨别愁的哀婉情调，而是鼓励"朋友们"努力去"造光明"，"造几颗小晨星，虽然没有多大的光明，也使那早行的人高兴"。像这样一些歌颂友情的诗，反映了特定阶级、特定时代的内容，虽然表现的是资产阶级知识分子的友爱观，但却流露出一定的时代气息，它给人的不是"反动无聊"或"失望悲哀"之感，而基本上是一种积极的启示、向上的鼓励。这在光明与黑暗交替的五四时代，是不乏进步意义的。

《尝试集》尚有一些写自然景物的诗，或借景抒情，或托物言志，或赞美大自然的美。这些诗也不能武断地说是"游山玩水"的"无聊"之作，应该细心体会，分清真、善、美和假、恶、丑。《中夜》写中秋之夜的清光美景，它没有明显的阶级色彩，给人一种月明江清之美；《江山》也是写雨中江景，没有什么政治意义，却能激起读者对大自然的喜爱；《十二月五夜月》托月抒怀，抒的不是愁思哀绪，而是"心头百念消"的乐观心境；《鸽子》写一群鸽子在晚秋天气里自由自在的翱翔，"翻身映日"，"十分鲜丽"，衬托出作者对自由的向往和对大自然的艳羡；《老鸦》托物言志，表现出一种不肯向"人家"讨好、不肯向"人家"折腰的刚直不阿的骨气；《三溪路上大雪里一个红叶》借赞红叶，抒发渴求光明之情；《希望》抒写种兰花草"希望开花好"的心情，表达一种美好的愿望。这些写景抒情小诗，所写之景基本上是美的，所抒之情基本上是健康的，同那时的黑暗如漆、冷酷如铁的腐败社会现实形成鲜明对照，从这个意义上说，此类小诗也是反封建的一种表现。此外，还有几首抒写艺术家的甘苦和介绍作诗经验的诗，也能给人一定的启示。

从《尝试集》的"全部总和"来看，它不是"一本内容反动无聊"的东西，而是一部有进步思想内容的新诗集，在一定程度上反映了五四前后的时代精神。它那种反抗封建军阀的革命精神，"造个好政府"的政治理想，

"为国效奔走"的爱国感情，歌颂爱情、向往自由、乐观进取的个性解放精神，集中体现了作为五四新文化战线重要成员胡适反帝反封建的资产阶级民主主义革命思想。

《尝试集》"诗体的大解放"、诗的白话语言、音韵节奏诸方面，做了积极的"尝试"，以适应表现新内容新意境新思想的需要。

"在五四以前，诗在旧时代已经僵化了，新诗从已经僵硬了的旧诗中解放出来，冲破各种清规戒律的束缚，打碎了旧的枷锁，复活了诗的生命。"[1]胡适在这方面进行了有益的"尝试"，做出了自己的贡献。"诗体的大解放"，并非一件轻易的事情，他是经过一段艰苦的探索历程，正像他 1922 年自己所总结的："我现在回头看我这五年来的诗，很象一个缠过脚后来放大了的妇女回头看他一年一年的放脚鞋样，虽然一年放大一年，年年的鞋样上总还带着缠脚时代的血腥气。"[2]的确是这样，打开《尝试集》便可以看到他在诗体解放的道路上所留下的印迹。他是在我国古典诗词曲的基础上开始了"诗体的大解放"的尝试，有的诗带着明显的古风、乐府或词曲的格调，并不完全是旧体的袭用，而是根据"新内容和新精神"的要求进行一定的改造，既保持了古风那种整齐匀称和词曲那种错落有致的形式美，又在某些方面打破了旧诗词的束缚，发挥了自由诗的特长。《尝试集》第一编的诗词，大都是从旧诗词曲脱胎出来的，有的从古乐府演化而来，有的从绝句演化而来，有的从五古演化而来，有的直接用词牌，有的是自由体。这编诗词的旧体痕迹比较明显，"血腥气"比较大。《尝试集》第二、三编的"诗体"同第一编相比，获得了较大的解放，大都能把古体诗词同自由体结合起来，创造出多种形式的新诗体式。如《鸽子》得力于古乐府，但经过改造，成了一首四、五、六、七、十言的自由体，而基本句式却是四、五言，保持了形式整齐的美；《湖上》虽保持"小令"的格调，但它却是一首形式

---

① 《郭沫若谈诗歌问题》，引自《光明日报》1956 年 12 月 1 日郭沫若有关诗歌问题的文章。

② 胡适：《〈尝试集〉四版自序》，《胡适全集》第 2 卷，安徽教育出版社 2003 年版，第 813 页。

完美的自由体诗；《希望》是自由体，却保持着五古的风味；《威权》《乐观》《上山》《一颗遭劫的星》等，都是自然灵活的自由体，一洗旧体诗词的痕迹，把旧体的长处糅合于自由体中，成了新的诗体。但必须指出，在"诗体的大解放"中，胡适虽然从外国的诗中找到了借鉴，并把译诗《关不住了》作为他的"新诗成立的纪元"，然而在新诗的"实地尝试"中，他并没有丢掉古典诗词的传统。

《尝试集》的语言，虽然个别诗篇有点文言的旧痕，但大致上是经过艺术加工的白话语言，明白易晓，自然现成，有的接近口语，并能根据不同诗篇的内容选用不同色调的语言：写景诗的语言鲜丽明艳，如《中秋》《江上》《鸽子》等诗；叙事诗的语言真切朴实，富有生活气息，如《老洛伯》等；抒情诗的语言淳挚亲切，感情色彩浓烈，如几首爱情诗；哲理性、政治性强的诗，语言准确有力，尖锐率直，如《上山》《威权》《四烈士冢上的没字碑歌》等。这一切为我国白话新诗的创作做出了有益的贡献。

胡适很注意探求白话诗的音韵节奏美，能在旧体诗词音节的基础上，经过一定的改制，创造新音节，以表达新内容。《尝试集》第一编的诗词几乎全用的旧诗音节。第二编则做了大胆的尝试，如《老鸦》中的"我不能呢呢喃喃讨人家的喜欢"一句，用双声叠韵来增强音节的谐婉，《小诗》把原稿改了两个字，一是把"可免"改成"免得"，把"几度"改成"几次"。改的原因是，"免"字读音太响太重，前面不该加一个同样响亮的"可"字，改成"免得"一重一轻，就比较和谐了；"度"改成"次"字，变成齐齿音，这样"几、次、细、思"四个字都成了齐齿音，使人读起来产生一种"咬紧牙齿忍痛"的感情。诗的音节不能离开诗的意思而独立，因此"凡能充分表现诗意的自然曲折，自然轻重，自然高下的，便是诗的最好音节"[①]。这些"尝试"是有利于新诗发展的。

《尝试集》不论是思想内容或是表现形式，在中国新诗发展史上，可以

---

① 胡适：《〈尝试集〉再版自序》，《胡适文选》卷一，上海亚东图书馆 1921 年版，第 197 页。

说是"开风气的尝试"，这恐怕是毋庸置疑的事实。

三、辩证地对待胡适的诗论

我们根据历史唯物主义观点，对胡适在五四前后白话诗运动中的贡献，主要从诗歌理论和白话诗创作两个方面，做了必要的历史肯定；但是我们从来也不否认他的诗歌主张与创作，都存有历史局限性。

白话诗运动总是受着当时的政治斗争和思想革命决定并制约的，但是胡适的新诗理论很少强调诗界革命如何同当时反帝反封建的政治运动联系，也没有明确指出白话诗如何为以"民主"和"科学"为标志的思想启蒙运动服务，即使提到新诗要"有一种新内容和新精神"，也比较笼统，没有结合政治斗争和文化思想革命的任务加以具体说明。虽然他提出的"一时代有一时代之文学"的进化观点，点明了文学与时代的关系，但它却掩盖了文学史上的阶级斗争，把"文学的时代性"的意义缩小到诗体演变的范围，说不清为什么同一个时代有两种完全不同文学的对立现象。他提出古今中外的"文学革命"大概都是"从'文的形式'一方面入手"，虽然强调了打破旧诗形式在诗界革命中的重要性，但是这并不是问题的本质方面所在，更不是一条文学革命的内部规律；如果只把从"文的形式"入手当成诗界革命的途径之一，那不失为一个切用的方案，然而胡适却把"诗体的大解放"强调成诗界革命的首要任务，这就陷入了形而上学。一般说来，内容与形式这对范畴，是内容决定形式，内容是矛盾的主要方面；但是在新诗运动的倡导初期，旧诗体严重束缚对新思想和新内容的表达，不打破旧诗形式，诗界革命就不能前进一步的时候，在这种特殊条件下，形式也会转化为矛盾的主要方面，因此当新诗运动兴起的某一个特定阶段，强调"诗体的大解放"基本上是正确的，是革命的，如果在整个白话诗运动中一直把"诗体的大解放"作为主要任务而忽视诗的内容的革命，这种形式先于内容、形式重于内容的观点显然是不正确的。他反复强调用白话作诗，这是符合反对文言文提倡白话文的新文学革命的要求的，但是"只有用白话作诗"才是诗界革命的"最基本"一条的提法，也是片面的，这仍然把诗界革命的主要任务局限于"白话文学工具"的改革上。胡适新诗理论的局限性与他忠实于实验主义哲学是分不开的。他公然声称，"我的文学革命主张也是实验主义的一种表现，《尝试集》的题目就是一个证据"①。当然，对实验主义也应做具体分析，它作为一种哲学体系，是资产阶级的，但是在马克思主义尚未在中国深入传播，中国诗界革命尚处于初期阶段时，胡适用"天地万物"没有"永久不变的'天理'"②，对一切要"实地试验"、"大胆尝试"等实用主义观点，从当时诗坛腐朽的复古诗风出发，倡导白话诗运动，并作为自己"尝试"白话诗的指导思想，这对于打破旧体诗的僵死局面，冲开"老八股"、"老教条"的禁锢，开拓白话诗的新领域，起了一定的进步作用；即使在这一时期，实验主义哲学也给他的白话诗理论带来一些弱点，如对内容与形式的片面看法等，都是同实验主义思想联系在一起的。

《尝试集》的思想内容基本上是应该肯定的，但是也有些诗篇表现出与五四时期反帝反封建时代精神相悖的思想感情。《你莫忘记》一诗的内容就比较复杂。它虽然对"国家的大兵"（指封建军阀的反动武装）的杀人放火的暴行做了无情的控诉，但诗的结尾却唱出无计奈何的"亡国"论调，意思是，与其全家人惨死在"国家的大兵"的屠刀下，不如"亡给'哥萨克'，亡给'普鲁士'"，"总该不至——如此"，流露出崇外的思想。《病中得冬秀书》是他接到未婚妻冬秀的信而写的一首情诗。胡适的亲事是其母定的，他们双方未曾见面，但常有书信来往，他曾写信劝她"多读书识字"，并"在家乡提倡放足，为一乡除此恶俗"③；但此信引起他母亲的"疑虑"，怕他不满意这件婚事，于是写信劝他体谅母亲的"苦心"。接到母信，胡适就写家

---

① 胡适：《〈藏晖室札记〉自序》，上海亚东图书馆 1939 年版。
② 胡适：《实验主义》，《新青年》1919 年 4 月 15 日第 6 卷第 4 号。
③ 胡适：《留学日记》卷五，《胡适全集》第 27 卷，安徽教育出版社 2003 年版，第 365 页。

书解释道："所言冬秀之教育各节，乃儿一时感触而发之言，并无责备冬秀之意，尤不敢归咎吾母。儿对于儿之婚事并无一毫怨望之意。盖儿深知吾母为儿婚姻一事，实已竭尽心力，为儿谋美满之家庭幸福……盖书中之学问，纸上之学问，不过百行之一端。吾见能读书作文，而不能为贤妻良母者多矣，吾又敢作责备求全之想乎？"①这是《病中得冬秀书》一诗的很好注脚，说明他的婚姻虽然是母亲包办的，但他是甘心情愿的，并以"贤妻良母"作为理想的择婚标准，因此他写出"分定长相亲，由分生情意"、"情愿不自由，也是自由了"的诗句，尽管这里面含有难以明言之意，但毕竟表现出他对封建包办婚姻的软弱性和妥协性。也有的诗如《一笑》等，表现出资产阶级的轻浮的爱情观；也有的诗如《蝴蝶》，流露出过多的哀婉情调。此外，在"诗体的大解放"方面，不仅进步缓慢，而且有些诗的旧痕迹太重，这一点他自己也承认，"有几位少年诗人的创作，大胆的解放，充满着新鲜的意味"②，自愧不如；由于他过分地注意了新诗的语言形式的追求，致使个别诗篇词意浅露，近乎白话文字游戏。

　　胡适白话诗主张及创作的明显进步性和局限性，有其深刻的阶级根源和思想根源。从阶级根源来看，他是作为资产阶级知识分子的代表，带着资产阶级的两面性，参加了五四前后的新文化运动和文学革命，因之，资产阶级的两面性不能不在他的新诗主张和创作上留下烙印；从思想根源来看，他是以进化论和实验主义为核心的思想基础，参加了新文化运动和文学革命，因之，这种世界观的进步性和局限性必然反映在他的新诗主张和创作上。由于中国革命的特定历史条件和五四新文化运动主要是一场发扬科学与民主进行反封建的运动，因而使胡适所信奉的实验主义，就其作为一种反封建的思想武器，具有了进步性；就其作为资产阶级哲学，同马克思主义对立，具有了反动性。中国资产阶级的两面性和实验主义的双重性，

① 胡适：《留学日记》卷九，《胡适全集》第28卷，安徽教育出版社2003年版，第143页。
② 胡适：《〈尝试集〉四版自序》，《胡适全集》第2卷，安徽教育出版社2003年版，第812页。

就决定了胡适在新文化运动和文学革命（包括白话诗运动）中的历史地位和作用；又因五四前后新文化运动的性质有所变化，致使胡适所起历史作用的大小也有个演变过程。胡适1917年从美国回国积极参加了这场新文化运动，同陈独秀一起倡导文学革命，而白话诗的主张与创作则是他致力于文学革命活动的重要组成部分，其主流是生动活泼的，前进的，革命的，适应了历史发展的要求。但是随着马克思主义在中国的传播，特别是五四运动的爆发，拉开了无产阶级领导民主主义革命的序幕，这就与胡适欧美式的资产阶级政治理想王国和杜威的实验主义哲学发生了矛盾，因而他看不惯"国内'新'分子闭口不谈具体政治问题，却高谈什么无政府主义与马克思主义"，于是"发愤要谈政治"①，开始了他的资产阶级实验主义哲学的宣传。从此以后，作为资产阶级知识分子代表的胡适在新文学战线中，"就绝无领导作用，至多在革命时期在一定程度上充当一个盟员，至于盟长的资格，就不得不落在无产阶级文化思想的肩上"②。虽然他的历史地位和作用发生了一定变化，但因为五四新文化运动的主攻方向是封建阶级及其意识形态，基本上也反映了资产阶级在政治上和文化思想上的要求，所以胡适在新文化运动中对于反对封建旧文学、创建新文学（包括白话诗）仍发挥一个"盟员"的进步作用。直到1922年5月，胡适离开《新青年》办《努力周报》，才开始公然诋毁中共"二大"提出的"消除内乱、打倒军阀"和"推翻帝国主义的压迫"的政治纲领，鼓吹"现在中国已没有很大的国际侵略的危险"③和为军阀割据张目的"联省自治"④。此后，由于他政治上日趋反动，致使他逐步走向新文化运动和文学革命的反面。这是中国资产阶级先天不足的软弱性、妥协性演变的必然结果，也是胡适顽固坚持杜威实验主义哲学的必然下场。

---

① 胡适：《我的歧路》，《胡适全集》第2卷，安徽教育出版社2003年版，第467页。

② 毛泽东：《新民主主义论》，《毛泽东选集》第2卷，人民出版社1991年版，第698页。

③ 胡适：《国际的中国》，《胡适全集》第2卷，安徽教育出版社2003年版，第493页。

④ 胡适：《联省自治与军阀割据》，《胡适全集》第2卷，安徽教育出版社2003年版，第483页。

附录：胡适陈述白话文学的文论索引

1.《与梅觐庄论文学改良》（1915 年 2 月 3 日），《留学日记》卷十二，《胡适全集》第 28 卷，安徽教育出版社 2003 年版。

2.《"文之文字"与"诗之文字"》（1915 年 2 月 3 日），《留学日记》卷十二，《胡适全集》第 28 卷，安徽教育出版社 2003 年版。

3.《永叔答余论改良文学书》（1915 年 2 月 10 日），《留学日记》卷十二，《胡适全集》第 28 卷，安徽教育出版社 2003 年版。

4.《吾国历史上的文学革命》（1915 年 4 月 5 日），《留学日记》卷十二，《胡适全集》第 28 卷，安徽教育出版社 2003 年版。

5.《沁园春·誓诗》（1915 年 4 月 13 日初稿），《留学日记》卷十二，《胡适全集》第 28 卷，安徽教育出版社 2003 年版。

6.《沁园春·誓诗》（1915 年 4 月 14 日改稿），《留学日记》卷十二，《胡适全集》第 28 卷，安徽教育出版社 2003 年版。

7.《沁园春·誓诗》（1915 年 4 月 16 日第三次改稿），《留学日记》卷十二，《胡适全集》第 28 卷，安徽教育出版社 2003 年版。

8.《沁园春·誓诗》（1916 年 4 月 18 夜第四次改稿），《留学日记》卷十三，《胡适全集》第 28 卷，安徽教育出版社 2003 年版。

9.《沁园春·誓诗》（1916年4月26日第五次改稿），《留学日记》卷十三，《胡适全集》第28卷，安徽教育出版社2003年版。

10.《谈活文学》（1916），《留学日记》卷十三，《胡适全集》第28卷，安徽教育出版社2003年版。

11.《白话文言之优劣比较》（1916年7月6日追记），《留学日记》卷十三，《胡适全集》第28卷，安徽教育出版社2003年版。

12.《觐庄对余新文学主张之非难》（1916年7月13日追记），《留学日记》卷十三，《胡适全集》第28卷，安徽教育出版社2003年版。

13.《答梅觐庄——白话诗》（1916年7月22日），《留学日记》卷十四，《胡适全集》第28卷，安徽教育出版社2003年版。

14.《一首白话诗引起的风波》（1916年7月30日补记），《留学日记》卷十四，《胡适全集》第28卷，安徽教育出版社2003年版。

15.《"文学革命"八条件》（1916年8月21日），《留学日记》卷十四，《胡适全集》第28卷，安徽教育出版社2003年版。

16.《答经农》（1916年9月15日），《留学日记》卷十四，《胡适全集》第28卷，安徽教育出版社2003年版。

17.《打油诗一束》（1916年10月23日），《留学日记》卷十四，《胡适全集》第28卷，安徽教育出版社2003年版。

18.《答任鸿隽》（1916），《留学日记》卷十四，《胡适全集》第23卷，安徽教育出版社2003年版。

19.《寄陈独秀》，1916年10月1日《新青年》第2卷第2号。《论诗偶记》，1916年12月《留美学生季报》冬季第4号。

20.《文学改良刍议》，1917年1月1日《新青年》第2卷第5号；并载1917年3月《留美学生季报》春季第1号。

21.《寄陈独秀》，1917年3月1日《新青年》第3卷第1号。

22.《寄陈独秀》，1917年5月1日《新青年》第3卷第3号。

23.《历史的文学观念论》，1917年5月1日《新青年》第3卷第3号。

24.《再寄陈独秀答钱玄同》，1917年6月1日《新青年》第3卷第4号。

25.《答钱玄同书》，1918年1月15日《新青年》第4卷第1号；原题为《论小说及白话韵文》。

26.《建设的文学革命论：国语的文学——文学的国语》，1918 年 4 月 15 日《新青年》
第 4 卷第 4 号。

27.《论文学改革的进行程序》，1918 年 5 月 15 日《新青年》第 4 卷第 5 号。

28.《答盛兆熊》，1918 年 5 月 15 日《新青年》第 4 卷第 5 号。

29.《答汪懋祖》，1918 年 7 月 15 日《新青年》第 5 卷第 1 号。

30.《答朱经农》，1918 年 8 月 15 日《新青年》第 5 卷第 2 号。

31.《答任叔永》，1918 年 8 月 15 日《新青年》第 5 卷第 2 号。

32.《答黄觉僧君〈折衷的文学革新论〉》，1918 年 9 月 15 日《新青年》第 5 卷第 3 号。

33.《谈新诗——八年来一件大事》，1919 年 10 月 10 日《星期评论》"双十节纪念
专号"。

34.《论〈新青年〉之主张》，1918 年 10 月 15 日《新青年》第 5 卷第 4 号。

35.《跋朱我农来信》，1918 年 10 月 15 日《新青年》第 5 卷第 4 号。

36.《论无文字符号之害》，1918 年 12 月 30 日《法政学报》第 1 卷第 6、7 期合刊。

37.《张耘〈改革文学与更换文字〉的跋语》，1919 年 3 月 15 日《新青年》第 6 卷
第 3 号。

38.《〈白话诗的三大条件〉编后语》，1919 年 3 月 15 日《新青年》第 6 卷第 3 号"通
信"栏刊出，编者拟为此题。

39.《复陈懋治》，1919 年 11 月 1 日《新青年》第 6 卷第 6 号。

40.《〈尝试集〉自序》，《尝试集》1920 年 3 月由上海亚东图书馆出版，1922 年 10
月四版时做了较大的增删。

41.《国语文法概论》，1921 年 7 月 1 日至 8 月 1 日《新青年》第 9 卷第 3、4 号。

42.《五十年来中国之文学》，《胡适全集》第 2 卷，安徽教育出版社 2003 年版。

43.《国语运动的历史》，1921 年 11 月 20 日《教育杂志》第 13 卷第 11 号。

44.《"老章又反叛了！"》，1925 年 8 月 30 日《国学周刊》第 12 期。

45.《新文学运动的意义》，1925 年 10 月 10 日《晨报·副镌》。

46.《致彭学沛》（1927），收入《胡适文存》第 3 卷第 2 号，《胡适全集》第 23 卷，
安徽教育出版社 2003 年版。

47.《〈白话文学史〉自序》（1928 年 6 月 5 日），《胡适全集》第 3 卷，安徽教育出

版社 2003 年版。

48.《跋〈白屋文话〉》（1928 年 9 月 22 日），《胡适全集》第 3 卷，安徽教育出版社 2003 年版。

49.《〈白话文学史〉自序》（1928 年 6 月 5 日），《胡适全集》第 11 卷，安徽教育出版社 2003 年版。

50.《白话文学史·引子〈我为什么要讲白话文学史呢？〉》，《胡适全集》第 11 卷，安徽教育出版社 2003 年版。

51.《介绍我自己的思想——〈胡适文选〉自序》，收入《胡适文选》，1930 年 12 月上海亚东图书馆出版。

52.《在上海（二）》，1931 年 12 月 10 日《新月》第 3 卷第 10 期。

53.《中国文学过去与来路》，1932 年 1 月 5 日天津《大公报》。

54.《陈独秀与文学革命》，1932 年 10 月 30 日、31 日北平《世界日报》。

55.《逼上梁山——文学革命的开始》，1934 年 1 月 1 日《东方杂志》第 31 卷第 1 号。

56.《报纸文字应该完全用白话》，1934 年 1 月 7 日天津《大公报》星期论文。

57.《大众语在那儿》，1934 年 9 月 8 日天津《大公报·文艺副刊》第 100 期。

58.《中国新文学大系·建设理论集·导言》，1935 年 10 月 15 日上海良友图书公司出版的《中国新文学大系》第 1 集卷首。

59.《人文运动》，约作于 1935 年前后，录自《胡适遗稿及秘藏书信》第 8 册，黄山书社 1994 年版。

60.《"五四"后新思潮运动的意义》，1947 年 5 月 4 日北平《华北日报》。

61.《什么是"国语的文学"、"文学的国语"》，1952 年 12 月 8、9 日台北《中央日报》。

62.《四十五前的白话文》（日记 1952 年），《胡适全集》第 34 卷，安徽教育出版社 2003 年版。

63.《活的语言·活的文学》，1958 年 8 月台北《中国语文》第 3 卷第 2 期。

64.《中国新文学运动小史》，台北启明出版社 1958 年版。

65.《五，四（W）》（日记 1960 年），《胡适全集》第 34 卷，安徽教育出版社 2003 年版。

66.《四十年来的文学革命》，1961 年 1 月 11 日台北《征信新闻》。

67.《白话文》（日记 1961 年），1961 年 11 月 17 日台北《中国新闻》，《胡适全集》第 34 卷，安徽教育出版社 2003 年版。

68. 胡适：《口述自传·第七章文学革命的结胎时期》（1979 年 7 月 4 日），《胡适全集》第 18 卷，安徽教育出版社 2003 年版。

69. 胡适：《口述自传·第八章从文学革命到文艺复兴》，《胡适全集》第 18 卷，安徽教育出版社 2003 年版。

后　记

　　继往开来的五四运动，从文化层面考之，应是以民主与科学为旗帜的现代启蒙思潮为主流，而从文学层面察之，则是以白话文学思潮为主流，两者之间互动互融、相辅相成；因此考察五四新文化实际上亦在考察五四白话文学，后者不仅是新文化的载体，而且新文学本身亦是新文化的有机组成部分。作为五四现代文化与白话文学的先驱者胡适，既是倡导者又是实验者，既是设计者又是建构者，不论现代文化主流或白话文学主流的形成与演进，胡适无不做出独特贡献，其历史功绩将永远彪炳于现代中国文化、文学史册。

　　研读胡适的著述，由于其著作涉及文史哲人文科学的诸多领域，又多是"开风气"的创新之作，内涵既深又博，因而就我的知识结构和理论修养以及解读能力和感悟能力，难以理解透彻领会准确；尤其在某个历史区间深受极"左"思潮毒害而对胡适其人其文所形成的错误看法和思维定势，并不容易"轰毁"，这也成了正确理解和全面把握胡适学术思想的内在阻力。虽然在二十世纪七十年代末八十年代初，为"拨乱反正"恢复胡适在中国新文学史上的应有地位，我写的长文《评五四时期胡适的白话文学主张》的某些观点受到"左"的冲击；但是我深信这股"寒流"是不会在"思想解放"大潮的"破冰"之旅上留下痕迹，而我的并未完全脱出"文革思维"的评胡适之文在学术史上仍有其存留价值，至少可以作为某段历史的见证。从此以后，我对胡适的研究现状仍关心，但因我的研究方向有所位移，兴趣有所变迁，故而再没有沿着往昔的学术思路撰写胡适的评述文章。自从安徽教育出版社于 2003 年出版了《胡适全集》，我请人代购了一套后，又燃起我重读重评胡适文化文学思想的学术激情。特别是《二十世纪中国文学主流》这套丛书，列为山东师范大学中国现当代文学国家重点学科的标志性研究课题，"白话文学"则是其中的子项目，由我承担汇编"白话文学"的史料，并撰写《胡适与现代文化暨白话文学》的论著，这种责任感融入已燃起的学术激情则化为研究的动力。虽然我已进入古稀之年，缺少了当年的锐气和魄力，也没有先锋学者的新思维和新理念；但是我却有"活到老、学到老、研究到老"的坚韧和追求。于是我进入重新解读胡适的研究状态，边书写边发表边积累，凑成了这本小册子，以志我对胡适文化思想和白话文学观念的新理解新把握，并请方家读者正之。

历史的辩证法是无情的也是公正的。曾几何时，谁能想到给胡适身上泼了那么多的污水至今便清洗干净，还了他作为现代白话文学巨匠和现代文化先驱的思想风貌和智慧风采？！不过越是阅读《胡适全集》以及搜求的白话文学史料，越感到我们对胡适其人其文的研究并没有完全摆脱既定的思维框架、认知模式和评价尺度；尤其对胡适与现代文化和白话文学建设的研究并不深入也不丰实，对其创造而遗留下的丰厚深广的文化遗产的发掘和汲取的重视程度尚存有过往的历史阴影。我这本小册子虽然用力不足，工夫欠缺，没有把许多想法写出来；但是我衷心期待中青年学者深入地系统地全面地探究下去，把胡适研究这个课题做大做好、做深做透。因为胡适对中国现代文化、白话文学的建设付出得太多了，几乎以毕生的精力和智慧来营造中国新学术、新文化、新文学，故而他对现代的思想、学术、科学、文化、文学的建树太博大了。既然要总结中国现代文学、文化建设

的经验或教训，那无论如何也不能轻易地绕过或者忽略"胡适这位文化巨人"。是彻底消除这种偏见或那种偏见的时候了，要知道还胡适以历史本来面目也就是还中国现代文化、白话文学以本来面目，重新探究胡适的现代文化思想与白话文学建设观念，也就是为当下文化和文学现代化建构提供思想学术资源。

　　本书能得以顺利出版，与读者见面，诚挚感谢人民出版社林敏责编所付出的难以言表的辛劳！

责任编辑:林　敏
封面设计:肖　辉　孙文君
版式设计:亚细安

图书在版编目(CIP)数据

为大中华　造新文学——胡适与现代文化暨白话文学/朱德发 著.
　-北京:人民出版社,2016.5
(二十世纪中国文学主流·学术新探书系)/魏建主编
ISBN 978-7-01-015930-0

Ⅰ.①为…　Ⅱ.①朱…　Ⅲ.①新文学(五四)-文学史-研究　Ⅳ.①I209.6

中国版本图书馆 CIP 数据核字(2016)第 048859 号

为大中华　造新文学

WEI DAZHONGHUA ZAO XINWENXUE

——胡适与现代文化暨白话文学

朱德发　著

人民出版社 出版发行
(100706　北京市东城区隆福寺街 99 号)

北京新华印刷有限公司印刷　新华书店经销

2016 年 5 月第 1 版　2016 年 5 月北京第 1 次印刷
开本:710 毫米×1000 毫米 1/16　印张:26
字数:310 千字

ISBN 978-7-01-015930-0　定价:65.00 元

邮购地址 100706　北京市东城区隆福寺街 99 号
人民东方图书销售中心　电话 (010)65250042　65289539